中国古代文章学的
观念与结构
——中国古代文章学五集

◎王水照 侯体健 主编

复旦大学出版社

本书为国家社科基金重大项目
"中国古代文章学著述汇编、整理与研究"（批准号：15ZDB066）阶段性成果

目　录

汉语虚字与古代文章学 …………………………………… 龚宗杰 / 1

"天籁"与"作者"：两种文本生成观念的形成 ………… 程苏东 / 28

论唐代咏物律赋的结构形式 ……………………………… 李　栋 / 56

譬喻传统与中唐寓言性杂文的文章体性 ………………… 诸雨辰 / 73

复归于骈：音律的勃兴与晚唐墓志文体的新变

　　——以新出石刻为考察中心 ………………………… 孟国栋 / 87

《文苑英华》误作元稹的二文作者应是谁？ …………… 查屏球 / 103

名相冯道的政事与文学 …………………………………… 陈尚君 / 114

宋代文章学的成立：从黄庭坚到吕祖谦 ………………… 李　由 / 123

宋代文章纂集与公文文体转型 …………………………… 李法然 / 145

论宋代书信体类的消长与创新 ………………… 李　贵　张灵慧 / 163

宋四六代言书写的互动性：基于文本生成过程的考察 … 戴　路 / 181

北宋"太学新体"考论

　　——从张方平庆历六年科举奏章谈起 ……………… 林　岩 / 199

学官进卷与熙丰兴学

　　——围绕张耒、华镇的考察 ………………………… 张　弛 / 218

王安石文三篇辨伪 ………………………………………… 刘成国 / 240

苏轼《与钱济明》尺牍考略 ……………………………… 朱　刚 / 249

《渭南文集》佛道文述评 ………………………………… 朱迎平 / 262

略谈楼昉《崇古文诀》在文章评点史上的地位 ………… 洪本健 / 274

"依经以立言，本雅以训俗"

　　——《古文真宝》的编选及其文章学意义 ………… 巩本栋 / 285

论王若虚对金代"议论"之学的建构 ………………… 王　永／311
赋是诗还是文？
　　——从如何仿写《赤壁赋》说起 ………………… 李晓红／321
《中州启劄》与金元之际北方士人的文学世界 ……… 慈　波／330
明清别集的冠首文体 …………………………………… 何诗海／353
文章中彀：明清八股文写作中的"揣摩家数" ………… 师雅惠／370
"一代有一代之文"
　　——清人编纂古文选本之时代意蕴 ……………… 曹　虹／397
清代科举生态与五经文的文学化 ……………………… 陈曙雯／418
"清真雅正"衡文标准与清代文风的官方建构 ………… 潘务正／434
《稀见清人文话二十种》的编纂及其学术价值论略 … 侯体健／450
乾隆皇帝与八股文 ……………………………………… 陈维昭／461
言文之间：汉宋之争与清中后期的文章声气说 ……… 胡　琦／473
从"自讼"到"自适"
　　——曾国藩日记中的读法描写与诗文声调之学的内化 … 陆　胤／491
"知行不一"：张之洞的骈文理论与骈文创作 ………… 吕双伟／516
传体文的文章学传统与近代传记文学的分殊 ………… 常方舟／536
语义研究的谱系
　　——从朱自清、傅斯年的学术交会谈起 ………… 史　伟／558
"第五届中国古代文章学研讨会"会议综述 ………… 赵惠俊　陈　特／581

编后记 …………………………………………………………… 586

汉语虚字与古代文章学*

复旦大学中国古代文学研究中心　龚宗杰

汉语的语法意义表达不依赖印欧语式的形态变化,而以语序安顿和虚字运用为手段,虚字因而向来是汉语史研究的重要内容。在传统文学中,以语言文字为载体的文学作品,同样表现出与此种汉语特性相应的组织形式。若按刘勰"因字而生句,积句而成章"的说法,古代文辞可理解为字句依一定规则和思维逻辑排列而成,或者直接地表述为清人刘淇所说"不过实字、虚字两端,实字其体骨,而虚字其性情也"。① 从称名上来说,现代汉语词类研究中的"虚词",在古代大体相当的称法有语助、助语辞、助字等多种,宋代以后尤其在清代多称为"虚字"。在分类上,与现代汉语中的副词、介词、连词、助词、叹词等分类不同,古人的虚字分类多以落位和功能为标准,如清代王鸣昌《辩字诀》分为"起语辞""接语辞""转语辞""束语辞"等。因此,为切合古人用语之实际,本文用虚字而非虚词来指称在语句中不具备实际意义的字类。在虚实字类相嵌的语言构造中,虚字虽无实义,但在遣词造句、表情达意上有着不可或缺的作用。因此,自刘勰以来,虚字不仅是古代训诂家考释的对象,也被文论家视为文法、修辞的表达方式而渗透到文学批评之中,成为一种被多元理解的、沟通古代文学和语言文字的知识要素。

近现代人文学科的分化,使语法、修辞之学皆归于语言学,而与文学分为二途。然而,回溯清末以来探索"中国文学"的道路,新学士人恰恰是在学科含混的状况下,尝试将语法、修辞等西方古典语文学知识与中国传统文章学资源相对接。② 在此情形下,作为文辞构成基本要素的语言文字,也被纳入"文学"框

---

* 本研究获上海市浦江人才计划资助(21PJC019)。
① 刘淇《助字辨略·自序》,中华书局,1954年,第1页。
② 参见陆胤《清末西洋修辞学的引进与近代文章学的翻新》,《文学遗产》2015年第3期。

架下加以考察。例如林传甲《中国文学史》第五篇"修辞立诚、辞达而已二语为文章之本",其中论述"虚字联络实字达意法""虚字承转实字达意法""虚字用为赞叹词法"等八款虚字法,正体现以修辞学为参照来梳理传统文章学的研究思路,也表明虚字对古代文章写作和修辞表达有着重要意义。

尽管林传甲的这份以"文学史"命名的国文讲义,与我们现在所认知的文学史叙述多有龃龉,但它作为新知与旧学相碰撞的产物,反而能为我们反思新旧学术之转换,进而探索古代文章学的固有传统及特定话语,提供一种别样的经验。在此意义上,清末学人以外来的文典与修辞之学接引中国古典文章学,以及在称名上用"文章"或"辞章"对应"文学",①更加说明文章学在古典文学中所处的位置。特别是当我们把文学理解为内在的思想内容和外在的表现形式相统一的结果时,那么像虚字这种颇能体现古文辞风调的语言形式,便成为古代文章和文章学研究的重要对象。② 进一步来说,学界对诗赋、骈文中虚字的讨论,无论是诗歌史上"以文为诗"的诗学命题,③还是韵律学上骈文"以诗入文"的说法,④本质上仍是以文章学为内里。这提示我们,汉语虚字既是推动古代文章学深入研究的思考方向,也是从语言文字的特性出发,揭示中国古典文学本民族特色的可行视角。

一、从字类到文法:古文辞传统下虚字论的发展

在中国古代,依附传统经学之文字训诂是汉语虚字研究的主要手段。从汉代毛亨、郑玄使用"辞""语助""声之助"等称名,到唐代孔颖达《五经正义》提出"语辞"一说,直至清代刘淇《助字辨略》、王引之《经传释词》的系统训解,经学阐

---

① 关于"文章"与"辞章"的称名及其与"文学"之关系,参见陈广宏《近代中国文学概念转换的历史语境与路径》,《文学评论》2016年第5期。
② 相关话题近年来渐受学界关注,如关于虚字与古文创作的讨论,参见东英寿《虚词使用法观照下的曾巩古文特色——与欧阳修文风之比较》,《华南师范大学学报》2020年第1期。对古代文话中虚词批评的系统梳理,参见常方舟《传统文话的虚词批评与近代章学的新诠》,《文艺理论研究》2019年第5期。
③ 有关古典诗歌中虚字运用及"以文为诗"的问题,研究成果较多,参见葛兆光《汉字的魔方——中国古典诗歌语言学札记》第六章"论虚字",复旦大学出版社,2008年。
④ 冯胜利《骈文韵律与超时空语法:以〈芜城赋〉为例》(《岭南学报》第5辑,上海古籍出版社,2016年)指出骈文是以诗入文,其韵律本质上是散文的"长短律",虚字是长短律的构成要素之一。

释学可以说是一条贯穿古代虚字论发展的重要脉络,学界的研究成果已相当丰硕。不过,尽管语言学的研究早已指出,古人讨论虚字的另一途径是将其作为文论中的修辞、文章作法,①但相关话题似乎未得到学界的广泛关注。其中的主要原因,在于对古代虚字的研究向来为语言学的任务,而文学与语言学的学科区隔,使得学者的研究分工往往泾渭分明,这在一定程度上影响了古代文学视角下汉语虚字研究的深入开展。因此,要通解此议题,在经学传统外,还需将其置于同样强大且形态鲜明的古文辞传统下,结合古代文辞写作及语言运用的理论和实际,厘清古代虚字论的发展脉络。

古代文章史上,"古文辞"是一个既具备文体指称又包含修辞意味的重要概念。自宋人提出以来,历经明清两代不同文派的阐释和建构,最终由清人围绕此概念总结出一套相对融通的文章体统。② 笔者在这里之所以提出以古文辞作为视角,在于它比"古文"在文体、文法层面有着更具包容性的指涉。这一统系在文体论上,表现出以中唐韩柳所倡导的古文为主,兼及六朝骈体的通达观念;在创作论上,相应地体现为注重文辞经营、语言组织的辞章之术。因此,如果说唐宋时期兴起的古文之学,主要在价值论层面奠立古文之地位,更强调其政教功能;那么清人对古文辞统系的建构,从方苞强调的"义法"到姚鼐标举的"辞章",尤多关注文学的表现形式。姚鼐曾将文辞的思想内容称为包含神、理、气、味的"文之精处",而文辞的表现形式则是格、律、声、色的"文之粗处",③正是这种落实到古文辞外在表现形式的"粗处",为古代虚字论的发展提供了有别于训诂学的丰富资源。

从魏晋到唐宋,古文辞在语言形式上的演化,先后呈现出从单行到偶文、又从骈语到散句的总体趋势。刘勰《文心雕龙》、陈骙《文则》对所谓"语助""助字"的讨论,在推动古代虚字研究由训诂通经之小学向辞章之学衔接的同时,也因上述不同时期文辞创作之实际而各有旨趣,可从文从义顺和声音节奏这两重功

---

① 参见郭锡良《古汉语虚词研究评议》,《语言科学》2003年第1期。案:本文所用"文法",乃就"文章作法"而言,属古代文章学之范畴,与近代以来语言学中通常指称语法的"文法"有所区别。

② 关于"古文辞"的内涵演变及其在清代的扩容,参见陈广宏《"古文辞"沿革的文化形态考察——以明嘉靖前唐宋文传统的建构及解构为中心》,《文学遗产》2012年第4期;曹虹《异辕合轨:清人赋予"古文辞"概念的混成意趣》,《文学遗产》2015年第4期。

③ 姚鼐《古文辞类纂·序目》,上海古籍出版社,2016年,第22页。

能进行一番再认识。

汉代以来,随着文章修辞观念的加强、语句的由简趋繁及偶对句式的逐渐流行,虚字渐为文家所看重的,主要是补足语句和黏合文脉的作用。特别是魏晋之后,排偶进一步发展为古文辞的重要语言形式,虚字在齐整句式间的嵌入往往比长短散句中更为显眼。例如陆机《吊魏武帝文并序》:

> 夫日蚀由乎交分,山崩起于朽壤,亦云数而已矣。然百姓怪焉者,岂不以资高明之质,而不免卑浊之累,居常安之势,而终婴倾离之患故乎?夫以回天倒日之力,而不能振形骸之内;济世夷难之智,而受困魏阙之下。已而格乎上下者,藏于区区之木;光于四表者,翳乎蕞尔之土。雄心摧于弱情,壮图终于哀志,长算屈于短日,远迹顿于促路。呜呼!岂特瞽史之异阙景,黔黎之怪颓岸乎?①

这段序文突出展示了魏晋以后的一种语言组织模式,即以偶语搭配虚字。偶对句为主体内容,而缀于其间的"夫""岂不以""已而""岂特"等,则起着衔接文脉、转折文意的作用。对此,近人刘师培总结此时期文章转折之法曾说:"自魏晋以后,文章之转折,虽名手如陆士衡亦辄用虚字以明层次。降及庾信,迹象益显。"②对偶句式的密集运用,易导致文章的意脉切割和层次弱化,因此虚字在语句和结构之间的黏合作用就显得格外重要。这在一些骈体文中也颇为明显,如孔稚珪《北山移文》多由四六对句和虚字搭配而成。其中尤为后世文评家所称道的却是偶对句之间的虚字,南宋楼昉《崇古文诀》评价此文"造语骈俪"外,也"当看节奏纡徐、虚字转折处",③清代许梿《六朝文絜》评其为"六朝中极雕绘之作",而"其妙处尤在数虚字旋转得法",④皆强调在辞藻铺排之外,更应留意文中虚字斡旋的用法。

由此不难理解刘勰对语助"弥缝文体"作用的揭示,《文心雕龙·章句》曰:"至于夫、惟、盖、故者,发端之首唱;之、而、于、以者,乃札句之旧体;乎、哉、矣、也者,亦送末之常科。据事似闲,在用实切。巧者回运,弥缝文体,将令数句之

---

① 陆机撰、杨明校笺《陆机集校笺》卷九,上海古籍出版社,2016年,下册,第625页。
② 刘师培《中国中古文学史讲义》,上海古籍出版社,2000年,第132页。
③ 楼昉《新刊迂斋先生标注崇古文诀》卷七,明嘉靖间吴邦桢、吴邦杰刻本。
④ 许梿评选、黎经诰笺注《六朝文絜笺注》卷八,上海古籍出版社,1962年,第137页。

外,得一字之助矣。"①刘勰首先从语句组织的角度,归纳了虚字在句首、句中和句末的三种类型,落位不同,所对应虚字的起句、结句等作用也有差异。其次是他提出了"弥缝文体"的说法,强调在"数句之外,得一字之助",则是在文章结构脉络的层面揭示出虚字连缀文句、衔接意脉的作用。刘勰对虚字在语句和文脉两方面的认识,既是对汉魏以来文辞创作及语言组织规律的总结,也为古代虚字开辟了一条辞章学的诠解之路。此后如唐代杜正伦《文笔要诀》论述"句端"虚字,也强调"义势可得相承,文体因而伦贯",②佚名《赋谱》指出赋句由"壮""紧""长""隔"的不同对句与位于句端、句末的"发""送"之虚字合织而成,可看作是对"弥缝文体"说的一种推展。

中唐以降,文坛主流文体由诗赋、骈文向句式更为灵活的古文转变,善用及多用虚字成为此时期古文辞创作的一种倾向,特别是宋人,尤擅长运用语气助词。③ 相应地,唐宋两代虚字论的一大进展,便是以语音为切入点,其理论资源当可追溯至汉以来经学训诂中的声训法。刘勰之前曾借经传训释中"语之助""声之助"的称法,指出《诗经》《楚辞》"寻兮字成句,乃语助余声",④揭示作为句末语气词的"兮"字具有标示声音和节奏的作用。

"语助余声"的说法发展到唐宋时期有两个主要趋向:一是唐人从言语和口气出发,将虚字的发声和语句的尽意结合,如刘知幾《史通·浮词》提出"余音足句",将虚字分为句首"发端之语"及句末"断句之助",⑤柳宗元《复杜温夫书》则从语气的角度把句末助字分为"疑辞"和"决辞";⑥二是宋人归纳虚字选用法,将《诗经》《楚辞》数句选用"兮"字的修辞效应类推到古文中。同一虚字在句末反复出现,是唐宋文家重视虚字技法的极致化表现,如韩愈《画记》连用数十个"者"字,欧阳修《醉翁亭记》连用二十一个"也"字,苏轼《酒经》连用十六个"也"字。对这类现象的理论化总结是在南宋,洪迈《容斋随笔》指出欧、苏二文"皆以'也'字为绝句",认为苏文"每一'也'字上必押韵,暗寓于赋",因而具备

---

① 王利器《文心雕龙校证》,上海古籍出版社,1980年,第220页。
② 杜正伦《文笔要诀》,张伯伟《全唐五代诗格汇考》,凤凰出版社,2005年,第541页。
③ 参见李金松《古文唐"瘦"宋"肥"论——以朱东润〈中国历代文学作品选〉与姚鼐〈古文辞类纂〉为考察对象》,《文学与文化》2013年第1期。
④ 王利器《文心雕龙校证》,上海古籍出版社,1980年,第220页。
⑤ 刘知幾撰、浦起龙通释《史通》,上海古籍出版社,2015年,第146页。
⑥ 柳宗元《柳河东集》,上海古籍出版社,2008年,第553页。

"激昂渊妙"之美感。① 陈骙《文则》对此作了系统阐释,除揭示《诗经》《礼记》在助辞之前用韵,亦即苏文"暗寓于赋"的手法外,还提出"文有数句用一类字,所以壮文势,广文义"之说,并标举韩愈"于此法尤加意焉",② 归类出者、之、兮、则、然、也、矣等句中不同位置的虚字选用法。从修辞效应来看,所谓古文的"起八代之衰",虽然在语言上淡化了骈语俪句的齐整节律,但借助虚字的技巧化运用,尤其是句尾虚字的重复使用,也可获得散体文独特的节奏感。

从陈骙所举条目中可看出,《文则》之编纂延续了《文心雕龙》"文本于经"的思想,对虚字的讨论多以经典文本为示例,因而仍带有某种经学阐释学的意味。但陈骙所论皆属辞章学范围,以示文法为目的,而与经传训释的旨趣不尽相同,更反映出一种"法出于经"的观念,对后来的虚字研究由"字类"趋向"文法"影响深远。

元明时期,古文辞的发展基本上以宋代所奠立的古文之学为框架,其中一个方向是在创作论层面,强调如元人郝经、明人唐顺之所揭示的文章有法及以法为文。随着这种文法观念的演进,围绕文辞写作的技法陈述,占据着此时期文章论的很大分量。虚字在此背景下被进一步理解为文法要素,并成为以写作为导向的实践型文章学之重要构成。例如元代卢以纬的《助语辞》,学界一般认为该书是古代汉语史上第一部虚字研究专著,但其实不应忽视它作为文法用书而具备的文章学意义。此书原名《语助》,经明代胡文焕翻刻而更名为《助语辞》。关于《助语辞》的文法性质,原书卷首胡长孺《语助序》说:"是编也,匪语助之与明,乃文法之与授。"③ 已言明该书旨在教授作文之法。对此,可结合书中虚字训释的方式从以下三个层次来看,其一是此书从句子结构出发,考察虚字的不同落位及用法,如释"夫"字:

> "夫"字在句首者为发语之端。虽与"盖"字颇相近,但此"夫"字是为将指此事物而发语,为不同。有在句中者,如"学夫诗"之类,与"乎"字似相近;但"夫"字意婉而声衍。在句末者,为句绝之余声,亦意婉而声衍。④

---

① 洪迈《容斋随笔》,上海古籍出版社,2015年,第515页。
② 陈骙《文则》,人民文学出版社,1960年,第30页。
③ 卢以纬著、王克仲集注《助语辞集注》,中华书局,1988年,第183页。
④ 卢以纬著、王克仲集注《助语辞集注》,第49页。

说明"夫"字在句首用以发语,在句末为余声,表达效果都是声平意婉,与在句中者不同。其二是注重从发声的角度辨析虚字,如区分"也""矣""焉"三字:"是句意结绝处。'也'意平,'矣'意直,'焉'意扬。发声不同,意亦自别。"①因发声不同,语气表达也有差异。其三是结合具体的创作经验,总结虚字在篇章布局中的用法规律,如解释"噫"字:"欲发语而先一'噫'字,则伤其在下所言之事。或有篇终着一'噫'字者,乃因在前之言而寓伤恨不尽之意。"②因而总的来说,《助语辞》对虚字的释义,是以文字训释为途径、以文辞写作为指向的文法论述。

明人对此认识得更为清晰,祁承爜《澹生堂藏书目》"诗文评·文式文评"类著录卢以纬《助语辞》和茅坤《语助》,晚明文法汇编收录《助语辞》及《文则》的虚字论部分,并视为习文必要之"操觚字法",③皆表明虚字作为文法的观念在明代得到强化。至清代,尽管出现了王引之《经传释词》、刘淇《助字辨略》为代表的"训诂派",与《助语辞》及袁仁林《虚字说》的"修辞派"分庭抗礼,④但事实上,如刘师培指出虚字运用"随文法为转移,近世巨儒,如高邮王氏、雒山刘氏,于小学之中,发明词气学,因字类而兼及文法",⑤王、刘二氏的虚字训释也兼顾文章修辞,而体现出训诂与辞章相交叉的特征。

综上所述,古代虚字论的发展基本围绕训诂和修辞两条路径展开。"语助余声"及"弥缝文体"两种说法,代表了中世文论对虚字修辞功能的基本认知,也推动古代虚字研究从经学中的字类训诂到古文辞作法的转接。宋元以后,随着文法论的推进,虚字被作为"操觚字法"纳入近世实践型文章学的建构之中,进而影响清代"因字类而兼及文法"的虚字释义范式,并最终在发扬桐城义法、借鉴西洋修辞学的王葆心《古文辞通义》那里,成为清末与西学相遭遇的文章学资源。

二、文类和语体:虚字与宋元文章学的体用论

作为传统文章学的总结性论著,王葆心《古文辞通义》之编纂清晰地呈现出

---

① 卢以纬著、王克仲集注《助语辞集注》,第1页。
② 卢以纬著、王克仲集注《助语辞集注》,第84页。
③ 参见龚宗杰《晚明文法汇编的编刊与文章学演进》,《文学遗产》2018年第2期。
④ 参见王莹《古代修辞派与训诂派虚词词典释义方法研究》,《辞书研究》2011年第6期。
⑤ 刘师培《论文杂记·序》,人民文学出版社,1959年,第108页。

文体论和文法论这两条古文辞传统的主要脉络。如在"识途篇"将助语虚字等列入"文之作法",在"总术篇"提出"三种统系"来归类古代众多文体:"文章之体制既不外告语、记载、著述三门,文章之本质亦不外述情、叙事、说理三种。"①王葆心旨在通过情、事、理三种统系来笼合古今文章之体用,观察历代文派的流变。如他认为汉、唐之文三派并存,而魏晋六朝偏于述情一派,自宋至清则重说理一派,借此描绘以汉、唐为两大界限的古文辞发展大势。其所论实际上关系到汉、唐前后文学因革的重要议题,这也涉及文体、文风和语言等多重因素。关于这个话题,清人刘大櫆曾以虚字为视角来概述历代文章的演变:

上古文字初开,实字多,虚字少。典、谟、训、诰,何等简奥,然文法要是未备。至孔子之时,虚字详备,作者神态毕出。《左氏》情韵并美,文彩照耀。至先秦、战国,更加疏纵。汉人敛之,稍归劲质,惟子长集其大成。唐人宗汉多峭硬。宋人宗秦,得其疏纵,而失其厚懋,气味亦少薄矣。文必虚字备而后神态出,何可节损?②

刘大櫆指出虚字运用的多少影响着文风的疏纵与简奥,宋文舒缓冗长,正在于多用虚字,学界对此已多有认识。不过,本文更关注的是文体与虚字的关系,典、谟、训、诰之晦涩难明,固然与语言的发展有关,但关键因素仍在于它们作为王言之体,有着特定的文辞体制要求,是一种文辞内容决定语言形式的体现。相应地,从文体学的发展来看,宋以来文章多用虚字,除了前述欧、苏等文家的个人创作倾向之外,也与宋代古文之学兴起而带来的文体演变不无关联。

就文学类型而言,虚字与以文为诗的话题之所以从古至今多受关注,在于诗、文这两大类在体制上的畛域分明。而在文的系统内部,不同文体与虚字运用之关系,学界留意甚少。一方面是因为虚字本为文章写作之固有要素,它在文章中的运用情况往往不易为人所察觉;另一方面则涉及古代文章分体的复杂性,以明代文体学为代表的庞杂繁复之分体格局,难免造成文体研究在类型比较上的难度。有鉴于此,笔者尝试借鉴姚鼐《古文辞类纂》"十三体类"、王葆心

---

① 王葆心《古文辞通义》卷一三,王水照编《历代文话》,复旦大学出版社,2007年,第8册,第7719页。关于王葆心"三种统系"说的讨论,参见聂安福《情、事、理三种统系——王葆心文章发展史观研究》,《广州大学学报》(社会科学版)2009年第12期。

② 刘大櫆《论文偶记》,人民文学出版社,1959年,第8—9页。

《古文辞通义》"三种统系"的归类法，提出以"文类"和"语体"为讨论的切入点。本文所谓的"文类"，作为一个关系范畴，表现为不同文体因功能相近而以类相从，是文体聚合的指称。"语体"在文学意义上的概念，是指文类所具备的一套相对稳定的语言体系。[①] 古代对不同文类及相匹配语体特征的认识，最早可追溯至曹丕《典论·论文》所说的"奏议宜雅，书论宜理，铭诔尚实，诗赋欲丽"。其中所言"宜""尚""欲"，实际可理解为基于文类的不同功用而提出相应的书写规定性。这便于我们从更广阔的视角有效区分不同的文章体类，并从语言分析的角度开展文类研究。虚字及其他文学表达形式和语体、文类之间的关系，将是古代文章学研究的一个重要论题。

曹丕划分的"四科"奠定了后世文体发展的总体框架，唐宋以后，由"书论"和"铭诔"各自代表的议论类和叙事类成为文坛主流。这在宋代以归类为倾向的文体观念中也有所体现，如北宋吴则礼将文章归纳为叙事、述志、析理、阐道四类，并指出"叙事之文难于反覆而不乱""析理之文难于雄辩而委曲"，[②] 概括了这两类文章不同的书写要求和审美特征。到了南宋，真德秀《文章正宗》以辞命、议论、叙事、诗赋四大纲目归类古今文辞，诗赋之外的文章归为三类。各类文章的应用场合和文学功能不同，语体标准亦有差异。如作为"王言之体"的辞命类，是施于朝廷、布于天下之文，故以"深纯温厚"为要求。叙事类中的记、序、传、志，主于记事，以"典则简严"为标准。议论之文或发明义理，或褒贬人物，则追求文辞之"华实相副"。从中可看出，议论和叙事这两大文类在写作的总体要求上有所区别，其中也包括对虚字的运用。对于这种区别，元代陈绎曾《文说》"造语法"在讨论"助语"时曾有所揭示：

> 《尚书》及《易》象辞、爻辞，用助语极少。《春秋》《仪礼》皆然，此实语也。凡碑、碣、传、记等文，不可多用助语字，序、论、辨、说等文，须用助语字。[③]

[①] 有关文学领域中"语体"概念的讨论，参见罗书华《"散文"概念源流论：从词体、语体到文体》，《文学遗产》2012年第6期。与语言学领域中"语体"概念差异的辨析，参见赵继承《"语体"与文体中的"语体"辨异》，《内蒙古社会科学》2016年第1期。

[②] 吴则礼《北湖集》卷五，《丛书集成续编》，上海书店出版社，1994年，第103册，第222页。

[③] 陈绎曾《文说》，《历代文话》第2册，第1345—1346页。

陈绎曾对不同文体运用虚字多寡的概括，虽颇为简略，但背后隐含的其实是他对叙事和议论两大文类所作的语体切分，反映出宋代以后，随着围绕叙事、议论二元之文章体用论的发展，虚字在古文中的运用规律也得到更清晰的认识，这可从以下三个方面来看。

宋代文章多用虚字，既与宋人重议论有关，也受古文之学兴起的影响。在古代文体学的发展史上，唐宋两代对古文的开拓，除了在"体"的层面完善叙事文、议论文的类型不足外，更重要的是在"用"的一端强化议论文类的文学及社会功能，这在一定程度上造就了王葆心所说宋以后文辞重说理的格局。宋元文章学对此变化所作的回应可分为以下两点：一是在文体观念上，南宋古文选本如《古文关键》《文章正宗》，评选文章均着眼于其社会政治功能，既看重策、论、序、说等论体之文，也关注不同文体中的议论之辞，强调议论为"有用文字"；①二是在语言批评上，与标举论辩说理之文相应，宋元文论相当看重上引吴则礼所说"雄辩而委曲"的修辞效果。如楼昉《崇古文诀》评李斯《谏逐客书》一文说："此先秦古书也，中间两三节，一反一覆，一起一伏，略加转换数个字，而精神愈出，意思愈明，无限曲折变态。谁谓文章之妙不在虚字助词乎？"②表明宋人已明确认识运用虚字可使行文曲折变化，以符合书论文条达明畅的要求。元代卢挚《文章宗旨》也说："六经不可尚矣。战国之文，反复善辩。孟轲之条畅，庄周之奇伟，屈原之清深，为大家。而汉之文，深厚典雅。"③战国文字有疏纵之气，与其文追求反复善辩、文气流畅的表达相关。前引刘大櫆所言"宋人宗秦，得其疏纵"，也是以此为角度揭示宋文多用虚词闲语的创作习性。这种习性成为明人反思前代文章的一个窗口，如祝允明说："实义几无，助词累倍，'乎''而'叠叠，'之''也'纷纷……皆滥觞于韩氏，而极乎宋家四氏之习也。"④虽是批驳唐宋文章多虚文敷衍而无实义，但其中所言"极乎宋家四氏之习"，却恰好说明擅用虚字助词是宋代文章学的时代风气。

---

① 有关南宋文章选本看重议论文体以及各类文体中议论文字的讨论，参见巩本栋：《南宋古文选本的编纂及其文体学意义——以〈古文关键〉〈崇古文诀〉〈文章正宗〉为中心》，《文学遗产》2019年第6期。
② 楼昉《新刊迂斋先生标注崇古文诀》卷一。
③ 卢挚《文章宗旨》，张健编著《元代诗法校考》，北京大学出版社，2001年，第3页。
④ 祝允明《祝子罪知录》卷八，《四库全书存目丛书》子部第83册，第731页。

受上述风气之所及,宋代叙事文呈现出的一大变化是其中议论文字的增加,在平实的叙事书写外,也注重用虚字来顺文畅气,并强化说理的语气表达。古代文体理论中向有"破体"的说法,从语体的角度来说,所谓"破体"也可理解为文类受到外部的语体"侵入"。例如叙事类中的"记"体,主于纪事,讲求简重朴实而以唐代韩、柳诸记为正体。到了宋代,像欧阳修《昼锦堂记》、苏轼《李氏山房藏书记》、曾巩《宜黄县学记》等文,往往充斥着议论文字,一改记体文的原有体格。明人吴讷《文章辨体》曾概述这一语体侵入的过程:"观韩之《燕喜亭记》,亦微载议论于中。至柳之记《新堂》《铁炉步》,则议论之辞多矣。迨至欧苏而后,始专有以议论为记者。"①宋人专尚议论,使记体文表现出说理顺畅、气势充沛的风貌,这在虚字运用上主要体现在:用句中虚字顺畅文气,迭用虚字增强文势,用语气助词强化表达。例如欧阳修《海陵许氏南园记》文末的一段议论文字:

> 呜呼!予见许氏孝悌著于三世矣。凡海陵之人过其园者,望其竹树,登其台榭,思其宗族少长相从愉愉而乐于此也。爱其人,化其善,自一家而形一乡,由一乡而推之无远迩。使许氏之子孙世久而愈笃,则不独化及其人,将见其园间之草木,有骈枝而连理也,禽鸟之翔集于其间者,不争巢而栖,不择子而哺也。呜呼!事患不为与夫怠而止尔,惟力行而不怠以止,然后知予言之可信也。②

此段议论可谓是宋人运用虚字来加强说理的极佳样本:一是如"使许氏之子孙世久而愈笃""见其园间之草木,有骈枝而连理也"等句,如省去看似多余的"之""而"等虚字,则为"使许氏子孙世久愈笃""见园间草木,骈枝连理",句式斩截。欧公用虚字串联,填合缝隙,提升了语句的平滑和流畅度。范公偶《过庭录》记载欧阳修于《昼锦堂记》"仕宦至将相,富贵归故乡"二句,各添"而"字,改为"仕宦而至将相,富贵而归故乡"以畅文义,亦为一例。

二是"其园""其竹树""其台榭""其宗族""其人""其善"等数句,"其"字迭用,达到了前述陈骙所归纳的"数句用一类字,所以壮文势,广文义"的效果,欧

---

① 吴讷撰、于北山校点《文章辨体序说》,人民文学出版社,1962年,第41—42页。
② 欧阳修撰、李逸安点校《欧阳修全集》卷四〇,中华书局,2001年,第581页。

公《真州东园记》连用"之"字、《醉翁亭记》迭用"也"字,与此处有异曲同工之妙。

三是结尾两处均以语气词"呜呼"发语,特别是"呜呼!事患不为与夫怠而止尔"数句,虚字叠见而使语气强烈。另外像王安石《扬州龙兴讲院记》结尾"呜呼!失之此而彼得焉,其有以也夫"数语,也借助语气词来强化论说,明代茅坤《唐宋八大家文钞》即评此数句曰:"感慨作结,妙。"① 欧阳修《新五代史》发论必以"呜呼"为首,同样可视为以虚字"感慨作结"的写法。元代王构《修辞鉴衡》引南宋张九成之语说:"人言欧公《五代史》其间议论多感叹,又多设疑。盖感叹则动人,设疑则意广,此作文之法也。"② 从茅、张二人的评语中可看出,宋人因注重说理而格外讲求用虚字助词来传达神情和语气,这在一定程度上拓展了古文的语言表现力。

结合欧阳修多用虚字的创作实际及陈绎曾有关虚字和文体关系的讨论,可进一步分析虚字在文类和语体上的双重适用性。宋人频用虚字入文,也招致后世文家的一些批评。金代王若虚便曾称引张九成的说法,提出反对观点,认为欧文不足为法:"欧公散文,自为一代之祖,而所不足者,精洁峻健耳。《五代史》论,曲折太过,往往支离蹉跌,或至涣散而不收。助词虚字,亦多不惬。"③ 指出行文拖沓及虚字多用,反而造成文章支离涣散。因此在宋人多用虚字而令文章偏柔之后,元代以来文论家在讨论虚字时,往往更关注运用的适度。从这个层面来看,前引陈绎曾提出的"不可多用"和"须用",在文章学史上有着特殊的意义,那就是首次从"造语"之法归纳了虚字运用的文类适用性。其依据则是与文类相匹配的语体特性,《文说》"明体法"概括了不同文体的书写要求,其中包括叙事和议论两大类:"碑:宜雄浑典雅;碣:宜质实典雅;表:宜张大典实;传:宜质实,而随所传之人变化;行状:宜质实详备;纪:宜简实方正,而随所纪之人变化;序:宜疏通圆美,而随所序之事变化;论:宜圆折深远;说:宜平易明白;辨:宜方折明白;议:宜方直明白。"④ 陈绎曾的"明体法"既是对曹丕"书论宜理,铭诔尚实"说的细化,也反映出宋元以来文章体用论的演进。陈氏认为不可多用虚字的碑、碣、表、传之类,主要功能是叙事纪人,因而书写特征是"质实"

---

① 茅坤《唐宋八大家文钞·宋大家王文公文钞》卷八,明万历七年(1579)刻本。
② 王构《修辞鉴衡评文》,《历代文话》第2册,第1209页。
③ 王若虚《文辨》卷三,《历代文话》第2册,第1144页。
④ 陈绎曾《文说》,《历代文话》第2册,第1340—1341页。

"典雅"。与之相反,那些须用语助的序、论、辨、说,则主于说理,多以"明白""圆折"为要求。因此,若将《文说》"明体法"和"造语法"结合,可看出古人特别讲求在议论文类中运用虚字,特别是加强论说的语气助词,换言之,议论文字注重明白晓畅而又曲折变化的语体特性,为汉语虚字在古文中提供了广阔的施展空间。

就内容与形式的关系而言,曹丕的"四科"分法和陈绎曾的"明体法",表明中国古典文章思想内容、社会功能的丰富性,决定了其语言形式的多样性,是内容和形式相统一的体现。综合以上三点也可看出,作为文辞表现形式的虚字,在不同文类中的适用性也有差异。以往对虚字的研究更多关注在外部关系上的"以文为诗""以文为词",宋元文章学围绕文章体用的讨论,则提醒我们不应忽视文章的内部分类及其相应的语言差异,这将是推动古代文体及文章学研究深入的一个方向。在古代文体学发展史上,明代主于辨体而集其大成,一般被视为文体学极盛时期。相较而言,宋人和清人则更倾向于化繁为简,以归类来收束众多文体,反而展示出一条考察古代文学类型及其书写传统的固有路径。从中既可以印证近年来颇受学界关注的中国文学抒情传统和叙事传统,也可发现,正如王葆心所论,宋以来文人撰作偏重"著述"一类而构筑起中国文学的议论书写传统。包括虚字运用等在内的诸多古代文章学命题,一定程度上正是在这种"说理"的文章统系下获得生发和衍化。

三、"运实必虚":虚字与明代文章学的节律论

在古代汉语史上,"实字"和"虚字"的称法在南宋以后才较多出现。与字类分虚实为名的语言学进展相近,上文论及陈绎曾对议论文类"明白""圆折"的修辞性概括,反映出近世文章学在阴阳辩证观念下追求语言张力的一种发展。字有虚实轻重,文有深浅起伏,这是中国古典文章写作与批评中基于汉语特性的一条重要定律,也体现出文章内容和语言形式相统一的创作规律。为进一步论述这种相反相成的写作逻辑及其与虚字的关系,下文将以明代文章学为主题来加以说明。从总体上看,明代文章学的一大特征可概括为技法化及抽象理论的具体化,无论是浸淫于复古风气中的文章师法,还是孕育于科举文化中的作文程式,这些得到明人集中探讨的话题,往往均须落实到具体的篇章字句、绳墨布

置。从文章技法论来说，不管是古文还是时文，南宋以来文家多讲求篇章结构由首至尾的安顿妥当，各体段又由不同句式构成，或散或对，因而在技法论体系中，句法是较为核心的部分，不仅牵涉语句内部的虚实字法，也关系到章法脉络的衔接、转换。以此为背景，有关虚字与文章学的讨论将围绕句法中的字词调遣、节奏布置等问题展开。

与古典诗歌多呈现的齐整韵律不同，中国古典文章主要以长短句为节律的载体，因而格外讲求文势缓急、句式骈散、字类虚实等相对而又统一的语言排列规则，来实现文章节奏的错落有致。就字类的语感而言，实字偏于重实，虚字大多轻虚，在虚实搭配的遣词造句中，虚字的增删往往能影响句子的节奏缓急和语气刚柔。因此，要讨论古典文章的特有节律，汉语虚字是不可忽视的关键要素。从上文对陈骙《文则》的论述中，可看出至迟从宋代开始，文论家就已留意到虚字制造及调整节奏的作用。但本文之所以选择明代作为主要考察范围，一方面在于明人论文特别重视虚实相生、缓急相应的错综成文之法，①较之宋元文章学更为深入，另一方面是因为明代出现了八股文这种格外讲求韵律结构的特殊品类。因而从文法、文体两方面来说，明代可算是将相反相成的文章学理论推演深化的时期。这种写作思维方式，对理解虚字如何影响文章的节律表现有着重要意义。

有关虚字在行文节奏中起到的作用，不妨仍以陈绎曾的说法为线索来展开论述。首先就"明白"的要求而言，南宋以降，文章家对虚字可令行文晓畅的作用多有认识，前揭楼昉评李斯之文通过虚字助词达到"意思愈明"的效果已是一例。另外如明初宋濂批评前人文章之弊病说："骋宏博，则精粗杂糅而略绳墨；慕古奥，则删去语助之辞而不可以句。"②文句不用虚字或许有古奥简质的味道，但往往不能成句；与之相反，搭配恰当的语助之辞则能促成文从义顺，而带来明快畅达的阅读感。从本质上看，宋濂所论也是从实字、虚字多寡的角度，强调虚字对通顺文句的作用。关于字类的虚实关系，明清两代论述颇多，此处不妨援引清初袁仁林的代表性说法来作讨论。袁氏在《虚字说》提出"运实必虚"：

声有藏于言中者，卓炼之至，不用虚字，其意自见；有相须而出者，行乎

---

① 参见龚宗杰《古代堪舆术与明清文学批评》，《文学遗产》2019 年第 6 期。
② 宋濂《剡源集序》，黄灵庚编辑校点《宋濂全集》卷二二，人民文学出版社，2014 年，第 448 页。

不得不行,止乎不得不止,而虚实间焉。较字之虚实,实重而虚轻,主本在实也;论辞之畅达,虚多而实少,运实必虚也。①

实字主要承担语句的主体结构和实际意义,虚字则通过串联实字来顺畅文义。相比于陈绎曾,袁仁林的认识显然更进了一步,既在虚实关系上明确虚字连缀实语的具体作用,又沟通声音和文辞的联系,表明古人对所谓文章明白晓畅的感知,最直接的来源是诵读时吐气发声的感官体验。这种声成气顺和文畅辞达的"声""文"对应,是古典文章节律形成的重要基础。

其次是与"明白"意义略相反的"圆折",这主要针对落位于句首和句末的一类虚字。关于这类多用于句子之间的虚字,袁仁林《虚字说》指出:"'夫''盖''肆''繄''乎''也''焉''哉'之类,肖言语之声,文致之而婉合。"②通过声音模拟揭示出句末、句首虚字转接文句的作用。所谓"圆折""婉合",意思相近,皆要求行文不可过于直截,须有转接变化来实现婉转圆融,这是文章节奏变化的主要来源。

关于这种寻求连贯而有变化的错综成文法,落实到字类上,古人多以"斡旋"二字来概括虚字调整节奏的作用。"虚字斡旋"的提法在南宋就已出现,如前引楼昉评《北山移文》,便有"当看节奏纡徐,虚字转折处"的类似表述。在《过庭录》"作文用虚字"条,楼昉也说:"文字之妙,只在几个助辞虚字上。看柳子厚答韦中立、严厚舆二书,便得此法。助辞虚字是过接斡旋、千变万化处。"③另外如编选《文章轨范》的谢枋得,在评点韩愈《后二十九日复上宰相书》一文时,指出"岂特吐哺握发之勤而止哉"一句"此一转有笔力,巧在虚字斡旋"。④ 明人茅坤承袭了这一评语,在评价此文说:"议论正大胜前篇,当看虚字斡旋处。"⑤从这些表述看出文章家强调的"虚字斡旋",是利用虚字的轻虚特性来调节语气,消弭实字填塞所带来板滞僵硬的质感,进而实现节奏的急徐变换及行文的虚活灵动。在明代文章学中,注重虚实字类的恰当运用,与文意虚实、语句虚实等一起构成文章的虚实之法。晚明文论家武之望曾有一段颇具代表性的论述:

① 袁仁林《虚字说》,中华书局,1989 年,第 130 页。
② 袁仁林《虚字说》,第 130 页。
③ 楼昉《过庭录》,《历代文话》第 1 册,第 454 页。
④ 谢枋得《文章轨范》卷一,《文渊阁四库全书》本。
⑤ 茅坤《唐宋八大家文钞·唐大家韩文公文钞》卷二,明万历七年(1579)刻本。

>   要知文趣，须知行文虚实之法。文字体贴发挥，虽要着实，至于玲珑写意，见镜花水月之趣，往往于虚处得之。有用实意发挥者，亦有用虚意游衍者；有用实语衬贴者，亦有用虚语点缀者；有用实字填塞者，亦有用虚字斡旋者。盖不实则浮而不切，不虚则累而不逸。实不着相，虚不落空，文章家妙诀也。①

武之望对"虚字斡旋"的理解，同样基于对虚实字类功能不同的认识。实字表意，虚字达情，如果说文"意"多落在"实"处，那么文"趣"则往往来自游衍灵动的"虚"处。

综合上述两方面来看，文章家追求的文字"明白"而"圆折"，是要在文从义顺的同时又有曲折变态，营造一种曲直相间、缓急相应的节奏错落感。清代张谦宜《絸斋论文》论"错落"曰："错落者，句调布置之参差也。堆排固属可厌，单弱亦非良工。"②句式长短间隔、字类虚实相嵌，是构成文章节奏的基本要素，试举明嘉靖间皇甫汸《文选双字类要后序》对长短句及虚字的穿插运用为例：

>   夫比属义意，则汉隽非工；弋钓篇章，则左奇为劣。由是精义者，沿洪波以讨源；缀辞者，茹兰芬而吐秀。庶几错综斯文，不徒鼓吹小说而已。或谓雕琢琼瑶，遗恨抱璞；刻削杞梓，取讥不材。嗟乎！寸珪尺璧，咸足云宝；制锦裂缋，奚病为华？此固玩物者之致曲而非忘筌者之通津也。③

此处下划线为四组偶对句，句式长短分别为：4/5/4/5，3/6/3/6，4/4/4/4，4/4/4/4。在每组对句之前皆以虚字发语，即着重号标示的"夫""由是""或谓""嗟乎"，两组对句之后又各以长短句穿插，避免了过度骈俪而令行文板滞。皇甫汸通过虚字运用和骈散调度，使得全文齐整流畅而又错落变化，这正是张谦宜所说的"句调布置之参差"。明末张燮《书皇甫子循集后》评皇甫汸文章说："六朝织散文为俪语者也，故绮组成其经纬；子循就俪语作散文者也，故流奕济其峻峭。"④其中所言"就俪语作散文"，概括了明人文章寓骈于散的句法特性。在清人眼里，晚明时文讲机法、求灵变的特征，很大程度上也来自此种错综成文

---

① 武之望《重订举业卮言》卷上，明万历二十七年（1599）刻本。
② 张谦宜《絸斋论文》卷二，《历代文话》第4册，第3888页。
③ 皇甫汸《皇甫司勋集》卷三五，明万历三年（1575）刻本。
④ 张燮《霏云居集》卷五三，《四库禁毁书丛刊补编》第59册，北京出版社，2005年，第625页。

的写法追求。由于八股文的语体以兼顾骈散为特征,并要求股对句排偶成文,因此追求两股文字连贯而有变化,避免合掌之病,是写作的基本要求。学界对八股文语体的讨论也多集中于骈散结合和散体对句上,很少从文字组织的角度作深入剖析。事实上,从虚实字类的搭配来看,八股文对句的本质特征可大致概括为:实语相对、虚字相同。这种有别于古典诗歌对仗的独特的对偶形式,决定了虚字是构成八股文节律的关键要素。

从语言形式上看,明代八股文主要由单行及排偶两种形态的长短句构成,因而在行文上,与上引皇甫汸一文相近,同样具备散体文顺畅而有变化的特征。为便于讨论股对句中特殊的虚字用法,在前已论述的"虚字斡旋"外,笔者在此提出"虚字重沓"之法。所谓"重沓",主要是指句尾虚字的重复出现,这与上文谈到宋人虚字迭用以及《文则》"数句用一类字"的现象较为接近。由于股对句虚字不变,句尾虚字重沓就成为八股文天然的节律标志。现举晚明科举用书《一见能文》所录的股对句为例,如《好勇不好学 四句》的虚比:

> 惟其学也,世之所以有大勇也。若夫好勇矣,而不好学,得谓勇乎?
> 惟其学也,世之所以有真刚也。若夫好刚矣,而不好学,得谓刚乎?①

两股中"大勇""真刚"等实语相对,但各股中句尾用"也""矣""乎"三虚字间隔重沓,分别表达顿宕、肯定、陈述和疑问的语气,形成声调抑扬的语音链,又因股对句虚字不变而带来两股语音链的重现,由此构成了明代八股文因虚字重沓而具备的独特节律感。

将重沓与斡旋带来的节奏变化效果结合,可见虚字在股对句之间的运用,在制造语音链重复的同时,又消弭偶对句重现可能带来的板滞感。关于这种与六朝骈文以虚字转接异曲同工的技法,张谦宜《絸斋论文》论"笔法"曾指出:

> 古人承接转合,全在虚字,然不得如时文活套,有上句虚字,便有下句虚字,一定腔板,用之烂熟,故笔路要别。别者,欲其生又欲其顺,此暗转、大转、拗接、断接,所以为古人秘妙也。暗转者,不用虚字,意思潜移也。大

---

① 汤宾尹《汤睡庵太史论定一见能文》卷四,陈广宏、龚宗杰编校《稀见明人文话二十种》下册,上海古籍出版社,2016年,第1135页。

转者,用"夫"字向上一腾,便于落下,落处即转之机也。①

这里张谦宜也指出八股文股对上下两句皆有虚字,形成所谓的时文腔板。在承接转合处则须不拘格套,灵活处理,或不借助虚字而用"潜气内转"之法,或用"夫"字斡旋之法。张氏虽批驳时文活套用之烂熟,但由此恰可看出虚字之重沓、斡旋对控制八股文节拍和转调的重要作用。特别是"大转"之法,两比之间不用散体过文,而以虚字衔接的写法在中晚明八股文中较为常见,除用"夫"字外,例如胡正蒙会墨《固天纵之将圣之多能也》中比、后比之间用"夫是以",邓以赞会墨《先进于礼乐 一章》后比、束比之间用"盖"字等。以上这些八股文虚字法,可看作对《文心雕龙》"弥缝文体"、《文则》"数句用一类字"的一种结合,反映出文章家对虚字技法探求的精细化。结合武之望的文章虚实法和意趣论来看,由于八股文须体贴题义,在"意"上发挥的空间有限,因此晚明以来士人多在"趣"的层面下功夫,以求灵变,这就使虚字多被视为文章家之妙诀。

总的来说,与古典诗歌的韵律不同,古代文章的节律生成,格外依赖句式长短、骈散及虚字吐气发声的语言特性。就文章语言形式的发展而言,魏晋六朝文流行骈语偶句,唐宋古文则多用长短散句,明代文章因骈散观念的交织、师法对象的多样,而在总体上呈现出兼容并包的特征。明人讲求的错综成文法,既吸收了中国古代自魏晋六朝以来的对句艺术,也沿袭了宋人所总结的虚字斡旋及选用之法,由此造就出以长短律为核心的文章节奏美感。有关古代文章节律的问题,学界往往从句式长短、骈散交替等因素切入,这些固然是其明显的语言表现形式,但一旦我们从字类虚实的细部去分析,便可看出,明人"运实必虚"的修辞观以及虚字重沓、斡旋的修辞法,使得古典文章展示出虚实轻重、起伏缓急的韵律特征和语言表现力。这种表现力又与古人追求相反相成的行文意趣密切相关,这或许能为我们从语言特性去研究古代文章提供一些有益的思考。

四、"声音之道施之文字":虚字与明清文章学的声气论

从上文对明文节律的讨论中可看出,明清两代的文论家越发关注文章中的

---

① 张谦宜《絸斋论文》卷二,《历代文话》第4册,第3887页。

声音要素。注重以声论文,将铺排于纸上的文字与流转于口中的声音相结合,这是古代文章学在明清时期取得的重要进展,也体现出中国古典文学注重声音美感的跨文类共性。明清文论对文章音乐性的感知,表面上看是得益于晚明以来时文批评对字法、句法特别是调法的建构,①但更深层的,仍是受到中国古代虚实相生的构文逻辑和阴阳相伴的艺术思维之影响。例如就文章节律来说,张谦宜也认为"节奏"是"文句中长短、疾徐、纡曲喷薄之取势",而"声响"则是"文逗中下字之平仄、死活、浮动沉实之音韵",②将文章的音乐性落实到一系列相对的组合范畴中。清人王元启则说:"文贵一气贯注,而其中曲折万变,读之琅然有声,如是乃足动人。"③促成文章声调错落的"一气"和"万变",就如同乐曲中一以贯之的主题和移步换形的变奏,构成一种相对而又统一的审美特性。因此,和众多艺术门类一样,中国古典文章也特别看重虚实、正反等普遍规律。在明清文章学中,这种抽象的规律被演绎为可以把捉的具体技法和知识,虚字正是其中最基本的单元。

有关虚字与声音的话题,除了文章学上虚字与行文节律的联系之外,另一个不可忽视的因素是清代训诂学的进展。随着古音学研究的兴盛,以"戴段二王"为代表的清代学者专以声音治文字,总结和完善了古代声训法。"声音之道施之文字",④本为近人黄侃评述乾嘉小学路数之语,指戴震、段玉裁所主张的因声求义之理念,强调文字的音义关系。笔者在此借引,一方面意在揭示清人讨论虚字多从声音、口吻切入,反映出古代虚字研究从文法论到声气论的一种推进;另一方面,旨在借此说明不管是明中叶以来流行的文章诵读,还是清中叶桐城古文推奉的"因声求气",其要旨皆在于将目视之文字与口吐之声气相勾连,以此可见明清两代在"言""文"关系上对文章乃至文学理解的深入。为探讨这两个问题,下文即围绕虚字依次从晚明以来的文章诵读、清初小学家的文字训解及清代古文家的文章理论这三个相关联的层面展开。

从历史上看,如果说元代是古汉语虚字研究的体系初创期,清代趋于集大成,那么明代的意义,或许就在于推动文章学演进的科举取士和文学教育,为这

---

① 参见胡琦《明清文章学中的"调法"论》,《文学评论》2021年第1期。
② 张谦宜《絸斋论文》卷二,《历代文话》第4册,第3888页。
③ 王元启《惺斋论文》,《历代文话》第4册,第4160页。
④ 黄侃述、黄焯编《文字声韵训诂笔记》,上海古籍出版社,1983年,第4页。

一体系的生长提供了广阔的空间。特别是晚明以来愈趋精细的文章诵读法,区分"看书"与"读书"的差别,促进了文章家对虚字传递声气的认识,也为明清声气论的形成提供了文章学基础。

在古代的文章教习中,阅读一直是古人特别注重的习文方法。尤其在科举取士的社会,读书是士人群体获取知识和培养文才的主要手段。如前所述,由于明文特别讲求虚实相生的错综成文法,出于备考的需求,明人的文章诵读也格外看重行文起伏、转折之处,这点从明代举业用书的批点中就可看出。比如因《唐宋八大家文钞》而在明清时期产生过重要影响的茅坤圈点法,即以实心及空心短抹来标示行文起案、结案与紧关之处。另外如薛应旂编《新刊举业明儒论宗》,卷首《凡例》指出作文之法有"顿挫""起伏""转调""分段"等,并说:"观阴短抹而知顿挫、起伏、转调之有法也,观一画而知分段之理也。知者观其凡例,则思过半矣。"①旨在将作文法则的教授融会于点、抹、画等符号的阅读指引中。进一步讲,由于虚字斡旋在行文起伏、转调中往往起着关键作用,因而明人的文章诵读也强调须留意虚字:"文之妙处,不独机活、步骤,即其粗如'之''其''乎''于'等字,却容易用他不得。今世学者,于看书时,视此等字为助语,漫不加意,即讲解不知所谓,况行文乎?"②除了这里所说的"看书"外,为培养语感,明人也强调口诵的"读书"法,通过口诵和耳听来提升语言感知力,如武之望曾自述云:

> 文字佳恶,不惟目鉴能识之,即口诵亦能辨之。少时曾侍业师杨先生看文字,每听口中一过,其佳者稳顺谐和,中律中度,恶者牵涩乖戾,寡韵寡声,不待讥评指摘,而高下工拙,已犁然辨矣。余自是读文字,最不敢卤莽,时或深嗜细咀,探骨理于意象之中,时或朗诵长吟,索风调于词章之外。至于抑扬高下,轻重疾徐,如按习歌吹,必调叶而后已。③

武氏《举业卮言》有"看书"和"读书"二目,可见他认为二者当有区分,其差别在于前者以"目鉴",后者以"口诵"。诵读的意义更多的是在声音、口吻的层面,感知"抑扬高下""轻重疾徐"的声调和节奏感,这多少反映出晚明以来读书人通过口诵来领会文章节奏、声音的情况。

---

① 薛应旂《新刊举业明儒论宗》卷首《凡例》,明隆庆元年(1567)金陵三山书坊刻本。
② 李叔元《新锲诸名家前后场肄业精诀》卷一,《稀见明人文话二十种》下册,第604页。
③ 武之望《重订举业卮言》卷下,明万历二十七年(1599)刻本。

作为一种因科考习文而受众面颇广的阅读文化，吟哦口诵的读书法在清代得到进一步发展，出现了如清初唐彪《读书作文谱》一类细绎读书法的专论，进一步推动清人从言语、声音去理解文辞。例如桐城一派对诵读法的提倡，从姚鼐认为"学古文者，必要放声疾读，又缓读，只久之自悟"，[①]到方东树指出"欲学古人之文，必先在精诵，沉潜反覆，讽玩之深且久，暗通其气于运思置词、迎拒措注之会"，[②]强调的同样是通过口诵的读书法来领悟文章妙处。其中所说"放声疾读""沉潜反覆"，虽在诵读法的表述上与晚明武之望的"朗诵长吟""深嗜细咀"可相类比，但如方东树所言"暗通其气"，实可看出桐城一派的诵读法更有对"气"的追求，意在接续古代的文气论传统来构建其"因声求气"的诵读理论。

如果说桐城文派对文章声气的体贴，更多是一种理论形态的话语，那么清代小学家通过口吻、声气来训释虚字并借助文章学加以落实，则更具备一种创作实践的意义，从中可进一步理解文章声气论的语言学基础。与古文家借助"气"的概念来改进文章诵读法相近，通过吸收文气论资源来训释虚字的方法，也在清代小学家那里获得进展。尤其是前文已提及的袁仁林《虚字说》，强调虚字虽无实义，却有声气可寻，从口吻及神情声气的角度陈说虚字传声表情的功能，这比卢以纬的《助语辞》更进了一步。如释"夫"字：

"夫"字之气，清浮平著。（直略反。）每著于所言而虚指之，有一段铺开扶起、敷布回翔意。厥用五：

用以劈头发语者，意注所言，乃提出口吻。（《长门赋》："夫何一佳人兮，步逍遥以自娱。"）

用以承顶上文者，意注前文，即将上件来明说、覆说、总说也。（今承题与文中极多。庄辛《幸臣论》："夫蜻蛉其小者也。"又是承来撇过，以总为承顶类。）

用以离前文开说者，意在充拓，乃推开口吻，后必关会前文。（《兰亭记》"夫人之相与，俯仰一世"云云。又与从容展拓意，亦在即离间。）大抵前文未了，则用"夫"字紧承，前文太了，则用"夫"字开说。

用以腰句过递者，亦是气著于下而虚指之。（"逝者如斯夫，不舍昼夜"

---

① 姚鼐《惜抱轩尺牍》卷六，《丛书集成续编》第130册，上海书店出版社，1994年，第945页。
② 方东树《考槃集文录》卷五，《清代诗文集汇编》第507册，上海古籍出版社，2010年，第207页。

"疾夫舍曰欲之""食夫稻,衣夫锦"。)

用为语已辞者,意有所见而拖其气以盘旋之,有无限虚空唱叹意。("诚之不可掩如此夫!""莫我知也夫!""嗟夫""悲夫""信夫""善夫""固矣夫"。)①

袁仁林对"夫"字用法的归纳,相比于卢以纬《语助》分句首、句中、句末三处更加细化,加入了如《长门赋》落在篇首而用于开头发语、提出口吻的用法。对句首发语者,则特别强调"夫"字在上下文之间的承递和转换作用。另外值得留意的就是袁仁林对发语时吐气、运气的语音模拟,如对用于句末的"夫"字是"拖其气以盘旋之,有无限虚空唱叹意"。又如区分用于句尾的"乎""与""耶"三字分别为喉音、唇音、牙音,由于发音不同,因而语气也各有区别:"'乎'字气足,'与'字气嫩,'耶'字气更柔婉。"②

从中可见袁仁林的虚字"声气"说,特别讲究语气对传声、表意的作用,并以古典诗文实例为语料,既将纸上文字与口中声气相结合,也沟通了语言与辞章之间的联系。因此对《虚字说》这类虚字训释专著的讨论,实可从训诂学拓展至文章学的范围。袁氏在《虚字总说》中曾揭示虚字区别于实字的功能:

凡书文发语,语助等字,皆属口吻。口吻者,神情声气也。当其言事言理,事理实处,自有本字写之。其随本字而运以长短、疾徐、死活、轻重之声,此无从以实字见也,则有虚字托之,而其声如闻,其意自见。故虚字者,所以传其声,声传而情见焉。③

这段多被研究者用来揭示《虚字说》声气理论的文字,实则也在文章学意义上点明了虚字具备的特定功能,即传递长短、疾徐、死活、轻重的声音。袁氏进一步将虚字传声表情的言语性质概括为"口气",并指出口气有"顶上起下,透下缴上,急转漫转,紧承遥接,掀翻挑逗,直捷纡徐"数种,来表达"喜怒哀惧、宛转百折之情",④其中所列如顶上起下、直捷纡徐等,既在"声"的角度描摹了语气婉转变化的特征,也在"文"的层面点出虚字在辞章结构中的斡旋转接功能。

---

① 袁仁林《虚字说》,第1—2页。
② 袁仁林《虚字说》,第33页。
③ 袁仁林《虚字说》,第128页。
④ 袁仁林《虚字说》,第128页。

由此不难看出,袁仁林的虚字理论虽以文字训释为主,但仍具有重要的文章学意涵:一是将相反相成的文字组织逻辑推展至吐气发声的口吻层面,揭示出文字组织的疾徐、轻重本质上来源于声音之高下缓急;二是从"言"和"文"的统一性来理解辞章,如他说"出诸口为言辞,写之字为文辞,笔舌虽分,而其为'辞'则一",①将辞章的表现形式分为"笔""舌"二端,并在言文关系上肯定言语之辞和书写之辞的共生性,于此可窥见明清时期对文章本质属性认知的一大变动。

结合武之望的读书、看书之分及袁仁林的言辞、文辞之辨,便可发现,随着对文章"言语"及"书写"双重性认识的深入,口诵、耳听也成为晚明至清代文学批评的一条路径,这是理解清人以"声气"论文之关键。与武之望借助口耳可辨文章高下的观点一致,袁仁林也强调文之工拙系于声气,其依据便是所谓"声以表言,言因声达"及"声又本乎气",②由此构成"气—声—文"三要素前后衔接的关系链。这一构型的理论资源,实来自以韩愈"气盛言宜"说为代表的古文家声气论。在清人的古文理论中,与袁氏同时代的刘大櫆也曾以字句、音节、神气三要素论文,认为"积字成句,积句成章,积章成篇,合而读之,音节见矣,歌而咏之,神气出矣",并进一步分析三者关系:"神气者,文之最精处也;音节者,文之稍粗处也;字句者,文之最粗处也。……神气不可见,于音节见之;音节无可准,以字句准之。"③同样建构起由"神气—音节—字句"相勾连的组合。音节作为中间要素,与神气相衔接而构成桐城派"因声求气"论的基础,这一点已是学界的共识。更值得关注的,则是其中音节与字句的关联,通过文字安顿来落实游移于口吻间的音节,将声音之道系于文字,这正是姚鼐在《古文辞类纂序目》中所说的以"粗"寓"精",也是桐城古文声气论落实到文章学层面之要旨所在。由此再看刘大櫆"文必虚字备而后神态出"一语,其实正代表了清代以辞气阐发虚字的一种范式。直至桐城末期,林纾也强调"留心古文者,断不能将虚字略过,须知有用一语之助辞,足使全神灵活者",④以此可见经由桐城一脉的推演,汉语虚字借声音之道已成为具备普遍意义的文章学表达方式,也在刘大櫆、姚鼐

---

① 袁仁林《虚字说》,第 129 页。
② 袁仁林《虚字说》,第 129 页。
③ 刘大櫆《论文偶记》,第 6 页。
④ 林纾《春觉斋论文》,人民文学出版社,1959 年,第 137 页。

所主张的由"粗"至"精"、形式服务于内容的文辞观念中成为一种基本的文学要素。

当然，从古文理论来看，清人的声气论并非仅仅围绕虚字而展开，更涉及实字平仄、句式长短等不同因素。只是从"声音之道施之文字"这一层面来说，不管是文章家的"意""趣"论，还是训诂家所谓的"体骨""性情"之分，虚字因具备传声表情的字类优势而更受人关注。从宋元以来的文法，到晚明至清代的口吻，古人理解虚字的"笔""舌"之变，固然有着知识界注重诵读的广泛基础，但更因清代学术兼重小学和辞章而指向更深层的学理背景，实为清末章太炎、刘师培等辈预埋了一条基于文字、声音之辨来思考文章本质的线路，也为近代文章学及中国文学史的建构提供了一种知识资源。

五、余　论

在中国古代汉语史上，卢以纬《助语辞》被视为系统研究虚字的开山之作。此书于明末传入日本，经由毛利贞斋翻刻而对日本的汉文训读和研究产生深远影响。在清康熙间《助字辨略》《虚字说》初刊后的数十年里，日本江户时期古文辞学派荻生徂徕、古义学派皆川淇园亦先后编刊《译文筌蹄初编》《史记助字法》《虚字解》等汉文虚字专书。至明治时期，受西方修辞、语法学之影响，儿岛献吉郎借鉴马建忠《马氏文通》、西人《英文典》等书而编著《汉文典》《续汉文典》，分"文字""文辞""文章""修辞"四典，以字类、文法及辞章之学为主要内容。二十世纪初，来裕恂所编《汉文典》由商务印书馆印行。来氏自序称这部由"文字典"和"文章典"所构成的论著，也受到《英文典》及儿岛氏《汉文典》的影响，是对中国传统文字及文章学谱系的系统梳理。这虽说可看作是清末民初之际，"文学"概念及其相关知识体系由日本"反流传"至中国的一个侧面，但其实更表明中国传统文章学因注重字类、文法及辞章，而有着可与西方古典语文学知识相接榫的固有质性。

因此我们看到，在晚清以来"中国文学"的建构中，汉字作为一种文学知识被纳入中国文学研究、文学史书写之中，而使近代早期的中国文学史著作呈现出异样的风貌。例如前述林传甲《中国文学史》第五篇立"虚字联络实字达意法"诸目，承袭了古代字类兼及文法的理路，此书前三篇亦分别论述古今文字、音韵、训诂之变迁,将作为传统学术构成的小学引入文学框架内,视之为研治文学之必要知识。黄人《中国文学史》第四编"分论",同样将"文字""音韵""书体""文典"作为文学的起源,放置于文学史叙述之前。另外值得留意的是谢无量的《中国大文学史》,其第一编"绪论"既述文学之定义及发展大势,也论文字之起源及变迁,并在世界语言与文学的视野下,认为中国文学之特质实出于汉字一字一音的特性。又专设"字类分析与文章法"一节,以西方语法、修辞学为参照来考量汉语虚字及文章之法,并视王引之《经传释词》、俞樾《古书疑义举例》为文法之书。在新学体制下,文学史的本土书写对汉字的关注,尤其是对虚字及文法的重视,与其说是近代学人对西学相关知识的被动接纳,不如说是对中国文学固有传统的主动梳理,特别是继承并推广了清季以来小学、辞章并重的文章观念。如谢无量对文学的理解及分类,即根植于章太炎以文字为本位的文章观;对字类分析及文法的陈说,则颇近于刘师培之所述:"昔相如、子云之流,皆以博极字书之故,致为文日益工,此文法原于字类之证也。后世字类、文法,区为二派,而论文之书,大抵不根于小学,此作文所由无秩序也。"①刘师培之论实触及中国文章学以唐代为界的变革,自韩柳倡古文运动以来,古代文论多侧重于形上之"道",而多将作为形下之"技"的文字、言语、修辞视为末技小道。由此观之,清代桐城文家以文之"精""粗"为基础,以声音为介质来连接"字""句"与"神""理",汉学家又力倡辞章必出于小学,这些既可以说是对刘勰所谓因字句而成篇章的文辞观之复归,也为清末以来知识界研究中国文学多由汉字写起提供了学理上的合法性。

厘清了上述文学史叙述的背景,再返观尚处探索阶段的古代文章学研究,或许会有一些新的思考。当前学界对古代文章学体系的讨论已取得不俗的成绩,对文章学具备多学科包容性的特征也有了一定共识,如认为其偏重理论的一面与古代文论多有交涉,而涉及技法的内容又与汉语修辞学、韵律学相交叉。但在研究价值的评判上,仍存在着一定程度的重理论而轻技法的倾向。古代文章学的理论阐释固然重要,但对古代文章修辞、技法的系统梳理也不容忽视。一方面,以往的研究多关注精英思想和系统论著,往往轻忽相对基础的文章学知识和语言技巧,因而为推动研究的整体化,围绕语言、文字的所谓"文之粗

---

① 刘师培《论文杂记·序》,第108页。

处",当是今后古代文章学研究的一个重要方向。另一方面,从体用论的角度来说,中国古代文章学向来注重内容与形式的相互依存和动态平衡,即"表现什么"与"如何表现"二者虽时有升降,但多被同等看待。文章内在的思想内容往往决定着体制、语言等外在表现形式,因而反过来说,如桐城派强调的由"粗"至"精",要认识中国古典文章丰富的思想内涵,必须重视语言分析的方法。不过,自近现代人文学科分化以来,文字、修辞之研究多属语言学专职而与文学分途,这在很大程度上牵制了学者对古代文章语言角度的研究。从这一层面来说,刘师培所言"后世字类、文法,区为二派",对推动当前文学研究与语言学的跨学科互动,进而从语言形式服务于思想内容出发去理解中国文学的特质,或许又有了全新的意义。

进一步来说,无论是文论家认为的因字句而成篇章,还是小学家所谓的以实字、虚字两端来构文,在本质意义上,都可看作是一种以文字为本位的文学观念。以这样一种观念去考察林传甲、谢无量等人的文学史书写实验,便可看出,在西方文法、修辞学及中国传统文章学相碰撞的过程中,这些著作以语言、文字为路径,以历代文体为对象所呈现出的复杂面貌,或许可成为我们当下进一步省思文学观念、认识中国文学民族特点的一类样板。某种程度上,正是这些带有传统文章学印记的著作,留存着在此后文学史书写中,被逐渐消解的中国古典文章类型、体制以及创作经验、语言形式的丰富性。由此我们既可理解学界当前积极探索的文章学研究对于未来的中国文学史、文学批评史建设的意义,也能在方法论上认识到,这种注重汉语言、文字及其修辞特性的语文学路径,或可为今后的文章学研究开拓新的局面。

最后,从语言、文字是文学形式表征这一点来看,汉语言具备的声调、韵律特质,汉文字具有的视觉、听觉美感,共同赋予中国文章学以独特的文本话语体系及鲜明的民族文化特色。与印欧语相比,汉语字分虚实、音分平仄的语言特性,使得由方块字所组成的文辞具备独特的美感形式。这种形式,既来自文字结构对称、错综的视觉经验,语音结构和谐、抑扬的听觉感受,更源自阴阳、虚实等二元结构所反映的强大的思维传统,是一种把对天文、地文、人文的理解与对语言符号的把握相统一的结果。中国文章学因注重将思想内容的道、理、意、气与语言形式的格、律、声、色相结合,故在很大程度上,维系着这种言意统一的"美文"传统。在这种深厚的传统中,无论是汉魏以来注重修辞的审美创造,还是明清时期讲究口诵、耳听的审美感知,都表明语言、文字作为思想的外在形式,承载着古人的文学经验和思维模式,也体现出中华文明特有的审美智慧。在当前世界多元文明交流与竞争并存的现实中,中西之间的对话沟通固然重要,但从思想和语言的统一性出发,认清中西文学基于语言的异质,或许是更为迫切的任务。由此来说,我们强调以语言分析来理解文学,对建构具有中国文学特色的研究体系,通过语言特性来认识中国文学的世界性贡献,当有重要的现实意义。

"天籁"与"作者":
两种文本生成观念的形成

北京大学中文系 程苏东

"文"从何而来？它是自然的造物，还是人类智慧的结晶？它为个人私有，还是社会的公共财富？它由作者制造，还是由读者生成？这些关于文本生成机制的"元问题"在东西方学术史上已经争论了数千年，随着19世纪以来各种新思潮的迭兴，相关理论更令人目眩。中国拥有悠久的诗文批评传统，20世纪以来则参与世界文学研究的整体进程中，如何在二者之间找到"接口"，在以中国文学传统回应现代学术思潮的同时，又能揭示中国文学与文本文化的独特价值，成为百年来中国文学研究者持续努力的方向。围绕早期中国文本的生成机制、传播形态、经典化等问题，中外学界已经积累了丰富的成果，但相关歧见也日益引发关注。在这一同时涉及理论与文献、西方与中国、古典与现代的研究领域内，概念的界定与辨析、理论框架之于研究个案的适用性是两个重要的立足点。因此，要对上述问题作一阶段性清理，一方面需要借助学术史梳理，厘清相关研究的源流变化，由此充分理解当下相关研究的理论背景和问题意识；另一方面则应回归早期中国文献的自身传统，充分把握两周、秦汉知识人在讨论文本生成、传播等问题时采用的概念体系和言说方式，如此方有助于廓清中国古代文本生成观念的形成与演变过程，并为文本研究这一世界性论题提供具有独特价值的中国个案。

一、学术史的回顾与反思

文本的生成过程受到诸多因素的影响，其中有三点至为关键，即主体、动力机制与语言机制。主体即文本的实现者，动力机制指触发主体实现文本的动力,而实现文本的具体方式则是其语言机制。关于早期文本生成机制的整体研究虽然出现较晚,但有关上述因素的具体探讨则广见于各文体、文类的起源研究中。梳理20世纪以来相关研究的学术史,大致可追溯至以下四个传统。

首先是章学诚、阮元等对传统著述观念的反思。传统文章学以"文"导源于"六经",视后者为圣人立言载道之盛事。至唐宋派、桐城派继起,辞章之学蔚为大观。章学诚不满于这种矜尚文辞之风,乃提出"六经皆史",①强调宫廷这一公共机构在早期书写中的核心地位,以私家著述为"周衰文弊"的产物。不久,阮元又提倡"文言说",②以口传韵语为"千古文章之祖",从源头上对桐城古文的合法性提出质疑。龚自珍、章太炎等对此均有论述;③刘师培统摄诗、史二体与言、文两端,提出"谣谚之作,先于诗歌,厥后诗歌继兴,始主文字于竹帛;然当此之时,歌谣而外复有史篇,大抵皆为韵语"。④ 与实斋盛赞官师之学不同,刘氏认为史官垄断学术,赋予私家著述打破专制的正面意义。⑤ 其后,胡适系统批判了章太炎"诸子出于王官"说,罗根泽、余嘉锡则先后证成"战国前无私家著述"说。⑥ 可见,诸子著述固不可一一溯及王官,但史、祝等宫廷职官在文章修辞、结构、体式等方面的开拓之功亦不容湮没。随着甲金文献的不断发现以及学界对商周宫廷书写文化的认识愈加丰富,相关论题至今仍为学者所关注。⑦

第二个传统源自20世纪初欧洲"纯文学"观念的引进。在浪漫主义思潮中,艺术被视为个体内在情感的"表现",近代的文学观念由此产生,文学的起源问题也再次引发关注。深具抒情色彩的歌谣(Ballad)被视为诗歌之源,学者围

---

① 章学诚著、叶瑛校注《文史通义校注》,中华书局,1985年,第1、60、63页。亦可参该书《文理》《古文十弊》诸篇。

② 阮元《文言说》《书梁昭明太子文选序后》,《揅经室集》,中华书局,1993年,第605、609页。

③ 龚自珍《古史钩沉论二》,《龚自珍全集》,上海人民出版社,1975年,第21页;章太炎(署名章绛)《诸子学略说》,《国粹学报》第2卷第8期(1906年)。

④ 刘师培(署名刘光汉)《论古学出于史官》,《国粹学报》第1卷第1期(1905年);《论文杂记》,《国粹学报》第1卷第2期(1905年)。

⑤ 刘师培(署名刘光汉)《补古学出于史官论》,《国粹学报》第2卷第5期(1906年)。

⑥ 胡适《诸子不出于王官论》,《太平洋》第1卷第7号(1917年10月15日);罗根泽《战国前无私家著作说》,《管子探源》,中华书局,1931年,第143—231页;余嘉锡《古书通例》,上海古籍出版社,1985年,第15—17页。

⑦ 可参过常宝《制礼作乐与西周文献的生成》,中国社会科学出版社,2015年。

绕其形成机制、表现形态等问题展开了大量讨论。① 这些论述随着浪漫主义文学观的译介影响到中国,刘半农等掀起"歌谣运动",陈中凡、郭绍虞等则致力于从理论上重建中国文学的起源叙事。② 口头先于书写、韵文先于散文、民间先于宫廷、抒情先于记事、群体创作先于个人等观念逐渐深入人心。同时,在中西文学传统的比较中,朱光潜等建立起古希腊诗学重"再现",中国文学重"表现"的认识框架。③ 至于这一表现传统如何从"原始诗歌"发展而来,其所表现者是"道""志"还是"情",④则引发持久争议。中华人民共和国成立以后,普列汉诺夫、高尔基等苏联学者关于文学起源的论述一度广为接受,群众不仅成为诗歌、神话等文体的创造者,也成为其文学价值的保证。⑤ 80 年代以来,随着思想解放,诗歌的抒情性、个性价值得到正名,学者也开始基于中国诗史的自身传统重新探讨"群体诗学"与"个体诗学"的关系问题。⑥

第三个传统与 20 世纪 30 年代帕里、洛德提出的"口头诗学"理论(Oral-formulaic Theory)有关。受民歌研究的启发,帕里将荷马史诗纳入"口头传统"的视野中,认为歌手通过"主题"与"套语系统"的组合来创作史诗,而程式化水平则是验证某一文本是否具有口头性的基本指征。这套理论被应用于不同语言的史诗、叙事诗研究中,傅汉思通过对《孔雀东南飞》中"套语"频次的考察验证了这一理论在长篇佚名乐府叙事诗研究中的有效性,王靖献则将其引入《诗

---

① 可参格罗塞《艺术的起源》(1894 年)、维谢洛夫斯基《历史诗学》(1899 年),尚未见中译本的重要论著有 Francis B. Gummere, *The Beginnings of Poetry*, New York, 1901; R. Adelaide Witham, *Representative English and Scottish Popular Ballads*, 1911; Moulton Richard Green, *The Modern Study of Literature: An Introduction to Literary Theory and Interpretation*, The University of Chicago press, 1915; Louise Pound, "*Poetic Origins and the Ballad*", New York: The Macmillan Company, 1921。

② 陈中凡《中国文学演进之趋势》,《文哲学报》1922 年第 1 期;郭绍虞《中国文学演化概论》,《文艺》第 1 卷 2 号(1926 年)。

③ 朱光潜《诗论》,上海古籍出版社,2005 年,第 11—13 页。

④ 可参周作人(署名岂明)《〈冰雪小品选〉序》,《骆驼草》第 21 期(1930 年);《中国新文学的源流》,人文书店,1934 年,第 34—35 页;朱自清《诗言志说》,《语言与文学》第 1 期(1937 年);闻一多《歌与诗》,《中央日报》(昆明)副刊《平明》第 16 期(1939 年 6 月 5 日)。

⑤ 可参詹安泰、容庚、吴重翰《中国文学史(先秦、两汉部分)》,高等教育出版社,1957 年,第 18—19 页。

⑥ 赵敏俐《论〈诗经〉在中国文学史上的创作论意义》,《东方论坛》1996 年第 2 期;钱志熙《从群体诗学到个体诗学——前期诗史发展的一种基本规律》,《文学遗产》2005 年第 2 期。

经》这一早期抒情诗的研究中。① 70年代后期,鲍曼以"表演"(Performance)、"语料库"(Repertoire)、"模式"(Pattern)等概念为核心发展了"口头诗学"理论,强调"表演中的创作"(Composition in performance),②并将其应用于"故事、史诗、民歌、仪式性的礼拜、政治演讲术"等更为广泛的文体研究中。这种"表演"理论影响巨大,在陆威仪关于先秦诸子的研究、宇文所安关于早期古典诗歌生成的研究、鲍则岳关于早期中国文献"合成性"(Composite nature)的论述以及柯马丁、毕善德关于《诗经》的研究中,"表演""语料库"等均成为高频词。早期中国文献被理解为基于各种仪式性场合而形成的表演性文本,具有流动性和复合性,其制作主体由个体性"作者"变为群体性的"表演者",而长期在阐释中居于核心的"作者意图"也让位于对仪式功能与话语机制的考察。

　　第四个传统来自20世纪60年代后结构主义思潮中罗兰·巴特、福柯等对"作者"问题的反思。巴特解构了"作者"在文本阐释中的核心地位,福柯则揭示出"作者"在话语权力构建中的功能性作用。克里斯蒂娃通过揭示文本的"互文性"(intertextuality),指出"作者"是复数而非个体性的,浪漫主义兴起以来强调个体性的"作者"在理论层面就此被解构。由于巴特和福柯都强调"作者"是特定历史条件的产物,因此,探讨"作者"的成长史及其"史前史"自然成为研究者关注的问题。龚鹏程将中国古代作者分为"隐匿的、非专指的作者"与"所有权式作者",③认为前者较早出现,具有神圣性,其演进为后者的过程正是文人传统的建立过程。鲍则岳通过对金文、简帛文献与传世文献的考察,提出汉以前不存在单一性作者;史克礼等遂以"复合性作者"(Composite Authorship)统括早期中国文本生成各环节的参与者。④ 此外,学者普遍注意到司马迁在"作

---

①　Hans H. Frankel, *The Formulaic Language of the Chinese Ballad "Southeast Fly The Peacocks"*,《历史语言研究所集刊》第39本下(1969年),第219—241页;王靖献著、谢谦译《钟与鼓:〈诗经〉的套语及其创作方式》,四川人民出版社,1990年。

②　理查德·鲍曼著,杨利慧、安德明译《作为表演的口头艺术》,广西师范大学出版社,2008年,第17—19页。

③　龚鹏程《文化符号学》,学生书局,1992年,第3—32页。

④　William G. Boltz, *The Composite Nature of Early Chinese Texts*, Matin Kern, ed. *Text and Ritual in Early China*, Seattle: University of Washington Press, 2005, pp. 50-78; Christian Schwermann, *Composite Authorship in Western Zhōu Bronze Inscriptions: The Case of the "Tiānwáng gui" 天亡簋 Inscription*, *That Wonderful Composite Called Author: Authorship in East Asian Literatures from the Beginnings to the Seventeenth Century*, Leiden: Brill, 2014, pp.30-57.

者"形象建构过程中的重要意义,柯马丁则揭示出汉帝国的知识管理与作者观念之间的内在关联。①

作为古典研究中最具魅力的论题之一,关于早期文本生成机制的探讨永无止境,上述四种范式可谓各有擅场,若就题中剩义而言,或有三点略可思考。首先,学者关于早期文本生成机制的研究长期集中在史实层面,即从客观上探讨早期中国的各体文献究竟如何产生,至于观念史层面的研究尚不充分。古人何时开始关注诗、文的生成机制问题?他们如何发问?使用哪些概念?相关概念如何形成?又如何发生断裂和转移?这方面的研究尚有待推进。其次,学者在研究早期中国文本生成机制时多采用验核法,即基于福柯或某种现代"作者"概念,考察其在中国的形成过程;但现代"作者"概念的界定基于欧洲文学史的发展②,尽管学者已经从中提炼出原生性、原创性、个体性等若干理论标准,但恐怕仍难以穷尽各文学传统的多样性。"作者"问题的世界性意义在于它促使我们对各文明传统中文本的生成机制和阐释向度加以反思,并从中发现共性与差异;因此,在处理"作者"问题的中国个案时,不妨首先抛开"作者"概念的种种现代设定,在前述问题意识下发掘中国文献中有关文本生成与阐释问题的理论资源。复次,对于文本生成机制的研究长期受到"纯文学"观念的限制,关于诗歌起源的研究占据了20世纪文学起源问题的中心,至于《礼》《易》《春秋》学文献中有关文章起源的论述则较少受到重视。事实上,跨文体的视域有利于我们从更宏观的层面认识早期中国文本生成观念的形成与演变,而"性情""言志""缘情""诗人""作者"等概念最初都发端于经学阐释,只有深入理解其经学内涵,才能真正把握它们的文学批评史意义。基于此,本文将从中国文献的自身传统出发,努力突破"纯文学"的资料范围,系统梳理早期中国文本生成观念的形成与演变过程。

---

① 龚鹏程《文化符号学》,第28页;宇文所安《"活着为了著书,著书为了活着":司马迁的工程》,《他山的石头记:宇文所安自选集》,江苏人民出版社,2006年,第79—84页;柯马丁《汉代作者:孔子》,王能宪等编《从游集:恭祝袁行霈教授八秩华诞文集》,中华书局,2016年,第120—122页;孙康宜《中国文学作者原论》,下东波编《中国古典文学与文本的新阐释——海外汉学论文新集》,安徽教育出版社,2019年,第3—5页。

② 罗兰·巴尔特《作者之死》,赵毅衡编选《符号学文学论文集》,百花文艺出版社,2004年,第507页。

二、天籁说

章学诚曾对私家著述出现前以宫廷为中心的文献流通形态加以描述:"古者朝有典谟,官存法令,风诗采之闾里,敷奏登之庙堂,未有人自为书,家存一说者也。"①各类仪式性与实用性文书均由相应职官负责展演与书写,周人关注于这些文献的功能、体式与风格,对其生成机制却习焉不察;直到福柯揭示出"话语"背后的权力建构,关于制度与文本之间互动关系的研究才受到关注。②至于非职务性的文本制作,西周文献中主要表现为歌诗的创作,《金縢》言周公作《鸱鸮》,《大雅》则言"家父作诵""君子作歌""寺人孟子,作为此诗",③这些诗的作者虽为贵族或官僚,所歌亦攸关政事,但作诗于他们而言并非职务行为,故值得关注。不过,相关文献对此皆略陈其事,鲜见发挥,可见"为诗""作歌"本是周人抒发情志的日常行为,最初亦未形成文化自觉。至春秋时期大量采自邦国闾里的佚名风诗进入《诗》本,情况乃发生变化。王廷在政治地位、道德塑造、知识掌握等各方面均拥有闾里难以比拟的优越性,王廷何以对风诗如此关注,甚至将其与最具神圣性的典、诰、雅、颂并列,成为贵族最核心的公共知识?这些问题必然引发思考,由此形成关于诗、乐、舞生成机制的新观念。④

《尚书·尧典》已经提出"诗言志",《左传》《国语》则有"诗以言志""(诗)以耀明其志"诸说,⑤尽管这些说法或言贵族习诗之益,或言赋《诗》见志之事,关注点皆在诗之功能,尚未涉及诗歌的生成机制,⑥但已显示出"志"在早期中国诗论中的核心地位。至郭店简《性自命出》乃在天人关系的语境下对"情""志"的形成与展现过程做出细致描述:

---

① 章学诚著、叶瑛校注《文史通义校注》,第296页。
② 可参过常宝《制礼作乐与西周文献的生成》,第135—137页。
③ 阮元校刻《十三经注疏》,第418、946、993、979页。
④ 严格意义上来说,乐、舞并不能称之为文本,但文化人类学研究早已指出,人类早期文化中的诗、乐、舞高度融合,这在早期中国文献关于诗歌生成机制的论述中也得到充分体现,故本文将其作为一种整体的文本形态加以讨论。
⑤ 阮元校刻《十三经注疏》,第276、4336页;徐元诰《国语集解》,中华书局,2002年,第485页。
⑥ 关于"诗言志"最初主要是一种阅读理论,可参戴伟华《论五言诗的起源——从"诗言志""诗缘情"的差异说起》,《中国社会科学》2005年第6期。

> 凡人虽有性,心亡奠志,待物而后作,待悦而后行,待习而后奠。喜怒哀悲之气,性也。及其见于外,则物取之也。性自命出,命自天降。道始于情,情生于性。始者近情,终者近义。①

"天"在降"命"于人的同时赋予其自然感知能力,这就是"性"。"性"依托于"心"这一脏器,后者由主导不同情绪的四种"性气"构成,它们不具备独立运动的能力,只有在外物催动下才形成"情""志";换言之,在"天"降"命"成"人"之际,此人拥有情感能力,却不具备道德、知识与理性,是完全受制于"天"的"自然人"。随着外物催动性气产生"情""志",才形成独立于天的"人道",并接受社会公"义"约束,"自然人"由此成为"社会人"。因此,"人道"是天赋秉性与后天习得共同作用的产物,而因"物"生"志"的过程作为"人道"之始,是天人分际的关键。在此基础上,简文开始讨论诗、乐、舞的发生机制。

"性"既藏于内心,外人难以感知,故简文称"凡学者求其心为难";但"好恶,性也。所好所恶,物也",由于"性"中已存好、恶等情感偏好,故当天性所好之"物"出现时,自然触发喜气,反之则不免引发愠气,这就是简文所言"动性者,物也;逆性者,悦也"。性气运动而"见于外",遂导致表情、声音和肢体动作的渐次变化。《性自命出》细致分析了这一情绪活动的整个过程:

> 喜斯陶,陶斯奋,奋斯咏,咏斯犹,犹斯舞。舞,喜之终也。
> 愠斯忧,忧斯戚,戚斯叹,叹斯辟,辟斯踊,踊,愠之终也。②

喜、愠等性气一旦被触发,则进入"陶""忧"的情志阶段。先是表现为"奋""戚"等表情变化,继而触发语言机制,形成"咏""叹"等诗、乐文本,最终以"舞""踊"等肢体动作完成整个情绪的宣泄。简文"A 斯 B"的顶针式表达意在强调前后状态之间的必然性触发关系——尽管五官、声带、肌肉、骨骼等均是人体器官,但在情志的强烈催动下,它们都暂时摆脱主体的理性控制,进入不由自主的状态,这是此段论述的关键。类似说法又见于《诗大序》:"情动于中而形于言,言之不足故嗟叹之,嗟叹之不足故永歌之,永歌之不足,不知手之、舞之、足之、蹈

---

① 荆门市博物馆编《郭店楚墓竹简》,文物出版社,1998年,第179页。
② 荆门市博物馆编《郭店楚墓竹简》,第180页;释文参照李零《郭店楚简校读记》,中国人民大学出版社,2009年,第137页。

之也。"①除了顶针格,序文还加上一系列因果推导,"不知"二字更强调这些动作已超出自我意识的范围,凡此均显示诗、乐、舞的发生过程作用于人而受命于天。

《吕氏春秋·大乐》同样在天人关系的视域下将"乐"的生成归诸天地、阴阳,其关注点则在于"人"与"欲恶"之间的关系:

> 凡乐,天地之和,阴阳之调也。始生人者天也,人无事焉。天使人有欲,人弗得不求。天使人有恶,人弗得不辟。欲与恶所受于天也,人不得与焉,不可变,不可易。②

《礼记·礼运》言:"饮食男女,人之大欲存焉;死亡贫苦,人之大恶存焉。故欲恶者,心之大端也。"③人在自身形成过程中处于被动状态,故其情感偏好皆先天而成,非但不受主体意志控制,反而借助歌舞等人体活动来表现自身。由此看来,诗、乐、舞的生成肇端于天性被外物激活之际,此时之人为非理性状态下的"自然人"。这类观念在战国秦汉时期颇见流传,若以艾布拉姆斯"世界、作品、艺术家、欣赏者"的框架为参照,④此说悬置了艺术家在文本生成过程中的主观能动性。在世界面前,艺术家只是被动参与作品呈现的载体,其状态正如闻一多所言:"理性铸成的成见是艺术的致命伤,诗人应该能超脱这一点。诗人应该是一张留声机的片子……他自己不能决定什么时候响,什么时候不响。他完全是被动的,他是不能自主,不能自救的。诗人做到了这个地步,便包罗万有,与宇宙契合了。"⑤由此生成的文本实质上等同于鸟兽的啼鸣号咷,故《尧典》在描述歌诗的演奏效果时称"百兽率舞",⑥孔颖达《毛诗正义序》则径以燕雀啁噍和

---

① 阮元校刻《十三经注疏》,第563页。
② 许维遹《吕氏春秋集释》,中华书局,2009年,第110页。
③ 阮元校刻《十三经注疏》,第3080页。类似说法亦见于《墨子·非攻上》:"古者王公大人,情欲得而恶失,欲安而恶危。"《孟子·告子上》引告子言:"食色,性也。"《荀子·正名》:"欲不待可得,所受乎天也。"《韩非子·难三》:"人情皆喜贵而恶贱。"孙诒让《墨子间诂》,中华书局,2001年,第133—134页;阮元校刻《十三经注疏》,第5979页;王先谦《荀子集解》,中华书局,1988年,第427页;王先慎《韩非子集解》,中华书局,1998年,第371页。
④ 艾布拉姆斯著、郦稚牛等译《镜与灯:浪漫主义文论及其批评传统》,北京大学出版社,2015年,第5页。
⑤ 闻一多《文艺与爱国——纪念三月十八日》,《晨报》副刊《诗刊》第1号(1926年4月1日)。
⑥ 阮元校刻《十三经注疏》,第276页。

鸾凤歌舞为"诗理之先":

> 若夫哀乐之起,冥于自然,喜怒之端,非由人事,故燕雀表啁噍之感,鸾凤有歌舞之容,然则诗理之先,同夫开辟,诗迹所用,随运而移。①

既然连燕雀也会通过啼鸣表达悲喜,则情志表达就不再是人类独有的能力,而是一切生灵共有的天赋。至于感于哀乐、吟咏性情的"诗理"亦应与天地并生,远远早于人类的出现。孔氏将《诗大序》"诗者,志之所之也"的生成机制推演到极致,虽略显夸张,但深契序意。

由此看来,在《性自命出》《吕氏春秋》《诗大序》等战国秦汉文献中逐步形成一种关于诗乐生成机制的系统认知,其核心在于强调人以其非理性的自然状态参与文本生成,由此形成的文本本质上是一种自然物,本文将这种文本生成观念称为"天籁说"。事实上,早期文献多以"咏""叹""歌"等日常语言描述这类诗乐的产生,并无特定专名;若不得已而名之,则考虑到相关论述多在天人关系的语境下将诗乐的形成追溯至"天",同时强调诗歌作为听觉艺术的音乐性,故借用《齐物论》"天籁"一词:

> 子游曰:"地籁则众窍是已,人籁则比竹是已,敢问天籁。"子綦曰:"夫吹万不同,而使其自己也,咸其自取,怒者其谁邪!"②

万物在风中各因其天赋之形而发出和鸣,此所谓"天籁";人既为万物之一,其在外物作用下以天赋之心性、声音、肢体抒写情志,自然也是"天籁"的一种。当然,"天籁"在庄子的话语体系中是"无情"的,而诗、乐、舞却是"情""志"所生,二者似有违戾;不过,此情既出于天性,非由"成心",则虽有悲喜而不悖自然,此王弼所谓"圣人之情,应物而无累于物者也",③二者名异而实同。清人已用"天籁"描述上古歌诗自然天成的艺术风格,如胡渭认为上古"圣主贤臣,声出为律;儿童妇女,触物成讴。要皆有天籁以行乎其间",方玉润论《芣苢》之妙,以为"夫佳诗不必尽皆征实,自鸣天籁,一片好音",刘师培认为"古人作诗,循天籁之自然,有音无字,故起源亦甚古",罗根泽以《周易》卦爻辞为商代歌谣,亦

---

① 阮元校刻《十三经注疏》,第553页。
② 郭庆藩《庄子集释》,第49—50页。
③ 《三国志》卷二八,中华书局,1982年,第795页。

以"天籁"称之。① 这些说法中的"天籁"尚未成为诗学术语,但频繁的使用显示其作为文学批评概念的可能性已经随着清代诗学的发达逐步得到揭示,故笔者援用此语而赋予其新的内涵。

"天籁说"回避了修辞技巧、知识积累、社会身份等一切与个人有关的因素,关注文本与世界、文本与普遍人性之间的互动关系,尤其是人类意识世界中主体性的边界所在,由此赋予文本三方面的特点与价值,以下略作讨论。

首先,"天籁说"将文本的生成动力归本于"天",这不仅使得佚名歌诗获得充分的正当性,而且赋予其沟通天人的特殊功能,具有独特的数术价值。"天籁说"排除了个体对于文本生成的影响,使得作者在文本阐释中变得无足轻重,这对于风诗等佚名歌诗的理解具有重要价值。在"天籁说"的论述逻辑中,歌诗中颇有人力不能及的天意存焉,其节奏、韵律均为人类自然天性的流露,是一种超越人类,天人互通的特殊交流方式。在有关诗、乐文本功能的早期论述中,常强调其与天地、鬼神之间的沟通能力,《尧典》在论及诗乐之用时言"神人以和",《诗大序》在论及诗用时亦言其"动天地,感鬼神",②锺嵘《诗品序》则强调"舞咏"可使"灵祇待之以致飨,幽微籍之以昭告",③这些说法固然带有早期文献常见的神秘色彩,但在"天籁说"的文本生成机制下也确有其合理性。

基于这种合理性,佚名歌诗被视为对人间权力关系的一种突破,可以成为"天"谴告人君的媒介。《左传》中卜偃、师已均据童谣占测未知,《国语》范文子称"古之王者""辨妖祥于谣",《洪范五行传》则将"诗妖"与恒阳之罚、介虫之孽、犬祸等并列为人君"言之不从"所致妖祸。④ 东汉后期出现的《太平经》认为歌诗如天气流行,是时运治乱的体现,故通过诗作可以探知"天心":

> 故事不空见,时有理乱之文,道不空出,时运然也。故古诗人之作,皆天流气,使其言不空也。是故古者圣贤帝王,见微知著,因任行其事,顺其

---

① 阎若璩《尚书古文疏证》,上海古籍出版社,2010 年,第 250 页;方玉润《诗经原始》,中华书局,1986 年,第 85 页;刘师培《中国中古文学史 论文杂记》,人民文学出版社,1959 年,第 110 页;罗根泽《中国文学批评史》,商务印书馆,2015 年,第 41 页。
② 阮元校刻《十三经注疏》,第 564 页。
③ 王叔岷《锺嵘诗品笺证稿》,中华书局,2007 年,第 47 页。
④ 阮元校刻《十三经注疏》,第 3897、4580 页;徐元诰《国语集解》,第 388 页;《汉书》卷二七,第 1376 页。

气,遂得天心意,故长吉也。①

占术的知识基础在于区分天人之际,占卜者将人力无法掌控的现象归因于"天",并试图据其探知天意。这些现象既可表现为兆坼、蓍草、星变、物怪等自然物象,也可以是梦、嚏、目眴、耳鸣等人体表征。② 在早期知识观念中,后者既不受人主观意志掌控,又非致人疾痛的病变,故只能理解为"天"借助人体而显现的异象。诗歌成为具有占验价值的妖祥,足见其在早期观念中同样被视为作用于人体却无关人事的"天心意"。

其次,"天籁说"机制下生成的文本是人类天性的真实流露,具有自然的审美价值和忠信的伦理价值。自然状态下的人在外物刺激下不由自主地形诸歌咏,无需借助社会知识的渲染和修饰,由此形成一种反对知识储备和技术锤炼,强调感受、直觉的创作论。锺嵘在比较"经国文符"和"吟咏情性"两类文本时即指出,前者"应资博古",后者则"何贵于用事",认为"观古今胜语,多非补假,皆由直寻"。③ 知识与修辞会干扰心灵对于外部世界的澄澈感受,纯粹的自然美成为诗文品鉴的重要标准。儒家素来强调知识学习与文辞修饰,何以会出现这种具有反知识、反修辞倾向的诗论呢?这还是要基于"天籁说"的文本生成机制来理解。我们知道,"忠""信""诚"等概念在早期儒家心性论中受到广泛肯定,《孟子》以为"大人者,不失其赤子之心者也",④强调人性纯良可贵。郭店简《语丛一》将"人道"塑造分为内、外两个渠道:"天生百物,人为贵。人之道也,或由中出,或由外入。由中出者,仁、忠、信。""仁生于人,义生于道。或生于内,或生于外。"⑤正是因为具有"忠信"的先天品质,人类才可能借助后天教化而成为百物之"贵"。这里的"忠信"主要指一种至诚无伪的处世方式,故郭店简《忠信之道》言:"至忠亡讹,至信不背。"⑥与其伪饰造作掩饰内心,不如坦诚一腔真情,这就是《性自命出》所言:

---

① 王明《太平经合校》,中华书局,2014年,第184页。
② 《汉书·艺文志》有《黄帝长柳占梦》《甘德长柳占梦》《嚏耳鸣杂占》。《太平御览》引蔡邕《广连珠》:"臣闻目眴耳鸣,近夫小戒也。"《汉书》卷三〇,第1772页;李昉《太平御览》,中华书局,1960年,第212页。
③ 王叔岷《锺嵘诗品笺证稿》,第93页。
④ 阮元校刻《十三经注疏》,第5930页。
⑤ 荆门市博物馆编《郭店楚墓竹简》,第194页。
⑥ 荆门市博物馆编《郭店楚墓竹简》,第163页。

　　　　凡人伪为可恶也……凡人情为可悦也。苟以其情,虽过不恶;不以其情,虽难不贵。①

在"情""伪"的对照下,"情"由于其真实性而被赋予独特的美学价值。这种真实性无关个人修养,是由人类生理机制决定的。除上举《性自命出》《诗大序》外,类似论述又见于《大戴礼记·文王官人》:"喜气内畜,虽欲隐之,阳喜必见;怒气内畜,虽欲隐之,阳怒必见。"②内在情绪的激发必然带来表情、声音或肢体动作的变化,无法隐藏,故《孔子诗论》认为"诗无隐志,乐无隐情,文无隐意",《吕氏春秋·音初》认为"盛衰、贤不肖、君子小人皆形于乐,不可隐匿",《礼记·乐记》则言"乐不可以为伪"。③ 由此看来,诗乐的生成过程正是人性内在"忠信"之道的反映,故《性自命出》又言:"忠,信之方也。信,情之方也。情出于性。"④哪怕这种情志不符合儒家乐天知命的精神追求,只要发自肺腑,便无所愧怍,⑤故孔子称《诗》"可以怨",孟子则称《小弁》之怨,亲亲也。亲亲,仁也"。⑥

　　第三,"天籁说"机制下的文本生成过程具有公共性,诗、乐由此具有观风望俗的信息价值和普遍的教化价值。《性自命出》认为"四海之内其性一也",⑦以人性欲恶普遍无别。由于"情""志"的形成受制于内在之"性"与外"物"的互动,既然"性"成为常量,则外"物"就成为影响"情""志"的唯一变量,而诗、乐的情感风格也就与世情变化密切相关。《左传》中季札观乐而辨国俗,《国语》中范文子言"古之王者"命"在列者献诗",⑧显示歌诗的信息价值已为春秋贵族所关注,故孔子称《诗》"可以观",《礼记·乐记》《诗大序》《吕氏春秋·适音》则明确建立起诗乐的艺术风格与世风治乱的对应关系:

---

① 荆门市博物馆编《郭店楚墓竹简》,第181页;释文参考李零《郭店楚简校读记》,第138页。
② 孔广森《大戴礼记补注》,中华书局,2013年,第192页。
③ 马承源主编《上海博物馆藏战国楚竹书(一)》,上海古籍出版社,2001年,第123页;释文"隐"字参考李学勤《谈〈诗论〉"诗无隐志"章》,《文艺研究》2002年第2期;许维遹《吕氏春秋集释》,第143页;阮元校刻《十三经注疏》,第3330页。
④ 荆门市博物馆编《郭店楚墓竹简》,第180页。
⑤ 王弼《论语》注:"情动于中而外形于言,情正实而后言之不怍。"皇侃《论语义疏》,中华书局,2013年,第371页。
⑥ 阮元校刻《十三经注疏》,第5486、5997页。
⑦ 荆门市博物馆编《郭店楚墓竹简》,第179页。
⑧ 徐元诰《国语集解》,第387页。

> 故治世之音安以乐,其政平也;乱世之音怨以怒,其政乖也;亡国之音悲以哀,其政险也。凡音乐通乎政而移风平俗者也,俗定而音乐化之矣。故有道之世,观其音而知其俗矣,观其政而知其主矣。故先王必托于音乐以论其教……①

这种对应在《毛诗序》中得到实践,如《周南·兔罝》言"《关雎》之化行,则莫不好德",《周南·汉广》言"文王之道被于南国……无思犯礼,求而不可得也",这是治世安乐之音。《邶风·击鼓》言"怨州吁也……国人怨其勇而无礼也",《王风·扬之水》言"刺平王也。不抚其民,而远屯戍于母家,周人怨思焉",这是乱世怨怒之音。《王风·中谷有蓷》言"闵周也。夫妇日以衰薄,凶年饥馑,室家相弃尔",②这是亡国哀思之音。诗歌的艺术风格与诗序塑造的社会环境非常契合,读者由此深切感受到某个时代的共同情绪,至于诗作者的个人身份则可以完全忽略。当然,上举"三音"说只是笼统而言,任何政治都难免百密一疏,任何时代也都不免出现哀怨之音,但只有在"言之者无罪"的"有道之世",诗、乐才能充分发挥至诚无伪的特性,成为人君体察民情、拾遗补过的依据。《尚书大传》言天子巡狩,宜"命大师陈诗,以观民风俗",③班固与何休则先后构建出两种"采诗说",④其所言采诗流程虽有不同,但均强调诗作出自众庶,是国家治理的重要参照。另一方面,诗、乐的生成基于普遍人性,其接受同样不存在任何知识基础或社会身份的限制,是一种具有普遍感召力,又足以直击人心的独特艺术,故《性自命出》称"凡声,其出于情也信,然后其入拨人之心也厚",⑤诗、乐由此成为移风易俗的教化之具。

当然,上述价值只有遇到富于智慧与道德的阐释者才能实现,否则佚名的歌诗将如同四时枯荣的草木般随生随灭。《性自命出》在描述诗、礼、乐的最初形成时认为"其始出皆生于人",强调其为人类日常生活的产物,但在描述其经典化时则强调"圣人"的关键作用:

---

① 许维遹《吕氏春秋集释》,第 116—117 页。
② 阮元校刻《十三经注疏》,第 590、591、630、700 页。
③ 应劭撰、王利器校注《风俗通义校注》,中华书局,1981 年,第 8 页。
④ 《汉书》卷二四,第 1123 页;阮元校刻《十三经注疏》,第 4965 页。
⑤ 荆门市博物馆编《郭店楚墓竹简》,第 180、182 页。

> 圣人比其类而论会之,观其先后而逆顺之,体其义而节度之,理其情而出入之,然后复以教。教,所以生德于中者也。①

"人"在被动的自然状态下生成的文本经过圣人编纂与赋义后,又被用以教化"人",可见"人"虽然是文本的生成者,对其价值却缺乏自觉的认知,只有经过圣人这一特定读者的阐释,文本的教化价值才得以发掘,其中原本有违道义的成分也才能得以涤荡。"人"、文本与"圣人"之间由此建立起环流式的互动关系,这正是简文所谓"道""始者近情,终者近义"的内涵所在。《荀子·儒效》亦言:"故风之所以为不逐者,取是以节之也。"②风诗的形成同样被离析为两个阶段,首先是闾里邦人的自然创作,其中难免含有"逐"的因素;其次是圣人节文后形成的"不逐"之典,《史记·孔子世家》由此引申出夫子"删诗说"。③ 总之,"天籁说"机制下形成的文本高度依赖于阐释者的赋义,文本的经典化同时也是阐释者圣贤化的过程。

三、作 者 说

如果说"天籁说"赋予佚名歌诗多方面的文本价值,则"作者说"显然是伴随着私家著述的兴起而出现的一种文本生成观念,是在政治权威之外塑造思想权威的一种尝试。"作"广见于《诗》《书》与商周金文,"作册"是商周宫廷中负责书写事务的职官,文本"制""作"本是商周宫廷的日常行政事务,但在"作刺""制礼作乐""作《易》""制作《春秋》"等叙述中,"制""作"被赋予特定的文化内涵,并逐渐成为一种重要的文化权力。这一转变几乎在战国秦汉《诗》学、《礼》学、《易》学、《春秋》学文献中同时出现,与儒家经典阐释体系的建立密切相关。

不妨从《诗》学文献说起。除了从心性论层面论《诗》以外,晚周《诗》论对歌诗作者的道德、政治素养亦有探讨,《孟子》先后两次引用孔子对于《诗》作者的赞叹:

> 《诗》云:"迨天之未阴雨,彻彼桑土,绸缪牖户。今此下民,或敢侮予。"

---

① 荆门市博物馆编《郭店楚墓竹简》,第179页;释文参考李零《郭店楚简校读记》,第137页。
② 王先谦《荀子集解》,第133页。
③ 《史记》卷四七,中华书局,2013年,第2333页。

孔子曰:"为此诗者,其知道乎! 能治其国家,谁敢侮之。"

《诗》曰:"天生蒸民,有物有则。民之秉夷,好是懿德。"孔子曰:"为此诗者,其知道乎! 故有物必有则,民之秉夷也,故好是懿德。"①

前诗见于《豳风·鸱鸮》,据《尚书·金縢》知为周公之作;后诗见于《大雅·烝民》,卒章明言为"仲山甫永怀"之作。孔子由诗文推度"为此诗者"的政治素养,暗示诗文与作者之间存在某种个体性关联,故孟子论诗亦强调需"知其人",②凡此均与春秋行人"断章取义"的用《诗》方式大为不同,也越出了"天籁说"公共化文本生成机制的解释范围。事实上,即便在心性论层面,《性自命出》也指出,虽然先天之"性"纯任自然,具有普遍性,但经后天教习而"奠(定)"的"用心"却容有差异。不难推知,用心各异的人们在外物催动下必然形成风格各异的歌咏,可见在"天籁说"之外,战国秦汉时期还存在一种指向个性化风格的诗学观念,管见所及,其中最系统的论述见于《诗大序》所言变风、变雅的形成:

至于王道衰,礼义废,政教失,国异政,家殊俗,而变风、变雅作矣。国史明乎得失之迹,伤人伦之废,哀刑政之苛,吟咏情性,以风其上,达于事变而怀其旧俗者也。故变风发乎情,止乎礼义。发乎情,民之性也;止乎礼义,先王之泽也。③

大序将变风、变雅之作归诸衰世之"国史",此说值得注意。阎步克曾考证乐师与史官对"六艺"传承的不同影响,④大序此说显然是一种建构而非史实。与一般风诗径以"情动于中而形于言"不同,变风、变雅之作历经"发乎情"和"止乎礼义"两个阶段,前者基于人类天性,后者则受益于先王礼乐教化,是道德、理性作用下的自觉行为。这改变了风诗纯任情性的动力机制,势必对其艺术风格产生影响。据前举"三音说",诗境哀乐本与世风治乱一一对应;但变风如《邶风·简兮》《静女》《郑风·叔于田》《羔裘》《女曰鸡鸣》,变雅如《信南山》《甫田》《瞻彼洛矣》《鸳鸯》等,其诗境非但不显哀怨,反多安乐颂美之辞。《诗序》多以借古讽今

---

① 阮元校刻《十三经注疏》,第5849、5981 页。
② 阮元校刻《十三经注疏》,第5974 页。
③ 阮元校刻《十三经注疏》,第566—567 页。
④ 阎步克《乐师与史官:传统政治文化与政治制度论集》,生活·读书·新知三联书店,2001 年,第96—97 页。

为说,认为诗作者有意通过取材"旧俗"而警醒时君;换言之,人们不再如风中芦苇般被动地流露性情,而是基于自身道德、理性、知识和修辞能力,在高度自觉的心理状态下创作诗歌,其作品遂因取材的不同而呈现出安乐、怨怒、哀思等多样化的风格。在宫廷职官中,能够兼备这些素养,尤其是明悉"得失之迹"与"旧俗"者自非"国史"莫属,后者由此被视为变风、变雅的不二作者。可见,变风、变雅的独特性不仅在于世衰道微的社会环境,还在于其独特的创作主体与动力、语言机制。

类似说法也见于三家《诗》,且范围更为广泛。作为《毛诗》"四始"之首的《关雎》在三家《诗》中被视为刺诗,《史记·十二诸侯年表》以为"周道缺,诗人本之衽席,《关雎》作",《薛君韩诗章句》则认为"今时大人内倾于色,贤人见其萌,故咏《关雎》,说淑女,正容仪,以刺时"。[①] 诗人在王道乖戾之际并非直接倾吐怨怒,而是通过对理想中淑女之德的颂美讥刺现实。又如《召南·甘棠》显寓颂美之意,但《韩诗外传》却视其为"诗人"颂古刺今之作:"在位者骄奢,不恤元元,税赋繁数,百姓困乏,耕桑失时。于是诗人见召伯之所休息树下,美而歌之。"[②] 世道衰败不但激发了诗人的创作热情,而且要求他调动丰富的知识储备和艺术手法来实现其隐微意义的表达,这显然不是一般人具备的能力,上博简《季庚子问于孔子》遂称"夫《诗》也者,以志君子之志",[③]"言志"的主体被限定为君子,至司马迁终于提出"《诗》三百篇,大抵贤圣发愤之所为作",[④]《诗》作者不仅被限定为"贤圣",其创作情境也被塑造为困厄衰微的"发愤"之时。

《史记》中另一值得注意的现象是"诗人"的反复使用。从存世文献看,宋玉《九辩》最早以"诗人"指称《伐檀》作者:"窃慕诗人之遗风兮,愿托志乎素餐。"[⑤]《伐檀》"彼君子兮,不素餐兮"等句讥切时政,历来被视为刺诗。宋玉化用《诗》典,意在塑造抒情主人公"独耿介而不随""宁处穷而守高"的形象,其所慕"诗人之遗风"即指一种兼具独立人格和怨刺精神的风范。不过,"诗人"在战国文献中尚为偶见,至《史记》乃逐渐成为指称《诗》作者的专名:

  周道之兴自此(笔者注:公刘)始,故诗人歌乐思其德。

---

① 《史记》卷一四,第641页;《后汉书》卷二,第112页。
② 许维遹《韩诗外传集释》,中华书局,1986年,第30页。
③ 马承源主编《上海博物馆藏战国楚竹书(五)》,上海古籍出版社,2005年,第211—212页。
④ 《史记》卷一三〇,第3978页。
⑤ 洪兴祖《楚辞补注》,中华书局,1983年,第192页。

> 诗人道西伯,盖受命之年称王而断虞芮之讼。
>
> 懿王之时,王室遂衰,诗人作刺。
>
> 周道缺,诗人本之衽席,《关雎》作。仁义陵迟,《鹿鸣》刺焉。
>
> 于是戎狄或居于陆浑,东至于卫,侵盗暴虐中国。中国疾之,故诗人歌之曰:"戎狄是膺。""薄伐猃狁,至于太原。""出舆彭彭,城彼朔方。"
>
> 汤武之隆,诗人歌之。①

从用例来看,"诗人"既可颂美,亦可怨刺,但后者在汉儒诗论中显然更为重要,除上举《韩诗外传》《史记》用例外,又如董仲舒对策引《节南山》,以为周室之衰,"诗人疾而刺之";盐铁之议中文学引孔子之言,以为王道崩坏,"诗人疾之不能默,丘疾之不能伏";刘向封事引《角弓》,以为幽厉之际朝廷不和,"诗人疾而忧之";王逸以《抑》为"诗人怨主刺上"之言,并强调屈原"履忠被谮,忧悲愁思,独依诗人之义而作《离骚》"。② 先秦文献大量引《诗》,但并未形成指称《诗》作者的专名;汉儒揭出"诗人"这一专名,显示其关注点已经从诗句的义理及其所见世情风俗扩充到诗歌作者及其创作背景,后者在汉儒《诗》论中已占据重要地位。

与《诗大序》中的"国史"一样,"诗人"形象的最初塑造中包含两个核心要素:衰世遭际和怨刺精神;而不同的是,"诗人"彻底摆脱了宫廷职官体系,更具个人化色彩。事实上,尽管《诗大序》将变风、变雅之作尽归"国史",但各诗小序所言作者身份却充满多样性,故郑玄以"采诗说"加以弥缝:"国史采众诗时,明其好恶,令瞽矇歌之。其无作主,皆国史主之,令可歌。"此说增字为训,目的正在于消弭大、小序之间的矛盾。《毛诗正义》则径以"诗人"替代"国史":"明晓得失之迹,哀伤而咏情性者,诗人也,非史官也。《民劳》《常武》,公卿之作也;《黄鸟》《硕人》,国人之风,然则凡是臣民,皆得风刺,不必要其国史所为。"③诗歌创作不再与职务相关,而成为"诗人"的关键仅在于明晓"风谕之义"。④ 与"天籁

---

① 《史记》卷四,第 147、154、178 页;卷一四,第 641 页;卷一一〇,第 3464 页;卷一三〇,第 3977 页。

② 《汉书》卷二六,第 2521 页;卷三六,第 1934 页;桓宽撰集、王利器校注《盐铁论校注》,中华书局,1992 年,第 253 页;洪兴祖《楚辞补注》,第 48、49 页。

③ 阮元校刻《十三经注疏》,第 567 页。

④ 《汉书》卷三〇,第 1756 页。

说"机制下情性的自然流露不同,讽喻要求一定的知识、阅历与修辞能力,更需要不凡的理性精神与独立人格。"诗人"由此与"君子""圣人"一样,成为一种超越政治阶层的特定文化身份。从这个层面看,尽管西汉尚未迎来文人诗创作的高峰,但"诗人"专名的出现已经为文人诗创作做好了理论上的准备。

这种兼具个性、理性与修辞能力的创作者形象也见于《荀子·乐论》等战国秦汉礼学文献,尤以《礼记·乐记》最为系统。与《诗大序》通过变风、变雅凸显"国史"的形象相似,《乐记》通过"音""乐"之别凸显出"作者"的形象。对于声音不同生成机制的区分可见于《乐论》,荀子认为"声音动静"本于人"性术之变","不能无形",反映出其乐论的"天籁说"基础;但基于其"性恶"的伦理立场,荀子又认为性术若不受道德约束,必至于"乱",故深具道德理性的"先王"乃"制《雅》《颂》之声",以此涤荡物欲,端正人心,①这里的"先王"显然成为"性术"之外另一种诗乐创造主体。

《乐记》进一步阐明"音""乐"的内涵之别:"凡音者,生于人心者也;乐者,通伦理者也。""音"发乎情志,是体现人类普遍情感本能的"天籁";"乐"关乎理性,"唯君子为能知乐",是仅在部分人群中传习的特定文化,其生成机制如下:

> 人生而静,天之性也;感于物而动,性之欲也。物至知知,然后好恶形焉。好恶无节于内,知诱于外,不能反躬,天理灭矣。夫物之感人无穷,而人之好恶无节,则是物至而人化物也。人化物也者,灭天理而穷人欲者也。于是有悖逆诈伪之心,有淫泆作乱之事⋯⋯是故先王之制礼乐,人为之节⋯⋯故知礼乐之情者能作,识礼乐之文者能述。作者之谓圣,述者之谓明。明、圣者,述、作之谓也。乐者,天地之和也。礼者,天地之序也。和故百物皆化,序故群物皆别。乐由天作,礼以地制。过制则乱,过作则暴。明于天地,然后能兴礼乐也。②

这段论述的基本逻辑与《乐论》相似,但引入了天人关系的视角。与《性自命出》将好恶之"性"感物而动视为当然,认为"人情为可悦"不同;《乐记》认为"自然谓之性,贪欲谓之情",③静态的"性"才是其自然状态,一旦感物而动即落入"欲",

---

① 王先谦《荀子集解》,第379页。
② 阮元校刻《十三经注疏》,第3314—3317页。
③ 阮元校刻《十三经注疏》,第3314页。

若不加节制,就会招致暴乱,甚至天地本身亦如此:"化不时则不生,男女无辨则乱升,天地之情也。"由此可知,《乐记》之"天"与荀子之"天"相类,是自然性的客体,并不具有道德层面的完备性和权威性。"性"虽为天生,其中却暗藏着为物所惑的"人欲",故《乐记》以"天理"指称"天性"的应然状态,以"人欲"指称其实然状态,"天理"与"人欲"的矛盾本质上就是"天性"的应然状态与实然状态的矛盾。要避免"天理"为"人欲"反噬,只有以"礼乐"等先王之教加以救弊。换言之,"天"虽存"天理",但此理非"先王"不能明白,"天地之和""天地之序"的平衡状态亦非礼乐不能维持。所谓"乐由天作,礼以地制",先王以天地为素材制作礼乐,借其节制人欲,这种天人关系就是"礼乐之情",领悟此理者就是"作者",而能够以技术手段呈现此理者就是"述者"。"作者""述者"相辅相成,共同构成礼乐制作的主体。与"国史""诗人"相比,"作者""述者"制天命而用之,似乎更具智慧,但他们基于道德、理性与知识创造文明,扶危救弊的创作机制则大抵一致,这样的"作者"与"述者"同样是高度个人化的。

"作者"形象还见于战国秦汉《易》学文献。《左传》《国语》多次记载《易》占,但从未论及其起源问题,至《系辞》《说卦》乃关注卦象、卦爻辞的形成,并提出两种说法。其一被置于天人关系的语境下,以作《易》者为"圣人"伏羲:

> 古者包牺氏之王天下也,仰则观象于天,俯则观法于地,观鸟兽之文与地之宜,近取诸身,远取诸物,于是始作八卦,以通神明之德,以类万物之情。①

这是一个由认知到再创造的过程,《系辞》对此有进一步阐释:

> 仰以观于天文,俯以察于地理,是故知幽明之故;原始反终,故知死生之说;精气为物,游魂为变,是故知鬼神之情状。②

伏羲作卦的关键在于获"知"幽明、死生、鬼神之实,这里虽然涉及精气、游魂、鬼神等神秘知识,但其观天察地、原始要终的认知方式则深具理性色彩。《系辞》全面塑造了"天"与"圣人"之间的互动关系:"天生神物,圣人则之;天地变化,圣人效之;天垂象,见吉凶,圣人象之;河出图,洛出书,圣人则之。"总之,"天地设

---

① 阮元校刻《十三经注疏》,第179页。
② 阮元校刻《十三经注疏》,第160页。

位,圣人成能",①《易》卦的产生虽依托于天地万物,但只有经过圣人穷理尽性的认知过程和创造性的卦爻设计才得以实现,由此形成的《易》卦也就成为"弥纶天地之道",②却又独立于天地的象征体,足以窥知天机、占测祸福。《系辞》进而将网罟、耒耜、舟楫、杵臼、弧矢、宫室等器物的发明,以及市场、棺椁、书契等制度的建立均归因于《易》卦,后者俨然成为人类文明的渊薮、自主建立文明体系的大幕。可以发现,尽管以天人互动取代"天理"与"人欲"的对立,但《系辞》对于伏羲作《易》的描述与《乐记》中先王制礼作乐的机制仍颇为相似。③《系辞》所谓"天下之理""天地之道"即《乐记》之"天理",而伏羲与"先王"均基于对此至理的体认,以天地、万物为素材创造出某种文化形态,将其作为载道之具,二者均彰显出"人"的独立价值,其过程则同样具有高度个人化色彩。

有趣的是,《系辞》还有关于"作《易》者"身份的另一种叙述:

> 子曰:"作《易》者,其知盗乎?《易》曰'负且乘,致寇至'。负也者,小人之事也。乘也者,君子之器也。小人而乘君子之器,盗思夺之矣……"
>
> 《易》之兴也,其于中古乎?作《易》者,其有忧患乎?
>
> 《易》之兴也,其当殷之末世,周之盛德耶?当文王与纣之事耶?是故其辞危。④

与伏羲所作说不同,这位"作《易》者"忧于乱世,又不敢直陈其事,只能以危辞表达戒惧之心。《系辞》并未将"作《易》者"指向文王本人,至司马迁则径以文王拘而演《易》为说,最终形成兼顾伏羲、文王与孔子的"三圣"说。⑤《系辞》对两位"作《易》者"身份的建构分别对应于《乐记》所论天人关系和四家《诗》所论衰世遭际两种语境,折射出三者对创作者个性、理性和修辞能力的共同关注。

这两种语境在《春秋》公羊学中被融为一体。在《公羊传》中,"麟"以瑞兽而获于乱世,这已然昭示着天道沦替;颜渊和子路之死更使孔子发出"天丧予""天

---

① 阮元校刻《十三经注疏》,第170、189页。
② 阮元校刻《十三经注疏》,第160页。
③ 《系辞》"天尊地卑"至"一寒一暑"与《乐记》"天尊地卑"至"而百化兴焉"两段本就存在互见关系。阮元校刻《十三经注疏》,第156—157、3319—3320页。
④ 阮元校刻《十三经注疏》,第165、186、188页。
⑤ 《系辞》以"离""益""噬嗑"等重卦为伏羲所作,可知"人更三圣"说是汉儒为了整合《系辞》中两位"作《易》者"而建构的弥缝之说。《汉书》卷三〇,第1704页。

祝予"的悲叹,在紧张的天人关系和"拨乱世,反诸正"的现实压力下,"君子"作《春秋》"以俟后圣",实现了"尧舜之道"的传承。① 尽管孔子曾宣称其"述而不作",但经过《孟子》《公羊传》以至董仲舒、司马迁,孔子终于被塑造为"厄而作《春秋》"的又一位"作者"。②

综合战国秦汉文献对于"六艺"制作者的塑造,无论是《诗》学中的"国史""诗人",《乐记》中的"先王""作者""述者",《系辞》中的"包牺氏""圣人""作《易》者",还是《春秋》学中的"孔子""君子",尽管他们地位悬殊,相关经说的先后关系亦难以厘清,但显然呈现出共同的文本生成观念,那就是某些具有非凡道德、理性、知识与修辞能力的个人可以通过文本"制""作"明理载道,拨乱反正,这种观念在战国秦汉时期同样颇见传播,不妨称之为"作者说",其核心在于将文本生成视为高度个人化、理性化与技术化的过程,在此机制下生成的文本被视为一种人造物。

"作者"的政治身份不拘一格,关键在于其品格与文化素养,故尽管汉儒一度在崇圣的压力下对"作者"的桂冠讳莫如深,但无论是司马迁所谓"述",还是王充所谓"论",其实质均指向"作"。曹丕在汉人中重新发现"作者",终于使后者成为一种更具普遍性的文化身份:"余观贾谊《过秦论》,发周秦之得失,通古今之滞意,洽以三代之风,润以圣人之化,斯可谓作者矣。"③ 当然,无论是曹丕对贾谊的描述,还是其对徐幹《中论》"足传于后"的感叹,④都显示出某种经典化的期待。可见,尽管"作者"不再是圣人独享的尊荣,但仍是一种备受尊崇的文化身份。较"作者"略晚,"诗人"也成为一般诗歌作者的通名,⑤这些孕育于经传说记的专名就此成为诗文批评中常见的概念。

与"天籁说"相比,"作者说"机制下形成的文本具有三方面特点。

首先,"作者"是"人"独立于"天"的一种方式,显示出人类主体意识的觉醒,文本因此更具独立性。与"天籁说"强调人类情性的被动状态不同,在"作者说"

---

① 阮元校刻《十三经注疏》,第5114页。
② 《汉书》卷六二,第2735页。关于战国秦汉士人对于孔子"作者"形象的塑造,可参程苏东《书写文化的新变与士人文学的兴起——以〈春秋〉及其早期阐释为中心》,《中国社会科学》2018年第6期。
③ 李昉《太平御览》,第2679页。
④ 《三国志》卷二一,第608页。
⑤ 可参陈良运《中国古代的诗人论》,《诗探索》1988年第1期。

的视域中,人与天、地并为"三才",①具有高度的主观能动性。无论面对天性中隐藏的贪欲、天地之初的荒蒙,还是天道废替的乱世,"作者"们或制礼乐以节欲,或作卦以窥天机,或歌诗著文以讥刺,始终坚信人类自身的力量足以理解、把握乃至改变天命。这在上举《乐记》《系辞》中已有体现,而以董仲舒《春秋》"以元之深正天之端"的论述最为透彻。"天"在先秦文献中多被视为权力、知识的终极来源,董仲舒则在"天"之上建立起更具本源性的"元",《春秋》所言固为"天道",但其根本则为"元神",而"圣人"正是明此"元神"之人,相关论述可见于《玉英》:

> 惟圣人能属万物于一,而系之元也。终不及本所从来而承之,不能遂其功。是以《春秋》变"一"谓之"元"。元,犹原也。其义以随天地终始也。故人唯有终始也,而生不必应四时之变。故元者为万物之本。而人之元在焉。安在乎?乃在乎天地之前。故人虽生天气及奉天气者,不得与天元本、天元命而共违其所为也。……是故《春秋》之道,以元之深正天之端,以天之端正王之政,以王之政正诸侯之即位,以诸侯之即位正竟内之治。②

董仲舒认为论者所言之"天"只是"天气",而在"天气"之外尚有"天元本""天元命",后者存在于天地之先,是宇宙中统摄万物、终始唯一的"义"。在终极性的"元"面前,天地、四时不过是具体的物质性存在,而"人"由于具有理性与智慧,反倒成为唯一能够认知、把握此"元"的主体,不仅可以据其正王政、国事,更可上正天端,纠正天失。这一论述赋予圣人空前的超越性地位。

董氏所谓"元"与《乐记》所谓"天理"、《系辞》所谓"天下之理""天地之道"相类,体现出战国秦汉士人对"天"的新认知,这一方面有赖于时人对于"天"自然属性的不断体认;另一方面也与长期社会混乱导致人们在信仰层面对"天"的质疑有关。《小雅·节南山》已有"不吊昊天"之怨,司马迁则明确叩问:"倘所谓天道,是邪非邪?"③儒者要维持稳定的宇宙秩序,势必要在"天"之上建构起"元""天理"等更具本源性的概念。与"天"可以基于朴素的信仰不同,对这类抽象概念的把握需要理性的力量,故"圣人"在"元"与"天"的狭缝中获得独特的生存空

---

① 阮元校刻《十三经注疏》,第196页。
② 苏舆《春秋繁露义证》,中华书局,1992年,第69—70页。
③ 阮元校刻《十三经注疏》,第944页;《史记》卷六一,第2571页。

间。正是借助"圣人"这一形象,人类得以凭借"道""理"之名与"天"相抗,可以说,"圣人"承载着晚周士人对于理性精神与独立人格的向往。同时,如果说万物均为"天"所生养,则"文"作为人造之物,也就成为独立于"天"的存在,是"圣人"及其读者赖以挽回迷途之"天"的利器。这种独立性最直观的体现就是通过书写、刻铸使其获得独立的物质空间,因此,与"天籁说"之于声音一样,"作者说"与书写之间存在着重要的内在关联。

其次,"作者"生于乱世,他们以诗文讥切时弊,著述由此成为士人彰显自身独立价值的文化行为。圣人持"元"以正天端,其功用自然也退居"天"后,只有在"天"失序时才得以彰显,这有助于我们理解早期"作者"为何总是与乱世密切相关。《荀子·赋篇》言"天下不治,请陈佹诗",[①]"国史"见王道衰、政教失而歌诗,"作《易》者"当殷之末世而演《易》,孔子惧世衰道微而作《春秋》,著述成为"作者"批判现实、拨乱反正的重要方式。扬·阿斯曼在《文化记忆》中指出:"在之前的书写文化里,承载和维系'传统之流'的人群同时也是管理人才、医生、解梦人和占卜者,不管如何,他们是从属于政治机构的受命令者。""卡农形成的过程同时也是社会分化的过程,即出现了独立于政治、管理、经济、法律甚至宗教权威的人群。"[②]反映在战国秦汉时期,就是以宫廷为中心的书写传统出现松动,"无恒产而有恒心"的士人逐步成为著述文化的新主体。无论是"王者之迹熄而《诗》亡,《诗》亡然后《春秋》作",还是"学《诗》之士逸在布衣,而贤人失志之赋作矣",[③]孟子和刘歆处于战国秦汉这一重大历史变局的两端,他们对于《诗》学兴衰的判断虽然不同,但都准确揭示出以孔子为代表的士人在这一文化变局中发挥的主导作用。可以说,"作者"是战国士人文化的产物,代表着宫廷之外另一种文本制作合法性的建立,诚如曹丕所言:"是以古之作者,寄身于翰墨,见意于篇籍,不假良史之辞,不托飞驰之势,而名声自传于后。"[④]

当然,显名的另一面则是招谤的危险。"天籁说"中的怨怒之音是人类性情的自然流露,既非有意为之,亦无关个体,故不仅"言之者无罪",更"足戒"人君。

---

① 王先谦《荀子集解》,中华书局,1988年,第480页。
② 扬·阿斯曼著,金寿福、黄晓晨译《文化记忆:早期高级文化中的文字、回忆和政治身份》,北京大学出版社,2015年,第95、96页。
③ 阮元校刻《十三经注疏》,第5932页;《汉书》卷三〇,第1756页。
④ 萧统编、李善注《文选》,上海古籍出版社,1986年,第2271页。

"作者"则不同,其著述行为基于自身非凡的道德与理性,"以俟后圣"的书写心态更隐含着对现实的失望和抛弃,这些都给时君的政治权威带来挑战。孔子疑《春秋》将以"罪我",屈原则果遭"露才扬己"之讥。① 壶遂之问深刻揭示出"作者"与时君的紧张关系:"今夫子上遇明天子,下得守职,万事既具,咸各序其宜,夫子所论,欲以何明?"②

第三,"作者说"强调理性认知基础上的再创造,由此建立起衍生型文本的生成机制,修辞与结构亦成为文本阐释的重要视角。无论是伏羲观天地而作八卦,还是圣王"缘人情而制礼",③"作者"总是基于既有知识,在非凡智慧和表达能力的帮助下,通过某种符号体系展现其思想认知。基于此,"作者说"机制下形成的文本往往有其"前文本"(Pretext)存在,④它们可以是某种仪式或文献,也可以是天地、世情等尚未符号化的现象。"作者"可以像伏羲那样别创一套符号体系,也可以像国史那样歌旧俗以刺今,或是像周公那样因于殷礼而加以损益,甚至像孔子"因史记作《春秋》"那样,⑤只是通过对既有文献的甄选、改易或重组来表达己见,因此,与"天籁说"机制下形成的文本普遍具有原生性不同,"作者说"机制下形成的文本常常是有所援据的衍生型文本。这类文本的制作就方式而言是"述",但就思想的原创性而言却是"作",这正是孔子"述而不作"与孟子"仲尼作《春秋》"在表面分歧之下的内在一致性。"作者"大可不必创造新的符号或文辞,而是通过修辞和结构能力整合各类素材,使之承载其原创性、个性化的思想,故汉人常用"缀文""属文""捃摭""连结篇章"等具有技术性色彩的词语描述文章写作。同时,与"天籁说"强调文本"无隐"相反,《系辞》认为卦爻辞"其旨远,其辞文,其言曲而中,其事肆而隐",《左传》认为:"《春秋》之称,微而显,志而晦,婉而成章,尽而不污,惩恶而劝善,非贤人谁能修之?"《玉杯》认为《春秋》"好微",《史记·太史公自序》认为《诗》《书》"隐约",《屈原贾生列传》称

---

① 阮元校刻《十三经注疏》,第5903页;洪兴祖《楚辞补注》,第48页。
② 《史记》卷七〇,第3977页。
③ 《史记》卷二三,第1365页。
④ 可参皮埃尔·马克·德比亚齐著、汪秀华译《文本发生学》,天津人民出版社,2005年,第29—30页。
⑤ 《史记》卷四七,第2340页。

《离骚》"其文约,其辞微",服虔《左传》注认为《齐风》"辞约而义微",①"隐""约""微""婉""曲"成为乱世中试图救弊反正的"作者"明哲保身的重要技能,而对辞例、章法等隐微书写方式的把握则成为理解文本及其作者意图的关键。

四、两种文本生成观念的竞争与交融

不妨将"天籁说"和"作者说"的系统性差异表见如下:

	天 籁 说	作 者 说
表达主体	群体性	个体性
动力机制	性情	理性
语言机制	直寻	修辞

这种对举只是为了凸显两说的差异,并不意味着二者缺乏共同点。事实上,"作者说"虽然强调知识与理性,但并不否认情感在创作中的驱动作用,在司马迁笔下,屈原固然拥有"博闻强志,明于治乱,娴于辞令"的文化修养,但"屈平之作《离骚》,盖自怨生也",②《离骚》的创作仍有赖于其高度情绪化的心理状态。此外,无论是"直寻"还是修辞,两说都将"自然"视为文本最高的审美境界;无论基于情感还是理性,两说都包含了对于人性内在品质的关注,都将文本视为体现人性美好品质的载体,肯定文章的价值。上举《性自命出》《诗大序》《乐记》等文献均是两种文本生成观念的结合体,只是通过诗礼乐的"始出"与"复以教"、"风"与"变风"、"音"与"乐"等不同阶段或类型来显示两种文本生成机制的差异。

六朝以后,这种二分式的文本生成观念愈加显豁,颜延之区分"咏歌之书"与"褒贬之书",分别溯源至《诗经》和《春秋》。柳宗元将文道之本分为"著述"与"比兴",分别归本于《尚书》《周易》《春秋》和《风》《雅》;王士禛则将诗道分为"根

---

① 阮元校刻《十三经注疏》,第185、4154页;苏舆《春秋繁露义证》,第38页;《史记》卷八四,第2994页;卷一三〇,第3978页;卷三一,第1749页。

② 《史记》卷八四,第2994页。

柢"和"兴会",认为前者"原于学问",后者"发于性情"。① 就诗歌传统内部而言,张栻分出"诗人之诗"与"学者之诗",刘克庄分为"风人之诗"和"文人之诗",孙承恩、钱谦益等分为"诗人之诗"和"儒者之诗",②从不同侧面揭示出创作主体及其宗旨的差异对作品风格的影响。

由于"天籁说"和"作者说"都是基于经典阐释而建构的理想型文本生成理论,因此,当其由经学阐释转入诗文创作与批评实践时,相关构成要素必然发生变化和重组。尤其是"天籁说",此说虽然符合士人天人相感的价值观念与崇尚自然的审美情趣,但将文本的生成者完全置于被动状态,排除道德、知识、修辞等个人因素对文本的影响,等于完全否定了生成者的个体价值,这对于以著述为业的士人来说意味着一种彻底的自我否定,显然难以引起共鸣。因此,随着士人著述意识的觉醒,个体"作者"作为表达主体的地位获得广泛共识,"天籁说"逐渐成为一种纯粹的经学阐释理论,难以在士人创作论或诗文评中得到延续。不过,这并不意味着"作者说"就此取代了"天籁说";相反,自六朝至明清,受"天籁说"影响者几乎代不乏人,"作者说"则始终受到其他文本生成观念的挑战,并出现多种形态的分化。究其原因,"作者说"虽然在表达主体层面取得优势,但在动力和语言机制层面,其与"天籁说"之间始终存在竞争,出现了多种具有交互性的新说,也塑造出更为多样的"作者"形象。例如,在六朝藻饰文学观中,"作者"虽是独立的个体,其创作过程却主要依赖情感体验和修辞能力,反对理性、知识的介入,萧纲提出:"未闻吟咏情性,反拟《内则》之篇;操笔写志,更摹《酒诰》之作。"裴子野则从批评性角度描述这种创作风气:"自是闾阎少年,贵游总角,罔不摈落六艺,吟咏情性。"③这种创作论兼取"作者说"的表达主体、语言机制和"天籁说"的动力机制,将敏锐的情感体悟能力视为士人重要的文化素养,并赋予其高度的个性色彩。至于宋代理学家的文章观念又有不同,他们在表达主体和动力机制层面继承"作者说",强调工夫养成,对情欲深表警惕;在语言层面却反对修辞藻饰,追求"自在流出"

---

① 徐坚《初学记》,中华书局,1962年,第500、501页;柳宗元《柳宗元集》,中华书局,1979年,第578—579页;王士禛《王士禛全集(三)诗文集》,齐鲁书社,2007年,第1560页。

② 张栻《张栻集》,中华书局,2015年,第1506—1507页;刘克庄著、辛更儒笺校《刘克庄集笺校》,中华书局,2011年,第4413页;祝尚书编《宋集序跋汇编》,中华书局,2010年,第1500页;钱谦益撰、钱曾笺注、钱仲联标校《牧斋有学集(中)》,上海古籍出版社,1996年,第823页。

③ 《梁书》卷四九,中华书局,2020年,第766页;杜佑《通典》,中华书局,1988年,第389页。

的"化工生物"之境,如程颐所言:"人见六经,便以谓圣人亦作文,不知圣人亦摅发胸中所蕴,自成文耳。"①显示出"天籁说"的审美理想。

在文学史的演进中还逐渐形成一种融会"作者说"的表达主体与"天籁说"的动力、语言机制的文本生成观念,对诗文创作产生了巨大影响。"作者"基于个人长期的道德修养、知识积累和修辞训练,在偶然情绪的催动下达至出语天然的境界,成为这类诗文创作的最高理想。陆机《文赋》描绘了作者在构思过程中体物、选材、炼字、谋篇的复杂过程,但论及创作状态时则言:"方天机之骏利,夫何纷而不理。思风发于胸臆,言泉流于唇齿。"严羽在标举"兴趣"的同时亦强调作者的个人修养:"夫诗有别材,非关书也;诗有别趣,非关理也。然非多读书,多穷理,则不能极其至。"②论者虽然注重"情"在诗文写作中的关键作用,但也认为只有具备高度个性和知识素养的作者才拥有独特的情感体验能力,可以创造出独具魅力的艺术作品,故汤显祖认为"天下文章之所以有生气者,全在奇士",袁枚一方面认为村氓浅学偶成之句"虽李、杜复生,必为低首",但又以叶酉"人功未极,则天籁亦无因而至"为知言。曾国藩之言最为精要:"能使天籁、人籁凑泊而成,则诗之道思过半矣!"③

总之,作为战国秦汉时期逐步形成的两种文本生成观念,"天籁说"关注佚名诗乐的生成,肯定情感等人类天性的内在价值;"作者说"基于经典文本的生成,标举道德、理性、知识等文明的价值。两种观念分居天人关系两端,对其构成要素及其演变的梳理有助于我们重新认识中国文学批评自身传统的形成及其价值。在20世纪初传入国内的浪漫主义"表现说"影响下,论者追本溯源,常试图在此框架之下理解早期中国诗论,由此建构起贯通古今的"抒情传统"。④

---

① 黎靖德编《朱子语类》,中华书局,1986年,第3300页;程颢、程颐《二程集》,中华书局,2004年,第239、240页。可参张健《义理与词章之间:朱子的文章论》,《北京大学学报》(哲学社会科学版)2019年第5期。
② 陆机撰、张少康集释《文赋集释》,人民文学出版社,2002年,第241页;严羽撰、郭绍虞校释《沧浪诗话校释》,人民文学出版社,1961年,第26页。
③ 汤显祖撰、徐朔方笺校《汤显祖诗文集》,上海古籍出版社,1982年,第1080页;《随园诗话》,人民文学出版社,1960年,第88、149页;曾国藩《曾国藩全集》,岳麓书社,2012年,第372页。
④ 除前文所举朱光潜《诗论》外,亦可参陈世骧《原兴:兼论中国文学特质》,陈国球、王德威编《抒情之现代性:"抒情传统"论述与中国文学研究》,生活·读书·新知三联书店,2014年,第54—55页;张少康、刘三富《中国文学理论批评发展史(上)》,北京大学出版社,1995年,第23—24页;刘若愚著、杜国清译《中国文学理论》,江苏教育出版社,2006年,第130—132页。

通过对于"天籁说"的梳理可以发现,"表现说"在动力乃至语言机制方面的确与"天籁说"存在共同点;但就表达主体而言,前者强调抒情主体的个性表达,重视天才与灵感;后者则顺应天性,重视人类情感的普遍价值。作为一种独特的群体诗学理论,"天籁说"不仅有助于我们理解中国古典诗学何以兼重艺术价值与伦理价值,对于我们思考"作者"之外的文本生成主体及其阐释机制也提供了新的参照。

至于"作者说",近二十年来国际汉学界关于作者问题的研究中最重要的成就之一,就是揭示出早期中国文献普遍存在的合成性特征;而对于"作者说"的梳理则提示我们,文本的生成方式与"作者"观念的确立可能是密切相关但各自独立的两个问题,文本内在层次的复杂性并不妨碍单一性"作者"观念的出现。从"国史"到"诗人",从"先王"到"作者",早期中国的"作者"形象脱胎于宫廷,他们通过对既有文本的择取、改易和重组,在衍生型文本的书写中同样建立起对于文本的所有权,其写作意图成为文本阐释的核心指向。这一过程经由司马迁、王充、曹丕等人的持续推毂,最终形成具有普遍意义的作者观念,背后涌动着战国秦汉士人对于自身文化独立性的不断追求,这对于我们在跨文化视域下重新思考"作者"问题的本质同样具有重要的个案意义。

论唐代咏物律赋的结构形式

西南交通大学人文学院　李　栋

对于理解唐宋时期的赋体演变而言,律赋非常关键。它不但在时间上承前启后,连接起自六朝至北宋"骈赋—律赋—文赋"的体制演变,在形态上也是如此:骈赋体制讲究对仗、格律、用典,侧重描写与抒情,这些都被律赋继承,或进一步强化;文赋体制偏重议论,而律赋中也有相当大的议论成分,两种体制的形态由此关联。承前启后的过渡性质,使律赋成为一种奇特的矛盾综合体,考察它的形态及成因,将加深我们关于唐宋时期赋体演变轨迹的理解。因此,本文将集中关注律赋形态的过渡性质。

本文对律赋形态的研究,有以下两方面的限定。首先,选取"结构"作为切入点。以往的律赋研究在形态方面,主要关注律赋的限韵和格律问题;在功能方面,则主要关注科举试赋的具体细节,包括相关政策和争论等。[①] 限韵和格律的确是律赋区别于其他赋体体制的重要特征,[②]科举试赋的政策和争论也的确需要辨清,但除此之外,结构也是赋体形态的重要部分,并且与赋体功能有密切关联,而这方面的律赋研究还未引起足够的重视。本文即试图考察历来研究较少的律赋结构问题,说明科举规范对律赋结构的影响,并从结构角度

[①] 请参考邝健行《诗赋与律调》(中华书局,1994年)及《诗赋合论稿》(江苏古籍出版社,2002年)、尹占华《律赋论稿》(巴蜀书社,2001年)、彭红卫《唐代律赋考》(社会科学文献出版社,2009年)、王士祥《唐代试赋研究》(上海古籍出版社,2012年)、林岩《北宋科举考试与文学》(上海古籍出版社,2006年)、许瑶丽《宋代进士考试与文学考论》(上海古籍出版社,2015年)及《宋代律赋与科举——一种文学体式的制度浮沉》(人民出版社,2016年)、詹杭伦《唐代科举与试赋》(武汉大学出版社,2015年)、胡建升《宋赋研究:权力与形式》(上海交通大学出版社,2017年)等。

[②] 关于使律赋区别于其他体制的最关键因素,学界有不同的看法,例如邝健行认为是声律,而赵成林等认为是限韵。参见邝健行《律赋论体》,《四川师范大学学报》(社会科学版)2005年第1期;赵成林《律赋体式标准问题辨略》,《中国韵文学刊》2008年第1期;尹占华《律赋论稿》,巴蜀书社,2001年,第1页;赵俊波《再论唐代律赋的体式标准》,《辽东学院学报》(社会科学版)2010年第2期。

分析律赋与骈赋、文赋的关系，以期更好地理解赋体功能与形态在唐宋时期的演变。

其次，以唐代咏物律赋为研究对象。唐宋时期的律赋题目，大致可分为三类：咏物、事件、道理。① 这三类主题原本拥有各自不同的表现传统，但当它们被置于科举考试的严格规范之下时，各类主题律赋的结构形态就被同一种规律支配，变得相似起来。其中的咏物历来都是赋体的经典主题，特别适合用来考察不同赋体体制的形态差异；并且，咏物律赋数量庞大，对于考察律赋结构形态而言，也具有典型意义。而唐代则是律赋形态成熟的时期，也是律赋成就最高的时期。因此，本文选取唐代咏物律赋为考察对象。

一、应试背景下唐代咏物律赋的结构形式

唐代律赋的结构形式，非常深刻地受到了"切题"原则的影响。"切题"是考试背景下的重要写作原则，目的在于提供更多的客观标准，便于选拔。因此，"切题"程度因不同形式的考试而异，如果家中长辈给子弟命题，要求作一篇《小雪赋》，那么这篇赋可以只将"小雪"作引子，以抒情写志为主旨，而不是通篇扣住"小"和"雪"二字反复描摹；但如果是科举考试的题目，却必须如浦铣所言"作小赋必先认题。如《凉风至》《小雪》《握金镜》诸赋，须看其处处不脱'至'字、'小'字、'握'字。不则，便可移入《凉风》《雪》《金镜》题去矣"②，时时紧扣着题目中的关键词来展开，这是为了尽量减轻考官评判时的难度，帮助他们较快地从大量考生中选取优胜者。并且，除了这样"字"的切题之外，科举律赋还需有"意"的切题，即反复阐明某个既定的主旨，这通常由题目和限韵共同来提示，例如唐代宗大历十二年(777)的进士科赋题《通天台赋》的限韵是"洪台独存，浮景在下"③，它在标题基础上，进一步限定了作品表达的"意"。这对选拔而言，更加有利。

---

① 以唐代进士科试赋题为例，咏物类有《通天台赋》《明水赋》等，事件类有《腊日祈天宗赋》《珠还合浦赋》等，道理类有《性习相近远赋》《人文化天下赋》等。

② 浦铣著，何新文、路成文校证《历代赋话校证：附复小斋赋话》，上海古籍出版社，2007年，第382页。

③ 徐松撰、孟二冬补正《登科记考补正》，北京燕山出版社，2003年，第458页。

科举律赋的切题规则在中唐时期得以确立①,并持续约束着此后的律赋创作。这不但包括正式考试的写作,而且包括大量备考练习,即"私试"。白居易的私试作品在当时就曾被当作官方选拔和学子模仿的范本:"日者又闻亲友间说,礼吏部举选人,多以仆私试赋判传为准的。"②"乐天一举擢上第。明年,拔萃甲科。由是《性习相近远》《求玄珠》《斩白蛇》等赋,及百道判,新进士竞相传于京师矣。"③本文在此即以白居易的"私试"作品《敢谏鼓赋》为例,说明"切题"规则如何塑造了科举律赋的结构形式。

《敢谏鼓赋》(以"圣人来谏诤之道"为韵)用标准的应试写法作成,即扣住题目中的"谏"字和"鼓"字,时时不忘申明二者之间的关系;同时,根据"圣人来谏诤之道"的限韵内容,始终将"鼓"与"谏"置于朝廷背景中,与"君主纳谏"的理想政治相关联。为了便于说明,现将原文引用如下:

鼓者工所制,谏者君所命。鼓因谏设,发为治世之音;谏以鼓来,悬作经邦之柄。纳其臣于忠直,致其君于明圣。将使内外必闻,上下交正,于是乎唐尧得以为盛者也。

至矣哉!君至公而灭私,臣有犯而无欺。讽谏者于焉尽节,献纳者由是正辞。言之者无罪,击之者有时。故謇謇匪躬,道之行也;鼛鼛不已,声以发之。

始也土鼓增华,黄桴改造。外扬音以应物,中含虚而体道。不窕不摦,由巧者之作为;大鸣小鸣,随直臣之击考。

有若坎其缶于宛丘之下,又如殷其雷在南山之隈。音锵锵以镗鞳,响容与以徘徊。徼于帝心,四聪之耳必达;纳诸人听,七诤之臣乃来。

故用于朝,朝无面从之患;行于国,国无居下之讪。洋洋盈耳,幽赞逆耳之言;坎坎动心,明启沃心之谏。

---

① 从唐代科举考试的相关律赋作品来看,在唐初,题目和限韵对于律赋主旨的限定尚且相对宽松,律赋的结构方法也未成定规;自代宗朝开始,科举律赋的形态基本固定下来,用于科举考试的律赋普遍受到严格限制。而在正式考试之外写作的律赋,也有很大一部分受到"主旨"的严格限制。因此,从整体上来说,唐代律赋在中唐已形成了一种独特的结构规则。
② 白居易《与元九书》,朱金城笺注《白居易集笺校》第5册,上海古籍出版社,1988年,第2793页。
③ 元稹著、冀勤点校《元稹集》卷五一,中华书局,2010年,第641页。《性习相近远赋》是白居易参加贞元十六年(800)进士试的作品,另外二赋则是私试作品。

  且夫鼓之为用也，或备于乐悬，或施于戎政。以谐八音节奏，以明三军号令。未若备察朝阙，发挥庭诤。声闻于外，以彰我主圣臣良；道在其中，以表我上忠下敬。

  然则义之与比，德必有邻。将善旌而并建，与谤木而俱陈。是必闻其声则知有献替之士，聆其响不独思将帅之臣。嗟乎！舍之则声寝，用之则气振。虽声气之在鼓，终用舍之由人。①

  第一韵是破题和说明题意，首先利用律赋的偶对句式，将"谏"与"鼓"以相互依存的关系鲜明地呈现出来，回应赋题；其次由所咏之物引申到"君主纳谏"的政治理念，回应限韵。其中的"鼓因谏设，发为治世之音；谏以鼓来，悬作经邦之柄"②，既是对赋题的辨析，又是对全赋内容的概括，因为接下来赋的主体部分就按照这两句的思路展开：第二、第六韵主要表达"鼓因谏设"之意，第三至第五韵更强调"谏以鼓来"。最后一韵则是将这两个意思再次汇总，回应开头。整首赋也可以视作是有一个传统的"三段式"结构，首尾呼应，但这与传统的咏物赋的"三段式"有明显的差别③。

  依照汉魏六朝的文学传统，咏物赋通常围绕"物"本身来展开，即从每个角度敷陈描写，以穷尽的方式展示丰富信息。在一首咏物赋的"三段"结构中，中间的部分集中呈现这些内容。但科举律赋严格的"切题"要求使作品围绕着既定的"主旨"展开，所咏之物只是作为表现此主旨的载体而存在。因此，对于物的描写减少了，而对于既定主旨的说明则成为重点，"三段"的中间一段通常也就变成对这一主旨的多角度阐释。《敢谏鼓赋》以赋题而言，是一篇咏物即咏"鼓"的作品，但它实际上要借助"鼓"来说明"圣人来谏诤之道"的道理，因此，关于"鼓"的多角度信息在此并不必要，鼓的形制、鼓的制作工艺、鼓的发展史、与鼓有关的乐舞表演及典故等，这些在传统咏物赋中本来非常可能出现的角度，全部被舍弃了。在第三、四两韵，作者描写了鼓声，但这个描写主要是为表现"谏以鼓来"之意服务，因此相当简略；与之相比，对鼓的用途的说明则更充分，

---

① 《白居易集笺校》第 4 册，第 2617—2618 页。
② 《白居易集笺校》第 4 册，第 2617 页。
③ 关于咏物赋的"三段式"结构，请参考李栋《莲生何处：王勃〈采莲赋〉与咏物赋写作模式研究》，《齐鲁学刊》2018 年第 2 期。

因为它在所有相关角度中,最有利于呈现"圣人来谏诤之道"的主旨。

因此,规定了主旨的咏物律赋,实际上是借助咏"物"来吟咏"主旨"。在这个过程中,传统的咏物方式被相当程度地改变了,因为物象的丰富、神奇和瑰丽不再是关注的重点,而是仅作为工具,用来说明规定的意旨。

参考"道理"主题的律赋,我们可以更好地理解严格"切题"规则对咏物律赋的影响。考试背景下的道理主题律赋,对于"道理"的处理不同于普通的议论文:普通的议论文是"论证"道理,而道理主题律赋很大程度上是在"咏"道理。也就是说,通常要论证阐明一个道理,需举出一个或若干个相关事例,然后从具体的事例中总结出抽象的道理;或者是以严密的逻辑步步推演,层层递进,最终得出结论。这两种方式都有一个"论笔来回"的过程,即暂时离开论点的关键词,以获得充分的论据和论证,最后又重新回到论点,确认论点成立。然而严格的"切题"要求,使律赋必须时时紧扣着题目和限韵的关键词写作,片刻不得偏离方向。这就使得律赋中的引用不可能详尽,只能略微提及;律赋中的论证也很难构成一条前后贯通、环环相扣的逻辑思路。如此,从全文的角度来看,通篇只是以不同的文辞反复强调一个意思,而没有逻辑层面的线性进展,这就是"咏"道理,而非"论证"道理。

例如,白居易作《君子不器赋》(以"用之则行,无施不可"为韵),在开头从因果角度论述了"君子"与"不器"的关系,已经将题目和限韵内容充分解释清楚:

> 君子哉! 道本生知,德唯天纵。抱乎不器之器,成乎有用之用。不器者通理而黄中,有用者致远而任重。(第一韵,扣住关键词"君子"和"不器",点明题意)①

> 盖由识包权变,理蕴通明。业非学致,器异琢成。审其时,有道舒而无道卷;慎其德,舍之藏而用之行。(第二韵,阐释"用之则行")

> 语其小,能立诚以修辞;论其大,能救物而济时。以之理心,则一身独善;以之从政,则庶绩咸熙。既居家而必达,亦在邦而允厘。② (第三韵前半,阐释"无施不可")

---

① 所引原文后括号中的内容,均为笔者添加。下文同此。
② 《白居易集笺校》第 4 册,第 2620 页。

但下文又反复表达开头部分已经阐明的意思,如:

> 彼子贡虽贤,唯称瑚琏之器;彦辅信美,空标水镜之姿。是谓非求备者,又何足以多之?(第三韵后半,以子贡、乐广为反例)
>
> 岂如我顺乎通塞,含乎语默,何用不臧,何响不克?施之乃伊吕事业,蓄之则庄老道德。虽应物而不滞,终饰躬而有则。若止水之在器,任器方圆;如良工之用材,随材曲直。① (第四韵,仍以"用之则行,无施不可"许君子,从而说明其"不器")

这一部分以子贡、乐广作为反例,引出对君子"用之则行,无施不可"的赞许。但这赞许实则只是将开头部分换了文辞,在逻辑上并无任何推进。此赋接下来的部分,也都是这样的同意重复。由此可见,"切题"原则指导下的道理类律赋既包含一定的逻辑辨析,又无法在整体上展开论证。它们的逻辑辨析只限于阐明题目所给定的主旨而已。这与《敢谏鼓赋》等咏物律赋是一致的。

由此我们发现,尽管"物"与"道理"本是很不同的主题类型,传统上也往往用不同的表现手法来处理,但在严格的"切题"规范下,这两类主题的律赋共享了同样的写作思路与方法。它们显示,科举律赋在结构上有独特的规则:律赋中的每一韵都要阐明主旨,说明关键词之间、关键词与限韵之间的逻辑关系,这体现了论说体的特征;然而整篇律赋的结构,却是以不同的文辞表达同样的意思,几个意义段落之间是平行的关系,这妨碍了逻辑的真正推进,而更接近赋体的结构传统:围绕一个主题,展开多方面的罗列。因此,咏物律赋和道理类律赋的结构方式,是论说体和赋体的独特结合,而从根本上来说,赋体的因素在其中还是占据更主动的位置。

秦观论律赋道"作赋何用好文章,只以智巧钉铰为偶俪而已;若论为文,非可同日语也"②,他说的"好文章",指的是逻辑严密、条理清晰的议论文字。以既定主旨为中心的科举律赋,尽管都涉及逻辑问题,但更看重的其实是将典故和文辞有效组合,变换几种说法,反复阐明主旨。这样被着重考验的语言技巧,或许就是秦观所谓的"智巧钉铰"。

---

① 《白居易集笺校》第4册,第2620页。
② 李廌《师友谈记》,中华书局,2002年,第21页。

二、非应试背景下的唐代咏物律赋结构

在科举律赋之外,唐人又有许多律赋一定程度地背离了结构的严苛规则。这就意味着弱化逻辑辨析,放弃遵循严格的"切题"原则,更多地回归到骈赋的结构方式,并根据具体题目,不拘一格,灵活调整。这样的律赋形式能表现多样的主题和情感,所以造就了不少中晚唐的律赋名篇。以下即以晚唐时期著名的三位闽地作家王棨、黄滔、徐寅的咏物律赋为例,说明这种处理方法。

首先,对咏物律赋而言,放宽结构约束,经常意味着改变限韵内容。如果限韵侧重于描述,描述某种特质、动作、氛围、场景等,而不是一个逻辑性较强的"主旨",那么赋题与限韵之间就不再有需要特别说明的逻辑关系,严苛规则的约束就从根本上被削弱了。例如,王棨《琉璃窗赋》以"日烁烟融如无碍隔"为韵,这个描述性的限韵指出了琉璃窗的一个重要特质:透明,而"琉璃窗"与"透明"的关系,无需特别的逻辑辨析。因此赋作就可以将"透明"作为中心,反复摹写刻画,不必遵守严苛的结构规则。又如王棨《鱼龙石赋》以"一川中石无不似之"为韵,这鱼龙石大概是作者出行的时候遇到的,因为奇特而引起了他记载敷写的兴趣。赋末云"彼结网垂纶之士,与攀髻采珠之客,或命驾而西游,试回眸于此石"①,则此赋的限韵或许也可以看作是作者给后来者留下的导游信息,而不是逻辑辨析的线索。这样,物本身就能重新成为整篇作品的中心,作品结构也更接近于赋体的传统。

除了以"物"为中心之外,咏物律赋的限韵有时也通过描述场景、动作等,暗示一个"事件"中心,例如王棨《曲江池赋》(以"城中人日同集池上"为韵)、黄滔《馆娃宫赋》(以"上惊空壕,色施碧草"为韵)、《水殿赋》(以"翻量去日有水空流"为韵)、徐寅《寒赋》(以"色悴颜愁臣同役也"为韵)等。这样的限韵鼓励作者在赋中展示事件细节,以及与事件相伴随的个人思想情感,赋作结构的起承转合就更适应叙事、描写与抒情的需要,而放弃亦步亦趋的逻辑辨析。以黄滔《水殿赋》为例:

---

① 董诰《全唐文》第 8 册,中华书局,1983 年,第 8020 页。

昔隋炀帝,幸江都官。制龙舟而碍日,揭水殿以凌空。诡状奇形,虽压洪流之上;崇轩峻宇,如张丹禁之中。

　　当其城苑兴阑,烟波思起。截通魏国之路,凿改禹门之水。于是怪设堂殿,妙盘基址。屏开于万象之外,岳立于千艘之里。还于玉阙,控鳌海以峥嵘;稍类云楼,拔蜃江而耸峙。

　　……

　　既而谪惊鬼瞰,遽及神谋。銮辂而飘成覆辙,楼船而堕作沉舟。宝祚皇风,一倾亡于下国;霞窗绣柱,大零落于东流。

　　嗟夫！驾作祸殃,树为罪咎。穿河彰没地之象,泛水示沉泉之丑。血化兆庶,财殚万有。所以汤武推仁,不得不加兵于癸受。①

此赋吟咏隋炀帝在扬州游玩时建造的水殿,限韵以回望的眼光和没落后的景象"有水空流",提示了赋中咏古和感伤的基调,而不包含需要辨析的因果逻辑,使得科举律赋严格的"切题"规则很难施展,这就为叙事、描写与抒情划定了空间。赋的开头只是介绍了水殿的来历和雄伟,没有涉及限韵所规定的主旨,已并非严格的律赋写法;此赋前六韵都着力描写昔日水殿的雄伟和炀帝生活的逸乐,而在最后两韵忽然转入衰败的结局,显示出强烈的反差,更是与"咏道理"的写法非常不同。正是在"翻量去日有水空流"的限韵引领下,作品获得了自由开阔的描写及优秀的抒情效果。

　　这种"极写繁华、以衬衰败"的结构,与《琉璃窗赋》等又不相同,它充分发挥了"咏史"主题中"事件"的魅力。当时的咏史主题,常用这一结构来表现,无论主题是"物"还是"事件"。《十国春秋》称赞黄滔的律赋道:"《马嵬》《馆娃》《景阳》《水殿》诸赋,雄新隽永,称一时绝调。"②这里提到的《明皇回驾马嵬赋》《馆娃宫赋》《景阳井赋》《水殿赋》,都以历史上帝王经历的由盛转衰故事为题材,运用时空的截然对比来叙事和抒情:时间上今昔的盛衰变化,空间上"美人""宴饮""欢乐"与"军队""攻击""危机"的对比,形成了强烈的冲击,引发读者浓厚的情感体验。徐寅《过骊山赋》《驾幸华清宫赋》《五王宅赋》等,也是如此。《水殿赋》等虽以"物"为赋题,却与《明皇回驾马嵬赋》《过骊山赋》等一样,更多地从表

---

① 《全唐文》第9册,第8661—8662页。
② 吴任臣《十国春秋》卷九五,中华书局,1983年,第1373—1374页。

现"事件"的角度来安排结构。这是最合宜的选择，也必须在科举规则之外方能实现。

其次，律赋放宽结构约束，也经常表现为正文偏离限韵所规定的主旨。例如王棨《一赋》以"为文首出得数之先"为韵，然而赋作只在前半部分表现了限韵中的主旨之意，后半部分则广泛列举与"一"有关的典故，凑成骈对，如"若夫李陵呼时，荆轲去日。歌兴三叹之唱，智惭百虑之失。为山用篑，《鲁论》之义足征；载鬼以车，《周易》之文斯出"①，颇似《荀子·赋篇》以隐语暗示所咏之物的方法。显然在后半部分，作者已经放弃表现既定的主旨了，这是非应试环境下方可允许的对于"切题"规则的松懈。

至于在《鱼龙石赋》中，王棨更是将限韵仅仅用作押韵的标准。此赋以"一川中石无不似之"为韵，然而赋中仅有"盖以磊磊渐分，磷磷酷似"一语似乎提及了限韵之意，除此之外全是描摹鱼龙石的样貌，以及作者由此产生的丰富联想，以各种典故和奇思妙想连缀在一起，例如"既将转以扬鬐，亦因洇而无首。比岫居而苟可，于泥蟠兮曷不。中犹蕴玉，尚含吕望之璜；谁取支机，已在叶公之牖"。这也是回归到了常见的骈赋结构，以物象描摹为要旨，与科举律赋迥异。

还有徐寅《寒赋》(以"色悴颜愁臣同役也"为韵)，引入了赋体传统上的"对问"结构，仿照宋玉《风赋》而成。赋中"人主之寒"与"下民之寒"的描摹对比，并非限韵所能概括，限韵在此处，也主要是提供押韵的依据罢了。通过进一步无视限韵的内容，徐寅将律赋结构重新调整到了早期赋作的经典模式，在"对问"的结构之中，最重要的依然是丰富的铺陈描写，而非叙事或议论：

> 壬子岁，大雪蒙蒙，繁云锁空。白日光没，樵蹊脉穷。地洞冱②而履不得，天飑飑而飞不通。庭兰落翠，禁树催红。安处王乃去广殿，即深宫，兽炭呀焰，狐裘御风。频谓左右曰："寡人今日之寒斯甚，曷与下民而同？"
>
> 凭虚侯进言曰："大王自恐严凝，罔忧邦国。下民将欲冻死，大王未有寒色。"王曰："下民之理，闻之可得？"
>
> 对曰："只如负御三边，弥年不还。戍远燕岭，衣单雁山。铁甲冰彻，金

---

① 《全唐文》第8册，第8008页。
② 据《全唐赋》此篇下注，"洞冱"当作"涸冱"。参见简宗梧、李时铭主编《全唐赋》，台湾里仁书局，2011年，第7册，第4466页。

刀血殷。风刮衰力，砂昏少颜。大军之生死频决，上国之英豪甚闲。今则冻平辽水，雪满萧关。此战士之寒也，王曷知其险艰？……"①

总之，通过使用不适于逻辑辨析的限韵，或忽略限韵对作品内容和结构的约束，王棨等人使律赋创作获得了更大的自由。整体来看，这些作品往往采用赋体的经典结构，并能根据主题的特质，灵活调整。这是其中产生若干名篇的必要保证。

三、结构"反规则"的重要条件：纳卷制度和行卷风气

律赋由骈赋发展而来，其严格的限韵及格律规范，都是骈赋原有特质被科举收编、并进一步强化的结果。但是，骈赋的发展历程充分说明，限韵和格律作为高难度的文学技巧，本是贵族文化和宫廷创作场域的产物。孙绰为《天台山赋》"掷地金声"而得意不已，这样对精致形式的探索，只有在贵族文化和宫廷场域的背景下，才能得到充分赞赏，而不必受到"无益于社会政治"的指责。然而，限韵和格律规则用于科举考试，却又是因为它们在选拔时尤其便于操作，特别适用于超大规模的统一考试②，而这个统一的进士考试，正是唐宋时期贵族文化瓦解、创作场域向宫廷以外扩展的重要原因。由此，律赋的形式和功能中就天然存在着错位：这种根植于贵族文化的精致形式，是进士士大夫们必须熟练掌握的文学技巧，但它并不适应这个群体的文学需求——他们期待文学"有补于时事"，从而显示自己参政的合理性。科举是否应当考诗赋的争论，从唐代一直延续到北宋③，就是由这种错位导致的。

---

① 《全唐文》第9册，第8748—8749页。
② 初唐的科举考试规定考察"杂文"两篇，但并无一定之规。在唐高宗永隆二年(681)八月敕中，进士科增加杂文考试的理由是："如闻……进士不寻史籍，唯诵文策，铨综艺能，遂无优劣。"参见王溥《唐会要》卷七五《贡举上·贴经条例》，中华书局，1955年，第1375页。至玄宗天宝年间，"杂文"基本确定为一诗一赋，当是因为限韵和格律规则能用作有效的量化标准。据颜真卿《朝议大夫守华州刺史上柱国赠秘书监颜君神道碑铭》可知，武后垂拱元年(685)进士试已有赋题，学者多已辨其非；而从现存唐代进士科试题的资料来看，"杂文之专用诗赋，当在天宝之季"大致可靠。参考张亚权《论"作诗赎帖"——唐代进士科取士标准研究》所列"唐代进士科杂文考试内容流变表"，《中华文史论丛》2001年第4期。
③ 参考林岩《北宋科举考试与文学》第三章第一节，上海古籍出版社，2006年。

随着进士士大夫的群体不断扩张、地位不断上升,他们发展出新的文化追求,而律赋的精致形式越来越不能适应这种追求,逐渐成为读书人的负担。读书人要实现这种精致,不但必须从幼年起大量积累、练习,而且每一次创作也耗费很多精力和时间。在这种情况下,律赋就越发被限制在科举考试的范围之内,即正式考试和大量的模拟考试练习,因为若是脱离了考试的强约束力,人们就往往选择其他文体,如记、序、论、策、诗歌等,它们不但更便于表达思想、抒发情感或彼此交际,而且写作难度较小。当王安石在北宋中期推进改革,取消诗赋考试之后,律赋就迅速淡出了众多读书人的生活,以至于后来皇帝和执政大臣都发现,进士的文采因缺乏诗赋练习而不足。① 可见律赋创作在北宋时,确实严重依赖科举考试的背景。而中唐与晚唐的社会文化,与北宋相比虽仍保留了较多的贵族气息,尤其是中唐时律赋体制刚确立,较容易激起作家在艺术层面上的开拓兴趣,但参考当时"古文运动"兴起、诗歌唱和流行、不断有人讨论科举是否应当考诗赋等现象,我们也可相信,在中晚唐时期,律赋创作的兴盛同样非常依赖科举考试这一背景。

　　与限韵、格律不同,严格的"切题"规则是贵族文化之外的东西——贵族人数有限,自是不需要设置这种专用于选拔的限制手段②。对于赋家而言,限韵和格律是实现精致艺术形式的手段,但严格"切题"规则的作用主要在于加大写作难度,严重束缚抒情、叙事和描写,弊端明显。因此,如果不是备考,不太会有人专门来写符合此规则的律赋。唐宋作家普遍在中举之后就很少创作律赋,更不用说此类律赋了。那么,违背了这一规则、只符合限韵和格律规范的律赋,既不能用于正式考试,又有比较高的写作和接受难度,为何在中晚唐时期仍然受人青睐,且产生了不少优秀作品? 笔者以为,除了艺术层面的吸引力之外,唐代科举的纳卷制度和行卷风气应当是一个重要原因。即是说,唐代的举子在前往礼部参加进士科考试之前,要事先向礼部交纳"省卷",或称"公卷",这是由制度

---

①　宋人笔记等多论及此,如沈作喆《寓简》卷五"本朝以词赋取士"条、《曲洧旧闻》卷二"裕陵晚年患经术之弊欲复诗赋取士"条、《后山谈丛》卷一"王安石改科举之失"条等。见沈作喆《寓简》,中华书局,1985年,第33页;朱弁撰、孔凡礼点校《曲洧旧闻》,中华书局,2002年,第101页;陈师道撰、李伟国校点《后山谈丛》,中华书局,2007年,第24页。

②　贵族背景的作家偶尔运用这个规则,因难见巧,是可能的,但他们无需将此确立为一个广泛的创作规则。

规定的行为①；同时，举子们向有力的推荐者"行卷"的风气也非常浓厚，目的是经由他们的推荐获得考官赏识，争取及第的机会。正是这样的制度和风气，为放松限制的律赋创作提供了重要空间。

关于唐代的纳卷制度与行卷风气，前人研究已备②，此处不再赘述。需要注意的是，程千帆在谈论唐代进士行卷风气对文学创作的积极作用时指出，行卷风气使作者不至囿于唐代科举的省试诗赋，因此能为举子提供一个更适于展现个人才华的空间③。而实际上，对于擅长作律赋的举子来说，正式考试的律赋往往也不足以展示他们的最高水平，他们以平时创作的律赋来行卷就是理所当然的事情。黄滔《刑部郑郎中启》云："试赋一轴，谨诣宅祗候陈献。"④其《卢员外浔启》亦云"昨辄以近试赋轻黩门墙"⑤，均是以律赋行卷的记录。我们虽然无法确定这些赋作的篇目，但以理度之，对于黄滔那些并未遵循严格"切题"规则的作品，这种情境尤为合适，因为它们代表了律赋所能达到的艺术最高水准，能够显示作者的才华，并且它们的读者也有足够的鉴赏眼光和阅读兴趣。在当时的历史背景中，恐怕没有更适于此类律赋创作的契机了。清人李调元论中唐诸家律赋云"《文苑英华》所载律赋至多者，莫如王起，其次李程、谢观，大约私试所作而播于行卷者"⑥，笔者认同这个意见。我们今日所见的唐代律赋，应该有很大一部分都曾"播于行卷"。

宋代的情况也可作为旁证。宋初，科举考试仍沿袭前代，有纳卷环节，并盛行行卷之风。宋初作家的文集中也能发现一些并不严格遵守结构规则的律赋，与晚唐五代的情况相似。例如，田锡《春色赋》（以"暖日和风，春之色也"为韵）、《群玉峰赋》（以"玉峰耸峭，鲜洁新明"为韵）、《雁阵赋》（以"叶落南翔，云飞水宿"为韵）、《晓莺赋》（以"芳天晓景，晚听清音"为韵）四赋，及文彦博《雁字赋》

---

① 《全唐文》录窦仪《条陈贡举事例奏》云："其进士请今后省卷限纳五卷已上，于中须有诗、赋、论各一卷，余外杂文、歌篇并许同纳，只不得有神道碑、志文之类。"第9039页。
② 请参考程千帆《唐代进士行卷与文学》，上海古籍出版社，1980年；傅璇琮《唐代科举与文学》第十章"进士行卷与纳卷"，陕西人民出版社，1986年；罗联添《唐代文学史两个问题探讨》《论唐人上书与行卷》，收入氏著《唐代文学论集》，台湾学生书局，1989年，第253—274、33—136页。
③ 《唐代进士行卷与文学》，第52—56页。
④ 《全唐文》第9册，第8673页。
⑤ 《全唐文》第9册，第8675页。
⑥ 李调元《赋话》卷二，中华书局，1985年，第11页。

(以"云净天远,腾翥成字"为韵),都是结构较自由的咏物律赋。这些作品主题较活泼,结构较松散,都不太可能出现在宋代正式的科举考试中。至仁宗庆历元年(1041)八月,纳卷制度终于被取消:"权知开封府贾昌朝言:'故事,举人秋赋纳公卷。唐以来礼部采名誉、观素业,故预投公卷。今既糊名、誊录,则公卷但录题目,以防重复,不得观其素业。一切考诸试篇,则公卷可为罢。'从之。"①但行卷之风在真宗景德四年(1007)后应当已经开始衰退②,且从贾昌朝的话来看,景德四年后的公卷也已失去用途,因此,从景德四年之后,纳卷制度和行卷风气就逐渐失去对科举考试的影响力。③ 与之相应,我们从此后中进士的北宋作家文集中,很少能看到不合结构规则的律赋,那些活泼的律赋题目也较少出现了。由此看来,恐怕正是因为宋初仍有纳卷制度和行卷风气,《春色赋》这样的作品才较多地出现在田锡等人的习作中。

以宋代的情况作为参照,则中晚唐时期的律赋创作没有完全被结构规则限制,应当是得到了纳卷制度和行卷风气的重要支持。在中唐以后的社会背景下,个别作家尤其欣赏律赋形式、专注于律赋的艺术创新,这种情况确实可能存在,但要使众多作者都耗费大量心力,专注于律赋写作,恐怕除了考试语境,任何其他的语境都不能提供足够的吸引力。毕竟,那些放弃了严格"切题"的作品,仍有创作和阅读双方面的高门槛限制,如果应试者只为正式考试才练习律赋,恐怕就很难在这样"不规范"的律赋上下很多功夫。而中晚唐时期诞生了相当数量的此类赋作,其中林滋《小雪赋》、王棨《凉风至赋》、黄滔《明皇回驾马嵬赋》等名篇,代表了唐代律赋的最高艺术成就。纳卷制度与行卷风气既与科举有关,又并非正式考试的环节,可能为这些作品提供了比较充足的动力。

---

① 李焘《续资治通鉴长编》第10册,中华书局,1985年,第3162页。
② 据《续资治通鉴长编》卷三三,宋太宗淳化三年(992)殿试已开始施行"糊名"制度。又真宗景德四年十二月十一日,令礼部试糊名考校,同时又施行"誊录"制度。这些政策都是要减少录取中人情因素的干扰,将录取的依凭尽量限制在几场考试的答卷成绩上。已知最早的关于宋代科举的誊录记载是真宗景德二年(1005)五月御试时,"帝召王钦若等一十一人,于内阁糊名考校,分为六等。别录本"。参见刘琳等校点《宋会要辑稿》第9册,上海古籍出版社,2014年,第5392页。此后誊录法逐渐推广。另外,据《宋会要辑稿》的记载,此前的咸平二年(999)、四年(1101)两次礼部试已行糊名法,与《长编》不同。请参考祝尚书《宋代科举与文学》第四章,中华书局,2008年。
③ 不过,纳卷制度取消后,仍有残余的行卷之风,参考钱建状《糊名誊录制度下的宋代进士行卷》,《文学遗产》2012年第3期。

四、律赋结构与赋体发展的关系

本文讨论"结构",不仅关注具体赋作的文章整合方式,更从整体的角度关注赋体结构的"时间性"和"空间性"差异。大致而言,赋体体制在唐宋时期的整体变化趋势,正是从"空间性"结构变为"时间性"结构①。而科举律赋的结构在其间获得了一种承前启后的过渡性质,同时具备"空间性"与"时间性"的某些特征,但也因此而矛盾、尴尬,因为这两种结构在根本上彼此对立,无法融合。

所谓"空间性"结构,是指文章整体上不强调呈现因果逻辑,而关注陈列、描摹丰富事物,犹如风景画以空间的展开为主要线索,通过展示视觉上的直观美感来提供审美愉悦。"空间性"结构这个说法对于文学作品而言,是一个包含了"模拟"过程的概念,因为文学是语言的艺术,而语言以时间为其基础,因此文学本来无法像绘画那样,直接地表现空间,只能通过"模拟"的方法,来造成人类思维中的空间想象②。在中国文学中,最擅长模拟空间的文体,就是赋体,汉代大赋尤其是典型,它们以丰富的列举和描摹为文章主体,而较少讲述跌宕起伏的故事或发表逻辑复杂的议论。在处理文章的具体间架结构时,汉大赋也注重指示空间方位的变化,而较少涉及时间顺序的变化。由此,汉大赋使读者在头脑中形成比较清晰的空间感,并在想象广阔空间中的丰富物象时获得审美愉悦。汉大赋这种强调"空间性"的文学经验,后来也成为赋体文体规范的基本传统。大致来说,一直到宋初,赋作都以"空间性"结构为其主流。

所谓"时间性"结构,正与"空间性"结构相对照。它是指文章整体上强调因果逻辑的呈现,重视讲述事件的复杂经过,或道理中所蕴含的复杂逻辑,而抑制以简明逻辑铺陈出来的丰富物象,不强调广泛的、细致的描写。它以时间的展开为主要线索,通过引人入胜的叙事和逻辑严谨的说理来提供审美愉悦。"时间性"结构对于文学来说,需要的"模拟"较少,因为语言本身就是时间性的。"时间性"结构在赋体中并非晚出,因为早期的赋作形态非常丰富,其中有若干

---

① 关于宋代"文赋"与结构的"时间""空间"性质,请参考周裕锴、王朋《时间与流水:宋代文赋书写方式及其审美观念》,《复旦学报》(社会科学版)2016年第4期;李栋《苏轼对赋体的标举与宋代文赋的发展——以〈超然台赋〉〈黄楼赋〉为例》,《新宋学》第八辑,复旦大学出版社,2019年。

② 参考邓乔彬《诗的"收空于时"与画的"寓时于空"》,《文艺理论研究》1991年第2期。

作品重视叙事和议论,例如"俗赋"就大多侧重叙事,从而有明确的"时间性"结构。即便在属于精英文学的赋作中,也不是没有"时间性"结构的因素,例如先秦和汉赋中的"问答体"作品,往往以二人或数人对话构成叙事框架,并比较重视表达观念,从中可以发现对因果逻辑的重视。不过,从先秦以至宋初的赋作和赋论来看,属于精英文学系统的赋体,在整体上不强调"时间性"结构,复杂因果逻辑在赋作中通常会受到较强的抑制。

整体而言,赋体结构在北宋中期呈现出明确的变化,当时有不少赋作都倾向于采用"时间性"结构。这个结构上的变化实则从唐代逐渐发展起来,与唐宋古文运动的进程保持了基本一致的联动状态。随着唐宋古文运动在北宋中期基本完成,赋体结构的变化也清楚地显示了出来。后人总结宋赋的这种特点,称之为"文赋",意即这是以古文的作法作赋。①

而唐宋时期用于科举考试的律赋,则在考试的特殊背景下,发展出了独特的结构方式。它以科举考试的"切题"规则为基础,使律赋的每个段落都紧扣着限韵所给定的"主旨"阐述议论,从而将律赋的段落内部结构侧重于"时间性";但同时,由于每个段落所论述的都是同一个"主旨",所以整篇作品在篇章层面上并没有逻辑推进,而是呈现出段落之间的平行关系,因此其篇章结构是"空间性"的。也就是说,这种结构方式介于汉魏六朝赋的"空间性"结构与宋代"文赋"的"时间性"结构之间,既与双方都有关联,又与它们都不相同。

然而,"时间性"与"空间性"两种结构从根本上彼此对立,不可能真正融合,因此,科举律赋的结构从一开始就自相矛盾。它不是日常写作背景下的产物,不以传达信息和情感为首要目的,而是在考试的多种现实规则束缚下,以展示文字应用技能为首要目的。只有在考试背景下,才能产生这样的结构。不过,值得注意的是,这种奇特而别扭的结构,除了利于实际选拔、便于操作之外,也符合唐宋时期统治者与士大夫阶层的某些文化需求:随着进士考试的推进,士大夫群体的身份也逐渐脱离贵族背景。他们凭借文学能力进入仕途,并且热切地希望将文学作为"言论",用来展示自己辅助君主、维持统治的能力。由此角度看来,从初唐至晚唐,进士科律赋越来越倾向于采用道理主题,咏物律赋的限韵内容也愈发强调逻辑辨析,向道理主题律赋靠拢,就符合当时的文化倾向。

---

① 请参考前引李栋论文。

这些题目往往出自儒家经典，既便于统治者控制士人群体的思想，也便于士人展现自己对于政权的价值。与之相应的，则是强调议论说理，于是科举律赋强化了逻辑辨析，在结构的"空间性"之上叠加了"时间性"。也就是说，律赋形态的矛盾特质，深刻受到时代文化的影响。

通过考察唐宋科举律赋的结构，我们能更好地理解赋体在唐宋时期遭遇的困境：由于创作主体由贵族士大夫转变为进士士大夫，精英阶层的文化和审美需求也日渐改变，赋体传统的"铺采摛文"特质不再具有强烈的吸引力。然而，对于赋体来说，"铺采摛文"已经在汉魏六朝凝定为其基本的文学特质，改变这一点，就是动摇文体的根本，自然也会阻碍文体发展。唐宋的作家确实做了这样的尝试，创作了《阿房宫赋》《秋声赋》《赤壁赋》等，整体而言，略于铺陈、重视说理，后世称为"文赋"。但"文赋"的佳作也并不能唤起充分的创作热情，推动赋体进一步发展。赋体在唐宋文体系统中的地位，已不复汉魏六朝时的"核心"状态，在宋代以后，更是再也没有实质性的进步。这原因在于，"文赋"的尝试，符合新历史情境下的文化需求，但同时代的若干散文文体如记、序、论、策等，更能自如地满足此类需求，赋体与它们相较，不但并无优势，此前的深厚积累，反而在此时变成劣势。因此，"文赋"体制也就不能长远发展。对于赋体来说，只要历史情境没有根本性变化，这就是无解的发展困境。

科举律赋在结构上，综合了骈赋和"文赋"的特征。从继承骈赋的角度来看，它是贵族文学的延伸；从与"文赋"相似的角度来看，它又符合进士士大夫群体的文学观念。唐及五代是从六朝贵族社会向宋代以下的平民社会的过渡阶段，而科举律赋则可视为从骈赋向"文赋"的过渡体制。这种新旧交织的过渡性质，使得赋体发展的困境在它这里显得尤其明显。

科举律赋的结构同时联系着两种性质的结构，但又同时缺乏了两者的优长："空间性"结构的赋作以敷陈描写为主，能够呈现丰富而动人的物象，造成较直观的审美愉悦；"时间性"结构以逻辑转折为主，有理有据，论证明达。而科举律赋既然不以"物"而以"道理"为核心，各段落均追求阐明道理，则其中的物象就无甚动人的直观美感；又由于各段落之间基本属于平行关系，而无明显的逻辑推进，因此也就不能呈现有力的论证过程。这样一来，此结构既不能用来表达个人生活中的大部分思想和情感，也不便用于日常交际的多数场合，只能将科举考试作为生存的主要立脚点。这当然是一种高危的生存状态，律赋若全部依此规则创作,只能日趋僵死,成为仅受科举考试召唤的幽灵。

当律赋处于这样的窘境时,唐代科举的纳卷制度和行卷风气可能曾经起到了一定的缓冲作用。它们是贵族文化的遗存,限制了"公平原则"在唐代科举中的影响力,也为律赋创作留出了一点自由的空间。在这个空间中创作的律赋,可以部分地违背严苛规则,退回到原来的"空间性"结构。如此,律赋就与骈赋差别不大,可以将精致形式与充分的抒情、叙事、描写结合在一起。笔者相信,这曾经鼓励了中唐至宋初的律赋创作,是当时若干律赋名篇诞生的重要背景。但是,到北宋时期,科举考试的规则进一步完善,誊录、糊名、取消纳卷制度,"公平原则"进一步驱赶科举考试中的贵族文化特质。公卷和行卷基本消失后,宋代作家在正式考试之外创作的律赋,也大都符合严格的"切题"规范,而且很少诞生于作家中进士之后。也就是说,在当时的文化环境内,除了科举考试,已经很难有刺激律赋创作的动力了。

总之,赋体发展依赖贵族文化环境,因为铺采摛文作为赋体最基本的文体特质,只有在贵族文化环境下,才能得到充分施展。当贵族文化在唐宋时期逐渐瓦解,赋体面对变化了的文化和审美需求,无论是否改变其文体基本特质,都难以获得足够的发展空间。律赋结构"承上启下"又自相矛盾的复杂性质,以及律赋结构在科举与日常写作情境下的差异,能够帮助我们理解这种困境。

譬喻传统与中唐寓言性杂文的
文章体性*

北京师范大学文学院　诸雨辰

  中唐"古文运动"在中国文学史上影响深远,韩愈开创的"五原"以及论文、论学的赠序与书信,柳宗元的诸多论体名篇,均备受关注。学者们不仅揭示出文章内容所展现的思想转型①,更透视了论体文与思想之关系②,成果斐然。而与此同时,中唐时期另一类带有寓言性质的杂文,如《毛颖传》等杂传、《捕蛇者说》等说体文、《三戒》等寓言之文,虽然也进入文学史叙述,但往往在"以文为戏"的话题下被讨论:或谓当时习俗尚怪,而"游戏之文"在怪奇文风中表达了不平之鸣③;或谓此为文人官场生活疲惫后的"著文自娱"④;或谓作者借用了俳优的优谏传统⑤。这些说法皆有一定道理,但是基本出发点是将儒士与俳谐相对,因谓其反映了儒者思想的另一面相。问题在于,中唐时期这些寓言性的杂文,是否必须依傍于社会风俗、私人空间或俳优的小传统才能得到合理解释?它们是否本身也是士大夫新儒学思潮的一部分呢?

---

 * 本文为国家社科基金项目"文话与清代文学生态研究"(21CZW062)阶段性成果。
 ① 如包弼德讨论韩愈等人所倡圣人之道的变化与古文写作之关系,参见包弼德著、刘宁译《斯文:唐宋思想的转型》,江苏人民出版社,2017年,第157—185页。又如朱刚对唐宋古文运动与"文以载道""新儒学"进展等问题的分析,参见朱刚《唐宋"古文运动"与士大夫文学》,复旦大学出版社,2013年,第27—58页。
 ② 如刘宁揭示了"五原"与"正名"思维、著论与"辨析群言"思维的关系,参见刘宁《汉语思想的文体形式》,华东师范大学出版社,2012年,第70—78页。
 ③ 邓国光《文章体统——中国文体学的正变与流别》,上海古籍出版社,2013年,第330—349页。
 ④ 李昌舒《论中国文论的"著文自娱"》,《社会科学辑刊》2020年第1期。
 ⑤ 景凯旋《士与俳优:〈毛颖传〉中的两个传统》,《文学评论丛刊》2012年第1期。

一、中唐寓言性杂文的文体新变

不同于《原道》《封建论》等论体文,中唐寓言性杂文在文章体制上一般比较短小,篇幅多为数百字至千余字。虽然篇幅短小,但往往能通过描述人、物的故事或现象,寄寓深刻的哲理。包括以下几种类型。第一类是描述动物或物品的某种特性或故事,或寄寓道理,或讽刺时弊,达到劝善的目的,比如韩愈的《杂说·其四》《毛颖传》、柳宗元的《蝜蝂传》《三戒》、刘禹锡的《因论·说骥》《叹牛》、李翱的《国马说》《杂说·其二》《数奇篇》等。第二类是讨论或凸显某种怪异或反常现象,在反常中寄寓作者的思想与情感,如韩愈的《杂说·其一》《获麟解》《猫相乳说》、柳宗元的《天说》《鹘说》《谪龙说》、李翱的《知凤》等。第三类是叙述日常生活中的人物言行,以小见大,抒写修身治国之道,如韩愈的《杂说·其二》《师说》《圬者王承福传》、柳宗元的《捕蛇者说》《种树郭橐驼传》《梓人传》、刘禹锡的《因论·鉴药》《儆舟》《述病》《救沉志》、李翱的《截冠雄鸡志》等。

中唐时期杂文写作盛行一时,这些文章意在说理,但并未采取陈述论点、辩证名相、分析群言等传统议论方式,而是将道理寄寓在叙述中,通过譬喻引导读者体会言外之意。同时,此类文章包括了说体与传体为主的各类不同文体,具有跨文体特征。而且,由多种文体共同构成的寓言性杂文不仅以其数量之多而形成特殊的文类现象,更具有文体变革的特点。

中唐时期的寓言性杂文主要集中于说体与传体,而这两种文体正鲜明体现出"破体为文"的特点。不考虑史部与子部的专书而只看单篇文章的话,汉魏六朝说体文仅有刘向的《五纪说》、曹植的《髑髅说》①、徐爰的《旄头说》与吴均的《饼说》4篇,传体文有阮籍的《大人先生传》、傅玄的《马先生传》《傅暇传》、陆机的《顾谭传》、曹毗的《杜兰香传》、陶潜的《晋故征西大将军长史孟府君传》《五柳先生传》、袁淑的《真隐传》、萧统的《陶渊明传》、江淹的《袁友人传》、王僧孺的《太常敬子任府君传》、庾信的《周使持节大将军广化郡开国公丘乃敦崇传》等12篇。其中只有《髑髅说》虚拟曹植与髑髅的对话,表达天地物化的生死观;

---

① 徐师曾《文体明辨》谓曹植有两篇说体文,而严可均谓《籍田说》当作《籍田论》。本文对汉魏六朝文章的梳理均以严可均《全上古三代秦汉三国六朝文》为准,故这里以严可均的分体为标准。

《马先生传》通过马先生巧于手工而拙于言语,慨叹人才不被重用;以及《五柳先生传》以自传而兼以抒怀。其余说体或解释历法,或解释旄头,或为俳优之辞,传体或与史传无异,或极短小而体近志人,或名为传而实为赋或诗文评。可见汉魏六朝以叙述故事而譬喻见意的文章很少,说体与传体皆受经传的影响,而偏重于解经、述史。

初盛唐说体文也仅有少数几篇,姚崇的《十事要说》、杜甫的《东西两川说》《说旱》体近疏策,元结的《水乐说》写听水之乐,并无寄托。而传体有武后的《牛庆贞传》、王绩的《无心子传》《负苓者传》《仲长先生传》《五斗先生传》、卢藏用的《陈子昂别传》、李华的《故相国兵部尚书梁国公李岘传》《李夫人传》、于邵的《田司马传》。其中只有王绩诸篇或为自传,或为隐者立传,主要塑造高逸的人格,亦非有所寄托,其余仍然体近史传,基本上延续汉魏六朝的文章体式。

从文章体式上说,中唐寓言性杂文中的说体与传体不取解经、述史之意,而使用譬喻。如沈德潜评《梓人传》说:"题用譬喻,不须说出正义,令人言外思之,此则六义中比体也。"①表面上写梓人指挥工匠兴建房屋,实际上却寄寓宰相为政之道,这种寄托、譬喻的表达是此类文章最典型的体式。而从文章语体上说,中唐寓言性杂文中的说体与传体无意使用庄重典雅的经典化的语言,而往往刻意传奇、嬉笑怒骂,柳宗元自谓:"嘻笑之怒,甚乎裂眦,长歌之哀,过乎恸哭。"(柳宗元《对贺者》)②韩愈也曾自明本志:"居穷守约,亦时有感激怨怼奇怪之辞,以求知于天下。"(《上宰相书》)③而无论是嬉笑怒骂还是感激怨怼奇怪之辞,其在譬喻道理的同时,亦有效传达出情感上的共鸣。所以后人也很容易读出韩、柳文中的愤激,如朱熹评《获麟解》为"有激而托意之词"④,韩醇释《牛赋》谓"盖谪后感愤之辞云"⑤,等等。

在这个意义上,韩、柳等人确实具有"破体为文"的创造力,他们开创了中唐古文的全新传统。《文心雕龙·比兴》谓:"附理者切类以指事,起情者依微以拟

---

① 沈德潜《增评唐宋八家文读本》,崇文书局,2010年,第224页。
② 柳宗元撰,尹占华、韩文奇校注《柳宗元集校注》,中华书局,2013年,第910页。
③ 韩愈著,刘真伦、岳珍校注《韩愈文集汇校笺注》,中华书局,2010年,第646页。
④ 《韩愈文集汇校笺注》,第137页。
⑤ 《柳宗元集校注》,第127页。

议。起情故兴体以立,附理故比例以生。比则畜愤以斥言,兴则环譬以记讽。"①一面是譬喻式的说理,一面是感愤而托讽,中唐寓言性杂文的文体精神,正上承了《诗经》的比兴譬喻传统。

二、主文谲谏:譬喻的文学传统

破体为文当然很容易受到批评,刘禹锡、柳宗元因为被贬,文章的传播力似乎有限,而当时质疑声音最集中的可能是韩愈,尤其是来自他的两位好友——裴度与张籍。虽然对韩愈本人颇为赏识,但是当裴度听闻韩愈"以文为戏"之后,他还是痛心地批评道:

> 昌黎韩愈,仆识之旧矣,中心爱之,不觉惊赏。然其人信美材也。近或闻诸侪类,云恃其绝足,往往奔放,不以文立制,而以文为戏。可矣乎?可矣乎?今之作者,不及则已;及之者,当大为防焉尔。(《寄李翱书》)②

裴度似乎并未实际阅读韩文,只是"闻诸侪类"的风闻而已,所以他只是反对"不以文立制,而以文为戏",否定韩愈对文章体制的改变。而张籍作为韩愈的友人,显然是看过韩愈文章的:"比见执事多尚驳杂无实之说,使人陈之于前以为欢,此有以累于令德。"(《与韩愈书》)③其批评已着眼于道德层面。而韩愈回信解释,反而招致张籍的再次指责,责备韩愈这种做法有害于道,从形式层面进而深入到精神层面。

对于这种质疑,韩愈辩称其文章虽有"感激怨怼奇怪之辞",但是"不悖于教化,妖淫谀佞诪张之说无所出于其中"(《上宰相书》)④,底线是不违背道德教化。而之所以选择"无实驳杂之说"的表达,是因为在韩愈看来此时著书立言反而无助于明道。他说:"择其可语者诲之,犹时与吾悖,其声哓哓。若遂成其书,则见而怒者必多矣,必且以我为狂为惑。其身之不能恤,书于吾何有?"(《重

---

① 刘勰著、黄叔琳注、李详补注、杨明照校注拾遗《增订文心雕龙校注》,中华书局,2012年,第452页。
② 董诰等《全唐文》,中华书局,1983年,第5462页。
③ 张籍撰,徐礼节、余恕诚校注《张籍集系年校注》,中华书局,2011年,第994页。
④ 《韩愈文集汇校笺注》,第646页。

答张籍书》）①甚至自身都尚且难保,更何况著述呢？

中唐是一个压抑而沉闷的时代。黄唐评述中唐时期的诗文创作,认为时人皆有意托讽：

> 唐之中世,酷吏罗织,奸臣擅权,朋党相轧者四十年,藩镇跋扈者二百载,腥风逆气弥漫宇内,仁人君子为之恸哭。故巴蜀不臣,子美所以赋《杜鹃》之诗；眷属虚名,白乐天所以有江鱼、塞雁之叹。猫或相乳,韩吏部喜而序其事,以见斯人无慈幼之恩；鹘能纵鸟,柳子从之而为之说,以见斯人多害物之忍。是数子皆有激而云。②

不过,无论是杜甫、白居易的诗还是韩愈、柳宗元的文章,都没有正面针对奸臣、朋党、藩镇的意思,写得相当含蓄,甚至韩愈的《猫相乳说》反而多被认为是阿谀马燧之作。

从世俗人情的角度看,感而有激之作当然越含蓄越安全。倪言正论在当时往往招致攻讦诋毁,后人读《子产不毁乡校颂》和《与太学诸生喜诣阙留阳城司业书》,固然为阳城饯行薛约的义举击节感动,但于当事人而言却是不得不承受的生命之重。白居易详细描述了他遭遇构陷的全过程：首先是意见不合者抓住其言论的把柄,渲染以"媒蘖之辞",握兵秉权者因其不阿附而不愿施以援手,最后是附丽群小"猖狺吠声,唯恐中伤之不获"（《与杨虞卿书》）③。诬陷之风自上而下,甚至形成群体效应,导致文士百口莫辩。刘禹锡对此也深有体会,他将口说之谮比作兵刃伤人："人或罹潜,比肩狐疑,借有解纷,毁辄随之。故曰：舌端之孽,惨乎楚铁。"（《口兵戒》）④甚至连唐穆宗都下诏说："末代偷巧,内荏外刚。卿大夫无进思尽忠之诚,多退有后言之谤；士庶人无切磋琢磨之益,多销铄浸润之逸。进则谀言谄笑以相求,退则群居州处以相议。"⑤如此毁谤、谗陷之风盛行,无怪乎韩愈既不敢著书,又不欲撰史。然而,士大夫又不可能甘于在惨象中默无声息,他们必然要寻找有效而又合法的言说方式。从中唐的文化语境

---

① 《韩愈文集汇校笺注》,第561页。
② 《柳宗元集校注》,第1109页。
③ 白居易著、谢思炜校注《白居易文集校注》,中华书局,2017年,第292页。
④ 刘禹锡撰,陶敏、陶红雨校注《刘禹锡全集编年校注》,中华书局,2019年,第1540页。
⑤ 刘昫等《旧唐书》,中华书局,1975年,第4385页。

看,向《毛诗序》复归是士大夫的普遍选择。

在《与元九书》中,白居易提出了那句极为响亮的口号:"文章合为时而著,歌诗合为事而作。"①根据谢思炜的判断:"美刺之说,见于《诗序》。然自魏晋迄唐,言之者几稀。"②而中唐正是比兴美刺的诗教说开始复兴之时。《毛诗序》中提到"王道衰,礼义废,政教失,国异政,家殊俗"的衰世中,"国史明乎得失之迹,伤人伦之废,哀刑政之苛,吟咏情性,以风其上"。于是,通过"风"的比兴美刺,文学具有了辅助国政的社会功能,即:"上以风化下,下以风刺上,主文而谲谏,言之者无罪,闻之者足以戒。"郑笺:"风化,风刺,皆谓譬喻,不斥言也。""谲谏,咏歌依违不直谏。"③谲谏即不直谏,并非直陈言词,而是通过譬喻曲传其意,所以言者无罪。而上位者却可由曲传之意而思正己,所以闻者足戒。在这种思路下,不唯元、白的新乐府引领文学潮流,中唐的文章写作也开始以绍继风雅传统为旨归,尤其是流行一时的说体。

中唐说体在文章数量上远超汉魏盛唐,在表达方式上也突破解经传统,创造了文体新变。而柳宗元等人的说体文,其文体特征直接"说炜晔而谲诳"(陆机《文赋》)④的文学性特征,寓说理于叙事之中,具有形象性、虚构性等特点,更远绍先秦时期宽泛意义上的游说劝谏的行为⑤。"炜晔而谲诳"正与《毛诗序》"主文而谲谏"相一致。"炜晔"即光彩鲜明之貌,即文采夺目之"文";"谲诳"为虚设,正与不直谏的"谲谏"相通。《捕蛇者说》结尾谓:"故为之说,以俟夫观人风者得焉。"所取正是说体文谲谏之"风闻"之意。娄昉评论此文:"抑扬起伏,宛转斡旋,含无限悲伤凄惋之态,若转以上闻,所谓言之者无罪,闻之者足以戒。"⑥所取亦正是"闻者足戒"的谲谏之"风"意。

不唯说体,对于中唐时期其他类型的寓言性杂文,后人也多从比兴的诗教传统来解读。姜宸英称《毛颖传》:"虽一时游戏滑稽之文,其中必有含讽讥切关

---

① 《白居易文集校注》,第 324 页。
② 《白居易文集校注》,1598 页。
③ 毛亨传、郑玄笺、陆德明音义、孔祥军点校《毛诗传笺》,中华书局,2018 年,第 1—2 页。
④ 萧统编、李善注《文选》,上海古籍出版社,1986 年,第 766 页。
⑤ 李壮鹰《"说炜晔而谲诳"——论刘勰对陆机〈文赋〉的一个错误批评》,《学术月刊》2008 年第 12 期。
⑥ 《柳宗元集校注》,第 1117、1120 页。

于比兴,惟其称物小而寓意大,属辞近而取旨远,故足传也。"(《求志轩集题辞》)①储欣评《哀溺文》亦谓其文:"以骚词发舒愤懑,而教戒寓焉,盖三百篇之遗也。"②很明显,韩、柳等人的寓言性杂文都在比兴譬喻中蕴含着讽谏的特性,承载着儒家的诗教传统。而这并非俳优文化或私人转述的小传统,无疑是士大夫精英文化的产物。

三、风以动之:譬喻作为言说方式

比兴美刺传统得以运作的基础是风闻言事。邵公谏周厉王弭谤,即以公卿至于列士献诗,而使王借由听闻风诗而能斟酌行事。诗的讽谏效果不是直接的讽刺,而是像天风一样感动人心,以微入微,最终影响人的决策。与此相似的是,中唐文人多倾向于以口说来化俗,李翱说:"口所以达耳之聪,导目之明,宣心之知,而敦教化,阜风俗。"(《杂说》其一)③韩愈则在回应张籍质疑时表示:"化当世莫若口,传来世莫若书。"(《答张籍书》)④无论是"敦教化,阜风俗"还是"化当世",其"化"之意亦与"风以化之"之意相合。

当然,文人们并非真的纯凭空口为说,他们还是会行诸文本。韩愈上书兵部侍郎李巽,同时附上己作:"旧文一卷,扶树教道,有所明白;南行诗一卷,舒忧娱悲,杂以瑰怪之言,时俗之好,所以讽于口而听于耳也。"(《上兵部李巽侍郎书》)⑤其中"杂以瑰怪之言,时俗之好"的南行诗,在韩愈看来就属于"讽于口而听于耳"的作品。而清人张裕钊揭明所谓"瑰怪处,自云时俗所好"者即韩愈的游戏之文⑥,亦即以譬喻为特征的诸体杂文。而游戏之文既属于"讽于口而听于耳"一类,其"讽于口""化当世"的意义又与"扶树教道""著书传世"相提并论。可见无论是柳宗元的"俟夫观人风者得"还是韩愈的"讽于口而听于耳",他们都有明确的意识要以譬喻之文而行风谏之实。

---

① 姜宸英《姜宸英全集》,浙江古籍出版社,2016年,第174页。
② 《柳宗元集校注》,第1283页。
③ 李翱撰、郝润华、杜学林校注《李翱文集校注》,中华书局,2021年,第69页。
④ 《韩愈文集汇校笺注》,第553页。
⑤ 《韩愈文集汇校笺注》,第600页。
⑥ 吴闿生《古文辞类纂诸家评识》,余祖坤编《历代文话续编》,凤凰出版社,2013年,第1713页。

作为风谏传统的譬喻之文,首先其传播方式就近似于天风流行。《释名》谓:"风,放也,言放散也。"①风即"巽卦"所象之"随风",《易·说卦》谓:"风以散之。"②因而风之谏亦有发散、扩散之意。先秦口说传统即如此,中唐以抄本为主的文学传播亦近似之。

从韩、柳等人的书信往来看,中唐时期诗文的传播以单篇寄送或经人亲自传递为主。传与不传,作者有一定的可选择性。譬如韩愈寄赠兵部侍郎李翊,在信后附上若干篇文章,系亲自传递;又如柳宗元托杨诲之,才辗转读到《毛颖传》,系志同道合者之间的传递。如此,则所喻、所托之讽,就在一圈一圈的文人群体间渐渐产生影响,如风所化,入人于无形。即便是所传非人,亦不过流为茶余饭后的谈资,虽则如流俗对《师说》"群怪聚骂,指目牵引,而增与为言辞"③,在添油加醋间显露诋毁之意,然而毕竟对作者本人影响有限。传递抄本的传播方式依然接近于单线的口耳之传,外人只能听闻而未能详观。所以韩愈等人将游戏之文、譬喻之作视为"讽于口而听于耳"的作品,并非没有道理。

其次,"风"之所以能"化"、能"刺",更在于天风之吹动能为人所感。所以《诗序》在讲完"风以动之"后,就接着说"情动于中而形于言,言之不足,故嗟叹之"④,以至手舞足蹈云云,侧重情感激发。而寓言性杂文以怪奇为尚的风格,正足以激发情感共鸣。刘禹锡自序其《因论》七篇:"造形而有感,因感而有词,匪立匪寓,以'因'为目。"⑤即以可感为七篇杂文的核心。柳宗元读《毛颖传》,也受到"若捕龙蛇,搏虎豹,急与之角而力不敢暇"(《读韩愈所著毛颖传后题》)⑥的感发刺激。有趣的是,储欣阅读柳宗元《天说》,也称其文"若捕龙蛇",并且富于见识地点出《天说》正是张籍批判的那类文章。

《天说》由韩愈和柳宗元分别论天人关系两部分组成,韩愈将人类的农业、林业、制造业等活动视为对自然元气的破坏,因而将天比喻为果蔬、饮食,而将人比喻为蛀蚀果蔬的虫子,以此譬喻天道与人道悖逆。柳宗元则安慰韩愈,他

---

① 马瑞辰《毛诗传笺通释》,中华书局,1989年,第692页。
② 朱熹《周易本义》,中华书局,2009年,第263页。
③ 《柳宗元集校注》,第2177页。
④ 《毛诗传笺》,第1页。
⑤ 《刘禹锡全集编年校注》,第1408页。
⑥ 《柳宗元集校注》,第1435页。

沿用韩愈的譬喻,却指出天地阴阳作为"大果蓏""大草木",根本不会受到人的影响。储欣以为:"水部责韩公好与人为无实驳杂之论,则此说必其所腹诽也。"实际上不仅张籍,《天说》历来还受到石介、郑獬、王锡爵、张履祥等人的一致批评,被认为有悖于圣人对天人关系的基本认识。唯独焦循看得明白,此文自是柳宗元之"奇词","必从而辨之"反而是迂腐的。①《天说》前半部分韩愈的话是在质疑天道,但是"故迂谬其说,犹有半焉引而不发耳"(何焯《义门读书记》)②。在有意的克制中故作反语,通过环譬托讽的"兴"激起读者的共情。其下柳宗元之说更是曲笔为之,"明似平韩氏之愤、慰韩氏之悲,乃不觉斥造化之漫无彰瘅处,为语更激"(林纾《柳文研究法》)。③ 于文气上故意压抑韩说,于道理上则不仅质疑天道,更把天人关系的整个理论框架都质疑了。而如此怨天之辞,皆寓于果蓏与虮虫的譬喻中,蓄而不发却蕴含了最大的力道。邵长蘅读后为之共情而悲悼亡友周毂城之死,正可见譬喻文章强大的起情效果。

最后,即便明知谏而不成、谏而无用的情况下,士大夫留下美刺之作亦不失为君子。中唐文人多推崇扬雄,韩愈《送穷文》效法扬雄《逐贫赋》,张籍劝韩愈著书立说,每以扬雄《法言》为榜样,柳宗元作《瓶赋》以效法扬雄《酒箴》,均可见一时文人对扬雄的推崇。而且,韩、柳均把扬雄视为儒家传统在汉代的重要代表,《原道》把扬雄纳入道统序列,柳宗元论文道之"比兴者流,盖出于虞、夏之咏歌,殷、周之风雅,其要在于丽则清越,言畅而意美"(《杨评事文集后序》)④,其中比兴风雅传统中的"丽则"之文,显然就是扬雄所谓"诗人之赋丽以则"。可见中唐对扬雄的推崇,也在推崇比兴风雅一系之内。而扬雄的《甘泉》《河东》《羽猎》《长杨》诸赋,亦正是欲谏而不能,退而作其文的产物。

扬雄因谀颂赵昭仪而在《甘泉赋》中美称昆仑、西王母上寿,此是迫于生计不得已而为之,但是退而作序仍不妨谓"奏《甘泉赋》以风";扬雄从汉成帝羽猎,明明铺张苑囿之盛,以美汉朝之富贵超越三代,但是退而作序又不妨谓"尚泰奢丽夸诩,非尧舜成汤文王三驱之意也""聊因《校猎赋》以风之"。⑤ 赋文与序文

---

① 《柳宗元集校注》,第1098、1100页。
② 何焯《义门读书记》,中华书局,1987年,第627页。
③ 林纾著,武晔卿、陈小童校注《韩柳文研究法校注》,北京联合出版公司,2019年,第124页。
④ 《柳宗元集校注》,第1462页。
⑤ 《文选》,第322、389页。

明显存在矛盾,但是扬雄反而能以赋为"风",就是因为比兴美刺传统下,夸耀反而可以变成讽刺,达成反喻效果,这就是"风"的灵活性与自由度。而在这个意义上,《猫相乳说》亦可引出"夫禄位贵富,人之所大欲也。得之之难,未若持之之难也"①的教化,韩愈的曲终奏雅颇与扬雄异曲同工。后来韩愈劝阻张建封打马击球,也采取相同的策略。不仅不正面陈说击球之害、耽于游乐之患,反而盛称球场上的激烈、局势变化扣人心弦、观众的欢呼与球手的得意,以夸张的方式反言相劝。个中缘由韩愈说得也很明白:"谏不足听者,辞不足感心也;乐不可舍者,患不能切身也。"(《上张仆射第二书》)②所以正面谏言反而没有好处。虽然张建封并未因此戒止击球之好,但是从他回复韩愈的答诗看,至少张建封对韩愈的言说方式并不反感,并且自谓:"不知戎事竟何成,且愧吾人一言惠。"(《酬韩校书愈打球歌》)③这既是为自己辩护,亦不妨视为某种让步,毕竟作为幕主,张建封本可对幕僚的谏言置之不理。

四、贯道之器:譬喻作为文学传统

中唐文人感受时代的压力,他们既有感于时事,怀着愤懑与压抑,又恐惧于弥漫于社会的毁谤、谗陷之风,欲言而不能,陷入跋胡疐尾的苦闷;既迫切需要宣泄内心的沉重,又不得不保持克制、避免狂态,不得不长歌当哭;既明知谏言无效,又不愿随波逐流、与世沉沦,遂寄托于比兴风谏。这种矛盾与纠结,当然是"以文为戏"背后深沉的悲凉,但同时也是对中国文学之譬喻传统的提炼。

韩愈等人将游戏笔墨当作风闻口说的媒介,在传播方式、情感寄托等方面皆是对先秦游说之辞的继承。但是,先秦游说之辞依附于史传叙事传统或子书议论传统,本身没有独立性。譬如邹忌讽齐王纳谏,如果没有后面齐威王下令广开言路,则邹忌与徐公比美的譬喻就毫无意义;触龙说赵太后,如果没有前面赵国向齐国求援以及最后齐国出兵的历史,则触龙爱子深远的譬喻也毫无意义。恐怕正是在这个意义上,萧统虽然称赞先秦辩士之辞具有"冰释泉涌,金相

---

① 《韩愈文集汇校笺注》,第427页。
② 《韩愈文集汇校笺注》,第810页。
③ 彭定求等《全唐诗》,中华书局,1960年,第3117—3118页。

玉振"的美感,但是因为"概见坟籍,旁出子史","虽传之简牍,而事异篇章"(《文选序》)①,所以不录于《文选》。萧统说得很明白,先秦辩士之言依附于子史,并非独立的篇章,换言之也就不具有文体学意义上的文学传统。

而中唐的寓言性杂文则有了根本变化。它们独立于史传叙事传统,也非子学论著中作为比喻论证的材料,而是直接以譬喻为文章的本体。韩愈《杂说》说龙、说马,劈空而来,点到为止,并无前因后果;《获麟解》只说麟如何不可知,亦并不知意欲何为,后人或附会其为元和获麟,或谓韩不遇而作,正可见譬喻之文的特点;《鹘说》就鹘说鹘,不涉人事,黄唐以为讽刺人的残忍,林纾则以为主于施报,亦有不同解读;《谪龙说》似传奇志怪;《罴说》又似小品。即便是那些以"传"命名的文章,它们也是以某种政治的或人生的譬喻而存在的,并非朽者、梓人、种树者本身的经历多么传奇或者高尚。这些文章不依托于具体的历史事件,也不为支撑某种议论观点服务,而纯以譬喻的表达激发读者的阐释。在这个意义上,韩、柳激活了先秦游说口说的文学传统,而纯以譬喻法行文,创造了一种有别于抒情、叙事、议论的譬喻文学传统。

林纾总结此类譬喻之文的文体特点说:"凡善为寓言者,只手写本事,神注言外,及最后收束一语始作画龙之点睛,翛然神往,方称佳笔。"其要点在于"神注言外"和"画龙点睛"。所谓"神注言外"即文章须含蓄,不可直露,亦即所谓"谲谏""谲诳";所谓"画龙点睛"即文章结尾需有收束,以激发读者之思。很明显,在后世文学评论家心中,譬喻之文自有其不同于叙事、议论的文学传统。在譬喻传统下,林纾甚至觉得《宋清传》《种树郭橐驼传》和《梓人传》都不够"含蓄",因为它们虽然也在譬喻,但本体与喻体之间的关系过于单线条,所以"文固痛快淋漓,惜发露无余"②,不像《蝜蝂传》那样有比较多的可阐释性。柳宗元尚属譬喻文学传统之初兴阶段,文章尚具有探索性,而林纾的批评很显然已经具有成熟的譬喻传统观与文体意识了。

林纾所揭示的譬喻之文的文体特点,核心在于本体与喻体、能指与所指之间的距离与对应关系。譬喻既是一种文学表达方式,又是人类的思维方式。通过在来源域与目标域之间建立映射关系,人们得以建构起一个概念譬喻的空

---

① 《文选》,第2—3页。
② 《韩柳文研究法校注》,第129页。

间。在这个概念空间中,每一个语词(能指)的背后都有一个或多重概念(所指)的映射,读者的诠释过程,即探索由语词符号组成的文本之中,所蕴含的概念与情感的联系①。概念空间的大小取决于映射关系的丰富性,《梓人传》中由于直接给出了映射关系的路线,谓"彼佐天子相天下者"犹如"梓人之有规矩绳墨以定制也"②,所以林纾觉得发露而无余味,王世贞也认为不若在形容梓人妙处之后,"只一语结束,有万钧之力"。而像柳宗元这样直接给出本体与喻体之间的映射关系,其结果就"使引者发而无味,发者冗而易厌"③,弱化了譬喻的效果。

  而优秀的譬喻之文,正可借助概念映射的丰富性,展开无限的阐释空间,从而寄蕴丰富的道的内涵。韩愈曾经以水与浮物来比喻文章写作之道:"气,水也;言,浮物也。水大而物之浮者小大毕浮,气之与言犹是也。气盛,则言之短长与声之高下者皆宜。"(《答李翊书》)④以水和浮物比喻养气与作文的关系。从心性论上说,养气的根本在于学道;而从文学创作论上说,气与言的关系亦正与概念譬喻空间与文本的关系一样,文章越是含蓄蕴藉,本体与喻体的映射关系就越多元,其所能张开的概念空间就越大,即"神注言外",即有"万钧之力",即"气盛",反之就会使文意浅露。在这个意义上,譬喻之文含蓄委婉的特点又不应被简单视为世道险恶时避祸自保的手段而已,而同样是文道关系的基础。李汉为韩愈别集作序,称"文者贯道之器",其下列"《易》繇爻象,《春秋》书事,《诗》咏歌,《书》《礼》剔其伪"⑤,无论是《易》的卦象之象征、《春秋》之微言大义还是《诗》的比兴譬喻,其中皆具有丰富的可阐释性。

  譬喻的多元性赋予了文本丰富的可阐释性,进而使得所言之"文"可以成为"贯道之器",这一逻辑亦有着韩、柳新儒学的思想革新基础。《原道》谓:"由是而之焉之谓道,足乎己无待于外之谓德。"⑥强调"道"的自主性。思想史的研究,已充分揭示出中唐时期儒学的改革,将汉唐以来作为规范性的礼乐之学,转

---

① 郑毓瑜将 George Lakoff 和 Mark Johnson 提出的"概念譬喻"(conceptual metaphor)理论引入文学理论,探讨了作为文学表达的譬喻理论。参见郑毓瑜《引譬连类:文学研究的关键词》,生活·读书·新知三联书店,2017 年,第 11—15 页。
② 《柳宗元集校注》,第 1190 页。
③ 王世贞《艺苑卮言》,见丁福保《历代诗话续编》,中华书局,2006 年,第 1011 页。
④ 《韩愈文集汇校笺注》,第 701 页。
⑤ 吕大防等《韩愈年谱》,中华书局,1991 年,第 193 页。
⑥ 《韩愈文集汇校笺注》,第 1 页。

变为以个人为中心的道德伦理学①。于是"文以贯道"的意义就在于通过"文"而发现圣人之道,"道"不依赖于既有的规范与秩序,而依赖于个体的自得,这呼唤着文本的可阐释性而非模式化。毫无疑问,譬喻之文反而是最具优势的文体,刘禹锡有一段精彩的概括:"片言可以明百意,坐驰可以役万景,工于诗者能之。风雅体变而兴同,古今调殊而理冥,达于诗者能之。""明百意""役万景"不正是譬喻传统下的文学所具有的丰富的可阐释性吗?中唐文人的譬喻之文本就是比兴美刺的诗教思潮的一部分,刘禹锡也把"诗"视为"文章之蕴",并描述了"道"的展开过程:"义得而言丧,故微而难能;境生于象外,故精而寡和。"(《董氏武陵集纪》)②因为荒诞不经,所以言虽丧而义犹存,因为含蓄蕴藉,所以别生精微之境,这正是中唐文人对于譬喻传统与道之关系的深刻认识。

中唐以后,譬喻传统为更多文士所继承。尤其是北宋时期,包括苏轼在内的一批杰出文人,都非常善于以譬喻之体或讽喻或论道,如《稼说》讽刺科举改制、《日喻》以形容道体。没有中唐时期的文体新变,后人的创造就未必如此顺利地随物赋形、姿态横生。在这个意义上,譬喻传统又不仅是中唐时代社会的特定产物,而具有了更有生命力的延展能力。

结　　语

文学作为内容与形式的结合体,其话语形式中总是蕴含着某种特定的精神结构,亦即"体性"③。本文所谓"譬喻传统"亦即是文体精神的一种,它是一种复合的精神结构,即感物起情的抒情传统与比类附理的议论传统的结合。

就审美对象而言,譬喻传统集中于寓言性杂文;就审美功能来说,譬喻传统指向的是主文谲谏的社会关怀;而作为一种审美精神,譬喻传统则或可概括为谲诳。同样陈说观点,寓言性杂文比议论文更为隐晦,观点时而潜伏于荒诞不经之言,时而寄托于作意好奇之间,展现出"诳"的特点;而陈述的语言又是嬉笑

---

① 参见包弼德著、刘宁译《斯文:唐宋思想的转型》,第171—172页;副岛一郎著、王宜瑗译《气与士风——唐宋古文的进程与背景》,上海古籍出版社,2005年,第81—100页;葛晓音《汉唐文学的嬗变》,北京大学出版社,1990年,第173页。
② 《刘禹锡全集编年校注》,第1569页。
③ 参见郭英德《中国古代文体学论稿》,北京大学出版社,2005年,第17页。

怒骂、恣意为文,鲁迅说"长歌当哭,是必须在痛定之后的",痛定而不直言,正透出"谲"的悲凉。

譬喻之所以成为文学传统,又在于其审美精神并未限于某一种文体。而是在特定的社会环境中,为说、传、戒等多种文体所吸收,促成了中唐时期多元文体的演变,在文章体式上成为"古文运动"的一部分,更在儒学复兴上成为"思想运动"的一部分。在此视角下审视中唐时期所谓"游戏之文",则其意义绝不亚于侃言正论的论体文,同样是中国古代士大夫精神世界的重要组成部分。

复归于骈：音律的勃兴与晚唐墓志文体的新变*

——以新出石刻为考察中心

武汉大学文学院　孟国栋

墓志文体自成立以来，一直处于不断的发展演变之中，至南北朝时期才渐趋定型。[①] 唐代的墓志文体也经历过三次重要变革。初唐时期的墓志铭基本上还处于六朝的笼罩之下，骈偶因素占据绝对优势，但已有细微变化，特别是铭文中的骚体句法渐趋增多，打破了以往四言体铭文一统天下的格局。随着古文运动的深入，中唐时期的墓志铭完全突破了骈四俪六的创作模式，无论是散体的运用还是对人物形象的刻画都达到了前所未有的程度。很多墓志铭中散体所占的比重极高，韩愈创作的一些墓志铭甚至连铭文都改用散体，文中塑造的人物形象也达到了"一人一样"的境地。韩愈、柳宗元创作的墓志铭，铭文字数也逐渐缩减，与先前的四言长铭有了很大不同。但随着韩、柳等古文健将的去世，他们提倡的墓志文体变革难以为继，晚唐时期，社会上讲求声律的风气日盛，骈体势力卷土重来，墓志铭在很大程度上又恢复如初：不仅志文中的骈体因素有所增加，形式华美、讲求声律的四言长铭也再度成为占主导地位的铭文，墓志铭从内容到形式均发生了重要变化。

一

葛晓音先生曾指出，古文的衰落与骈文的复兴本身即存在着莫大关联："因

---

* 本文为国家社科基金重点项目（21AZW007）阶段性研究成果。
① 详参拙文《墓志的起源与墓志文体的成立》，《浙江大学学报》（人文社会科学版）2013年第5期。

古文运动以反对骈文为目标,所以二者之间自然形成了互为消长之势。骈文的复兴是古文衰落的一个重要原因,而骈文之所以复兴却又与古文运动的影响和局限有关。"①元和十四年(819)和长庆四年(824),柳宗元和韩愈相继病逝,古文运动渐趋式微,韩愈倡导的文体改革未能持续下去,骈体势力卷土重来,唐末文坛又被形式华美、讲求声律的四六骈文主导。

　　骈文之所以能在短时间内迅速复兴,与古文运动自身的缺陷有关。第一,古文运动领袖人物反对骈体并不彻底。韩愈倡导的古文运动虽然以反对骈文为主要目标,却未能尽革其弊,为骈文在晚唐五代的复兴留下了空间。虽然韩、柳等人在文章中极力表现去骈用散的一面,但由于骈文的影响根深蒂固,短期内难有根本改观。加之他们本身即是在骈文的熏陶下成长起来的,无法彻底祛除文学作品中的骈文因子。韩愈不仅积极吸收骈体的有利因素,将其纳入诗文之中,还直接进行骈文创作。柳宗元更是如此,在反对骈体的同时又大量创作骈文。仅就墓志铭而言,他们在对墓志铭进行改造的同时,对骈俪之风仍有所承袭,特别是柳宗元。他创作的墓志铭不仅间或采用骈体,《赵秀才群墓志》更是通篇运用七言诗体写成:"婴曰死信孤乃立,王侯世家天水邑,群字容成系是袭。祖某父某仕相及,嗟然秀才胡伋伋?体貌之恭艺始习。娶于赤水礼犹执,南浮合浦遽远集,元和庚寅神永戢。问年二纪益以十,仆夫返柩当启蛰,潇湘之交瘗原隰。稚妻号叫幼女泣,和者凄欷行路悒,追初悯夭铭兹什。"②古文运动的领军人物尚且如此,其他人的创作情况可想而知。第二,古文运动后继乏人。韩愈、柳宗元在政治上并不得意,他们对文风的变革也缺乏高层的支持,其革故鼎新完全是凭借过人的才力和坚强的意志在苦苦支撑。韩、柳去世后,其弟子和后继者们,如李翱、皇甫湜、樊宗师、沈亚之辈更是人微言轻,终生仕途不畅。再加上皇甫湜等人对韩愈改革精神的领会出现了偏差,最终将古文引向了刻意求新、尚奇尚怪和艰涩生僻的轨道上去。这在新出土的墓志中也有所体现。如新出土《韩昶自撰墓志铭》云:"及年十一二,樊宗师大奇之。宗师文学为人之师,文体与常人不同,昶读慕之。一旦为文,宗师大奇。其中文字或出于经史之

---

① 葛晓音《汉唐文学的嬗变》,北京大学出版社,1990年,第194—195页。
② 柳宗元《柳宗元集·外集》卷上,中华书局,1979年,第1348—1349页。

外,樊读不能通。"①韩昶乃韩愈之子,其所撰之文,以怪奇著称的樊宗师竟然都不能读懂,韩愈继承者们文风之艰涩由此可见一斑。自身队伍建设方面的缺陷,也使得古文运动在韩、柳去世以后迅速走向衰落。第三,部分古文家改弦易辙。晚唐时期部分古文家开始转向骈文创作,最典型的代表就是李商隐。两《唐书·李商隐传》和他本人均对其由古文转向骈文创作的经历有所交待,如他在《樊南甲集序》中说:"樊南生十六能著《才论》《圣论》,以古文出诸公间。后联为郓相国、华太守所怜,居门下时,敕定奏记,始通今体。后又两为秘省房中官,恣展古集,往往咽噱于任、范、徐、庾之间。有请作文,或时得好对切事,声势物景,哀上浮壮,能感动人。"②李商隐后来还直接将自己的文集命名为《樊南四六》③,倾向骈文的态度不言自明。虽然李商隐创作的骈文既精工丽密而又不佶屈聱牙,既外表华美而又不乏骨气,开宋代骈文创作之先河,极为后人称道,④但在当时,他的改弦更张,对古文发展造成的不利影响也是显而易见的。

古文运动兴盛之前,很多应用性文体,如表、状、笺、启、碑文等大都运用骈文写成。古文运动兴起以后,此类文体,甚至一些制诰、试策都改用散体。但随着古文运动的衰歇,这些被散体夺走的文章学阵地又重新被骈体占据。李、温而外,段成式、韦庄、罗隐、崔致远等均写有大量的骈体文章,甚至还有人将他们创作的骈文进行结集,正体现出骈文在当时的流行情况。晚唐时期的骈文尤以诏册、制诰、表、状、笺、启居多,吴丽娱曾指出:"从上至下,从朝廷到地方,表状

---

① 周绍良主编《唐代墓志汇编》,上海古籍出版社,1992年,第2329页。
② 刘学锴、余恕诚《李商隐文编年校注》,中华书局,2002年,第1713页。
③ 李商隐《樊南甲集序》:"大中元年,被奏入岭当表记,所为亦多。冬如南郡,舟中忽复括其所藏,火燹墨污,半有坠落。因削笔衡山,洗砚湘江,以类相等色,得四百三十三件,作二十卷,唤曰《樊南四六》。四六之名,六博、格五、四数、六甲之取也,未足矜。"见刘学锴、余恕诚《李商隐文编年校注》,第1713页。
④ 清人孙梅认为李商隐的骈文是今体的金科玉律:"徐、庾以来,声偶未备;王、杨之作,才力太肆。沿及五代,不免靡弱。宋代作者,不无疏拙。惟《樊南乙》,则今体之金绳,章奏之玉律也。循讽终篇,其声切无一字之聱屈,其抽对无一语之偏枯。才敛而不肆,体超而不空,学者舍是,何从入乎?直斋顾谓'当时称工,今不见其工',此华笺十重,而观者胡卢,掩口于燕石者也。"见孙梅《四六丛话》卷三二,人民文学出版社,2010年,第663页。高步瀛云:"义山叙事精切,藻思周密……遂开宋四六之先声矣。"见高步瀛选注《唐宋文举要·乙编》卷一,第1133页。瞿兑之也称赞其文云:"商隐的文章,虽然表面华靡,然而里面是很有骨气的。唐人的骈文,每每缺少庾子山那一种清刚苍老的骨气,而商隐不然……他的骈文所以如此出色,还是因为从古文半路出家的缘故。大凡文章作得好的,所融合的派别也必很多,犹如讲优生学的说,血缘复杂必能产优秀的子女一样,商隐也不外此例。"见瞿兑之《骈文概论》,海南出版社,1994年,第108—109页。

笺启的官文书信也是所谓大手笔、大文章而受到重视,这是晚唐五代社会一个不争的事实。"①晚唐时期表、状、笺、启的大量结集,正是这一事实的反映。翟景运在《晚唐骈文研究》中专门列有《唐代行政公文文集简表》②,可参看。李商隐、《旧唐书》中均用"今体"代指骈体,也显示出晚唐五代时期古文的不振和骈文的流行情况。与表、状、笺、启等公用文相类似,晚唐的墓志铭创作中也融入了较多骈体因素,无论是文章形制还是具体内容都呈现出进一步骈化的趋势。

二

虽然从中唐时起,要求改革取士标准的呼声即不绝如缕,但晚唐时期的科举取士仍然以诗赋为主。在牛李党争最为炽烈之际,因李党要员鄙薄声律浮艳之气,唐文宗曾一度改变试诗标准,开成二、三年(837、838)进士试诗改依"齐梁体格"。但随着李党的失势,开成五年(840)科场试诗复返声律浮艳之旧途。③牛党中坚杨嗣复、李珏等人在取士选官时更是以声律和词采为先,科举取士的标准不但没有得到改观,甚至还有愈演愈烈之势,朝廷的公文写作、举子的应试作答仍然以骈文为主。白居易用骈体撰写的一些赋、判,如《性习相近远》《求玄珠》以及《百道判》,为新进士竞相传诵。他本人也在《与元九书》中说:"日者又闻亲友间说,礼吏部举选人,多以仆私试赋判传为准的。"④此外,晚唐时期律赋的创作也极为兴盛。新出土《唐故朝请大夫慈州刺史柱国赐绯鱼袋谢观墓志铭》记载:"(观)生世七岁,好学就傅,能文。及长,著述凡卅卷,尤攻律赋,似得楷模,前辈作者,往往见许。"⑤所谓"前辈作者,往往见许",当可看作谢观等人对中唐时期律赋名家开创的律赋题材和写作传统的继承与发扬。不仅如此,谢观、徐寅还在前人的基础上对律赋进行了一系列的拓展和改造,为晚唐赋体创作的繁荣注入了新的活力。这些现象都集中体现出晚唐时期骈体创作的兴盛。

骈体势力之所以能够再度卷土重来,并表现出迅猛的发展势头,与当时普

---

① 吴丽娱《唐礼摭遗》,商务印书馆,2002年,第92页。
② 翟景运《晚唐骈文研究》,商务印书馆,2010年,第294—302页。
③ 杜晓勤《六朝声律与唐诗体格》,北京大学出版社,2017年,第247页。
④ 白居易著、朱金城笺校《白居易集笺校》,上海古籍出版社,1988年,第2793页。
⑤ 周绍良主编《唐代墓志汇编》,第2428页。

遍重视声律的社会风气有着密不可分的关系。敦煌残存的一些韵书写本为我们了解这一风气提供了极大便利。周祖谟先生曾对现存的唐五代韵书进行过系统研究,部分韵书虽然成书年代较早,但相当一部分唐五代韵书写本均为晚唐五代时期所抄,如笺注本"切韵"一(S.2071):"似为九世纪人所书。"①笺注本"切韵"二(S.2055):"原书为卷子本,书法粗劣,抄录的年代也比较晚。"②王仁昫"刊谬补缺切韵"二(故宫博物院藏):"书写的年代可能比较晚。"③另外还有一些韵字摘抄和有关字母等韵的写本,成书年代也较晚,如韵字残卷一(P.2758):"这个残卷所根据的韵书时代一定比较晚,可能是晚唐五代时期流行的一种韵书,这种韵书最接近于《广韵》。"④韵字残卷二(P.3016):"此卷所根据的韵书一定是晚唐五代间比较接近于《广韵》的一种韵书。"⑤守温韵学残卷(P.2012)"所根据的韵书一定是时代比较晚的书","神珙为宪宗元和以后人,则守温的时代当晚于神珙,推想可能是晚唐时期的人"⑥。这些韵书写本的流行,实为晚唐时期社会上注重声律风气之明证。

这一风气在新出土的墓志铭中也有着清楚的反映,我们不仅会在晚唐时期的墓志铭中见到"声韵或非,毕挤厥疑"⑦"公仁义之外,酷好赋诗,属字清新,声意微密"⑧之类的表达,甚至还有因编纂韵书而屡被授官者。新出土咸通三年(862)《唐故太子司议郎刘府君(干)墓志铭》记载:"旋撰进《声录》一十七卷,恩除万年尉。重修进《切韵》一十二卷、《通纂通例》共一十卷。恩除河南丞。"刘干不仅因为撰《声录》、重修《切韵》一再被恩除万年尉、河南丞,宣宗文皇帝还认为其所进"可为模楷,诏扃之于秘阁"⑨。此外,我们还在新出土中晚唐,特别是晚唐时期的墓志铭中发现了许多旁注,这些旁注大多又与音律有关。为求醒目,按时间顺序列表如下(表1):

---

① 周祖谟《唐五代韵书集存》,中华书局,1983年,第827页。
② 周祖谟《唐五代韵书集存》,第834页。
③ 周祖谟《唐五代韵书集存》,第855页。
④ 周祖谟《唐五代韵书集存》,第951页。
⑤ 周祖谟《唐五代韵书集存》,第954页。
⑥ 周祖谟《唐五代韵书集存》,第958页。
⑦ 胡可先、杨琼编著《唐代诗人墓志汇编》,上海古籍出版社,2021年,第393页。
⑧ 胡可先、杨琼编著《唐代诗人墓志汇编》,第435页。
⑨ 胡可先、杨琼编著《唐代诗人墓志汇编》,第392页。

表 1　新出墓志铭所见旁注一览表

序号	篇　名	时　间	音　注
1	唐故朝散大夫守太仆少卿上柱国袭彭城县开国男兰陵萧公(遇)墓志铭	贞元十三年(797)	仰苍苍兮视茫茫,号昼夜兮动神明协韵。①
2	唐故杭州余杭县尉范阳卢公(士举)墓志铭	元和三年(808)	公遂从任,居家就养上声。②
3	唐故韦府君(羽)崔夫人(成简)合祔墓志	元和十四年(819)	勒铭泉坰,垂裕无涯音宜。③
4	唐郑府君故夫人京兆杜氏墓志铭	大和三年(829)	体大道兮任去声虚徐。④
5	唐故朝散大夫守均王府谘议参军上柱国分司东都范阳卢府君(仲权)夫人太原王氏合祔墓志铭	大和四年(830)	伊水之东兮万安之下音户,真宅于此兮千秋万古。⑤
6	故博陵崔夫人(嬽)墓志铭	大和八年(834)	其不在文行栖肃之并旁。
			夫人生得明父母而教之,又获良妃音配归,有严姑氏而事之。
			仲尼所谓闵子骞不有人能间言去声者。性著入声古学,学为其文必创已行而摅肆之。⑥
7	唐故河南府洛阳县尉孙府君墓志铭	会昌元年(841)	始郓州府君以文学德行名殷上声当时,入服大僚,出践方伯。⑦
8	唐故河中府永乐县丞韦府君妻陇西李夫人墓志铭	会昌五年(845)	荆扉瓦牖,食音祀糠虀藿。⑧
9	唐故试右内率府长史军器使推官天水郡赵府君(文信)墓志铭	会昌六年(846)	双阙峨峨,行音航楸娑娑。
			先茔之侧,志以识音至之。⑨

---

①　毛远明编著《西南大学新藏墓志集释》,凤凰出版社,2018年,第525页。此处旁注"协韵",意在指出"明"字本不押韵,可改读以协韵。
②　毛阳光主编《洛阳流散唐代墓志汇编续集》,国家图书馆出版社,2018年,第530页。
③　胡戟、荣新江主编《大唐西市博物馆藏志》,北京大学出版社,2012年,第803页。
④　周绍良主编《唐代墓志汇编》,第2113页。
⑤　毛阳光主编《洛阳流散唐代墓志汇编续集》,第629页。
⑥　毛阳光主编《洛阳流散唐代墓志汇编续集》,第647页。
⑦　周绍良主编《唐代墓志汇编》,第2213页。
⑧　周绍良主编《唐代墓志汇编》,第2241页。
⑨　周绍良、赵超主编《唐代墓志汇编续集》,上海古籍出版社,2001年,第963页。

复归于骈：音律的勃兴与晚唐墓志文体的新变　　　　　　　　　　　　　　　　　　　　93

续　表

序号	篇　　名	时　间	音　注
10	唐故琅琊王公(恽)墓志铭	会昌七年(847)	于首鸟猚王公,惟德是怙。①
11	唐故朝请大夫尚书刑部郎中上柱国范阳卢府君(就)墓志铭	大中六年(852)	洛水之东,嵩山之西音先。改邑为野,坦原为川。②
12	大唐花严寺杜顺和尚行记	大中六年(852)	掷于急流中而复见胡甸反。③
13	唐故朝议郎守殿中少监兼通事舍人知馆事上柱国赐紫金鱼袋苗公(弘本)墓志铭	大中九年(855)	惟洛之阴,惟邙之南子淫反,祖考是归,公其安之。④
14	唐故乡贡进士陇西李君(眈)墓志铭	大中十一年(857)	次兄存质,深沉博识,好谋而成,统士徂征,莫不克中去声。⑤
15	唐故义武军节度副使检校尚书户部郎中兼御史中丞赐紫金鱼袋李公(浔)墓志	大中十四年(860)	公卿皆愿出力,推他回反致青云上。⑥
16	亡妻太原王夫人(太真)墓志铭	咸通四年(863)	夫音符人事上宜竭忠勤,矜孤寒,厚仁义,实君子之事。⑦
17	昆山县令安乐孙公府君(嗣初)墓志铭	咸通七年(866)	然自此籍籍为有官业人称去声誉。⑧
18	唐故陇西李公(涿)墓志铭	咸通九年(868)	天下贯穿去,百氏莫不涵其道而向之。
			乃决黜稽弊,甄抚勤当去。⑨
19	唐故孟州温县令王君(栩)墓志铭	咸通十年(869)	闺门之内,饥者倚公食之,寒者倚公衣去之。⑩

---

① 周绍良主编《唐代墓志汇编》,第 2252 页。按:"首"当为"音"之讹字。
② 周绍良主编《唐代墓志汇编》,第 2299 页。
③ http：//www.whysw.org/html/shuhua/shuhuashangxi/20200803/27660.html.
④ 周绍良主编《唐代墓志汇编》,第 2322 页。按:"子淫反"当为"阴"字之注音,本当作"於淫反",一误作"于淫反",再误作"子淫反"。
⑤ 周绍良主编《唐代墓志汇编》,第 2354 页。
⑥ 胡戟、荣新江主编《大唐西市博物馆藏墓志》,第 853 页。
⑦ 周绍良、赵超主编《唐代墓志汇编续集》,第 1041 页。
⑧ 周绍良主编《唐代墓志汇编》,第 2419 页。
⑨ 寒斋藏拓。
⑩ 毛阳光主编《洛阳流散唐代墓志汇编续集》,第 771 页。

续表

序号	篇　名	时　间	音　注
20	唐知盐铁陈许院事侍御史内供奉赐绯鱼袋孙虬故室河东裴氏墓志铭	咸通十四年(873)	及乎将迎去声不幸以疾终于绛州裴氏之私第。①
21	唐故河中府法曹掾李君墓志铭	咸通十四年(873)	既至任，未期月，果招音翘所职。②
22	唐故左拾遗鲁国孔府君(纾)墓志铭	咸通十五年(874)	久之，会大学士出将去声竟不就。③
23	唐故中山刘夫人(冰)墓志	咸通十五年(874)	俱以忠烈勋绩著于时，启隆祢宗，可谓不鲜去声者矣。 幼有奇嶷，与去声闻诗礼。④
24	唐故太平军节度郓曹濮等州观察处置等使中大夫检校户部尚书兼郓州刺史御史大夫河东县开国男食邑三百户赐紫金鱼袋赠吏部尚书薛公(崇)墓铭	乾符四年(877)	甥薛岳传去声,后同从父兄郓侯平生履行、名官及胄绪…… 曳起足去声其数。 公以宏称去声。 繇音胄兆何言。⑤

由上表可以看出，新出土唐代墓志铭中与音律有关的旁注材料归纳起来可分为三类。一是用直音法标明本字的读音，这类音注多出现在墓志铭的铭文中，如《韦羽崔成简合祔墓志》《卢仲权夫人太原王氏合祔墓志铭》《王恽墓志铭》《卢就墓志铭》《赵文信墓志铭》以及《薛崇墓铭》中的"繇音胄兆何言"等。二是用反切标明原字的读音，如《苗弘本墓志铭》《李浔墓志》和《大唐花严寺杜顺和尚行记》等。三是旁注四声，该注音方式以标明去声者为最，共出现过13次，《李涿墓志铭》《刘冰墓志》和《薛崇墓铭》中均有两处旁注去声。上声和入声也有所

---

① 周绍良、赵超主编《唐代墓志汇编续集》，第1107页。
② 毛远明编著《西南大学新藏墓志集释》，第687页。
③ 按：《孔纾墓志铭》拓片见《隋唐五代墓志汇编·河南卷》第127页，录文见《唐代墓志汇编》第2467—2468页，又《唐代墓志汇编续集》重出，却释作"久之，会大学士出将，□□"。将"去声"二字当作正文录入，误。
④ 周绍良主编《唐代墓志汇编》，第2466页。
⑤ 浙江大学图书馆碑帖保护中心藏拓。

发现,尚未发现旁注平声者。

随着时间的推移,越到晚唐,墓志铭中的音注现象表现得越突出,不仅音注在墓志铭中出现的频率越来越高,更有多种音注同时见于一方墓志者,如《崔嬛墓志铭》中既有用直音法表明读音者:"其不在文行栖肃之并音旁。""夫人生得明父母而教之,又获良妃音配归,有严姑氏而事之。"又有旁注四声者:"仲尼所谓闵子骞不有人能间言去声者。性著入声古学,学为其文必创已行而摅肆之。"音注现象最为集中的则数《薛崇墓铭》,据拓片显示,文章起首即用到音注:"甥薛岳传去声,后同从父兄郓侯平生履行、名官及胄绪……"其后亦多次使用,如志文中的"曳起足去声其数",铭文中的"公以宏称去声""繇音胄兆何言"。既有旁注四声者,又有用直音法者,对"足""称"的声调和"传""繇"等字的读音进行了注释。

虽然此前的墓志铭中也偶尔会出现旁注,但不仅数量上难与晚唐时期抗衡,与音注有关者更是寥寥无几。而到了晚唐时期,墓志铭中音注现象却频频出现。这种现象既凸显出墓志铭形制方面的重要变化,也体现出晚唐时期作者对音律的重视。古文运动的衰落和注重音律的社会风气,共同促使墓志铭的创作复归于骈。

三

会昌、大中以后,骈体因素在墓志铭中所占的比重日益扩大,这在传世典籍和新出墓志铭中均有反映。据翟景运统计,《全唐文》所收的墓志铭之中:"卷七三一至七六〇骈体墓志只有4篇,而散体者30篇,骈体占11.8%;卷七六一至七九〇骈体5篇,散体24篇,骈体占17.2%;卷七九一至八四〇骈体17篇,散体3篇,此时骈体占到了85%。"[①]可见会昌、大中以后,骈体的增长趋势非常明显。不过《全唐文》所收晚唐时期的墓志铭太少,上述依据传世文献的统计仅涉及83篇墓志铭。我们再参证新出石刻资料,更能说明晚唐骈体复兴的态势。笔者考察了《唐代墓志汇编》及《唐代墓志汇编续集》收录的891方晚唐时期的墓志铭(个别简单题刻和残泐过甚者未作统计),发现会昌以后新出土墓志铭中骈体的势力也在迅速增长。不过因为刚经历了中唐时期的古文运动,晚唐墓志

---

① 翟景运《晚唐骈文研究》,第92页。

铭的创作不可能完全回复到初唐时期的写作套路上,在一定程度上也受到散体的影响。因此晚唐时期的墓志文体,既与六朝、初唐时期有所区别,又与古文运动鼎盛时期韩、柳等人所作的墓志铭有所差异,自有其独特之处。归纳起来主要有以下几点。

第一,志文写作多用骈体,骈中带散。与中唐比较,晚唐的墓志铭多数志文中都有大段的骈偶文句,骈体成分大大增加。据笔者统计,晚唐时期志文以散体为主写作的墓志铭不多,仅有62篇,约占总数的7％,绝大多数都是骈散结合或以骈体为主。如作于咸通五年(864)的《维唐故陇西李府君(扶)墓志铭》:"大父讳曼,少耽诗酒,长傲风云,逸器不群,壮心独步,直志难摧,厌弃浮名,处士终老。府君即处士之子也。幼而聪敏,长抱全才,倜傥英明,智有余刃。冠岁志学,有聚萤积雪之勤,无便僻进取之佞,承先人之遗志也。优游云水,靡不臻涉……南据吴渚,北倚秦泓,岗原膏腴,封疆秀楸,周视慨然,遂有栖止之趣,于是居焉。及寓于此,二十余载,官僚亲仁,闾里仰重。门环多士,倒屣之清风大行;席拥琴书,雅韵之良音满室。"①不仅用骈体写成,其中的很多句子,如"少耽诗酒,长傲风云""南据吴渚,北倚秦泓,岗原膏腴,封疆秀楸"等,还讲求对仗的精工和字词的妍丽。再如作于天祐年间的《孙彦思墓志》:"比谓泰山峻而难崩,何期蟾桂圆而易缺。秦云断处,叫天路以宁回;楚水分时,泣夜泉而安及……比恒山之四鸟,永诀难胜;似巴峡之孤猿,长号不绝。县君以齐眉义重,结发情深,剑恨龙分,琴悲鹤去,莫不抱棺气咽,抚臆心□。"②这段文字不仅注重四六对仗,用典成分也大大增加,与六朝时期的墓志铭极为类似。

晚唐时期墓志铭写作中,铺张扬厉、华而不实的文风再度兴盛,有些还极尽夸张之能事。如《唐故南内李府君(令崇)墓铭》在叙述李令崇的乡邑和德行时说:"其望也:卧龙称誉,一鹗传芳,虞诩致书,比之东箭;顾荣入洛,号曰南金。其童也:情田万顷,器宇百间,太华三峰,寒松千尺,清源见底,澄淑度之波澜;心镜孤明,悬仲尼之日月。其辩也:颊涌波浪,口吐雌黄,叙温燠即寒谷生暄,论严苦即春松落叶。袁宏受谢安之扇,式表仁风;曹丘扬季布之名,更高然诺。其达也:智能极物,愚足全生,知命乐天,居闲体道。阮嗣宗之操执,善恶短长;

---

① 周绍良主编《唐代墓志汇编》,第2403页。
② 周绍良、赵超主编《唐代墓志汇编续集》,第1170页。

稽叔夜之行藏,未曾喜愠。"①这段文字极力铺排志主的才华,并拿古人与之作比,汉魏名士尽被揽入,其夸张手法不下汉赋。这是晚唐志文新变的一种表现,五代浮靡绮艳的骈俪文风在唐末已现端倪。

不过毕竟刚经历了古文运动的洗礼,古文的影响尚未完全消除,这一时期也有不少墓志铭在写作过程中仍然吸收了部分散体因素,显示出骈中带散的特点。如赵璘所撰《唐故处州刺史赵府君(璜)墓志》云:"先君讳伉,自建中至元和,伯仲五人,登进士第,时号卓绝。虽奕叶文学政事相续,而士大夫最以孝友称。先君韦氏之出,堂舅苏州刺史应物,道义相契,篇什相知,舅甥之善,近世少比。佐盐铁府,官至监察御史里行……惟我两弟,实金实玉,季既夭于贡士,仲又才及专城。顾余庸虚,为时所薄,齿发衰矣,手足断矣,神虑耗矣,荣华息矣。"②在用骈文进行铺排的同时穿插了部分散体文句,仍然能够体现出受到古文运动影响的痕迹。个别墓志铭甚至通篇运用散体,将具体场景和细节描写得极为传神,如温庭筠之子温宪所撰《唐故集贤院官荣王府长史程公(修己)墓志铭》载:"赵郡李弘庆有盛名,尝有斗鸡,击其对伤首,异日,公图其胜者,而其对因坏笼怒出,击伤其画。李抚掌大骇。昭献常所幸犬名卢儿,一旦有弊盖之叹,上命公图其形,宫中畎犬见者皆俯伏。"③程修己是唐末著名画家,尤精山水竹石,人物花鸟。唐文宗曾作《题程修己竹障》诗称赞他高超的技艺:"良工运精思,巧极似有神。临窗忽睹繁阴合,再盼真假殊未分。"④温宪继承了韩愈墓志铭中开创的描写人物手法,对程修己绘画的情形描述得非常生动,讲述也是以假乱真的事例,非用散体不能起到这种效果。

第二,铭文更加受重视,重铭现象集中出现。六朝时期的文章多讲求骈偶和对仗,骈体大行其道,当时的墓志铭不仅志文多用骈体,铭文也均用四言韵语写成,直到唐初才开始有所变化,骚体和其他句式逐渐渗入墓志铭的创作之中,但绝大多数铭文依旧用韵。其后,随着古文运动的展开,铭文中骈俪成分开始减少,铭文逐渐缩短并出现了用散体写作的铭文。晚唐时期,骈体势力又重新崛起,墓志铭的铭文也在很大程度上回复到初唐时期以四言韵文和骚体为主的

---

① 周绍良主编《唐代墓志汇编》,第2536页。
② 周绍良主编《唐代墓志汇编》,第2394页。
③ 周绍良主编《唐代墓志汇编》,第2398页。
④ 曹寅等编《全唐诗》卷四,中华书局,1960年,第48页。

阶段。《唐代墓志汇编》所收唐武宗会昌年间的56篇墓志铭,用四言写成的有44篇,用骚体写成的有5篇,铭文的前半部分用四言、最后几句改用其他体式的有4篇,用杂言和七言写成的极少,分别有2篇和1篇,四言的比重达到了75%以上。随着时间的推移,四言体所占比重越来越高,骚体和其他体式的铭文逐渐减少。唐朝末年的铭文,很少有通篇采用骚体写成的,个别铭文虽然掺入了骚体,但多数也是前半部分用四言,仅最后几句改用"兮"字句式。乾符以后的铭文除个别的用骚体或七言、三言写成外,其余均为四言体,四言体的比重占到了80%以上,散体铭文更是罕见,仅有《唐故泉州仙游县长官张府君及钜鹿魏夫人祔葬墓志》①等少数几篇。

  古文运动期间,骈文作者为求生存,对骈体进行了某些改造。晚唐时期骈文虽然兴盛,但势力已经不如六朝时期强大,因此墓志铭的铭文也很难达到以前可与志文平分秋色的程度,但四言长铭也经常出现,与初唐时期类似而与古文运动鼎盛时期迥异。据笔者统计,《唐代墓志汇编》及《唐代墓志汇编续集》所收的891篇墓志铭中,20句以上的四言长铭共有92篇,占比超过10%,40句以上的铭文也有26篇,最多的达80句。部分志文较短的墓志铭,铭文字数与志文接近,如会昌五年(845)的《唐故柳氏殇女(老师)墓志铭》②;也有的铭文字数甚至超过了志文,如会昌四年(844)的《唐京兆韦承诲妻河间邢氏(芳)墓铭》③、大中九年(855)的《唐故处士李府君(映)墓志铭》④等。

  晚唐时期的铭文也更加受到丧家重视,不仅出现了很多音注,还产生了重铭现象。所谓重铭,即在原有铭文的基础上再续作一首,从而造成一篇墓志铭有两首铭文的特殊现象。重铭现象在盛唐时期即已出现,主要应用于迁祔之时,⑤但运用不多,晚唐时期才得到了大量使用,如《唐左春坊太子典膳郎河东

---

① 周绍良主编《唐代墓志汇编》,第2362页。
② 周绍良主编《唐代墓志汇编》,第2241页。
③ 周绍良主编《唐代墓志汇编》,第2238—2239页。
④ 周绍良、赵超主编《唐代墓志汇编续集》,第1005页。
⑤ 根据新近出土的《唐故银青光禄大夫冀州刺史歧王府长史裴府君(子余)墓志铭》记载,裴子余卒于开元十四年正月,"以其年三月六日权窆于河南委粟乡之原",此时原本写有墓志铭,铭文用严整的四言体写成,凡40句,但天宝四载(745)迁祔乡邑时,又由其外甥韦述撰写了重铭,亦为四言体铭文,共12句(毛阳光主编《洛阳流散唐代墓志汇编续集》,第335页)。又如《唐故乐安孙廿九女墓志》云:"(孙廿九女)以长庆三年五月十日终于郑州之别墅,权厝所居之南……至大中六年五月廿四日,方迁(**转下页**)

卫君夫人扶风辅氏(得一)墓志铭》本有王顼所撰四言铭文:"清河垂裕,迥汉分光。金石同韵,□□□□。覆载虽广,征报何伤。窀穸云毕,□□□□。北原汉陵,西顾秦阙。烟惨松楸,□□□□。薤露朝晞,愁云暮结。泪添八□,□□□□。"铭文之后,又云:"河东子泣而铭曰:判合去岁,乖离此年。子居襁褓,将何恃焉?(下缺)皇天后土,当闻是言。"①王顼所撰铭文通篇都是褒奖之辞,语言太过夸耀,又缺乏针对性,这样的文字不具备辨识度,几乎可以套用于任何人身上。更重要的是铭文中提到的情况与志主没有任何关系。重铭的作者自称河东子,当为其夫君,亦即志题中的河东卫君。当他发现王顼所撰铭文不切实际后,在夫人入殓前重新写作了一篇简短的铭文②,这一铭文非常切合其身份,与志主的生平事迹亦极为吻合,如志文记载辅得一"享年二十有二。有子一人,茹毒之秋,才逾满月",重铭中云"判合去岁,乖离此年,子居襁褓",志文、铭文正相契合。又如新出土《唐故正议大夫守河南尹柱国赐紫金鱼袋赠礼部尚书武阳李公(朋)墓志铭》,铭文极长,前半部分是极为严整的四言长铭,共 74 句,接着又有"重曰"引起的一段骚体铭文:"膻德懿行兮不泯,陵谷寒暑兮自迁。梁木坏兮归大夜,噫无穷兮千万年。"③作者杨知温乃李朋妻兄,李朋夫人在李朋亡故十一日后亦谢世,《李朋墓志铭》乃是二人的合祔志,故而杨知温才运用了重铭的形式,哀婉之意甚明。

另外还有一些墓志铭在铭文之后采用"后赞"形式颂扬志主德行,亦可归入重铭,类似的实例有很多,不赘举。铭文本来即多用韵语写成,重铭现象的集中出现也从侧面反映出骈体的盛行。

第三,墓志铭创作的程式化现象有所回升。随着古文运动的衰落,韩、柳开创的极富个性、"一人一样"的墓志铭写作手法在晚唐迅速消亡,晚唐时期墓志铭创作中的程式化现象又有所回升。虽然没有达到钱锺书先生批评的那种地步——"造语谋篇,自相蹈袭。虽按其题,各人自具姓名,而观其文,通套莫分彼此。惟男之与女,扑朔迷离,文之与武,貂蝉兜牟,尚易辨别而已。斯如宋以后

(接上页)祔于洛阳北陶村之大茔。"前后相距三十年。而志文中说"旧铭云:玉已摧,兰已萎,郑之南兮魂权依,遇年有力当西归,誓昭昭兮吾不欺……临窆,以旧志文字填灭不可识,第卅四兄守给事中赐紫金鱼袋景商书于贞石,但纪年月,追恸平昔,不更重铭。"(周绍良主编《唐代墓志汇编》,第 2300 页)所谓旧铭,自然是指权厝时所撰的铭文;此言不更重铭,也进一步证明重铭多出现在迁祔志中。

① 周绍良主编《唐代墓志汇编》,第 2190 页。
② 辅得一从去世到入葬时间甚短,前后仅相隔十二天。
③ 胡戟、荣新江主编《大唐西市博物馆藏墓志》,第 791 页。

科举应酬文字所谓'活套',固六朝及初唐碑志通患"①,但类似《程修已墓志铭》用大量篇幅进行细节描写的文章已不多见。

晚唐墓志铭创作中程式化现象加重的突出表现是很多文章起首即介绍志主姓氏的来源或丧亡时间,分别有45篇和101篇,另有115篇墓志铭开篇即采用四六对仗的写法,骈文色彩浓郁。凡此,均可看成是晚唐墓志铭创作的新程式。三者合计261篇,约占全部墓志铭的30%。在介绍志主姓氏的来源时也恢复到了六朝和初唐"刘氏必曰斩蛇,董姓皆云豢龙"②的套路上,如《唐故卢府君(荣)墓志铭》云:"卢氏之先人,自承神农皇帝之苗裔,太公之胤绪,因齐丁公之夫人生一子□□卢□分明……"③《张府君(谅)墓志铭》中也说:"张氏之系,起于清河,弁冕相承……"④虽然世系之后,较少出现叶昌炽所批评的"辄云载在简牒,可略言焉"⑤等句式,但此时的墓志铭在介绍志主的姓名、籍贯和世系时多采用初唐时期的套路,次第交待志主的讳、字、乡邑和祖、父情况,如《大唐故辛府君(仲方)墓志铭》:"府君讳仲方,其先陇西人也。皇祖讳,皇考讳惟壹,历代绵远,英哲世生,修枝奕叶,荣爵不坠。"⑥

本来就高度程式化的宫女墓志铭在此时也产生了新变,语言形式变得更为简单,《唐代墓志汇编续集》载有亡宫墓志一方,全文如下:"亡宫内人春宫长行银娘年冊,唐咸通十五年四月廿五日于万年县长乐乡王徐村葬。看守人王文建、王季旻。"⑦胡玉兰认为这是唐末墓志铭程式化进一步加重的表现:"由此看来,唐亡宫丧葬仪式与墓志撰写发展至晚唐形式化更加严重。铭文的撰写和宫女的安葬由有关部门负责,下葬有人监葬,葬后有人看守。生前没有得到礼遇,而死后得到善终,这大概是卑微一生的宫女们得到的最好待遇。"⑧

无论是四言长铭还是程式化的创作模式,都是六朝至唐初墓志铭创作的典

---

① 钱锺书《管锥编》,生活·读书·新知三联书店,2001年,第2375页。
② 叶昌炽撰、柯昌泗评《语石 语石异同评》,考古学专刊丙种第四号,中华书局,1994年,第230页。
③ 周绍良主编《唐代墓志汇编》,第2397页。
④ 周绍良主编《唐代墓志汇编》,第2407页。
⑤ 叶昌炽撰、柯昌泗评《语石 语石异同评》,考古学专刊丙种第四号,第230页。
⑥ 周绍良主编《唐代墓志汇编》,第2438页。
⑦ 周绍良、赵超主编《唐代墓志汇编续集》,第1114页。
⑧ 胡玉兰《唐代亡宫墓志铭文的程式化演变及原因》,《浙江大学学报》(人文社会科学版)2006年第2期。

型手法。唐末的墓志铭在很大程度上又复归到了以前的创作传统,直到宋代古文运动再度兴起,墓志铭中的骈俪因素才得到了较为彻底的清除,墓志铭的创作也进入了一个新的发展阶段。

第四,墓志铭的形式更加多元。由于整个社会对音律的重视,晚唐时期的墓志铭也更讲求韵律和形式,最有代表性的就是此时出现了一些通篇运用七言诗体创作的墓志铭。在骈体创作最为兴盛的六朝时期,不少墓志铭全篇采用四言诗体写成。① 这种创作形式在中晚唐时期再度出现。除上揭柳宗元所撰《赵群墓志》以外,作于咸通三年(862)的《王容墓铭》也是运用七言韵文写成的:"王氏殇女其名容,名由仪范三德充,诵诗阅史慕古风。卑盈乐善正养蒙,是宜百祥期无穷,奈何美疹剸其躬。芳年奄谢午咸通,季夏二十三遭凶,翌月十八即幽宫。寿逾既笄三而终,晋阳之胄冠诸宗,厥考长仁命不融。外族清河武城东,中外辉焯为世雄,今已矣夫石窀封。仲父刻铭藏户中,以纾临穴嫂哀恫,古往今来万化同。高高谁为问圆穹,姑安是兮龟筮从,俟吉良兮从乃公。"② 陈尚君先生径直将其作为诗歌收入《全唐诗续拾》中,并加按语云:"此方墓志无序,铭文通篇为七言韵文,与诗无异。在唐志中颇罕见,故录出之。"③ 据拓片显示,该墓志铭仅仅在墓志盖上题有"唐故太原王氏女墓铭"九字,志石上全为七言韵文,毫无枝蔓性的文字。

此外,大中年间甚至产生了宝塔式的铭文,形式上酷似坟茔:

奉其亲,孝且仁。
义高九族,礼浃六姻。
心不欺暗室,迹不愧明神。
宜强寿而贵富,反疾夭而贱贫。
琼树一枝泉万丈,邙山之下洛水滨。
昔人所归岂旧阡陌,今尔之葬从先夫人。
千秋万岁后有问此者,曰有唐贤人君子之坟。④

---

① 如北魏时期的《元定墓志铭》《慕容纂墓志铭》等。
② 周绍良主编《唐代墓志汇编》,第2391页,原录文讹夺之处已据拓本校改。
③ 陈尚君辑校《全唐诗补编·全唐诗续拾》卷三一,中华书局,1992年,第1152页。
④ 《唐故进士赵君(珪)墓志铭》,录文见周绍良主编《唐代墓志汇编》,第2260页,拓片见陈长安主编《隋唐五代墓志汇编·洛阳卷》第14册,第7页。原录文和断句均有舛误,本文已据拓片校改。

咸通年间还出现了顶针格式的铭文,如撰于咸通十五年(874)的《唐故楚州盱眙县令荥阳郑府君(渍)墓志铭》,其铭文中云:"宾佐三邑,三邑革弊。爰居百里,百里怀惠。"①这些形式特殊的墓志铭,均体现出讲求声律的社会风气对墓志文体所造成的影响。

  由本文的论述可以看出,随着古文运动的衰歇和骈文的复兴,特别是晚唐时期讲求音律的社会风气日益加重,墓志文体,无论是形制还是内容方面都发生了新变,是晚唐骈体复兴和音律勃兴促使应用性文体发生变革的集中体现。

---

① 周绍良主编《唐代墓志汇编》,第2469页。

《文苑英华》误作元稹的
二文作者应是谁？

复旦大学中国古代文学研究中心　查屏球

《文苑英华》卷六二五收有《论裴延龄表》《又论裴延龄表》两文，《论裴延龄表》全文如下：

> 臣某言：臣昨二十五日宰臣伏宣圣旨，以陆贽败官罪状，不可书于诏命。陛下慈仁爱人，恩宥愚直，仍令后有所见，得以上闻。臣忝职谏司，不胜大幸。臣等前所上表，言陆贽等得罪之由，起于逸构，此皆延龄每自倡言，以弄威宠。及奉宣示，奸诈乃明。陆贽久在禁垣，复典枢要，今之谴责，固出圣衷。窃以李克励志恤人，勤身奉职，惠爱之化，洽于细微，顷以公事之间，与延龄相敌，未贬之月，延龄亦以语人。逸构之端，群情是惑。臣闻大臣之体，出于逸辞，安可持密勿之言，为忿怒之柄？朝廷侧目，远迩摇心，百官素不能亲附延龄者，屏气私门，不知自保。陛下圣德下照，物无所遗，岂独厚于一夫，而乃薄于天下。伏惟发诚谨中官，备问闾里，有言延龄无罪，李克有过，臣实微眇，敢逃天诛？李克覆族亡家，于臣何害，事关大本，不敢自私。延龄奸计万殊，方司邦赋，必能公用财贿，阴结匪人，则他时之过，彰闻路绝。伏以贞观遗训，日经宸心，去其邪谋，以慰天下，幸甚幸甚。臣不胜恳迫之至。

《又论裴延龄表》：

> 臣某言：间者陛下亲授臣以直言之诏，又命臣以言责之官。奉职以来，未尝忘死，誓将忠恳，上答镕造。窃以裴延龄亏损圣德，渎乱典章，逞其心欲，以蜇毒黎元，恣其苛刻，以动摇边鄙，弄陛下爵位，以公授私人，盗陛下威权，以诱胁忠善。贤愚注耳，朝野同辞，臣固不敢饰其繁文，再扰聪明。所以昼夜感愤、不能自宁者，以陛下执刑赏之柄，不僭在人，延龄狡诈公行，

曾不为念。伏见去年十二月五日敕,度支讨管李玘配流播州,张勋配流崖州,仍各决六十。斯则延龄自快怒心,曲遂其状。陛下听之以诚,谓为当举,峻其所罚,用直群司。罪名及加,冤声大振。陛下深鉴其事,诏命中留,曾不旬朝,驰闻海内,使远方之人,疑陛下明有所壅,令无必行。奸以陷君,孰任其咎?傥二人独决延龄之手,死不得言,化理之失,岂不重乎?陛下常以登闻之鼓,置之于庭,必欲人情纤微,不滞于外。比来或事系度支,衔冤上诉,皆不即验问,尽付延龄。缧囚衣冠,攘夺孤贱,身不足偿其怒,家无以应其求,怨痛内缄,谁与为理?赠缴盈路,动而见拘,咫尺天门,不敢上诉。延龄之威益炽,疲人之苦日深。陛下以延龄为贤,言者皆妄,不若明白其罪,昭示万方。使延龄无辜,辨之何害?傥凶恶滋蔓,郁于人心,决之不时,所伤岂细?臣实寒心销肉,用是为忧。伏惟俯鉴众情,召臣问状,有一非据,罪在面欺。臣不胜迫切之至。①

题下小注"德宗",应是对时间的说明,作者署名是元稹(779—831),这是一个明显的错误。两文内容都是揭发批判裴延龄,裴延龄卒于贞元十二年(796),元稹才十八岁,文当作于更早,文中内容与元稹年龄、身份不合。文中言作者"忝职谏司",应是拾遗、补阙一类官员,元稹于贞元九年(793)十五岁明经及第,约在贞元十九年(803)二十五岁时中书判拔萃科才释褐授秘书省校书郎。至元和元年(806)二十八岁登制科才识兼茂明于体用科,才被授左拾遗。这又在裴延龄事后十多年了。南宋彭叔夏作《文苑英华辨证》时已发现了这个错误:

> 元稹《论裴延龄表》二首,按:《表》论延龄谮陆贽事。又云:职忝谏司。然贽以贞元十年贬,稹于元和元年除拾遗,相去十一年,而稹集亦无之。(卷六)

明代马元调在万历三十二年(1604)整理刊印元稹集时,不同意彭说,并提出代作之说:

> 微之以十五明经及第,二十八中制科为拾遗,当裴之盛,虽未为谏官,而已年十八九矣。二表或是代人之作。盖公《与乐天书》叙贞元十年已后事云:"心体悸震,若不可活,思欲发之久矣。"则裴亦时事之尤舛者也,况公

---

① 《全唐文》卷六五〇元稹名下列《论裴延龄表》(以下分称《表一》《表二》)。

> 生长京城,代人作表论裴,想当然尔。(《元氏长庆集》补遗卷二)

马氏之说又多受今人的质疑,他没有提供证据,我们也只能作出几种不确定的猜想①。由《文苑英华》所载及内容看,两文的真实性是不容怀疑的,两文都是关于贞元倒裴事件的核心文献。贞元朝以陆贽为中心的倒裴斗争以及由此引发的贞元学潮属中唐政治史上的重大事件,解决两文作者问题,对推进关于这一政治事件的认识,具体把握中唐士风特色是很有意义的②。直接版本与文献依据一时难以寻觅,若将两文置于当时"倒裴事件"的背景中,全面排比相关史料,分析两文与事件的相关度,或许能发现一些印证与旁证线索。

一、倒裴斗争进程与所涉人物

我们先由贞元倒裴运动的进程来考察两文所涉之事,再确定其具体的写作时间。南宋袁枢《通鉴记事本末》卷三二下列专章《裴延龄奸蠹》介绍了事情的原委、过程:这场事件由贞元八年(792)七月陆贽(754—805)反对裴延龄(728—796)为度支开始,"户部尚书判度支班宏薨,陆贽请以前湖南观察使李巽权判度支,上许之,既而复欲用司农少卿裴延龄。贽上言:'延龄诞妄小人,用之交骇物听,尸禄之责固宜及于微臣,知人之明亦恐伤于圣鉴。'上不从,已未,以延龄判度支事"。陆贽几度攻击裴在财政上造假账,欺君蒙世,"虚张名数以惑上"。至次年七月,左补阙权德舆加入,"左补阙权德舆上奏,以为'延龄取常赋支用未尽者充羡余以为己功,县官先所市物再给其直,用充别贮,边军自今春以来并不支粮,陛下必以延龄孤贞独立,时人丑正流言,何不遣信臣覆视,究其本末,明行赏罚?今群情众口喧于朝市,岂京城士庶皆为朋党邪?陛下亦宜稍回圣虑而察之'。上不从"。表明裴延龄的胡作非为已激起公愤。贞元十年(794)十一月三日,陆贽写下《论裴延龄奸蠹书》六千余字的长文,全面举报裴氏,正式发起了"倒裴斗争"。但是,由于赵憬临时的背叛与告密③,裴延龄事先准备好了应对之辞。

---

① 见吴伟斌《辨伪明误 清舛弃讹——论〈论裴延龄表〉〈又论裴延龄表〉的作者肯定不是元稹》,《宁夏师范学院学报》2017年第2期。
② 见查屏球《"贞元之风尚荡"考论——贞元学潮与中唐文风之关联》,《南国学术》2021年第3期。
③ 《旧唐书·赵憬传》:"憬与陆贽同知政事,贽恃久在禁庭,特承恩顾,以国政为己任,才(**转下页**)

十二月二十五日(十二月壬戌)①陆贽被罢相,转任太子宾客。贞元十一年(795)二月,裴延龄诬陷陆贽朋党且动摇人心,刺激德宗收系陆贽等人,激起阳城等四谏臣跪请延英门之事。四月二十五日贬陆贽为忠州别驾,而以陆贽为中心的"倒裴运动"也受挫,"倒裴斗争"中心也转移到以阳城为中心的谏臣群体。

现存的"倒裴"之文中,除了陆贽《论裴延龄奸蠹书》之外,还有权德舆《论度支疏》《论裴延龄不当复判度支疏》二文,权文中也有时间说明:"十一月十二日,将仕郎守右补阙臣权德舆谨昧死顿首上疏皇帝陛下。……自延龄受任,已近半载,群议纷然,皆曰非宜。"史载唐德宗于贞元八年七月十六日命裴延龄判度支事。至贞元八年十一月十二日,约五月,合于"近半载"之数。"伏料圣意,久未正授延龄职名,似观其能否,以为进退",表明到此时,裴延龄只是以"权判度支事"身份行事。权德舆举报理由是裴处理"边储经费之功,懋迁移用之法"不当,"群议纷然,皆曰非宜"。权德舆的第二篇疏曰:"延龄顷自判权,逮今旬岁,不称之声,日甚于初。"这是在裴延龄权判度事一年后,应是贞元九年(793)七月某天。裴氏权知后,可能要正式任职了,权德舆才提出"论裴延龄不当复判度支疏"。对照权氏二文与陆贽《论裴延龄奸蠹书》,不难见出权、陆是同一立场的,正因权氏二疏无效,才引起陆贽在贞元十一年十一月以长文举报裴。这些文献所记的时间都是可以与相关史料对应的。权德舆贞元八年六月任右补阙,贞元九年正月改左补阙,至十年五月迁为起居舍人、知制诰。二文出现于贞元八年十一月、贞元九年七月,恰在权氏任谏官时期。以此方法分析《文苑英华》所收二篇误文,也可确定二文产生的时间,进而确定与此相关的人物。

细审文本,可以发现一些线索。前文言:"臣昨二十五日宰臣伏宣圣旨,以陆贽败官罪状,不可书于诏命。"这里二十五日是什么时候呢?所谓"败官"是指陆贽罢相为太子宾客,还是由太子宾客被贬忠州别驾呢?《资治通鉴》卷二三五载:"(唐德宗贞元十年十二月)壬戌二十三日,贽罢为太子宾客。""(唐德宗贞元十一年)夏四月壬戌(二十五日),贬贽为忠州别驾,(李)充为涪州长史,(张)滂为汀州长史,(李)铦为邵州长史。"(《旧唐书·德宗纪》同)文中称"败官罪状",

---

(接上页)周岁转憬为门下侍郎,憬由是深衔之……憬初与贽约于上前论之,及延英奏对,贽极言延龄奸邪诳诞之状,不可任用,德宗不悦形于颜色,憬默然无言,由是罢贽平章事,而憬当国矣。"

① 据方诗铭、方小芬编著《中国史历日和中西历日对照表》,上海辞书出版社,1987年,第437页。

陆贽第一次罢相，是因攻击裴延龄让德宗不悦，仅移官为太子宾客，而未受罪罚。第二次则因裴延龄诬告，涉及谣言惑众动摇军心之罪，因此，本文所言当是陆贽第二次被贬事，在贬官诏下达的当天写成呈进的。本文主要是为李克减罪，认为李克是由裴延龄诬陷所致。此李克可能是李充之误，所言之事见《旧唐书》卷一四九《奚陟传》：

> 刑部侍郎裴延龄恶京兆尹李充有能政，专意陷害之，诬奏充结陆贽，数厚赂遗金帛。充既贬官，又奏："充比者妄破用京兆府钱谷至多，请令比部勾覆。"以比部郎中崔元翰陷充怨，恶贽也。诏许之。元翰曲附延龄。劾治府史，府史到者虽无过犯皆笞决以立威。时论喧然。陟乃躬自阅视府案，具得其实，奏言："据度支奏：京兆府贞元九年两税及己前诸色羡余钱共六十八万余贯，李充并妄破用。今所勾勘一千二百贯，已来是诸县供馆驿加破及在诸色人户腹内合收其斛斗共三十二万石，惟三百余石诸色输纳所由欠折，其余并是。准敕及度支符牒给用已尽。"陟之宽平守法多如此类。元翰既不遂其志，因此愤恚而卒。

《册府元龟》卷五一一：

> 陆贽等虽贬黜，延龄憾怒未已，乃掩捕充腹心吏张忠，拷掠捶楚，令为之辞云：（李）充前后隐没官钱五十万贯，米麦称是，其钱物多结托权贵。充妻尝于车檐中将金宝缯帛遗贽妻，忠不胜楚毒，并依延龄教示之词具于款占。忠母及妻等散于光顺门邀使，进状诉冤。诏御史台推问，一宿得其实状，事皆虚妄。延龄又奏：京兆府妄破用钱谷，请令比部郎中崔元翰覆勾，元翰尝为陆贽所黜也。及比部奏京兆府谷帛又无交加。

裴延龄既与李充有怨，更想借李充之事加害陆贽，所以，在他们被贬后再兴冤狱，从逼供李充下属官吏入手，激起了公愤。《表一》中言："窃以李克励志恤人，勤身奉职，惠爱之化，洽于细微，顷以公事之间，与延龄相敌，未贬之月，延龄亦以语人。"言及李充未贬之事，则本文作于李充等已贬之后。两处相符，也证明了《表一》既言昨为二十五日，其上表时间是在四月二十六日，即在德宗下诏贬斥陆贽的次日，表言："臣等前所上表，言陆贽等得罪之由，起于逸构，此皆延龄每自倡言，以弄威宠。"前所上表，应是延英门跪请上表之事。本表仍是延英跪请抗争行为。

《二表》："伏见去年十二月五日敕，度支讨管李玼配流播州，张勋配流崖州，仍各决六十。斯则延龄自快怒心,曲遂其状。"此表排在《表一》之后,时间也应在《表一》后。裴延龄卒于贞元十二年(796)九月①,《表二》可能作于贞元十二年初,此言"去年",当指贞元十一年十二月五日。为何不推定为贞元十一年作,所言为贞元十年的事呢?这与表中所言之事相关。"度支讨管李玘配流播州,张勋配流崖州,仍各决六十",与史书所记裴延龄制造的一系列迫害陆贽事件有关。裴延龄在陆贽等人被贬后,仍不满足,想方设法编造证据,欲置陆贽于死地。上文所述李克案就是其中之一,《表二》所记颇似:"比来或事系度支,衔冤上诉,皆不即验问,尽付延龄。缧囚衣冠,攘夺孤贱,身不足偿其怒,家无以应其求,怨痛内缄,谁与为理?赠缴盈路,动而见拘,咫尺天门,不敢上诉。"这些大规模的迫害活动都是在陆贽被贬之后进行的。度支讨管应是度支属吏,李充、张滂、李铦三人工作皆曾与度支相关,其中张滂度支一职就是由裴延龄接任的。②加害李玘、张勋就是为了找到攻击张滂等人的证据,进而攻击陆贽。这一切都在陆贽被贬之后才有可能进行。裴延龄卒于贞元十二年九月十七日(丙午),故二表的时间也应在贞元十一年四月二十六日至此日之间。

《表一》"臣忝职谏司"透露了作者身份特征,表明作者应是谏臣,或为拾遗,或为补阙。确定这个时间,就可为作者划定一个范围,即在这一时间段担任谏官者。如此,就可以排除权德舆的可能性了。因为权德舆是贞元八年六月任右补阙,贞元九年正月改左补阙,至十年五月迁为起居舍人、知制诰了。故贞元十年下半年后谏官之事则与其无关了。

二、二文与相关人物的关系

我们再在表中寻找作者身份信息,《表一》言作者获职后感到"臣忝职谏

---

① 《通鉴记事本末》言:"十二年春三月以户部侍郎裴延龄为户部尚书,使职如故,秋九月丙午,户部尚书判度支裴延龄卒。"十二年春,裴氏由侍郎升尚书,任相有望,益发激起倒裴派的疾愤,故定《表二》在这一时间。

② 李滂有墓志存世,即李瀛撰《唐故中大夫户部侍郎兼御史大夫诸道盐铁转运等使清河张公墓志铭并序》,有曰:"六年,改司农少卿,专知太仓出纳。圭撮不谬,斗概甚平,雀鼠不能肆其贪,吏人无以施其巧。八年,除户部侍郎兼御史大夫,诸道盐铁使兼知转运。舳舻相继,漕挽忘疲,军赏不怠,仓储有羡。功成势落,暑谢寒来。十年,除卫尉卿。十一年,贬汀州长史。……十六年十月十九日寝疾终于位,时年七十六。"见周绍良编《唐代墓志汇编·贞元一○三》,上海古籍出版社,1992年。

司，不胜大幸"，似为初任语气。《表二》言："间者陛下亲授臣以直言之诏，又命臣以言责之官。奉职以来，未尝忘死，誓将忠恳，上答鸿造。"此言表明作者曾得到德宗"直言"奖诏，"又"有"再"意，即再次任他为谏臣。德宗亲授与表扬他，也应在《表一》之后，即贞元十一年四月二十五日后，这一任命通常是由拾遗转补阙。

《表一》又言："臣等前所上表，言陆贽等得罪之由，起于谗构，此皆延龄每自倡言，以弄威宠。"这当指陆贽被收治时谏官集体于延英门跪请之事，主导者为谏议大夫阳城，参与者有左拾遗王仲舒、右拾遗熊执易、右补阙崔邠、左补阙归登。《表一》作者应是延英门跪谏参加者之一。此事多种史籍记，如《册府元龟》卷五四八：

> 阳城为谏议大夫，裴延龄谗谮陆贽等，坐贬黜。德宗怒不解，在朝无敢救者，城闻而起曰："吾谏官也，不可令天子杀无罪人而信用奸臣。"即率拾遗王仲舒等数人，守延英合上疏论延龄奸佞，贽等无罪状。德宗大怒，召宰相入语，将加城等罪。良久乃解，令宰相谕遣之。

史料所言"合上疏论"与《表一》中"臣等前所上表"是一致的，所指应是一事，"臣等"就是"合上疏"者，作者应在其中。至此，二表作者的身份特征已明晰：其一，谏官，任职时间不长；其二，任上曾由拾遗转任补阙，转任时间应在贞元十一年四月二十五日后；其三，参与阳城领导的延英门跪谏之事；其四，贞元十二年初还在谏官任上。

这样范围可缩小到参加延英门跪谏的五位谏官身上，这是一次谏官集体行动，诸史皆有记载，《册府元龟》卷四六〇集中罗列：

> 王仲舒，字弘中，贞元十年拜右拾遗，裴延龄领度支，矫诞大言，中伤良善，仲舒上疏极论之。
>
> 崔邠为补阙，尝疏论裴延龄，为时所知。
>
> 归登为右拾遗，裴延龄以奸佞有恩，欲为相，谏议大夫阳城上疏切直，德宗赫怒，右补阙熊执易等亦以危言忤旨，初执易草疏成示登，登惨然曰："愿寄一名，雷霆之下，忍令足下独当。"自是同列切谏，登每联署其奏，无所回避。时人称重。
>
> 阳城为谏议大夫正直时，朝议欲相延龄城，曰："脱以延龄为相，城当取

白麻坏之。"①

将二表中内容与以上及相关史料对照，即可推断出二表应出于哪位谏臣之手。

首先，可排除是阳城所作，《册府元龟》卷九三八有言：

> 李繁，宰相泌之子，泌为相，荐夏县处士北平阳城为谏议大夫，城深德泌，及殁，户部尚书裴延龄巧佞有恩，窃弄威权，朝臣无不侧目，城忠正之士，尤忿嫉之，一日尽疏其过，欲密论奏，以繁故人子谓可亲信，遂示其疏草，兼请繁缮写。繁既写讫，悉能记之。其夕乃径诣延龄，具述其事。延龄闻之，即时请对，尽以城章中所欲论告节目，一一自解，及城疏入，德宗返以为妄，不为之省。

阳城找到了出卖自己的人帮忙抄写，其疏未能留下来，但由叙述内容看，"尽疏其过"一定是逐条揭发其裴氏伪劣之举。这与二表不同，二表各有重点，一是说李充案不实，一是说李、张之案，与《阳城传》所叙不合，故不可能是阳城之疏。

其次，也不可能是熊执易与归登，由上述史料看，熊、归二人是联名上疏的，二表的口吻都单人"臣"自称，如"臣某言：臣昨二十五日宰臣伏宣圣旨……臣忝职谏司""李克有过，臣实微眇，敢逃天诛？李克覆族亡家，于臣何害，事关大本，不敢自私""臣某言：间者陛下亲授臣以直言之诏，又命臣以言责之官""臣实寒心销肉，用是为忧。伏惟俯鉴众情，召臣问状，有一非据，罪在面欺。臣不胜迫切之至"。这些"臣"字都非复称，故二表应不是熊执易、归登所上表。

崔邠似有可能，《旧唐书》卷一五五有传：

> 崔邠……贞元中授渭南尉，迁拾遗、补阙，常疏论裴延龄，为时所知。以兵部员外郎知制诰至中书舍人，凡七年，又权知吏部选事，明年为礼部侍郎，转吏部侍郎，赐以金紫。……后改太常卿，知吏部尚书铨事……元和十年三月也，时年六十二。

其在贞元中做过两任谏官，由拾遗转补阙，并在补阙任上"常疏"，不止一次为裴延龄事上疏，符合二表之事，《表一》为贞元十一年四月二十六日上，《表二》为贞

---

① 《旧唐书·德宗纪》："(贞元十一年)七月丙寅朔，右谏议大夫阳城为国子司业。"阳城领导的谏臣倒裴活动也以贞元十一年五、六两月为多。

元十二年初上,前后相续。另外,还有材料证实崔邠在贞元十二年仍任谏职,见《文苑英华》卷九八四收崔损《祭成纪公文》:

> 维贞元十二年月日朝议郎右谏议大夫崔损,大中大夫行给事中徐岱,朝议郎给事中赵宗儒,正议大夫守中书舍人高郢,宣德郎守驾部员外郎知制诰权德舆,起居郎韦丹,起居舍人杨冯,左补阙归澄、崔邠、韦渠牟,左拾遗李肇、王中书,右拾遗蒋武等,谨以庶羞之奠,敢昭告于门下平章事赠太子太傅成纪公之灵。

此处不仅表明崔邠在贞元十二年仍在左补阙任上,而且还记录这一年其他谏官的人名,有左补阙归澄、韦渠牟,左拾遗李肇、王中书,右拾遗蒋武(义)。唐制左右拾遗、补阙共有十二人①,但并不是时时保持满编状态。归澄在贞元十一年十二月时为右拾遗,十二年转为左补阙,亦是正常的迁转。这则材料表明贞元十二年,崔邠仍任左补阙。四项条件中,他符合了三项了,但没有文献表明崔邠得到了德宗的表彰,故也可排除此人。

三、最有可能的作者

排除诸人之后,只剩下王仲舒最有可能了,而且其传记文献与上述四项完全相符,这些信息主要存于韩愈为王仲舒所作的墓志与碑传中:

> 贞元十年,以贤良方正拜左拾遗,改右补阙,礼部、考功、吏部三员外郎。(《故江南西道观察使赠左散骑常侍太原王公墓志铭》,《韩昌黎集》卷三三)

> 贞元初,射策拜左拾遗②,与阳城合谒裴延龄不得为相。德宗初怏怏无奈,久而嘉之。其后入阁,德宗顾列谓宰相曰:"第几人必王某也。"果然。月余,特改右补阙。迁礼部、考功、吏部三员外郎。(《唐故江南西道观察使中大夫洪州刺史兼御史中丞上柱国赐紫金鱼袋赠左散骑常侍太原王公神

---

① 《通典》卷二一载门下省设谏议大夫四人,左补阙、左拾遗各二人,中书省设右补阙、右拾遗各二人。"左右补阙各二人,内供奉者各一人,左右拾遗亦然,直两省补阙、拾遗凡十二人。"

② 宋魏仲举注:贞元十年十二月,仲舒中贤良方正直言极谏科,起拜拾遗。

道碑铭》,《韩昌黎集》卷三一)

宋人注出王仲舒任左拾遗的时间是贞元十年十二月,也即陆贽罢相之时,故参与了阳城带领的延英门跪谏之事。他得到了德宗表彰,一个多月后,由左拾遗转任右补阙,即投入倒裴运动中。

还有文献证明王仲舒任谏官的时间,《文苑英华》卷七七〇收有王仲舒《昭陵寝宫议》:

> 右奉进止:"寝宫在山上,置来多年,曾经野火烧爇摧毁略尽,其宫寻移在瑶台寺左侧,今属连年,欲议修置,缘旧宫本在山上,元无井泉,每缘供水稍远,百姓非常劳弊,今欲于见住行宫处修造,所冀久远便人,又为改移旧制,恐所见未周,宜令中书门下及百寮同商量可否闻奏者。"守右补阙王仲舒议曰:"伏详敕旨,以太宗陵庙衣冠所游,严上之诚,重于改作,实圣人之孝也。但以既经焚毁旧制,将来仙驭所经恐违虔奉之意,其本地素无泉源,日羞馈祀出于人力,登降难为亵味,又仲尼有言:易墓非古,臣庶兆域,尚重芟夷,园寝之间,岂宜振扰。不可再兴版筑,理足明征。陛下聪明圣神,德协文祖,寝宫废坠,岁序滋深,独留其功,以圣旨伏惟精选信任大臣,严重其礼,昭告陵庙,以通明灵,令于柏城之中,卜其近地,略雕琢之费,因耕稼之休,务录爱人节用之心,副文皇还郭之志,天下幸甚,谨议。"

王仲舒文中所言重修昭陵之事,又见于《唐会要》卷二〇之记载:

> 贞元十四年四月诏曰:"昭陵旧寝,宫在山下,置来多年,曾野火烧摧毁略尽,其宫寻移在瑶台寺侧,今属通年……"

议修昭陵事是贞元十四年四月的事,王仲舒一文也应作于其时。这可表明从贞元十年十二月至贞元十四年四月王仲舒一直担任着右补阙一职。右补阙职三年一任,从贞元十年十二月到贞元十四年四月,他超过任期近半年了,只能表明他是守职。

至此,可以说这两篇误作为元稹的表的作者问题基本解决了,他就是韩愈好友王仲舒。他是韩愈好友,韩愈名作《燕喜亭记》就是为他写的,他比韩愈早亡一年,故墓志也是韩愈写的,官至江南西道观察使中大夫洪州刺史兼御史中丞,新旧《唐书》皆有传。《全唐文》存文七篇,《全唐诗》存诗一首,即《寄李十

《文苑英华》误作元稹的二文作者应是谁？

员外》：

百丈悬泉旧卧龙，欲将肝胆佐时雍。惟愁又入烟霞去，知在庐峰第几重。

这应是他在最后一任官职江南西道观察使上所作。其文在当时甚有影响，唐穆宗钦点为中书舍人，可惜存作太少，《文苑英华》中这两篇可体现出王仲舒当年的风采，展示出了贞元文风激荡有气的力量。

名相冯道的政事与文学

复旦大学中国古代文学研究中心　陈尚君

冯道(882—954)能诗,诗名为政声所掩。他出身清寒,持生廉俭,历任四朝,三入中书,居相位二十余年,肯定者赞其以持重镇俗为己任,是乱世中难得的名臣,因其享年七十三,恰巧与孔子同,当时有引为比较者。进入宋代,学术文化氛围改变,他被斥责为无耻之尤者。一女嫁一夫,一臣事一君,皆应守节忠诚,他居然跨越五代,任相四朝,服事过的皇帝居然有十二位,臣节何在?廉耻何在?起冯道于地下,似乎他也无从辩白,中国历代的道德审判集矢于他,至今似仍难宽恕。然而,如果理解冯道所处的时代,读懂他的内心与追求,他当然无法超越他的时代,在时代允许的条件下,他为国家民族克尽了自己的责任。

一

冯道字可道,姓字取自《老子》第一章,意思明白。据说曾有后生当着他的面读"道可道"这一节,也知道为尊者讳的道理,于是读成"说不得,可说不得,非常说不得",这是当时人编的段子。

冯道是瀛州景城(今属河北)人,其地属幽州所管。冯道出生时天下已乱,到他弱冠时割据局面已经形成,他又没有家族背景,从耕读自强,二十多岁开始第一段经历,于唐哀帝天祐中,为刘守光幽州参军。刘守光凭借其父刘仁恭的势力,大乱中割据今河北、京津一带,暴虐而无远见,骤起而称帝,很快败亡。冯道因此改而依附击败刘守光的河东政权,也就是后来成为唐庄宗的晋王李存勖。李存勖是一位文人气味很重的君王,能攻守,善表演,每战则冲锋在前,灭梁更创造军事史上的奇迹。冯道在河东,得到庄宗赏识,军府文书皆交给他起草。时军务繁忙,冯道一力承担,且遇庄宗意气风发时,敢直言进谏,获得充分信用。同光元年(923)庄宗灭梁前后,以冯道为翰林学士、中书舍人、户部侍郎。这年冯道四十二岁,已经步入高层文官队列。

据说冯道七岁就能诗,曾作《治圃诗》,仅存两句:"已落地花方遣扫,未经霜草莫教锄。"是说整治花圃,怜惜花草,不敢有任何伤害,只有掉落地下的残花,才让扫除,不到霜后,不锄杂草。宋人《陈辅之诗话》(《类说》卷五七引)认为"仁厚天性,全生灵性命,已兆于此"。也就是说,他对花草如此,在他执政期间,尤其将保护生灵性命,作为自己的职责,也可从两句诗中见到。

然而很不幸,冯道偏偏生活在一个动荡的时代,他对此认识很清楚,更将尽自己最大努力拯救时代与民众,始终当作自己的责任。宋人曾引录过他的两首咏怀之作,诗作不清楚写于何时,但清晰明白地宣示他的人生态度。第一首是《偶作》:"莫为危时便怆神,前程往往有期因。须知海岳归明主,未省乾坤陷吉人。道德几时曾去世,舟车何处不通津?但教方寸无诸恶,狼虎丛中也立身。"对自己生活的时代,冯道看到危机四伏,时事艰难,但他不主张因时事不可为而悲愤伤感,相信一切都是事在人为,前程在于各人的作为。他仅是一个文人,坚信天下剥久必复,早晚会出现救民于水火中的英明君主,更相信在任何时候,道德都没有远离时代,只要自己心中存有善念,即便身处虎狼群中,也可以全无畏惧。这里可以看到他对自己生存环境险恶之认识,恶人环绕,虎狼争雄,不是理想社会。但他以吉人自比,相信自己心中(方寸)没有恶念,在虎狼群中也无所畏惧。

第二首是《天道》:"穷达皆由命,何劳发叹声?但知行好事,莫要问前程。冬去冰须泮,春来草自生。请君观此理,天道甚分明。"与前诗立说完全一样。官场谋身,困穷与显达皆命中注定,何必老是唉声叹气,郁郁寡欢。坚信所做一切都是于国家民生有益的好事,个人之前途得失可以完全不加计较。天道轮回,自有其必然的道理,冬去春来,冰消花开,乾坤运转,万物常新,这就是天理。不要埋怨时代,不要埋怨命运,努力实践,多做好事,天道酬勤,天道酬善,一切都会应验不爽。

以上两诗,大约可以看到冯道的人生准则,他似乎对此坚守终生。

二

如果不算刘守光,唐庄宗是冯道服事的第一位君主。庄宗夺天下可称英雄豪杰，但对得天下后如何治理，显然有些仓皇失措。他喜欢表演，本来不是坏事，但治国而信任伶官，就出了大问题。他听闻蜀中君臣玩乐，举兵伐蜀，迅速获得胜利，让他完全迷失，先后处死了权臣郭崇韬与名将朱友谦，激起河北起兵反叛，他也死于乱兵之中。冯道在庄宗时因父亲去世，归乡守丧，恰好遇到岁灾，他将所得俸余，全部散发乡里，自己所居仅草屋而已。大约也因为这样，他躲过了庄宗末年的动荡。

继任者是明宗李嗣源。他本是庄宗父亲李克用的义子，比庄宗年长甚多，军功尤著。庄宗怀疑功臣，李嗣源在河北拥有重兵，不自安而举兵向阙，接续庄宗称帝，是为明宗。明宗出生沙陀，文化不高，求理甚切，在位八年，是五代治理最安定富乐的时期。明宗即位之初，就询问："先帝时冯道郎中何在？"并称许："此人朕素谙熟，是好宰相。"这时冯道恰好服阕归朝，不久就入相，官称是中书侍郎、刑部尚书、平章事。这是冯道任宰相后服事的第一位皇帝。

明宗在位，屡遇丰年，天下富足。明宗上朝，经常向冯道询问民间之事。冯道与明宗的对谈，留下许多记录。如一次讲到国家安定更应"日慎一日"，即不可有丝毫懈怠，冯道举例说："臣每记在先帝霸府日，曾奉使中山，经井陉之险，忧马有蹶失，不敢殆于衔辔。及至平地，则无复持控，果为马所颠仆，几至于损。"以道途走马来作比方，山路险峻，因此而加倍小心地控驭马辔，但到平地，不免疏忽，反而出事了，以此告诫明宗，太平时节为政更要小心谨慎。天成四年（929）八月某日，明宗问冯道："天下虽熟，百姓得济否？"农业丰收，百姓能过上好日子吗？冯道回答："谷贵饿农，谷贱伤农，此常理也。臣忆得近代有举子聂夷中《伤田家》诗云：'二月卖新丝，五月粜秋谷。医得眼下疮，剜却心头肉。我愿君王心，化作光明烛。不照绮罗筵，偏照逃亡屋。'"如果歉收，谷物价贵，百姓不免因此而挨饿，天下丰收，谷物价贱，农民也不免受到伤害。聂夷中是唐末一位不太有名的诗人，他的这首《伤田家》，却写出农家的艰辛。一般来说，每年蚕丝上市要到农历五月，秋谷成熟要到八月，可是农民为了借钱度过艰难的冬春之间，二月已经将蚕丝低价卖出，五月就将秋谷卖出，其生活之艰难可以想见。诗的后四句，诗人希望君主关心民生，不要老是追求奢华的生活，更多地应该关心流离失所的农民。白居易说："唯歌生民病，愿得天子知。"（《寄唐生》）冯道利用机会，告诉明宗下层生活的艰难，将白居易的愿望变成事实。据说明宗听后，很受感动，称赞"此诗甚好"，马上让侍臣录下，经常讽读，以为警诫。

长兴四年(933)明宗病重，没有处理好传接程序，导致长子秦王从荣异动被杀，次子宋王从厚继位，是为闵帝，相对暗弱。养子李从珂从岐下起兵，夺取帝位，是为末帝或废帝，闵帝败死。这期间，冯道一直在相位，也担任明宗的山陵使。末帝入京，冯道率在京百官迎其入立，历来最为人诟病。似乎他也不可能有别的选择，谁当皇帝毕竟取决于实力，不是文臣可以左右的。

三

末帝时，冯道复归朝为司空，遭遇明宗女婿河东石敬瑭勾结契丹，举兵向阙，末帝败死，后唐亡。石敬瑭称帝，建立后晋，是为晋高祖。冯道再次送往迎来了一番，晋高祖也对他信任有加，他官居首相，职位是守司空，同中书门下平章事，加司徒兼侍中，够显赫的。

后晋之建立，以割让燕云十六州及向契丹称儿皇帝为代价，取得胜利。天福三年(938)九月，晋与契丹互加徽号，且确定以宰相为使。北方寒冷，生活艰苦，加上契丹不守信用，多有反复，宰相如赵莹、桑维翰皆不愿前往，兵部尚书王权也以老病辞。据说分厅堂吏征求诸宰相意见，冯道索纸书"道去"，是主动承担。也载高祖告冯道："此行非卿不可。"冯道没有推辞，且说："陛下受北朝恩，臣受陛下恩，何有不可！"立即准备起行。

从《旧五代史·晋高祖纪》的记载，冯道出使契丹，是九月出发，次年二月返回，前后接近半年，所到又是契丹的上京，在今内蒙古巴林左旗境内，恰是一年中最冷的时候。冯道为首相，名气很大，契丹主甚至想要亲自郊迎，为臣下所阻。契丹给冯道充分礼遇，让他与契丹国相同列，赏赐也极其优厚。冯道其间曾有诗谢契丹主："牛头偏得赐，象笏更容持。"这里"牛头"指契丹冬季渔猎所获的大鱼，"象笏"句则见契丹不对他见外。上京的祁寒让他怎么也无法适应，将所得赏赐，都换成了薪炭，用以取暖。自云："北地寒，老年不堪！"这一年他五十八岁。契丹主也赏赐锦袄、貂袄及羊、狐、貂衾各一。他每次入谒，将四件袄衣全部穿上。夜宿客馆，则覆三衾方能入眠。曾作诗云："朝披四袄专藏手，夜盖三衾怕露头。"契丹主想将他留在北朝，他没有拒绝，也没有同意，仅告："两朝皆臣，岂有分别？"一切随顺。

到次年春初，契丹终于放他南归。这时后晋已经迁都汴州，冯道作诗五首，写北使感受,仅有一首保存下来:"去年今日奉皇华,只为朝廷不为家。殿上一杯天子泣,门前双节国人嗟。龙荒冬往时时雪,兔苑春归处处花。上下一行如骨肉,几人身死掩风沙。"他将自己的奉使,看成为国不顾身家性命的壮烈之举。天子指晋高祖,临行前以酒送行,认为此行成功与否,关乎国家安危。双节则指此行分别册封契丹主及太后以徽号,担负两重使命。颈联两句,以北荒冬雪与汴梁春花作比,写北国生活之酷寒和回归晋京的喜悦。兔苑用西汉梁王典,代指汴州。最后两句,说晋之使团一行,因此行而亲如骨肉,但也难免有人身死北国,掩骨荒沙,增加无限伤感。

今人一般认为晋高祖割地称臣,有辱国格,在当时实力对比之下,也属无可奈何之事。就冯道来说,将此行看作系国安危、生死以之的事情。完成使命,令他释然。

晋高祖在位六年余,以屈辱忍耐处理与契丹之关系,所幸相安无事。到天福七年(942)高祖去世,从子石重贵即位,是为少帝。少帝即位不久,听信逸言,将冯道罢相,出任同州节度使,是为外守。同州在长安以东,是关中重镇,后唐以洛阳为都城,同州的重要性不如唐时。冯道在同州时间不长,其间有一个小故事。《五代史补》卷三载,同州夫子庙经乱破败,有负责酒务的小吏愿以家财加以维修。冯道将此事交给判官办理,判官性滑稽,在冯道判后书一绝云:"荆棘森森绕杏坛,儒官高贵尽偷安。若教酒务修夫子,觉我羞惭也大难。"杏坛是儒家讲学之所在,破败而长满荆棘,历任儒官就当没有这回事一样,不闻不问。酒务是收取酒税的小官,地位较低,当时视为俗吏。判官是冯道的助手,他觉得长官不问,让俗吏修庙,实在很丢面子,意思是冯道应对此负责。据说冯道读后,面有愧色,于是拿出自己的俸禄修庙。《唐宋分门名贤诗话》卷二说事情在冯道出镇南阳时。冯道在同州年余移镇南阳,不知二说何者为是。

四

冯道守外期间,晋廷与契丹关系发生了急剧的变化。晋少帝不甘忍受契丹的逼迫,听信几位亲信的妄言,与契丹交恶,直至兵戎相见,导致契丹占据汴京,后晋灭亡。这时冯道方自南阳被召至汴。契丹主耶律德光问冯道:"天下百姓,如何可救?"冯道说:"此时百姓,佛再出救不得,唯皇帝救得。"此时德光已称帝,会同年号已发往各州使用,几乎要建立新的中原王朝。冯道无力改变于此,只能随顺,以他与契丹主之交好,尽力救护。次年春德光病重,裹胁晋臣北归,冯道也北行到常山,因偶然的变故得以逃脱。他南归汴梁,刘知远已经建立后汉政权,授冯道以太师。

后汉立国仅四年,是冯道悠闲而愉快的岁月。其间,他写了一篇自我表扬的长文《长乐老自叙》,叙述平生荣业。其中写道:"静思本末,庆及存亡,盖自国恩,尽从家法,承训诲之旨,关教化之源,在孝于家,在忠于国,口无不道之言,门无不义之货。所愿者下不欺于地,中不欺于人,上不欺于天,以三不欺为素。贱如是,贵如是,长如是,老如是,事亲、事君、事长、临人之道,旷蒙天恕,累经难而获多福,曾陷蕃而归中华,非人之谋,是天之佑。"他认为自己为人表里如一,为家为国尽到了责任,虽然历经艰险,几蹈不测,两度陷蕃,所幸能始终为善,终获天佑。这里,看到他世俗虚荣的一面,但人生有为,至老有成,报国报家,得享高龄荣华,沾沾得意,当然也都可以理解。

冯道晚年,备受尊崇,但也做了两件不太光彩的事情。

后汉隐帝刘承祐,感到大权旁落,诛杀权臣杨邠、史弘肇,激起枢密使、天雄军节度使郭威的反抗,郭威率军攻破汴京,隐帝被杀。郭威希望冯道能推戴自己,但冯道就是没有反应。郭威无奈,只好借太后的名义,议立刘知远侄子湘阴公刘赟。其时刘赟在徐州,冯道被派往迎接,临行他问郭威:"公此举由衷否?"郭威指天为誓。冯道接到刘赟,返程到达宋州,方知郭威玩了一次与后来陈桥兵变一样的游戏,已经自立为帝,而追杀刘赟的兵马,早就等在宋州了。刘赟败前,对冯道说:"寡人此来,所恃者以公三十年旧相,是以不疑。"冯道助纣为虐,只能默然以对。

周太祖时,冯道仍受尊崇。待周世宗即位,恰逢北汉刘崇入侵,世宗拟亲征。冯道表示反对,原因是"陛下纂嗣以来,先帝山陵有日,人心易摇,不宜轻举,命将御寇,深以为便"。世宗说:"刘崇幸我大丧,闻我新立,自谓良便,必发狂谋,谓天下可取,谓神器可图,此际必来,断无疑耳!"世宗看到北汉的阴谋,认为如不给以痛击,必然长无宁日。历来论政温和的冯道,此时突然变得激动而亢奋。世宗说:"昔唐太宗之创业,靡不亲征,朕何惮焉?"是说唐太宗做得,我为何做不得?冯道说:"陛下未可便学太宗。"太宗英明果决,你不要轻言模仿。世宗说:"刘崇乌合之众,苟遇王师,必如山压卵耳。"冯道说:"不知陛下作得山否?"言下之意,你比太宗差远了。引起世宗大怒:"冯道,何相少也?"你不要以为年纪大,资格老,就可以轻视新立的皇帝。世宗是周太祖续配柴皇后的侄子,太祖无子而得继位,他的经历和身世显然都不被冯道看好,因此有这样一段争吵,这里看到冯道对世宗能力的忽视。冯道早年有诗"须知海岳归明主",他一生都在盼着明主的出现。世宗虽最终没有完成统一大业,但他的能力与气象,被司马光在《资治通鉴》中推许为最得理想君主的气象,可惜冯道没有看出来。

两个月后,冯道去世。

五

冯道在《长乐老自叙》中,说所作文章篇咏编于家集,《宋史·艺文志》著录其集六卷、《河间集》五卷、《诗集》十卷,都不传。今存其诗完篇不足十首,有两篇颇为有名。一首是《赠窦十》:"燕山窦十郎,教子有义方。灵椿一株老,丹桂五枝芳。"窦十是窦禹钧,其五子仪、俨、侃、偁、僖,皆擢进士第,后为名臣。冯道写诗祝贺,认为父亲教子有方,五子皆得成名。诗很简净而有精神,表彰窦禹钧之成就,也包含美好祝福。以后流传的《三字经》中"窦燕山,有义方,教五子,名俱扬",就是据冯诗改写。但《册府元龟》卷七八三录此诗作"澶察窦郎中,于家有义方。灵椿一株老,仙桂五枝芳",很可能是初稿。另外还有一首诗:"口是祸之门,舌是斩身刀。闭口深藏舌,安身处处牢。"见于南宋以后记载,真伪无法判断。所谓祸从口出,闭口少言,自是官场名言,倒也符合冯道的人生体悟。

对冯道的评价,《广卓异记》卷五引《五代史》云:"冯道三入相,四月十七日死,年七十三岁,所得之寿,所终之月,皆与孔子同,但先孔子一日。"与孔子相比,自属不伦。《册府元龟》卷三一〇云:"道历仕四朝,三入中书,在相位二十余年,以持重镇俗为己任。性廉俭,不受四方之赂,未尝以片简扰诸侯。私门之内,无累茵,无重味,不畜姬仆,不听丝竹。有寒素之士求见者,必引于中堂,语及平生,其待遇也,心无适莫。故虽朝代迁置,人无间言,屹若巨山,不可转也。议者以为厚德稽古,宏才伟量,盖汉胡广、晋谢安之徒与!"这是宋初几年所修《周世宗实录》附冯传的史臣赞,这里的冯道接近于政治与道德完人,是五代政治的中流砥柱。但宋太祖朝末修《旧五代史》时,已经提出了他的操守问题:"道之履行,郁有古人之风;道之宇量,深得大臣之体。然而事四朝,相六帝,可得谓之忠乎？夫一女二夫，人之不幸，况于再三者乎？"可以看到宋人政局稳定以后，对于臣节问题之重视。百年以后，欧阳修私撰《新五代史》，更将其提到礼义廉耻所不能容忍的高度，加以显斥："礼义，治人之大法；廉耻，立人之大节。盖不廉，则无所不取；不耻，则无所不为。人而如此，则祸乱败亡，亦无所不至，况为大臣而无所不取，无所不为，则天下其有不乱，国家其有不亡者乎！予读冯道《长乐老叙》，见其自述以为荣，其可谓无廉耻者矣，则天下国家可从而知也。"这里看到欧阳修站在道德制高点上，对冯道的强烈不满，认为无论你做过什么，只要你对皇上不忠，就该一票否决，表达的是宋人在全盛时期的道德追求，至于冯道在他生活的那个时代能做什么，就完全不加考虑了。

俗话说"一朝天子一朝臣"，天子为执政之有效贯彻，必然要选用自己信任的人，这是一般常识。冯道从入仕开始，事实上经历了六个时代(含刘守光称帝与契丹入汴)，先后服侍的君主多达十二人(刘守光，唐四帝，晋二帝，契丹主耶律德光，汉二帝，周二帝)，具体事实均见前述。以女子从一而终的立场说，他应对哪位皇帝始终如一呢？就五代各朝的实际运作来看，朝政之运作与王朝之更迭，似乎都在不同步间运行。后唐灭梁，对梁的官员尚有处罚与甄别，政权稳定后，多数仍接纳留用。后唐以后各代，君位的去留则取决于谁更能掌控禁军，新君的核心成员多用幕府旧人，涉及军政人事的更迭与重大政治转向，都由君主与其核心幕僚决定。如庄宗之有郭崇韬，明宗之用安重诲，晋祖之重桑维翰，皆是。至于朝廷之日常运转，如朝会之礼仪，地方官员之选派，赋税之征集与分派，宫殿道路之营筑，则由宰相负责，六部随班，九卿尽职。后唐以后四朝，皇帝如走马灯般地轮换，政府则始终运转正常。重大变化发生，百官不过跟着宰相迎接一下新君而已，新朝仍须运转，各官仍安其位可也。可以看到，即便唐末帝与晋高祖之极端对立，新朝建立以后，对前朝的人事极少加以惩处，清泰朝的显官多数仍保留待遇，得以善终。军事决定君位，宰相运转朝政，很像现代的公务员制度，而明白晓事的宰相则很清楚地知道自己的权限所在。《旧五代史·冯道传》中有一段记载可说明一切："晋祖曾以用兵事问道，道曰：'陛下历事诸艰，创成大业，神武睿略，为天下所知，讨伐不庭，须从独断。臣本自书生，为陛下在中书，守历代成规，不敢有一毫之失也。臣在明宗朝，曾以戎事问臣，臣亦以斯言答之。'晋祖颇可其说。"天下是皇上打下来的，涉及军事进退、国家安危，仍请皇上决断。宰相仅在中书按规矩办事，中书有偏颇失职我负责，涉及军事问题则决不发言,一切皆听圣断。这里,很明显可以看到冯道对权力边界的清楚认识,决不越雷池半步。当然,王朝兴亡,皇帝负全责,无预宰相事,也可以体会。这是五代的特殊情况,不能用宋人忠于一朝一姓的立场来要求冯道。

宋代文章学的成立：
从黄庭坚到吕祖谦*

江苏省社会科学院文学研究所　李　由

北宋中期以后，随着古文革新的成功以及科举取士转向重视文章①，文章写作愈发重要。如何让士子们便捷地掌握一套实用的作文方法，成为宋代文章学②发展的主题，揣摩、阐释、总结、传授文章写作之法渐成风气，专论文章的独立著作终以形成，有学者遂以此作为中国古代文章学成立的标志，提出"南宋成立说"③。本文不拟涉入中国文章学成立时期的论争，只想深入到宋代文章学发展的历史细节中去，探索宋代文章学自身酝酿、发展、成熟成立的历史过程及其学术内部的发展传衍机制。具体通过对"黄庭坚—吕本中—吕祖谦"这一传

---

* 本文为国家社科基金青年项目"宋元文章学在日本的传播与接受研究"（18CZW026）阶段性成果。

① 学界一般以仁宗嘉祐二年（1057）欧阳修知贡举为古文革新成功的标志性事件，同时欧阳修、曾巩、王安石、苏洵、苏轼、苏辙等散文大家的涌现，使得北宋散文创作达到高峰，为文章学的发展提供了创作基础。而仁宗朝以来策、论在科举取士中地位越来越重要，熙宁变法更罢诗赋改用经义、论、策取士，元祐以后虽然一度分诗赋、经义取士，但论、策依然共存于两种取士方法中。

② 这里所说的文章学是与诗学、词学等相对的，以散文为主兼及辞赋骈文等文体的理论批评之学。

③ 见王水照、慈波《宋代：中国文章学的成立》[《复旦学报》（社会科学版）2009年第2期，并见《中国古代文章学的成立与展开——中国古代文章学论集》，复旦大学出版社，2011年，第139—156页]、祝尚书《论中国文章学正式成立的时限：南宋孝宗朝》（《文学遗产》2012年第1期）。而吴承学等学者则对成立时间有异议，见吴承学《中国文章学成立与古文之学的兴起》（《中国社会科学》2012年第12期）、胡大雷《"文笔之辨"与中国文章学的成立——"文话"出现于隋唐考辨》（《社会科学研究》2013年第2期）。关于中国古代文章学成立时间的争议，涉及对"文章学"的内涵、"成立"的标准等问题的理解差异。以围绕《文心雕龙》的争议为例，吴承学持"魏晋南北朝成立说"，以《文心雕龙》为成立标志，认为《文心雕龙》已初步建构了中国文章学的理论系统。而持"南宋成立说"者则认为《文心雕龙》论述的是包含诗文的杂文学理论，并非专论狭义的文章，且以为《文心雕龙》的文章写作理论内容简单概括，体系不完整，只是文章学的奠基之作[王水照、慈波《宋代：中国文章学的成立》，祝尚书《关于文章学研究的几点思考》（《社会科学战线》2013年第1期）]。如上举吴承学文所说，此问题具有一定的主观性和多解性，多元化的视角有利于探讨中国文章学的内涵与体系、特色与演变。

承谱系的钩沉索隐,揭示以师友传承为特点的文章学教育机制在宋代文章学演进中的作用,思考这一传承谱系的历史意义与影响,以增进对宋代文章学特色与价值的理解。

一、黄庭坚:法度论的凸显

无论是吕本中对黄庭坚诗学的传承,还是吕祖谦对吕本中思想学术的传承,学界皆已取得了相当的共识,而三者之间一脉相承的文章学传承似较为隐秘,尚未被充分揭示。事实上,无论从理论成就上看,还是从在当时的代表性、后世的影响力上看,黄庭坚、吕本中、吕祖谦都是对宋代文章学发展产生重要影响的关键性人物。以下将按照时代先后,从学缘上的联系、理论上的承继以及在各个时段的影响等方面对三人分而述之。

北宋中期因古文革新以及科举取士重文,师友间论文的风气盛行一时,其中尤以苏门为代表。苏轼、苏辙、黄庭坚、陈师道、张耒、秦观、李廌、唐庚等人都留下了对文法的讨论,而从今存文献看,黄庭坚是北宋中期在文章学上成就最为突出、影响最大的人物之一。① 其文章学虽受苏轼等人的启发,却能深思自得。既是其对诗文创作长期思考的自然结果,也与元祐年间传授"四洪"、秦觏、王直方等人科举程文作法的需要有关。②

黄庭坚文章学的大旨在于根本论和法度论。根本论是以心性德行的修养作为根本,主张通过师经法圣、反求己身、力行所闻等途径来治心养性、树立根本。如其指导秦觏作文:"力行所闻,是此物之根本,冀少章深根固蒂,令此枝叶畅茂也。"③指导洪刍:"孝友忠信,是此物之根本,极当加意养以敦厚醇粹,使根深蒂固,然后枝叶茂尔。"④根本论可以看作黄庭坚对作者品格修养的规范性要求。而值得注意的是,黄庭坚以文为儒者"末事",但未将其排除出"儒者之事",

---

① 乐进进《论黄庭坚的文法与南宋文章学理论的兴起》(《文艺理论研究》2022 年第 1 期)也指出黄庭坚的作文理论对南宋文章学的发展有深刻影响。

② 参见拙文《元祐科场与黄庭坚的文章学》,《新宋学》第 5 辑,复旦大学出版社,2016 年,第 206—226 页。

③ 黄庭坚著,刘琳、李勇先、王蓉贵校点《宋黄文节公全集·正集》卷二七《书秦觏诗卷后》,四川大学出版社,2001 年,第 723 页。

④ 《宋黄文节公全集·外集》卷二一《与洪驹父》,第 1365 页。

并肯定了在作文上用功的重要性,如云:"文章最为儒者末事,然既学之,又不可不知其曲折。"①"以文为末"的同时,他"以文为技",认为"作文字须摹古人,百工之技亦无有不法而成者"②,将法度看作作品的内在属性、创作的必要条件,先要有法度、有规矩,最终达到不为规矩所缚、"不烦绳削而自合"③、"领略古法生新奇"④的境界。这一观念成为吕本中"活法"说的先声,也成为中国艺术思想史上典型的法度辩证观⑤,即初由法度而入,终不拘于法,纵横变化而合乎法。

在黄庭坚那里,"法度"既是一种文体规范,也是具体的行文技法和规则,二者又共同体现在典范作家的作品即"法式"之中。他文体观念很强,认同王安石"评文章常先体制而后文之工拙"⑥的做法,主张"诗文各有体"⑦,强调文体的体式规范。而其"锦机"之喻,则糅合了文体规范和技法规则。如云:"若欲作楚词追配古人,直须熟读楚词,观古人用意曲折处讲学之,然后下笔。譬如巧女文绣妙一世,若欲作锦,必得锦机,乃能成锦尔。"⑧锦机既是制作工具,又起到制作模范的作用,并包含着一套制作工艺和技法。具体到文学创作中,某一文体的经典作品形成了一组范本,构成了一种创作范式,既包括体式规范,也包括具体的立意布置等行文技法即"用意曲折",规范、指引着后人的创作实践。

法度的地位既已确立,又该如何获得法度呢?为此黄庭坚提出"读""讲"并重的方法。所谓"读",即指出师法典范,令学者熟读范本。初步提出以先秦西汉散文、唐宋大家散文为典范的思想,主张"熟读《左传》、《国语》、《楚词》、庄周、韩非"⑨"勤董、贾、刘向诸文字。学作论议文字,更取苏明允文字读之"⑩"以韩文为法"⑪,观法度于"左氏、庄周、董仲舒、司马迁、相如、刘向、扬雄、韩愈、柳宗

---

① 《宋黄文节公全集·正集》卷一八《答洪驹父书》,第475页。
② 《宋黄文节公全集·别集》卷一一《论作诗文》,第1684页。
③ 《宋黄文节公全集·正集》卷一八《与王观复书》,第470页。
④ 《宋黄文节公全集·正集》卷四《次韵子瞻和子由观韩干马因论伯时画天马》,第82页。
⑤ 蒋寅《至法无法:中国诗学的技巧观》,《文艺研究》2000年第6期。
⑥ 《宋黄文节公全集·正集》卷二五《书王元之竹楼记后》,第660页。
⑦ 陈师道《后山诗话》,何文焕辑《历代诗话》,中华书局,1981年,第303页。
⑧ 《宋黄文节公全集·外集》卷二一《与王立之》,第1371页。
⑨ 黄㽦《山谷年谱》卷二四引黄庭坚《跋自book枯木道士赋后》,《文渊阁四库全书》本。
⑩ 《宋黄文节公全集·外集》卷二一《与洪驹父》,第1366页。
⑪ 《宋黄文节公全集·别集》卷一九《与斌老书》,第1892页。

元,及今世欧阳修、曾巩、苏轼、秦观"①,等等。这一体系既继承了韩愈、柳宗元等古文先驱对经典的指认,又及时总结了唐宋古文革新的创作成就,突出了唐宋经典作家的地位,后世的"唐宋八大家"体系在此已初具规模。

所谓"讲",即"法度粲然,可讲而学也"②,既要"读得通贯",又要"因人讲之"③,在熟读的基础上,从范本中提取具体的规则和技法。为此他先是有意识地吸收前人对文法理论的探索,如云"刘勰《文心雕龙》、刘子玄《史通》,此两书曾读否? 所论虽未极高,然讥弹古人,大中文病,不可不知也"④,也曾多次书写《文赋》,于此留意甚多。进而他总结出一些作文的规则和技法,如取法韩文杜诗造语用字方法的"点铁成金"说,重视文章总体的立意布局结构,即所谓"步骤""致意曲折处""规摹及所总览笼络"等。为了更便利地讨论这些法度,他采用了文本细读的方式,结合具体文本分析法度。如让潘大临"读司马迁《孟子》《伯夷》《荀卿传》、韩愈《原道》,求其故,因来示教"⑤。而范温《潜溪诗眼》载:

> 山谷言,文章必谨布置,每见后学,多告以《原道》命意曲折。……《原道》以仁义立意,而道德从之,故老子舍仁义,则非所谓道德。继叙异端之汩正。继叙古之圣人不得不用仁义也如此,继叙佛老之舍仁义则不足以治天下也如彼,反复皆数叠,而复结之以先王之教,终之以人其人火其书,必以是禁止,而后可以行仁义,于是乎成篇。⑥

从范温的文本分析看,黄庭坚在教导后学时,注重文章的立意以及整体的结构安排,包括论述的先后次第、起结铺叙、反复论证等。而《史记》中的《孟子荀卿列传》《伯夷列传》也向来被认为在立意布局上有精妙之处。如蔡世远评《孟子荀卿列传》"文之抑扬开阖,备尽其致"⑦,茅坤评《伯夷列传》"势极曲折,词转微,若断若续,超玄入妙"⑧等。黄庭坚也屡屡提到"关键"二字,看重行文的抑

---

① 《宋黄文节公全集·别集》卷二《杨子建通神论序》,第 1488 页。
② 《宋黄文节公全集·别集》卷二《杨子建通神论序》,第 1488 页。
③ 《宋黄文节公全集·外集》卷二一《与赵伯充》,第 1371 页。
④ 《宋黄文节公全集·外集》卷二一《与王立之》,第 1370 页。
⑤ 《宋黄文节公全集·续集》卷一《与潘邠老》,第 1908 页。
⑥ 胡仔纂集、廖德明校点《苕溪渔隐丛话前集》卷一〇引,人民文学出版社,1962 年,第 63—64 页。
⑦ 蔡世远《古文雅正》卷一,《文渊阁四库全书》本。
⑧ 司马迁著、茅坤编纂、王晓红整理《史记抄》卷三三,商务印书馆,2013 年,第 241 页。

扬开合、首尾照应。如"论则须令有关键"①"凡作一文，皆须有宗有趣，终始关键，有开有阖"②，评价陈师道作文"深知古人之关键，其论事救首救尾，如常山之蛇"③等。

  总而言之，黄庭坚的"根本论"继承发展了唐宋古文革新的文道观，是对创作主体思想行为的规范性要求；"法度论"的强调则在客观上为宋代文章学走上自觉探索文章法度的道路奠定了基础；"读""讲"并重、以文本细读的方式求法示法，提供了探索的方法和工具，已具有文章评点的雏形④；确立先秦西汉、唐宋大家的范本体系，揭示文章立意、谋篇、布局、行文照应等法度，则使得黄庭坚的文章学思想比前贤更为深入。不难发现，黄庭坚的文章学与诗学多有交汇融通之处，如"自作语最难，老杜作诗，退之作文，无一字无来处"⑤等，多将诗文同论。而范温继承黄庭坚的思想，提出律诗"亦是一片文章"⑥，以文章的命意布置之法来阐释诗法。学诗于黄庭坚的陈师道也曾说善学杜诗，不体现在字句的模拟上，而体现在"立格命意用字"⑦上，这与黄庭坚讲求文章法度的着眼点颇有相似之处。可见黄庭坚及其后学有诗法文法互鉴互渗的倾向，而其中又有分流的趋势。诗文各有其体，黄庭坚对洪刍说"甚恨不得相见，极论诗与文章之善病"，称其"寄诗语意老重……诸文亦皆好，但少古人绳墨耳。可更熟读司马子长、韩退之文章"⑧，正是诗文分论。他所树立的典范体系、揭示的文章命意布局、抑扬关键之法等，较偏于文章学。而另一方面，黄庭坚对诗法的体悟比文法更为深刻，其创作成就也以诗歌为高，对此他也颇有自知之明，称"作文从来少功，未得所谓"⑨"绍圣以前，不知作文章斧斤，取旧所作读之，皆可笑。绍圣以

---

① 《宋黄文节公全集·续集》卷四《答石长卿》，第2013页。
② 《宋黄文节公全集·正集》卷一八《答洪驹父书》，第474页。
③ 《宋黄文节公全集·正集》卷一八《答王子飞书》，第467页。
④ 黄庭坚对诗文法度的阐释与后世评点颇为相似。而他自称读杜诗时，"尝欲随欣然会意处，笺以数语"(《宋黄文节公全集·正集》卷一六《大雅堂记》，第437页)，这应不只是语义的疏通，而是揭示诗之妙处。唐庚《送王复复序》提到黄庭坚"书柳子厚效渊明古体诗十数解示"于王观复，令其知"文章低昂疏密之节"(《全宋文》第139册，第338页)，似是结合具体文本剖析、展示文法。
⑤ 《宋黄文节公全集·正集》卷一八《答洪驹父书》，第474页。
⑥ 《苕溪渔隐丛话前集》卷七，第43页。
⑦ 张表臣《珊瑚钩诗话》卷二，《历代诗话》，第464页。
⑧ 《宋黄文节公全集·正集》卷一八《答洪驹父书》，第474页。
⑨ 《宋黄文节公全集·续集》卷一《与潘邠老》，第1908页。

后,始知作文章,但已老病惰懒,不能下笔也"①。这些话都出现在诗文分论的语境中,所谓"作文""作文章"都在谈狭义的文章,而不是诗歌。这也说明,在北宋中期,与较为发达的诗学相比,宋代文章学仍然处在酝酿阶段。黄庭坚的文章学相比于欧阳修"看多、做多、商量多"②以及苏轼熟读《檀弓》等说法更加细致、具体,但仍然有待发展。

二、吕本中:承前启后的宋代文章学史意义

关于吕本中对黄庭坚及其后学诗论上的继承与发扬,前贤论之详矣,亦有学者指出吕本中在宋代诗学史上有承前启后的地位③。如果我们将视角转移到文章学上,会发现吕本中同样具有承前启后的作用。两宋之际,他一方面广泛总结、继承以黄庭坚为代表的北宋文章学,将之南传,又在确立文章典范体系、阐释文章法度等方面深化拓展,启迪来者。这些成果集中在其家塾训课教材《童蒙训》中④。此书约成于绍兴初⑤,在绍兴十八年(1148)以前即被板行⑥,在高宗、孝宗朝流传广泛,成为一些家塾、官学的教材⑦。南宋文章学著作多曾予以参考,尤其对吕祖谦颇有影响。

本中虽未亲炙黄庭坚,但他与山谷后学或有亲缘关系(如表叔范温),或有学缘关系(如徐俯、饶节、汪革等),能够得闻那些最初只在师友小圈子中口耳相

---

① 《宋黄文节公全集·正集》卷一八《答洪驹父书》,第474页。
② 《后山诗话》,《历代诗话》,第305页。
③ 王运熙、顾易生主编《宋金元文学批评史》第二编第二章"南宋初期的江西诗论——吕本中和陈与义",上海古籍出版社,1996年,第244—245页。
④ 论诗文的内容不见于今传本,郭绍虞《宋诗话辑佚》做了辑佚,陈尚君进行了补遗纠误(《〈宋诗话辑佚〉匡补》,《中国诗学》第四辑,南京大学出版社,1995年)。这些内容何时遗失,为何遗失,尚无定论。不过成书于宋末的《诗人玉屑》等仍引用相关内容,可见是书原本在整个南宋应有流传。
⑤ 书中吕本中称其父吕好问为东莱公,吕好问在建炎三年(1129)冬祀进封东莱郡侯。又有"元符末……上皇即位",上皇指徽宗,鉴于徽宗绍兴五年(1135)去世,宋廷绍兴七年(1137)得知其去世的消息,《童蒙训》成书似应在此之前。
⑥ 《苕溪渔隐丛话》有"《童蒙训》已镂板行世"(《苕溪渔隐丛话后集》卷二二,第160页),其前集作于绍兴十八年(1148),已引用《童蒙训》。
⑦ 隆兴元年(1163)进士丘崈(1135—1208)就使用《童蒙训》作为家塾教材,长沙郡学、龙溪学曾刻印此书。南宋训蒙书如刘清之《戒子通录》、朱熹《小学集注》、刘荀《明本释》、袁采《袁氏世范》等皆受《童蒙训》的影响,兹不具论。

传的文章学思想,如《童蒙训》中引用的欧阳修、苏洵、苏轼、黄庭坚、张耒、徐俯、潘大临、谢逸等人的论文之语,多是此类。而崇宁二年(1103)吕本中在宿州与汪革、饶节、黎确、吕揆中等会课,"每旬作杂文一篇,四六表启一篇,古律诗一篇"①。可见除了诗歌外,文章也是他们创作和讨论的对象。

  吕本中对黄庭坚等北宋名家文章学思想的承继主要体现在:一、将"圣学工夫"与"作文工夫"融会并存,肯定作文用功的合法性;二、提出"工夫——悟入"说,指示学文的具体路径;三、提出以先秦西汉为宗而从唐宋大家入门的范本学习次序;四、提炼更为细致的文法,并超越具体法度而提出"活法"说。

  作为道学家②,吕本中较之黄庭坚更能深切体会到道学内部对文学创作的排斥态度。如有诗题云"往年与关止叔相别甬上,止叔见勉学道甚勤,且曰无为专事文字间也。及今五年矣,尚未有所就,因作诗见志,且以自警也"③,其中可见程颐"作文害道"说的阴影。在程颐看来,作文不用力则不工,用力则妨害为学工夫,因此他认为作文会夺志,进而害道。他还将学问分为"儒者之学""文章之学""训诂之学"④,有将"文章之学"与"儒者之学"割裂的倾向。作为回应,吕本中一方面将作文看作万事之一,从格物致知的理路看,万事皆当理会⑤,从而肯定了作文的合法性。《童蒙训》论学多取周、程等,论文则多取苏、黄等,可见吕本中将"圣学工夫"与"作文工夫"一并视为士人教育的重要内容;另一方面,从"万物一理"的观念出发,吕本中认为"圣学工夫""作文工夫"虽目标不同,但方法路径一致,都必须"用力以有得"⑥,即经历由工夫而悟入的过程。所谓"圣学工夫",即在求为圣人、希圣、内圣方面下工夫,要通过在日用行事间、在格物上勤下工夫,不断含蓄积累而终至悟入。学文也"必要悟入处,悟

---

① 吕本中《东莱吕紫微师友杂志》,《丛书集成初编》本。
② 吕本中幼侍祖父吕希哲,希哲师事程颐,本中之父好问则有"南杨(时)北吕"之称。家学之外,他又从程门嫡传杨时、游酢、尹焞、王蘋等游,思想虽博杂,但根本是道学。
③ 吕本中撰、祝尚书笺注《吕本中诗集笺注》卷五,上海古籍出版社,2021年,第327页。
④ 程颢、程颐著,王孝鱼点校《二程集·遗书》卷一八,中华书局,1981年,第187页。
⑤ 吕本中《师友杂志》载范温语"作文章以法前人,又不可自屈沉也。万事不废,随事观理,他日自须脱然度越诸子。近见先生讥人博学,而学者废书不观,反为害事"(第12页),吕本中也认同文为万事之一的看法。
⑥ 吕本中《紫微杂说》,《丛书集成初编》本。

入必自工夫中来"①,从而肯定了"作文工夫"的必要性。

当然,在文道本末关系上,吕本中是以"圣学"为本,以"作文"为余事,勉励弟子"所要在守节""余事及文章"②。其"圣学工夫"重视践履,主张下学上达,日用细微处一言一行皆以圣贤为标准,修身践行,"自粗至细,自微至显,但不可分粗细、微显为两事。'言忠信,行笃敬','言必信,行必果',最是初学要下工夫处"③。这与黄庭坚的"根本论"有相似之处,而黄庭坚亦有"圣处工夫"④"道应无芥蒂,学要尽工夫"⑤等说法,与之相比,吕本中的"圣学工夫"条目更细致,内容也更具有洛学的色彩。

在学文方法上,吕本中的"工夫—悟入"说将神秘主观的个人体验(悟入)落到切实可行的工夫上,相信通过不断地下工夫,终究可以悟到属于自己的创作道路。从此说出发,他在继承黄庭坚等人文章学思想的基础上,进一步阐释"作文工夫"、作文法度。首先,他继续黄庭坚诗文分论、读讲结合的思路,提出学文、学诗要熟读熟考不同的典范:"学文须熟看韩、柳、欧、苏,先见文字体式,然后更考古人用意下句处。学诗须熟看老杜、苏、黄,亦先见体式,然后遍考他诗,自然工夫度越过人。"⑥强调从韩、柳、欧、苏入门把握文章体式,继而宗法先秦西汉文,遍考其用意下句之法,确立了以先秦西汉经典作家、唐宋七家为主的经典序列。如云"文章大要须以西汉为宗"⑦"但把秦汉以前文字熟读,自然滔滔地流"⑧,主张师法《论语》《孟子》《礼记》《左传》等经书,参考《孙子》《列子》《庄子》《韩非子》等子书。尤其看重《论语》《礼记》简淡不厌,《孟子》议论抑扬反复,《左传》叙事有法、语有尽而意无穷,这些概括颇有眼光。至于西汉,他认为"议论文字须以董仲舒、刘向为主,《礼记》《周礼》及《新序》《说苑》之类皆当贯串熟

---

① 吕本中《童蒙训》,郭绍虞辑《宋诗话辑佚》,中华书局,1980年,第594页。本文所引《童蒙训》如无特别说明,均据此本。
② 《吕本中诗集笺注》卷九《叔度季明学问甚勤而求于余甚重其将必有所成也因作两诗寄之》,第627、629页。
③ 吕祖谦《少仪外传》卷上引吕本中《答人书》,《吕祖谦全集》第2册,浙江古籍出版社,2008年,第4页。
④ 《宋黄文节公全集·外集》卷九《次韵郭右曹》,第1078页。
⑤ 《宋黄文节公全集·正集》卷六《再次韵杨明叔》,第126页。
⑥ 《宋诗话辑佚》本《童蒙训》,第603页。
⑦ 《宋诗话辑佚》本《童蒙训》,第605页。
⑧ 《宋诗话辑佚》本《童蒙训》,第605页。

考,则做一日便有一日工夫"①。唐宋诸家中,"韩、柳、欧、苏"中的"苏"一方面可理解为苏轼,因为吕本中尤其推崇苏轼文章,说"自古以来语文章之妙,广备众体,出奇无穷者,唯东坡一人"②,更借张耒之口说"近世所当专学者惟东坡"③;另一方面似亦不妨理解为三苏,因为他也说"读三苏进策涵养吾气,他日下笔自然文字滂沛无咨嗇处"④。他还主张学习曾巩的文章:"曾子固文章纡余委曲,说尽事情,加之字字有法度,无遗恨矣。"⑤肯定了韩愈、柳宗元、欧阳修、苏洵、苏轼、苏辙、曾巩等唐宋七家的文章经典地位。相比于黄庭坚,吕本中的范本体系更为具体,亦从范本的法度规矩是否容易把握来确定学习的先后次序,如云:"韩退之文浑大广远难窥测,柳子厚文分明见规模次第,初学者当先学柳文,后熟读韩文,则工夫自见。"⑥

在指示范本后,吕本中继承黄庭坚结合具体文本讲求法度的思想,通过文本细读,进一步提炼出行文的抑扬反复、纡余委曲,布局上的首尾相应、有本末次第等。如论《孟子》、韩愈、曾巩之文:"《孟子》中《百里奚自鬻于秦》一章;与韩退之论思元宾而不见,见元宾之所与者,犹吾元宾也;及曾子固《答李沨书》,最见抑扬反复处,如此等类宜皆详读。"⑦这三篇文字皆通过行文上的抑扬反复,阐明道理,抒发情意。布局上,他称赞秦观策论"有首有尾,元无一言乱说"⑧,讲究章法布局、本末次第、首尾相应。这些分析明显受到黄庭坚法度论的影响。《童蒙训》即有黄庭坚之语:"先立大意,长篇须曲折三致意,乃能成章。"⑨而吕本中弟子汪应辰则记载:

> 居仁吕公云,秦少游应制科,问东坡文字科纽,坡云:但如公《上吕申公书》足矣。故少游五十篇只用一格,前辈如黄鲁直、陈无己皆极口称道之。后来读书,初不知其为奇也。吕丈所取者,盖以文章之工,固不待言;

---

① 《宋诗话辑佚》本《童蒙训》,第603页。
② 《宋诗话辑佚》本《童蒙训》,第604页。
③ 《宋诗话辑佚》本《童蒙训》,第605页。
④ 《宋诗话辑佚》本《童蒙训》,第605页。
⑤ 《宋诗话辑佚》本《童蒙训》,第601页。
⑥ 《宋诗话辑佚》本《童蒙训》,第602页。
⑦ 《宋诗话辑佚》本《童蒙训》,第601页。
⑧ 《宋诗话辑佚》本《童蒙训》,第601页。
⑨ 《宋诗话辑佚》本《童蒙训》,第595页。

而尤可为后人模楷者,盖篇篇皆有首尾,无一字乱说,如人相见,接引应对茶汤之类,自有次序,不可或先或后也。①

黄庭坚在写给范温的诗中说"少游五十策,其言明且清。笔墨深关键,开阖见日星。陈友评斯文,如钟磬鼓笙"②,吕本中的观点当本于此诗。而范温正是吕本中的表叔,二人颇有交游。《潜溪诗眼》也有黄庭坚以《原道》传授文章立意布置之法的记载,吕本中这方面的文章学思想可能受其影响。

除了这些宏观的"文字体式"外,吕本中还在微观的字法、句法方面有所推进。虽然《童蒙训》关于诗歌炼字炼句的表述更多,但这种重视字法、句法的思想一样体现在文章学中。如其接续陆机"警策"说:"陆士衡《文赋》云'立片言以居要,乃一篇之警策',此要论也。文章无警策则不足以传世,盖不能竦动世人。……老杜诗云:'句不惊人死不休。'所谓惊人句,即警策也。"③不管是诗歌还是文章,都应当有这种能够"惊人"的警策句。他崇尚行文简该,讲究"省字""省句"之法,引用刘知幾《史通·叙事》"叙事之省,其流有二焉:一曰省句,二曰省字"④的说法,倡导一种简淡、简古的文风。更以《礼记·檀弓》作为用字简该、叙事简淡的典范,认为《左传》有不及之处:"《檀弓》与左氏纪太子申生事详略不同,读《左氏》然后知《檀弓》之高远也。"⑤这也受到黄庭坚的启发,黄庭坚是较早鼓吹《礼记·檀弓》文法的,元祐三年(1088)他将自己刚从苏轼那里学到的为文秘诀分享给潘大临:"子瞻论作文法,须熟读《檀弓》,大为妙论。"⑥山谷后学多与闻此论,吕本中与山谷后学过从甚密,自不难得知。而《童蒙训》在先唐诗文评著作中,单单引用《文赋》《文心雕龙》《史通》也应受到黄庭坚的启迪。

《童蒙训》作为训课教材,故多讲具体的法度、切实的工夫,着眼于知规矩、入法度,而"活法"说则反映出吕本中对规矩与变化、定法与不定法之间辩证关

---

① 马端临撰,上海师范大学古籍研究所、华东师范大学古籍研究所点校《文献通考》卷二三七,中华书局,2011年,第6450页。
② 《宋黄文节公全集·正集》卷三《晚泊长沙示秦处度范元实用寄明略和父韵五首》其五,第70页。
③ 《宋诗话辑佚》本《童蒙训》,第587页。
④ 刘知幾撰、浦起龙释《史通通释》卷六《叙事》,上海古籍出版社,1978年,第170页。
⑤ 《宋诗话辑佚》本《童蒙训》,第599页。
⑥ 《宋黄文节公全集·别集》卷一九《与潘邠老帖》,第1887页。

系的认识。他引黄庭坚"文章切忌随人后"之语,说"不可循习陈言,只规摹旧作"①,而对黄庭坚辨证的法度论又有所发展,追求的是"规矩备具而能出于规矩之外,变化不测而亦不背于规矩""有定法而无定法,无定法而有定法"②。"活法"说并非单言诗法,亦含文法。

总而言之,作为故家大族子弟,吕本中凭借家世交游的优势,得以广泛接触师友间口耳相传的文章学论述,将讲习渐渍所得的黄庭坚等人的文章学思想加以汇总、发挥、南传,在宋代文章学史上起到了承前启后的作用。韩淲说"渡江以来,晁詹事以道、吕舍人居仁,议论文章,字字皆是中原诸老一二百年酝酿相传而得者"③,楼昉则称吕本中"以正献长孙,逮事元祐遗老,与诸名胜游,渊源所渐者远。渡江转徙流落之余,中原文献与之俱南"④,都指出吕本中在中原文献南传上的功绩。所谓"中原文献",除了典籍,也包括口耳相传的见闻、知识,文章学正是这样一种知识。南宋文章学类著作如吕祖谦《古文关键》《丽泽文说》、张镃《仕学规范·作文》、朱熹《朱子语类·论文》、王正德《余师录》、楼昉《崇古文诀》、真德秀《文章正宗》等皆明确引用《童蒙训》,认可其相关论述。尤其在汇编式文话《仕学规范·作文》《余师录》中,《童蒙训》的引用量较他书为多。而陈骙《文则》也极可能受《童蒙训》影响,其赞《檀弓》善于炼句,以世子申生事为例,说明《左传》不及《檀弓》叙事简该,与《童蒙训》的用例、观念完全一致,二者之间应有沿袭关系。反观两宋之际出现的《王直方诗话》《潜溪诗眼》《唐子西文录》《优古堂诗话》《珊瑚钩诗话》等,文法杂于诗法中,内容较少,影响力也无法与《童蒙训》相比。

三、吕祖谦:宋代文章学成立期的代表

全祖望指出吕本中学术"上绍原明(吕希哲),下启伯恭(吕祖谦)"⑤,极有见地。在文章学上,也可以说吕本中上绍黄庭坚等人,下启吕祖谦。吕祖谦虽

---

① 《宋诗话辑佚》本《童蒙训》,第596页。
② 刘克庄《江西诗派序》引吕本中语,《全宋文》第329册,第115页。
③ 韩淲撰、孙菊园点校《涧泉日记》卷下,上海古籍出版社,1993年,第37页。
④ 楼昉《童蒙训跋》,国家图书馆藏宋绍定刻本。
⑤ 黄宗羲撰、全祖望补修《宋元学案》卷三六,中华书局,1986年,第1234页。

没有太多机会亲炙于伯祖本中,但无论其家学还是师学,都使得他可以承继本中之学。家学上,其父大器受学于本中,曾手抄《童蒙训》,家中保存了不少本中的著述。师承上,祖谦之师林之奇是本中高足,尤好古文,所编《观澜文集》能看出本中的影响。如其《观澜集前序》云"文乎文乎,澹泊而有遗味,发越而有遗音者,非活不能也"①,将"活"字用于论文,遗味、遗音之说与本中尚简淡含蓄、一唱三叹的文风相合。选文中,苏轼文最多,次为韩愈、柳宗元、曾巩、苏辙、司马光、王安石,与本中所列典范有所重合。《童蒙训》提及的范文也多有入选,如陆机《文赋》、韩愈《答李翊书》、曾巩《答李沨书》、苏轼《三马赞并序》等。而《观澜文集》正是林之奇授予吕祖谦古文之学的教材。

《童蒙训》也是吕祖谦讲学、编书时的重要参考。论为官的内容曾被其单独抄出赠与弟子,论为学、修身的内容被《少仪外传》继承,论诗文法的内容则为《丽泽集诗》《古文关键》《丽泽文说》等继承,此处专论文章学。国家图书馆藏宋刊本吕祖谦《续增历代奏议丽泽集文》后附《关键·总论看文字及作文法》一卷,内容是论看文、作文之法,是吕祖谦论文之语的辑录。② 经考,其中十五条出自《童蒙训》,而现辑得的《童蒙训》佚文中专论文章的有二十二条,兼论诗文的有十四条。③ 可见,《童蒙训》是吕祖谦文章教学的重要参考。

在继承发扬本中文章学的基础上,吕祖谦通过编选范本集、创设古文评点法等方式,建构了较为完善、细致的文章学体系,提供了具有典范性的阐释文法的手段和工具。

首先从文道关系上看,南宋后期文学与道学从分裂对立走向融合共存,吕祖谦被认为是这一趋势的先导,"自元祐后,谈理者祖程,论文者宗苏,而理与文分为二。吕公病其然,思会融之"④。而从学术渊源上看,这种思潮实发自吕本中,可能也受到黄庭坚的影响。黄庭坚虽列苏门学士,但希慕程颢、周敦颐的为人,其根本论重视心性修养,与北宋新儒学转向内省的思潮一致。南宋理学家黄震说:"苏门与程子学术不同,其徒互相攻讦,独涪翁超然其间,无一语党

---

① 林之奇《观澜集前序》,《全宋文》第207册,第377页。
② 巩本栋《〈古文关键〉考论》,《文学遗产》2020年第5期。
③ 因《宋诗话辑佚》本多有割裂原文处,故此处统计与之略有差异。
④ 吴子良《荛窗续集序》,陈耆卿《荛窗集》卷首,《文渊阁四库全书》本。

同。"①而吕氏家学则"以广大为心",吕希哲幼师欧阳修门人焦千之,又学于胡瑗、孙觉、邵雍、王安石,终归于程颐,本中不名一师,亦其家风。对于洛蜀党争,希哲、本中都有意弥合其矛盾。如本中记载希哲曾面斥讥笑程颐的欧阳修之侄孙朴,担心"苏程相失之后,门下士各有彼此"②。本中在南渡之际屡屡提及"消党与"③"消党论"④,有"以我广大心,尽使变齐鲁"⑤之意。其论文将"圣学工夫"与"作文工夫"融会并存,《童蒙训》既胪列二程、张载、邵雍、周敦颐等理学家的嘉言善行,又对欧阳修、苏轼、黄庭坚、张耒、秦观等人的文章多所取则,正是吕祖谦所评价的"嵩、洛、关、辅诸儒之源流靡不讲,庆历、元祐群叟之本末靡不咨"⑥。

祖谦承其学,有意融会文学与理学,既讲究文章法度,主张"做过人工夫"⑦,又以圣学工夫为"根本",如云"学者当务本,文艺亦所当为,盖无非学也,然当以立本为先"⑧。所谓"根本"在于存养工夫,包括"持养、体察、主敬、致知、观过"⑨等。其《读书记》讲述自己的读书生活,先经后史,最后及于"西汉书、杜子美诗、韩退之、柳子厚文"⑩,令子弟"看一经一史为常课,而以诗文之类为余课"⑪,可见其学问的次第本末。陆九渊称吕祖谦"属思纡余,摛辞绮丽,少日文章,固其余事,颜、曾其学,伊、吕其志"⑫,杨万里亦称其"穷经讲道,不但文字,闯孟之户,得程之髓"⑬,皆可说明吕祖谦以文为余事,其志则在孔孟颜曾周程之道,在于理学。这种融会并存的取向难免招致朱熹的批评,尤其在苏轼文章上,二人有较大的分歧。乾道年间朱熹即对吕祖谦说:"向见正献公家传,语及

---

① 黄震《黄氏日抄》卷六五,《文渊阁四库全书》本。
② 《师友杂志》,第19页。
③ 《吕本中诗集笺注》卷二○《送范子仪将漕湖北》其三,第1314页。
④ 《吕本中诗集笺注》卷一三《送常子正赴召》其一,第858页。
⑤ 《吕本中诗集笺注》卷二○《送范子仪将漕湖北》其三,第1314页。
⑥ 《吕太史文集》卷八《祭林宗丞文》,《吕祖谦全集》第1册,第133页。
⑦ 吕祖谦《关键·总论看文字及作文法》,《续增历代奏议丽泽集文》附录,《中华再造善本》所收国家图书馆藏宋刻本,第7b页。以下简称《关键》。
⑧ 《丽泽论说集录》卷六,《吕祖谦全集》第2册,第154页。
⑨ 《丽泽论说集录》卷一○,《吕祖谦全集》第2册,第254页。
⑩ 《东莱吕太史文集》新增附录《吕集佚文》,《吕祖谦全集》第1册,第870页。
⑪ 《东莱吕太史文集》卷一○《与内弟曾德宽》,《吕祖谦全集》第1册,第502页。
⑫ 《东莱吕太史文集》"附录"卷二,《吕祖谦全集》第1册,第767页。
⑬ 《东莱吕太史文集》"附录"卷二,《吕祖谦全集》第1册,第756页。

苏氏,直以浮薄谈目之,而舍人丈所著《童蒙训》则极论诗文必以苏、黄为法,尝窃叹息,以为若正献、荥阳,可谓能恶人者,而独恨于舍人丈之微旨有所未喻也。"①若从文章学的角度看,恰是吕本中、吕祖谦融会理学、文学的取向促使宋代文章学不受极端的作文害道说的挤压,从而持续发展。

在"作文工夫"上,吕祖谦首先引用吕本中"学文须熟看韩、柳、欧、苏,先见文字体式,然后遍考古人用意下句处"②的说法,认同吕本中的典范选择,强调先从韩、柳、欧、苏等唐宋大家入门。《古文关键》选取了韩愈、柳宗元、欧阳修、苏洵、苏轼、苏辙、曾巩、张耒等八家文,相比于吕本中提出的唐宋七家,只增加了张耒。诸家之中,吕祖谦尤重苏文,编有《三苏文粹》,其早年文章如《东莱博议》巧于立意,结构精妙,善用各种修辞手段,"出入苏氏父子波澜"③,这与吕本中尚苏文是一致的。学界认为《古文关键》对唐宋八大家古文经典的确立有重要影响,而这是在吕本中的启发下产生的。当然《古文关键》是应一时教学需要编成的,虽全选唐宋文,但并不代表吕祖谦忽视先秦西汉经典,他令内弟"读秦汉、韩、柳、欧、曾文字"④,重视《左传》文法等即是明证。而其弟子楼昉《崇古文诀》更全面地展现了先秦西汉、唐宋大家的经典体系,其中当有吕祖谦的影响。值得注意的是,吕祖谦继承了吕本中对典范大家辨证的批评观,对他们作为范式的优点与不足多有揭示,如评苏文"当学他好处,当戒他不纯处"、柳文"当学他好处,当戒他雄辩"⑤等,延续了吕本中"学古人文字,须得其短处"⑥的思想。

其次,吕祖谦归纳总结了一套解析范文法度的方法,并以评点的形式加以落实,形成具有系统性的文章评点法。这既是阅读之法,又是作文之法,也是阐释揭示法度的方法。他提出系统的"看文字法",包括"第一看大概主张,第二看文势规模,第三看纲目关键,如何是主意首尾相应,如何是一篇铺叙次第,如何

---

① 朱熹《晦庵先生朱文公集》卷三三《答吕伯恭》,朱杰人等主编《朱子全书》,上海古籍出版社、安徽教育出版社,2010年,第1429页。
② 《关键》,第2a页。
③ 《晦庵先生朱文公集》卷三一《与张敬夫书》,《朱子全书》,第1334页。关于《东莱博议》的文章特色,可参见慈波《东莱博议汇校评注》"前言",浙江古籍出版社,2022年,第4—9页。
④ 《东莱吕太史文集》卷一〇《与内弟曾德宽》,《吕祖谦全集》第1册,第502页。
⑤ 《关键》,第4a—4b页。
⑥ 《宋诗话辑佚》本《童蒙训》,第591页。《关键》亦云:"识人文字长处,复识短处。"(第1b页)

是抑扬开合处。第四看警策句法,如何是一篇警策,如何是下句下字有力处"①等。即先把握主旨,次看整体的结构布局,再看各节段的纲目、承接转折等,最后看警策句、句法、字法。这细化、深化了黄庭坚"观古人之规模"、吕本中"见文字体式""考古人用意下句处"等思想。他又使用评、点结合的形式,一方面以截符(ㄴ)给文章划分段落,以长抹标示主意要语,以短抹标示起承转结等文脉转换处,以点标明句法、字法佳处;另一方面以题下总评概括文章总体的布置结构、艺术手法特点,以旁批结合点抹符号,随文阐明文章的法度妙处。这便形成了具有系统性、典范性的文章评点法。

　　黄庭坚、吕本中等已有重视结合具体文本讨论文章法度的取向,但似乎一直没有找到合适的表达方法和分析工具。虽然唐五代诗赋格等著作能够在示法方式上提供借鉴,如引诗例、句例以立格法,但"古文法度隐而难喻"②,散文更加讲究全篇整体的结构方式,各部分之间的组合关系,以及字、句等局部修辞在整体中作用,要详细揭示这些法度,非谋之全篇不可。而无论是范温继承黄庭坚的思路,采用贯讲大意结构的方式分析《原道》,还是吕本中采用摘句、摘段的方式揭示文法,都不足以细致、深入、直观、全面地揭示文章法度。这一困境在吕祖谦手上得到了解决。古文评点是一种可以充分细致展示文章整体法度与局部法度的手段和方法,亦可在很大程度上再现师生当面教学的细节性现场,所谓"不啻口讲手画以指示学者"③。

　　再次,吕祖谦的文法理论体系更加细致、完善。在一篇命意布局之法(篇法)上,他注意文章的体制格法,主张先见文字体式,提出匡正格、感慨讥讽体、攻击辨诘体等。从各节段间的组合之法(章法)上看,他指出铺叙间架、起承转结、抑扬操纵、节奏条理、曲折斡旋、首尾相应等法度,讲究"转处不假助语而自连接者为上""一收一放须成文理""每段结处必要紧切"④等,评点中也对这些地方屡以揭示。而在句法、造语、字法等微观层面上,吕祖谦既继承了吕本中讲究省字、省句的思想,如评欧阳修《上范司谏书》"省文"⑤,评《晁错论》"须看

---

① 吕祖谦《古文关键》卷上。本文依据日本文化元年(1804)覆清徐树屏刊本,徐本据两宋刻翻刻。
② 章学诚著、仓良修编注《文史通义新编新注》内篇二,商务印书馆,2017年,第141页。
③ 张云章《古文关键序》,《古文关键》卷首。
④ 《关键》,第1b—2a页。
⑤ 《古文关键》卷上。

省文法"①等,又将江西诗派炼字炼句的精神移植到文法上。如引用《童蒙训》说警策部分,将警句视为文章之"眼","一篇中自有一篇眼,一段中自有一段眼,寻常警句是也"②,并称"若铺叙间架,令新不陈,多警策句,则亦不缓"③,主张以警策句救行文之缓。而警策句、精妙句来源于精心的锻炼,故他以炼句、句法等语揭示文章下句妙处,主张"句新而不怪"④。又强调学习造语,做到新颖自然,"不要尘俗熟烂"⑤。字法上,他评《潮州韩文公庙碑》"王公失其贵"一段"五个失字如破竹之势","必有不依形而立"一段"四不字亦有力"⑥,评欧阳修《春秋论》"名、实字是眼目"⑦等,或着眼于下字准确有力,或强调通过字法增强、贯通文势,发挥眼目的作用。

总而言之,在文道关系、范本体系、文法理论体系、以评点揭示范本法度等方面,吕祖谦都充分发展了吕本中的思想,形成了较为完备的文章学体系,且以《丽泽文说》《古文关键》等独立的文章学著述的形式呈现出来。不难看出北宋中期以来,黄庭坚等人已开始着意研求文章之学,但相关论述主要以口头和书信为载体,较为分散,吕本中则编录相关论述,形成《童蒙训》,但其内容又与道德教化、诗学教育等混为一体,至吕祖谦手中才形成专论文章的独立著述。从影响力和代表性上看,成书于乾道九年(1173)的《古文关键》是现存评点第一书,《丽泽文说》及《关键·总论看文字及作文法》也约成书于乾淳之际,是现存较早的语录体文话,它们虽比作于乾道六年(1170)的现存最早的论文专著《文则》略晚一些,影响力却远过之。原因在于,一方面吕祖谦身兼世家子弟、科举明星、理学名家、举业名师等多重身份,乾淳间成为士林领袖,举子后学也多师法其文章学著作,影响力不言而喻;另一方面,因便于学者领悟文法,《古文关键》选评结合的编选方法成为文章教学中流行的教材编写方式,开启了文章评点的先河。后续出现的《崇古文诀》《文髓》《文章轨范》等无不祖范其式。因此无论是从理论的成熟度,还是从著述的代表性、影响力上看,吕祖谦均可视为宋

---

① 《古文关键》卷下。
② 《关键》,第3b页。
③ 《关键》,第2b页。
④ 《关键》,第5b页。
⑤ 《关键》,第2a页。
⑥ 《古文关键》卷下。
⑦ 《古文关键》卷上。

代文章学成立期的代表。

四、"黄庭坚—吕本中—吕祖谦"传承谱系的历史意义

综上所述,黄庭坚、吕本中、吕祖谦之间虽然缺少直接的师承关系,但无论从学缘关系,还是从理论联系上看都存在一条明确可考的文章学传承谱系,体现了宋代文章学由北宋的酝酿、两宋之际的承传、南宋成立的历史过程,三人也在这一过程中发挥了关键性的作用。当然在这一谱系中还有许多人承担了中介角色,如范温、徐俯、饶节、汪革等山谷后学在黄庭坚与吕本中之间的作用,吕大器、林之奇等在吕本中与吕祖谦之间的中介作用等。通过师友间的不断讲习,这一谱系传承得以实现。而从三人各自的文章学发生场域看,师友传承讲习也是促使其文章学生成、发展、传播的重要动因。如黄庭坚的文章学主要在指导亲族(如四洪、徐俯等)、友人(如秦觏、潘大临等)及其他后学应举考试、文章创作中形成。吕本中《童蒙训》是其聚集故人及家族子弟授课的教材,吕祖谦《丽泽文说》《古文关键》更是家塾私课之本,用以指导学子文章尤其是时文的写作。这种讲习的本质是一种伴随文章写作、应举需求而生的文章学教育机制。它以传授后学文章写作方法为中心,带有私学、家学性质,表现为师弟子、亲属、朋友间的授受切磋,乃至家塾、私塾的训课讲习,即所谓"师友渊源,讲贯磨礲,口传心授"[①]。担当教师角色的一般是科举成功者或文坛名流,在文章尤其是时文写作上有独到的经验,受业者则主要是举子。在这种文章学教育机制的作用下,黄庭坚、吕本中、吕祖谦相继而起,传衍不绝,不断探索文章写作之法,推动着宋代文章学由最初零散的论说发展到专论文章的独立著述,形成内涵丰富的文章学理论体系,逐渐走向成熟成立。可见这一机制既是激发宋代文章学生成发展的重要动因,也是宋代文章学获得传衍推进的主要渠道之一。

这一传承谱系虽只是推动宋代文章学发展的谱系之一,但却有关键而重要的历史作用和意义。原因在于他们围绕着如何教导士子作文的共同议题,以探

[①] 王铚《四六话序》,王水照编《历代文话》第1册,复旦大学出版社,2008年,第5页。

索一套适用的作文方法为共同目标,最终建构了一种新的文章学范式①,其内涵包括合理的文道观念、法度观、范本体系、文法理论、求法示法的手段和工具等。

在文章创作中,他们首先要处理的是文与道的关系。唐宋古文革新以文体革新为手段,以复兴儒道为目的,道为本、文为末是其一贯的主张。然而出于救弊纠偏的考虑,早期的古文家如韩愈、欧阳修在教导后学时,往往有"气盛言宜""道胜者文不难而自至""有德者必有言"等说法,过于注重形而上的、理念上的道对文的决定作用,不过多讲述具体的作文之法。在北宋中期科举以文章取士的背景下,这些说法对想提高作文能力的初学者来说未免悬义过高,难以取法。而另一方面这一时期理学渐渐兴起,士人群体因对道、文的理解与重视程度不同,出现分裂对立的趋势,洛蜀党争、程苏之争是其突出表现,较为极端的理学家如程颐便有"作文害道"说,重道废文,这显然也不符合学子仕进的现实需要。如此一来,如何对士人进行合适的文章学教育就成为一个问题。黄庭坚虽以文学名世,但学术思想偏于儒家心性之学,吕本中、吕祖谦本身则兼具理学家与文学家的身份,他们构建了一种更为融通的文道观念。即既以心性德行的修养、以"圣学工夫"作为"文之根本",又认为"文"是一种需要学习的"技",别有法度、别有工夫,肯定"作文工夫"的合法性。

确立这一文道观念后,他们的关注点由道而技,由本转末,致力于探索文章法度,形成了辨证的法度观、稳定的范本体系、内涵丰富的文法理论、有效的求法示法手段。其范本体系是远师先秦西汉而从唐宋大家入门,确立了一批经典的作家作品。黄庭坚、吕本中一直在寻求从范本中抽绎法度的方法与角度,吕祖谦则最终找到了适合分析文章法度的评点法,将建立范本体系与阐释具体文法熔为一炉,形成了包含篇法、章法、句法、字法等内容的文法理论体系。这些法度虽被视为针对初学者的初级方法,但与唐代发达的诗学诗法相比,宋代以前关于文章法度的讨论大多简略、零碎,传统的习文方法是通过诵读、模拟范本

---

① 所谓"文章学范式"是指在古代文章学中具有示范性、指导性的理论体系,它包括为广大士人(既是文章学的研究者,也是接受者、传承者)所认同的观念、共用的研究方法等。"范式理论"的创始人托马斯·库恩认为范式在广义上指的是特定共同体成员所共有的全套信仰、价值、技术等,狭义上则指的是具有模型和范例作用的具体研究成果(托马斯·库恩著,金吾伦、胡新和译《科学革命的结构》,北京大学出版社,2012年,第8页),此处参考了其相关定义。

掌握文章的辞藻、布局等方法,主要依靠个人的领悟,不能提供具体、便于把握传授的规则与方法。宋代以后文法才有了体系,所谓"文字之规矩绳墨,自唐宋而下,所谓抑扬开合、起伏呼照之法,晋汉以上绝无所闻"[①]。而其法度观又是辨证的,既主张由法度入门,又指示超脱具体法度、不为法所缚的更高境界。

这些成就是黄庭坚、吕本中、吕祖谦等人共同努力的结果,其中黄庭坚起到了思想观念上的奠基和启示作用,吕本中承前启后,吕祖谦集其大成,最终将这一文章学范式建立起来。

而之所以能称之为范式,还在于它在后世得到了士人群体的广泛认同,影响深远。首先,他们所构建的文道关系因应了南宋以后帝制中国的政治制度与文化环境,获得士人的普遍认同。一方面从南宋后期开始,理学逐渐官方化,被应用于科举取士,塑造着士人的思想;另一方面科举制度依旧重"文"(如八股文、策、论等文体),呈现出"以文取士"的面貌。在此情境下,"圣学工夫"与"作文工夫"、理学与文章之学融会并存的取向因符合士人仕进的现实需要而被广泛接受,极端的"作文害道"说反不甚行。如叶适继承吕祖谦的思想,"欲合周程、欧苏之裂"[②],其徒陈耆卿作文"主之以理,张之以气,束之以法。……探周程之旨趣,贯欧曾之脉络"[③]。吕祖谦门人楼昉以《崇古文诀》揭示文法,选文"尚欧、曾而并取伊洛"[④]。理学家真德秀编《文章正宗》选文强调明义理、切世用,却也模仿《古文关键》借批点揭示文法,其《续文章正宗》也多选欧、王、曾、三苏之文,体现出对宋代古文大家的重视。理学家魏了翁也以"程、张之问学而发以欧、苏之体法"[⑤],宋末元初理学家陈栎则主张"由韩柳欧苏词章之文,进而粹之以周程张朱理学之文也,以道理深其渊源,以词章壮其气骨"[⑥]。清代方苞提出"义法说","义"为"言有物","法"为"言有序",儒学、理学即是"物"的内涵之一,其立身目标便是"学行继程、朱之后,文章介韩、欧之间"[⑦],显然也有将文章

---

① 罗万藻《韩临之制艺序》,《此观堂集》卷一,《四库全书存目丛书》集部第192册,齐鲁书社,1997年,第350页。
② 刘埙《隐居通议》卷二,《丛书集成初编》本。
③ 吴子良《荆窗集续集跋》,《文渊阁四库全书》本。
④ 刘克庄《迂斋标注古文》,《全宋文》第329册,第125页。
⑤ 吴渊《鹤山集序》,《全宋文》第334册,第25页。
⑥ 陈栎《太极图说序》,《全元文》第18册,江苏古籍出版社,1999年,第115—116页。
⑦ 王兆符《望溪文集序》引方苞语,《方苞集》下册,上海古籍出版社,2008年,第906—907页。

之学与义理之学融会的倾向。一脉相承，姚鼐便主张义理、考证、词章相济为用。凡此皆可看出吕本中、吕祖谦等人理学与文学融会并存思想的影响。这有益于文章学在理学语境下谋求自身的合法性地位，持续发展。

其次，法度观念的凸显、"工夫一悟入"论的提出，使得即便文法不似诗法那样明确，士人仍然相信作文是可以也必须通过循序渐进、学习法度、苦下工夫而掌握的技能，并非全由神秘的天赋。如曹泾云"未有无法度而可以言文者"[1]，汪琬说"大家之有法，犹弈师之有谱，曲工之有节，匠氏之有绳度，不可不讲求而自得者也"[2]，都肯定法度的重要性。而孟子"梓匠轮舆能与人规矩，不能使人巧"[3]的古训也被翻案，巧寓于法、舍法无巧即是一种典型观念。如吴曾祺云"法者，如规矩绳尺，工师所借以集事者也。无法，则虽有般输之能，无所用其巧。大抵文章一道，其妙处不可以教人；可以教人者，惟法而已"[4]，赵吉士说"所谓法者，规矩准绳之谓，而巧即寓乎其中"[5]等即是如此。对法度的自觉探讨遂成为中国文章学的主要内容，明清文法理论在宋人的基础上，进一步从字句、声音、神、气等角度展开讨论，更为丰富、深入、细密。而他们辩证的法度观也为明清文论家讨论有法与无法、死法与活法问题提供了参考。如薛福成说："古人文章可告人者惟法耳。然不得其神而徒守其法，则死法而已。"[6]文论家以可以言传的法度接引初学，而其更高的追求则是超越具体法度，"其终也几且不知有法而未始戾乎法"[7]。

再次，黄庭坚、吕本中、吕祖谦所划定的囊括先秦两汉文、唐宋大家文在内的范本体系在后世虽有修正，但又保持了一定的稳定性，成为中国古代重要的文章经典体系。即便是理学家朱熹也认为天下万事"皆有一定之法，学之者须循序而渐进"[8]，"今日要做好文者，但读《史》、《汉》、韩、柳而不能，便请斫取老

---

[1] 倪士毅《作义要诀》，《历代文话》第2册，第1499页。
[2] 汪琬《尧峰文钞》卷三二《答陈霭公书二》，《四部丛刊》本。
[3] 朱熹《四书章句集注·孟子集注》卷一四《尽心下》，中华书局，1983年，第365页。
[4] 吴曾祺《涵芬楼文谈》，《历代文话》第7册，第6578页。
[5] 赵吉士《万青阁文训》，《历代文话》第4册，第3311页。
[6] 薛福成《论文集要》卷二，《历代文话》第6册，第5790页。
[7] 吴德旋《七家文钞后序》引述姚鼐语，《初月楼文钞》卷五，《清代诗文集汇编》第486册，上海古籍出版社，2010年，第50页。
[8] 《晦庵先生朱文公文集》卷八四《跋病翁先生诗》，《朱子全书》第24册，第3968页。

僧头去"①,令儿子于"韩、欧、曾、苏之文滂沛明白者,捡数十篇,令写出,反复成诵"②,承认先秦西汉、韩愈、欧阳修、曾巩、苏轼等的古文典范地位。南宋后期周应龙编《文髓》则全取韩、柳、欧、苏洵、苏轼之文以为作文法式。而自明代朱右编《唐宋六家文衡》、茅坤编《唐宋八大家文抄》,到清代储欣编《唐宋十家文全集录》、沈德潜编《唐宋八家文读本》,"唐宋八大家"已经成为中国古代文章的典范。而这些选家也希望读者能够从唐宋大家文入门,上追先秦两汉,与黄庭坚等人取向一致。而前后七子称"文必秦汉",以秦汉为宗,《古文渊鉴》《古文辞类纂》等选本也都不局限于唐宋大家而选入历代之文,这些对黄庭坚等人所划定的范本体系有所调整,但大体仍然相合。

最后,吕祖谦的古文评点法为后人提供了阐释、传授法度的方法和手段。此法虽受到不少非议,但此后无论是士人自行揣摩文法,还是老师教授文法,大都热衷于采用《古文关键》所提供的范式,即抄选范文,以评点对其法度加以研究,从而掌握法度。这使得文法观念通过教与学自然渗透到士人思想深处。前文已述南宋古文评点本如《崇古文诀》《文髓》《文章轨范》等几乎都受《古文关键》评文方法影响的,后世亦是如此。如元代理学家程端礼《程氏家塾读书分年日程》推荐的学文方法就是抄选批点韩愈文,熟读成诵,而后看其主意纲领,"次看其叙述、抑扬、轻重、运意、转换、演证、开阖、关键、首腹、结末、详略、浅深、次序,既于大段中看篇法,又于大段中分小段看章法,又于章法中看句法,句法中看字法"③,其思路方法完全依照《古文关键》。而孙鑛教授学习时文之法,也是先选择时文范文,对其加以诵读批点④。明清大多文章评选本如《唐宋八大家文抄》《古文约选》《古文辞类纂》等主要、直接的编纂目的仍是以编选、评点的形式揭示传授作文之法。

值得一提的是,这一文章学范式在东亚汉字文化圈也有广泛的影响,成为异域文人学习文章写作的重要指南。如日本在室町、江户、明治时代一直盛行着《古文关键》《文章轨范》《古文真宝后集》《唐宋八大家文抄》《唐宋八家文读

---

① 黎靖德编、王星贤点校《朱子语类》卷一三九,中华书局,1986年,第8册,第3321页。
② 《晦庵先生朱文公文集》卷四四《答蔡季通》,《朱子全书》第22册,第1992页。
③ 程端礼《程氏家塾读书分年日程》卷二,《丛书集成初编》本。
④ 武之望撰、陆翀之辑《新刻官板举业卮言》卷二,陈广宏、龚宗杰编校《稀见明人文话二十种》上册,上海古籍出版社,2016年,第489页。

本》等文章评选本。乃至到了明治时代汉学家三岛中洲仍然以《文章轨范》授徒，并自述其讲习文章的方法："必先明示一篇主旨，而段落，而枝节，而字句，以及抑扬、照应、断续、起结等之法。自大入小，自粗及精，顺次解释，务使之知作文蹊径。"①这与吕祖谦划分节段、标抹关键、批点起伏照应的评点法完全一致。龟谷省轩为小学编汉文教材，亦认为明示段落乃文法之关键，汉文中有字法、句法、章法、篇法，求文章之法，要溯源至汉文②。而岛田重礼为其作序时依然重拾有法、无法的话头："文之有法，犹方圆之于规矩，未有释此而能作者也。……然大匠与人规矩而不能使人巧，要在学者之何如耳。"③可见，这一范式已从中土流传到东亚其他地区，塑造着东亚知识人的文章学观念与文章创作。

　　总而言之，在文章学教育机制的作用下，黄庭坚、吕本中、吕祖谦围绕着如何教导士子作文的中心议题，探讨适用的作文方法，前后相继，在百年师友传承中，形成一个包含文道观、法度观、范本体系、文法理论体系、求法示法手段和工具的文章学范式，标志着宋代文章学的成立。这一范式在元明清时期被不断沿用、补充、修正，并在域外产生回响，甚至影响了诗学、曲学、小说学等④。

---

①　三岛中洲《初学文章轨范引》，东京文学社明治十九年（1886）本。
②　龟谷省轩《育英文范》"例言"，东京光风社明治十年（1877）本。原文系日语。
③　岛田重礼《育英文范序》。
④　如方回《瀛奎律髓》即采用编选评点结合的形式，揭示诗法。周弼《唐三体诗》亦选文以立格，对诗法诗格的解说往往借鉴文章之法。这种将编选范本和解说诗法结合的形式借鉴了文章评点。而王骥德《曲律》、金圣叹小说评点等也多有以文法论曲、论小说的倾向。

宋代文章纂集与公文文体转型*

首都师范大学文学院 李法然

　　以公文为代表的应用性文体,一度游离于文章范畴的边缘。今人讨论文章学,多强调文学性,以记、序、论、传等文体为主。至于以实用为主的公文文体,则不为论者重视。这里所说的公文,是指处理公务、传递政令信息时使用的一系列文体,包括诏令、奏议、官府间的各种行文以及榜谕晓示文等。此类不以审美为主要目的的文体,不在西方文学体裁四分法中的"散文"研究范畴内。即使在未接触这一西方文学观念的古人看来,公文也是相对特殊的一类文体。在类书建立起的宋人知识结构中,公文便被单独安置。如高承《事物纪原》在卷二"公式姓讳部"收录敕、制、诏、诰、册、教、表、上书、转对、移、檄、关、露布等,而在卷四"经籍艺文部"收录诗、赋、策、论、议、赞、颂、箴、连珠等。① 可见公文与传统观念认可的文章文体起初在宋人的知识体系中分属不同领域。公文尚需经历一番周折,才能进入宋代文章学讨论的范围。

　　公文是应用性极强的文章类型,作者的创作动机往往也只着眼于一时之用,未有流传后世的希冀。但进入文集的公文却改变了这一性质,成为与记、传、序、论等已获得经典性文章地位的文体相同的、面向后世读者的作品。通过实物载体的运转、颁降与流布,公文完成传递政令信息的使命之后,有赖于文集编纂,被作为一般文章接受。一方面,文章纂集行为使公文脱离实用语境,以单纯的文本形式传播,从而具备了作为一般文章被接受的可能;另一方面,公文被收入文集时,往往经过特定处理,消除特殊性,这样才能转变为一般文章,进入文章范畴。本文拟由此切入,通过梳理文章纂集过程的变化,讨论宋人对公文文体认识与接受方式的转变,探寻公文进入文章范畴、参与宋代文章学建构的

---

　　* 本文为国家社科基金重大项目"制度、文体与中国古代文章学研究"(19ZDA246)阶段性成果。
　　① 高承著,李果订,金圆、许沛藻点校《事物纪原》,中华书局,1989年,第57—67、179—194页。

过程。研究中,尝试回归古人文章学语境,突破上述文学性与非文学性二元对立的局限。

一、从史鉴到立言:公文结集意图与文体功能

公文纂集起初并不以品藻文章为务,公文文体也不被视为文章作品,而是被当作史料看待。宋人特别重视以史为鉴,前人的治理经验往往成为后人决策的依据。作为政治过程中的原始文献,行政文书的雕印与文书档案集的刊行,起初便是政令颁行的一种手段。制诰是代表天子颁布的最高层次的行政命令,是帝制时代政务运转的基本依据。所以,制诰诏令集的纂集便意在形成一套以过往案例为依据的成文法,作为现行政策的法理基础。奏议文书则关系到朝廷现行施政方略,此类公文的结集更能直接展现朝廷当下的政策走向。因此,时常有大臣建议禁止奏议刊行,以防泄密。在极端情况下,奏议集的刊行行为本身,甚至也可以干预时政。如在党争期间,纂集奏议便是保留政敌"罪证"的手段。可见,公文结集的本意主要是行政过程中政令信息的传递、保存与整理、汇总。

基于上述原因,宋人特别重视诏令奏议类公文的纂集,由此产生了自成序列的诏令奏议总集。以制诰为例,宋代问世了一系列制草总集。《玉海》摘录洪遵《中兴以来玉堂制草序》称:"是书自承平有之,南渡以后,泮散不属,始命缀缉。"① 该书旨在续编北宋李邴《玉堂制草》十卷。据《直斋书录解题》著录,李编断限在"承平以前"②,正是洪遵所谓"承平有之"。可见洪编乃有意识地接续北宋制草,使之成为一个序列。这一序列再向下延伸,便出现了周必大《续中兴制草》三十卷,一称《续玉堂制草》。周氏自序称:

> 近岁,承旨洪遵起建炎中兴迄绍兴内禅三纪之间,得制草六十四卷,序而藏之,复十年于兹矣……乃命院吏哀隆兴以来旧稿,继遵所编,而以尊号表文为之首,其余制诰等各从其类,复增召试馆职策问,合三十卷。继今随

---

① 王应麟《玉海》卷六四,《文渊阁四库全书》本。
② 陈振孙著,徐小蛮、顾美华点校《直斋书录解题》,上海古籍出版社,1987年,第134页。

事附益,则卷帙将千万而未止,在乎后之人不倦以续之而已。①

由此可知,周编乃学士院下达的任务,目的为"继遵所编"。周氏认为这种续编工作应当是定期进行的,因而期待后人"不倦以续之"。

　　与诏令总集相似,奏议总集也自成序列。在赵汝愚编《国朝诸臣奏议》之后,李壁又有《国朝中兴诸臣奏议》。自序中他明确表示,因有感于"建炎中兴,无异创业,人物之盛,不减嘉祐、治平,一时所言,国赖以济"②,而仿赵汝愚体例续编成书。在赵编之前,已有陈确所编《名臣奏议》③,但赵编却非受此书影响。据赵氏《进皇朝名臣奏议序》称:"尝命馆阁儒臣编类《国朝文鉴》,奏疏百五十六篇,犹病其太略,兹不以臣既愚且陋,复许之尽献其书。"④可见,对《宋文鉴》奏议部分的不满是赵汝愚编纂《国朝诸臣奏议》的直接原因。《宋文鉴》的编纂意图在于观一代之治道⑤,因为与治道关系极密,奏议遂成为此书中相对特殊的部分。在赵汝愚看来,《宋文鉴》奏议部分的性质与单行奏议集相同,只是"太略",需要增补。

　　诏令奏议类总集自成序列,独立于文章总集或曰目录学上的集部总集,可见在宋人观念中,公文与集部著作之间尚存轩轾。

　　如果说诏令奏议总集的功用在于吸取历史经验、展现一代治道的话,那么个人所撰公文的结集,便意在记录其平生功业、宣示家族荣耀。与自成序列的公文总集相仿,宋人别集中的诏令奏议类文体,也常以独立小集形式出现。宋人为此类小集作序,多会描述作者直言极谏等立朝大节,提示读者因奏议而想见其为人。如魏了翁《三洪奏稿序》称:

　　　　窃惟三先生之言行,有铭、有诔、有志、有恤章、有奉常之谥、有史氏之策,藐然陋儒敢赘有称述,用对扬高皇之丕显休命,以推本其忠孝之传,为万世训。⑥

---

① 王蓉贵、白井顺点校《周必大全集》,四川大学出版社,2017年,第187—188页。
② 王应麟《玉海》卷六一。
③ 王应麟《玉海》卷六一。
④ 赵汝愚编、北京大学中国中古史研究中心点校整理《宋朝诸臣奏议》,上海古籍出版社,1999年,第1725页。
⑤ 参见李法然《"周旋调护":〈宋文鉴〉的编纂与元祐学术》,《中国典籍与文化》2021年第1期。
⑥ 魏了翁《鹤山先生大全文集》卷五一,《四部丛刊初编》本。

虽然是自谦之辞,却也说明奏议文字在铭、诔、志、传之外,对于展现洪氏一族"忠孝之传"具有独特意义。刘光祖为虞允文奏议作序称"士不观其常,观夫处其变而不失其常者,斯可以为士矣"①,更明确指出以奏议观人有别于史传的特殊性在于可观其处变。可见,在记录作者平生功业方面,别集收录的公文一定程度上可以与史传互补。此类公文虽然收在个人文集中,但序跋作者仍然将其归入史鉴传统。

类似的文章纂集活动事实上在宋代之前便已出现,如《新唐书·艺文志》著录吴兢《唐名臣奏》十卷、马揔《奏议集》三十卷等。② 可见无论是宋代诏令奏议类总集的编纂还是个人公文的结集,均是唐人传统的延续。不过,宋代的文章纂集活动还是透露出时人对于公文文体的认识出现了诸多新变化,就其大端而言,约有如下两点。

其一,宋人对公文的认识发生了转变,界定公文文体的着眼点由静态的内容与功能,转向文书行政过程中的流转方向与路径。由此,公文开始以牒、帖、劄子与各种榜谕文书的面目出现在文集里。这一转变亦始于唐代,如《唐六典》中便开列出牒、关、刺、移等体。③ 但这些新兴的公文类型逐渐进入文集并确立其文体地位,却是到宋代方成规模。唐代除文书式中的记载之外,仅有敦煌文书等极少数公文传递现场材料传世。而在宋代,愈来愈多的文集开始将这些公文誊录、转化后收录,使之得以大量传诸后世。

其二,宋人文集收录公文的用意发生了变化。牒、帖、劄子等公文在宋人文集中一度以附录形式出现,用来辅助说明文集主人的生平,而不被视为其可以传世的著述。如李觏《盱江外集》、吕颐浩《忠穆集》卷八附录、金履祥《仁山集》卷五,以及宋本《濂溪集》卷九、岁寒堂本《范文正公集》之《朝廷优崇》等,均为带有纪念性质的附录,以公文展现作者的生平事迹。④ 李纲《梁溪集》在奏议中穿

---

① 刘光祖《雍国虞忠肃公奏议序》,傅增湘原辑、吴洪泽补辑《宋代蜀文辑存校补》,重庆大学出版社,2014年,第2260页。
② 《新唐书》,中华书局,1975年,第1624页。
③ 李林甫等著、陈仲夫点校《唐六典》,中华书局,1992年,第11页。
④ 王国轩点校《李觏集》,中华书局,2011年,第466—471页;徐三见等点校《吕颐浩集》,浙江古籍出版社,2012年,第116—118页;金履祥《仁山集》,《丛书集成新编》本;周敦颐《元公周先生濂溪集》卷九,《中华再造善本》,北京图书馆出版社,2003年;范仲淹《范文正公集》,《中华再造善本》,北京图书馆出版社,2006年。

插相应的批答、御笔,更是展现出相关事件的来龙去脉。①但在朱熹《晦庵集》、黄榦《勉斋集》及黄震《黄氏日抄》等文集中,此类文体便已经作为正文出现,成为作者平生著述的一部分②。

此外,宋人纂集自成序列的诏令奏议类公文的意图也发生了转变。谈到书目中诏令奏议类目的设立与归属,四库馆臣指出:"《唐志》史部,初立此门。黄虞稷《千顷堂书目》则移制诰于集部,次于别集。"③事实上,移诏令制诰于集部的做法在宋代便已出现。如《直斋书录解题》《文献通考·经籍考》均在集部专设"章奏"类,与"别集""总集"等并列④。又如《通志·艺文略》未采用四部分类法,而是将"别集""总集""制诰""表章""奏议"等小类统摄在"文类"之下⑤。归入史部,意在将诏令奏议视作国史的基础或个人生平史料,当作一种公共性的写作;而归入集部,则显示出宋人已经将其视为个人创作。集部本为作者个人单篇著述的汇集,刘师培曾指出,文集在"成一家之言"的意义上与子书相同。⑥公文文体归入集部,实际上参与了作者立言不朽的工作,在表明心迹与塑造自我形象方面与传统诗文取得一致。如楼钥所说,"盖尚论古之人,史传铭志,不若家传最详,然必见其遗文而后得之。文章之作,出于胸臆,读其文则如亲见其人,考其言则如生其时,不可诬也"⑦,指出文章作品可以直观地反映出作者在特定历史条件下的思想心态,相较于简单铺写作者生平的史传材料更具优越性。值得注意的是,此言恰出自其为王淮所作《王文定公内外制序》。

如此,随着结集意图的转变,公文在历史档案之外,承担起与已在传统观念中获得经典性文章地位的文体相同的立言明志功能。在接受者的观念中,公文开始获得文章身份,不再是文章范畴外的另类。

----

① 李纲《梁溪集》卷三九至一〇二,《文渊阁四库全书》本。
② 朱熹著,朱杰人、严佐之、刘永翔主编《朱子全书》第25册,上海古籍出版社、安徽教育出版社,2010年,第4579—4644页;黄榦《勉斋先生黄文肃公文集》卷三七,《中华再造善本》,北京图书馆出版社,2005年;黄震《慈溪黄氏日抄分类古今纪要》卷七八至八〇,《中华再造善本》,北京图书馆出版社,2005年。
③ 永瑢等《四库全书总目》,中华书局,1965年,第492页。
④ 陈振孙著,徐小蛮、顾美华点校《直斋书录解题》,第634—640页;马端临著,上海师范大学古籍研究所、华东师范大学古籍研究所点校《文献通考》,中华书局,2011年,第6661—6670页。
⑤ 郑樵著、王树民点校《通志二十略》,中华书局,1995年,第1788—1796页。
⑥ 刘师培《论文杂记》,《刘申叔遗书》,江苏古籍出版社,1997年,第716页。
⑦ 顾大朋点校《楼钥集》,浙江古籍出版社,2010年,第921页。

二、选文与辨体：文集收入公文的态度与编选方式

在宋代，文集收入公文的用意发生了转变，这使公文在"成一家之言"的层面上担负起与传统观念定义的文章文体相同的功能。与此相适应，宋人在文集编纂过程中对公文文体的态度与编选方式也发生了改变，这主要表现在选文与辨体两个方面。

一方面，文章纂集过程中对公文作品的拣选，反映出宋人对公文文体接受态度的转变。文集的编选一般有"网罗放佚"与"删汰繁芜"两种方式，①遵循史鉴传统、具有行政资料汇编性质的专门公文集通常采取前者，而一般的综合性文集对所收公文则多会加以拣择。上述两种编选方式在欧阳修集中均有展现。周必大在说明编订欧集过程中如何处理《河东奉使奏草》《河北奉使奏草》与《奏议集》的关系时指出：

> 当时行状、墓碑，不云有《河东》《河北奏草》，惟摘取其要切数篇，入《奏议集》。今既备载二书，则《奏议》不必重出。止就逐卷，存其事目，使来者有考焉。②

吴充所作行状、韩琦所作墓志与苏辙所作神道碑均详细罗列了欧阳修平生著述③，这些著述当皆经过欧氏本人编订，在其生前便已整理成书。《奏议集》虽不同于《外制集》《内制集》有自序见于《居士集》④，但据周必大"惟摘取其要切数篇入《奏议集》"之言，可知同样经过删削与选定的过程。与此相对，"《河东》《河北奏草》"则是原始稿本。周必大注意到奏草中有"欲具状奏闻""欲牒"一类表述，称："或者除去'欲'字，是未知古今具稿吏文如此。既云奏草，自不须去。"⑤出现公文草稿的特殊用语，可见奏草保存了较为粗糙的原始形态。而作为定本的《奏议集》完成之后，草稿便可弃去。因此，碑铭文字罗列的欧公著述

---

① 永瑢等《四库全书总目》，第1685页。
② 欧阳修《欧阳文忠公文集》卷一一六，《四部丛刊初编》本。
③ 欧阳修《欧阳文忠公文集》附录。
④ 欧阳修《欧阳文忠公文集》卷四三。
⑤ 欧阳修《欧阳文忠公文集》卷一一六。

中,未出现两种奏草。周必大在整理《奏议集》时还提到韶州本有《从谏集》八卷①,或与奏草性质类似,但未被周氏采信。可见,欧阳修别集中的公文文体虽仍以独立小集《奏议集》的形式存在,但欧氏整理时精加拣择的态度,已经与对待以诗文为代表的传统文章一致。

又如真德秀《西山集》卷四〇"文"类,收入其地方官任上发布的劝谕类公文,依任职时地次序编定,极为整饬。但如《福州谕俗文》有"戒谕十二官属"②,《泉州劝农文》有"我昔初下车,谆谆尝揭示"③,《隆兴劝农文》有"近者约束十条"④,其中提到的戒谕、揭示、约束,却未见于文集。可见,《西山集》整理编次过程中对公文也进行了删削,所存并非全部作品,还有大量文稿未能进入文集。这一选择过程在朱熹文集中表现得更为明显。后人收集朱子佚文,编成《晦庵别集》,收入两卷"公移",以此对应《晦庵集》卷九九、一〇〇。值得注意的是,为正集所弃而为别集所收的公移中,除《漳州延郡士入学牒》一篇外,全部作于南康任上⑤。由此可以推知,朱熹在其他任内还应有大量公移文未为后人所见,正集所收公移是经过大刀阔斧删汰后的结果。如论者所述,士大夫普遍会对自己的诗文作品进行"焚弃"与"改定",精心删汰、编订,不断修改,以期以最完美的"定本"形态流传后世⑥。而从欧阳修、朱熹与真德秀的文集看来,他们已经将这种态度应用到对公文文体的编订中了。

另一方面,文章纂集过程中对公文的编次与文体分类,反映了宋人对公文文体认识的深化。诏令奏议类公文较早进入文集,其编次与分类至唐宋之际已基本成熟,但在宋代仍有发展。如宋初编纂的《文苑英华》将制诰分为"中书制诰"与"翰林制诰"两类。岑仲勉曾设问,"《英华》中书制诰与翰林制诰之区别,是否不问作者当日事实,而只就文字之性质区别之",并给出了肯定答案。⑦ 可

---

① 欧阳修《欧阳文忠公文集》卷一一四。
② 真德秀《西山先生真文忠公文集》卷四〇,《四部丛刊初编》本。
③ 真德秀《西山先生真文忠公文集》卷四〇。
④ 真德秀《西山先生真文忠公文集》卷四〇。
⑤ 朱熹著,朱杰人、严佐之、刘永翔主编《朱子全书》第25册,第4998—4999页。
⑥ 参见[日]浅见洋二《"焚弃"与"改定"——宋代别集的编纂或定本的制定》,李贵等译《文本的密码——社会语境中的宋代文学》,复旦大学出版社,2017年,第197—226页。
⑦ 岑仲勉《从〈文苑英华〉中书、翰林制诏两门所收白氏文论〈白集〉》,《岑仲勉史学论文集》,中华书局,1990年,第243页。

见这样的分类,已开宋代内、外制之先河。又如周必大在处理欧阳修《奏议集》时,特别将衢州本中"辞免""迁转""丐去""乞休致"等类移入"表奏四六",①也反映出宋人编集对上行公文辨体的日趋细致。

此外,收入非诏令奏议类的帖、牒、榜、判等公文,是宋人文集中出现的新现象。这些非诏令奏议类的公文,逐渐形成了"公移"这一文体总类。此类文体较早出现在文人别集中的案例,当推欧阳修《河东奉使奏草》《河北奉使奏草》收入的《免晋绛等州人户远请蚕盐牒》等六篇牒文。② 不过此时的牒文附于奏草之中,尚未获得独立的文体分类。且欧阳修在整理编订《奏议集》时,未选这些牒文。直到南宋中后期,魏了翁《鹤山集》仍然采取类似的方式,将牒与晓谕类公文附在奏议当中。然而,宋代文集的编纂者很快认识到此类公文有别于奏议,并开始对其单独编类。在尚未获得可以总括此类公文的文体总名时,一些文集将其与"杂文""杂著"类并置或放在其下,如宋祁《景文宋公集》卷一〇在"杂文策题补词"之下,收入《对太学诸生文》《策题三道》与补词五篇,径以"补词"标目,与"杂文""策题"并列,未作文体归类;③而《宋文鉴》则将《补赵肃充州学教授词》一篇归入"杂著"类。④ 不过,在"杂文"类中,公文也具有相对独立的地位。如黄庶《伐檀集》卷下所收"杂文",又分上、下;"杂文上"是各种古文,类似《文苑英华》"杂文"类;而"杂文下"则是包括公文在内的各种具有官方背景的文体。这一部分所收文章题下有"已后长安""已后青社"⑤一类的标注,与黄氏自序"历佐一府三州,皆为从事"⑥的表述一致。其中所收的考词是较为明确的公文。而《伐檀集》将作为公文的考词与祭神、告庙、祈晴祈雨等出于行政需要以地方官身份写作的文章,以及署名"具官某"、用官方身份写作的祭人文章依仕履编次,显示出在"杂文"内部,编者对这类文体的特异性已有充分认识。

在淳熙、绍熙间刊刻的《晦庵先生文集》这一较早出现的朱熹别集中,《示俗》《劝农文》等公文被收在"杂著""文"类。⑦ 此后的理学家别集,也大致延续

---

① 欧阳修《欧阳文忠公文集》卷一一四。
② 欧阳修《欧阳文忠公文集》卷一一五至一一七。
③ 宋祁《景文宋公集》,《丛书集成新编》本。
④ 吕祖谦编、齐治平点校《宋文鉴》,中华书局,1992年,第1757页。
⑤ 黄庶《伐檀集》卷下,《文渊阁四库全书》本。
⑥ 黄庶《伐檀集》卷首。
⑦ 朱熹《晦庵先生文集》前集卷三、九,宋淳熙、绍熙间福建刻本。

了这样的编类方式。如黄榦《勉斋集》卷三七"杂著"类收入榜谕类公文与帖文,①真德秀《西山集》卷四〇"文"类收入谕官、谕俗文与劝农文。② 通行百卷本《晦庵集》卷九九、一〇〇"公移"类的出现,③标志着涵盖此类公文的文体总名正式成立,相关的辨体意识也趋于成熟。值得注意的是,"公移"这一文体总名出现之后,其范围仍然经过一番调整才稳定下来。后出的《晦庵别集》也有"公移"一体,但其中包含申状;④而正集的"公移"则以牒文与榜谕晓示类公文为主,⑤用于非相统摄的官司之间行文与政令信息的公布。申状用于"申所统摄官司"⑥,是一种上行公文,性质确与正集定义的"公移"不同。《晦庵别集》或因申状与牒、帖、剳、晓示类公文均出自地方官之手,依作者身份将这些文体归入"公移"类。而正集注意到申状上行公文的性质,又将上行公文细分为"奏议""申请""辞免"等类,申状大致被归入"申请",但在"奏议"与"辞免"中也间或出现。黄震《黄氏日抄》大致沿袭了朱熹正集的处理方式,以"奏剳"收纳奏议类公文,以"申明"收纳申状,以"公移"收纳牒、帖、剳与榜谕晓示类公文。⑦ 至此,宋人完成了对公文的辨体,文集中两制、奏议、申状、公移等各类公文文体的范围已基本确立并相对稳定。各体公文既畛域分明,又互为补充,共同呈现了作者的仕宦生涯。

文集收入公文的态度与编选方式的转变,反映出宋人对于公文价值认识的变化。公文结集已不再是简单的档案汇编,宋人开始以对待传统文章的态度和方式拣选公文,赋予公文流传后世的价值。这样的态度与编选方式促进了宋人对公文文体认识的深化,推动了对公文的辨体工作。一方面,公文作为一个整体,呈现出相对清晰的轮廓;另一方面,作为一类文体的泛称,公文内部各体也开始以清晰的面貌出现在文集中。这样的辨体工作,为"文章以体制为先"⑧语境下的公文文体批评提供了依据。反过来说,编集过程中进行辨体,也说明宋

---

① 黄榦《勉斋先生黄文肃公文集》卷三七。
② 真德秀《西山先生真文忠公文集》卷四〇。
③ 朱熹著,朱杰人、严佐之、刘永翔主编《朱子全书》第25册,第4579—4644页。
④ 朱熹著,朱杰人、严佐之、刘永翔主编《朱子全书》第25册,第4998—5061页。
⑤ 朱熹著,朱杰人、严佐之、刘永翔主编《朱子全书》第25册,第4579—4644页。
⑥ 谢深甫著、戴建国点校《庆元条法事类》,黑龙江人民出版社,2002年,第348页。
⑦ 黄震《慈溪黄氏日抄分类古今纪要》卷六九至八〇。
⑧ 王应麟《玉海·辞学指南》,王水照编《历代文话》,复旦大学出版社,2007年,第946页。

人已经将公文认定为与传统诗文具有同等批评价值的文体。这样,经过宋人文章纂集活动中选文与辨体的处理,公文在文集中确立了文体地位,拥有了与诗文等传统观念中的经典性文体相等的传世价值。

三、剪裁与"伪装":文集所收公文文体形态的变化

宋人编集态度与选编方式的改变,使文集中公文的功能与价值向传统观念认可的文章文体靠拢。但此时的公文,在风貌与写法上,尚与当时已经获得经典性文章地位的记、序、传、论等文体存在距离。如近人陈柱在讨论韩愈散文时,便注意到"实用类"文章的特异性:"期在时人通晓,不欲以文传世,而文亦工;此从魏晋得来,魏晋奏疏,亦多绝去华辞也。后世实用文最宜法此。"①但在进入文集之后,公文也会在文体形态上向已经完成经典化的文体靠拢。宋代文章纂集活动已经完成了对公文的辨体,而辨体的目的之一便是"比高下",如吴承学所说:"文体与文体之间并不是一种平等的关系,各体之间有着尊卑、雅俗之分。"②"尊卑、雅俗"既分,文体间的相互影响便有了确定的方向。总结中国古代文体互参的一般规律时,蒋寅提出了"以高行卑"之说:上可以行下,低阶文体可以参用高阶文体;但下不可以犯上,高阶文体一旦混入低阶文体的写法,便会被斥为"诡托"。③ 这一现象也体现在公文与经典古文文体之间。就文体的高卑而言,公文文体事实上隐含着矛盾。从文体外部来说,公文真正称得上"经国之大业,不朽之盛事"④,且其写作权力掌握在具有一定社会身份的士大夫手中,品位可谓甚高;但从文体内部而言,其体格又极卑,甚为文章家所不齿。因而,古文不可以用公牍语的观念一直到明清两代仍极为盛行,如四库馆臣指责明人张琦"散体则纵笔所如,如《遗稽行实》一篇,至以案牍语入文,尤非体裁也"⑤,便明言案牍语不可入散文。缘此,公文文体形态上与经典性文章文体的

---

① 陈柱《中国散文史》,上海三联书店,2014年,第198页。
② 吴承学《中国古代文体学研究》,人民出版社,2011年,第15页。
③ 蒋寅《中国古代文体互参中"以高行卑"的体位定势》,《中国社会科学》2008年第5期。
④ 曹丕《典论·论文》,萧统编、李善注《文选》,上海古籍出版社,1986年,第2271页。
⑤ 永瑢等《四库全书总目》,第1567页。

差别,仍是其在文集中被视作文章文本接受的阻碍。如楼钥在跋当世名公翰墨时指出:

> 今世专以录子往来,语多浮溢,纸尾书衔,全是吏牍体。虽有词翰之工,欲袭藏之,终觉不韵,重可叹也。①

可见,在宋人的心目中,经典文章与公牍高下判然。"虽有词翰之工",而一旦略涉官牍体制,便为文人所不取。因此,已完成经典化的文章体制会遵循"以高行卑"的原则,向公文灌注。同时,公文为了作为文章被接受,也会极力在文体形式上向经典文章靠拢。

诚然,作为一类应用性文体,公文文体形态在写作过程中不可能做出改变。但文集在编收公文文本时,却可以进行调整,以适应文集体例,融入集中的各体文章。因此,文集所收公文文体大都经过剪裁。不同于旨在为地方官写作提供入门指导的《作邑自箴》与专门记载文书式的《司马氏书仪》《庆元条法事类·文书门》等,文集中的公文一般不会包含标注发出者、接受者的抬头与结尾处的日期、签押等完整程式。而对公文正文保存的繁简,则取决于编集者的编纂意图。例如公文的"事因"部分,在文集中多不会保留。然而,也有编者为追求文章的完整性,将已被删去的"事因"重新拾回。明人黄仲昭跋《晦庵集》称:

> 劾唐仲友数章,闽本俱不载其所劾事状,世之鄙儒,多以是疑先生,异论纷起。故悉增入,使读者知仲友蠹政害民之实,而无所惑于异论也。②

便执着于保存朱熹完整的奏状,以全面展现朱、唐之争的始末缘由,澄清这段历史公案,恢复朱熹在当时历史环境中的本来面目。作为在思想界颇具影响力的一代名儒,朱熹文集中还有较多类似情况。如《晦庵集》卷一〇〇所收公文皆大致完整,有些甚至写出抬头"某司"③。但公文文体在文集中更为普遍的面貌,仍是节略首尾、隐藏公文体式特征,仅存核心部分。仍以《晦庵集》为例,如《劝谕筑埂岸》《劝谕救荒》《减秋苗》等篇,仅以三言两语出示具体举措,至于事因及提示公文体式的套语则一切不具④。其余如《晦庵别集》以及曹彦约《昌谷集》、

---

① 顾大朋点校《楼钥集》,第 1208 页。
② 朱熹著,朱杰人、严佐之、刘永翔主编《朱子全书》第 25 册,第 5068 页。
③ 朱熹著,朱杰人、严佐之、刘永翔主编《朱子全书》第 25 册,第 4614—4644 页。
④ 朱熹著,朱杰人、严佐之、刘永翔主编《朱子全书》第 25 册,第 4589—4594 页。

陈著《本堂集》、黄榦《勉斋集》、黄震《黄氏日抄》所存公文,皆大略相仿。① 一些公文或保存"各仰知悉""约束施行"一类套语,或署日期②,但整体而言,往往七零八落,仅求达意,体式并不完整。

　　类似改动也发生在公文题目上。一些总集会用这种方法将公文"伪装"成典型的古文文体。例如《宋文鉴》,虽然特别重视奏议文,且具有明确的以史为鉴的编纂意图,但在实际操作过程中,却多删去奏议文章题目中提示文体的"状""劄子"等字眼,基本统一题为"论某某""请某某",使之看起来更像论体文章。③ 类似的"伪装"出现在以品藻文章为目的的选本中,编者多将奏议改造成论或书。如欧阳修《论杜衍范仲淹罢政事状》,在《崇古文诀》中被题为"论杜韩范富",失去了提示文体的"状";④而在《欧阳先生文粹》中则被题为"上皇帝辩杜韩范富",归入"书"类。⑤ 在《文苑英华》展现的宋初文体观念中,"书"与"疏"有非常分明的界限,前者是书信,后者是奏疏。但宋代文章选本的编者有时会有意模糊二者的界限。如《二百家名贤文粹》设置"上皇帝书"一类(相当于《文苑英华》的"疏"与《唐文粹》的"书奏"),列于"书"体之首,与上宰相、执政、侍从、台谏、监司帅守书乃至师友问答的书信并列。⑥ 如此,奏疏与书成了相同的文体,二者的区别只是受书人身份不同。通过改编,奏议类公文便被转化为古文文体接受。

　　经过上述剪裁与"伪装",文集中的公文文体通过"以古文行公文"的方式,实现了"去公文化",其文体形态与当时已有的文体传统接轨。在已经习惯了古文运动以降形成的文体谱系的宋人看来,公文文体与这一体系中的其他文体不再有轩轾。于是,宋人开始以一般散文的批评方法,对公文文体展开批评。如王炎《林待制奏议序》称:

---

　　① 朱熹著,朱杰人、严佐之、刘永翔主编《朱子全书》第 25 册,第 4998—5061 页;曹彦约《昌谷集》卷一六,《文渊阁四库全书》本;陈著《本堂集》卷五二至五三,《文渊阁四库全书》本;黄榦《勉斋先生黄文肃公文集》卷三七;黄震《慈溪黄氏日抄分类古今纪要》卷七八至八〇。

　　② 如朱熹《晓示经界差甲头榜》,朱杰人、严佐之、刘永翔主编《朱子全书》第 25 册,第 4624 页;黄震《(六月二十八日禁造红曲榜)第三榜》,《慈溪黄氏日抄分类古今纪要》卷七八。

　　③ 吕祖谦编、齐治平点校《宋文鉴》,第 617—927 页。

　　④ 楼昉《迂斋先生标注崇古文诀》卷一九,《中华再造善本》,北京图书馆出版社,2005 年。

　　⑤ 欧阳修《欧阳先生文粹》,《北京图书馆古籍珍本丛刊》第 87 册,书目文献出版社,1998 年,第 740 页。

　　⑥ 佚名《新刊国朝二百家名贤文粹》卷六八至七七,《中华再造善本》,北京图书馆出版社,2005 年。

> 公时捐馆一年矣,相与叹其文章雅健,议论鲠切……公少有俊声,而沉潜六艺,笃志于学,盖老而不倦,故见于文章,笔力高远难及。指陈时事,辩明得失,其言切而不浮,直而不诡。大抵通达之识、劲正之气、恻款之诚,与汉贾太傅谊、刘中垒向、唐陆宣公贽可以相为后先。①

明确标举出"雅健""鲠切"等文章风格,可见文体形态上的趋同使公文开始在体貌与风格上向典型的古文文体看齐。此外,这里还标举出贾谊、刘向与陆贽以为奏议文写作的典范,认为林氏可与之比肩。这样,宋人奏议写作也开始参与文章经典的建构。

还有一点值得注意,在"以古文行公文"的过程中,文集对于公移与奏议的剪裁与"伪装"均倾向于展现作者的议论,从公文的外在形式中抽绎出"论事"属性。例如朱熹《白鹿洞牒》,只保留关于重建白鹿洞书院意义的论述,而之后的公文套语,则以"云云"二字省去。② 经过这样的剪裁,此文在后人读来便是理学家的论学文字。相似的还有真德秀《西山集》与高斯得《耻堂存稿》所收劝谕文,于行文中大致可见劝说口吻,体式却丝毫不见公文痕迹,几乎与论说文相同。③ 编者多有意掩盖公文特性,将之改造为理学家的论说。可见,编者或作者本人编集时所重视的,不是完整的公文体式,而是公文作为一种表达手段展现的作者的思想与文采。

宋人好议论,"议论"二字所指是多向度的:吕祖谦所说的"议论文字"④,更多指向服务于科场的论体文;而现代研究者更关注宋人"以议论为记"⑤。其实,宋人还会用"议论"二字代称奏议。如周必大《黄简肃公中奏议序》有"见于职守,发为议论,始终不叛所学"之言⑥,将作者出于职守写作奏议文章的行为称作"发议论"。又如其《吴康肃公苎湖山集并奏议序》称,"公虽志在功名,而议论专以恤民为主"⑦,也以"议论"二字专指奏议。在赋予奏议文"议论"文章地

---

① 王炎《双溪类稿》卷二四,《文渊阁四库全书》本。
② 朱熹著,朱杰人、严佐之、刘永翔主编《朱子全书》第25册,第4583—4584页。
③ 真德秀《西山先生真文忠公文集》卷四〇;高斯得《耻堂存稿》卷五,《文渊阁四库全书》本。
④ 吕祖谦《古文关键·看古文要法》,王水照编《历代文话》,第237页。
⑤ 参见谷曙光《贯通与驾驭:宋代文体学述论》,人民文学出版社,2016年,第300—322页。
⑥ 王蓉贵、白井顺点校《周必大全集》,第516页。
⑦ 王蓉贵、白井顺点校《周必大全集》,第515页。

位的基础上,宋人也认识到其在文章中的地位和价值。如苏轼《六一居士集叙》称:"欧阳子论大道似韩愈,论事似陆贽,记事似司马迁,诗赋似李白。"①陆贽是宋人标举的奏议文写作典范,"似陆贽"的论事文显然指奏议。作为"论事"之文的奏议,与论理之文、记事之文及诗赋共同构成欧阳修的创作。秦观则将其总结为"钩列、庄之微,挟苏、张之辩,撼班、马之实,猎屈、宋之英"的"成体之文"②,这四者正好对应苏轼所说的"论大道""论事""记事"和"诗赋"。这一"成体之文"的概念,被认为是古文运动之后形成的"一种成熟的文章'范式'"③。可见,"论事"的奏议文已经成为宋人文章范型中不可或缺的组成部分。

四、从笔到文:公文入集与文章范型的转变

宋人将公文文体经典化的意图与努力,也被文章纂集行为固定下来。真德秀《文章正宗》采取四分法进行文体分类,其中的"议论"便包含奏议文在内。如真氏所言,"都俞吁咈,发于君臣会聚之间;语言问答,见于师友切磋之际"④的文章均可归入"议论",可见在其观念中,公文所展现出的"议论"与理学家论道文字具有同等地位,奏议文可以占据"议论"文章的半壁江山。果然,到编《续文章正宗》时,真氏便将"议论"拆分为"论理""论事"两类。"论理"类是谈论道学家义理的文章,选篇极少,而"论事"类选篇较多,除少量历史人物论外,均为奏议。整体来看,奏议文占据了"议论"文章的绝大多数,可见公文以其展现作者议论的属性,已植根于宋代文章范畴之中。与此同时,诏令也进入《文章正宗》,被归入"辞命"。《文章正宗纲目》称:"文章之施于朝廷、布之天下者,莫此为重。故今以为编之首。"⑤可见真德秀不但将诏令类公文接纳为"文章正宗",并且给予了极高评价。真氏编纂《文章正宗》的目的,在于重新定义"正宗"的文章,在六朝文章范型的基础上,基于唐宋古文运动的成果,重构宋代文章范型。由此可以认为,诏令、奏议进入《文章正宗》,标志着公文文体成为宋代文章范型的组

---

① 孔凡礼点校《苏轼文集》,中华书局,1986年,第316页。
② 秦观著、徐培均笺注《淮海集笺注》,上海古籍出版社,1994年,第751页。
③ 赵冬梅《中国古代文章学》,复旦大学博士学位论文,1998年。
④ 真德秀《文章正宗》卷首,《文渊阁四库全书》本。
⑤ 真德秀《文章正宗》卷首。

成部分,确立了其作为文章的典范地位。

当然,这并不是说《文选》与《文心雕龙》所体现的六朝文章观不包含公文文体。事实上,《文选》收录的诏、册、令、教、表、上书、弹事、笺、奏记、檄等,以及《文心雕龙》中《诏策》《檄移》《封禅》《章表》《奏启》《议对》《书记》等篇,所选所论,都是公文文体。两书一选一评,均在文的框架下讨论公文。曹丕更是指出,"奏议宜雅,书论宜理,铭诔尚实,诗赋欲丽",以四者共同支撑起"文章经国之大业,不朽之盛事"的论断①。可见,曹丕所谓的"文章"也包含公文文体。那么,何以说公文在宋代终于由文章的边缘,成为文章的"正宗"? 这是因为,此文章非彼文章,"文章"概念在唐宋以降经历了一次重大转型。

"文"有广、狭二义,《文心雕龙》取其广义,兼包天文、地文、人文,虽以人文为主,却也是合礼乐之文而言的。在此广义的"文"之下,又有狭义的"文",与"笔"相对。六朝人特别重视文笔之辨,其中以范晔与萧绎的观点最具代表性。范晔言道:"文患其事尽于形,情急于藻,义牵其旨,韵移其意……手笔差易,文不拘韵故也。"②从"文"中提炼出"形""藻""义""韵"四个要素,认为"笔"与"文"的差异在于"韵"之有无。萧绎则称:

> 吟咏风谣,流连哀思者,谓之文……笔退则非谓成篇,进则不云取义,神其巧惠笔端而已。至如文者,维须绮縠纷披,宫徵靡曼,唇吻适会,情灵摇荡。③

在他看来,"文"与"笔"的区别已不再是形式上机械的有韵无韵,而是兼顾内在的情思与外在的声韵,也就是清代阮元父子所说的"取乎沉思翰藻、吟咏哀思,故以有情辞声韵者为文"④。将上述两种文笔说结合起来,大致可以概括出六朝文章范型的基本样态:秉持"事出于沉思,义归乎翰藻"⑤的标准,注重情辞声韵,讲求文采,用韵或至少骈偶,简言之,或可称为"藻丽之文"。这也正是《文选》对"文"的理解。因此,该书虽收各种公文文体,但入选的依据却是上述"文"

---

① 曹丕《典论·论文》,萧统编、李善注《文选》,第 2271 页。
② 范晔《狱中与诸甥侄书》,《后汉书》卷首,中华书局,1965 年,第 1 页。
③ 萧绎著、许逸民校笺《金楼子校笺》,中华书局,2011 年,第 966 页。
④ 阮元著、邓经元点校《揅经室集》,中华书局,1993 年,第 712 页。
⑤ 萧统《文选序》,萧统编、李善注《文选》卷首,第 3 页。

的标准。如萧统所说,"诏诰教令之流,表奏笺记之列",必须有"入耳之娱""悦目之玩",才能进入"文"的范畴①。因此,作为"笔"的公文虽然同属广义的"文",却无法成为狭义的六朝文章范型。

这样的文笔对举框架,在当时便受到一部分人的质疑。如刘勰、颜之推等,都希望突破文笔的界限,将"文学"的渊源上溯至六经。这是一种对于"正统"的回归,而对"文学"概念本身的发展却没有推进。真正推翻文笔对举框架,而对"文学"概念有所更新的,是唐宋古文运动。经此运动,广义的"文"依然存在,狭义的"文"则转变为与"诗"相对的概念,而不再与"笔"相对②。文笔对举框架转变为诗文对举框架,二者虽然都包含"文",但其中"文"的具体含义已经发生变化。基于这一转变,文章也需要被重新定义:形式上,应符合"非诗"与"非著作"两点;内容上,情辞声韵不再是其必要条件,取而代之的是如柯庆明所说的"以人为本取向与经世致用的考量"③。这一转变发展至宋代,便出现了作为古文运动以降文章范型的"成体之文"概念,它基于宋人的"集大成"意识,是其"文化整合的恢弘气魄"④的产物。在这一范型之下,文章不再谨守"能文为本"的规训,而是积极拓展疆域,以致侵夺原本"以立意为宗"的子书与"记事之史,系年之书"⑤的内容,如朱刚所说:"以'成体'之小文而能阐发大道,代替整部的子史,是唐宋古文在体制上的特异之处。"⑥于是,"成体之文"所包含的论理、论事、记事等实用文,获得文章地位不再依靠声情韵藻。相反,其实用功能本身便是此类文体成为文章的依据。随着古文运动的创作实践以及文章纂集活动对文体文类的确认,这些实用文也参与到唐宋以降文章学的建构之中。

一方面,宋人通过编选总集,为一批以往被认定为"非文"的文体重新定位。如记、传等叙事之文,不见于《文选》,而被《文苑英华》与《唐文粹》确立为文体。另一方面,更多处于向文章靠拢过程中的文体,通过总集选编确立了经典地位,公文便是代表。公文作为一类最具应用性质,而最不具备抒情性、创造性等文

---

① 萧统《文选序》,萧统编、李善注《文选》卷首,第2页。
② 参见赵冬梅《中国古代文章学》,第25页。
③ 柯庆明《拨云寻径:古典中国实用文类美学》,生活·读书·新知三联书店,2021年,第33页。
④ 王水照主编《宋代文学通论》,河南大学出版社,1997年,第26页。
⑤ 萧统《文选序》,萧统编、李善注《文选》卷首,第2—3页。
⑥ 朱刚《唐宋四大家的道论与文学》,东方出版社,1997年,第173页。

笔对举框架下文之属性的文体,也被宋人纳入"文章"范畴。

在公文进入宋人"文章"范畴的过程中,真德秀《文章正宗》"辞命"类收入诏令等下行公文、《续文章正宗》"论事"类收入奏议等上行公文,将公文纳入"正宗"的文章,成为重要的节点。真氏编纂《文章正宗》,展现了唐宋古文运动以降"成体之文"的文章范型。阮元期望重振以《文选序》为标准的文之旗鼓,便将真德秀与《文章正宗》树立为标靶,称:"岂知古调已遥,矫枉或过,莫守彦和之论,易为真氏之宗矣。"①阮氏以刘勰《文心雕龙》为正,而不满真氏《文章正宗》。其立论的依据,是将古文家所倡导的议论、叙事之作认定为经、史、子之流。其实,古文运动以降形成的"成体之文"范型,是要以单篇之文实现以往子部、史部著作的功能。而《文章正宗》则开创了将古文运动以前的经典、史籍拆分为文章的先河。值得注意的是,真氏自《左传》《国语》《汉书》等拆分出的文章中,很大一部分是归入"辞命"与"议论"的诏令奏议类公文。将公文文体加以改造,确认并纳入文章之"正宗",反映了真德秀力图超越六朝文章观念、重建文章范型的努力。可见,宋人文章纂集行为对于公文文体的认识与接受,反映了以古文运动为标志的文章范型的转变,在文章学上独具价值。

结　　语

文章纂集行为展现出宋人对公文文体的认识与接受方式的转变,这主要体现在如下方面。其一,宋人对于公文文体的关注点,从史料意义转向文章学意义。公文文体的结集,起初是作为政治资料汇编或个人功业、家族荣耀的宣示,但随着公文与传统诗文共同承担起作者"成一家之言"的个人书写功能,以及辨体意识的深入与文体形态的改变,宋人也开始将公文写作视为作者创作成就的一部分。其二,宋人对公文的认知,由特殊的一类文体转变为一般的议论文章。在文章纂集过程中,公文文体由自成序列的总集与小集,进入品藻文章的选本,并不断剥落外在形式,成为宋人"成体之文"范型中"论事"之文的代表,并在宋人好议论的语境下参与了宋代文章学的建设。其三,公文文体进入文章范畴、参与宋代文章学建构的过程,反映了以古文运动为标志的文章范型的转变。

---

① 阮元著、邓经元点校《揅经室集》,第740页。

《文心雕龙》在广义的"文"中接纳了公文文体,但在文笔对举框架中,公文不得不借助"沉思""翰藻"进入《文选》狭义的"文"。经过唐宋古文运动,文笔对举框架瓦解,诗文对举框架代之而兴。人们对文章的认识也进行了相应调整,实用文的人文关怀与经世致用成为其获得文章地位的依据。宋人文章纂集行为对公文认识与接受的转变,是这一过程的代表。

论宋代书信体类的消长与创新*

上海师范大学人文学院　李　贵　张灵慧

现代汉语所说的"书信"或者"信",在中国古代多被称为"书"或"简",又有书牍、书札、书启、尺牍等称呼。据语文学家考证,两晋南北朝时期,"书信"二字连用,多指"信使"或"消息",但也已出现"书札"的意义,这与现代汉语的"书信"所指一致。① 由此看来,尽管古代文献中用"书信"统称这种文体的情况并非主流,但最晚在两晋南北朝已出现用例,历史悠久,因此本文用"书信"一词来概括这种从古到今不断发展的人际交往文体。

在书信文体漫长的演变过程中,六朝和两宋是最重要的两个阶段。赵树功《中国尺牍文学史》纵览古代书信文学,金传道《北宋书信研究》对宋代各体书信的辨析演变较为详细②,各有创获。此外,对于宋代新出现的书信文体如"劄子"等也有一些专文予以探讨。但总体而言,已有成果对宋代书信文体整体发展与创新缺乏细致的分析和历史性的论证,对新兴书信体类的探讨也不够全面充分。本文将在统计、分析各体书信数量的基础上,对宋代书信体类的消长和创新展开具体论述,力求做到历史与逻辑的统一,以辨明宋代书信在中国书信文学史中的地位、价值和影响。

---

　* 本文为国家社科基金一般项目"《全宋文》未收书简辑考暨宋代书简会通研究"(20BZW060)阶段性成果。
　① 张永言《两晋南北朝"书""信"用例考辨》,《语文学论集(增订本)》,复旦大学出版社,2015年,第215—222页。
　② 赵树功《中国尺牍文学史》,河北人民出版社,1999年;金传道《北宋书信研究》,复旦大学博士学位论文,2008年。

一、宋前书信文体的独立与公私书牍的分化

　　秦汉以前,书信虽然已有许多别称,但论及文体,皆总称为"书",汉魏以降,书信文体开始分化。汉末曹丕《典论·论文》提到"奏议宜雅,书论宜理"①,其中"书"一体即包含书信,但书信仍未被作为专门的文体提出。梁代刘勰《文心雕龙·书记》篇论列书信与笺记等文体,既包括人际往来的书牍,也包含臣僚对上级的各体书札以及各类杂文文书。他注意到书体自秦汉开始依身份而区别,将书与笺记分开讨论②,又将"章表""奏启"等单独分类论述,这些都说明人们对书的文体意识在增强,且书与章表奏启的区分已经明确。稍后萧统《文选》对文体分类更为细致,"文"之体细分为表、上书、启、弹事、笺、奏记、书等多类,其中书、笺二类为私人书信,③所选奏记一篇亦为书信,表、上书、启、弹事则是公文书牍。从《文心雕龙》到《文选》,可以看出南朝时书信文体意识逐步明朗,"书"已独立出来作为书信文体,"表""启"等公文书牍单独成为一体,且公牍与私牍的区分更加明显,如《文选》将"上书"从"书"中独立出来,在在皆表明各体公文书牍与私人书信开始独立发展。《文选》的文体分类奠定了后世书牍分类的基础,其中多种文体与后世书信文体息息相关,"书"在后世仍作为书信的主要文体,且在文集中与表、奏、上书等公文区分开来,本非书信文体的"启"却在后世成为书信大类,与之相反,奏记与笺则在日后退出书信家族。至于《文选》尚未分类编集的"状",至唐代则发展为书信文体之一。

　　同时,随着文学的自觉,魏晋南北朝的书信开始注重文学性。从曹丕《典论·论文》看,"书记"之体在建安七子等人手中得到发扬,亦在辞藻等方面有极大发展。此时私人书信亦成为作家逞才使气之文体,曹丕兄弟与陈琳、应瑒、吴

---

① 曹丕撰、魏宏灿校注《曹丕集校注》,安徽大学出版社,2009年,第313页。
② 刘勰《文心雕龙·书记》,杨明照校注拾遗《增订文心雕龙校注》卷五,中华书局,2000年,第346页。
③ 《文选》中"书"类共24篇,其中包含"移"书2篇,本文赞同傅刚等学者的观点,认为"移"为独立于"书"之外的文体。详见傅刚《〈文选〉三十九类说考辨》,《汉魏六朝文学与文献论稿》,商务印书馆,2016年,第415—422页。

质、杨修等人往来的书信便是文采情思俱佳之作品,《文选》"书"类收录多篇,皆文采斐然,可见萧统将之视为文学佳作而收录,从这些书信中也能看出作者与受书人都有意识地将书信当作文学作品来创作和欣赏。诚如褚斌杰所说,魏晋南北朝"在书牍文的写作上,极大地加强了艺术色彩,仿佛写信不仅是交流思想,传递信息,还要骋才华,托风采,叫读信者欣赏一篇美文,于是书信也就不单纯是一种社会必需的应用文体,而成为一种文学创作,成为文学之林的一种具有独立地位的文学样式"。①《文心雕龙》中的"书记"更多的还是作为应用文体而论述的,而到了《文选》,所录的书信真正开始被作为文学作品对待,符合《文选序》所谓"事出于沉思,义归乎翰藻"的标准,自此,书信作为应用性和文学性兼具的文体,在后世作者创作和文集编选时都不容忽视。

概言之,从先秦到隋唐五代,书信文体经历了发展与演变消长的过程。先秦时,书信虽有许多别名,但从文体角度看则统称为"书"。秦汉时,传世书信以政治性书牍为主,但私人书信也有留存,且公文如章、表、奏、议等逐渐从"书"体分流出去,公牍与私牍的界限日益清晰。六朝时,书信的文体意识和文学意识开始觉醒,书信文体进一步发展,"书"成为私书的专门文体,笺、奏记、启则介于公牍与私信之间,公私属性和功能尚不明确。此外,六朝之短书与帖虽非独立的书信文体,但皆有重要价值,短书中不乏文辞与情思俱佳之作,是后世尺牍小品的源头,而书信、文学与书法相结合的杂帖,则在后世单独成体,成为一种文学与艺术合璧的独特书信,即钱锺书所论近似今日之"便条""字条"者。② 此时期的书信文化空前发达,不仅文体分类和书仪逐步确立,书信的文学性也受到重视,成为实用性与审美性兼具的文体,语言使用则日趋骈俪。唐代书信承续六朝而发展,书信仍以"书"为文体大宗,"笺"的文体属性一仍六朝,而"奏记"不复存在,"启"进一步发展成致长官同僚之私人书信,到中晚唐时,"状"被纳入书信文体领域,这些皆为唐代书信的新变。书信文体经过汉魏六朝和唐代的演变、分流,已经奠定了基本的种类和体式,其功能属性亦逐渐明晰。

---

① 褚斌杰《中国古代文体概论(增订本)》,北京大学出版社,1990年,第392页。
② 钱锺书《管锥编》,中华书局,1979年,第3册,第1108页。参见祁小春《魏晋尺牍中的"短笺"与"长疏"》,《文艺研究》2020年第1期。

二、宋代书帖启状的繁盛与笺的退出

比及两宋,书信文体空前繁盛。据我们统计,《全宋文》中各体书信共有35 541篇,①远超前代,后世通行的书信程式亦在宋代基本定型。唐末,书信文体主要有"书""启""状""帖"四种,而至南宋时,书信体类增加了简、劄子、叠幅小简、叠幅劄子、尺牍等数种,文体大备,且每一类皆内容丰富、功能明确,言语、书仪等也发育完善并形成定式,对书信文体和书信文学的发展皆有重大影响。

北宋初期,书信文体主要有"书"和"启"两大类,太宗时所编《文苑英华》中有"笺"一卷,只有9篇,其中上太子、诸王者7篇,次序在"表"后、"状"前,并非作为书信文体,而"启"有16卷、"书"有27卷,按功用或身份编集,这体现了宋初的书信文体以"书""启"为主的分类意识。纵观宋代,"书"和"启"仍是主要书信文体,二体书信的存世数量占据书信总数的主体,其功用扩大,语言、程式也进一步定型,可谓空前繁盛。此外,"帖"的发展也异常可观,而"笺"则完全褪去了书信文体属性。

两宋书信文学的"书"体在数量上占据优势,体现出博杂、包容的特点。经统计,《全宋文》所收"书"体共14 496篇,占两宋书信将近一半。宋人将书信编入文集时,仍以"书"为主,其中有部分会在标题中写明为"书",有部分只写明所致对象,未见"书"字,且有一些书,以咨目、禀目、书草、别纸、别幅、别本为名,本文亦作为"书"对待。另外,宋代"上书"极多,官员、学生、百姓均可上书,既有上于皇帝者,亦有上于宰相重臣者,上皇帝者所言多为国家军政大事,通常在文集中属于奏议文,列于公文奏疏后,与私人书信分开,而上宰执大臣之书,则属于私人书信。

"书"体书信承续前代,不仅在名称上较为博杂,在语言、功用和书仪上亦包

---

① 曾枣庄、刘琳主编《全宋文》,上海辞书出版社、安徽教育出版社,2006年。其中北宋时段的数据来自金传道《北宋书信研究》。金传道论文统计截至《全宋文》第132册,本文涉及两宋书信统计者,其中《全宋文》前132册的统计数据皆参照金传道论文数据,金文统计耿南仲书信时遗漏1篇帖,本文已补入。南宋时期(第133至360册)的数据由我们统计得出。另外,两宋各体书信皆以《全宋文》收录时篇名所示文体为准。

容多样。宋代之"书"与前代之"书"相同,内容包罗万象,请托求荐、讨论政事、关心亲友、交流文学、辩论学术乃至闲谈戏谑等,篇幅可长可短。与前代相比,宋代"书"的语言形式更加自由,随时代文风而变。宋初骈俪之风盛行,有些作家的"书"亦多用骈体,如西昆主将杨亿。随着古文运动的深入,"书"又发展为以散体形式为主。总体而言,"书"的语言风格由于时代、篇制、对象、内容的不同而不同,或华丽典雅,或古朴平易,或汪洋恣肆,或简约隽永,或明白如话。但也有特殊的"婚书",这是宋代的一种礼书,常以骈体行文。书的传统功用在宋代进一步发扬光大,遍布政治生活、社会生活和日常生活的所有方面,用以传递信息、交流感情、酬谢赠答、庆吊问候。总之,"书"在宋代仍是书信的主要文体,作品繁盛,风格多样,应用于时人的所有场合。

书信之"帖"在两宋的发展极为繁荣。六朝的"帖"兼具书法和文学价值,具有私交短书文辞省净、情思真挚、富有韵味的特点。严格说来,此类短篇书信仍属于"书",但因其书法的艺术性,后世在编纂文集时会命名为"帖",故可视为"书"与"书法"亦即文学与艺术合璧的一类文体。两宋之帖承续晋宋风度,也是文学与书法相结合的艺术载体,且保存了多样的书信程式信息。

宋代刻帖之风极盛。淳化三年(992),太宗命翰林侍书王著摹刻秘阁所藏法书为《淳化阁帖》10卷,其后官刻、私刻法帖层出不穷。宋人上至皇帝、下至普通读书人,皆热爱书法和法帖,不仅收藏、摹刻前人书帖,亦搜集当代名家(未必以书法著名)之手迹,其中有相当多的书信。风气大盛之下,传世的两宋书信之帖极多,称书信为"帖"的现象也较为普遍,《全宋文》共收录 2 182 篇,是除"书""启""劄子"之外最多的一类书信。留存的宋人书帖一般为日常往来书信,由写信人亲笔书写,篇幅短小,语言大多为散体,较为口语化,文本多保留原始面貌,包括称谓语、落款等。不同于书启以收信人信息及书信主题为标题内容,帖的命名可以截取自书信内容,如蔡襄《澄心堂纸帖》,就是截取书信正文第一句为题。

启是两宋书信中的另一大体类,《全宋文》中"启"类书信共有 13 856 篇,数量几与"书"匹敌,而且到了南宋,"启"的数量甚至超过同时段的"书"。与"书"的包容博杂不同,"启"的文体属性从产生时便有上于尊者、偏于公事、重视礼仪的特点。

启在宋及以后是最主要的应酬书信文体,但在六朝时是一种与表奏相类似的公牍。由于避汉景帝刘启的名讳,两汉无启,①晋代以来始盛行,其文体性质与表奏相通。萧统《文选》将"启"单列一类,且置于"上书"之后、"弹事"之前,内容为臣子致君主或执政者之书牍,并非私人书信。但此时该体类的写作已形成定式,开头为"臣某启",中间陈述政事,最后表达谦卑惶恐之情,结尾常用"谨启"。南朝的启,除上呈皇帝"陈政言事"之外,"让爵谢恩"功能开始突出,涌现出大批谢启,又偶用作上尊者之信,启的文体功能进一步扩大。刘宋之江夏王刘义恭、鲍照最先作谢启,如刘义恭《谢赐金梁鞍启》、鲍照《谢赐药启》等。此外如鲍照《通世子自解启》《重与世子启》,更大程度上属于私人书信,只是致信对象身份尊贵。谢启和私书启均是启之文体功能的扩大和转变。齐梁时人常以启答谢帝王之恩赐或致信于尊者,启的礼仪性和私人性愈益加强。

逮至初唐,启的文体属性经历了第二次改变,它作为表奏之分支、向帝王陈政言事的属性逐渐淡化,并实际发展成为一种专门致长官同僚的书信文体。初唐王勃、骆宾王之启,承六朝骈化倾向,以四六体为主,中晚唐则骈散兼行,如韩愈、柳宗元、杜牧之启,语言以散体为主,而晚唐温庭筠、罗隐之启,仍以骈体为主。以骈俪行文乃晋唐启文之主流和常态。格式上,唐启常直接以"某启"开头,不加"臣"或官职名,结尾以"谨启"落笔。与六朝之"启"相比,作者和受者双方的地位差距较小,尊卑等级观念弱化,其所致对象范围也逐渐下移,不再上行于皇帝,仍可上行于太子诸王,但更广泛用于致长官同僚,甚至可用于身份地位相当者与朋友之间,内容有涉及军政之事者,亦有私人庆贺答谢、干谒请托之类。②

比及北宋,启进一步发展为上师长同僚、答下属后学的应酬性书信文体。此体本具正式、讲究、尊崇的风格特点,故一般用于礼仪性强的庆贺答谢,或用于关系较疏远之人以表敬意。关系亲密之师友,倘在日常往来中使用启,则会显得生疏客套,反而有损情谊,欧阳修《与陈员外书》就批评了这种风气。③ 启有自作,有代他人作,内容则涉及士大夫生活的方方面面,如士人科举中第要写

---

① 刘勰《文心雕龙·奏启》,杨明照校注拾遗《增订文心雕龙校注》卷五,第318页。
② 参见吴丽娱《中古书仪的型制变迁与社会转型》,《史学月刊》2005年第5期;钟涛《试论晋唐启文的体式嬗变》,《文学遗产》2007年第4期。
③ 欧阳修撰、洪本健校笺《欧阳修诗文集校笺》外集卷一八,上海古籍出版社,2009年,第1817—1819页。

谢启致主考官,他人仕途升迁要写贺启以表祝贺,逢各大节日如冬节、元旦,官僚师友之间互赠贺启以为祝福,另外,祝寿、干谒、求婚等亦可用启,启是士大夫与师长同僚来往应酬的重要礼仪文体。这是宋代启文的核心功能,正如周剑之指出的,它参与着士人关系网络的建构,影响着士人阶层内部的沟通与交流。①

在语言和格式上,宋代散体之启虽有少量作品,但并非主流②,绝大多数的启都是整饬的四六体式,如四库馆臣所言,"至宋而岁时通候、仕宦迁除、吉凶庆吊,无一事不用启,无一人不用启,其启必以四六"③,文辞华丽,多用典故,形式之美发展到极致。宋代启文的语言风格也经历了不同阶段的变化,如曾枣庄所论,宋初之启受五代文弊的影响,文风靡弱,而北宋古文革新后,启多平易流畅,至南宋后期流于纤弱,至南宋灭亡之际,又多慷慨激昂之作。④

启在宋代得到充分发展并定型,被作为士大夫交往应酬的重要书信文体,宋人编文章总集一般都会选入,如吕祖谦《宋文鉴》便编有启文三卷。此外,南宋涌现的一批"四六"专集,如王子俊《格斋四六》、赵汝谈《南塘先生四六》、李刘《梅亭先生四六标准》等,专收以"四六"为体的表、笺、启,由此亦可见"启"作为应用文体的盛行。

"状"作为书信文体始于唐代。"状"本为上国君之公文,按功能分论事荐人与庆贺谢恩两类,与早期作为公牍的启相似,偶亦用来上宰相或三省六部。至中晚唐,"状"的文体功能扩大,开始带有书信性质,所致对象为宰相、尚书等高级官僚,如韩愈《与汝州卢郎中论荐侯喜状》《潮州谢孔大夫状》、刘禹锡《苏州上后谢宰相状》、杜牧《上郑相公状》《上吏部高尚书状》,以及李商隐的众多代作及自作状,内容多为荐举、庆贺、答谢、问候,可视为官场往来之书信。欧阳修《与陈员外书》曾论及"状"之用于私人书信的情况:"其原盖出唐世大臣,或贵且尊,或有权于时,缙绅凑其门以傅。向者谓旧礼不足为重,务稍增之,然始于刺谒,有参候起居,因为之状。及五代,始复以候问请谢加状牒之仪,如公之事,然止

---

① 周剑之《黼黻之美——宋代骈文的应用场域与书写方式》,北京大学出版社,2021年,第80—93页。
② 司马光《司马温公文集》卷五八保留了几篇散体启文,曾枣庄在《论宋启》(《文学遗产》2007年第1期)中曾以司马光《上庞丞相启》为例说明宋代启也有散体。
③ 永瑢等《四库全书总目》卷一六三《四六标准》提要,中华书局,1965年,第1396页。
④ 曾枣庄《论宋启》。

施于官之尊贵及吏之长者。"①简论"状"从公事流为民俗的过程,大致准确,惟将转折的时代断为五代则不够周密,从出土的敦煌文献看,晚唐河北等地已出现普通人因日常问候或家庭琐事而写"状"的情况,则最迟在晚唐时,普通百姓之间也已使用"状"来进行日常通信。②

"状"之用于私人书信,是以其文体本身的尊贵性来增加礼仪程度、凸显尊崇之意,其格式类似致长官同僚之启,内容范围亦相近,以言事、庆贺答谢、干谒、私人交往为主,此类"状"逐渐成为书信文体之一,与"启"的文体属性多有重合。至宋代,启、状在多数情况下可以通称、通用,但二者的文体属性仍有不同。同是从公文奏牍流衍为私人书信,启在宋代已经完全作为书信文体之一,不再承担上书言事之功能,而状仍可作为公牍上于皇帝,亦可作为"申状"上于上级官僚、朝廷部门,其公文性质仍在,《宋人佚简》中保留有多篇南宋舒州酒务"状"的原件,可见其公牍性质和程式。③ 正如论者指出,"公文中的《申闻状》及《划一申禀状》在程式上皆与私人交往的书信区别不大"。④ 宋代官员多有到任或迎迓之状,即官僚到某地之前发状给当地官员以表通问,或当地官员致状到访官员以表迎候之意,一般内容简短,亦作骈体,苏轼文集中有先状、到状四篇,为到任前、到任后致监司、同僚之状,如《湖州上监司先状》:"弭棹江郊,耸闻风采。驰神德守,若奉诲音。欣抃之深,敷宣莫究。"⑤篇幅简短,只有六句,皆为整齐的对句。此外,"状"亦可作为私人呈递宰执以论公务之书信,此类状一般为散体,如汪应辰《请免追海船修船神福等钱状》⑥,语言形式、文体属性与上宰执言事之"书"无异,是为特例。总体而言,宋代之"状"除了上于帝王之外还有两类,一类为致官僚师长以候问请谢之书信,文体性质与"启"相通,另一类为言说公

---

① 洪本健校笺《欧阳修诗文集校笺》外集卷一八,第1818页。
② 详见赵和平《晚唐时河北地区的一种吉凶书仪的再研究》,《赵和平敦煌书仪研究》,上海古籍出版社,2011年,第195—209页;吴丽娱《唐礼撮遗——中古书仪研究》,商务印书馆,2002年,第242—243页。
③ 详见上海市文管会、上海博物馆编《宋人佚简》第5卷,上海古籍出版社,1990年;孙继民、魏琳《南宋舒州公牍佚简整理与研究》,上海古籍出版社,2011年。
④ 夏玉琛《试析南宋的几种书信程式及其它》,《上海博物馆集刊》第5辑,上海古籍出版社,1990年。
⑤ 张志烈、马德富、周裕锴主编《苏轼文集校注》卷四七,《苏轼全集校注》第16册,河北人民出版社,2010年,第5189页。
⑥ 《全宋文》第215册,第34页。

务之文书,保留了"状"的公牍属性。

与书帖启状的大发展大繁荣相反,"笺"在宋代大大萎缩。徐师曾论笺称:"古者君臣同书,至东汉始用笺记……是时太子诸王大臣皆得称笺,后世专以上皇后太子,于是天子称表,皇后太子称笺,而其他不得用矣。"①此处"后世"的起点即在宋代。"笺"在唐代还可作为书信文体,偶可致宰相,到宋代则基本退出书信文体家族,成为专致太子、诸王、太皇太后、太后、皇后、太妃的公牍文体,其所致对象逐渐固定,内容则从公私兼备逐渐转为以公文为主,且多为礼仪性的庆贺答谢,行文多用整齐的骈体。因其所上对象的特殊性,一般作为公文收录在表状之后,而非私人书启之中。但也有例外。北宋蔡襄有《致昭文张相公笺》,今人认为这是"臣下之间亦偶而用笺,当属特例"。②又,苏辙之孙苏籀《双溪集》中保留了29篇笺,与启相杂,实为"启",也是宋代文集中的特例。除此之外,他处未见。由此可见,"笺"在宋代已经明确不是书信,虽在日常生活及书信语言中仍会称书信为"笺",但只是作为一种美称或者构成双音节词的词素,一般不再作为书信标题和文体。

三、简与书的分离及劄子的文体转化

宋代书信文体的发展不仅体现在传统的书帖启状的繁盛,更体现在新的书信体类的独立和创新。

"简"在宋代之前只是书信的别称,并非专门的体类,宋人开始注意"书"与"简"的区别,在编纂文集时已有文体上的考虑,将"简"从"书"中分离出来,单独称"简"或"小简""手简"。

宋代之"简"大致有两类,文体属性不尽相同。第一类为简短随意、散体行文的书信。"简"最初指写字的竹片,引申为书写材料,后成为书信之别名。《说文解字·竹部》:"简,牒也。"段玉裁注曰:"按:简,竹为之;牍,木为之;牒、札,其通语也。"③由于作为书信的简通常篇幅短小,故"简"也是简短书信的代称,

---

① 徐师曾撰、罗根泽校点《文体明辨序说》,人民文学出版社,1962年,第123页。
② 金传道《北宋书信研究》。
③ 许慎撰、段玉裁注《说文解字注》,上海古籍出版社,1981年,第190页。

如徐师曾所言,"简者,略也,言陈其大略也,或曰手简,或曰小简,或曰尺牍,皆简略之称也",且"简用散文"。① 试以杨亿为例,其"书"与"启"皆以整饬的骈体对语为主,但《上二相手简》则用散体,且语言非常口语化,盖因所言正事"已具状奏闻"②,手简只是对正式书牍的补充,情感色彩浓厚。在书仪上,简的程式也较为简略。此外,简通常为写信者亲书,文集中称"简",更多的是表示其手书形态和原始面貌,如黄庭坚《山谷简尺》所收录的2卷简。书与简的形制区别,如吴曾祺所言,"书则长短并宜,简则零篇寸楮为多"。③ "简"之为体,不如"书"正式,多是日常往来的亲笔书信,可作为正式书启的补充,虽在内容上也涉及公私大小事务,但篇幅短小,直陈其事,行文随意,散体为文,语言较为口语化,曾枣庄谓"简比书更随意,多拉杂叙事"④,所论中的。

与此属性相同的宋代书信体类还有"柬"和"札"。两宋以柬、札为名的书信并不多见,但文集中"简""札""柬"的命名与分类,表明宋人有意识地将"简"与"书"分离,是文体分类精细化的表现。

北宋末南宋初出现了第二类的简:小简。这与北宋末年以降书仪的变化及"双书"形式的出现有关。陆游《老学庵笔记》载:

> 宣和间,虽风俗已尚谄谀,然犹趣简便,久之,乃有以骈俪笺启与手书俱行者。主于笺启,故谓手书为小简,然犹各为一缄。已而或厄于书吏,不能俱达,于是骈缄之,谓之双书。绍兴初,赵相元镇贵重,时方多故,人恐其不暇尽观双书,乃以爵里或更作一单纸,直叙所请而并上之,谓之品字封。后复止用双书,而小简多其幅至十幅。⑤

据此可知,北宋末,世风崇尚谄媚阿谀,时人致长官权贵之书信力求礼仪毕备,作启时又手写一通书信,作为骈俪启文的补充,手书与启一起寄出,因以启为主体,故称手书为"小简",二者分别封口、各为一件。不久,由于担心文书吏员不能将二者全部送达,作书人又将二者合并封在一起,一函信件里包含两种书信,

---

① 徐师曾《文体明辨序说》,第128、129页。
② 《全宋文》第14册,第356页。
③ 吴曾祺《涵芬楼文谈》附录《文体刍言》,王水照编《历代文话》第7册,复旦大学出版社,2007年,第6644页。
④ 曾枣庄《宋文通论》,上海人民出版社,2008年,第823页。
⑤ 陆游撰,李剑雄、刘德权点校《老学庵笔记》卷三,中华书局,1979年,第37页。

称为"双书"。到南宋前期,小简篇幅越来越大,甚至多至十幅,故日用类书中亦谓之"叠幅小简"。① 南宋此类"小简"甚多,《圣宋名贤五百家播芳大全文粹》(以下简称《播芳大全》)收有7卷"叠幅",皆为叠幅小简。不同于第一类"简"简短随意、散体行文的特点,此类"小简"篇幅冗长、特重礼仪、语言繁复,骈、散语兼有,多用套语,辞气卑下,礼仪功能增强而表意功能减弱。

  宋代还出现了一种新的书信体类——劄子。"劄子"本是宋人陈政上疏之体,属于奏议文,是宋代出现的一种新式公牍,徐师曾所谓"乃一代之新式也"。② 欧阳修概括其源头和应用云:"唐人奏事,非表非状者谓之榜子,亦谓之录子,今谓之劄子。凡群臣百司上殿奏事,两制以上非时有所奏陈,皆用劄子,中书、枢密院事有不降宣敕者,亦用劄子,与两府自相往来亦然。"③在宋代,劄子最初是官员向皇帝或长官进言议事的一种上行文书,后又发展为下行文书,官府可用来发布命令,至南北宋之交,劄子又增加了书信功能,到南宋初期的绍兴年间,书信劄子已被广泛使用,《宋人佚简》就保存了十多件绍兴末隆兴初的劄子实物。④ 综合现存宋代文集与文献资料可知,劄子的作者和受者群体确实在两宋之际逐渐下移,至南宋初期则已作为私人书信使用。书信体劄子的内容主要有两大类:政事公务和私人交往。北宋末,劄子已可用于向宰执言事,如汪藻《浮溪集》卷二一有靖康元年三月所作《上宰执乞道君还阙劄子》,孙觌《鸿庆居士文集》卷二七有《上何丞相劄子》两篇,与上尊者书同,可视为书信。至南宋初期,劄子已可用于私人书信,如赵鼎《郡寄帖》,其落款为:"特进知泉州军州事赵鼎劄子。"徐邦达认为:"宋代劄子形式,最早见此帖。"⑤此论广为人知,《郡寄帖》甚至被视为最早的书信劄子,但并不严密,倘说此帖为宋代日常私人书信性质之劄子形制体式的最早实物,则更为准确,盖此前已有上宰执言事的书信劄子。此后,劄子用于私信的现象逐渐普遍,其书信文体属性进一步扩展,不仅

---

  ① 刘应李辑《新编事文类聚翰墨全书》甲集卷四,《四库全书存目丛书》第169册,第39页。参见宋坤《宋代"双书"书仪文式研究》,《山西档案》2015年第1期。
  ② 徐师曾《文体明辨序说》,第124页。
  ③ 欧阳修《归田录》卷二,朱易安等主编《全宋笔记》第1编5册,大象出版社,2003年,第262页。
  ④ 详见魏琳《〈宋人佚简〉所收劄子之初探》,《山西档案》2015年第1期;鄢志伟《论宋代奏事制度中的奏劄写作》,《南京大学学报》(哲学·人文科学·社会科学)2018年第1期。
  ⑤ 徐邦达《古书画过眼要录·晋隋唐五代宋书法》第2册,故宫博物院编《徐邦达集》三,紫禁城出版社,2005年,第672—673页。

可用于上宰执大臣,亦可致同辈,不仅可言公事,亦可作日常交流。由于是从公牍发展而来,其形制保留了部分公牍特点,如结尾落款格式为"右谨具(申)呈",再署日期、写信者官职全衔,后加"劄子"或"劄"。① 另外,劄子封面也要具全衔,传世程元凤《提举郎中帖》实为一篇书信劄子,封面上有"劄子拜呈提举洪"字样,封面正中书"金紫光禄大夫右丞相兼枢密使程(中钤朱文'元凤'一印)谨封",②可见劄子封面形制亦有公牍特点。书信体劄子在南宋数量暴增。作为私人往来书信的劄子,既有用于日常交流者,也有用于官僚士人间庆贺答谢者。后者骈散兼具,用语恭谨,功能类似启状,甚至可用作婚劄,南宋后期较为常见,如陈著《本堂集》之劄多为骈体,数量可观,婚劄和问候馈答之小劄俱存。

作为书信的劄子亦可分为普通劄子与叠幅劄子,前者即如上述,后者颇受研究者关注,③系由"叠幅小简"发展而来。前引陆游《老学庵笔记》在谈及双书中的小简在南宋发展至十幅之后,续云:"人情厌烦,忽变而为劄子,众稍便之。俄而劄子自二幅增至十幅,每幅皆具衔,其烦弥甚。"④赵彦卫《云麓漫钞》亦载秦桧主政时叠幅劄子的变迁情况:"秦忠献当国,有投以劄子者,其制,前去'顿首再拜',而后加'又谨具,申呈月日,具官姓名',劄子多至十余幅,平交则去'申'字。庆元三年,严叠楮之禁,只用三幅云。后又只许用一幅,殊为简便。"⑤可知"叠幅劄子"是从"叠幅小简"演变而来。虽然后来只许用一幅,却又发展出"提头劄子"。宋末元初刘应李辑集的日用类书《翰墨全书》"启劄"类之"劄子"体下,连续列有七种程式套语,编者在后面解释说:"此叠幅简之变式。盖叠幅既繁后只用纸一幅开写,每一段一提头,有五提头、七提头至九提头,谓之提头劄子,条目铺叙,一如叠幅。"⑥一提头即为内容完整独立的一段,相当于叠幅中的一幅,每段内容及功用不同,组合在一起,"形式上虽只有一纸,但所写却是原

---

① 有关劄子的形制特点,参见赵彦卫《云麓漫钞》卷四,《全宋笔记》第6编4册,第138页;吕书庆《宋代劄子及其书信形制考叙》,《中国书法》2006年第12期。
② 徐邦达《古书画过眼要录·晋隋唐五代宋书法》,第3册,第1042页。
③ 如魏琳《〈宋人佚简〉所收劄子之初探》即以《宋人佚简》中所收劄子为例,分析各种叠幅劄子的形制特点;金传道《北宋书信研究》重点关注的也是叠幅劄子。
④ 陆游《老学庵笔记》卷三,第37页。
⑤ 赵彦卫《云麓漫钞》卷四,第138页。
⑥ 刘应李辑《新编事文类聚翰墨全书》甲集卷四,第39页。

来叠幅小简的内容"。①《文渊阁四库全书》本《播芳大全》卷五五即收录有数篇叠幅劄子,《翰苑新书》别集卷一至卷六所录劄子,其体制亦为叠幅劄子。南宋时此类叠幅劄子甚多,体现出一时的书信礼仪与官场风气。如周煇所论:"自行劄子,礼虽至矣,情则反疏。"②叠幅劄子过于注重礼仪,虚浮繁复,散发着官场谄谀逢迎风气,故明人徐师曾斥为"烦猥可鄙"。③

"劄子"文体性质的转变过程与启、状类似,皆是从官府公文扩展为私人书信,本意是借其文体之高贵以表尊敬,体现出古代书信崇礼尊体的意识。"叠幅劄子"的盛行,则是崇礼意识的过度膨胀,虽有"烦猥可鄙"之嫌,但毕竟曾盛行一时,也是当时官僚、士人、庶民交往风气的产物。作为书信的"劄子"是宋代书信百花园的新品种,《全宋文》共收录各类书信劄子2 250篇,是除书、启之外数量最多的书信体类。南宋至元,不仅一些总集、类书大量收录书信劄子,甚至出现了直接以"启劄"为名的一大批总集与民间日用类书,如南宋熊晦仲编《新编通用启劄截江网》,元代吴弘道编《中州启劄》,不著撰人的《新编事文类聚启劄云锦》《启劄青钱》《启劄渊海》等。明修《永乐大典》"劄"字韵下曾抄录大量宋元人信劄及套式,今存卷二二七四九—二二七五〇、卷二二七六〇—二二七六一,前两卷录自南宋《启劄云锦裳》,后两卷抄自《启劄锦语》,皆为各阶层用于庆贺、慰吊、荐托、借还的书信,其中多见叠幅劄子,包括吊丧也不乏三幅、五幅劄子,以及"五提头慰劄",④具见书信体劄子及叠幅劄子在宋元的流行。

需要指出的是,叠幅小简与叠幅劄子虽系由多幅或数提头组成,但应视为完整的一篇书信,文集编纂时极易把叠幅拆成数篇收录。以《全宋文》为例,是书对于此类叠幅小简的处理方式并不统一,有时作为一篇收录,有时又拆为数篇。如卷三三八〇所收汪藻18篇小简,系将四库本《播芳大全》卷五六中《上丞相小简》2篇拆为14篇、《贺刘丞相小简》1篇拆成4篇而来;卷三八一一所收赵鼎6篇《上宪使小简》,辑自《播芳大全》卷六〇,其实本为一篇叠幅小简。⑤另外如孙觌之帖、晁公溯之柬、劄,不少也是由叠幅拆分而来。此类现象极多,本

---

① 金传道《北宋书信研究》,第22页。
② 周煇撰、刘永翔校注《清波杂志校注》卷一一,中华书局,1994年,第479页。
③ 徐师曾《文体明辨序说》,第128页。
④ 《永乐大典》,中华书局,1986年,第7930页。
⑤ 《全宋文》第157册,第166—174页;第174册,第327—329页。

文统计时虽将这些拆分的小简暂算为单篇,但仍认为应将完整的叠幅视为一篇。

"简"从"书"当中分离出来,与束、札同为短小随意的书信,"劄子"从公务文书演变为私人书信,"叠幅小简"与"叠幅劄子"盛行于南宋,这些都是宋代书信体类的创新性发展。

四、作为一代书信文学标识的"宋人尺牍"

所谓尺牍,本义为一尺长的木简,作为早期书写材料,最先泛指书写在尺牍上的所有文字,故早期有公文与书信等多种所指,后来逐渐演变为书信的别称。然而,到了宋代,尺牍在书信的泛称之外,又收缩意义范围,特指一类私密、随意的专门书信。故尺牍在宋代有三种含义:广义上指代一切公私书牍,狭义上指私人往来书信,更狭义的则具体化为非正式、私密、随意的书信。许多书信研究论著对尺牍含义的历史演变和文体属性认识不够清晰。赵树功《中国尺牍文学史》是研究中国书信的通史之作,自称其书所言尺牍"是书信的代称"。[①] 但就宋代书信的各种体类而言,尺牍之称是涵盖不了全部书信的。金传道概括道:"简、札、帖、劄子均为书之短者,可概言之尺牍,与上书、奏记、笺同属书类。"[②] 按诸宋代实际情况,仍有出入,尺牍的形制虽与上述书体存在一定程度的相通性,但文体性质和使用范围存在区别,并不能以尺牍涵盖。付梅《北宋尺牍研究》认为:"随着文体发展的完善、分工的精细,尺牍内容范围日益收缩而至于成为私人往来书简的统称。"[③] 实际上,尺牍的文体内涵与私人往来书简仍有不同,需要细加辨析。

尺牍在宋代逐渐从"书"中分离出来,发展成一种专门的书信亚文体。尺牍有时也称作小简、手简,与简、帖存在一定程度的重合,很多帖、简甚至劄子确可称为"尺牍",如《播芳大全》中"尺牍"一类皆为"帖"。但不能因此而将尺牍与体制短小的简、札、帖、劄子等书信相等同。"尺牍"与"书"的不同已有不

---

① 赵树功《中国尺牍文学史》,第1页。
② 金传道《北宋书信研究》,第24页。
③ 付梅《北宋尺牍研究》,南京大学出版社,2021年,第9页。

少学者注意到。新文学作家周作人在介绍宋人尺牍选集时就将"书"与"尺牍"分别讨论。① 当代研究者更明确了二者的区别。浅见洋二指出:"在考察宋代所编文集中书简的处理问题时,应该明确一个宋代特有的、值得关注的现象,即'书'与'尺牍'的分离与区别。即使二者都被通称为'书简',但是其形式和内容是多种多样的。虽然有形形色色的分类方式,但至宋代尤其是南宋,作为一种文集编纂的方法,'书'和'尺牍'的区分才真正变得明确。"② 他从"公"与"私"的视角来看待"书"与"尺牍"的分离,"书"偏指公开性的书简,而"尺牍"更倾向于私人性、私密性的。艾朗诺(Ronald Egan)也曾提醒注意苏轼"尺牍"与"书"的分离,将苏轼的尺牍称为"informal letters"(非正式书信),从正式与非正式的角度来看待"书"与"尺牍"的不同。③ 朱迎平更具体地分析了"书"与"尺牍"的区别:"'书'多用来阐述观点、表明立场,往往用于正式的场合;'尺牍'则篇幅短小,使用随意灵活,常用于朋友间的日常交往。"④私人、私密、随意、非正式、日常化,这些都是"尺牍"区别于"书"的显著特征。

宋人别集总集编纂的变化体现了"尺牍"文体的独立过程。如苏轼别集,最初的《东坡集》及《东坡后集》对书信只收录启状和书,东坡尺牍到南宋时才被辑佚并编入文集之中。苏辙亲手编订的《栾城集》,亦不收尺牍。不难发现,北宋人已经注意到了"书"与"尺牍"的区别,那些即时写下、简短随意的私人尺牍不受作者重视,不被作为可以传诸后世的"不朽"文字,大概亦未留底稿,故不收入文集。南宋士人自编文集时仍存在这种摒弃"尺牍"的情况,如陆游《渭南文集》,"收录'书'体九首,却摒弃了大量的尺牍之文"。⑤ 尽管如此,南宋已是尺牍与"书"分离、取得独立并被收入文集的重要时期。南宋人宝爱名人书法作品,致力于搜集名人尺牍,并编入其别集之中。譬如,据多位学者考证,汪应辰汇编苏轼写给亲友的书信和诗文等墨迹,摹刻上石,是为《西楼帖》,其中一部分为此前《东坡七集》所未收,这是首次大量地汇编摹刻苏轼尺牍,影响深远,陆游

---

① 周作人《五老小简》,《夜读抄》,北新书局,1934 年,第 141—147 页。
② [日]浅见洋二《文本的"公"与"私"——苏轼尺牍与文集编纂》,《文学遗产》2019 年第 5 期。
③ Ronald Egan,'Su Shi's Informal Letters in Literature and Life', Antje Richter, ed., *A History of Chinese Letters and Epistolary Culture*, Brill, 2015, p.475.
④ 朱迎平《〈渭南文集〉编纂体例发微》,《新宋学》第 8 辑,复旦大学出版社,2019 年。
⑤ 朱迎平《〈渭南文集〉编纂体例发微》。

还曾"择其尤奇逸者为一编,号《东坡书髓》"。明刻本《重编东坡先生外集》,原编成于南宋,其中卷六三至八一为"小简",此"小简"即他书所谓尺牍。元刻本《东坡先生翰墨尺牍》,明末茅维编刻《苏文忠公全集》75卷,在启状、书之后,专列"尺牍"一类,自卷五〇至六一,总数近1 300通。① 这些作品都源自南宋人对东坡尺牍的搜求编集。尺牍也在此时被单独作为文类编入总集或选本,如《播芳大全》专列"尺牍"一体,选本如尤袤《遂初堂书目》所载《本朝尺牍》,《宋史·艺文志》著录的《溪堂师友尺牍》6卷,《直斋书录解题》卷一五著录的《艇斋师友尺牍》2卷。甚至还出现单独编辑注释个人尺牍的专集,如李祖尧编注孙觌尺牍,今仍存宋刻本《李学士新注孙尚书内简尺牍》16卷。② 可见"尺牍"的文体特殊性在南宋已得到确认。

尺牍从"书"中分离出来后,便有了专属的涵义和特征。简而言之,"尺牍"特指宋代士人交往中私密性的、非正式的书信,这类书信往往施于亲友之间,多谈日常琐事,极具生活气息,篇幅短小,书仪、用语较为随意,以散体为主,不必讲究辞藻、典故,以平常语言书之,甚至可以大量使用口语,行文散漫,本不作为文章而书写,但往往涉笔成趣,颇见性灵,故为后世所重。钱锺书曾赞赏唐宋以降在笔记、书牍中相沿不绝的"自由自在的家常体"文字,又以桐城派论"古文"要避免"尺牍气",反证尺牍与古文的不同。③ 可见在语言风格上,宋代的"书"多用散体古文,"尺牍"则介于骈散雅俗之间,活泼自在。宋代产生了一批尺牍大家,如欧阳修、苏轼、黄庭坚、孙觌,他们的尺牍作品为后世提供了格式与典范,《群公小简》《五老集》及《欧苏手简》在中国、日本和朝鲜半岛的流行即为明证。④ 在他们的影响下,元明清三代涌现出一大批尺牍作家及尺牍专集。苏黄尺牍是晚明尺牍小品的先声,这已是文学史的常识。

中国现代文学的发端也受到宋人尺牍的启发。现代散文主张言、文合一,特重个性的真实流露,虽然批评传统古文的"选学妖孽"和"桐城谬种",但对尺

---

① 详见朱刚《东坡尺牍的版本问题》,《苏轼苏辙研究》,复旦大学出版社,2019年,第65—82页;陆游《跋东坡书髓》,《渭南文集》卷二九,《四部丛刊》本;茅维编、孔凡礼点校《苏轼文集》,中华书局,1986年。

② 参见祝尚书《宋人别集叙录》卷一六,中华书局,2020年,第741—745页。

③ 钱锺书《近代散文钞》(书评),《钱锺书集·人生边上的边上》,生活·读书·新知三联书店,2002年,第320页。

④ 参见朱刚《东坡尺牍的版本问题》。

牍却青眼有加。鲁迅在《孔另境编〈当代文人尺牍钞〉序》中说,写信"较近于真实","所以从作家的日记或尺牍上,往往能得到比看他的作品更其明晰的意见,也就是他自己的简洁的注释"。① 周作人曾点评《五老小简》中的宋人尺牍,说苏轼尺牍"随手写来,并不做作,而文情俱胜,正到恰好处,此是坡公擅场"。最后总结道:"尺牍向来不列入文章之内,虽然'书'是在内,所以一个人的尺牍常比'书'要写得好,因为这是随意抒写,不加造作,也没有畴范,一切都是自然流露。……尺牍唯苏黄二公最佳,自然大雅。"② 在《关于尺牍》里,他又认为:"所以讲起尺牍第一总叫人想到苏东坡黄山谷,而以文章情思论,的确也是这两家算最好,别人都有点赶不上。"③ 他反复研读古人尺牍,欣赏宋人尺牍之个性自然、文情俱胜,反对古文的造作,推崇苏黄尺牍,用宋人尺牍为新文学张目,他本人的尺牍写作也成绩斐然。研究者指出:"周作人在现代书信方面的贡献是首屈一指的,他的书信确立了中国现代文学书信的风范,增添了他散文创作的丰富性,烘托了他作为现代一流散文家的地位。"④ 可见,在中国新文学的发端发展过程中,宋人尺牍的影响不容忽视。

五、结　　论

以上本文辨析了两宋各体书信的内涵、特征和发展状况。宋代主要的书信体类有书、帖、启、状、简、叠幅小简、劄子、叠幅劄子和尺牍。其中书和启是最主要的书信文体,简、劄子和叠幅小简、叠幅劄子是文体的新发展。总体而言,"书"之一体,包容万象,公私兼有,"帖"通常为私人往来书信的保存,"启""状"是公共交往的礼仪性极强的体类,"简"是书信之短小随意者,在宋代可单独作为书信体类,"劄子"从公文转变而来,内容上公私兼有,行文上骈散兼行,南宋后又发展出一种特重礼仪性的"叠幅小简""叠幅劄子"。此外,"尺牍"作为私密性、非正式的书信,与"书"逐渐分离,并在南宋被作为独立的体类广泛收入文集之中,或单独刊行。各体书信在宋代的分工愈加明确,并逐渐定型,各有其功

---

① 鲁迅《且介亭杂文二集》,上海三闲书屋,1937年,第246页。
② 周作人《五老小简》。
③ 周作人《瓜豆集》,宇宙风社,1937年,第178页。
④ 黄开发《周作人精神肖像》,辽宁人民出版社,2015年,第161页。

能、书仪和语言风格。

　　从历时性看,宋代书信文体承续六朝唐代,但发生了许多变化。"书"仍是主要书信文体,"帖"也大受重视,传世极多。"笺"在宋代已不再是书信文体,而唐代始盛行的"启"和"状"在宋代得到继续发展,尤其是"启",因其应酬性、礼仪性强,与宋代士人仕宦及"举世重交游"之风密切相关,①故而应用频繁,发展极盛。由此,宋前的四种书信体类,在宋代获得充分发展,并逐渐定型。"简"与"书"的分离,"尺牍"的独立,"劄子""叠幅小简""叠幅劄子"的兴起,则是宋代书信文体的新变。纵观两宋,北宋对前代书信文体有发展定型之功,南宋则多有转变与创新之处。随着书信文体的丰富和成熟,书信的文学性和文章学地位亦得到提升,宋人重视对书信的收集整理,不仅收入别集、总集、类书,还专门辑录刊行包含某类书信的总集,涌现出一批尺牍小集和四六专集,书信的实用性与文学性皆得到强调。至此,传统书信的文体种类已经完备,文体程式已经定型,书信文学的发展盛极一时。宋代书信的成就在后世广受推崇,在文体上具有典范意义,对中国新文学的发生发展也起了促进作用。

---

① 范质《诫儿侄八百字》,吕祖谦编《皇朝文鉴》卷一四,《四部丛刊》本。

宋四六代言书写的互动性：
基于文本生成过程的考察*

四川大学中国俗文化研究所 戴 路

宋代制、诰、表、启等文体主要用四六文书写，洪迈论"四六骈俪"时称其"上自朝廷命令、诏册，下而搢绅之间笺书、祝疏，无所不用"①。这类应用性文章通常由当事人委托专人代撰，因而宋四六的创作方式集中表现为代言书写。从源头上看，《尚书》中誓、诰、命等文体的生成是代言书写的早期形态。章学诚《文史通义·言公上》谈到誓诰之体从贤主立言到圣臣代言的转换过程，包括"言以达意"的阐释环节和"言之成文"的修辞环节。② 汉魏六朝是文章代言的成熟期，钟涛从身份、数量、关系、制度等入手，强调代言者主体意识的增强。③ 唐代的代言书写主要包括庙堂词臣"代皇帝立言"和幕府掌书记"代方镇立言"两个层面，戴伟华指出当时存在幕僚与府主共同创作的现象。④ 这种互动性在宋四六的代言书写中更加普遍。前人对宋四六创作的研究主要有三条路径。一是从作家作品的解读中归纳风格特征，以通代和断代的骈文史著作为代表。⑤ 二

---

* 本文为国家社科基金西部项目"宋代诏令的文体形态与文体观念研究"(21XZW005)阶段性成果。

① 洪迈撰、孔凡礼点校《容斋三笔》，中华书局，2005年，第517页。

② 章学诚著、叶瑛校注《文史通义校注》卷二："誓诰之体，言之成文者也。苟足立政而敷治，君臣未尝分居立言之功。周公曰：'王若曰：多方。'诰四国之文也。说者以为周公将王之命，不知斯言固本于周公，成王允而行之，是即成王之言也。盖圣臣为贤主立言，是谓贤能任圣，是亦圣人之治也。"中华书局，1985年，第169页。

③ 参见钟涛《公文代拟现象与汉魏六朝社会政治》，《六朝骈文与六朝社会》，中华书局，2020年，第268—332页。

④ 参见戴伟华《唐代使府与文学研究》，广西师范大学出版社，1998年，第250—251页。

⑤ 民国时期系列骈文史提纲挈领地介绍宋四六各家风格。20世纪70年代以来，中国台湾学者张仁青《中国骈文发展史》、江菊松《宋四六文研究》和大陆学者姜书阁《骈文史论》、于景祥《唐宋骈文史》、施懿超《宋四六论稿》、沙红兵《唐宋八大家骈文研究》、曹丽萍《南宋骈文研究》、谭家健《中华古今骈文通史》等以时代和作家为纲，对宋四六的创作风貌进行了深入分析。

是以四六话为基础,归纳对仗、用典、声律等具体技法。① 三是结合应用场域探讨文体书写的综合特征。② 我们在此基础上聚焦宋四六的代言群体,深入四六话等"话"体谈论的互动场景,关注文本生成与变异的实际样态,尝试从人际关系和创作过程的角度为宋四六研究提供"活的文体史"视角。因此对代言书写考察基于文本生成的四个阶段:意图融合—文章构思—文本修改—篇章结撰。在此过程中,互动性体现在代言者与立言者的沟通交往,代言者周边士人的协助,立言者与代言者的相互商榷,不同代言者之间的竞争与合作等。

一、意图的融合:代言书写互动性的显现

在中国古代文论话语中,言(辞、文)与意(理、道)的二元关系贯穿于各类文学体裁之中。唐代李德裕在评价封敕代王言之作时就说道:"陆生有言,所恨文不迨意。如卿此语,秉笔者不易措言。"③从文章代言的角度看,作者意图更为复杂,言意的二元结构集中体现为代言之笔与他人之意的关系,言以达意的阐释过程预设了代言者(实际作者)与立言者(名义作者)的互动过程。④ 祢衡为黄祖代拟文章时有一个著名故事,据《后汉书·祢衡传》载:"衡为作书记,轻重

---

① 曾枣庄《宋代四六创作的理论总结——论宋代四六话》(《古籍研究》1995年第2期)在介绍几部宋四六话的体例特征时,概括了宋代四六文创作方法的演变过程。奚彤云《中国古代骈文批评史稿》(华东师范大学出版社,2006年)将宋代骈文批评分为四个方面,其中创作方法论涉及对偶、用典等技法。祝尚书《宋元文章学》(中华书局,2013年)将宋四六话的内容分成五个部分,其中骈文理论是对"作法"的总结和概括,专门谈到"荆公派"、"东坡派"、王应麟等"论四六作法"。陶熠《从别调到主流——骈文"用成语"观念在宋代的成立》(《文学遗产》2021年第3期)考察了"用成语"作偶对的骈文技法在宋代的形成过程。

② 管琴《词科与南宋文学》从词科制度入手,谈到南宋三个阶段制诏文的书写特征,北京大学出版社,2018年,第133—175页;侯体健《士人身份与南宋诗文研究》结合文人群体、社会礼仪等分析了南宋四六文的审美结构、知识世界等,复旦大学出版社,2019年,第173—249页;周剑之《黼黻之美:宋代骈文的应用场域与书写方式》从政治运作、君臣交流、士人交际等角度探讨了骈体王言、表、启、上梁文、致语等文体的书写方式与形式特征,北京大学出版社,2021年。

③ 刘昫等《旧唐书》卷一六八,中华书局,1975年,第4393页。

④ 对"作者意图"(Author's Meaning)的探讨是西方诠释学的常见命题,主要围绕作者、文本与读者展开,参见赫施(Hirsch,E.D.)著、王才勇译《解释的有效性》,生活·读书·新知三联书店,1991年,第9—33页。我们将此概念借用到代言书写的研究中,并非关注读者与作者的对话,而是探讨多重作者之间如何进行有效沟通,如何用文本传达理想的作者意图。

疏密,各得体宜。祖持其手曰:'处士,此正得祖意,如祖腹中之所欲言也。'"①此后,代言者与立言者"腹中之欲"的关系便经常被提及,如《南史·任昉传》云:"于是(王俭)令昉作一文,及见,曰:'正得吾腹中之欲。'"②唐代藩镇幕府在招纳掌书记等代言之士时,也强调对幕主意旨的准确传达。令狐楚向幕府举荐僚佐时指出:"使其驰一檄,飞一书,必能应马上之急求,言腹中之所欲。"③可见在章表笺奏这一类"公家之言"的代写中,准确传达立言者的意图显得至关重要。在宋四六的代言书写中,类似的评价更加丰富:

> 翰林学士钱若水撰《赐赵保忠诏》云:"不斩继迁,存狡兔之三穴;潜疑光嗣,持首鼠之两端。"上大喜,谓若水曰:"此四句正道着我意。"④

> 上坐杌子,再拜起居讫,蒙奖谕云:"前日朕未曾宣谕卿以国书之意,而卿能道朕心中事,可谓大才。"⑤

> 先子实公(滕元发)之客,是时在京师,托撰《陈情表》自辨。先子为公草之……滕公读至"恋阙之心徒切,见君之日无期",起执先子手,挥涕曰:"此予心欲言而不可得者也。"⑥

> 《资治通鉴》成,范纯夫为温公草《进书表》。简谢纯夫云:"真得愚心所欲言而不能发者。"温公书帖无一字不诚实也。⑦

无论是宋太宗喜赞钱若水,宋孝宗面谕周必大,还是滕元发执王莘之手,司马光致谢范祖禹,我们都能看到黄祖"持祢衡之手"这个故事的印迹。从"得祖意""如祖腹中之所欲言"到"真得愚心所欲言而不能发者",对于代言者如何理解和表达他人意图的问题,宋人进行了更细致的探讨。据《邵氏闻见录》卷二记载:

> 孙文懿公为翰林学士,撰《进祔李太后赦文》……仁宗皇帝览之,感泣弥月。公自此遂参大政。帝问文懿曰:"卿何故能道朕心中事?"公曰:"臣

---

① 范晔撰、李贤等注《后汉书》卷八〇,中华书局,1965年,第2657页。
② 李延寿《南史》卷五九,中华书局,1975年,第1452页。
③ 令狐楚《荐齐孝若书》,《全唐文》卷五四三,中华书局,1983年,第5506页。
④ 李焘《续资治通鉴长编》卷三六,中华书局,2004年,第800页。
⑤ 周必大《孝宗皇帝撰国书御笔跋》,《省斋文稿》卷一四,王瑞来校证《周必大集校证》,上海古籍出版社,2020年,第165页。
⑥ 王铚《四六话》,《历代文话》第1册,第16页。
⑦ 晁说之《晁氏客语》,《全宋笔记》第1编第10册,大象出版社,2003年,第124页。

少以庶子不齿于兄弟,不及养母,以此知陛下圣心中事。"上为之流涕。①

这个故事又见于文莹《湘山野录》卷上,孙抃"协圣意"撰文后,仁宗"明赐之外,悉以东宫旧玩密赉之"。②"卿何故能道朕心中事"的追问涉及宋四六代言书写的重要命题:何为作者意图,通过何种方式呈现作者意图?与祢衡式的故事有所不同,宋人更加注重代言者与立言者的互动,在沟通与协商中促成"意图"的深入阐发。

从四六文的交往功能看,"作者"拥有公共地位与身份,文章面向特定的交际对象。代言双方需要预判交际对象的接受效果,以此调整表达策略,塑造一个相对理想的"作者意图"。在"代王言"方面,作为内制词臣的周必大记载了与宋孝宗当面交流的诸多细节:

> 袖出范成大所携虏主回书……捧读数过,奏云:"臣初不知彼专说陵寝,刻期候报。今止及受书,窃恐未安。"上曰:"难为辞。"奏云:"以'太上皇高年,未敢迁奉'答之,如何?"上不以为然。又奏:"容臣别作意度,来日拟进。"③

"恐未安"—"难为辞"—"不以为然"—"别作意度"的流程体现出君臣思维的反复碰撞。双方讨论的焦点在于国书接受对象金帝的反应,既不触怒对方,又可保全国体,这成为文章措辞的基本策略。在协商过程中,"朕意"得到更理想的塑造和更清晰的阐发。而在表文的撰写中,代言双方考虑的也是上奏朝廷后可能引起的反响。据《老学庵笔记》卷一载:"张枢密子功,绍兴末还朝,已近八十,其辞免及谢表皆以属予。有一表用'飞龙在天'对'老骥伏枥',公皇恐,语周子充左史,托言于予,易此二句。周叩其故,则曰:'某方丐去,恐人以为志在千里也。'周笑解之曰:'所谓志千里者,正以老骥已不能行,故徒有千里之志耳。公虽筋力衰,岂无报国之志耶?'子功亦笑而止。盖其谨如此。"④张焘对陆游代撰表文的一联心存担忧,恐引起朝堂君臣的猜忌。经过周必大的阐释,张氏之疑

---

① 邵伯温撰,李剑雄、刘德权点校《邵氏闻见录》,中华书局,1983年,第12—13页。
② 文莹撰,郑世刚、杨立扬点校《湘山野录》,中华书局,1984年,第16页。
③ 周必大《孝宗皇帝撰国书御笔跋》,《省斋文稿》卷一四,王瑞来校证《周必大集校证》,第165—166页。
④ 陆游撰,李剑雄、刘德权点校《老学庵笔记》卷一,中华书局,1979年,第10页。

虑最终消除。从残存"报国之志"到徒有"千里之志",通过相互讨论,作者之"志"更加符合张焘的身份和年纪。又如《容斋三笔》卷八载:"绍兴十三年使回,始复元官。时已出知饶州,命予作谢表,直叙其故……书印既毕,父兄复共议,秦桧方擅国,见此表语言,未必不怒,乃别草一通引咎。"①洪迈为洪皓代撰谢表时,经过"父兄复共议"的协商,考虑到秦桧的反应,"直叙"不平之意改为委曲求全之辞。总之,代言双方共同参与了作者意图的阐释和建构,其目的是追求公共交往的最佳效果。

如果说上述互动主要围绕作者在交往过程中的公共人格,那么其中涉及身心状态、情感习尚、家庭背景等元素又体现出某种个性,尤其是立言者的难言之隐、微妙心态、尴尬处境等。据《鹤林玉露》载:"陈正甫草《保安赦文》云:'朕寅畏以保邦,严恭而事帝。虽不明不敏,有惭四海望治之心。然无怠无荒,未始纵一毫从己之欲。'真能写出宁宗心事,天下诵之。"②宁宗生性愚钝,无力朝政,这是陈贵谊不可回避的尴尬"心事"。另据《晁氏客语》记载:"范纯夫为蜀公草《进乐表》云:'法已亡于千载之后,声欲求于千载之前,兹为至难,理若有待。'又为申公草遗表云:'才力绵薄,岂期位列于三公;疾疹婴缠,敢望年逾于七十。'人谓二公胸中事矣。"③范镇的"胸中事"在于,虽有"研精极虑二十余年"的艰辛,但在乐制改革方案的争论中不敌杨杰、刘几,最终未被神宗采纳。而吕公著的难言之隐则是元祐三年(1088)以老病之身担任"同平章军国事"后,与高太后及旧党大臣的嫌隙不断加深。这些涉及个人喜怒爱憎的情感因素需要代言者细致体察,并借助修辞技巧妥善阐发。

为了更加贴近这些隐曲心事,代言双方的私人交往与日常交流显得尤为重要。前述宋仁宗的"心中事"源于其特殊身世,在如何评价生母李太后的问题上,孙抃从自身"庶子不及养母"的成长经历中揣摩到仁宗的情感倾向。仁宗的感泣与密赠器物,体现出与孙抃在君臣关系之外的私交。滕元发对王莘的赞赏也离不开两人的师友之交,据王明清记载:"先祖从滕章敏幕府逾十年,每语先祖曰:'公不但仆之交游,实师友焉。'"④因此在代撰《陈情表》时,王莘能够体察

---

① 洪迈撰、孔凡礼点校《容斋三笔》卷八,第516页。
② 罗大经撰、王瑞来点校《鹤林玉露》卷三,中华书局,1983年,第42页。
③ 晁说之《晁氏客语》,《全宋笔记》第1编第10册,大象出版社,2003年,第124页。
④ 王明清《挥麈后录》卷六,《全宋笔记》第6编第1册,第161页。

滕元发极力辩诬而又抗争无果的苦衷。司马光对范祖禹的肯定,也因为两人事无巨细的沟通:"温公事无大小,必与公议,至于家事,公休亦不自专,问于公而后行。"①在一组成功的代言关系之中,我们通常能发现一段稳定而细密的个人交往。强至《祠部集》多有为韩琦代撰的表劄,与此同时,强至《韩忠献公遗事》记录了韩琦诸多言行,折射出两人在日常生活空间中的密切往来。

欧阳修《外制集序》云:"故不得专一思虑,工文字,以尽导天子难谕之意,而复诰命于三代之文。"②制、诰、表、启等文体可以发挥"尽导"之功,立言者的意图可以被认知和把握,包括体现交往关系的"公意"与喜怒爱憎的"私意",特别是那些不便明言又难以回避的立场态度和隐秘心事。从"难谕"到"尽导",宋人的互动性阐释方式有径可循,作者意图在日常沟通和协商中动态地生成。

二、骈语问答:代言构思中的群体性智慧

从"言以达意"到"言之成文","言语"的交流是代言书写互动性的重要体现。中国古代有不少骈语对句以"言语"的形式出现在问答场景中。《世说新语》所载魏晋士人问答诘难的语句包括众多四六骈偶之辞,③唐代亦有温庭筠"近同郭令,二十四考中书"对李商隐"远比召公,三十六年宰辅"等佳话,④无不显示出问答者的敏思捷才。这种互动在宋四六代言书写中大量存在,体现出宋人以群体智慧弥补个人困境的努力。

实现对话和交流的前提是四六文代撰发生在多人聚集的环境中,这在朝堂和幕府都较为普遍。例如,翰林学士代撰"王言"时,周边有胥吏群体的协助。《宋会要辑稿·职官》引《两朝国史志·学士院》云:"其掌写书诏、麻制,则待诏三人。其吏史则有录事一人,孔目官六人,表奏官八人。"⑤中书舍人撰文时亦有胥吏的协助,包括录事、主事、令史、书令史、守当官等。⑥ 这些吏员熟悉文书

---

① 晁说之《晁氏客语》,《全宋笔记》第1编第10册,第127页。
② 欧阳修著、李逸安点校《欧阳修全集》卷四一,中华书局,2001年,第596页。
③ 参见曹虹《论〈世说新语〉的对句之美》,《古代文学理论研究》2021年第1期。
④ 孙光宪撰、贾二强校点《北梦琐言》卷四,中华书局,2002年,第89页。
⑤ 刘琳、刁忠民、舒大刚等校点《宋会要辑稿》,上海古籍出版社,2014年,第3179页。
⑥ 元丰改制后,中书省吏员数额时有增减,参见《宋会要辑稿·职官·五房五院》,第3038—3063页。

档案、典章制度、表达规范等，在词臣构思时起到协助作用：

> 靖康中，东坡先生追复元职。时汪彦章在掖垣，偶不当制。舍人不学而思涩，彦章戏曰："公无草，草渠家焚黄二字。"惭而怨之。又一日，当草一制，将毕矣，偶思结尾不来，省中来催促，不容缓，愈牵窘，搜思甚久。院吏仓猝启曰："第云'服我休命，往其钦哉'可矣。舍人然而用之。"①

从"牵窘""搜思"到"仓猝启曰"，舍人与院吏在代言书写中的协作互补由此可见。在抄录校对的本职工作之外，口授结句体现出院吏更高的参与度。

除了胥吏群体，词臣与周边官员士人的交流问答也较为常见。如《挥麈录余话》卷一所载苏轼撰文的场景："元祐二年，东坡先生入翰林，暇日会张、秦、晁、陈、李六君子于私第。忽有旨令撰《赐奉安神宗御容礼仪使吕大防口宣茶药诏》，东坡就牍书云：'于赫神考，如日在天。'顾群公曰：'能代下一转语否？'各辞之。坡随笔后书云：'虽光明无所不临，而躔次必有所舍。'群公大以耸服。"②这个故事又见于《诚斋诗话》，具有"对客挥毫"的表演性，但却反映出"王言"撰写者与周边群体合作互动的可能性。洪迈《容斋三笔》论述"外制之难"时列举了"以敏捷称者"和"其迟钝窘扰者"两方面的例子，最后感慨当代外制词臣的现状："倩诿朋旧，俾之假手者多矣。故膺此选者，不觉其难，殊与昔异。"③词臣本是受君之托，又继续向他人求助，让代言行为不断延伸。所谓"倩诿朋旧"与"俾之假手"，有时是完全托付他人，有时则是代言者与协助者的相互问答。据谢伋《四六谈麈》载："余相罢节钺，换观文，吏房请词。程伯起舍人当制，问于先公。先公云：'念虽经武之雄，终匪隆儒之体。'"④在简短而及时的回答中，谢克家帮助程振完成了制词中的关键语句，串联起除拜对象的新旧官职。

在制诰诏令等"王言"文体之外，表、启等文体的撰写也体现出问答互助的群体性智慧。据《泊宅编》卷九记载："宣和中，取燕山，群臣称贺。蔡太师京令一馆职代作表，仍语以'燕人悦则取之'一句，不得不使其人归搜经句，欲对未

---

① 王明清《挥麈三录》卷一三，《全宋笔记》第6编第1册，第192页。
② 王明清《挥麈录余话》卷一，《全宋笔记》第6编第2册，第28页。
③ 洪迈撰、孔凡礼点校《容斋三笔》卷四，中华书局，2005年，第474—475页。
④ 谢伋《四六谈麈》，《历代文话》第1册，第38页。

得。王安中曰：何不曰'昆夷维其喙矣'。遂用之。"①此联是经语相对,上句用《孟子·梁惠王》"齐人伐燕,取之"之典,下句出自《诗经·大雅·绵》,熟于经典、思维敏捷的王安中弥补了"归搜经句"而不得的困窘。代言者的辗转求助拓展了群体智慧施展的空间,而立言者与代言者的现场问答则是另一种形式的思维互动,主要发生在幕府主客之间。据《山房随笔》记载:"姚橘洲尹临安时,吴履斋拜相,姚语诸客作启贺之,商量起句,彭晋叟云:'转鸿钧,运紫极,万化一新;自龙首,到黄扉,百年几见。'"②对姚希得而言,"诸客"都充当代言者的角色,在集体商量的场景中,彭晋叟贡献出开篇之句。再看史浩四六文的撰写过程,据《四朝闻见录》甲集载:

> 越王自草表,中自序云:"逡巡岁月,七十有三。"而未得所对。有客以今余大参父能四六为荐者,越王召见,试以表中语,俾为属对。余应声曰:"此甚易。以'补报乾坤,万分无一'为对足矣。"越王大加赏识。今《四六话》中载越王表语而不及余,非越王不掩人善之意也。③

"草表"是前期的写作基础,"试以表中语"和"应声"则是现场的问答,最终余氏帮助史浩补足了下联。"越王不掩人善之意"旨在突出余氏的参与性。在《四朝见闻录》丙集中,叶绍翁记载了与此稍异的另一个故事,余姓门客换成冯氏,文体由表变为青词,但仍是"在坐""应曰"的问对场景,门客最终帮助史浩完成了下联的撰写。④

代言之"言",从源头上看是简短零碎的口语形态,如果将"言"的因素与四六文撰写中的群体协作结合起来,可以发现骈语问答与交流是"言之成文"过程中的重要环节。问答的简短性让代言者与协助者的合作限于片段性的文句,所谓"较胜负于一联一字之间"⑤的宋代骈文批评特征,离不开这种现场商量的语境。问答的即时性又关系到文章构思的延续和贯通。从朝堂到幕府,各阶层士人的广泛参与让敏捷成为一种有径可循的群体境界。

---

① 方勺撰,许沛藻、杨立扬点校《泊宅编》卷九,中华书局,1983年,第52页。
② 蒋正子《山房随笔》,何文焕辑《历代诗话》,中华书局,2004年,第715页。
③ 叶绍翁撰,冯惠民、沈锡麟点校《四朝闻见录》,中华书局,1989年,第42页。
④ 叶绍翁撰,冯惠民、沈锡麟点校《四朝闻见录》,第99页。
⑤ 永瑢等《四库全书总目》卷一九五,中华书局,1965年,第1783页。

三、"通情商确"：代言书写的多方修改

上述口头交流是在文章起草阶段促进思维的敏捷和连贯，而与敏捷相互补充的是文章成稿后的反复修改。何薳《春渚纪闻》卷七"作文不惮屡改"云："虽大手笔，不以一时笔快为定，而惮于屡改也。"[1] 这代表文章创作的两个方面，"一时笔快"显示才思的敏捷，而"不惮屡改"则表明思虑的严谨。以刘敞代王言的经历为例，据欧阳修墓志所述：

> 其为文章，尤敏赡。尝直紫微阁，一日，追封皇子、公主九人，公方将下直，为之立马却坐，一挥九制数千言，文辞典雅，各得其体。[2]

在欧阳修笔下，"敏赡"的刘敞与前述《新唐书》中诸位词臣的形象并无二致。但在"一时笔快"之外，我们又能找到刘敞制文的修改记录。杨万里《跋刘原父制词草》云：

> 右公是先生作欧、宋五人《唐史》书成第赏增秩制稿，涂改字划一一尚可察也。"皆仇其功"四字初当在"迁秩一等"之上，岂意匠中变而笔偶遗削欤？[3]

《四部丛刊》景宋写本《诚斋集》卷九九没有这段跋语，但著录刘敞制词原文，正文之中夹杂双行小字，显示出文本的改动痕迹。《宋集珍本丛刊》景汲古阁明抄本与四库本《诚斋集》均收录刘氏原文与杨氏跋语，后者更以圈点符号标志涂改字句。这些都呈现出刘敞制文在走向"定本"之前的变动状态。一方面追求下笔的迅捷，另一方面又以必要的斟酌和反思趋于完备，这是宋人较为普遍的创作观。在修改过程中，我们需要关注撰文者受到哪些外在力量的影响，以发掘更多互动元素。

从代王言的角度看，杨亿的两个故事恰好显示出文本修改中的两个重要角色：皇帝与宰执。《归田录》卷一云："杨大年为学士时，草《答契丹书》云：'邻壤

---

[1] 何薳《春渚纪闻》卷七，中华书局，1983年，第102页。
[2] 欧阳修《集贤院学士刘公墓志铭》，李逸安点校《欧阳修全集·居士集》卷三五，中华书局，2001年，第526页。
[3] 杨万里撰、辛更儒笺校《杨万里集笺校》卷九九，中华书局，2007年，第3785页。

交欢。'进草既入,真宗自注其侧云:'朽壤、鼠壤、粪壤。'大年遽改为'邻境'。明旦,引唐故事:学士作文书有所改,为不称职,当罢,因亟求解职。真宗语宰相曰:'杨亿不通商量,真有气性。'"①另据《西塘集耆旧续闻》卷五引"温叔皮杂志"云:"舍人行词或有未当,则执政请以稿议改定。杨文公有重名于世,尝因草制为执政者多所点窜,杨甚不平,因以稿上涂抹处,以浓墨傅之,就加为鞋底样,题其榜曰'世业杨家鞋底'。或问其故,曰:'是他别人脚迹。'当时传以为嗢噱。自后舍人行词,遇涂抹者,必相谑云'又遭鞋底'。"②杨亿对皇帝批注和宰执点窜都颇为抗拒,但这两种修改方式在后世都很常见。在宋徽宗《罪己诏》的撰写中,代言者"连进二草,皆不称上意,再三宣谕,只要感动人心,不须归过宰辅,只说朕不是。第三章稍惬上意,亲笔改写成,即时降出"。③ 从"不称上意"到"稍惬上意"到"亲笔改写",可以看到君臣从意图到文本的持续互动。另据周必大《玉堂杂记》卷上载:"乾道九年六月七日,宣当直学士草南郊御劄,三更进草,其间云:'乾清坤夷,振四方之纲纪;星晖海润,兆百世之本支。玉卮每奉于亲闻,瑞节岁交于邻境。'上改作'农扈屡丰,戎轩载戢。崇礼乐而四达,嘉风俗而再淳。玉卮每奉于亲闻,美化遂刑于海宇'。仍批云:'可改签抹者,五句意不近于郊祀。'其欲得体,大率如此。"④与前述国书撰写时周必大反复上奏以趋近"朕意"不同,孝宗亲自参与文本的改写,以切合"郊祀"之意。

对词臣而言,宰执的修改有助于弥补文字的疏漏。例如,洪迈的书写错误被周必大指出:"淳熙十三年在翰苑,作《赐安南国历日诏》云:'兹履夏正,载颁汉朔。'书'夏正'为'周正',院吏以呈宰执,周益公见而摘其误,吏还以告,盖语顺意同,一时不自觉也。"⑤另据《癸辛杂识》载:"嘉定初,玉堂草休兵之诏,有曰:'国势渐尊,兵威已振。'日新时在学士院为笔吏,仍兼卫王府书司,密白卫王曰:'国势渐尊之语,恐贻笑于夷狄,不当素以为弱也。'卫王是其说,遂道意于当笔者,改曰:'国势尊隆,兵威振励。'"⑥笔吏勘误、宰执纠谬、学士删正成为制诏

---

① 欧阳修撰、李伟国点校《归田录》卷一,中华书局,1981年,第16—17页。
② 陈鹄撰、孔凡礼点校《西塘集耆旧续闻》卷五,中华书局,2002年,第338页。
③ 张端义《贵耳集》卷下,《全宋笔记》第6编第10册,第332页。
④ 周必大《玉堂杂记》卷上,王瑞来校证《周必大集校证》,第2706页。
⑤ 洪迈撰、孔凡礼点校《容斋四笔》卷八,中华书局,2005年,第728页。
⑥ 周密撰、吴企明点校《癸辛杂识》别集下,中华书局,1988年,第301页。

撰写中有效的协作方式。在此基础上,宰执亲笔改动的情形也时有发生,如《四朝闻见录》所载:

> 公当制,除吴环少师致仕,赠永安郡王……末篇二句云:"今其往矣,宁不蠡然。"先以制示攻愧楼公。公称善,但以笔易"往"字为"归","蠡"字为"惓"。文忠亲出示予云:"吴盖致仕也,不应用'往'与'蠡'字。前辈一字不苟如此。"①

此事发生在嘉定年间,直学士院的真德秀承担草制任务,时任参知政事的楼钥为其改易两字,以贴近吴环致仕之意。

除王言文体外,表启等代言文字的修改也充满互动性。《清波杂志》卷四云:"四六应用,所贵剪裁。或属笔于人,有未然,则当通情商确。"②此处"通情商确"与上述"杨亿不通商量"的"商量"一样,都指向立言者对代言草稿的修改:"建康王元枢……托一故人草谢表,内一联云:'百工之事,兰省遽冒于真除;一札之书,花砖复遵于故步。'王改作散句:'兰省遽接于英游,花砖不失于故步。'"③"通情商确"在家庭代言、朝廷代言、幕府代言等场合广泛存在。例如苏轼对苏辙代撰启文的圈改:"子由代兄作《中书舍人启》称:'伏念某草茅下士,蓬荜书生。'子瞻以笔圈'伏念某',用'但卑末'三字。"④又如秦桧对周麟之代撰表文进行修改后,周氏认为优于"本语":"族叔茂振,以正字权外制日,秦丞相俾代作《进茶盐法表》。继闻秦自有所改定,追付出,所改者'不有成宪,将何靖民'八字耳。或叩本语,云:'不逮也。'"⑤另据《贵耳集》卷中载:"马子方作守,令幕下黄次山作启与庙堂,不入意,自改云:'方四十九之年,买臣自知其将贵;当乙巳之岁,渊明已赋其归来。固不敢自比于古人,欲以此折衷于夫子。'黄大服。"⑥在文章命意阶段,代言者通过沟通不断趋近作者意图,而在修改阶段,立言者往往亲自出场,让"通情商确"的互动效果达到最佳。

总之,代言书写的"通情商确"包含三项特征。一是以稿本为物质载体,所

---

① 叶绍翁撰,冯惠民、沈锡麟点校《四朝闻见录》乙集,中华书局,1989年,第73页。
② 周煇撰、刘永翔校注《清波杂志校注》卷四,中华书局,1994年,第150页。
③ 周煇撰、刘永翔校注《清波杂志校注》卷四,第150页。
④ 王楙撰、王文锦点校《野老记闻》,中华书局,1987年,第354页。
⑤ 周煇撰、刘永翔校注《清波杂志校注》卷三,第126页。
⑥ 张端义《贵耳集》卷下,《全宋笔记》第6编第10册,第321页。

谓"当笔""进草""以稿议改定"等无不显示出代言文字的书写手稿性质。在此基础上的"批注""签抹""笔易""圈改"等既是修订的主要手段,又是人际互动的基本载体,因其与"呈""进""示""付出"等文书传递环节紧密相连。二是通过谨慎的思虑臻于完备的表达效果。无论"不称上意""属笔于人,有未然"还是"不入意",都体现出立言者授权于人但绝不卸责的反思精神,以"一字不苟"的态度追求"得体"的表达效果。三是修改方式以四字散语点窜和四六隔对剪裁为主。宋真宗对"邻壤交欢"的批注,楼钥对"今其往矣,宁不蠹然"的换易,秦桧对"不有成宪,将何靖民"的改撰,都是针对四字散语。而宋孝宗对周必大进草的修订,以及王纶对故人撰表的改动,都是将一个四六隔对裁成四字或六字散语。这是我们关注宋人"通情商确"时需要细致考察的。

四、汰劣与择优:代言篇章的合作与竞争

代言书写的互动既可围绕一句一联展开,又能贯穿于完整的篇章形态,主要体现为多个代言者之间的文本交互关系。应用性四六文向来有委托多人代撰的风尚,如唐德宗不满李纾所撰谥册文,令吴通玄另撰一文:"贞元初,昭德王皇后崩,诏李纾为谥册文,宰相张延赏、柳浑为庙乐章。及进,皆不称旨,并召通玄重撰。"① 裴度临终前令门人各撰遗表:"公临薨,却进,使门人作表,皆不如意。公令子弟执笔,口占状曰……闻者叹其简切而不乱。"②"皆"字体现出文章版本的多样性。唐德宗与裴度的故事恰好呈现出代言文章的两种关系:一是旧题重撰以汰劣,一是同题共撰以择优。这两种撰写方式在宋代都颇为流行。

先看同题共撰。裴度之事被王铚《四六话》完整转载,亦成为宋代骈文批评中常见的叙事模式。如《四六谈麈》曰:"王荆公在金陵,有中使传宣抚问,并赐银合茶药,令中外各作一表。既具稿,无可于公意者,公遂自作……盖五事见四句中,言约意尽,众以为不及也。"③ 王安石幕客"无可于公意"与裴度门人"皆不如意"相似,虽未被立言者采纳,但都存在集体创作以贡献最优方案的意图。这

---

① 刘昫等《旧唐书》卷一九〇,中华书局,1975 年,第 5058 页。
② 赵璘《因话录》卷三,上海古籍出版社,1979 年,第 84 页。
③ 谢伋《四六谈麈》,《历代文话》第 1 册,第 34 页。

种同题共撰的方式为立言者提供了更多选择机会。宋太祖令词臣各撰祝文,最终看中窦仪所作:"太祖初有事于太社,时国中坠典多或未修,太社祝文亦亡旧式,诏词臣各撰一文,眷录糊名以进。上览之,谓左右曰:'皆轻重失中。'独御笔亲点一文曰:'惟此庶乎得体。'开视之,乃窦仪撰者。"①眷录糊名的方式体现出更多竞技意味。真宗朝词臣亦有类似经历:"真宗即位之次年,赐李继迁姓名,而复进封西平王,时宋湜、宋白、苏易简、张洎在翰林。俾草诏册,皆不称旨,惟宋公湜深赜上意,必欲推先帝欲封之意。"②从"不称旨"到"深赜上意",这是文章优选的结果。另据张端义《贵耳集》载:"德寿丁亥降圣,遇丙午庆八十,寿皇讲行庆礼上尊号。周益公当国,差官撰册文,读册书。册拟杨诚斋、尤延之各撰一本,预先进呈……册文寿皇披阅至再,即宣谕益公:'杨之文太聱牙,在御前读时生受,不若用尤之文温润。'"③宋孝宗从宣读效果的角度比较杨万里与尤袤所撰册文,最终淘汰杨文。可见,同题共撰服务于立言者的择优需求,让代言者之间充满技艺的竞争。

值得注意的是,这种竞争之中又蕴含合作机会。《清波杂志》卷一云:"政、宣间,掌朝廷书诏者,朝士常十数人。主文盟者,集众长而成篇。"④《四六谈麈》的记载与此稍异,同时指出"合而成篇"的具体方式:"宣和间,掌朝廷笺奏者,朝士常十数人,主文盟者集众长合而成篇,多精奇对而意不属,知旧事者往往效之。韩似夫枢密《谢故相仪国公赐世济厚德御书碑额表》,令数客为之,报行者,前一段用倪所为,后一段用胡承公作。"⑤不管是下行的"书诏"还是上行的"笺奏",代言者的合作包括两个阶段:一是同题共撰,朝士"十数人"或"数客"各撰一本;二是汇集众长,聚合成篇,将警联名对或各自段落拼合在一起。《朱子语类》卷一二七记载了宋高宗绍兴亲征诏的撰写过程:

> 问:"庚辰亲征诏,旧闻出于洪景卢之手。近施庆之云,刘共甫实为之。乃翁尝从共甫见其草本。未知孰是。"曰:"是时陈鲁公当国,命二公人为一

---

① 文莹撰,郑世刚、杨立扬点校《玉壶清话》卷一,中华书局,1984年,第5页。
② 文莹撰,郑世刚、杨立扬点校《湘山野录》卷上,中华书局,1984年,第1页。
③ 张端义《贵耳集》卷下,《全宋笔记》第6编第10册,第334页。
④ 周煇撰、刘永翔校注《清波杂志校注》卷一,第27—28页。
⑤ 谢伋《四六谈麈》,《历代文话》第1册,第41页。

诏,后遂合二公之文而一之,前段用景卢者,后段用共甫者。"①

陈康伯命令洪迈与刘珙"人为一诏",这是同题共撰;最后将两人的前后段落拼合,这是"集众长合而成篇"。在择优的语境中,撰文者通常以警联名对胜出,如前述王安石"五事见四句中,众以为不及也"。洪迈《容斋三笔》卷八"吾家四六"便对此诏警联颇为自矜。②而经过陈康伯的合二为一,洪氏津津乐道的"惟天惟祖宗,方共扶于基绪;有民有社稷,敢自佚于宴安"一联已不存在,这又体现出个人才华让位于"众长"的一面。

再看旧题重撰。与唐德宗"召通玄重撰"的经历相似,宋神宗不满钱藻所撰诏书,让许将、孙洙另作,最终属意孙氏之作:"直学士院钱藻撰进《遣押医官赐高丽国王王徽诏》,上批:'宜令许将、孙洙更各撰一本以进。'寻命洙为翰林学士。"③王安石令词臣草拟范镇致仕制时亦是如此:"安石命直舍人院蔡延庆草制,不称意,更命王益柔。"④旧作与新作虽自成一体,但前者往往成为后者提升的基础,体现出代言者之间的相互启发、逐步完善的合作关系。关于旧题重撰的详细过程,我们可从王莘与苏轼为滕元发代撰的表状中找到线索。据《续资治通鉴长编》卷三四二元丰七年(1084)条载:"正议大夫滕甫知筠州。甫罢安州,入朝,手诏'谋逆人李逢乃甫之妻族近亲,不宜令处京师,可与东南一小郡'故也。甫上书自辨,寻改知湖州。"⑤滕元发上奏之文被王铚《四六话》完整著录,注云:"先子为滕作《陈情表》,手简尚在,今乃误印在东坡市本文内。"⑥王明清亦站在维护祖父的立场上强调:"今载东坡公文集中者,实先祖之文也。"⑦实际上王莘撰文在先,苏轼文集中《代滕甫辩谤乞郡状》在其基础上进行了删改和重写⑧。

---

① 黎靖德编、王星贤点校《朱子语类》卷一二七,中华书局,1986年,第3058—3059页。
② 洪迈撰、孔凡礼点校《容斋三笔》卷八,第523页。
③ 李焘《续资治通鉴长编》,中华书局,2004年,第7171页。
④ 李焘《续资治通鉴长编》卷二一六,第5265页。
⑤ 李焘《续资治通鉴长编》卷三四二,第8219页。
⑥ 王铚《四六话》,《历代文话》第1册,第16页。
⑦ 王明清《挥麈后录》卷六,《全宋笔记》第6编第1册,第162页。
⑧ 王莘全文载《四六话》卷上,《历代文话》第1册,第15—16页。张明华、房厚信《王铚王明清家族研究》引录两文并作了对比,但并未对两文关系深入考辨(黄山书社,2014年,第113—115页)。苏轼《代滕甫辩谤乞郡状》版本源流清晰,分别见于《东坡七集·奏议集》卷一五和郎晔《经进东坡文集事略》卷四〇。今据张志烈、马德富、周裕锴主编《苏轼全集校注·文集》卷三七征引,河北人民出版社,2011年,第3689—3691页。以下所引王文和苏文均出自上述两书,兹不赘注。

苏轼《与滕达道六十八首》之二十四云："某启。所示文字，辄以意裁减其冗，别录一本，因公之成，又稍加节略尔。不知如何？"①清人王文诰《苏文忠公诗编注集成总案》卷二二认为此书简即苏轼在黄州完成《乞郡状》后答复滕元发之作："滕元发责筠州安置，以辩谤引疾疏草来质，公改为《辩谤乞郡状》，并答书。"②裁减、节略、改题等措辞可以看出两个文本之间的关系。而滕元发先寄来的第一版，当是"从滕章敏幕府逾十年"的王莘所撰《陈情表》。同样是针对滕元发，苏轼后来也在王莘行状的基础上撰写墓铭，如王明清《挥麈后录》卷六载："章敏死，先祖为作行状。东坡公取以为铭诗，其序中易去旧语，裁十数字而已。"③由此返观王氏《陈情表》与苏轼《乞郡状》的异同，便可大致还原其成文过程。

王苏二文首尾两段基本相同。第一段从"人情不问贤愚，莫不畏天而严父"到"一日离去左右，十有余年，攻臣之言，何所不有"。苏文第一段仅有少许文字差异，如王文"恃深知"，苏文作"蒙深知"，"疏愚"作"蠢愚"，"十有余年"作"十有二年"，"攻臣之言"作"浸润之言"。王文第三段为从"臣非敢别有侥觊，更求录用"到"区区之愿，永毕于斯"，苏文第三段基本相似，惟"改授臣颖、寿、湖、润一郡，稍便医药"改作"乞移臣淮浙间一小郡，稍近坟墓"；"退归田里，歌咏太平，自述臣子之遭逢，归诧乡邻之父老"，改作"退伏田野，自称老臣，追叙始终之遭逢，以托乡邻之父老"。改动的原因如苏轼《与滕达道》云："但静以待命，如乞养疾之类，亦恐不宜。"④这也是王文诰所说从"辩谤引疾"到"辩谤乞郡"的转换。差异最大的是中间一段。王文曰：

> 偶因疑似，直欲中伤。至如臣顷在京东，谬当帅路，材微任重，禄过灾生。验凶人始造谋之年，乃愚臣未到任之日。其时陛下特遣亲信就以体量，在于臣身并无讹误。言事之臣，不知本末，或罔臣以失察，或诬臣以党奸，欲于宽大之朝，为臣终身之累。幸赖圣君之照鉴，力排众议以保全。爰自偏州，渐移节镇，昨因考满，许赴阙廷。中书既不外除，交代又已到任。

---

① 张志烈、马德富、周裕锴主编《苏轼全集校注·文集》卷五一，第5536—5537页。
② 王文诰《苏文忠公诗编注集成总案》，巴蜀书社，1985年，第635—636页。
③ 王明清《挥麈后录》卷六，《全宋笔记》第6编第1册，第161页。
④ 张志烈、马德富、周裕锴主编《苏轼全集校注·文集》卷五一，第5536—5537页。

官为近侍,理合朝参。实欲叙愚臣久蒙含垢之恩,谢陛下稍复善藩之赐。况臣素无党援,惟祈一望清光。今者才入国门,复除江郡。恋阙之心徒切,见君之日无期。拜命傍徨,不知所措。寻观诰意,复领装钱,方悟此行,非缘重遣。臣是以敢陈危恨,上冒天聪,辄希行苇之仁,曲轸遗簪之眷。窃缘筠州阙次,尚在来春,乡里田园,素来微薄,家贫累重,四方无归。

苏文第二段进行了较大幅度的改写:

> 至谓臣阴党反者,故纵罪人,若快斯言,死未塞责。窃伏思宣帝,汉之英主也,以片言而诛杨恽;太宗,唐之兴王也,以单词而杀刘洎。自古忠臣烈士,遭时得君而不免于祸者,何可胜数。而臣独蒙皇帝陛下始终照察,爱惜保全,则陛下圣度已过于宣帝、太宗,而臣之遭逢,亦古人所未有。日月在上,更何忧虞。但念世之憎臣者多,而臣之赋命至薄,积毁消骨,巧言铄金,市虎成于三人,投杼起于屡至,傥因疑似,复致人言,至时虽欲自明,陛下亦难屡赦。是以及今无事之日,少陈危苦之词。晋王导,乃王敦之弟也,而不害其为元臣;崔造,源休之甥也,而不废其为宰相。臣与反者,义同路人。独于宽大之朝,为臣终身之累,亦可悲矣。凡今游宦之士,稍与贵近之人有葭莩之亲,半面之旧,则所至便蒙异待,人亦不敢交攻。况臣受知于陛下中兴之初,效力于众人未遇之日,而乃毁訾不忌,践踏无严,臣何足言,有辱天眷。此臣所以涕泣而自伤者也。

苏轼与王莘的不同之处在于"辩谤"的重心。熙宁八年(1075)李逢案发时是由沂州审理的,滕元发时以翰林侍读学士知青州,兼任京东东路安抚使,沂州是其管辖范围。① 王莘辨谤的理由是李逢在滕元发上任之前就开始预谋了,滕氏不存在"失察"或"党奸"之责。在苏轼看来,这样的辩解价值不大,《与滕达道六十八首》之二十五云:"公忠义皎然,天日共照,又旧德重望,举动当为世法,不宜以小事纷然自辨。"②纠结于上任时间无异于"以小事纷然自辨"。因此苏轼第二

---

① 关于李逢案缘起及审理经过,参看李裕民《宋神宗制造的一桩大冤案——赵世居案剖析》,《宋史新探》,陕西师范大学出版社,1999年,第30—46页;贾志扬《天潢贵胄:宋代宗室史》第四章,江苏人民出版社,2020年。

② 张志烈、马德富、周裕锴主编《苏轼全集校注·文集》卷五一,河北人民出版社,2011年,第5538页。

段起首便从"阴党反"切入,提供了不同的辩护思路。在王莘笔下,"或罔臣以失察,或诬臣以党奸"是并列关系,而苏轼"至谓臣阴党反者,故纵罪人"则是因果关系,结党谋反的罪名相当严重,李逢、赵世居等都因此丧命,辩谤的言辞都应以此展开。接下来汉宣帝诛杨恽、唐太宗杀刘洎之事便被用来反衬滕元发免于死罪的命运。而王导、崔造不受亲眷王敦、源休牵连之事,则用于突出滕氏与犯法妻兄李逢的区别。苏文段末"况臣受知于陛下中兴之初,效力于众人未遇之日"从王文"验凶人始造谋之年,乃愚臣未到任之日"修改而来,将细节的争辩转化为忠义的坦陈,让他人的毁誉被君臣知遇之恩所超越。而文章首尾两段苏轼改"攻臣之言"作"浸润之言",改"歌咏太平"作"自称老臣"等,也遵循同样的思路:不肆意迁怒,也不过度乞怜,保持自身立朝大节。

以上从同题共撰和旧题重撰两个方面探讨了代言者在篇章写作中的互动性,无论是段落拼合还是删改,都体现出取长补短、相辅相成的合作关系。《四六谈麈》谈及"集众长合而成篇"的弊端是"多精奇对而意不属",朱东润据此指出宋四六"有句无章之病"。① 但如果还原代言书写由句到篇的实际流程,我们可以发现"集众长"不是个体才能的简单叠加,而是文章形态的不断优化。与洪迈消失的警联相似,王莘让滕元发执手赞叹的"恋阙之心徒切,见君之日无期"一联也在苏轼的改写中被删去,"作者意图"因而在不同代言者的参与中不断得到修正和升华。

总之,上文围绕意图融合、文章构思、文本修改和篇章结撰四个阶段,考察了代言者、立言者及其周边士人的互动关系,得出以下结论。

第一,互动性是宋四六代言书写的重要特征,它源于士人阶层在公共交往中的普遍参与,呈现出鲜明的近世特征。从宫廷、朝堂到幕府、家庭,代言书写拥有广泛的互动空间,四六文创作权力和技能为更广泛的群体所共享。

第二,互动性的基础是创作的实践性。在如何以代言之笔写出作者之意方面,汉魏六朝以来祢衡、任昉式的故事无不笼罩着天才论的色彩,而宋人通过代言双方的沟通、协商、问答与修改,为意图阐释提供了可认知、可操作、可推广的方案。从联语的撰写到篇章的完成,敏捷从卓异特质变为群体面相,当个人才

---

① 朱东润《中国文学批评史大纲》附录二,朱东润撰、陈尚君整理《中国文学批评史大纲校补本》,上海古籍出版社,2016年,第453页。

思面临困境时,群体互助成为行之有效的弥补方式,这让文本呈现出较强的流动性,接续、删改、拼合、重撰等创作环节可以不断延伸。

第三,互动性塑造了宋代骈文批评的基本样式。以四六话、笔记为主体的宋代骈文批评以摘取警联为基本样式,过往的文学批评史家常以"有句无篇"来概括。如能考虑文句构思中口头问答的即时性与简短性,再联系修改过程中文字的点窜、替换与合并,恰能还原警联佳语生成的原始环境。而通过考察士人在文本生成与变异过程中的互动关系,我们可以补足"篇章"部分,为宋代骈文批评研究拓展新的领域。

北宋"太学新体"考论
——从张方平庆历六年科举奏章谈起

华中师范大学文学院　林　岩

庆历六年(1046)二月二十八日,作为权同知贡举的张方平向朝廷上了一份奏章。此时省试阅卷刚刚完毕,而殿试尚未举行。他说:

> 伏以礼部条例,定自先朝,考较升黜,悉有程式。自景祐元年(1034),有以变体而擢高第者,后进传效,皆忘素习。尔来文格,日失其旧,各出新意,相胜为奇。至太学之建,直讲石介益加崇长,因其所好尚而遂成风,以怪诞诋讪为高,以流荡猥烦为赡,逾越规矩,惑误后学。朝廷恶其然也,屡下诏书,丁宁诫励,而学者乐于放逸,罕能自还。
>
> 今贡院考试诸进士,太学新体,间复有之。其赋至八百字已上,而每句有十六、十八字者;论有一千二百字以上,策有置所问而妄肆胸臆,条陈他事者。以为不合格,则辞理粗通。如是而取之,则上违诏书之意,轻乱旧章,重亏雅俗,驱扇浮薄,忽上所令,岂国家取贤敛材,以备治具之意耶?
>
> 其举人程试,有擅习新体,而尤诞漫不合程试者,已准格考落外,窃虑远人未尽详之。伏乞朝廷申明前诏,更于贡院前牓示,使天下之士知循常道。臣典司宪度,复预文衡,敢此敷闻,伏候进止。①

按照宋代惯例,一般多在科考之前发布诏书,提醒举子在科场写作中要避免出现哪些情况,但此份奏状却是提交于省试阅卷结束之后,难免令人疑惑。尤其

---

① 张方平《贡院请诫励天下举人文章》,郑涵点校《张方平集》,中州古籍出版社,2000年,第278—279页。按,此篇奏章收入张方平《乐全集》,亦见于《续资治通鉴长编》卷一五八(中华书局,2004年,第3821—3822页)、《宋会要辑稿·选举》三之三〇(上海古籍出版社,2018年,第5300—5301页)。但文字互有出入。《续资治通鉴长编》(以下简称《长编》)文字最简,《宋会要辑稿》稍详,但也有删节;两者都未出现"太学新体"的说法。

值得注意的是,在奏章中,张方平不仅将那些违背科场程式的文风称之为"太学新体",而且将其形成的源头直接归咎于太学官员石介,为了杜绝"太学新体"的出现,他甚至请求朝廷将申诫诏书张榜于贡院之前。张方平批判的矛头指向如此明确,且又如此大张旗鼓,显然已经超越了科举,而有更深层次的原因。

张方平的这篇奏章因为首次提及"太学新体",故引起了一些学者的关注。人们在讨论北宋古文运动的曲折进程时,常常把"太学新体"作为一环讨论。①尽管有一些学者注意到了"太学新体"的出现与"庆历新政"存在关联,但是,张方平的这篇奏章本身却没有引起足够重视,人们只是将其作为嘉祐二年(1057)欧阳修知贡举时打击"险怪"文风(或称之为"太学体")的一个前奏曲,予以正面评价。本文则尝试联系当时"庆历新政"失败不久的政治情势,从新政反对者(张方平即是其中一员)的角度来审视他们如何看待"太学新体"的形成,以及为何要清除"太学新体"的影响。

一、天圣诏书与"景祐变体"

据祝尚书考证,张方平奏章中所说"景祐元年有以变体擢高第者",乃是景祐元年的状元张唐卿,而当年殿试的题目是:《房心为明堂赋》《和气致祥诗》

---

① 最早涉及"太学体"者,是曾枣庄《北宋古文运动的曲折过程》(《文学评论》1982年第5期)。此后,葛晓音《欧阳修排抑"太学体"新探》[《北京大学学报》(哲学社会科学版)1983年第5期]进行了专门探讨。继而,日本学者也发生了兴趣,如东英寿《"太学体"考——从北宋古文复兴的角度》(东英寿著,王振宇、李莉等译《复古与创新——欧阳修散文与古文复兴》,上海古籍出版社,2005年,第125—141页)、高津孝《北宋文学之发展与太学体》(高津孝著、潘世圣等译《科举与诗艺——宋代文学与士人社会》,上海古籍出版社,2005年,第25—36页),都进行了更为深入的考察。随后,中国学界有了更多关注,成果有祝尚书《北宋"太学体"新论》,《四川大学学报》(哲学社会科学版)1999年第3期;朱刚《"太学体"及其周边诸问题》,《文学遗产》2007年第5期;谢琰《欧阳修排抑"太学体"发覆》,《安庆师范学院学报》(社会科学版)2008年第10期;张兴武《北宋"太学体"文风新论》,《文学评论》2008年第6期;许瑶丽《庆历"太学新体"新论——兼论欧阳修对庆历"太学新体"的促进》,《四川师范大学学报》(社会科学版)2008年第6期;许瑶丽《再论嘉祐"太学体"与"古文"的关系》,《西南民族大学学报》(人文社会科学版)2011年第1期;许外芳《北宋仁宗朝科举改革与"太学体"之兴衰新探》,《学术研究》2013年第4期;雷恩海、刘岩《北宋"太学体"事件覆议》,《河南师范大学学报》(哲学社会科学版)2021年第2期。这些成果一方面纠正了某些错误认识,另一方面也存在较大的意见分歧。不过,其关注点多落在嘉祐二年欧阳修排斥"险怪"文风的举措上,唯有许瑶丽之文对于庆历"太学新体"的考察,与本文在考察对象上略有近似之处,但切入点、行文思路和结论都有显著差异。

《积善成德论》。① 根据韩琦所撰墓志铭，张唐卿不仅与石介、韩琦有着密切的交往，而且他还得到了范仲淹的赏识：

> 文正范公亦知君为深，常与余评论人物，喟然谓余曰：凡布衣应科举得试殿廷下，必婉辞过谨以求中格，人情之常也。而张某者为《积善成德论》，独言切规谏，冀以感寤人主，立朝可知矣。使今而在，必以直道为一时名臣，其推重如此。②

上述史料值得注意者有二：一是景祐元年(1034)状元张唐卿与后来的庆历改革派官员有着密切的人际交往；二是他受到激赏的科场文章并非律赋而是论，因为寓含讽谏而获褒奖。范仲淹、石介一直主张在科举考试中应重视策论而不是诗赋，而张唐卿恰好以擅长论而中了状元，此中缘由，耐人寻味。

（一）作为转折点的天圣七年(1029)诏书

景祐元年之前的一次科考，发生在天圣八年(1030)，即欧阳修登科中进士的那一年。按照惯例，此科的选拔性考试——解试是在前一年的秋季举行。但在天圣七年五月二日，朝廷下了一道诏书：

> 国家稽古御图，设科取士，务求时俊，以助化源。而褒博之流，习尚为弊，观其著撰，多涉浮华。或碎裂陈言，或会粹小说，好奇者遂成于诡怪，矜巧者专事于雕镌，流宕若兹，雅正何在？属方开于贡部，宜申儆于词场。当念文章所宗，必以理实为要，探典经之旨趣，究作者之楷模，用复温纯，无陷偷薄，庶有裨于国教，期增阐于儒风。咨尔多方，咸体朕意。③

这道诏书的颁布，显示朝廷不满于当下科场的浮华文风，而其矛头所指，显然就是风行一时、注重骈俪和典故堆砌的西昆体文风。

天圣八年登科的欧阳修，以亲历者的身份对这道诏书产生的效力给予了充

---

① 参见祝尚书《北宋"太学体"新论》，《四川大学学报》(哲学社会科学版)1999年第3期。
② 韩琦《故将作监丞通判陕府张君墓志铭》，李之亮、徐正英笺注《安阳集编年笺注》卷四七，巴蜀书社，2000年，第1500—1501页。
③ 刘琳等点校《宋会要辑稿·选举》三之一六，第5293页。按，《宋会要辑稿》系于天圣七年正月二日，但对勘《续资治通鉴长编》卷一〇八(第2512页)，天圣七年五月己未朔条记载，知文字抄写有误，"正月"应为"五月"。

分肯定,多次在著作中提及。如景祐四年(1037),他在所作《与荆南乐秀才书》中说:"天圣中,天子下诏书,敕学者去浮华,其后风俗大变。今时之士大夫所为,彬彬有两汉之风矣。"①皇祐三年(1051),在为苏舜钦文集所作序言中写道:

> 天圣之间,予举进士于有司,见时学者务以言语声偶摘裂,号为时文,以相夸尚。而子美独与其兄才翁及穆参军伯长,作为古歌诗杂文,时人颇共非笑之,而子美不顾也。其后天子患时文之弊,下诏书讽勉学者以近古,由是其风渐息,而学者稍趋于古焉。②

嘉祐五年(1060),他在举荐苏轼的奏状中也说:

> 往时自国家下诏书戒时文,讽励学者以近古,盖自天圣迄今二十余年,通经学古,履忠守道之士,所得不可胜数。③

南宋人对天圣下诏也给予了高度评价,如吕中说:

> 自我太祖、太宗留意文治,而真宗复戒励词臣之浮靡,仁宗复进好古笃行之士以矫文弊,其斡旋天下之大势,转移风俗之要枢,盖自上始。则文体之变,虽在嘉祐之时,实萌于天圣之初矣。唐文变于韩、柳,我朝之文虽倡于欧阳,而实变于仁宗。④

根据这些记述,天圣七年诏书显然意味着一个转折点的出现,至少它代表了一种官方意志,试图转变科场文风。

(二) 科举考试中策论地位的提升

伴随着天圣七年诏书的颁布,科举对于策论给予了越来越多的重视。此后,朝廷几乎在每次开科之时,都会发布诏书,要求重视策论考校。

大约从真宗朝末期,已有知贡举官员以策论成绩决定士人登科与否。西昆体的代表人物之一刘筠就是一个典型。《宋史·刘筠传》载:

> 筠,景德以来,居文翰之选,其文辞善对偶,尤工为诗。初为杨亿所识

---

① 洪本健校笺《欧阳修诗文集校笺》,上海古籍出版社,2014年,第1174页。
② 洪本健校笺《欧阳修诗文集校笺》,第1064页。
③ 李逸安点校《欧阳修全集》,中华书局,2001年,第1698页。
④ 吕中著,张其凡、白晓霞整理《类编皇朝大事记讲义》,上海人民出版社,2014年,第211页。

拔，后遂与齐名，时号"杨刘"。凡三入禁林，又三典贡部，以策论升降天下士，自筠始。①

按：刘筠，大中祥符八年（1015），同知贡举；天圣二年（1024）、天圣五年（1027）两任知贡举。作为重视骈俪文的西昆体代表人物，他竟然也重视以散体文为主的策论，这是文风转变的一个信号。

从天圣五年开始，朝廷陆续发布诏书，要求贡院在省试中注重考校策论。当年正月，省试开始之前，朝廷发布诏书："诏礼部贡院比进士以诗赋定去留，学者或病声律而不得骋其力，其以策论兼考之。"②《续资治通鉴长编》卷一一三载，明道二年（1033）十月"辛亥，上谕辅臣曰：'近岁进士所试诗赋多浮华，而学古者或不可以自进，宜令有司兼以策论取之。'"③可见，在科举考试中重视策论，乃是仁宗皇帝促使士人去除浮华转而学古的意图之所在。次年即景祐元年（1034）三月一日，朝廷再次下诏：

> 贡院所试进士，除诗、赋依自来格式考定外，其策、论亦仰精研考校，如词理可采，不得遗落。赋如欲不依次押官韵者听。④

这些一再发布的诏书，显示从天圣年间开始，策论在科举考试中的地位得到了一定程度的提升。虽然律赋仍在科场占据主导地位，但策论成绩无疑也会影响到应考士子能否被录取。这显然是对天圣诏书的一个有力回应。

（三）"景祐变体"出现的意义

天圣诏书的颁布、科场中策论地位的提升，都是朝廷为了转变科场风气而实施的举措，这构成了景祐元年张唐卿得中状元的历史语境。反过来，张唐卿在殿试中以论体文表达时事关怀，且能获取高第，正表明科场风气已然发生转变，政策举措取得了预期效果。

不应忽视的是，此一时期恰好也是古文逐步得到认可的时期。《苕溪渔隐

---

① 脱脱等《宋史》，中华书局，1990年，第10089页。
② 李焘著，上海师范大学古籍整理研究所、华东师范大学古籍整理研究所点校《续资治通鉴长编》（以下简称《长编》），中华书局，2004年，第2434页。
③ 李焘《长编》，第2639页。
④ 刘琳等点校《宋会要辑稿·选举》三之一七，第5293页。

丛话》前集卷二二引蔡宽夫《诗话》云："景祐、庆历后,天下知尚古文。"①这说明,到了景祐年间,古文的影响力在士人阶层中逐渐扩大,所以,张唐卿能和范仲淹、石介这样的古文家建立起密切的关系。这并非偶然性事件,而是意味着具有共同政治倾向和文学追求的士人开始有意识地集结。

张唐卿受到推重的《积善成德论》无疑是用散体文撰写的,而且表达了对时事的关怀,这都符合古文家的主张。张方平之所以称其为"景祐变体",或许意在指出,古文家的影响不仅渗透到科场文风中,而且他们已经开始通过科场文章来表达政治见解与时事关怀。

更重要的是,张唐卿交往的那些官员士大夫如范仲淹、韩琦、石介,都是当时政治改革的积极倡导者,更是后来"庆历新政"的主导者和参与者。他们都鼓励士人通过古文写作来议论时政、改造社会。张唐卿显然是受到了他们政治热情的影响,才会在殿试文章中寓含讽谏。而这,在张方平看来,则是一种不良倾向。

二、"太学新体"与"庆历新政"

张方平在庆历六年的科举奏章中特别指出,自景祐至庆历的十余年里,科场文风有一个逐渐演化的过程,而太学的建立以及太学直讲石介的推波助澜,造成了科场文风的恶化。他说:

> 尔来文格,日失其旧,各出新意,相胜为奇。至太学之建,直讲石介益加崇长,因其所好尚,而遂成风,以怪诞诋讪为高,以流荡猥烦为赡,逾越规矩,惑误后学。②

显然,张方平将石介视为"太学新体"形成的一个主要推动者。那么,石介何以能够促成一种科场文风的形成,有没有外部条件的刺激?这是一个必须探讨的问题。

(一)石介与庆历年间的太学

自宋初立国至庆历三年(1043),长达八十余年里,国子监是京城唯一的中

---

① 胡仔纂集、廖德明点校《苕溪渔隐丛话》前集,人民文学出版社,1981年,第145页。
② 郑涵点校《张方平集》,中州古籍出版社,2000年,第278—279页。

央官办学校。其下按专业分设三馆：广文、太学、律学，"广文教进士，太学教九经、五经、三礼、三传学究，律学馆教明律"①。原则上说，国子学招录的学生主要是"京朝官七品以上子孙"，但实际上执行并不严格。庆历三年二月，又设立了四门学，"以八品以下至庶人子孙补充学生"②。无论国子学还是四门学，招录学生的人数都相当有限③。

庆历四年(1044)三月，作为新政改革的一项重要举措，朝廷颁布了鼓励州县兴建学校、改革贡举考试规定的诏令，特别要求学生须在学校听读一段时间才具备参加解试的资格。④于是一个月后，判国子监王拱辰等官员请求在锡庆院兴建太学，由此确立了太学的独立地位。⑤太学校址的选择有点波折：先是庆历五年正月，朝廷下诏要求太学放弃锡庆院校址，⑥二月另选定马军都虞候公廨作为校址。⑦

据陈植锷考证，石介在庆历二年(1042)六月担任国子监直讲，至庆历四年十月才离开国子监，赴任濮州通判。也就是说，石介前后在太学的时间不到两年半，但恰好碰上了太学兴建的好时机。与此同时，经由石介推荐，孙复也于庆历二年十一月担任国子监直讲⑧。

曾任国子监长官的田况对庆历初年国子监讲学的盛况有如下记述：

> 自景祐以来，天下州郡渐皆建学，规模立矣。庆历初，令贾相国昌朝判领国庠，予贰其职。时山东人石介、孙复皆好古醇儒，为直讲，力相赞和，期兴庠序。然向学者少，无法例以劝之。于是史馆检讨王洙上言，乞立听书日限，宽国庠荐解之数以徕之，听不满三百日者，则屏不得与。由是听徒日众，未几遂盈数千。虽祁寒暑雨，有不却者。诸席分讲，坐塞阶序，讲罢则书名于籍以记日，固已不胜其哗矣。讲员众白判长，奏假庠东锡庆院，以广

---

① 脱脱等《宋史》，第3910页。
② 刘琳等点校《宋会要辑稿·崇儒》一之三〇，第2743页。
③ 关于宋初国子学及后来太学建立的情形，参见朱瑞熙、张邦炜《论宋代国子学向太学的演变》，邓广铭主编《宋史研究论文集》，河南人民出版社，1984年，第219—240页。
④ 李焘《长编》，第3564页。
⑤ 李焘《长编》，第3589页。
⑥ 李焘《长编》，第3735页。
⑦ 李焘《长编》，第3747页。
⑧ 陈植锷《石介事迹著作编年》，中华书局，2003年，第110、126页。

学舍为太学,诏从之。介、复辈益喜,以为教道之兴也。他直讲又多少年,喜主文词,每月试诗赋论策,第生员高下,揭名于学门。介又喜议时事,虽朝之权贵,皆訾訾之。由是群谤喧兴,渐不可遏。①

根据这段记述,生员具备一定听读时间才可参加科考的规定导致国子监入学人数的暴增,于是才有了占用锡庆院扩充太学的举措。正是借此契机,石介才拥有了面向众多学生讲学的机会。欧阳修在为石介所撰墓志铭说的"及在太学,益以师道自居,门人弟子从之者甚众,太学之兴自先生始"②,显然应在这样一个背景下理解。

石介在太学讲学之所以能造成轰动性影响,无疑与他对时政的关切和议论直接相关。除了田况明言石介喜议时事,造成群谤喧兴的局面外,庆历七年(1047),御史何郯在论及石介时也有如是评价:

　　缘石介平生,颇笃学问,所病者,道未周而好为人师,致后生从学者多流荡狂妄之士。又在太学日,不量职分,专以时事为任。③

由此可以推测,石介在太学直讲任上经常面向太学生评论时事政治。

石介喜议时政的一个直接证据,就是他在太学任教期间撰写的与时局变动紧密相关的《庆历圣德颂》,时为庆历四年四月④。此前一月,仁宗皇帝将范仲淹、富弼、韩琦引入权力中枢,同时任命欧阳修、余靖、蔡襄等为谏官,而吕夷简则离开朝廷,夏竦的枢密使职务被罢免,这一切预示着"庆历新政"的帷幕即将拉开。石介《庆历圣德颂》就是对此事件的记述,诗中甚至使用了"退奸进贤"等带有强烈褒贬色彩的语言,引发了一场风波。同时人田况说:

　　范仲淹、富弼初被进用,锐于建谋作事,不顾时之可否。时山东人石介方为国子监直讲,撰《庆历圣德颂》以美得人,中有"惟仲淹、弼,一夔一契"之句,气类不同者,恶之若仇。未几,谤訾群兴,范、富皆罢为郡,介诗颇为累焉。⑤

---

① 田况著、张其凡点校《儒林公议》,中华书局,2017年,第29—30页。
② 洪本健校笺《欧阳修诗文校笺》,上海古籍出版社,2014年,第897页。
③ 李焘《长编》,第3877页。
④ 陈植锷《石介事迹著作编年》,第114页。
⑤ 田况著、张其凡点校《儒林公议》,第6—7页。

显然,作为庆历改革派官员的支持者,石介试图利用太学制造舆论,通过向太学生发表自己对于时事的看法影响士人阶层的政治倾向。或许正是因为他强烈支持政治改革,所以新政派官员一度有举荐他任谏官的打算,后来考虑到他激进的行为方式,最终放弃了①。

(二) 庆历年间的贡举新制

作为"庆历新政"不可分割的一部分,州县兴学与贡举改革紧密相关。除了规定举子必须在学校听读一段时间才可应举之外,科举内容方面的新规定也值得留意。

庆历四年三月,围绕贡举改革,一些官员经过讨论提出了一个综合意见。他们认为:

> 夫上之所好,下之所趋也。今先策论,则文词者留心于治乱矣;简程式,则闳博者得以驰骋矣;问大义,则执经者不专于记诵矣。其诗赋之未能自肆者,杂用今体,经术之未能亟通者,尚如旧科,则中常之人,皆可勉及矣。此所谓尽人之材者也。故为先策论过落,简诗赋考式,问诸科大义之法,此数者其大要也。②

分析这些建议,可以看出:第一,他们凸显了策论的重要性,建议在科举考试中先根据策论成绩进行筛选,合格者才能进入下一轮考试;第二,放松了对诗赋声律方面的要求,以使考生有更大的发挥余地。因当时的主政者是范仲淹等改革派官员,这些主张随即被朝廷全盘接收,并发布了正式的诏令:

> 进士试三场,先策,次论,次诗赋,通考为去取,而罢帖经墨义。又以旧制用词赋,声病偶切,立为考式,一字违忤,已在黜格,使博识之士,临文拘忌,俯就规检,美文善意,郁而不伸。如白居易《性习相近远赋》、独孤绶《放驯象赋》,皆当时试礼部,对偶之外,自有义意可观,宜许仿唐体,使驰骋于其间。③

从这道诏令来看,天圣年间以来重视策论的呼声得到了高度重视并落实。虽然

---

① 陈植锷《石介事迹著作编年》,第118—119页。
② 李焘《长编》,第3563页。
③ 李焘《长编》,第3565页。

律赋仍是考试内容之一，但放松了原先十分严苛的声律要求，且允许仿照唐人写赋的体式，以便考生可以自由发挥。

对于贡举新制颁布后的影响及其在新政失败后的命运，田况做了如下描述：

> 诏既下，人争务学，风俗一变。未几，首议者多出外官。所见不同，竞兴讥诋，以谓俗儒是古非今，不足为法，遂追止前诏，学者亦废焉。①

也就是说，贡举新制的颁布对于当时的科场文风确实发生了不小的影响。但是，到了庆历五年初，随着改革派主要官员陆续被逐出朝廷，贡举新制也就被停废了。《长编》卷一五五载：

> [庆历五年(1045)，三月己卯——引者注]诏礼部贡院进士所试诗赋，诸科所对经义，并如旧制考校。先是，知制诰杨察言，前所更令不便者甚众，其略以诗赋声病易考，而策论汗漫难知，故祖宗莫能改也。且异时尝得人矣，今乃释前日之利，而为此纷纷，非计之得，宜如故便。上下其议于有司，而有司请今者考校，宜且如旧制，遂降此诏。②

当时停废贡举新制的理由，主要是为了便于考校，对科场文风并没有太多指责。这与后来张方平的严厉批评有显著区别。

由此可见，作为"庆历新政"下的产物，太学内部的教学方式与科举考试规定都发生了显著变化。这无疑提高了便于古文写作的策论的地位，也鼓励了议论时政的风气。"太学新体"正是在这样的环境中出现的。

三、何谓"怪诞诋讪"

张方平奏章严厉批评了当时的科场文风，其中特别引人注目的是，他使用了"以怪诞诋讪为高，以流荡猥烦为赡"这样的评语。此语究竟应作何理解，张方平是基于何种理由做出如此评判的，这样的评判是否合适？凡此种种，颇值得深究。惜乎已有研究多未论及，故这里拟作详细考察。

---

① 田况著、张其凡点校《儒林公议》，第82页。
② 李焘《长编》，第3761页。

（一）何谓"怪诞"

既然张方平认为是石介助长了这样的风气,那么我们应该首先从石介身边的朋友着眼,看有没有称得上"怪诞"的人物。石介所赏识的杜默,似乎算一个。《苕溪渔隐丛话》前集征引《隐居诗话》载:

> 东坡云:石介作《三豪诗》,略云:"曼卿豪于诗,永叔豪于文,杜默豪于歌也。"永叔亦赠默诗云:"赠之三豪篇,而我滥一名。"默之歌少见于世,初不知之,后闻其篇云:"学海波中老龙,圣人门前大虫,推倒杨朱、墨翟,扶起仲尼、周公。"皆此等语,甚矣,介之无识也。永叔不欲嘲笑之者,此公恶争名,且为介讳也。吾观杜默豪气,正是京东学究,饮私酒,食瘴死牛肉,醉饱后发者也。作诗狂怪,至卢仝、马异极矣,若更求奇,便作杜默。①

从苏轼所引杜默的诗歌来看,杜默显然有着强烈的卫道意识,这与石介本人价值理念颇有契合之处,但在表达方式上有些不伦不类、虚张声势,故而苏轼觉得怪奇至极,对于石介为何欣赏表示不理解。

此外,在庆历四年十一月发生的"进奏院案"中,也能发现一些此类人物的影子。《长编》卷一五三载:

> 先是,杜衍、范仲淹、富弼等同执政,多引用一时闻人,欲更张庶事。御史中丞王拱辰等不便其所为。而舜钦仲淹所荐,其妻又衍女也,少年能文章,议论稍侵权贵。会进奏院祠神,舜钦循前例用鬻故纸公钱召妓女,开席会宾客。拱辰廉得之,讽其属鱼周询、刘元瑜等劾奏,因欲动摇衍。事下开封府治。于是舜钦及巽俱坐自盗,洙等与妓女杂坐,而休复、约、延隽、延让又服惨未除,益柔并以谤讪周、孔坐之,同时斥逐者,多知名士。世以为过薄,而拱辰等方自喜曰:"吾一举网尽矣!"②

这个事件完全是改革派的政敌们借题发挥,意在摇撼范仲淹等人的政治地位。尤其是王益柔这个人物,值得注意。他本是寇准的外孙,却因为写了一首《傲

---

① 胡仔纂集、廖德明点校《苕溪渔隐丛话》前集,第174页。
② 李焘《长编》,中华书局,2004年,第3715—3716页。

歌》而遭到贬逐。① 而据《长编》所引《王拱辰行状》，其《傲歌》诗中有这么两句："醉卧北极遣帝扶，周公孔子驱为奴。"②与杜默诗歌在风格上极为相似，不仅语言夸张，而且思想也相当怪异。这似可视为"怪诞"的一种表现。

杜默、王益柔诗歌都以一种夸张的方式显露出故意迥异于常人的特征，而这，与欧阳修描述的"庆历之学"具有某种相似之处。欧阳修《议学状》说：

> 夫人之材行，若不因临事而见，则守常循理，无异众人。苟欲异众，则必为迂僻奇怪以取德行之名，而高谈虚论以求材识之誉。前日庆历之学，其弊是也。③

以怪异的思想、出格的言论博取关注，在常人看来无疑有点"怪诞"，却也反映了庆历年间言论较为自由的时代风气。这种风气随着古文运动的展开，也渗透到了科场文章的写作之中。苏轼登科后在写给欧阳修的《谢欧阳内翰书》中说：

> 自昔五代之余，文教衰落，风俗靡靡，日以涂地。圣上慨然叹息，思有以澄其源，疏其流，明诏天下，晓谕厥旨。于是招来雄俊魁伟敦厚朴直之士，罢去浮巧轻媚丛错采绣之文，将以追两汉之余，而渐复三代之故。士大夫不深明天子之心，用意过当，求深者或至于迂，务奇者怪僻而不可读，余风未珍，新弊复作。大者镂之金石，以传久远；小者转向摹写，号称古文。④

因此，张方平所谓的"怪诞"，极有可能是指科场文章写作中存在的一种思想怪异、语言浮夸的风气。

（二）何谓"诋讪"

"进奏院案"发生之后数天，朝廷突然发布诏令，指斥朋党现象、按察使派遣和文坛风气。《长编》卷一五三载：

> （庆历四年十一月——引者注）己巳，诏曰："朕闻至治之世，元、凯共朝，不为朋党，君明臣哲，垂荣无极，何其德之盛也。朕昃食厉志，庶几古

---

① 脱脱等《宋史》，第9634—9636页。
② 李焘《长编》，第3716页。
③ 李逸安点校《欧阳修全集》，中华书局，2001年，第1672页。
④ 孔凡礼点校《苏轼文集》，中华书局，1998年，第1423页。

治,而承平之弊,浇竞相蒙,人务交游,家为激讦,更相附离,以沽声誉,至或阴招贿赂,阳托荐贤。又按察将命者,恣为苛刻,构织罪端,奏鞫纵横,以重多辟。至于属文之人,类亡体要,诋斥前圣,放肆异言,以讪上为能,以行怪为美。自今委中书、门下、御史台采察以闻。"①

朋党问题是庆历改革派遭到攻击的一个最主要的罪名,按察使派遣也是"庆历新政"的一项重要举措。单从这两点,足以看出诏令是针对改革派而发。而此时,除了杜衍仍在朝中独立支撑之外,范仲淹、韩琦、富弼、欧阳修等都已被调离朝廷,"庆历新政"实际上已经宣告失败。不过,特别值得注意的是,诏书还专门批评了当时的文坛风气,尤其是"诋斥前圣,放肆异言,以讪上为能,以行怪为美"一句,几乎就是张方平"以怪诞诋汕为高"一语的翻版。显然,"庆历新政"在文化方面的举措及其影响,也引起了反对派的敌视。

随着改革派官员被逐出朝廷,抨击他们的言论也多了起来。概括起来,这些抨击言论主要指责改革派官员喜欢攻击他人、言辞过激、沽名钓誉。如曾经是王拱辰下属、参与"进奏院案"的监察御史刘元瑜,就指斥庆历时期以欧阳修为首的谏官,说他们"以进退大臣为己任,以激讦阴私为忠直,荐延轻薄,列之馆阁,与相倡和,扇为朋比"②。又《长编》卷一五四载:

（庆历五年二月——引者注）丙申,御迩英阁,读《汉书元帝纪》,上语及汉元、成二帝政理,丁度因言:"顷者臣下不知大体,务相攻讦,或发人阴私,以图自进,赖陛下圣明觉悟,比来此风渐息。"上因言攻讦之弊曰:"凡此皆谓小忠,非大忠也。"③

"庆历新政"时期,改革派官员大胆进言与弹劾,现在都成为喜好攻讦、沽名钓誉的证据。

面对攻击,欧阳修一直采取强硬的回击姿态。如他在范仲淹去世后所写《祭资政范公文》中说:"公曰彼恶,公为好讦;公曰彼善,公为树朋。公所勇为,公则躁进;公有退让,公为近名。谗人之言,其何可听!"④就意在为范仲淹洗刷

---

① 李焘《长编》,第3718页。
② 李焘《长编》,第3744页。
③ 李焘《长编》,第3746页。
④ 洪本健校笺《欧阳修诗文集校笺》,第1231页。

污名。而当欧阳修晚年重回朝廷之后，他也试图解释庆历改革派官员何以会蒙上喜好攻讦的坏名声。他在《论包拯除三司使上书》中说：

> 国家自数十年来，士君子务以恭谨静慎为贤。及其弊也，循默苟且，颓惰宽弛，习成风俗，不以为非，至于百职不修，纪纲废坏。时方无事，固未觉其害也。一旦黠虏犯边，兵出无功，而财用空虚，公私困弊，盗贼并起，天下骚然。陛下奋然感悟，思革其弊，进用三数大臣，锐意于更张矣。于此之时，始增置谏官之员，以宠用言事之臣，俾之举职。由是修纪纲而绳废坏，遂欲分别贤不肖，进退材不材。而久弊之俗，骤见而骇，因共指言事者而非之，或以谓好讦阴私，或以为公相倾陷，或谓沽邀（按：原文作"激"，据《续资治通鉴长编》改）名誉，或谓自图进取，群言百端，几惑上听。①

从欧阳修这些严肃的回应和辨白可以想见，喜好攻讦已经成为政敌加诸改革派官员的一项重要罪状，而极力洗刷这种不白之冤，也成为改革派官员不得不承担的一项重负。

因此，张方平奏章中所说的"以怪诞诋讪为高"，似可从两个方面理解：一方面是"怪诞"，主要指思想的怪异和语言的浮夸；另一方面是"诋讪"，主要指喜好评论时事、议论人物，对政治弊端进行批判。这正是庆历时期言路大开的自然结果。它们反映了"庆历新政"下的两种风气：一是在文章著述中，出现了一些迥异流俗、颇为另类的奇特思想，以及过于标新立异而显得浮夸的表述方式；二是在政治实践中，表现出一种积极进取、毫不妥协而显得具有攻击性的斗争姿态。这些都渗透到了科场写作之中。

四、所谓"流荡猥烦"

研究北宋"太学体"，无论是"景祐变体"，还是庆历"太学新体"，抑或是嘉祐"险怪文风"，最令学者们感到头疼的是，找不到一篇文本作为印证依据，这样就使立论有凿空的危险。

关于庆历"太学新体"的特征，张方平奏章有描述：

---

① 李逸安点校《欧阳修全集》，第1693页。

> 今贡院考试诸进士，太学新体，间复有之。其赋至八百字已上，而每句有十六、十八字者；论有一千二百字以上，策有置所问而妄肆胸臆，条陈他事者。①

稍作分析，即可发现，这实际上是他对"以流荡猥烦为赡"这一评语的展开阐述。所谓"流荡"，即是说抛开题目，完全自由发挥，泛滥而无归；所谓"猥烦"，即是指文章篇幅过长，字数太多，逾越规制。那么，是否有符合庆历"太学新体"的科场文章作为印证呢？有学者注意到，欧阳修庆历二年（1042）撰写了一篇《进拟御试应天以实不以文赋》，与张方平指斥的文风若合符契，进而认为欧阳修就是"太学新体"的有力推动者。② 下面对欧阳修的这篇科场拟作，试作分析。

首先，这是一篇科场律赋，根据庆历二年殿试赋题《应天以实不以文》而拟作③，赋题之下标注了应押的八韵："推诚应天，岂尚文饰。"④欧阳修严格遵照用韵要求，依照"诚、应、推、式（饰）、天、尚、文、岂"的用韵次序，将全文分为八个段落，各段落之间层层递进，具有明显的说理特征。

其次，此赋字数约在八百字左右，其中一些对句确实过长。如有每句十九字者：

> 至如阳能和阴则雨降，若岁大旱，则阳不和阴而可推；阴不侵阳则地静，若地频动，则阴干阳而可知。（《进拟应天以实不以文赋》）

又有每句十四字者，加上发端词有十六字之多：

> 若夫慎择左右而察小人，则视听之不惑；肃清宫闱而减冗列，则恭俭而成式。（《进拟应天以实不以文赋》）

这些长对句，几乎都采用了散体文的句式，明显受到古文影响，这是天圣以来古文渗透到科场文体的一个有力证据。

再次，也是最重要的，此篇赋作明显有借题发挥、议论时政的用意，迥然有别于科举程文套路式的写法。其实，这在欧阳修随赋进献的引状中已有交待：

---

① 郑涵点校《张方平集》，中州古籍出版社，2000年，第279页。
② 参见许瑶丽《庆历"太学新体"新论——兼论欧阳修对庆历"太学新体"的促进》，《四川师范大学学报》（社会科学版）2008年第6期。
③ 刘琳等点校《宋会要辑稿·选举》七之一六，第5396页。
④ 洪本健校笺《欧阳修诗文集校笺》，第1945—1947页。

> 盖自四年来，天灾频见，故陛下欲修应天以实之事。时谓出题以询多士，而求其直言者。外议皆称，自来科场只是考试进士文辞，但取空言，无益时事。亦有人君能上思天戒，广求规谏以为试题者。此乃自有殿试以来，数百年间最美之事，独见于陛下。然臣窃虑远方贡士乍对天威，又迫三题，不能尽其说以副陛下之意。臣忝列书林，粗知文字，学浅文陋，不自揆度，谨拟御题撰成赋一首。不敢广列前事，但直言当今要务，皆陛下所欲闻者。①

这种借科场题目写作议论时事的做法，显然符合张方平所说的"妄肆胸臆，条陈他事"。文中，欧阳修对社会现实的揭示不留情面：

> 方今民疲赋敛之苦，又值饥荒之年，赀财尽于私室，苗稼尽于农田。劫掠居人，盗贼并起；流离道路，老幼相连。陛下视民如子，覆民如天，在于仁圣，非不矜怜。故德音除刻削之令，敕书行赈济之权。然而诏令虽严，州县之吏多慢；人死相半，朝廷之惠未宣。（《进拟应天以实不以文赋》）

这段文字，除了押韵还能体现出律赋的声律特征之外，基本是在用古文笔法批判时政，甚至可以说，这简直就是一篇文赋。有学者认为欧阳修是"把律赋当成章奏来写"②，确为允当。

这篇拟作的科场律赋写于庆历二年，正好处于"景祐变体"到"太学新体"嬗变的过程之中，而欧阳修既是古文家，也是庆历政治改革的倡导者，且与石介有着密切的交往。他写出吻合"太学新体"特征的文章，完全在情理之中。这明白无误地显示出"庆历新政"的改革派官员在倡导什么样的科场文风。

余论：张方平科举奏章背后的政治意图

通过上述考证，有理由相信，张方平此篇科举奏章的批判矛头，指向的是"庆历新政"改革派。那么，张方平本人又持何种政治立场，他向朝廷呈递这篇

---

① 洪本健校笺《欧阳修诗文集校笺》，第1945—1946。
② 参见许瑶丽《庆历"太学新体"新论——兼论欧阳修对庆历"太学新体"的促进》，《四川师范大学学报》（社会科学版）2008年第6期。

奏章的意图何在呢？

不妨重新回到庆历四年十一月的"进奏院案"。《长编》卷一五三载：

> 自仲淹等出使，谗者益深，而益柔亦仲淹所荐。拱辰既劾奏，宋祁、张方平又助之，力言益柔作《傲歌》，罪当诛，盖欲因益柔以累仲淹也。章得象无所可否，贾昌朝阴主拱辰等议。及辅臣进白，琦独言："益柔少年狂语，何足深治。天下大事固不少，近臣同国休戚，置此不言，而攻一王益柔，此其意有所在，不特为《傲歌》可见也。"上悟，稍宽之。①

这里透露出一个重要信息，即在"进奏院案"中，御史中丞王拱辰为了摇撼范仲淹的宰执地位，对写作《傲歌》的王益柔进行弹劾，而张方平则与王拱辰站在一边。也就是说，从政治立场来说，张方平处于庆历改革派官员的对立面。改革派阵营的韩琦已经明确指出，王拱辰等人之所以极力要给王益柔治罪，绝不仅仅是因为《傲歌》本身，而是要攻击改革派官员中的重要人物范仲淹，这早已成为"庆历新政"反对派惯用的政治伎俩和手腕。

关于张方平的政治立场，叶梦得《避暑录话》提供了一则材料：

> 张安道与欧文忠素不相能。庆历初，杜祁公、韩、富、范四人在朝，欲有所为。文忠为谏官，协佐之，而前日吕申公所用人多不然。于是诸人皆以朋党罢去，而安道继为中丞，颇弹击以前事，二人遂交恶，盖趣操各有主也。②

这段文字进一步证实，张方平与欧阳修分属不同的政治阵营。而改革派阵营中的石介，更是遭到张方平的憎恶。《魏公谭训》卷六载：

> 张安道雅不喜石介，以为狂诵盗名。所以与欧、范不足，至目以为奸邪。一日，谒曾祖，在祖父书室中案上见介书，曰："吾弟何为与此狂游？"③

可见，张方平对石介充满敌意。与他交往密切的苏绅，也站在庆历改革派官员的对立面。《宋史·苏绅传》说："王素、欧阳修为谏官，数言事，绅忌之。"④说明

---

① 李焘《长编》，第3716页。
② 叶梦得《避暑录话》，《全宋笔记》第2编第10册，大象出版社，2013年，第289页。
③ 苏颂著、王同策等点校《苏魏公文集》，中华书局，2004年，第1160页。
④ 脱脱等《宋史》，中华书局，1990年，第9813页。

他们在政治立场上颇为接近,甚至被视为同党。①

一直与张方平保持良好关系的苏辙,在《龙川别志》中也引述了张方平的话,这表明张方平对庆历改革派官员的政治作风很是不满:

> 国朝自真宗以前,朝廷尊严,天下私说不行,好奇喜事之人,不敢以事摇撼朝廷。故天下之士,知为诗赋以取科第,不知其它矣。谚曰:"水到鱼行。"既已官之,不患其不知政也。昔之名宰相,皆以此术驭下……仁宗初年,王沂公、吕许公犹持此论。自设六科以来,士之翘俊者,皆争论国政之长短。二公既罢,则轻锐之士稍稍得进,渐为奇论,以撼朝廷,朝廷往往为之动摇。庙堂之深浅,既可得而知,而好名喜事之人盛矣。许公虽复作相,然不能守其旧格,意虽不喜,而亦从风靡矣。其始也,范讽、孔道辅、范仲淹三人,以才能为之称首。其后许公免相,晏元献为政,富郑公自西都留守入参政事,深疾许公,乞多置谏官,以广主听。上方向之,而晏公深为之助,乃用欧阳修、余靖、蔡襄、孙沔等并为谏官。谏官之势,自此日横。郑公犹倾身下士以求誉,相帅成风。上以谦虚为贤,下以傲诞为高,于是私说遂胜,而朝廷轻矣。②

这一段文字极其重要,它反映了站在庆历改革派官员对立面的张方平,如何看待仁宗朝政治风气的变化。显然,在张方平看来,是庆历改革派官员的出现,带来了朝野上下轻议朝政的风气,对此,他是明确反对的。相反,他对昔日宰相吕夷简的执政风格倒是颇为欣赏。根据王巩所撰张方平的《行状》,张方平在入仕之初曾受到宰相吕夷简的赏识,而吕夷简偏偏就是改革派官员极力攻击的对象。③ 另外,张方平同知贡举,恰好是在被任命为御史中丞不久。《行状》说他"迁谏议大夫、御史中丞,甫受命,即知贡举"。④ 这个御史中丞身份,正好给了张方平对庆历改革派官员发动攻击的一个有利地位。联系张方平当时的政治立场和身份来看,他将批判矛头指向庆历改革派官员不足为怪。

"景祐变体""太学变体"的出现,实际上反映了庆历改革派官员在文化方面

---

① 苏颂著、王同策等点校《苏魏公文集》,第1158页。
② 苏辙著、俞宗宪点校《龙川别志》,中华书局,1997年,第81—82页。
③ 郑涵点校《张方平集》,第783—815页。
④ 郑涵点校《张方平集》,第791页。

所造成的深刻影响。表现在科场风气上,就是不顾科场文体原有的程式限制,以一种较为激进的态度来议论时政,臧否人物;有时还会以一种夸张的语言来表达一些另类、特异的思想观点。这即是张方平所谓的"怪诞诋讪、流荡猥烦"。张方平之所以对此种科场文风进行严厉抨击,其真正意图是要消除在政治上已经失势的改革派官员在文化上的遗留影响,具有政治攻击目的。因此,张方平对于庆历"太学新体"的抨击,就不应与欧阳修嘉祐二年对于"险怪文风"的打击,视为一个先后贯串的连续体,而应注意其性质的差异。

学官进卷与熙丰兴学
——围绕张耒、华镇的考察

浙江大学文学院 张 弛

宋代科举制度高度发达，宋代科举的发展不仅催生了新的文体，还推动了宋人进卷写作的繁盛。研究者已经注意到，在应考制科、词科之前，应试者须上呈文章给主司审核，宋人将这些文章称为"进卷"。① 从制度层面来看，作为应试流程的一环，宋代的进卷应该渊源自唐代科举考前举子所纳"公卷"（又称省卷），与私下投献的"行卷"在送呈对象上有所区别。② 在宋代文献中，宋人更多地将这种进卷行为表述为"进所业"，③而除制科、词科之外，学官的选拔也有类似考前"进所业"的情况，我们可以称之为学官进卷。④ 学官进卷的出现与熙丰

---

① 朱刚曾对北宋贤良进卷做过整体梳理，并曾专论秦观、李清臣及二苏的贤良进卷，参见《论秦观贤良进策》(《新宋学》第 1 辑，2001 年)、《论李清臣贤良进卷》(《第二届宋代文学国际研讨会论文集》，江苏教育出版社，2003 年，第 165—395 页)、《北宋贤良进卷考论》(《中华文史论丛》2009 年第 1 期)及《唐宋"古文运动"与士大夫文学》第四章"北宋士大夫文学的展开(下)：贤良进卷"(复旦大学出版社，2019 年)。另有钱建状、艾冰梅《宋代制举与行卷》(《励耘学刊》2017 年第 1 辑)及钱建状《宋代贤良投献与策论文的传播——兼论二苏"五经论"的著作权问题》(见《中国古代文章学的形态与体系》，复旦大学出版社，2020 年)亦涉及此问题。词科进卷的研究详见管琴《词科与南宋文学》，北京大学出版社，2018 年，第 115—117 页。

② 程千帆《唐代进士行卷与文学》中对行卷作出如下定义："所谓行卷，就是应试的举子将自己的文学创作加以编辑，写成卷轴，在考试以前送呈当时在社会上、政治上和文坛上有地位的人，请求他们向主司即主持考试的礼部侍郎推荐，从而增加自己及第的希望的一种手段。"并指出行卷与省卷（又称公卷）两者虽然内容可能一样，但对象有所区别，行卷献给私人，而省卷则是向礼部交纳。《程千帆全集》第 8 册，河北教育出版社，2000 年，第 5—9 页。目前学者在研究制科、词科进卷时，也都注意到了进卷与制度的密切关系，并与行卷区分开来。

③ 宋代文献中对贤良进卷有"进所业"的表述，如"令复置贤良方正能直言极谏……仍先进所业策论五十首，诣阁门或附递投进"(《宋会要辑稿》，上海古籍出版社，2014 年，第 5462 页)。词科也同样要求"愿试人先投所业三卷，朝廷降付学士院，考其能者召试"(《宋会要辑稿》，第 5500 页)。

④ 朱刚最早指出选拔学官可能也需要呈递文章，而且宋人亦将这些文章称为进卷。参见《唐宋"古文运动"与士大夫文学》，第 287 页。此外，"进所业"的情形还出现在馆职及太常博士的选 (转下页)

变法兴学密切相关，王安石变法之后，伴随着宋廷对学校的建设，学官选任制度不断完善，应学官试者须呈进卷成为成文法规。①然而，目前所见制度条文中仅提及南宋应学官试者须"先具所业经义三道、诗赋各三首"进卷，②对北宋学官进卷使用的文体及具体内容并无详载，相关问题值得进一步探究。北宋学官试法伴随党争几经兴废，进卷的写作也不可避免地沾染新旧党争的色彩，目前可以确定为北宋学官进卷的文本适作于北宋神、哲二朝党争激烈的关键节点，其作者张耒、华镇又分属旧、新两党，具备一定的代表性。本文将围绕现存的北宋学官进卷展开，通过作者生平经历与进卷文本的对读，考察新旧党争中士大夫思想心态的细微变化，并以此来展现学校制度运行与政治环境、士人生态之间的多维互动。

一、熙丰建学与进卷之兴

学官试是王安石变法兴学的产物。宋代学官的职务是"掌以经术教授诸生"，③主要包括国子监太学博士、太学正、太学录以及地方州县教授等官员。④北宋初年内外学官选任基本采用荐举制，而在王安石变法开始之后，宋廷欲大兴学校以"讲求三代所以教育选举之法"，于学官选任法亦有所更革。熙宁四年（1071）二月，中书颁布兴学诏，于"京东、陕西、河东、河北、京西"先置五路学官，⑤同年七月，诏令国子监直讲若有阙，则"于两制、台阁所举五路学官内，考

（接上页）拔中，如李焘《续资治通鉴长编》（以下简称《长编》）卷一七〇皇祐三年五月庚午，"旧制，一任还，进所业求试馆职"，中华书局，2004年，第4092页；卷二二二熙宁四年四月丁巳，"太常丞许将为集贤校理。将上所业，召试学士院中等也"，第5398页；卷三二〇元丰三年二月丁巳，"诏自今奏举太常博士，先取所业进入"，第7358页。以上材料提示我们，虽然宋代进士科废除了纳公卷的规定，但实际上，性质相同的进卷仍被广泛应用于官员选任中。有研究者曾探讨过宋代"举遗逸"制度影响下的士人投献行为，笔者认为其中部分案例当属于进卷。参钱建状《宋代的"举遗逸"与士人的文学交游——以"隐士"投献为考察中心》，《学术界》2022年第1期。

① 宋代学官选任制度的变迁参见袁征《宋朝中央和州郡学校教职员选任制度》，《文史哲》1989年第6期。
② 李心传《建炎以来朝野杂记》甲集卷一三，中华书局，2000年，第268页。
③ 《宋史》卷一六五，中华书局，1985年，第3909页。
④ 太学博士"旧系国子监直讲"，元丰三年改。参《宋史》卷一六五，第3910页。
⑤ 《长编》卷二二〇熙宁四年二月丁巳，第5334页。

所业优者差",①熙宁六年(1073)又"委国子监询考通经品官及新及第出身进士,可为诸路学官,即具所著事业以闻",②明确了内外学官应选前的进卷程序。也许因为应举人数众多,遴选愈加严苛,熙宁八年(1075),宋廷开始组织地方州学教师进行考试。③ 元丰二年(1079)太学狱案发生之后,神宗次年"诏自今奏举太学博士,先取所业进入",④特别强调了进卷这一步骤,又专门颁布了成文的学官考试法,⑤综合进卷与考试两种手段选任学官。试法规定内外学官统一参加经义考试,按照成绩授官,应试者除"进士第一甲,或省试十名内,或府、监发解五名内,或太学公、私试三名内,或季试两次为第一人,或上舍、内舍生,或曾充经谕以上职掌"等科场成绩特别优异者之外,其余皆须"投所业乞试"。⑥至此,先进卷再考试成为正式制度,同时也是应试的主流途径。

在元丰学官试法颁布之前,进卷并无定则。尤其在变法之初,部分学官由王安石亲自选任,他们必须在学术观点与政治立场上获得王安石的认同,这客观上影响了学官进卷的写作。熙宁四年,因太学生苏嘉"论时政之失"的对策被学官颜复评为优等,王安石大怒之下"更制学校事,尽逐诸学官",⑦改任陆佃、

---

① 《宋会要辑稿》,第3756页。
② 《长编》卷二四三熙宁六年三月己未,第5919页。
③ 《长编》卷二六七熙宁八年八月壬辰,诏州学教授"赴舍人院,试大义五道",第6541页。
④ 《宋会要辑稿》,第3758页。
⑤ 此处需特别说明的是,学者多据《宋会要辑稿》中"元丰七年立法:试学官上等注博士,下等注正、录,愿就教授者听"(第2770页)的记载,将元丰试法的颁布时间确定为元丰七年(1084),但还有一些文献记录则提示我们试法的推行时间可能更早。程俱《宝文阁直学士中大夫致仕太原郡开国侯食邑一千四百户食实封一百户赠正议大夫王公墓志铭》云:"是时太学生上书论太学教养无术,三舍取士不实,兴大狱。于是新法度,更置师儒,亲自上选,首除敦厚通经术者数人充内外学官。"《北山小集》卷三〇,《四部丛刊续编》本。所谓"兴大狱",当即指发生在元丰二年的太学虞蕃一案,事见《长编》卷二九五元丰元年十二月乙巳,第7181页;卷三〇一元丰二年十一月庚午,第7320页。又葛胜仲《朝奉大夫吴公墓志铭》云"元丰初遴简中外校官,始为试法"(《丹阳集》卷一二,《宋集珍本丛刊》第32册,线装书局,2004年,第617页),明确试法推行在元丰初。另据《长编》,元丰二年五月"太学外舍生檀宗益上书论修整学事"后,神宗委派毕仲衍、张璪、李定、蔡京参与编修学制,还曾设立"详定学制所""太学条制所"等机构,国子监学制于同年十一月修订完成,次年着手修订诸路学制。见《长编》卷二九八元丰二年五月戊辰、卷二九九元丰二年七月甲子、卷三百一元丰二年十二月乙巳、卷三〇二元丰三年正月庚寅,第7239、7290、7327—7328、7349页。同时,元丰三年(1080)正月还"诏改国子监直讲为太学博士",次月"诏自今奏举太学博士,先取所业进入"(《宋会要辑稿》,第3758页)如与宋廷的这一系列举措对照,元丰试法颁行的时间很可能在元丰三年前后。
⑥ 《宋会要辑稿》,第3771页。
⑦ 《长编》卷二二八熙宁四年十一月戊申,第5545—5546页。

黎宗孟、叶涛、曾肇、沈季长担任国子监直讲,其中陆、黎、叶、沈四人均是安石门生,曾肇则以进卷获得此职。据《长编》记载:"黄岩县主簿曾肇为崇文院校书、兼国子监直讲。肇,布弟也,试学官入等,上称其文,故有是命。"①元祐间旧党以此事攻击曾肇时亦称"臣僚承迎风旨,荐肇充学官。既进所业,中书考为第一,缘此朋比,遂除馆职"。② 曾肇当时进呈的文字可以说就是最早的一份学官进卷。今检曾肇遗文,《汉文帝论》一文批驳汉文帝"不修先王之政",虽有"仁心仁闻",行"躬化"之政,但仍不免致"风俗"之敝,③这与王安石《汉文帝》诗"仁孝自此薄,哀哉不能谋""浅恩施一时,长患被九州"数句中对文帝的不满之意十分类似,④文末还批评文帝仅"欲以区区之一身,率四海之众"而不知立法度,又与神宗对汉文帝"但惜其才不能立法更制尔"的评价不谋而合。⑤ 此外,曾肇在文中还提出了先王之政"必本于理财"的观点,他对所谓"理财之法其定民之大方有四,而任民之职有九"的诠释亦出自《周礼》,⑥这些都与王安石"政事所以理财,理财乃所谓义也""一部《周礼》,理财居其半"的政治主张若合符契。⑦ 不难判断,此文很可能就是曾肇当日进卷的残篇,曾肇的进卷能够被中书门下官员考评为第一,与他有意迎合时代思想、政治动向的写作不无关系。

王安石的个人意志在相当长的一段时间影响了学官的选拔,在他主政期间,无论以何内容进卷,只要能够得其青眼便能轻易得官。在《三经新义》编纂完成之前,王安石格外重视士大夫持有何种经学立场,熙宁五年(1072),"王安石以试中学官等第进呈,且言黎侁、张谔文字佳,第不合经义"。⑧ 后有崔通"进《诗说》十卷,丞相王文公称之,擢为夔州教授",⑨熙宁八年,彭汝砺以《诗》义为

---

① 《长编》卷二三一熙宁五年三月丙申,第5612页。
② 《长编》卷三九二元祐元年十一月戊寅,第9528页。
③ 曾肇《汉文帝论》,《曾文昭公集》卷三,《宋集珍本丛刊》第26册,第702页。
④ 《王安石诗笺注》卷一二,中华书局,2021年,第442页。
⑤ 《长编》卷二二七熙宁四年十月壬申:"(王安国)官满至京师,上以安石故召对,谓安国曰:'卿学问通古今,汉文帝何如主也?'对曰:'三代以后,贤主未有如文帝者。'上曰:'但惜其才不能立法更制尔。'"第5531页。
⑥ 曾肇《汉文帝论》,《曾文昭公集》卷三,《宋集珍本丛刊》第26册,第702页。
⑦ 王安石《答曾公立书》,《王安石文集》卷七三,中华书局,2021年,第1271页。
⑧ 《长编》卷二二九熙宁五年正月戊戌,第5570页。
⑨ 《提点刑狱崔君墓志铭》,《道乡先生邹忠公文集》卷三四,《宋集珍本丛刊》第31册,第257页。

王安石所知,"留为国子监直讲"。① 而在王安石罢相之后,《三经新义》镂版刊行并成为科场衡石,应试学官自不必再以此类专著进卷。在熙丰间"四方之士,区区于进卷,屑屑于程文,不惮奔驰之远、留滞之久者"的大背景下,②元丰学官试法很可能如制科一般,开始对进卷设置固定的文体、数量要求。南宋时朱熹曾批判熙宁以来太学沦为"声利之场","掌其教事者不过取其善为科举之文而尝得隽于场屋者耳",③正如其所言,与思想学术领域的一元化进程同步,元丰学官试法力求挑选出科场精英,考察标准自然也逐渐与进士科趋同。虽然我们未能找到有关进卷内容的具体规定,但结合熙丰科举改革罢诗赋而试经义的现实情况来看,我们至少可以肯定,此时的学官进卷不会再呈递诗赋。

在元祐旧党主政后,学官试法同其他新法一道被罢废,学官选任又恢复到了宋初的荐举制。当然,旧党对学官试法的否定并不仅仅有反新法的考量,还意味着旧党对王氏新学在意识形态领域统治地位的全面反击。旧党认为以考试选拔学官"甚非所以重师道,崇儒风,惜士人之节也",④希望恢复到仁宗朝孙复、胡瑗等人主持太学时学官为"天下贤士真可为人师者"、太学生"游太学者端为道艺"的状态。⑤ 元祐之初司马光奏请的十科举士法中,排在最先的就是"行义纯固可为师表科",且规定此科"有官无官人皆可举",⑥旧党苏轼的门人布衣陈师道,正在此时受到苏轼及同门晁补之、张耒等人的推荐,被任命为徐州教授。然而,这样理想化的荐举制很快受到了现实的冲击,由于拥有荐举权力的官员不在少数,而且经过变法后学官的地位都大有提高,前来应举的人数众多,有司不得不在年龄、任职经历等诸多方面加以限制,元祐二年(1087)"诏内外学官选年三十以上历任人充",⑦元祐四年(1089)又因"近日内外臣寮所举学官甚众,不应前法,请候有阙,遇降朝旨,方许奏举"。⑧ 虽然现存史料中并未记载获

---

① 曾肇《彭待制汝砺墓志铭》:"丞相王文公得公诗义,善之,留为国子监直讲。"洪业等编《琬琰集删存》卷二,上海古籍出版社,1990年,第227页。《宋会要辑稿》选举一九之一七:"(熙宁)八年八月……国子监直讲彭汝砺考试锁厅举人。"第5629页。可知彭汝砺熙宁八年已任国子监直讲。

② 《长编》卷三八二元祐元年七月丙辰,第9298页。

③ 朱熹《学校贡举私议》,《晦庵先生朱文公集》卷六九,《四部丛刊初编》本。

④ 《长编》卷三八二元祐元年七月丙辰,第9298页。

⑤ 朱熹《学校贡举私议》,《晦庵先生朱文公集》卷六九,《四部丛刊初编》本。

⑥ 《长编》卷三八二元祐元年七月辛酉,第9301页。

⑦ 《宋会要辑稿》,第2764页。

⑧ 《长编》卷四二九元祐四年六月丙午,第10366页。

荐者是否需要进卷,但从学官一职如此热门的客观实际来推测,与熙宁初年相似,宋廷可能依然需要通过进卷来考察候选人的才能。

尽管旧党已尽其所能维护传统,可由于哲、徽宗二朝新党始终占据政坛主导地位,元丰学官试法始终因袭不废。哲宗亲政后旋即复行试法,但明令禁止进卷。绍圣元年(1094)五月翟思上奏"请自今除学官依旧法召试,更不令自投所业,在内许国子监长贰、台谏官,外则监司,皆得荐举",①这是元丰试法与元祐荐举制的结合,获荐者除科场成绩优异者可免试之外,余者仍需考试经义。徽宗朝崇宁间虽曾停止教官试,全由中书选差,但后来又数次下诏恢复元丰试法,史载大观、政和间"投牒自请试者逾多",②以进卷乞试依旧是当时热门。

总而言之,学官进卷的产生与繁荣与学校建设的进程密切相关,进卷一开始只是改革之初选拔人才的权宜之计,后来却伴随着试法的逐渐完善而成为应学官试的固定流程。关于学官进卷的内容和文体,目前我们仅能见到南宋绍兴间"凡有出身人愿试者,先具所业经义三道、诗赋各三首"③的记载,南宋已恢复诗赋取士,有司要求以诗赋进卷自然不足为奇,而在北宋神、哲、徽宗三朝科场以经义取士的背景之下,④元丰学官试法究竟对进卷的文体和内容作何要求,这个问题值得进一步探讨。

二、张耒、华镇应学官试行实及其进卷

变法大大提高了学官的地位,不少活跃在北宋中后期的士大夫,都曾有过试中学官的经历。如赵挺之熙宁三年(1070)进士及第后,不久即因"熙宁建学,选教授登、棣二州",⑤又据晁补之墓志载:"召试学官,时试者累百,而所取五人,公中其选,除北京国子监教授,又为卫州教授,未行,除太学正。"⑥李格非登

---

① 《宋会要辑稿》,第5849页。
② 马端临《文献通考》卷四二,中华书局,2011年,第1346页。
③ 《建炎以来朝野杂记》甲集卷一三,第268页。
④ 哲宗元祐间虽曾复试诗赋,但其影响十分有限,只有元祐六年(1091)的礼部试复考诗赋,随即又随着哲宗亲政而再次回归经义取士。参祝尚书《北宋后期科举罢诗赋考》,见《宋代科举与文学考论》,大象出版社,2006年,第233—238页。
⑤ 《宋史》卷三五一,第11093页。
⑥ 张耒《晁无咎墓志铭》,《张耒集》卷六一,中华书局,1990年,第901页。

第初官"冀州司户参军",后来"试学官,为郓州教授"。① 张郃墓志铭载其"试学官,中选,除建州教授"。② 刘弇及第后曾"试学官及铨格,联捷魁等,调颍昌府临颍县令,充洪州教授"。③ 游酢曾"试太学录",其父游潜因此"携酢之官京居数年"。④彭戬进士及第后即被"召试学官,充成都府州学教授,知眉州青神县,擢太学录"。⑤ 绍圣元年进士尤辉"以荐试学官高等,除教授"。⑥ 葛胜仲曾被"荐试学官","又试宏词二科,俱为第一"。⑦ 孙宗鉴墓志载其登第后即"调颍昌府户曹参军,未赴,连试宏词学官,皆中高选"。⑧ 陈高"元符中,第进士,召试,除太学录。祭酒龚原、司业傅楫荐其潜心经术,尤深于《易》,迁博士"。⑨ 虽然并非所有应试者皆需进卷,但据相关文献,以进卷得官者不乏其人,如熙宁初年黄庭坚就曾"第文为优,教授北京国子监",⑩可当时进卷并无定则,黄庭坚文集又卷帙浩繁,其进卷样貌如何,实在难以考察。⑪ 此外《国朝二百家名贤文粹》中收录侯溥策论十篇,无论是其接近时务策的内容还是以"臣闻"开头的行文格套,都与下文所述张耒、华镇的学官进卷十分相似,但此人生平不详,不知其是否应过学官试,仅以此来判断这些文章是学官进卷,证据并不充分。⑫ 宋人需要进卷的场合颇多,而元丰试法中有关学官进卷的具体规定,文献付之阙如,因此,要确定现存宋人文集中哪些文本属于学官进卷,不仅需要对此人担任学官的经历详加考索,还需要对应的文本提供可靠的系年证据。

---

① 《宋史》卷四四四,第 13121 页。
② 杨时《张安时墓志铭》,《杨时集》卷三七,中华书局,2018 年,第 905 页。
③ 李彦弼《刘伟明墓志铭》,《龙云先生文集》附录,国家图书馆藏清抄本。
④ 陈璂《中奉大夫游公墓志铭》,《永乐大典》卷八八四三,中华书局,1986 年,第 4049 页。
⑤ 赵鼎臣《彭子发墓志铭》,《竹隐畸士集》卷一八,《文渊阁四库全书》本。
⑥ 尤玘《万柳溪边旧话》,中华书局,1985 年,第 3 页。
⑦ 章倧《宋左宣奉大夫显谟阁待制致仕赠特进谥文康葛公行状》,《丹阳集》卷二四,第 731 页。
⑧ 许翰《朝奉大夫充右文殿修撰孙公墓志铭》,《襄陵文集》卷一一,《文渊阁四库全书》本。
⑨ 《宋元学案》卷一,中华书局,1986 年,第 57 页。
⑩ 《宋史》卷四四四,第 13109 页。黄庭坚进卷应举学官的时间在熙宁五年,晚于曾肇。参郑永晓《黄庭坚年谱新编》,社会科学文献出版社,1997 年,第 54 页。
⑪ 黄䎖《山谷年谱》卷五引《垂虹诗话》记述黄庭坚任叶县尉时,以《新寨诗》为王安石所知,"遂除北都教授"(《宋人年谱丛刊》第 5 册,四川大学出版社,2003 年,第 2994 页)。如此则《新寨》诗很可能就是黄庭坚当时的进卷,这也说明熙宁初进卷确实不拘一格。
⑫ 从侯溥文章的内容来看,这组进卷当撰于神宗即位之初,钱建状据此判断它们是侯溥熙宁初应制科所撰贤良投卷的一部分(钱建状《宋代贤良投献与策论文的传播——兼论二苏"五经论"的著作权问题》,第 177 页)。

据《宋史·艺文志》记载,张耒曾有"《进卷》十二卷"。① 张耒未曾应过制科,却于元丰八年末或元祐元年(1086)初任亳州教授,②并于数月后入京担任太学录,③联系元丰试法"入上等注博士,中等、下等注正、录,即人多阙少,愿注诸州教授者听"④的规定,不难判断张耒应参加了学官考试,并曾于试前进卷。我们认为,张耒的这组进卷仍部分保留在流传至今的宋人所编文章选本之中。

明嘉靖三年(1524),自号龙渠山人的郝梁因爱张耒之文,而刻《张文潜文集》十三卷,此书是据宋本翻刻的张耒文章选本,书前收录马驸所撰序言云:"龙渠子尝得宋集本,取而刻寘山房,驸从观于龙渠子。是集盖昔人选本,有文无诗。"⑤清人徐葵曾以建安余刻本校郝刻本并作题识云:"昨吴兴书贾郑甫田以宋建安余腾夫所刊永嘉先生标注《张文潜文集》来,上有'季沧苇'与'毛子晋图书',书共十卷。与此本校对,篇目正同,惟分卷异,则因知此本即南宋初十卷之本,后人乱其卷次耳。"⑥那么,马驸所言为郝梁所得的"宋集本",即是南宋建安余腾夫刻本。郝刻本目录载卷一收录《远虑上》《远虑下》《择将上》《择将下》《审战》五篇论文,题为"进论五篇",之后的几卷虽然同样收录论体文,但却只以"论数篇"为题,再无"进论"二字。据徐氏校本所列宋本卷目,嘉靖本《张文潜文集》第一卷题"进论五篇"并收录上述五篇论文的编排形式,维持了宋本的原貌。

"进论"应该就是指进卷,张耒的这组进卷文章远不止此。这五篇文章除了见于此书之外,还被收录在《苏门六君子文粹》第六、七册《宛丘先生文粹》卷一二、卷一三中,只不过,标题略有变化,题目后统一缀以"篇"字,以"远虑篇""择将篇""审战篇"为题。我们还注意到,《宛丘先生文粹》卷一一至卷一三中,与这五篇文章编排在一起,统一被归为"议"类的文章共十三篇,均以"某某篇"为题,

---

① 《宋史》卷二○八,第5370页。
② 参韩文奇《张耒是否任过亳州教授》,《文学遗产》2006年第5期;崔铭《张耒年谱及作品编年》,同济大学出版社,2019年,第120—123页。
③ 《长编》一处称"太学博士张耒"(卷三八〇元祐元年六月壬寅,第9223页),另一处称"试太学录张耒"(卷三九三元祐元年十二月庚寅,第9552页)。又《宋会要辑稿》载:"试太学录张耒,试太学正晁补之……并为秘书省正字。"(第5861页)两相对照当以太学录为是。况且根据元丰试法,张耒先任亳州教授,说明其考试成绩在下等,故其入京所任当为太学录。
④ 《宋会要辑稿》,第3771页。
⑤ 马驸《〈张文潜文集〉序》,《张文潜文集》卷首,嘉靖三年刻本,《原国立北平图书馆甲库善本丛书》第665册,国家图书馆出版社,2013年,第901页。
⑥ 《张文潜文集》目录后题识,北京大学图书馆藏徐葵校嘉靖本。

卷一一收录《至诚篇》上、下与《衣冠篇》，卷一二收录《远虑篇》上、下与《慎微篇》上、下，卷一三收录《用民篇》、《广财篇》、《力政篇》、《择将篇》（上、下）、《审战篇》，卷一三目录中有《养卒篇》，但正文未见。《苏门六君子文粹》是由南宋人编纂的六君子文章选本，书前钱谦益序云"崇祯六年冬，新安胡仲修氏访予苦次，得宋人所缉《苏门六君子文粹》以归，刻之武林而余为其序曰……"，书前凡例亦云："是编向传陈同甫所辑，底本尚是宋人缮写，然不著姓名，不敢遽藉重。"①可知即使搜集这些文章的人不是陈亮，也一定是南宋时人。这位南宋选家不仅选文好选进卷，还很注意分类。《淮海先生文粹》卷一至卷一一中完整收录秦观应制科进卷五十篇，还以"进论""进策"为目区别。李廌《济南先生文粹》卷一、卷二收论七篇，亦题为"进论"。那么他将张耒这十三篇文章统一划分为"议"一类也当有所凭据。对比这两个选本，可以判断这十三篇题为"某某篇"的论文的确曾归属于一组进卷，且以有目无文的《养卒篇》判断，目前流传下来的文章并不完整，仅是残篇。

根据文章中的细节可推知这组进卷是张耒为试学官所上。《用民篇》云："伏惟陛下独立千载积弊之后，而奋张三代知远之图，深见先王之用心，而善操强国之大柄，故立保甲之法以什伍其民。"②推行保甲法始于熙宁三年（1070），所以张耒所谓"立保甲之法"的"陛下"，就是指宋神宗。另外，《慎微篇下》中有"臣前任西京寿安尉时"语，③《远虑篇上》又云"臣虽州县之小臣"，④与张耒生平相对照，他于元丰二年（1079）任寿安尉，元丰六年（1083）罢，七年（1084）除官咸平，⑤一年之后就被任命为学官。这样来看，他写下这些文字的时间当在元丰七年，正好与他参加学官考试的时间相对应。

除了张耒之外，还有一位应试者的进卷流传了下来。华镇，字安仁，号云溪居士，会稽人。皇祐四年（1052）生，元丰二年及进士第，一生徘徊于地方州郡间，政治上支持新党，曾附会蔡京、蔡卞两兄弟，官至朝奉大夫、知漳州。其子华初成在绍兴十三年（1143）所撰《云溪居士行状》中载其应试情状，"元丰末，尝献

---

① 《苏门六君子文粹》卷首，哈佛大学燕京图书馆藏明崇祯六年胡氏刻本。
② 《张耒集》卷四四，第701页。
③ 《张耒集》卷四三，第688页。
④ 《张耒集》卷四三，第694页。
⑤ 崔铭《张耒年谱及作品编年》，第110页。

所业于朝,召试太学博士,会革试法以奏举,中书舍人孙公、国子祭酒丰公即以先君应诏,两上不报",①次年所上《进云溪集表》中亦叙其父尝"召试博士,如孙觉、丰稷辈更推挽之",②楼照在为华镇集作序时即承此说,"元丰间,孙觉、丰稷在朝,皆荐君堪博士,不报"。③《永乐大典》卷一二〇一七收录华镇《谢国子祭酒举学官启》亦可为佐证。

如华初成及楼照所言不误,华镇应举学官的时间同样在元丰末、元祐初,只略晚于张耒,彼时学官考试已被罢废,所以只需要孙觉、丰稷二人予以推荐,馆臣还据此判断《云溪居士集》卷二二所收《上国子丰祭酒》二书与《上中书孙舍人书》即当日华镇上二人求荐之文。不过,如果细读华镇的求荐书信,就会发现他们的说法与史料相抵牾。华镇在呈孙舍人的书信里有"今四十岁矣……曩在仙里,尝闻绪言"之语。④ 按照华镇生年推算,此信当上于元祐六年(1091),与丰稷任职时间正可以相合,⑤但孙觉前一年已经去世,他也从未当过中书舍人,此时任中书舍人的是起居郎孙升。⑥ 华镇与孙升过从甚密,早在他进士及第、初官高邮尉时就曾与孙升相交,在元祐七年(1092)六月,孙升遭言官弹劾而罢中书舍人,"为集贤殿修撰、权知应天府"之后,⑦华镇还曾有诗寄孙升云"曾许横经近绛纱""尚因提奖得灵槎",⑧诗中所言"灵槎"很可能就是指本次获荐。至元符二年(1099)孙升贬死汀州时,华镇还曾作《祭高邮县中书孙舍人文》云:"某进选曹,公在西掖。……矜某蹭蹬,劳公剪拂。"⑨从以上这些证据来看,华镇的举荐人"孙舍人"并非孙觉而是孙升。除了上丰、孙二人之书外,华镇文集中还收录了一批呈给侍从、吏部尚书、国子祭酒、司业的干谒书信,其中屡屡强调自己已年满四十,均作于元祐六年。元祐时旧党废除学官试,令"尚书、侍郎、学士、待制及两省、御史台监察御史以上,左右司郎官、国子司业"荐举,⑩华镇的

---

① 华初成《云溪居士行状》,《云溪居士集》卷末附录,《宋集珍本丛刊》第28册,第363页。
② 华初成《进云溪集表》,《云溪居士集》卷首,第90页。
③ 楼照《云溪居士集序》,《云溪居士集》卷首,第89页。
④ 华镇《上中书孙舍人书》,《云溪居士集》卷二二,第272—273页。
⑤ 《长编》卷四六一元祐六年七月乙丑,第11022页。
⑥ 《长编》卷四五六元祐六年三月乙酉,第10928页。
⑦ 《长编》卷四七四元祐七年六月戊辰,第11307页。
⑧ 华镇《上南都权府提刑孙大监二首》,《云溪居士集》卷一〇,第144页。
⑨ 华镇《祭高邮县中书孙舍人文》,《云溪居士集》卷三〇,第361页。
⑩ 《长编》卷四二九元祐四年六月丙午,第10366页。

这些干谒对象正好都有推荐学官的资质。他不仅在《上国子丰祭酒书》其二中有"辄不自量,愿齿属吏之末"之语,①《上司业书》其二亦云:"辄自忘狂易之罪,愿获齿于属官之末,庶几可以久依门墙,终承教育之赐。"②这样看来,本年他确实曾意图应举太学博士。结合二位荐举人的任职时间,他获荐太学博士的时间应在元祐六年七月至次年六月之间。

华初成虽然误记了其父应举太学博士的时间,但他在行状中说华镇"尝献所业于朝"却并非虚言。我们今天可以在馆臣辑《永乐大典》本《云溪居士集》中看到一组自成体系的论文,华镇自序《论志》云:

> 镇退不敢安饱食之佚,受无文之耻;进不敢忘文采之美,为无用之辞。乃著论以述素志,而商略行事,庶明心有所用,言不苟为,或有裨于世道之万一。言君者一十六,言官事者一十有三,言民事者四,言国事者五,序事属辞之所及,发心志之攸趣者二,凡四十篇。……兹论也,亦经世之事也。然位卑官微,职司非己,安敢窃预其议哉,析是非之理以论之而已。析之精微,议亦斯在。③

华镇的措辞非常庄重谨慎,自云所谈均为"经世之事",目的是"有裨于世道"。在省略的部分,华镇细致地记录了每一篇的题目及创作缘由。依主题分类,属于"言君者"的应该有《道论》《治论》《国势论》《本论》《常论》《变论》《知人论》《相论》《守令论》《蠹弊论》《事论》《本末论》;属于"言官事"的有《官论》《人材论》《铨选论》《任举论》《考绩论》《赏罚论》《法令论》《监司论》《朋党论》《养士论》《科举论》《制举论》;属于"言民事"的有《事神论》《教化论》《法禁论》《役法论》四篇;属于"言国事"的有《财用论》《兵论》《边事论》《御戎论》,《事业论》《言论》则应属于"序事属辞之所及,发心志之攸趣者"。④

---

① 华镇《上国子丰祭酒书》其二,《云溪居士集》卷二二,第264页。
② 华镇《上司业书》其二,《云溪居士集》卷二二,第271页。
③ 华镇《论志》,《云溪居士集》卷一四,第165—167页。"言民事"之"言"原作"年",径改。
④ 笔者对以上篇目的分类,是依据华镇在《论志》中对各篇内容的撮述,与华镇所言的篇数并不对应。不难注意到,华镇列出的篇目亦不足四十篇之数,很可能有其中某一论题被分为上、下篇甚至多篇的情况。据馆臣所辑《云溪居士集》卷十四载录情况看,其中《相论》《事论》《人材论》《科举论》《教化论》《财用论》《兵论》《边事论》《言论》九篇已佚,其余诸篇中,馆臣将《治论》分上、中、下三篇,《守令论》分上、下两篇,《蠹弊论》则分为四篇,这样算来共计三十一篇,不过馆臣只说"缀辑编次",而未说明分篇凭据,且诸篇长短不一,显有散佚,馆臣的分篇处理可能未必与原本《云溪居士集》相符。

正如华镇自述，他"位卑官微"，其文集中所载也多是言辞怯懦的干谒之文，而以一组论文大谈"职司非己"的治国之道，在他的创作生涯中实属非比寻常。其中，《国势论》一篇云："神宗继文考之志，述文考之事……今慈母与陛下，复以仁恕忠厚之德济之……故百三十余岁而主道益隆，天下益治，三代之治未之有矣。"①可知这组论文的预期读者是高太后与哲宗皇帝，而自宋开国至"百三十余岁"当即元祐五年(1090)之后。同时，《养士论》中提到宋廷在广兴天下学校，"去声偶之小技，专经术之本业"的政策已经"行之几二十年"，②以科举改革开始于熙宁四年推算，二十年后正是元祐五年。这组论文写作的时间与他获荐太学博士的时间非常接近，属于学官进卷当无疑问。只不过，与张耒结局相反，他的进卷并未获得有司的欣赏，不幸名落孙山。

三、尽复三代先王之法：学官进卷与新旧党争

如果我们将张耒、华镇的进卷两相对照就会发现，学官进卷与制科贤良进卷类似，都要求作策论。③学官平日对诸生的教导，除授业治经外亦须拟策发问，试学官者先进策论再试大义数道，既与当时科场文体一致，又符合宋廷对学官素养的要求。两者不同之处在于，贤良进卷内容包罗万象，学官进卷却比较接近时务策。这既与熙宁三年以来形成的殿试策时务的科场惯例有关，④又是神、哲二朝士大夫社会现实情形的真切反映。彼时王氏新学统治科场，新儒学的势头已歇，党争成为笼罩在当时整个士大夫群体之上的一片"乌云"，几乎没有任何一个士大夫能够在公开的文字表达中完全不涉党争，总归要对新法提出或支持或反对的意见。这两份留存至今的学官进卷残本之所以具有独特的价值，并不在于其中有何杰出的政见，而是在于两位作者政治立场的对立以及他们写作进卷时身处的微妙时间节点。张耒是苏轼门生，元祐时受到旧党重用，

---

① 华镇《国势论》，《云溪居士集》卷一四，第173—174页。
② 华镇《养士论》，《云溪居士集》卷一七，第202页。
③ 虽然通过上文的考证我们已经可以确定，华镇确实曾在元祐间以进卷应举学官，现存进卷也为元祐时所作无疑，但其子华初成所作行状载其元丰末就曾以进卷应试，又云"两上不报"，或许华镇曾于元丰末、元祐末两度应举。华镇既然已有应试经验，那么他在元祐间写作、编排进卷时很可能仍然遵循元丰成法。张耒、华镇二人进卷残篇在文体、内容上的相似也可以证明这一点。
④ 参诸葛忆兵《论宋代哲宗朝科举制度之演变》，《江苏社会科学》2021年第5期。

可他的进卷却上呈于元丰末年,从华镇的进卷来看,我们可以肯定他支持新党,可是他进卷的时间却在旧党主政的元祐年间。也就是说,至少在写作进卷的时候,张耒、华镇二人的政治立场与时代的整体风向是背道而驰的。他们在学官进卷之中,或苦心孤诣地掩饰与政坛主流的龃龉不合,或坚持自己的政治立场,刻意发出不和谐的声音。这些不合时宜的选择背后,往往都有着复杂特殊的深层动机。

(一)"仰法尧舜三代之隆":张耒进卷的言说策略

熙宁兴学诏曰:"古之取士皆本于学校,故道德一于上,习俗成于下,其人材皆足以有为于世。"① 王安石变法标榜追复三代,重建三代学校制度就是将这一理想具象化的政治实践。张耒、华镇二人在应选师儒之官的进卷中,也不约而同地表达了对三代先王之政的推崇。在党争激烈的熙丰、元祐年间,先王三代之治近乎成为标识政见的政教话语,正如晁说之所言"王荆公著书立言,必以尧舜三代为则,而东坡所言,但较量汉唐而已",② 新党得安石之余绪,动辄好言三代先王,而旧党为表示自己的政见,往往对此有意趋避,比如秦观在元祐所呈的制科进论以历代人物为主题,从西汉晁错谈到五代的王朴,却有意摒弃先秦人物,实际有意要站在其师苏轼"较量汉唐"的旧党阵营,③ 而张耒同为苏门弟子,其进卷屡称三代的言辞却似乎暗示着他支持新党的立场,这很可能与他写作进卷的时间节点有关。

熙宁四年(1071)太学苏嘉一案以王安石撤换学官告终,此后新党对太学的控制大大增强,时人云熙宁间"有司发策问必先称颂时政,对者因大为谀词以应之",④ 而在元丰二年(1079)虞蕃案发生之后,不光"主司惩前日之祸,畏罪避谤",⑤ 地方学官也受到了严格监管,元丰六年(1083),张耒的业师苏辙因为所撰策题"乖戾经旨"遭到弹劾,⑥ 失去了筠州教授的职位,此后礼部明文规定国

---

① 《长编》卷二二〇熙宁四年二月丁巳,第5334页。
② 晁说之《晁氏客语》,《文渊阁四库全书》本。
③ 朱刚《北宋贤良进卷考论》,《中华文史论丛》2009年第1期。
④ 章如愚编、吕中增广《山堂先生群书考索别集》卷一九"禁对策谀佞之习"条引《吕申公家传》,元延祐七年圆沙书院刻本。
⑤ 刘挚《忠肃集》卷四《乞重修太学条制疏》,中华书局,2002年,第92页。
⑥ 《长编》卷三三七元丰六年七月丙辰,第8119页。

子监要对地方州学教授的选任严加审查。① 张耒正是在这样紧张的氛围之中，于元丰七年(1084)开始了进卷的写作。

尽管张耒试中学官后神宗就骤然离世，旧党在高太后的支持下将新法悉数罢废，开启了由旧党主政的元祐时代，张耒也在元祐之初受命入馆，得到重用，可我们不能要求历史的在场者拥有如此先见之明。至少在张耒打算写作进卷的时候，新政的推行尚如火如荼，此前他还以洛阳寿安尉的职务之便，携文章数篇拜谒司马光，后者回信称赞其文有柳柳州气骨，文末谈到：

> 然彼皆失时不得志者之所为，今明圣在上，求贤如不及。足下齿发方壮，才气茂美，官虽未达，高远有渐。异日方将冠进贤，佩水苍，出入紫闼，吁谟黄阁，致人主于唐虞之隆，纳烝民于三代之厚，如斯文者，以光愚陋，窃谓不可遽为也。②

这些被司马光告诫"不可遽为"的文字虽未能流传下来，但此时苏轼仍在黄州贬所，张耒所作的"不得志"之文，不外乎即是对新法的批评文字。站在当事人的角度看，神宗皇帝正当盛年，司马光对张耒当积极谋求仕进的劝慰也算中肯。虽然我们没有直接证据证明司马光对他的劝诫产生了效果，但按照时间推算，在收到此信后不久，他就着手撰写进卷、应考学官。

张耒的进卷有非常强烈的现实关怀，元丰六、七年正逢永乐兵败，所以《用民》《择将》《审战》《广才》诸篇都涉及练兵选将事宜，《远虑》两篇还对神宗的拓边举动给予了积极肯定。他也的确如司马光所期望的一般，表达了"致人主于唐虞之隆，纳烝民于三代之厚"的愿望，如《远虑》下篇云："恭惟陛下圣神英武，受天命以为四方万里之主，称陛下之威神圣德，则尽天地四方之所及，尧、舜、三代之所不能服者，悉得而臣之，臣尚以为未足也。"③这样的说辞十分契合当时"言必三代"的政治氛围，为了将"仰法尧舜三代之隆"这一核心理念贯穿始终，张耒甚至不惜牺牲文章的内容，将自己的政见"编织"进入法三代、复先王的政教话语之中。如《慎微》下开篇：

---

① 《长编》卷三四四元丰七年三月戊申，"诏诸路知州选在任官可为州学教授者，送国子监审察，令兼管"，第8256页。
② 司马光《答福昌张尉耒书》，《温国文正司马公文集》卷六二，《四部丛刊初编》本。
③ 《张耒集》卷四三，第698页。

> 臣尝怪昔者先王之时，学校遍于天下，里闾田亩之民，皆不鄙而教之。至于庠序之间，有一不率教之小人，亦国家之细事耳，而先王至于元日，习射习乡，自左而移之右，自右而迁之左，移之郊，移之遂。而天子之学，有一人不率长者之教，则以王命三公、九卿、大夫、元士视学。其又不迁善也，天子亲临之。教之备，待之尽，其不改犹是也，则屏之远方穷荒之野，其罚之至于终身不复齿于乡里。

这一段本自《礼记·王制》中所载周代学校升降赏罚之制。张耒先对这段记载提出疑问，认为对屡教不改者实行驱逐之法过于严苛，随即又指出先王之所以不姑息任何一个恶人，是为了杜绝这些"不率教者"可能造成的祸患，"故三代之衰者，诸侯肆行则有之矣，不闻匹夫肆行敢有所窥觊也，其效可见矣"。紧接着张耒将这一段议论联系现实的情况：

> 伏惟陛下聪明圣智，深见先王之用心，隆学校，择贤师，以养天下之才，肃政刑，谨禁令，以破天下之奸，其术固密矣。然臣之意，独以今天下郡县，里闾、田亩小民之奸豪者，尚当为之制也。

如今宋神宗设学校、严法度的举措虽然的确是发明先王之意，但仍需要在管理地方游民这方面采取一些手段。张耒建议重罚那些在乡间酗酒、斗殴的流民，其中行为尤其恶劣的优先编入州郡役卒，防止他们聚集在一起成为祸害一方的盗贼。张耒还根据自己担任寿安尉的经验，指出往往数人为盗即可横行乡里，关键原因在于他们怂恿地方无赖少年壮大自己声势，应该允许州县官差将协助盗贼劫掠的乡民当场绞杀。在文章末尾，他又引用《尚书·酒诰》"群饮，汝勿逸，尽执拘以归于周，予其杀"一句，以周代的饮酒之禁说明"先王非不爱人也，至于罪恶小人，未尝辄恕"，[①]再次强调自己这个建议与先王治民之法若合符契。

管理流民的意见其实只是张耒担任地方官的经验之谈，实在不必专门花费篇幅将其与先王之法联系起来，张耒这么做实是有意为之，他进卷中的许多篇文章都是如此结构。比如《慎微》上篇开篇就陈述先王不姑息微小的祸患方能使天下大治，通过为君者当防微杜渐这一观点引出全文的中心话题，主张增加

---

① 《张耒集》卷四三，第 687—689 页。

成兵并收编流民以维持东南地区的稳定。《至诚》二篇以《中庸》立意,上篇以先王为天下"必有礼乐以成之"开头,提出先王行礼乐重点不在文物制度而在于心之至诚,只有衰世"方且区区于缀缉先王之遗文,补完经师之故说",①下篇则提出神宗要"致先王至诚之道"必须"使有司不以礼乐为治国之故事,先王之遗物,时时陈之,为朝廷之一事",方能"仰法尧、舜、三代之隆"。②《用民篇》以先王役民之法开头,称赞神宗的保甲法"深见先王之用心",③并提出改进此法的几个建议,结尾再次强调保甲法兵农不分符合先王使民之意,唯有将此法推广天下方能实现先王用民之效。《力政篇》开篇点出三代治安之世的核心在于先王不敢忽视任何一人、一家的安乐,如今欲力行善政须命监司按察所辖守令,文章结尾以监司比附古时诸侯,提出先王巡狩"考诸侯之治否"而分行赏罚,以此为据来佐证宋廷重视监司符合先王成法。

陈述政见的文字援引前代君主事迹作为例证,本是无可厚非,但是在张耒笔下频繁出现的"先王"不仅仅起着辅助论述的作用,同时也是迫于时局压力不得不为的言说策略。他并不是对新政毫无意见,在元祐四年(1089)所作《冀州州学记》中,他更为直白地表达了自己的看法:

> 先王之俗既亡,更数千岁,风俗礼乐既已大异矣。而朝廷郡县之政,视学校无毫发相及,而乃日夜责之以不如古,夫我则无用而强授之,此何为者也?且不怪夫冠者之不为章甫,骑者之不为驷马,而独怪学校之不如三王,不亦异哉!夫求三王之治,不立学,是废食于饥,而必责学校于今日,犹强食于饱,必不行矣。由是言之,学之兴废,其本末远矣,吏未有责也。

张耒作此学记时已是元祐年间,因此他可以毫不避讳地表达自己真实的政见。虽然他承认三代之学"其朝夕政事之所系,不啻如今省寺之要且急也",④但是却认为随着时代的发展,如今北宋社会的运行已不再需要学校,这就是从根本上反对新党的兴学政策。在张耒看来,就像章甫、驷马不复见于今日一般,恢复"三王之治"也只是遥不可及的理想,这与前文《慎微》篇中的观点大相径庭。虽

---

① 《张耒集》卷四三,第 689—690 页。
② 《张耒集》卷四三,第 692—693 页。
③ 《张耒集》卷四四,第 701 页。
④ 《张耒集》卷五〇,第 775—776 页。

然张耒在《衣冠篇》中同样有"三代之法详细委密不尽知,骤而施之,颠倒且不能辨,况通其意乎"①这样对盲目复古行三代衣冠之制有所微词的文字,但是与此篇学记对照,他的进卷显然是刻意将追复三代的政治理念贯穿始终,以复归三代的论说框架来掩饰他与新党政见的不合。这份顺利通过有司考核的学官进卷,为我们考察熙丰文风提供了一个珍贵的样本,由此可以想见当时的士大夫们是如何"试文则宗新经,策时务则夸新法"的。②

(二)"合德天地,配功三五":华镇的新党立场

与张耒相比,华镇的境遇要自由得多,他的进卷上呈于元祐六年(1091),所以不必像张耒一般曲尽周折,能够比较自由地使用历代君主的政治经验。有趣的是,华镇虽然承认汉唐以来的君主事业,但他在论述中却仍事事以先王之法为尊,反复强调他追复三代的政治理想,即人君当"俯而师二汉文、景、明、章之主也,仰而遵商周汤、武、成、康之君也",③俯仰之间,高下立现。

《事业论》和《言论》是华镇整组进卷的压卷之作,《事业论》讨论"帝王之职",而《言论》则是说士人需要以言经世,也就是分别从君主和士大夫的角度讨论如何治理国家。《言论》已佚内容不得而知,在《事业论》中,他集中表达了自己对于理想政治模式的构想:

> 帝王合德天地,配功三五,覆载之间,有一物不得其所,则圣人以为己忧,岂循常守故、牵制诵习而局促乎委琐龌龊之事哉?必有以经纬天地,弥纶六合,柔远能迩,仁民爱物,傍洋周浃,达于日月之所照,霜露之所坠已。④

承接此言,华镇举出黄帝战蚩尤、大禹平水患、成汤伐夏、武王伐纣的例子说明三代贤君如何安定天下,提出"三五帝王万世之所守"的领土,正是今日为君者必须恢复的疆域,在文章结尾,华镇还以"偷生假息"这样激烈的措辞,指出君主面临的迫切要务是"驱除攘逐",以成帝王之业。

---

① 《张耒集》卷四五,第718页。
② 《文献通考》卷四二,第1225页。
③ 华镇《国势论》,《云溪居士集》卷一四,第173页。
④ 华镇《事业论》,《云溪居士集》卷一八,第211页。

华镇以"圣人声教遍及天下",逐步推演得出对外应当积极开拓的结论,其论述思路也是从先王之法引申到当下要务,与张耒如出一辙,但他并非只是用三代先王的政教话语来粉饰自己的观点。除了上引《事业论》中他对君王统摄全体的体系与秩序的追求渊源于王氏新学之外,文中还特别强调"不事开拓,息兵偃武"的做法"非所以承祖宗之意",这里的"祖宗之意"实际上是指神宗对西夏、辽积极作战的态度。乍看上去,华镇恢复三代疆域的说法与张耒《远虑篇》相似,但元祐朝廷采取保守的对外政策是众所周知的事实,他却在进卷最重要的一篇中提出截然相反的建议,与张耒不得不曲笔隐晦的境遇形成鲜明对照。

我们前面说过,华镇写作进卷的时间大约在元祐五年、六年之间,而自元祐五年高层采取"调停"方针以来,不仅一些立场温和的熙丰旧臣被召回,不少在哲宗亲政后率先主张绍述的官员也被拔擢进入台谏,①华镇自元祐六年丧除赴京待选,身居东京,自然会对此有所察觉,他之所以敢于上呈如此不合时宜的政论,很可能是因为他敏锐地感知到了政治风向的转变。我们还注意到,身为元丰二年进士的华镇,对新法和新学的接受程度远甚于张耒,为了寻找举主,他在丰稷与孙升之外,还曾多次上书其他侍从之官,其中,《上吏部尚书书》是干谒本年八月刚被任命为吏部尚书的王存,②而《上司业书》二首的干谒对象可能是赵挺之或翟思。③ 王存、赵挺之、翟思都因在元祐四年的车盖亭诗案中"不论蔡确"被外放至地方州县,④且王存曾受神宗重用,翟思、赵挺之打击元祐党人也不遗余力。如此看来,华镇进卷中对新法的支持并非违心之论,而是他政治立场的真实表达。

华镇之所以在元祐年间仍旧毫不动摇支持新党,是因为他是一个完全由熙丰官学培养出的士大夫。他自述自己一生"周旋学校间二十余年",⑤出身贫寒,少时"徒以父兄乐善,俾捐箕裘,获亲汗简,从先生长者之后,进退乎庠序

---

① 参方诚峰《北宋晚期的政治体制与政治文化》,北京大学出版社,2015年,第81—101页。
② 《长编》卷四六五元祐六年闰八月壬申,第11111页。
③ 《长编》卷四六七元祐六年十月癸亥,第11148页。《长编》卷四六八元祐六年十一月庚申,第11183页。
④ 《宋史》卷三五一,第11094页。《长编》卷四二七元祐四年五月辛巳,第10316页。《长编》卷四二九元祐四年六月甲辰,第10357页。
⑤ 《云溪居士集》卷二二,第275页。

间"。①因为同乡顾临担任国子监直讲的缘故,他七岁就进入国子监学习,十三年后的熙宁四年,随着顾临的升迁,华镇离开太学,选择回到越州州学继续学业。在这里,他遇到了一位影响他一生的重要人物——王安石的门生朱明之。② 华镇《云溪居士集》中有《上权越帅提刑朱学士书》,在此不避烦冗,征引如下:

> 道隐既久,天欲平治,而圣人有作,又得豪杰之士以为辅相,故超然特起乎百王之后,越汉唐而追成周之业。文武之道在方册者,则训而释之,著之简编,以颁于天下;性命之理在人心者,则作而成之,设为学校,以委之师儒。……圣人之教虽尽善美,不得良吏致之于民,则亦晦而已矣。故文王之教所以显于南国者,召伯之力也。伏惟合下挺经济之才,究天人之学,以德行节义冠冕乎先达,以文章道术甄镕乎后学者,积有年矣。……至合下之来,而政事修举,行义卓然,益有加乎所闻者。乃知居今之时,行今之政,作新长育,使天下之士内有可贵之质,外有修成之文者,在合下而已。士固以此望乎合下,非某一人之私心也,抑合下亦以此为己任欤。……自合下莅郡以来,事无大小,罔或不谨,则学校之间,道德之教,尤所以为先务者也。某既幸而为士矣,又得齿乎学校之间,被服合下之教,其乐可胜言耶?③

引文开头所谓辅助圣人的"豪杰之士"毫无疑问就是王安石,而"著之简编"并"颁于天下"的应是不久之前刚刚修成的《三经新义》,华镇口中这位以"究天人之学"闻名的两浙路提刑,就是王安石的妹婿朱明之。《长编》曾载元丰六年"诏前两浙路监司苏獬、胡宗师、朱明之各罚铜二十斤,坐不举发知秀州吴安世赃罪故也",④说明朱明之确实曾在此前担任两浙路监司。另还可作为证据的有曾巩《明州奏乞回避朱明之状》,状云:"伏为本路提点刑狱朱明之,是臣母之亲堂弟,牒明州检到敕条,窃虑合该回避,须至奏闻者。"⑤又据《曾巩年谱》,曾巩被命知明州在元丰元年十月,⑥此状即当时所上。今检《长编》唯有熙宁九年(1076)十月

---

① 《云溪居士集》卷二一,第253页。
② 华镇生平参见笔者所编《华镇年谱》,未刊稿。
③ 《云溪居士集》卷二一,第242—243页。
④ 《长编》卷三三五元丰六年五月辛巳,第8063页。
⑤ 《曾巩集》卷三三,中华书局,1984年,第484页。
⑥ 李震《曾巩年谱》,苏州大学出版社,1997年,第372页。

辛丑条载"太常博士、馆阁校勘、权判刑部朱明之权知秀州",①不曾载其知越州,我们只能推测朱明之在到任秀州后,不久又被改命两浙路提刑并知越州。

据华镇文中所述,身为提刑的朱明之还曾在学校中教授诸生,这也与熙宁兴学以后地方学校的建设有关。熙宁四年颁布的兴学诏书中,除了置五路学官外,其余州军的教授不仅须有侍从官的推荐,且必须是"见任京朝官、选人",获荐者先"堂除逐路官",再兼任当地州学教授。② 结合此诏我们不妨猜测,朱明之很可能是在获得了当时一众臣僚的推荐之后,先被命知秀州、越州并兼两浙提刑,又兼任越州州学教授,主持当地州学。

朱明之曾亲炙于王安石,史载"明之其家塮,又传其学",③还曾在熙宁兴学之初被命"兼管国子监",④作为王安石的得意门生,他自然会不遗余力地承担起外台官"作新长育"的职责,无怪乎他到任之初最先着手的就是"学校之间"的"道德之教"。熟悉新学的朱明之应该给予了华镇相当大的帮助,在不久之后的元丰二年,华镇就进士及第,授高邮尉。

早年从学朱明之的经历对华镇产生了非常深刻的影响,他曾有文章数篇干谒蔡卞,使用孔、颜、伊、周之喻,对王安石和蔡卞的学术成就大加赞扬,他在崇宁间还投至蔡卞门下,并作诗云"弦歌随绛帐,笔削起韦编"。⑤ 由此,我们便不难理解,华镇在进卷中屡言的"先王""三代",正是他接受新学教育的真实反映。他在《道论》中批评文帝、宣帝和武帝,认为"汉之声猷不足以争骛商周,齐光虞夏,亦三主之过已";⑥《治论》上篇认为治世之要诀如"合乎时宜","则文武之功、唐虞之德复见于今日,奚独文景、贞观之事业";⑦下篇明谓汉文帝、汉明帝、唐太宗乃"中智之君";⑧《变论》《考绩论》两篇均围绕为何汉兴以来君主都未能复"唐虞成周之治"这一问题开篇立论;《本末论》认为学律令乃申、商之术,只有以经术养德性,学伊尹、吕尚之事,才"足以美圣人之政";《官论》指出改革官制

---

① 《长编》卷二七八熙宁九年十月辛丑,第6802页。
② 《长编》卷二二〇熙宁四年二月丁巳,第5335页。
③ 《长编》卷二二六熙宁四年八月己卯,第5508页。
④ 《长编》卷二二〇熙宁四年二月丁卯,第5347页。
⑤ 《寿蔡大资》,《云溪居士集》卷一一,第150页。
⑥ 《云溪居士集》卷一四,第168页。
⑦ 《云溪居士集》卷一四,第169页。
⑧ 《云溪居士集》卷一四,第170—171页。

的最终目标是为了实现"三五帝王之隆";①《铨选论》一篇认为汉唐选官制度都有弊病,唯应追随尧舜,行观德之法;《监司论》亦将监司之制上溯至三代时的三监、小行人。他对三代的推崇建立在他全面支持新政的基础之上,他在《御戎论》中再次强调要对西夏出兵,作《役法论》一篇支持免役,在《养士论》中盛赞熙宁兴学以来士子"去声偶之小技,专经术之本业",②批评制科专取"博记隐僻"之徒,③更无足取,可以说是全面地表达了反对旧党的意见。

四、余论:学校、学官与北宋中后期士大夫社会

少时在应天府学求学的张方平,曾在其应制科的进卷中旗帜鲜明地提出选任学官的重要性:"且制使才名之士不历学官者,不得入乎馆阁;入馆阁者,必先历乎学官。犹近制先倅郡,而后得补宪台三院也。"④此可谓庆历兴学的先声,张方平的这一理想最终由王安石实现。史载"元丰六年,召试学官六十余人,而所取才四人,皆一时知名士,程文具在,至今人皆诵之",⑤"虽取之甚难,然一时所得,皆公议之所与"。⑥当时人云教官试"其流弥清,其收弥鲜,而其获益艰",且"教官之职,人材所系,士望正自不轻,非如他官可冒昧而据"。⑦可见熙丰兴学之后,学官已成为网罗才俊的清要之职。至徽宗朝,学官的地位已可与馆职相埒,《宋史·蔡居厚传》记载蔡氏向徽宗进言云:"学官书局皆为要途,宜公选实学多闻之士,无使庸常之徒,得以幸进。"⑧在哲宗、徽宗朝逐渐繁荣、用以选拔起草制诰人才的词科中,成绩优异者也多被授予学官,"中选者与堂除教授……他时北门、西掖、南宫舍人之任,则择文墨超卓者用之"。⑨而到了南宋之初,宋廷更明文规定"诏自今除授馆职,并先召试学官,依格选除",⑩由学官

---

① 《云溪居士集》卷一六,第192页。
② 《云溪居士集》卷一七,第202页。
③ 《制举论》,《云溪居士集》卷一八,第205页。
④ 张方平《学校论》,《乐全先生文集》卷一一,《宋集珍本丛刊》第5册,第706页。
⑤ 《宋会要辑稿》,第3769页。
⑥ 《宋会要辑稿》,第3762页。
⑦ 刘弇《上翟司业子久书》,《龙云先生文集》卷一六,国家图书馆藏弘治十八年(1505)刻本。
⑧ 《宋史》卷三五六,第11210页。
⑨ 《宋史》卷一五六,第3651页。
⑩ 《建炎以来系年要录》卷一八四载绍兴三十年(1160)三月辛巳诏,中华书局,1988年,第3084页。

而升玉堂入翰苑更成为常见的升迁路径。①

如果我们把张耒与华镇的进卷放在整个北宋中后期学官地位提升的历史背景之中进行考量，那么针对这两个进卷的文本细读就更具有别样的价值。一方面，以文名盛于一时的苏门四学士，②都是从竞争激烈的学官考试中脱颖而出，于熙丰间被任命为学官，而文采不佳的华镇黯然落第，说明学官考选确实能够发掘当时最为优秀的人才。另一方面，熙宁六年进士张耒的进卷写作中，还体现出士大夫个人思想意识与时代政治文化形塑之力互相颉颃的隐微痕迹，而元丰二年进士及第的华镇，则代表着接受过熙丰官学教育的更为年轻的一代士大夫，他意志坚决、目标明确，勇敢地于元祐政坛上发出不和谐的"声音"。但是华镇的"异见"背后早已打上了王氏新学的烙印，与北宋前期士大夫的精神面貌相去甚远。从张耒到华镇，我们能够比较清楚地看到，由王安石一手打造的学校体制如何潜移默化地发挥着"作新斯人"的"造士"作用。不独华镇，哲宗、徽宗乃至高宗朝的士大夫也大都经由学校登第入仕，因此，追寻官学对北宋士大夫的培养教育作用这一线索，来探讨北宋中后期士大夫群体的学术、仕宦、交游、创作，有助于我们进一步思考熙丰学校改革的深层意义，从而更为深入地认识北宋中后期士大夫社会。

---

① 黄光辉《论元丰改制后宋代中央学官的迁转》(《教育史研究》2020年第4期)中已经注意到学官与馆职之间的密切联系。

② 前文已提及晁补之、黄庭坚于熙丰间试中学官，而秦观在元丰八年中举后不久即任蔡州教授，亦当为试中后授，徐培均所作秦观年谱载其蔡州教授之任为州守所辟，不确。参徐培均《秦少游年谱长编》，中华书局，2002年，第260—297页。

王安石文三篇辨伪

华东师范大学中文系古籍所　刘成国

王安石生前著述等身,却未曾如欧阳修、苏轼等亲自编纂个人的诗文作品,而是寄望于门人弟子进行编撰,并有所去取。最早的王安石文集,是徽宗政和年间由薛昂奉敕所编。薛昂是王安石的高足、北宋后期新党中坚,而其时党禁仍严,可以想见,薛编王集在涉及一些敏感政治人物时,必定多有删减筛选。薛昂之后,王安石的文集在南宋屡有刊刻,所收篇目,往往参差不齐,多有他人之作羼入;甚者如詹大和所刻《临川先生文集》"赝本居十之一,而错谬不可读"。[1] 自南宋开始,关于王氏诗文的辨伪工作,便已由李壁、方回等学者肇其始。经清代钱大昕、姚范、沈钦韩等人的积累考证,王诗的辨伪至今人汤江浩而终集大成。[2] 至于王文的辨伪,学界的研究成果则相形见绌。近些年来,随着各种王安石文集的整理出版,王文各篇的辑佚拾遗层出迭见,然往往真伪并存。[3] 整理者有时考辨不谨,多有误收,附录在王集之末,反而容易误导读者;甚至为王安石的生平研究,平添了许多错误的信息,贻误学林。

有鉴于此,以下本文拟对署名王安石的三篇文章的真伪进行考辨,去伪存真。

---

[1] 孙觌著、李祖尧注《李学士新注孙尚书内简尺牍》卷一〇《与苏守季文》,《中华再造善本》影印宋本,国家图书馆出版社,2011年,第5页。关于王安石文集在宋代的刊刻、流传情况,可见拙文《王安石文集在宋代的编撰、刊刻及流传再探》,《文史》2021年第3期。也可见王岚《宋人文集编刻流传丛考》,江苏古籍出版社,2003年,第162—164页。

[2] 汤江浩《北宋临川王氏家族及文学考论》第六章"王安石诗历代之辨伪与辑佚综论",人民文学出版社,2005年,第277—322页。

[3] 1959年,中华书局上海编辑所出版《临川先生文集》,将日本学者岛田翰及清代学者劳格、陆心源、罗振玉等人辑佚成果合编为《临川集补遗》,附于集末。之后《全宋诗》《全宋文》,以及李之亮《王荆公诗注补笺》《王荆公文注补笺》,王水照主编《王安石全集》,均将《临川集补遗》收入,并另有搜辑补充。

一、《宋故前尚书祠部员外郎宋君夫人俞氏墓志铭》

近些年来,作为新史料的新出土宋代墓志,日益受到文史学界的重视。与此同时,受利益驱动,市面上新出宋代墓志的作伪现象,特别是一些署有名家大家的墓志,如王安石等,也开始出现。对此,研究者须保持足够的警省,对新史料的利用与辨伪,应当同步进行。如:

宋故前尚书祠部员外郎宋君夫人俞氏墓志铭

朝奉郎、□□□□□郎中、知商州军州兼管内劝农、提点金场坑冶务公事、轻车都尉、赐绯鱼袋、借紫王安石撰并书

　　夫人其先家杭之临安,世仕钱氏。曾祖琉,事文穆、忠献、忠懿王,积功至歙州刺史;祖逊,纳女于忠懿,封秦国夫人,为浙西道营田副使;父仁寿,邓王府衙内都虞侯,从忠懿朝京师,除左班殿直,娶越州观察使钱公仪之女,生夫人于大梁,钱氏以忠孝称。□赫奕,而俞为盛族。祠部君学赡而行方,为郡国师。故夫人师□□□子曰干,干秀颖绝伦。早年,夫人静柔博爱,遇族属无厚□□,愉愉煦煦,常恐不及。祠部之首妃史夫人生子宏,人不知其非□趨。宏登进士第,为尚书职方员外郎。夫人封寿安县太君。嘉祐八年十一月十一日终,享年七十七。先是,职方君终矣。孙仲彦,大理寺丞、签书枋州军事判官厅公事,以熙宁五年九月癸酉,葬夫人于京兆蓝田县薛王里之北原,祔祠部君穴。使□□于予,予于仲彦舅也。熟夫人之风迹,为之铭曰:

　　九德备人之懿,五福全天之赐。然然令终□问不□□□,其居昌厥后嗣。①

这篇墓志,《王文公文集》《临川先生文集》不载,《全宋文》《王安石全集》也未收录。墓主俞氏,钱忠彦之母,"其先家杭之临安,世仕钱氏"。墓志撰者署为:朝奉郎、□□□□□郎中、知商州军州兼管内劝农、提点金场坑冶务公事、轻车都尉、赐绯鱼袋、借紫王安石撰并书。按,王安石进士及第后的历官履历,甚为清

---

① 此拓片尚未公布,承浙江省考古所郑嘉励先生赐示,谨此致谢!

晰：庆历二年(1042)进士高第,以校书郎签书淮南节度判官；庆历七年(1047)知鄞县,皇祐三年(1051)通判舒州,至和元年(1054)入京为群牧判官；嘉祐二年(1057)出知常州,三年(1058)提点江南东路刑狱；四年(1059)入京任三司度支判官,六年(1061)知制诰,八年(1063)丁忧返江宁；英宗治平四年(1067)知江宁府；神宗熙宁元年(1068)入京任翰林学士,二年(1069)除参知政事,三年(1070)拜相,七年(1074)出知江宁,八年(1075)复拜相,九年(1076)罢相出判江宁,十年(1077)罢判江宁；元丰年间以集禧观使退居江宁,哲宗元祐元年(1086)卒。由此可见,王安石不仅从未"知商州军州",甚至一生行迹也未至商州。"王安石"三字当误。

当然,此结衔也提供了丰富的信息。这篇墓志的墓主于熙宁五年(1072)九月葬于蓝田县薛王里之北,而墓志当撰于稍前,撰者的官衔是：朝奉郎、□□□□郎中、知商州军州兼管内劝农、提点金场坑冶务公事、轻车都尉、赐绯鱼袋、借紫。商州在北宋中期属于永兴军路,熙宁五年前后的知州,当为王公仪。王公仪字子严,泯州人,《宋史》《东都事略》等无传,《续资治通鉴长编》载其元丰四年(1081)知资州①,哲宗元祐元年七月为夔州路转运使②。《金石萃编》载王森所撰《宋故左中散大夫知泾州军州事兼管内劝农使上柱国清源县开国男食邑三百户赐紫金鱼袋王公神道碑铭并序》,墓主即王公仪。据《神道碑》,王公仪庆历六年(1046)登进士第,历河西县令,知岐山县、渝州,通判耀州。英宗朝入为御史台推直官,阶官加屯田外员郎、都官员外郎。神宗即位后,王公仪再迁为屯田郎中。因议谋杀按问自首之法,忤神宗、王安石之意,出知商州。"谋杀从按问自阿云谋夫始,会公首当详定,则曰：'法无许从从之文。'出知商州,州居山,百货丛委,往时为吏者或多牟渔于下,且圭田无艺,公则一切蠲减之,官吏亦缩手不敢取。自邑至郡,皆兴学校。转都官郎中,求领南都之御史,改除知池州。转职方郎中,知兴元府。"③熙宁元年,因阿云之狱而在朝臣间引发的谋杀按问自首减等律法之争,一直延续到翌年五月才平息下来,最终王安石的意见胜出。④王公仪出知商州,当在此之后,或即因反对按问自首减等

---

① 李焘《续资治通鉴长编》卷三一八元丰四年十月丁卯,中华书局,2004年,第7681页。
② 李焘《续资治通鉴长编》卷三八四元祐元年八月丁亥,第9355页。
③ 王昶《金石萃编》卷一四一,《宋代石刻文献全编》第三册,国家图书馆出版社,2003年,第357页。
④ 刘成国《王安石年谱长编》卷四,第916—917页。

北宋中期的知州通常三年一任，以此推算，熙宁五年前后，王公仪正在商州任上。"□□□□郎中"，当为"尚书省屯田郎中"，这是王公仪知商州时的本官官阶。所以，《俞氏墓志铭》撰者的原本结衔应当是：朝奉郎、尚书省屯田郎中、知商州军州兼管内劝农、提点金场坑冶务公事、轻车都尉、赐绯鱼袋、借紫王公仪撰并书。

那么，"王公仪"为何会讹为"王安石"？这极可能因为王安石是宋代著名政治家、文学家，又是墓志写作的大家，好事者于是在原碑上挖改，以此取重于世。另外，王公仪的子嗣中，有孙名"王介夫"[①]，与王安石之字"介甫"相同。不知挖改者是否也受此启发？

二、《回皇亲谢及第启》

现存王安石文集主要分为两个版本系统：一是龙舒本《王文公文集》，初刻于南宋高宗绍兴年间，完整流传至今；一是杭州本《临川先生文集》，初刻于南宋高宗绍兴二十一年(1151)，今有宋刻元明递修本传世。这两种王安石文集，都有一些他人之作羼入，而《王文公文集》误收情况较为严重。如：

回皇亲谢及第启

　　伏审校艺中程，霈恩移镇。凡兹有识，皆谓至荣。今国家兴学校以养育天下之材，而材犹未能有成；革科举以新美天下之士，而士或未尽去故。况于以公子之乐善，而能先儒者以试经。傥非出常之才，孰能出类如此？伏维某官世绵瓜瓞，才辨棣华，不以富贵而自骄矜，而为贫贱之所求取。决科异等，有光汉族之文章；进秩重藩，益壮周家之屏翰。非特为荣于宗室，盖将有激于士风。某限列谏垣，莫趋官屏，未能驰谢，乃枉赐言。惟荷眷之至深，非多辞之可喻云云。

此启出自《王文公文集》卷二二[②]，而《临川先生文集》不载。启即书信，以四六骈体写就，是下属用以私自达于属长，有所候问请谢。"谢及第启"，则是启文中

[①] 黄德裕《宋故赠金城郡君李氏墓志铭》，转引自赵逵夫、赵祥延《补作者不见于全宋文之北宋佚文七篇》，《文学与文化》2018年第3期。

[②] 王安石《王文公文集》卷二二，上海人民出版社，1974年，第257—258页。

的特殊一类，只适用于科举及第后的场合。宋代实行科举取士，士人及第后，通常会致谢启于本科考官，叙座主门生之谊①；而考官也随之予以礼节性的回复②。这篇《回皇亲谢及第启》，便属于此类。比较特殊的是，这位及第进士是一位宋代宗室，故回启对此反复措意，所谓"以公子之乐善""壮周家之屏翰"，等等。

此启当为《王文公文集》所误收。启曰"某限列谏垣"，则作者当任谏职，然考王安石生平，从未任职谏官或御史③。又启曰"今国家兴学校以养育天下之材""革科举以新美天下之士""先儒者以试经"，则当作于宋神宗熙宁四年(1071)科举改革之后不久。熙宁四年，颁贡举新制，以经义取代诗赋取士④；同时，推行太学三舍法，实行学校养士。⑤ 其时，王安石早已拜相⑥，亦无为属下代笔回启之理。故此启当非王安石所作。

然则此启出自谁手？欲以明此，须先考证启中及第皇亲。此皇亲应为赵叔盎。宋代皇室赐进士及第，仁宗朝赵叔韶是第一人；然以经义考试得赐进士出身，则始自赵叔盎。王应麟《玉海》卷第一一六"选举"载：

> 皇祐元年六月三日乙丑，叔韶进所为文试学士院，赐进士及第。仁宗曰："前此未有。"……元丰二年三月丁亥，诏以经义论试宗室。六月十五日，秘阁考试宗室。七月三日，叔盎赐出身。四年七月，汎之等秘阁试文论。六年十月，令绵等秘书省试经义。初，熙宁五年二月十九日，中书修换

---

① 如王安石《谢及第启》，即作于仁宗庆历二年(1042)他进士及第后。《王安石文集》卷八一，中华书局，2021年，第856页。

② 如陆游祖父陆佃元丰五年(1082)为御试详定官(朱刚《陆佃年谱》，《新宋学》第9辑，复旦大学出版社，2020年)，本年状元黄裳等进士及第后致谢启，陆佃回复："伏审祗膺睿泽，荣擢殊科，伏惟庆慰。某官先辈涉道宏深，受材广博，学该掺桂，思敏然其。拳拳有爱君之心，亹亹明当世之务。果承清问，遂占上游。腾一代之风声，耸四方之观听。共期远业，即奋亨途。庆牍未遑，华缄首及。其为感佩，罔既敷陈。"《陶山集》卷一三《回黄裳状元以下新进士启》，《文渊阁四库全书》本。这封书启的格式、内容，与《回皇亲谢及第启》相似。

③ 英宗治平四年(1067)，有宰臣荐王安石为御史中丞，而为张方平沮止。见《王安石年谱长编》卷三，第756页。

④ 脱脱《宋史》卷一五："(熙宁四年)二月丁巳朔，罢诗赋及明经、诸科，以经义、论、策试进士。置京东西、陕西、河东、河北路学官，使之教导。"中华书局，1977年，第278页。

⑤ 脱脱《宋史》卷一五："(熙宁四年十月)戊辰，立太学生内、外、上舍法。"第280页。

⑥ 王安石熙宁二年(1069)二月除参知政事，三年(1070)十二月除同中书门下平章事。见《王安石年谱长编》卷四，第840、1187页。

官法。九月癸丑，命(令)铄为职方员外郎。宗室试换文资，自令铄始也。①

仁宗朝科举以诗赋取士，赵叔韶所进之文，当为诗赋或策论，决非经义。熙宁四年(1071)颁贡举新制后，至元丰二年(1079)，神宗始诏宗室可于秘阁考试经义。《宋会要辑稿》选举三二载：

> 元丰二年正月十七日，诏："宗室大将军以下愿试者，试本经及《论语》《孟子》大义共六道，论一首。大义以五通，论以辞理通为合格。四月十四日，知制诰张璪、光禄寺丞陆佃赴秘阁考试宗室。七月三日，右监门卫大将军仲芮、右千牛卫将军叔盎、令摄、令优、令贯各迁一官，叔盎赐进士出身，并以秘阁考试中等也。"②

首次以经义参与宗室科举考试的，有仲芮、叔盎、令摄、令优、令贯等人，惟叔盎考试中等，得赐进士出身，即所谓"及第"，他人只是各迁一官而已。考官为知制诰张璪和光禄寺丞陆佃。赵叔盎之父为赵克敦，系赵承榦之子，赵德钧之孙，秦王廷美之曾孙。③ 他以宗室身份，主动响应神宗诏书，考试中等，为经义取士的贡举新制以及神宗允许宗室参加科举考试的宗室改革，④作出表率，颇具政治象征意义。故《启》曰："今国家兴学校以养育天下之材，而材犹未能有成；革科举以新美天下之士，而士或未尽去故。况于以公子之乐善，而能先儒者以试经。""非特为荣于宗室，盖将有激于士风。"他本人显然也以此为荣，所撰《重修广州净慧寺塔记》结衔中便凸显赐进士出身：皇叔、敕赐进士出身、右武卫大将军、持节康州诸军事、康州刺史、充本州团练使、上柱国、天水郡开国公、食伯口户、食实封七百户叔盎撰书。⑤

按照惯例，赵叔盎以经义考试中等得赐进士出身后，会致谢启于主考官——知制诰张璪或陆佃。陆佃字农师，越州山阴人，熙宁三年进士及第。他是王安石高足，也是南宋著名诗人陆游祖父，《宋史》有传。神宗元丰年间，陆佃

---

① 王应麟《玉海》卷第一一六，广陵书社，2003年，第2152页。
② 徐松辑、刘琳等点校《宋会要辑稿》，上海古籍出版社，2014年，第5864—5865页。
③ 黄庭坚《宋故宣州观察使赠太尉和国公赵公行状》，《黄庭坚全集》，四川大学出版社，2001年，第1659页。
④ 关于神宗朝的宗室改革，及允许宗室参与科举考试等相关论述，可见何兆泉《两宋宗室研究》第五章"选举之途"，上海古籍出版社，2016年，第188—197页。
⑤ 阮元《(道光)广东通志》卷二〇九，道光二年刻本。

"同王子韶修定《说文》,入见……神宗说,用为详定郊庙礼文官。时同列皆侍从,佃独以光禄丞居其间。每有所议,神宗辄曰:'自王、郑以来,言礼未有如佃者。'加集贤校理、崇政殿说书,进讲《周官》,神宗称善,始命先一夕进稿。同修起居注。元丰定官制,擢中书舍人、给事中"。① 从中可见,元丰四年神宗改官制之前,陆佃所莅官职差遣,均与台谏无关。因此,启中"限列谏垣"之作者,并非陆佃,而只能是赵叔盎的另一位考官张璪。张璪初名琥,字邃明,滁州全椒人。"元丰初,入权度支副使,遂知制诰、知谏院,判国子监,荐蔡卞可为直讲。建增博士弟子员,月书、季考、岁校,以行艺次升,略仿《周官》乡比之法,立斋舍八十。学官之盛,近代莫比,其议多自璪发之。"② 元丰二年(1079)四月十四日,张璪以知制诰之职赴秘阁考试宗室。五月,兼知谏院:"(元丰二年五月戊子)右正言、知制诰、知审官东院张璪兼知谏院,判国子监。"③ 七月三日,赵叔盎以考试入等迁一官,并赐进士出身,遂按惯例致谢启于张璪。张璪回谢,因此时已兼知谏院,受谒禁之限,④不能登门祝贺,故曰"莫趋宫屏,未能驰谢"。

为何这篇启文会收录在《王文公文集》中呢?这或许是因为启中"兴学校以养育天下之才""革科举以新美天下之士"等语句的误导。众所周知,熙宁四年(1071)的贡举新制以及随后的官学教育,是熙宁变法的重要内容,而王安石正是主要推手。《王文公文集》的编者,可能因此而误便将此启编入王安石文集中。

三、《乞废玄武湖为田疏》

除文集外,尚有多篇署名王安石的文章,散见于方志、族谱、总集等文献中。然其中真伪参半,也不可尽信。如:

乞废玄武湖为田疏

熙宁八年十一月十一日,王安石奏:

臣蒙恩特判江宁军府,于去年十一月十一日到任管当职事。当时集官

---

① 脱脱《宋史》卷三四三,第10918页。
② 脱脱《宋史》卷三二八,第10569页。
③ 李焘《续资治通鉴长编》卷二九八,第7249页。
④ 《续资治通鉴长编》卷一六〇载仁宗庆历七年四月:"己巳,诏谏官除朝参外,非公事毋得出入请谒。"第3873页。详细论述,可见虞云国《宋代台谏制度研究》,上海书店出版社,2009年,第82—85页。

吏军民，宣布圣化，启迪皇风，终成一载。所幸四郊无垒，天下同文。然臣窃见金陵山广地窄，人烟繁茂，为富者田连阡陌，为贫者无置锥之地。其北关外有湖二百余顷，古迹号为玄武之名，前代以为游玩之地，今则空贮波涛，守之无用。臣欲于内权开丁字河源，泄去余水，决沥微波，使贫困饥人尽得螺蚌鱼虾之饶，此目下之利。水退之后，济贫民，假以官牛、官种，又明年之计也。贫民得以春耕夏种，谷登之日，欲乞明敕所司，无以侵渔聚敛，只随其田土色高低岁收水面钱，以供公使库之用，无令豪强大作侵占。车驾巡狩，复为湖面，则公私两便矣。伏望明降隆章，绥怀贫腐。

此篇载《景定建康志》卷一八①，《至大金陵新志》卷五下转引曰："《景定志》云：熙宁八年十一月十一日，王安石奏：'臣窃见金陵山广地窄，人烟密茂，为富者田连阡陌，为贫者无置锥之地。'"②《王文公文集》《临川先生文集》不载，而李之亮《王荆公文注补笺》《全宋文》、复旦大学出版社版《王安石全集》等，均将此篇作为王安石佚文收入附录中。③

按，此文决非王安石所作。先看此文作年，有三种可能。一是奏于熙宁八年(1075)十一月十一日，一是熙宁九年(1076)某月日，一是熙宁九年十一月十一日。如为前者，则"于去年十一月十一日到任管当职事"，指熙宁七年(1074)之事。然到任、上奏于隔年同月同日，太过巧合。且熙宁七年四月，王安石罢相以观文殿学士出知江宁，而非出判江宁；六月十五日已莅任，上谢表曰"臣某言：伏奉制命，授臣观文殿学士、吏部尚书、知江宁军府事。臣已于六月十五日到任讫"④，与"十一月十一日到任管当职事"扞格。如为熙宁九年某月日上奏，则本年王安石在京为相，不应越俎代庖，以江宁知府的身份、口吻上疏乞良废玄武湖为良田。如为熙宁九年十一月十一日上奏，则《疏》中"于去年十一月十一日到任管当职事"指熙宁八年十一月十一日，而熙宁八年三月王安石已离任江宁府赴京复相。⑤当然，也有另外一种可能，即此《疏》奏于熙宁九年十一月十一日

---

① 《宋元方志丛刊》，中华书局，1990年，第1586—1587页。
② 《宋元方志丛刊》，中华书局，1990年，第5561页。
③ 关于此文真伪，邢致远、邢国政曾撰《王安石〈湖田疏〉废湖为田》考证（《东南文化》2008年第1期）。上海师范大学中文系李贵教授在评议本文时提示，谨此致谢！
④ 《王安石文集》卷五七，第595页。
⑤ 刘成国《王安石年谱长编》卷六，第1775页。

王安石再次罢相出判江宁府任上，《疏》中"臣蒙恩特判江宁军府,于去年十一月十一日到任管当职事。当时集官吏军民,宣布圣化,启迪皇风,终成一载。所幸四郊无垒,天下同文"一段,或为衍文,如《至大金陵新志》即不引此段。然熙宁九年十月二十三日王安石第二次罢相出判江宁府,月底方莅任。十一月十三日,他尚在赴任途中,上《谢赐生日表》①,也不会在莅任之前便奏上废湖之疏。何况王安石此次罢相,于政事已意兴阑珊,甫至江宁,便屡上表札,乞请辞判江宁而仅领宫观,②求退乞闲之意甚明："始,安石罢政,除江宁,恳辞使相,请宫观。上遣梁从政赍诏敦谕,须其视事乃还。从政留金陵累月,安石请不已。"③熙宁十年(1077)六月十四日,他罢判江宁府,以使相领集禧观使。其判江宁府,未及八个月。以常理揆度,他不可能在判江宁任上奏乞大兴水利。

另外,《疏》中有"车驾巡狩"之语,尤为扞格不通。终神宗一朝,不仅并无车驾巡狩之事,朝堂上也未见巡狩之建请或议论。此篇或作于北宋末年,车驾巡狩,或指徽宗"靖康元年正月己巳,诣亳州太清宫行恭谢礼,遂幸镇江府"④。其时王安石早已去世多年。

以上对三篇署名王安石的文章,进行了辨伪考订。这三篇文章,一出自王安石的文集,一出自地方志,一来自新出墓志。不同的文献来源,反映了王安石文章作伪的复杂性,也提醒学人在对王安石的文章进行整理、辑佚、研究时,应当保持清醒批判的态度。

---

① 刘成国《王安石年谱长编》卷六,第 1937 页。
② 刘成国《王安石年谱长编》,第 1943—1950 页。
③ 李焘《续资治通鉴长编》卷二八三熙宁十年六月壬辰,第 6924 页。
④ 脱脱《宋史》卷二二,第 417 页。顾宏义教授认为,"车驾巡狩"或指宋高宗。可备一说。

苏轼《与钱济明》尺牍考略

复旦大学中国古代文学研究中心　朱　刚

建中靖国元年(1101)苏轼去世于常州，身边除家人外，尚有无畏禅师径山维琳、冰华居士钱世雄。笔者曾据苏轼尺牍，对维琳的事迹有所考辨①，本文亦拟根据苏轼尺牍，钩沉钱世雄的生平。孔凡礼校点《苏轼文集》中有《与钱济明十六首》②，张志烈等《苏轼全集校注》对此加以系年、注释，在此基础上，我们得以继续查考。

《苏轼全集校注》注"钱济明"云："钱世雄，字济明，号冰华居士，常州晋陵(今江苏常州)人。元祐年间，任瀛州防御推官、户部检法官。绍圣年间，任苏州通判。参见杨时《冰华先生文集序》。"③按杨时虽有此序，但《冰华先生文集》今已不存。所幸钱氏同乡好友邹浩(1060—1111)的《道乡集》四十卷④今存，从中可以获知不少有关钱氏的信息，与苏轼尺牍可以互参。由于《与钱济明十六首》皆作于苏轼居黄州后，兹先据其他资料稽考二人在此前的交往。

一、苏轼与钱公辅、钱世雄父子

《道乡集》卷三二《为钱济明跋书画卷尾》有云：

> 紫微钱公，朝廷之名卿，乡邦之先生也。某从学时，公既殆矣，不及亲炙以为师，而与公之子通直为友，因得观公所书《遗教经》，以想见刚风特操之仿佛云。

---

① 朱刚《苏轼与云门宗禅僧尺牍考辨》，《苏轼苏辙研究》，复旦大学出版社，2019年，第90页。
② 苏轼《与钱济明十六首》，《苏轼文集》卷五三，中华书局，1986年。
③ 张志烈、马德富、周裕锴主编《苏轼全集校注》第17册，河北人民出版社，2010年，第5808页。
④ 邹浩《道乡集》，明成化六年(1470)刻本。

钱世雄的父亲钱公辅(1021—1072)是北宋中期的名臣,作为"乡邦之先生"而被后辈敬崇。邹浩与钱世雄为友,得见公辅手迹,故为作跋。公辅字君倚,苏轼文集里也有一篇《跋钱君倚书遗教经》云:

> 钱公虽不学书,然观其书,知其为挺然忠信礼义人也。轼在杭州,与其子世雄为僚,因得观其所书佛《遗教经》刻石,峭峙有不回之势。①

看来钱世雄不仅保存其父手迹,还曾募工刻石,如果上引文本不误,则苏轼所跋的就是拓本。他认为钱公辅在书法方面是不够专业的,但字如其人,体现了刚直的品格。这篇跋文也交代了苏轼与钱世雄开始交往,是因为在杭州同事。《与钱济明十六首》之三则透露了该跋文的写作时间:

> 曾托施宣德附书及《遗教经》跋尾,必达也……儿子明年二月赴德兴。②

苏轼长子苏迈赴任德兴县尉,是元丰七年(1084)的事③,因此《苏轼全集校注》将这一首尺牍及其提到的《遗教经》跋文,都系于元丰六年,时苏轼在黄州,托人将跋文带给钱世雄。如此,则跋文中所谓"轼在杭州",当指熙宁年间苏轼任杭州通判时。

苏轼是见过钱公辅的,熙宁四年(1071)因反对王安石变法而离京,赴杭州通判任,路经扬州时,作《广陵会三同舍各以其字为韵仍邀同赋》诗④,此"三同舍"为刘攽、孙洙、刘挚,诗中还提到一位"贤主人",就是钱公辅,时知扬州。这些人都是因为跟王安石政见不同而离朝外任的,聚在一起正好互托知己。受钱公辅招待后不久,苏轼便到达杭州,开始与其子钱世雄交往。但据《续资治通鉴长编》载,熙宁五年十一月庚申,钱公辅卒⑤。这样钱世雄必须回到常州家中去守制,故与苏轼同处杭州的时间并不长。

然后,苏轼于熙宁七年(1074)离开杭州,赴密州知州任,途径常州,又见到

---

① 苏轼《跋钱君倚书遗教经》,《苏轼全集校注》第19册,第7824页。
② 苏轼《与钱济明十六首》之三,《苏轼全集校注》第17册,第5811页。
③ 参考孔凡礼《苏轼年谱》元丰七年(1084)六月九日条,中华书局,1998年,第632页。
④ 《苏轼诗集合注》卷六,上海古籍出版社,2001年,第267页。参考《苏轼年谱》,第212页。
⑤ 李焘《续资治通鉴长编》卷二四〇,上海古籍出版社,1986年。

了钱世雄,并应其请求而作《钱君倚哀词》①。这篇哀词后来在"乌台诗案"中成为罪证之一,有苏轼的亲口交待被记录下来:

> 熙宁七年五月,轼自杭州通判,移知密州,道经常州,见钱公辅子世雄。公辅已身亡,世雄要轼作公辅哀辞。轼之意,除无讥讽外,云"载而之世之人兮,世悍坚而不答",此言钱公辅为人方正,世人不能容……又云"子奄忽而不返兮,世混混吾焉则",意以讥讽今时之人,正邪混殽,不分曲直,吾无所取则也。②

实际上,《哀词》吐露旧党人士对政局的不满心声,仍是此前"三同舍"诗的延续。苏轼与钱氏父子的感情契合,毫无疑问是以相同的政治态度为基础的。到了"乌台诗案"发生的元丰二年(1079),苏轼是在湖州担任知州,钱世雄则为吴兴尉③,正好是其下属。苏轼因"诗案"而被贬谪黄州,钱世雄就因为接受过有讥讽内容的《钱君倚哀词》,被连累罚铜二十斤。《与钱济明十六首》所体现的二人书信交往,是从苏轼谪居黄州时开始的。

二、《与钱济明十六首》的文本来源

孔凡礼校定《与钱济明十六首》的文本,是以明代茅维编《苏文忠公全集》为底本的。在茅维之前,有两种现存的文献集中汇编苏轼的尺牍:一是国家图书馆藏元刊残本《东坡先生翰墨尺牍》,其全本有清刊《纷欣阁丛书》本,依受书人为序编集;二是明刊《重编东坡先生外集》的"小简"部分(卷六三至八一),与明刊东坡七集本《续集》的"书简"部分(卷四至七)面貌基本一致,按写作时地编排尺牍④。茅本《与钱济明十六首》的文本都采用了《东坡先生翰墨尺牍》卷三《与钱济明》,但排列顺序以及各篇题下对写作时地的标注,则参考《外集》而加以调整,这是茅维编定苏轼尺牍的基本方法。下面列表对照(表1):

---

① 见《苏轼全集校注》第18册,第7078页。参考《苏轼年谱》,第277页。
② 朋九万《东坡乌台诗案》"为钱公辅作哀辞"条,《丛书集成》本。
③ 参考《苏轼年谱》,第435页。
④ 参考笔者《东坡尺牍的版本问题》,《苏轼苏辙研究》,第65页。

表 1　编 排 对 照 表

《苏轼全集校注》第17册《与钱济明十六首》	首　　句	《纷欣阁丛书》本《东坡先生翰墨尺牍》卷三《与钱济明》	《重编东坡先生外集》
一（以下俱赴定州）	某启，别后至今	10	卷七五赴定州《与钱济明》之一
二	寄惠洞庭珍苞	11	卷七五赴定州《与钱济明》之二
三	某启，久不奉书	12	卷六八黄州《与钱世雄》
四（以下俱惠州）	某启，专人远辱书	15	卷七五惠州《答钱济明》之一
五	某启，近在吴子野处	16	卷七五惠州《答钱济明》之二、三
六（以下俱北归）	某启，去年海南	1	卷七九北归《答钱济明》之一
七	某启，忽闻公有闺门之戚	3	卷七九北归《答钱济明》之三
八	某启，人来	4	卷八〇北归《答钱济明》之一
九	某启，得来书	5	卷八〇北归《答钱济明》之二
十	某已到虔州	2	卷七九北归《答钱济明》之二
十一	示谕孙君宅子	14	卷八〇北归《答钱济明》之三
十二	居常之计本已定矣	13	卷八〇北归《答钱济明》之三
十三	某启，蒙示谕	8	卷八一北归《与钱济明》之三
十四	妙啜见分	9	卷八一北归《答钱济明》之三
十五	家有黄筌画龙	7	卷八一北归《答钱济明》之二
十六	某一夜发热不可言	6	卷八一北归《与钱济明》之一

　　按茅维的编法，这十六首尺牍，时间上是从绍圣元年（1094）苏轼在定州时开始的，但第三首实被《外集》编在黄州卷，且上文已引用其中提到苏迈将赴德兴尉的事，确应作于元丰六年。不过在《外集》中，此篇的标题特异，不作"钱济明"而作"钱世雄"。茅维一时没想起钱世雄就是钱济明，故《苏文忠公全集》中又另出《与钱世雄一首》，即此篇，且注明为黄州之作，显然录自《外集》。孔凡礼发现这是重出，遂在《苏轼文集》卷五九删文留题①。孔凡礼还从《晚香堂苏帖》发现另一篇苏轼致钱世雄的尺牍，认为也是元丰六年所作②。这样我们可以读

---

① 《苏轼全集校注》亦如此处理，见第18册，第6507页。
② 参见《苏轼年谱》，第576页。

苏轼《与钱济明》尺牍考略

到两首苏轼从黄州寄给钱世雄的尺牍。

茅维不但未发现《与钱世雄一首》就是《与钱济明十六首》之三,且将此篇误编于定州时段,除了疏忽外,重要的原因在于他编于定州时段的第一、二、三首,原即《东坡先生翰墨尺牍》的第10、11、12首,三首本来就是连在一起的。所以这个失误跟他的操作方法有关,由于尊重《翰墨尺牍》的文本,对于他觉得没有把握按写作时地来重新排序的尺牍,便倾向于保留其在《翰墨尺牍》中原有的序列①。另外,这一首有"吴江宦况如何,僚佐有佳士否"之问,也易引起误解。"吴江"常被用来指称苏州,而钱世雄于绍圣初,即苏轼作《与钱济明十六首》之一、二首时,正担任苏州通判,则看起来三首似可连贯。然而《外集》的文本,此二句作"吴江官况如何,僚有佳士否",我们确定该篇作于元丰六年,则钱世雄尚未脱离选调,他可能从吴兴尉调到苏州担任某一幕职,"僚有佳士否"问的是同僚,若作"僚佐"则易被理解为属下幕僚之意,仿佛钱氏已任通判了。实际上,钱任苏州通判须在元祐五年(1090)改官之后。

十六首中并无元祐年间的尺牍,但钱世雄确在这个旧党执政的时代获得改官。先是元祐二年(1087)昭雪了他受"乌台诗案"连累所蒙受的罪名,事见《续资治通鉴长编》卷三九四元祐二年正月乙丑纪事:

> 右司郎中范纯礼奏:"瀛州防御推官钱世雄等进状,理雪受苏轼讥讽文字案后罚铜事。元案内连坐官黄庭坚、周颁、颜复、盛侨、王汾、钱世雄、吴绾、王安上、杜子方、戚秉道、陈珪、王巩受苏轼谤讪诗不缴,罚铜二十斤,王诜隐讳上书诈不实,徒二年,追两官,合牵复。昨有旨,王诜诉雪文字不得收接。未敢看详。"三省进呈,王诜以尝追官,难从矜恕,黄庭坚等并特与除落。

此时的钱世雄,尚任瀛州防御推官幕职,上状请求昭雪,获得朝廷同意,为大批连坐官员除落罪名。这件事的政治意义,实际上就是为"乌台诗案"平反,但不是由贵为翰林学士的苏轼本人发起,而是从远在瀛州的一位幕职小官的诉求开始,颇见技巧。此事的成功,当然也为钱世雄的改官扫去了障碍。范祖禹《手

---

① 这种操作方法,也见于茅维对《与滕达道六十八首》尺牍的排序,详细请参考笔者《苏轼与滕达道尺牍考辨》,《苏轼苏辙研究》,第142页。

记》有"钱世雄,元祐五年八月举,升陟,时权进奏院、户部检法官"①,可见他在元祐五年终于升秩京官。这除了历任于州县幕职所积累的劳资,还须有力的人物举荐,而起决定作用的举荐者,除了范祖禹,看来还有苏轼。

《道乡集》卷二四有《代钱济明谢苏内翰启》《代钱济明谢敕局详定启》《代钱济明谢执政启》三篇,当为钱氏改官而作。其中反复言及:

> 久于迁调,固分所宜;跻以文阶,在恩非据……积年瑕疵,一日洗涤。乃自删修之职,获沾迁陟之荣。

> 荫先子之余恩,误明时之见录。纷纭百里,荐更赞佐之劳;荏苒十年,竟乏猷为之効。属缺员于删定,辱诸公之荐扬。越由冗散之中,参预讨论之末……脱折腰之选调,易寄禄之新阶。

> 犬马虽微,岂有裨于分职;乾坤洪造,遽获改于新阶……驱驰十载之余,泯灭一毫之补。因时核实,已逃废黜之严;择士修书,旋预讨论之末。

由此可见,钱世雄并无科举功名,是由门荫入仕,所以自熙宁以来长期沉沦选海,"久于迁调","荐更赞佐之劳",到元祐五年才获改官。当然在改官前,他已获得机会入京,参与编敕局修书。这三篇谢启,一致编敕局长官,一致执政官,自与对方的职掌相关,而另一篇所致的"苏内翰",则必是关键的举荐人。我们看文中对他的描述:

> 伏遇某官,荷天大任,为民先知。学富惠施之五车,才迈正平之一鹗。言惟救弊,妙药石之所攻;志在尊君,挺松筠之不变。缘遭回于时命,顷流落于江湖。太白溪边,邀月同醉;屈原泽畔,散发行吟。曾无憔悴之容,自适盈虚之数。属宣室之欲见贾谊,而苍生之望起谢安。遂即赐环,委以持橐。俄膺内相之选,实为真宰之储。方且汲汲求才,勤勤接士。谓来绝足,宜朽骨以先收;思得武夫,虽怒蛙而犹式。是致无用,亦皆有成。异时严君,最辱推扬之助;今兹贱息,又蒙生育之私。荣萃一门,恩深九地。

这位苏内翰,曾因批评时政,遭受挫折,流落江湖,而行吟自得,又曾对钱世雄的父亲加以"推扬之助"。毫无疑问,就是为钱公辅写过《哀词》,后因"诗案"而贬居黄州,现任翰林学士的苏轼。因了他的荐举,门荫入仕的钱世雄才得以脱离

---

① 范祖禹《手记》,《全宋文》卷二一四七,上海辞书出版社、安徽教育出版社,2006年。

选调,升秩京官,以北宋的选官制度为背景来看,确实是恩同生育。所以杨时《冰华先生文集序》称其"比壮,游东坡苏公之门……公以是取重于世,亦以是得罪于权要,废之终身,卒以穷死"①,当代人都知道钱世雄是苏轼门下之士。

这个时期苏轼与钱世雄相关的文字,还有孔凡礼辑《苏轼佚文汇编》卷六的一篇《题蔡君谟诗草》:

> 此蔡君谟《梦中》诗,真迹在济明家,笔力遒劲。元祐五年十月四日。②

这一段题跋,跟有关苏轼《天际乌云帖》的考证疑案相涉,过于复杂,此处暂不议及。可以确定的是,这里的"济明"就是钱世雄,钱家也确实收藏了蔡襄的墨迹,《道乡集》卷三二《为钱济明跋书画卷尾》,所跋书画共有四种,除钱公辅书《遗教经》外,也有蔡襄的"遗墨四轴"。另二种是秦观书《鹤赋》③和王诜画《柳溪渔浦小景》,秦和王都是苏轼、钱世雄共同的朋友。元祐五年十月的苏轼是在杭州知州任上,钱世雄则可能在京城,也可能暂回常州家中。无论如何,经过了元祐改官,这才有了绍圣年间的苏州通判钱世雄。

三、苏州通判钱世雄

《与钱济明十六首》之第一首,提到"老妻奄忽,遂已半年",因苏轼之妻王闰之卒于元祐八年(1093)八月,故《苏轼全集校注》系此首于绍圣元年(1094)春。尺牍中又谓"闻两浙连熟,呻吟疮痍遂一洗矣",似钱世雄已在苏州(北宋苏州属两浙路)。接着第二首感谢钱氏"寄惠洞庭珍苞",亦是苏州之物,苏轼回赠以亲书"《松醪》一赋",则指《中山松醪赋》,作于定州。这二首在《外集》中自为一组。第三首应是元丰六年作,已详上文。

第四、第五首,茅维标注为苏轼惠州之作,《苏轼全集校注》都系绍圣二年(1095)。《外集》卷七五惠州《与钱济明》题下有三首,文本上是将茅维编定的第五首拆为两首,内容一致。这也是茅维取《翰墨尺牍》文本而遵《外集》排序的一个例子。苏轼在尺牍中感谢钱氏专门派人远来问候,并送达书信。这可能不止

---

① 杨时《冰华先生文集序》,《全宋文》卷二六八四。
② 《苏轼全集校注》第20册,第8738页。
③ 按即秦观《叹二鹤赋》,主旨是夸奖钱公辅,见《淮海集笺注》卷一,上海古籍出版社,2000年。

一次,但其中有一次,所派之人为第五首中说到的卓契顺。苏轼有多篇文字涉及卓契顺①,其中《与程正辅七十一首》之七十云:

> 苏州钱倅差一般家人,又借惠力院一行者契顺,来与宜兴通问。万里劳人,甚愧其意。②

这里明确将钱世雄称为"苏州钱倅",即苏州通判。

自第六首以下,茅维标注"以下俱北归",时间一下跳到了建中靖国元年(1101)。此前苏轼经历了从惠州再贬儋州的艰难旅程,通信愈为不便,而钱世雄也失去了苏州通判之职,乃至下狱、闲废。北宋笔记《墨庄漫录》卷一云:

> 吕温卿为浙漕,既起钱济明狱,又发廖明略事,二人皆废斥。复欲网罗参寥,未有以中之。会有僧与参寥有隙,言参寥度牒冒名。盖参寥本名"昙潜",因子瞻改曰"道潜"。温卿索牒验之,信然,竟坐刑之,归俗,编管兖州。未几,温卿亦为孙杰鼎臣发其赃滥系狱。人以为窨人者,人必反窨之。③

吕温卿是新党吕惠卿之弟,旧党皆目之为"凶人",而此段中被他陷害的钱世雄、廖正一、参寥子,都与苏轼关系亲切,显然成了"新旧党争"的牺牲品。检《续资治通鉴长编》,未载钱、廖之狱的详情,但在卷五〇二元符元年(1098)九月丙寅条下,则记录了淮南两浙路察访孙杰告江淮荆浙等路制置发运使吕温卿违法的事;卷五〇三元符元年十月丙戌条下又载:

> 御史中丞安惇言:"淮南两浙察访司按察吕温卿托江都知县吕振买部民宅基等事,臣曾论奏,选官鞫治,至今未蒙指挥。"诏朝请郎曾镇往扬州置司推勘。

由此,吕温卿自己也下狱,不久便贬死舒州。《墨庄漫录》所谓"吕温卿为浙漕",当指其担任"江淮荆浙等路制置发运使"而言,此前他曾为"权发遣淮南路转运副使",见《宋会要辑稿》食货二〇:

> 绍圣元年六月十四日,权发遣淮南路转运副使吕温卿言:"监司所以纠

---

① 参考《苏轼年谱》绍圣二年三月二日条,第1191页。
② 《苏轼全集校注》第17册,第6053页。
③ 张邦基《墨庄漫录》卷一,《全宋笔记》第三编第九册,大象出版社,2008年,第16页。

绳郡县,而元祐初所用多昏老疲懦,是致吏事隳废,财用窘乏。齐州自元祐元年至八年终,茶盐酒税比祖额共亏四十万九千余贯。以一州推之,则天下可知。欲乞立法,考察惩劝。"诏京东路转运司具元祐元年至八年终本路盐茶酒税并课利场务等,比祖额亏欠数以闻。①

从这一条记载,基本上可以察见吕温卿担任漕使所采取的强硬手段。吕氏兄弟是新党一系列财政措施的设计人,这些措施如不严格执行,"新法"就不能达成"富国"即增加国家财政收入的效能。显然吕温卿认为,元祐以来占据各地监司守令职位的旧党官僚,"昏老疲懦",不能认真执法,以致税收比"祖额"亏欠太多。所以,在他能行使职权的范围内,势必要严加考核,如《孙公谈圃》卷中有云,苏颂"知扬州日,吕温卿出使,杖孔目官以下四十余人,公怡然一听所为"②。按苏颂乃元祐宰相,再知扬州正在绍圣年间,其僚属四十余人被杖,吕氏之严厉由此可见一斑。他连前朝宰相都不放在眼里,则苏州通判钱世雄、常州知州廖正一自然不能逃脱他的责罚。从某种角度说,财政收入的增加是"新法"效能的证明,也是新党在政治上立足的根基,因此新党实际上是需要这类"凶人"去落实政策的,但"凶人"易招人怨,加上吕温卿本人也有贪赃之嫌,故也被用尽则弃,成为牺牲。

既然吕温卿下狱是在元符元年十月,则所谓"钱济明狱"当在此前。不过《道乡集》卷二五《祥光记》云:"绍圣三年冬,故知制诰晋陵钱公夫人文安郡君施氏卒。"此谓钱世雄之母卒,如果此时钱尚在任上,亦须离职守制,不合"废斥"之说了。由此看来,"钱济明狱"当发生在绍圣二、三年间。自此以后,我们不再看到钱世雄任官的记载,苏州通判应是他最后的官职。《道乡集》卷九有《济明不预虎丘之游作此寄之》《再用前韵答济明见和》二诗,其中说济明"更携余刃佐方州",当是其任苏州通判时,又云"老奸不复潜封内,佳句终然到笔头",邹浩对钱世雄的政绩,评价是不错的。杨时《冰华先生文集序》更云:

　　公初在平江,虽为郡贰,而政实在公出。老奸巨猾,屏气慑息,摧伏不敢逞,而善良有所怙。已而为有力者所困,不得尽其所欲为者,士论至今惜之,而邦人之思愈久而不能忘也。

---

① 刘琳等标点本《宋会要辑考》,上海古籍出版社,2014年,第6428页。
② 孙升《孙公谈圃》卷中,《全宋笔记》第二编第一册,大象出版社,2006年,第153页。

四、"坡仙之终"

　　《与钱济明十六首》第六首以下,茅维都排在"北归"时段,与《外集》大体一致,但具体文本和顺序略有差异。在《外集》卷七九,第六、第十、第七,此三首为《答钱济明》一组,《东坡先生翰墨尺牍》也将这三首连在一起的。第六首谓"去年海南得所寄异士太清中丹一丸……数日后又得迨赟来手书,今又领教诲及近诗数纸",确是元符三年离开海南岛后,次年即建中靖国元年(1101)所作,苏轼于该年正月翻过南岭,进入今江西境内,而钱世雄此前已屡次问候,苏轼则回信肯定他"谪居以来探道著书,云升川增",看来已了解对方的情况。"探道著书,云升川增"之语后来被杨时《冰华先生文集序》引录,作为对钱氏的定评。第十首云"某已到虔州,二月十间方离此",可见写作时尚在正月,以舟行,须待春水稍涨才能继续旅程。此时苏轼打算"决往常州居住",因此拜托钱氏为他寻觅住所。接下来第七首云"忽闻公有闺门之戚",谓钱世雄丧妻,故加以慰问,并约钱至金山相见。《春渚纪闻》卷六有"坡仙之终"一条,引录了钱世雄的一段跋文:

　　　　冰华居士钱济明丈,尝跋施纯叟藏先生帖后云:建中靖国元年,先生以玉局还自岭海,四月自当涂寄十一诗,且约同程德孺至金山相候。既往迓之,遂决议为毗陵之居。六月自仪真避疾渡江,再见于奔牛埭,先生独卧榻上,徐起谓某曰:"万里生还,乃以后事相托也。惟吾子由,自再贬及归,不复一见而决,此痛难堪。"余无言者,久之复曰:"某前在海外,了得《易》《书》《论语》三书,今尽以付子,愿勿以示人,三十年后,会有知者。"因取藏箧,欲开而钥失匙。某曰:"某获侍言,方自此始,何遽及是也?"即迁寓孙氏馆,日往造见,见必移时,慨然追论往事,且及人,间出岭海诗文相示,时发一笑,觉眉宇间秀爽之气照映坐人。七月十二日,疾少间,曰:"今日有意,喜近笔研,试为济明戏书数纸。"遂书惠州《江月》五诗。明日又得《跋桂酒颂》。自尔疾稍增,至十五日而终。①

---

① 何薳《春渚纪闻》卷六"坡仙之终"条,《全宋笔记》第三编第三册,大象出版社,2008年,第237页。按苏轼卒于七月二十八日,文末"至十五日而终",或许是"又过了十五天"的意思。

这一段跋文颇可与苏轼尺牍相参照,故全引如上。按钱世雄的回忆,约见于金山是此年四月苏轼行至当涂时的事,则尺牍之第七首作于四月。

第八、第九与第十一、第十二首,在《外集》卷八〇亦为《答钱济明》一组,且以第十二首文本置于第十一首之前,并作一首。第八首的内容,主要是夸奖钱世雄寄来的诗,然后又提及金山之约,等待见面详谈。看来已获钱氏同意至金山相候,则写作时间当在第七首稍后不久。第九首没有详细的时间信息,但谈及重要的事:

> 某启,得来书,乃知廖明略复官,参寥落发,张嘉父《春秋》博士,皆一时庆幸。独吾济明尚未,何也?想必在旦夕。①

苏轼从钱世雄的信中得知,当年被吕温卿迫害的人大都获得平反,便安慰钱氏,认为他的平反也不远了。预料钱氏将被重新起用的话,第十首中也有几句,且亦问及"张嘉父今安在",大概茅维看到这些内容与第九首相近,故将第十首移编其后。但第十首很明显作于正月在虔州时,移编于此确属失误。不妨推测,正因为苏轼在更早寄出的第十首中问到了"张嘉父今安在",钱世雄才会在回信中特意报告张嘉父的情况,然后第九首中有了"得来书,乃知……张嘉父《春秋》博士"的说法,如此更显得顺理成章。至于第十一、十二首,则表露了苏轼的心理矛盾:苏辙要他去许州相聚,他自己则想归老常州,究竟该去何处?第十二首说"当俟面议决之",第十一首也提及"刘道人若能同济明来会"云云,可见这两首无论是否并作一首,都应作于金山会面之前,故《苏轼全集校注》皆系四、五月间。会面之后,苏轼就决定赴常州了,从第十一首看,钱世雄已预先为他看好了一处"孙君宅子",苏轼也表示满意。后来苏轼就卒于此宅,离他当年为钱公辅作《哀词》的地方,应不甚远。

第十三首以下四首,都作于苏轼到常州后,在《外集》卷八一也自为《与钱济明》一组。不过,《外集》的文本将第十三、十四首合为一首,且置于第十六、十五首之后,排列顺序正好相反。《东坡先生翰墨尺牍》卷三则将第十三、十四首分开,但排列顺序也与《外集》近同,不知茅维为何要将顺序倒转。按《春渚纪闻》所录的钱世雄回忆,苏轼六月至常州,已预感自己不久人世,见到钱世雄便托付

---

① 《苏轼全集校注》第 17 册,第 5821 页。

后事。然后住进孙氏宅，钱"日往造见，见必移时"，每日去探望相谈，直至苏轼离世。由此看来，第十六首除诉说病况、自开药方外，末云"到此，诸亲知所饷无一留者，独拜蒸作之馈，切望止此而已"，意思是我谢绝了很多人送来的食品，独留下你的，但希望也不要再送了，显然是刚到常州时的说法。第十五首因当地旱情，取家藏画龙祈雨，要钱世雄也来烧一炷香，实际上可能是邀请来访的意思。第十三、十四首则与"日往造见"之说相应，既云"俟从者见临，乃面论也"，又云"不倦，日例见顾为望"，可见每天见面的情形已经延续成例。虽然这几首尺牍中都没有明确的时间信息，但从语气看，其前后顺序按《外集》那样排列是更合理的，茅维倒转之，非是。

这样，钱世雄的"日往造见"，看来常由苏轼主动邀请。依《外集》的排列顺序，苏轼尺牍中留给钱世雄的最后一句话是：我一点都"不倦"，盼你"日例见顾"。苏轼虽称谪仙，其实留恋人间，而且是一个特别喜欢跟朋友交流的人，即便大限将至，也一定不堪孤卧病榻。所以，苏轼的历代读者大多对钱世雄抱持一份敬意，感谢他陪伴了坡仙在世的最后一程。

五、附　　录

有关钱世雄的记述，时间上在苏轼去世以后的，史料中还能找到几条，附录于此。首先是何薳《春渚纪闻》卷六摘录了钱世雄祭苏轼文的一联：

> 薳一日谒冰华丈于其所居烟雨堂，语次，偶诵人祭先生文，至"降邹阳于十三世，天岂偶然；继孟轲于五百年，吾无间也"之句，冰华笑曰："此老夫所为者。"因请降邹阳事。冰华云：元祐初，刘贡父梦至一官府，案间文轴甚多，偶取一轴展视，云"在宋为苏某"，逆数而上十三世，云"在西汉为邹阳"。盖如黄帝时为火师，周朝为柱下史，只一老聃也。①

何薳看来与钱世雄熟识，不过这"邹阳十三世"的典故，他自己不解释，应该没人能懂。

陈师道祖父陈泊，留下一个诗卷，陈氏子孙请很多名人为之题跋，其中也有

---

① 何薳《春渚纪闻》卷六"邹阳十三世"条，《全宋笔记》第三编第三册，第238页。

钱世雄的跋文云：

> 世雄窃服吏部陈公之贤，与令德之孙，有以显荣其后，皆见于名卿伟人之所论载，几于成书矣，世雄不复形容其略。独念元丰壬戌年间，初识传道于松陵，获见此书，又三年，一邂逅无己于京师，今廿有二年矣，而二君皆以不遇卒。崇宁癸未端午，传道之子孝友，复抱此书泣以相过。抚卷悲怿，益以知臧孙之有后。窃意此书自是与陈氏之祖孙隐矣，疑其可自致于斗牛间者，金石所不能碍也。南兰陵钱世雄谨书。①

此篇作于崇宁二年(1103)，时陈师道已卒。按钱氏自述，约在元丰末与陈师道在京师见过一面。

释惠洪也见过钱世雄，《石门文字禅》卷一一有诗《钱济明作轩于古井旁名冰华赋此》，按周裕锴的推测，当作于大观二年(1108)。②

苏轼去世后，其长子苏迈仍与钱世雄交往，《全宋文》辑录了苏迈的一段题跋：

> 郑天觉自除直殿以后，笔力骤进，无一点画工俗韵，比来士人中罕见出其右者。为冰华居士钱济明作《明皇幸蜀图》，又作《单于并骑图》，皆清绝可人。予从冰华求此一轴，以光画箧。大观三年八月十日，眉山苏迈伯达书。③

大观三年(1109)钱世雄尚在世。杨时作《冰华先生文集序》的时候，钱已去世，但此序未署写作时间，按杨时卒于南宋初绍兴五年(1135)推测，钱世雄大约卒于北宋末。

《冰华先生文集序》提到钱世雄有一子，名钱诩。他还有一个女儿，嫁给了同乡的胡交修，见孙觌《宋故端明殿学士左朝散大夫致仕安定郡开国侯食邑一千户赐紫金鱼袋赠左中大夫胡公行状》④。这胡交修，与李之仪夫人胡淑修、苏辙外孙女"小二娘"的丈夫胡仁修，当是从兄弟姊妹⑤。算起来，苏轼与钱世雄有一点点姻亲关系。

---

① 钱世雄《跋陈泊自书诗卷后》，《全宋文》卷二七七六。
② 周裕锴《宋僧惠洪行履著述编年总案》，高等教育出版社，2010年，第134页。
③ 苏迈《题郑天觉画》，《全宋文》卷二八二四。
④ 见《全宋文》卷三四八五。
⑤ 参考拙作《"小二娘"考——苏轼〈与胡郎仁修〉三简释读》，《苏轼苏辙研究》，第131页。

《渭南文集》佛道文述评

上海财经大学人文学院 朱迎平

读陆游《渭南文集》的一个明显感觉，是经常可见到与佛教、道教相关的篇章，我们将此类文章统称为佛道文。佛道文的内容或关涉佛教，或关涉道教，而从文体着眼，它们涉及的有序、碑、记、赞、青词、疏、书事、跋、塔铭、祭文共10种。《渭南文集》中的佛道文总计137首，其中关涉佛教的106首，关涉道教的31首；分体则序5首，碑3首，记19首，赞16首，青词6首，疏56首，书事2首，跋21首，塔铭8首，祭文1首。它们的数量占到文集总篇目的17％强、文体总数的38％，是《渭南文集》中不容忽视的一批文章。

一

陆游佛道文的内容主要包括以下五个方面。

（一）为佛道寺观建筑所作的碑记

佛寺道观是进行宗教活动的主要场所，寺观的兴废既是宗教兴衰的体现，也是社会治乱的折射。南宋初期，战事不断，兵乱频仍，寺观多遭焚毁；隆兴和议订立后，社会渐趋稳定，寺观纷纷重建。陆游的部分佛道文就反映了这一社会变迁，如《重修天封寺记》《严州重修南山报恩光孝寺记》等均是，《黄龙山崇恩禅院三门记》更总结了佛寺兴废的规律："自浮屠氏之说盛于天下，其学者尤喜治宫室，穷极侈靡，儒者或病焉。然其成也，无政令期会，惟太平久，公私饶余，师与弟子四出丐乞，积累岁月而后能举。其坏也，无卫守谁何，一日寇至，则立为草莽丘墟。故天下乱则先坏，治则后成。"①"乱则先坏,治则后成",对寺观在社会动乱中的命运,可谓一语中的。

　　碑记乃记叙之体,这类佛道文大多详细叙述佛寺兴建(或重建)的浩大工程,甚至开工完工时间,所用材料人工,也都一一记录在册,又往往描述竣工后建筑的形貌功用,而称道兴建主持者的功绩,当然更是文章的重心。如天封寺的慧明法师、智者寺的仲玘法师、上天竺的广慧法师等。陆游在称扬功绩的同时,更注重发掘他们的精神品格。如德范法师建成泰州报恩光孝禅寺的最吉祥殿,陆游从其事迹中总结出"天下无不可举之事,亦无不可成之功。始以果,终以不倦,此事之所以举,而功之所以成也"。②又如怀素禅师重建建宁府尊胜院佛殿,陆游慨叹其十四年如一日的坚忍不拔的精神,称:"其所以岿然有所成就,非独其才异于人也。以十四年言之,不知相之拜者几人,免者几人,将之用者几人,黜者几人……而弼教藩翰之臣,古所谓侯国者,大抵倏去忽来,吏不胜记。彼怀素固自若也,则其有成,曷足怪哉?"③

　　佛道碑记中有几篇的对象涉及皇家的寺观,陆游写得格外庄重严肃。《行在宁寿观碑》和《洞霄宫碑》都是为道教宫观而作,前者叙述宁寿观沿革,铺叙道观的宏伟建筑和丰富宝藏;后者更是详细载录重建洞霄宫始末,突出其"独为天下宫观之首"的崇高地位。两文均是称扬宋高宗的颂圣之作,写得可谓雍容典重。应宝印大师(即别峰禅师)之请所作的《圜觉阁记》,通过记述圜觉阁命名及宋孝宗为《圜觉经》作注始末,阐述佛教大圜觉之广大无边的境界。"圜觉"亦即"圆觉",指佛家修成圆满正果的灵觉之道。淳熙十年(1183),径山寺西阁落成,恰逢宋孝宗向住持宝印赠送其所撰《御注圜觉经》,遂以之命名西阁。文章称颂孝宗"深造道妙",描绘大圜觉境界"十日并照,物无遁形;百川东归,海无异味。如既望月,无有缺减;如大宝镜,莫不照了。东夷南蛮,西戎北狄,霜露所坠,日月所照,莫不共此大圜觉中。鲁之逢掖,楚之黄冠,竺乾之染衣祝发,平时相与为矛盾、为冰炭者,亦莫不共在此大圜觉中。不偏不欠,不迷不谬,垂之千万亿世,亦莫不然"。④这一节将佛教的意境描绘得如此生动形象,气势恢宏,体现

---

① 《黄龙山崇恩禅院三门记》,《陆游集》第5册,中华书局,1976年,第2132页。
② 《泰州报恩光孝禅寺最吉祥殿碑》,《陆游集》第5册,第2123页。
③ 《建宁府尊胜院佛殿记》,《陆游集》第5册,第2149页。
④ 《圜觉阁记》,《陆游集》第5册,第2145页。

出陆游对佛典的精深领悟。

此类碑记中别具一格的是《云门寿圣院记》。云门山是陆游自儿童至青年时代长期隐居读书和刻苦磨炼的地方,云门寺则是晋唐以来驰名天下、香火繁盛的浙东名刹。陆游对这里格外熟悉,格外亲切。绍兴二十七年(1157),陆游在初入仕途之际,应寺僧之请,写下了这篇《云门寿圣院记》。记文详述院中"一山四寺"的方位及其沿革,描绘了院中清幽脱俗的景物:

> 游山者自淳化,历显圣、雍熙,酌炼丹泉,窥笔仓,追想葛稚川、王子敬之遗风,行听滩声,而坐荫木影,徘徊好泉亭上,山水之乐,餍饫极矣。而亭之旁,始得支径,逶迤如线,修竹老木,怪藤丑石,交覆而角立,破崖绝涧,奔泉迅流,喊呀而喷薄。方暑,凛然以寒,正昼仰视,不见日景。如此行百余步,始至寿圣,崭然孤绝。老僧四五人,引水种蔬,见客不知拱揖,客无所主而去,僧亦竟不知辞谢。①

文章移步换形,绘景如画,寄托了作者近二十年的深厚情感,展示了作者的文学才华,是一篇文情并茂的佛道碑记文精品。

(二) 为佛道典籍著述所作的序跋

陆游为佛道典籍著述所作的序跋文内容十分广泛。灯录是禅宗记录师徒传授的一种著述形式,自北宋《景德传灯录》后多有续作,吴僧正受费时十七年撰成《普灯录》,大大拓展了记载人物的范围。《普灯录序》是陆游应邀为其所作的序文,文中追述了灯录编纂的历史,肯定《普灯录》"传示万世,宝为大训,其有功于释门最大"的价值,显示了陆游深厚的禅学修养及其在当时僧徒心目中的地位。

早期禅宗主张"直指人心,见性成佛",倡导"顿悟",乃至"不立文字"。后来又逐渐变为"不离文字"甚至向"文字禅"发展,其中又多有反复。② 陆游对禅宗的宗旨及演变趋势均十分熟悉,他在《天童无用禅师语录序》中说:"虙羲一画,发天地之秘;迦叶一笑,尽先佛之传。净名一默,曾点一唯,丁一牛刀,扁一车

---

① 《云门寿圣院记》,《陆游集》第5册,第2127页。
② 禅宗演变历程,参见周裕锴《禅宗语言》上编"宗门语默",复旦大学出版社,2017年。

轮,临济一喝,德山一棒,妙喜一竹篦子,皆同此关捩,但恨欠人承当。天童无用禅师盖卓尔能承当者。"①通过排比儒、道及禅宗的一系列典故,阐发通过点拨启发达到"顿悟"的主张,并肯定无用禅师已臻此境界。他在《佛照禅师语录序》中说:"拙庵(即佛照禅师)之道,栋梁大法,无语可也;拙庵之语,雷霆百世,无录可也,又何以序为哉? 然五会之外,则有一会;数万言之外,别有一句。是可录,是不可录,诸人试下语。若也道得,老农赞叹有分。"②用诙谐的反问、委婉的表态,表明了自己对禅师语录的称道。

从唐代起,诗坛上就有不少善于作诗的诗僧,陆游则特别关注宋代的诗僧。他的《跋云丘诗集后》云:"宋兴,诗僧不愧唐人,然皆因诸巨公以名天下。林和靖之于天台长吉,宋文安之于凌云惟则,欧阳文忠公之于孤山惠勤,石曼卿之于东都秘演,苏翰林之于西湖道潜,徐师川之于庐山祖可,盖不可殚纪。潜、可得名最重,然世亦以苏、徐两公许之太过为病,余则徒得所附托,故闻后世,非能岿然自传也。予观云丘诗,平淡闲暇,盖庶几可以自传者。"③跋文罗列了宋代诗僧因"巨公"而"名天下"的实例及其弊端,肯定云丘之诗"庶几可以自传",表现了陆游对于诗歌声名的清醒看法。

此外,《跋坐忘论》《跋高象先金丹歌》《跋天隐子》《跋老子道德古文》等跋文分别着眼于道教典籍版本、序言、作者等的辨析,足资考证。而《跋修心鉴》则记载了高祖陆轸"晚自号朝隐子,尝退朝,见异人行空中,足去地三尺许,邀与俱归,则古仙人嵩山栖真施先生肩吾也,因受炼丹辟谷之术,尸解而去"④的异事,弥足珍贵。《跋释氏通纪》从其作者修公的经历,揭示"近世不以世类求人,名门大家,散而为方外道人者多矣"的现象;《跋晓师显应录》则认为《法华经显应录》宣扬的佛教因果报应之说"诱之以福报,惧之以祸罚",对于以儒家道德风化治理天下,也是不可缺少的补充,这些也都发人深省。

(三)为佛道宗教活动所作的疏文青词

佛寺道观举行宗教活动,所需使用的文体颇多,使用最广的则是疏文和青

---

① 《天童无用禅师语录序》,《陆游集》第5册,第2116页。
② 《佛照禅师语录序》,《陆游集》第5册,第2103页。
③ 《跋云丘诗集后》,《陆游集》第5册,第2270页。
④ 《跋修心鉴》,《陆游集》第5册,第2226页。

词二体。"疏"为佛事活动常用的文体,道教活动亦有用之,"青词"则专用于道教。疏文可分为道场疏、募缘疏、法堂疏等细类。徐师曾《文体明辨序说》云:"道场疏者,释、老二家庆祷之词也。庆词曰'生辰疏',祷词曰'功德疏',二者皆道场之所用也。"又:"募缘疏者,广求众力之词也。桥梁、祠庙、寺观、经像,与夫释、老衣食器用之类,凡非一力所能独成者,必撰疏以募之。"又:"法堂疏者,长老主持之词也。其用有三:未至,用以启请;将行,用以祖送;既至,用以开堂。其事重,其体尊,非夫高僧,恐不足以当此。"又:"按陈绎曾云:'青词者,方士忏过之词也,或以祈福,或以荐亡,唯道家用之。'……词用俪语,诸集皆有。"①另据李肇《翰林志》:"凡太清宫道观荐告词文,用青藤纸、朱字,谓之青词。"②依据当时的习俗,疏文和青词一般都用四六骈体。陆游此二体所作共62首,占到全部佛道文的几近一半,数量极为可观。

  陆游历仕四朝,为高宗天申节、孝宗会庆节、光宗重明节、宁宗瑞庆节共撰写过17首道场疏、功德疏,皆是颂圣之文。此外,还有在严州等地方官任上为祈雨、谢雨、放赈救灾所作的功德疏。他所作的募缘疏分为两类,分别是为家乡寺庙修建或重建,以及为平民求取为僧度牒、为道披戴募款而作,每类均10首左右。法堂疏则是为祈请高僧前来说法所作,也有近10首。现每类各举一首以示例。《祈雨疏》:"九秋伊始,百谷将登,念零雨之稍愆,率群情而致祷。仰惟慈荫,曲鉴丹诚。三日为霖,俯慰云霓之望;大田多稼,上宽宵旰之忧。"③态度诚恳,祈告直白。《梁氏子求僧疏》:"名家有千里驹,本意折一枝桂。忽厌鲁章甫,拟着僧伽黎。可谓人英,堪承佛种。长者若能成就,放翁为作证明。"④用典贴切,语带诙谐。《雍熙请最老疏》:"山阴道中万壑水,依旧潆洄;云门寺里一炉香,久成寂寞。忽于旁邑,得此高人。某人立雪饱参,隔江大悟,通威音以前消息,踏毗卢向上机关。血指汗颜,诸方不供一笑;搏风击水,万里始自今朝。岂惟续且庵家传,更喜得可斋道伴。"⑤多用佛典,飘逸洒脱。陆游的6首青词都用于禳灾、祈雨、保安,现举《保安青词》为例:

---

① 徐师曾《文体明辨序说》,王水照编《历代文话》,复旦大学出版社,2007年,第2142—2143页。
② 李肇《翰林志》,《丛书集成初编》本。
③ 《祈雨疏》,《陆游集》第5册,第2196页。
④ 《梁氏子求僧疏》,《陆游集》第5册,第2205页。
⑤ 《雍熙请最老疏》,《陆游集》第5册,第2202页。

道垂光而下济,罔不兴慈;情至敬则无文,惟当直诉。伏念臣少多罪垢,晚乏功能,寓形寖迫于九龄,定着遂阶于四品。先世被追荣之典,已冠三孤;诸儿荷延赏之恩,例沾寸禄。首坐满盈之久,自挺灾衅之来。时涉夏秋,疾生经络,有药必试,靡神不祈,呻吟之声,晨暮不绝。惟归诚于洪造,或少逭于往愆。么然微衷,亟以自列。伏望曲回聪听,俯佑残躯,俾毫及之余生,获莫居于故社,耕桑安乐,父子团栾。天实无私,敢汲汲希望外之福;人谁不死,愿熙熙须数尽之期。①

这是陆游晚年为祈求祛除病患、保佑安康所作,情意真切,祈愿恳挚,反映了其时的真实心声。

（四）为佛道画像人物所作的赞文记事

佛道二教均有画像传法的传统,以人物为主题的画像又称写真,写真往往配以赞语,形成文体中的"真赞""像赞"。陆游为十余位佛教人物写过赞文,其对象多为禅宗大师。如《大慧禅师真赞》:"平生嫌遮老子,说法口巴巴地。若是灵利阿师,参取画底妙喜。"②大慧禅师即径山宗杲禅师,是临济宗高僧,赞文称道写真改变了人们平日对大师啰嗦(口巴巴,多言貌)的印象,活画出大师伶俐智慧的形象。又如《涂毒策禅师真赞》:"骨相瑰奇,风神萧散。貌肃而和,语尽而简。画得者英气逼人,画不得者顶门上一只眼。"③涂毒策禅师即径山智策禅师,也是临济宗高僧,赞文颂扬写真上的大师"英气逼人",进一步指出尚未能表现出大师超群的洞察力("顶门眼"为佛典,比喻明智彻底的洞察力)。这些赞文多用禅宗习用的语言和典故,通过画面形象,表现作者对写真对象的称颂,又结合赞文的韵语特色,体现了诙谐的风格和高超的语言技巧。陆游所作道教真赞数量不多,如《吕真人赞》云:"天下家家画吕公,衣冠颜鬓了无同。劝君莫被丹青误,那有长绳可系风?"④吕真人即吕洞宾,是道教祖师,又是传说中的"八仙"之一,民间影响巨大,赞文指出天下吕公容貌各不相同,这是因为时光难留,临

---

① 《保安青词》,《陆游集》第5册,第2193页。
② 《大慧禅师真赞》,《陆游集》第5册,第2184页。
③ 《涂毒策禅师真赞》,《陆游集》第5册,第2185页。
④ 《吕真人赞》,《陆游集》第5册,第2184页。

摹失真("长绳系风"应即"长绳系日",指留住时光),机智地解释了吕洞宾的不同形象问题。

陆游还有关于佛道人物的两篇记事短文也颇有意思,即《书神仙近事》和《书浮屠事》。前者记载了多位儒生得道成仙的故事,说明"长生久视之道,人人可以得之,初不必老氏之徒也",并"书置座右以自励",①此文表明陆游对得道成仙的崇仰。后者则通过和尚宗杲和法一围绕一枚金钗而相互规诫、恪守信仰的故事,颂扬了浮屠氏建立在共同信仰基础之上的真诚友谊。宗杲即大慧禅师,故事突显了大师年轻时勇于改过的品格。

(五)为佛教高僧禅师所作的塔铭祭文

佛塔是供奉僧徒遗骨的建筑,佛徒的墓志铭则专称为塔铭。《渭南文集》设专卷收录了陆游所撰的8首塔铭,为他熟识的禅师留下了宝贵的生平资料。

别峰禅师名宝印,生于峨眉山麓,"少而奇警,日诵千言","自成童时,已博通六经及百家之说"。师从禅宗高僧圜悟和密印,先后住持峨眉中峰寺、金陵保宁寺、镇江金山寺、明州雪窦寺、余杭径山寺等名刹,孝宗对其恩礼备至。绍熙元年冬圆寂,谥号慈辩。陆游在蜀中时,常与别峰交游。别峰住持径山寺,孝宗赠其《御注圜觉经》,请陆游为撰《圜觉阁记》记其始末。陆游与别峰"交最久,尝相约还蜀,结茅青衣唤鱼潭上",可惜未能如愿。应别峰弟子之请,陆游为撰《别峰禅师塔铭》,详细记载其生平功业,以铭文高度评价其成就:"圜悟再传,是为别峰。坐十道场,心法之宗。渊识雄辩,震惊一世,矫乎人中龙也。海口电目,旄期称道,卓乎涧壑松也。叩而能应,应已能默,浑乎金钟大镛也。师之出世,如日在空。升于旸谷不为生,隐于崦嵫其可以为终乎?"②其他如海净大师、松源禅师、退谷禅师等,也都是一时高僧,陆游也分别为他们撰铭塔。

值得注意的是,陆游同时也为一些地方小刹,尤其是山阴本地"萧然小刹"的普通禅师作铭。嘉州天王禅院的绍祖禅师,矢志不渝,奉养祖师,并世代相传,陆游为撰《祖山主塔铭》;昆山资福寺的处良禅师,议论切实,善于笔墨,陆游

---

① 《书神仙近事》,《陆游集》第5册,第2220页。
② 《别峰禅师塔铭》,《陆游集》第5册,第2384页。

为撰《良禅师塔铭》；山阴戒珠省院的惠定禅师，刻苦读书，不懈著书，陆游为撰《定法师塔铭》；山阴妙相院的子猷禅师，学采诸宗，兼及百家，陆游为撰《高僧猷公塔铭》，并赞赏其"有古高僧之风"。[1] 而陆游称为与之"义则师友，情骨肉也，相从十年，谈道赋诗"，并为作祭文的勤首座，难以考定其人，但据文义，当也是山阴本地的普通禅师。

以上五方面，基本涵盖了陆游佛道文的全部内容，可见其与佛道二教交游之广、相契之深。

二

通观《渭南文集》中收录的佛道文，可以发现以下几个方面的特点。

（一）从数量上看，陆游撰写的涉佛文超过佛道文总数的四分之三，而涉道文则不到四分之一。那么，陆游受佛教和道教的影响情况究竟如何呢？

其实，从家族传统看，崇奉道教是陆氏从陆轸开始一以贯之的传统。陆游高祖陆轸笃信道教，精通阴阳堪舆之法，热衷辟谷炼丹之术，擅长养生之道，晚年自号"朝隐子"，著有《修心鉴》传世，陆游曾版刻此书，并在跋文中记载了高祖修道异事。此后，陆氏世代均信道教。陆游乾道初在江西任职时，常去著名道观玉隆万寿宫传抄道教典籍，《坐忘论》《天隐子》《高象先金丹歌》等道书跋文均作于此时。后来他将自己的书斋命名为"玉笈斋"，藏有道书达两千卷之多。陆游涉道文总体数量较少，而他的大量隐逸诗、闲适诗、养生诗和游仙词中，道教思想的影响表现得更为鲜明。晚年陆游重视养生修炼之术，他在《养生》诗中写道："西游曾受养生书，晚爱烟波结草庐。两眦神光穿夜户，一头胎发入晨梳。邀云作伴远忘返，与鹤分粢宽有余。占尽世间闲事业，任渠千载笑迂疏。"[2] 他将自己的书室命名为"心太平庵""渔隐堂""还婴室"，都与道教相关。总之，陆游受道教影响还是很深的，并注重身体力行，但与道士交往的记载则相对较少。

与此同时，陆游从幼时就开始接触佛徒僧人，如《持老语录序》就记载父亲

---

[1] 《高僧猷公塔铭》，《陆游集》第5册，第2381页。
[2] 《养生》，《陆游集》第3册，第1352页。

陆宰与持禅师相知极深,"予时甫数岁,伺先君旁,无旬余月不见师,至今想其抵掌笑语,了然在目前,夷粹真率,真山林间人也"。① 后来在长期的仕途及家居生活中,陆游与各种禅师的交往就更为频繁,更为广泛,其中有别峰禅师之类名震一时的佛学大师,也有山阴"萧然小刹"中的普通僧人。他参与皇家的佛事活动,而参加更多的则是佛寺各类常规仪式。他撰写了大量的寺庙碑记、高僧塔铭,也为求取度牒的"准僧徒"写作募缘疏文。他涉猎了许多佛教经典、语录,更熟练地掌握了禅宗特有的语言表达形式。无论从数量和内容看,陆游的涉佛文较之涉道文要丰富得多,这说明他与僧徒的交游极为广泛,与佛教的渊源确实深厚。至于陆游受佛、道的影响究竟哪方面更多,简单的数量对比并无意义,还需更深入的研究。

(二) 从内容上看,陆游佛道文中对佛、道二教义理阐发的内容很少,更多的则是宗教修持活动所需的应用性文字。除了《圜觉阁记》对佛教"大圜觉"的境界作了形象阐发之外,陆游的佛道文似很少涉及佛道义理。值得注意的是,他常常推崇佛徒的意志和精神,并以之同作为儒者的士大夫进行比较。如《抚州广寿禅院经藏记》对僧守璞期年间完成禅院轮藏的建筑感慨道:"子弃家为浮屠氏,祝发坏衣,徒跣行乞,无冠冕、轩车、府寺以为尊也,无官属、胥吏、徒隶以为奉也,无鞭笞、刀锯、囹圄、桎梏与夫金钱、粟帛、爵秩、禄位以为刑且赏也,其举事宜若甚难。今顾能不动声气,于期岁之间,成此奇伟壮丽、百年累世之迹。予切怪士大夫操尊权,席利势,假命令之重,耗府库之积,而玩岁愒日,事功弗昭,又遗患于后,其视子岂不重可愧哉!"②用浮屠氏的不畏艰难与士大夫的"玩岁愒日"形成鲜明对照。又如《建宁府尊胜院佛殿记》则以僧怀素的坚韧不拔修造佛殿为榜样,斥责"士大夫凛凛拘拘,择步而趋,居其位不任其事,护藏蠹萌,传以相诿,顾得保禄位,不蹈刑祸,为善自谋。其知耻者,又不过自引而去尔,天下之事,竟孰任之? 于虖! 是可叹也已"。③ 即如《书浮屠事》这样的短文,在记述了两位浮屠真诚交友的事迹后也感叹道:"于虖! 世多诋浮屠者,然今之士有如一之能规其友者乎? 藉有之,有如杲之能受者乎? 公卿贵人谋进退于其客,

---

① 《持老语录序》,《陆游集》第5册,第2099页。
② 《抚州广寿禅院经藏记》,《陆游集》第5册,第2141页。
③ 《建宁府尊胜院佛殿记》,《陆游集》第5册,第2150页。

客之贤者不敢对,其不肖者则劝之进,公卿亦以适中其意而喜。谋于子弟亦然。一旦得祸,其客、其子弟,则曰:'使吾公早退,可不至是。'而公卿亦叹曰:'向有一人劝吾退,岂至是哉!'然亦晚矣。"①陆游对当时的腐败士风深恶痛绝,其佛道文屡屡用僧徒的高尚行止反衬士大夫的种种丑态,这也成为此类文章的一大特色。

（三）从表述上看,陆游的佛道文综合运用多种文体,各缘其体,各尽其用,可作为宋人文体写作的典范。更突出的是,陆游熟悉禅宗的公案,熟练运用禅宗的机锋和通俗的口语,为禅僧画像,生动活泼,凸显个性,充分显示其运用禅宗语言的功力。上引《大慧禅师真赞》和《涂毒策禅师真赞》即是二例,又如《卍庵禅师真赞》:"洒洒落落五十年,一句不说祖师禅。妙喜堂中正法眼,等闲灭在瞎驴边。"②这里使用了禅宗的一则公案:临济禅师将示灭时,对众人道:"吾灭后,不得灭却正法眼藏。"这时,三圣慧然禅师说:"争敢灭却和尚正法眼藏?"临济禅师便问:"以后有人问,你向他道甚么?"三圣禅师便喝。临济禅师道:"谁知吾正法眼藏,向这瞎驴边灭却。"言讫,端坐而逝。事见《五灯会元》卷一一。"瞎驴边灭却"是用反语表示认可慧然。陆游用这则公案称赞道颜禅师(即卍庵禅师)得传大慧禅师(即妙喜)所著《正法眼藏》,并突出其数十年"不说祖师禅"的洒脱形象。再如《雍熙请机老疏》一首:"诸方到处,只解抱不哭孩儿;好汉出来,须会打无面馎饦。举起一枝拂子,勘破四海禅和。某人心地超然,谈锋俊甚。最初游历,倒却门前刹竿;末后承当,分付先师钵袋。十年涵养,一旦阐扬。请木上座作先驰,拈铁酸馅施大众。鲸钟鼍鼓,无非涂毒家风；萝月溪云,尽是放翁供养。"③这是陆游为云门寺雍熙院启请机老说法所作的法堂疏文,机老为谁不详。疏文称颂机老"心地超然,谈锋俊甚""十年涵养,一旦阐扬","请木上座作先驰,拈铁酸馅施大众"指手持拄杖(木上座),向大众宣讲艰深的禅理(用铁酸馅即铁一般坚硬的菜包子比喻咬嚼不透的禅理)。末尾四句点明机老是智策禅师的弟子,而雍熙院的供养者则是陆氏家族。疏文将禅宗的公案典故、鲜活的口语词同四六文的体式特点完美地融合在一起,诙谐而得体地表达了启请机

---

① 《书浮屠事》,《陆游集》第5册,第2218页。
② 《卍庵禅师真赞》,《陆游集》第5册,第2184页。
③ 《雍熙请机老疏》,《陆游集》第5册,第2203页。

老的主旨,可谓一首深谙禅理又文采斐然的应用篇章。

三

《渭南文集》大量佛道文产生的背景是宋代儒、佛、道三教的融合。宋代儒学顺应时势,由北宋周敦颐、程颢、程颐开其端,至南宋朱熹集其成,形成了以天道性命为核心的道学思想体系,后又称理学;宋代佛教承袭唐代,多种《大藏经》先后刊成,注重修持的禅宗和净土宗尤为流行,禅宗的黄龙、杨岐两派则盛行于南方,高僧辈出;宋代道教在真宗和徽宗时期迎来两个发展高潮,道教宫观大批兴建,内丹学说替代了外丹术大为流行,成为道教理论的核心和修炼术的主流。三教思想在发展过程中相互吸纳,逐渐融汇,形成"三教合一"的倾向,宋代士大夫则普遍三教兼修,以儒学为本,出入释道,既用于出仕时安邦济民,也用于个人的修身养性。陆游就是宋代士大夫的一个典型。

陆游出身于书香门第、儒学世家。陆氏数代以儒学立身,以经学、文学起家,给陆游以深远影响,他每以"元祐党家""绍兴朝臣"的身份自豪。与此同时,陆游受家族崇道传统的影响,大量阅读道教典籍,精通道教修炼之术;又浸染于宋代文人普遍的禅悦之风,对禅宗经典、语录及其语言文字表达的精髓精熟于心。从《渭南文集》总体看,陆游仍以儒学为其立身之本,尽管他不喜谈道论理,但他终身坚持的驱除敌寇、恢复中原的理想,无疑是儒家"春秋大一统"思想的体现;他论政理民、立身处世的根本原则,仍然是儒家"修齐治平"的政治、伦理规范。而其中的佛道文,主要用于个人的修身养性以及与道友佛徒的交往,并未构成其立身的主导思想,而是常常表现出与儒家思想的关联融合。陆游曾在为道教宫观洞霄宫所作的碑文中说:

> 造化之初,昆仑旁薄。一气既分,天积气于上,地积块于下,明为日月,幽为鬼神,聚为山岳海渎,散为万物。万物之最灵为人,人之最灵为圣哲、为仙真。而道为天地万物之宗,幽明巨细之统,此伏羲、黄帝、老子所以握乾坤、司变化也。其书为《易》六十四卦,《道德》五千言,《阴符》西升度人生神之经,列御寇、庄周、关喜之书。其学者必谢去世俗,练精积神,栖于名山乔岳,略与浮图氏同。而笃于父子之亲、君臣之义,与尧、舜、周公、孔子遗

书无异,浮屠氏盖有弗及也。①

陆游在这里阐述了道教关于天地万物生成的学说,列举了其经典,指出道教"笃于父子之亲、君臣之义"与儒学圣哲无异,因而儒学圣哲、道教仙真都是"人之最灵"者。陆游认为,在这些根本问题上,道教与儒学更为接近,佛教是不及道教的。这大致代表了陆游对儒、道、佛三家思想的总体看法。当然,这只是从《渭南文集》中的佛道文角度着眼,要全面讨论陆游思想中儒道佛三家的关系,还要从陆游全部的诗文著述及其行事中去考察,这是另一个陆游思想研究的大课题了。

---

① 《洞霄宫碑》,《陆游集》第5册,第2125页。

略谈楼昉《崇古文诀》在文章评点史上的地位

华东师范大学中文系　洪本健

生活在南宋高宗、孝宗朝的吕祖谦,以编有《皇宋文鉴》和《古文关键》而著名。前者为网罗北宋一代诗文而精心编选的总集,其中仅文章就收有1 400多篇;后者既论文章作法,又精选韩柳欧苏等名家文章加以评点,为我国古文评点的开山之作。继《古文关键》之后,师从吕祖谦的楼昉有《崇古文诀》问世,真德秀、谢枋得亦分别推出《文章正宗》与《文章轨范》。以《古文关键》为首的四部文章评点著作,在当时产生了很大的影响,也宣告了我国古代文章学的重要分支文章评点学的诞生。如由漫长的文章评点史观之,最早出的《古文关键》与随后的《崇古文诀》对后世起了示范和引领的作用,实属功不可没,前者评论甚多,本文专说后者。

宋代陈振孙《直斋书录解题》卷一五有《迂斋古文标注》五卷的记述,迂斋系楼昉之号。刘克庄《后村大全集》卷九六有《〈迂斋标注古文〉序》,宋元之交的马端临所编《文献通考》卷二四九亦称《迂斋古文标注》。此当是《崇古文诀》之另称。明李贤等撰《明一统志》谓楼昉"尝集古今文名曰《崇古文诀》"[1],见其时已确定此书名。至清代编纂《四库全书总目》,卷一八七即称《崇古文诀》[2]。

元代袁桷撰《延祐四明志》云:"楼昉,字旸叔,与弟昞俱以文名,少从吕成公于婺。其文汪洋浩博,宜于论议,援引叙说,小能使之大,而统宗据要,风止水静,泊然不能以窥其涘,故其从学者凡数百人。"[3]吕成公即吕祖谦,成公为谥号。楼昉是吕祖谦的弟子,吕祖谦从学者众多,楼昉从学者亦有数百人,可见影

---

[1] 李贤等《明一统志》卷四六,《文渊阁四库全书》本。
[2] 永瑢等《四库全书总目》卷一八七,中华书局,1965年,第1698页。
[3] 袁桷《延祐四明志》卷五,《文渊阁四库全书》本。

响之大。楼昉得吕祖谦之熏陶,获益良多,而作为弟子,对先生亦有超越之处。就楼氏《崇古文诀》而言,其贡献主要表现在以下四个方面。

一、拓宽选文范围,展现贯穿古今的文章史观

《古文关键》选评唐宋韩、柳、欧、苏四家,兼及宋之曾、王、苏辙等人,而《崇古文诀》里的文章作者,从先秦两汉选起,有乐毅、李斯、屈平、汉文帝、贾谊、扬雄、司马相如、司马迁、班固、刘向、杨恽、王嘉、刘歆,三国有诸葛亮,南北朝有江淹、孔稚圭,唐有韩愈、柳宗元、李汉、李翱,宋有王禹偁、范仲淹、司马光、宋祁、欧阳修、王安石、苏洵、苏轼、苏辙、程颢、曾巩、李清臣、张耒、黄庭坚、秦观、陈师道、邓润甫、钱公辅、王震、刘敞、唐庚、李格非、何去非、胡寅、胡铨、胡宏、赵霈,一千多年历史,四十几位作者,近两百篇文章,呈现出跨越十几个世纪的著名文人及其文章的豪华阵容,相当令人震撼。

楼昉在《过庭录》中对司马迁称颂不已,该书仅十一条,涉及司马迁的就有"太史公有侠义""王蠋无传""同字""太史公笔"四条[1],可见其视野开阔,尤重历史,不局限于宋代,故多言及西汉的史迁及其《史记》。后世古文选评对《史记》的推崇无以复加,与《过庭录》当有关系。《崇古文诀》亦选了太史公《自序》与《报任安书》,足见楼昉对史迁的高度重视。清人吴楚材、吴调侯编选而影响甚大的《古文观止》,于卷五收史迁文就有15篇,其中14篇来自《史记》,另一篇即《报任安书》。《崇古文诀》所收贾谊《鹏鸟赋》的评语中特地指出:"此太史公读之而有同死生,齐物我,令人爽然自失之叹也。"[2]

在《崇古文诀》中,楼昉眼光独到,选中先秦时期乐毅的《答燕惠王书》,评曰:"可以见燕昭王、乐毅君臣相与之际,略似蜀昭烈、诸葛武侯。书词明白,洞见肺腑。"[3]短短三十余字,既将相隔五百多年的两对君臣加以类比,突出上下同心,勠力奋斗的主旨,又点出文笔特色与非凡的表现力。清人余诚引金圣叹语曰:"善读此文者,必能知其为诸葛《出师》之蓝本也,其起首结尾比《出师》更

---

[1] 楼昉《过庭录》,王水照编《历代文话》第1册,复旦大学出版社,2007年,第454—455页。
[2] 楼昉《崇古文诀评文》,《历代文话》第1册,第465页。
[3] 《历代文话》第1册,第460页。

自胜过数倍。"①引人注目的是,楼昉还选了《楚辞》的奠基者屈原的作品多篇。对于《九歌》之《湘君》《湘夫人》,楼昉谓前者"情意曲折尤多",后者"情意与《湘君》篇同"。②马茂元先生指出:"《诗经》和《楚辞》标志着中国古典诗歌两座成就的高峰,同样成为后人学习的范本。"③楼昉之选取《楚辞》,表明他重视屈原对后世文章的影响,楚骚的激情让历代文人何其感慕而得其沾溉!

《崇古文诀》于短暂的秦朝选了李斯的《上秦皇逐客书》,评曰:"此书先秦古书也。中间两三节,一反一复,一起一伏,略加转换数个字,而精神愈出,意思愈明,无限曲折变态,谁谓文章之妙不在虚字助词乎?"④楼昉对此书的内容一字未提,专论文章中幅的反复叙说、波澜起伏、曲尽其意以及虚词之妙用,展现出作者行文之得心应手与强大的说服力。清代金圣叹极为佩服,曰:"初并无意为文,看他起便一直径起,住便一直径住,转便径转,接便径接。后来文人无数笔法,对此一毫俱用不着,然正是后来无数笔法之祖也。"金氏之语充分表达了他对楼昉选文的肯定。

至于宋代的文章,他选了苏洵的《上韩枢密书》,评曰:"议论精切,笔势纵横,开阖变化,曲尽其妙。辞严气尽,笔端收敛顿挫,十分回斡精神。深识天下之势。而议论颇从《韩非》《孙武》等书来。"又选苏辙《上枢密韩太尉书》,评曰:"胸臆之谈,笔势规摹,从司马子长《自叙》中来。"到了清代,沈德潜亦评曰:"通篇文字,多从太史公周游天下数语生出。一往疏宕之气,亦如公之评太史公文。"溯源而上,追究文章所本,直至先秦两汉,毫无疑问,楼昉以开阔的视野和深邃的目光将古今文脉打通了。

二、突出唐宋八家,展现经典作品的示范功能

唐宋八大家之名,得诸明代茅坤的评文巨著《唐宋八大家文钞》,实由明初朱右的《新编六先生文集》演变而来,六先生指韩、柳、欧、曾、王与三苏,其实就是八先生。至于宋代,吕祖谦《古文关键》(《金华丛书》本)卷首《看古文要法》有

---

① 余诚《重订古文释义新编》卷四,上海锦昌图书局石印本。
② 《历代文话》第1册,第460页。
③ 马茂元《楚辞选》,人民文学出版社,1980年,第40—41页。
④ 《历代文话》第1册,第461页。

《总论看文字法》，分为看韩、柳、欧、苏文法和看诸家文法（含曾文、子由文、王文等），老苏文未提及。《文渊阁四库全书》本《古文关键》卷上收韩、柳、欧、苏文，《古文关键》卷下收老苏文、颍滨文、曾巩文，未见王文。合而观之，唐宋八大家皆已在列。楼昉《崇古文诀》由先秦至南宋共选文199篇，其中韩文25篇，柳文14篇，欧文18篇，王文9篇，苏洵文11篇，苏轼文15篇，苏辙文4篇，曾文6篇。以篇数言，韩、欧、苏轼、柳居前四。八家文共102篇，占全书篇数的一半多。如以韩、柳、欧、苏统计，《古文关键》共选46篇，而《崇古文诀》有72篇，数量增加不少。后来谢枋得编《文章轨范》，收韩文32篇，柳文5篇，欧文5篇，苏轼文12篇。"文起八代之衰"的韩愈独占鳌头，苏轼居次席，柳、欧并列。虽然四家入选文的比例悬殊，但毕竟都居选文的前四。应该说，在南宋时，即文章评点的开创期，就已奠定了唐宋八家，尤其是韩、柳、欧、苏四家作品占有优势地位。

作品被遴选的历程也是逐步经典化的过程，被多家看重又有较多作品入选的人物，其知名度越来越高，唐宋八大家无不如此。当然，早期选家的眼力尤为重要，起了引领后人的作用。兹以两代文坛领袖为例，楼昉选入《崇古文诀》的韩文有《争臣论》《祭兄子老成文》《原道》《原毁》《殿中少监马君墓铭》《送孟东野序》《送李愿归盘谷序》《鳄鱼文》《柳州罗池庙碑》《平淮西碑》《张中丞传后序》《进学解》《毛颖传》《欧阳生哀辞》《送穷文》《后二十九日复上宰相书》《燕喜亭记》《送石洪处士序》《答李翊书》等，皆好中选优的精品。欧文亦如是，有《画舫斋记》《相州昼锦堂记》《醉翁亭记》《上范司谏书》《秋声赋》《祭苏子美文》《峡州至喜亭记》《丰乐亭记》《有美堂记》《读李翱文》《五代史一行传论》《五代史伶官传论》《五代史宦者传论》《送徐无党南归序》《论杜韩范富（罢政事状）》等，皆为脍炙人口的名篇。从中可知楼昉很喜爱欧阳修的记体文和史论文。

楼昉对所选文章的评说也很精彩，他用平易自然、简练生动的语言，抓住文章的核心与关键，向读者介绍自己看中的珍品。如评韩文《祭兄子老成文》曰："文字反复曲折，悲痛凄惋，道出肺腑中事，而薰然慈良之意见于言外。"①可见反复倾诉抑制不住的悲情是此文的主调。评《殿中少监马君墓志》曰："叙事有法，辞极简严，而意味深长，结尾绝佳，感慨伤悼之情见于言外。三世皆有旧，故

---

① 《历代文话》第1册，第470页。

其言如此。退之所作墓志最多，篇篇各有体制，未尝相袭。"①不仅交代本文紧扣"三代皆有旧"的叙事、抒情，而且点出韩愈碑志各篇构撰不同的高妙手法。《送孟东野序》的评语，只"曲尽文字变态之妙"八字②，堪称言简意赅。《毛颖传》的评语，以"笔事收拾得尽善，将无作有，所谓以文滑稽者，赞尤高古"，概说此文之妙；又追根探源，言"是学《史记》文字"。③ 楼昉评柳文《捕蛇者说》曰："犯死捕蛇，乃以为幸，更役复赋，反以为不幸，此岂人之情也哉？"④一针见血地揭露并强烈控诉了苛捐杂税给百姓带来的深重灾难。评《种树郭橐驼传》曰："凡事有心则费力，求工则反拙，曲尽种树之妙，非特为种植作也，与《捕蛇说》同一机栝。"⑤既点出文章的主旨与妙处，又与其他文章合并分析。《乞巧文》评语谓"当与《送穷文》相对看。然退之之固穷乃其真情，子厚抱拙终身，岂其本心欤？看他诘难过度处"⑥，此处已运用比较研析的方法。

《崇古文诀》中对宋文六大家文章的评语也同样精妙。欧文《上范司谏书》评语曰："此文出于韩退之《谏臣论》之后，亦颇祖其遗意，而文字无一语一言与之重叠，真是可与争衡。"⑦此言欧公早年学韩，有具体的篇目为证，而遣词造句自有特色，别是一家。《醉翁亭记》评语曰："此文所谓笔端有画，又如累叠阶级，一层高一层，遂旋上去都不觉。"⑧此既指首段，先出现"环滁皆山"之景，即转向西南诸峰，而见琅琊，又见酿泉，终见醉翁亭。继而说作亭者，再说名亭之人，醉翁这才出场了，不是"遂旋上去都不觉"吗？就全篇言之，首段见醉翁之乐，次段见四季美之乐，三段见滁人游、太守宴之乐，末段总归为作者醉翁之乐。楼昉之评何其巧妙！曾巩《移沧州过阙上殿奏疏》评语曰："看他布置、开阖、文势，次求其叙事、措词之法，而一篇大意所以详于归美，乃所以切于警戒，不可专以归美观。"⑨用语少，含意多，主旨表达婉转，评说严谨，真是滴水不漏。王安石《读孟

---

① 《历代文话》第1册，第471页。
② 《历代文话》第1册，第471页。
③ 《历代文话》第1册，第474页。
④ 《历代文话》第1册，第476页。
⑤ 《历代文话》第1册，第477页。
⑥ 《历代文话》第1册，第479页。
⑦ 《历代文话》第1册，第483页。
⑧ 《历代文话》第1册，第483页。
⑨ 《历代文话》第1册，第498页。

尝君传》评语曰:"转折有力,首尾无百余字,严劲紧束而宛转凡四五处,此笔力之绝。"①简介短文特色后,给予作者当之无愧的"笔力之绝"的佳评。关于三苏文的示范功能,在《崇古文诀》的评语中也得到了展现。苏洵有《仲兄字文甫说》,仲兄名涣,洵为之改字为文甫,就"风行水上涣"有一段关于"殊状异态,而风水之极观备矣"的描写,引人注目,十分生动。楼昉紧紧抓住了这一点,指出:"状物最妙,所谓大能使之小,远能使之近,此等文字,古今自有数。"②可谓有的放矢,评得极为精彩。苏轼《王元之画像赞》有"帝欲用公,公不少贬。三黜穷山,之死靡憾"等语③,楼昉评曰:"器局大。读此可以想见公与元之之为人。"④评语如此简短,却说得十分到位。苏辙《上枢密韩太尉书》,楼昉曰:"胸臆之谈,笔势规摹,从司马子长《自叙》中来。"⑤也是对这篇求见书准确的评价。

三、注重文学本色,展现形象生动的审美愉悦

《过庭录》是楼昉阐述个人读书和写作心得的笔记,从中也宣示了自己的文学观,表现出对文学魅力的高度重视。如前文所述,他特别钦佩诸多名家富于传世价值的佳作。《过庭录》"诸家文章"条称:"予尝取韩退之《答张籍》《李翱》、柳子厚《答韦中立》、老苏《上田枢密》、子由《上韩太尉书》、曾南丰《答王介甫书》、陈后山《答秦少游书》与前辈诸公凡论文处,别作一册写出,类聚观之,不特可见各人自有法度,亦可以见各人自有工夫,此与亲承面命何以异哉!"⑥这里强调法度和工夫,所列各书均为创作经验之谈,其中《答韦中立》《上韩太尉书》等,已与《崇古文诀》所选的韩愈《答李翊书》、苏洵《仲兄文甫字说》等作为著名的古代文论,载于我国文学批评史中。可以说,《崇古文诀》重视文法的运用,考察作家的心理,突出评点的特色,倡导文章的鉴赏,对我国的文学批评作出了自己的贡献。

---

① 《历代文话》第1册,第480页。
② 《历代文话》第1册,第490页。
③ 《苏轼文集》卷二一,中华书局,1986年,第603页。
④ 《历代文话》第1册,第493页。
⑤ 《历代文话》第1册,第496页。
⑥ 《历代文话》第1册,第454页。

在诸多文论著述的影响下,楼昉十分注重历代文章的文学性、艺术特色,抒发自己在认真阅读时所感受到的审美愉悦。本文第二节所列举的大量文章即属此类。其共同特点是文道结合,张扬正气,富于真情,讲究作文之法,尤重文章的审美价值。《崇古文诀》所收的《送李愿归盘谷序》,楼昉谓"一节是形容得意人,一节是形容闲居人,一节是形容奔走伺候人,却结在'人贤不肖何如也'一句上。终篇全举李愿说话,自说只数语,其实非李愿言,此又别是一格"。① 以对得意人、奔走伺候人的鄙视反衬闲居人的高洁,既言写作手法,又点出文章主旨,憎爱分明,描写极其生动。李愿人格之美、全篇结构之美、语言文字之美尽显文中。《张中丞转后叙》,楼昉谓"反复攻击,然后己之说伸,而人之说废。此论难折服格"②。此言文章反驳谬论,替为国献身的英雄伸张正义,兼有内容之美与表现手法之美。《愚溪诗序》,楼昉谓"只一个'愚'字,旁引曲取,横说竖说,更无穷已。宛转纡徐,含义深远,自'不愚'而入于'愚',自'愚'而终于'不愚',屡变而不可诘,此文字妙处"。③ 此文借溪之"愚"写人之"愚",尽情宣泄自身遭遇屈辱的不满,自嘲的外露中,潜伏着对世道不公的嘲讽与绝不同流合污的精神,呈现出诙谐幽默的艺术美和崇高独立的人格美。《岳阳楼记》,楼昉谓"首尾布置与中间状物之妙,不可及矣。然最妙处在临了断遣一转语,乃知此老胸襟宇量,至于岳阳洞庭同其广大"④。此文展示了全篇布局之美、洞庭湖景物之美和伟人范仲淹"先天下之忧而忧,后天下之乐而乐"的胸怀之美。《秋声赋》,楼昉谓"模写之工,转折之妙,悲壮顿挫,无一字尘涴"⑤,将抽象的秋声写得活灵活现,接着由秋声转写秋状与秋义,极力渲染悲秋之情,末了又由有声之秋转写无声之秋,告诫人们切勿感心劳形,而应善待人生。一首悲秋之曲,却充满了诗情画意之美,以及由忧郁悲观走向开朗达观的人生之美。总之,《崇古文诀》的评语给读者带来不少审美愉悦,这是一种自然而深切的感受。

如果与《古文关键》《文章轨范》和《文章正宗》作一下比较,《崇古文诀》富于文学性和审美价值的特点就更为突出了。南宋为文重议论,《古文关键》中议论

---

① 《历代文话》第1册,第472页。
② 《历代文话》第1册,第473页。
③ 《历代文话》第1册,第476页。
④ 《历代文话》第1册,第480页。
⑤ 《历代文话》第1册,第484页。

文的分量极大。以东坡文为例,吕祖谦收《荀卿论》《子思论》《韩非论》《孙武论》《晁错论》《孔子堕三都》《秦始皇扶苏》《范增》《厉法禁》《倡勇敢》《钱塘勤上人诗集序》《六一居士集叙》《潮州韩文公庙碑》《王仲仪真赞叙》,共14篇,议论文占比甚大。《孔子堕三都》以下三篇出自《志林》,多篇有评语。《晁错论》评曰:"此篇前面引入事,说景帝时虽名为治平,有七国之变。此篇体制好,大概作文要渐渐引入来。"①《秦始皇扶苏》评曰:"不特文势雄健,议论亦至当。"②《六一居士集叙》评曰:"此篇曲折最多,破头说大,故下面亦应言大。今人文字上面言大,下面未必言大;上面言远,下面未必言远。如以文章配天,孔孟配禹,果然大而非夸。"③文字平顺,多简短,说到关键点上,但就形象生动而言,逊于弟子楼昉。多言谋篇布局等写作方法,而文学性、审美感较为欠缺。谢枋得为忠义之士,其《文章轨范》选文颇多精品,评文亦有气力。《上范司谏书》评语将韩、欧加以比较,结论予人以启迪:"欧阳公文章为一代宗师,然藏锋敛锷,韬光沉馨,不如韩文公之奇奇怪怪,可喜可愕。学韩不成亦不庸腐,学欧不成必无精彩。独《上范司谏书》《朋党论》《春秋论》《纵囚论》气力健,光焰长。少年熟读,可以发才气,可以生议论。"④评《前赤壁赋》指出:"此赋学《庄》《骚》文法,无一句与《庄》《骚》相似。非超然之才,绝伦之识,不能为也。"⑤可谓精辟之论。但有多篇文章未加评语。谢氏重视文章的思想内容,而艺术特色分析不够,评语缺乏审美感。至于真德秀《文章正宗》,清四库馆臣指出:"是集分辞令、议论、叙事、诗歌四类,录《左传》《国语》以下至于唐末之作。其持论甚严,大意主于论理,而不论文。"又指出:"盖道学之儒与文章之士,各名一义,固不可得而强同也。"⑥理学家编选历代文章,既然"主于论理,而不论文",那么就不必谈艺术性、审美感之类的欠缺了。

四、影响后世深远,展现古文评说的持久魅力

本文第二节言及唐宋八大家文经评家遴选而经典化的历程,对于韩、柳、

---

① 吕祖谦《古文关键》卷下,《文渊阁四库全书》本。
② 吕祖谦《古文关键》卷下,《文渊阁四库全书》本。
③ 吕祖谦《古文关键》卷下,《文渊阁四库全书》本。
④ 《历代文话》第1册,第1053页。
⑤ 《历代文话》第1册,第1060页。
⑥ 《四库全书总目》卷一八七,第1699页。

欧、苏四家来说,名居前列,理所当然,历来毫无异议。欧曾并提,亦无疑问。王安石自成一家,入前八,也在情理之中。苏洵以其才华与《嘉祐集》闻名于世,亦属允当。唯有苏辙似乎相对较弱,多年前曾有人觉得,其借"三苏"之称进入八家,有点勉强,南宋陆游就不差。此事我跟关注南宋文学,尤于陆游深有研究的朱迎平教授谈起。他为陆游全集作校笺,对陆游作品的研究下了很大的功夫,认为放翁的成就主要在诗歌方面,古文不及苏辙。我非常赞同他的观点。实际上,包括苏辙在内的唐宋八大家的名作,凭借《古文关键》《崇古文诀》等评点本的问世,得到宋人的认可和好评,历代皆加以不断深化的研究,已成为国人引以为傲的经典,具有经久不衰的魅力。总结这方面的经验,已成为文章学研究不可或缺的内容。

我国的文章评点自吕祖谦、楼昉师弟子开创局面之后,历金元两朝的相对沉寂,明代时获得较大的发展,至清代趋于鼎盛。下面仅以韩愈、欧阳修文的评说为例,看《崇古文诀》对后世的影响。先说韩文,楼昉评《原毁》"曲尽人情"[1],明茅坤谓"摹写人情,曲畅骨里"[2]。楼昉评《殿中少监马君墓铭》"三代皆有旧,故其言如此"[3],明郭正域谓"因少监而及其三代弟兄"[4],清何焯谓"无可志,故只以世旧为波澜"[5]。楼昉评《送孟东野序》"曲尽文字变态之妙"[6]。

清储欣谓"闪铄变化,诡怪惶惑,其妙处公自言之矣"[7]。楼昉评《送李愿归盘谷序》:"一节是形容得意人,一节是形容闲居人,一节是形容奔走伺候人,却结在'人贤不肖何如也'一句上。终篇全举李愿说话,自说只数语,其实非李愿言,此又别是一格式。"[8]茅坤亦谓"通篇全举李愿说话,自说只数语,此又别是一格"[9]。吴楚材、吴调侯所评,前与楼昉完全一样,只是"却"改为"都"字。后曰:"全举李愿自己说话,自说只前数语写盘谷,后一歌咏盘谷,别是一格。"[10]大

---

[1] 《历代文话》第1册,第470页。
[2] 《唐宋八大家文钞·韩文公文钞》卷九,康熙四十二年(1703)云林大盛堂刻本。
[3] 《历代文话》第1册,第471页。
[4] 《韩文杜律·韩文》评语,明万历刻本。
[5] 《义门读书记》卷三三,中华书局,1987年,第589页。
[6] 《历代文话》第1册,第471页。
[7] 《唐宋十大家全集录·昌黎先生全集录》卷三序,光绪壬午(1882)江苏书局重刊本。
[8] 《历代文话》第1册,第472页。
[9] 《唐宋八大家文钞·韩文公文钞》卷七。
[10] 《古文观止》(解题汇评本)卷八,上海古籍出版社,2018年,第544页。

致照抄楼昉之语,略作小改动而已。楼昉评《毛颖传》:"笔势收拾得尽善,将无作有,所谓以文滑稽者,赞尤高古,是学《史记》文字。"①明王慎中曰:"通篇将无作有,所谓以文滑稽者,赞论尤高古,直逼马迁。"②亦是略变更数字而已。楼昉评《送穷文》:"非是送穷,乃是固穷,机轴之妙,熟读方见。"③何焯称:"只'固穷'二字,翻出尔许波澜。"④楼昉评《与孟简尚书书》:"出脱孟子,是自出脱;推尊孟子,亦是自推尊。"⑤元程端礼谓"不言己之功而功自见。前言孟子功不在禹下,此一段见韩之功不在孟子下。此文法之妙"⑥。以上引述,见后世评家多得《崇古文诀》的启发;或认可楼评,直接加以引用;或遵照楼评,但文字略有变动。总之,万变不离其宗,都受到楼昉的影响,区别仅在于全盘接受或部分接受,留下痕迹或不留痕迹而已。

再说欧文。楼昉评《醉翁亭记》:"笔端有画,又如累叠阶级,一层高一层,遂旋上去都不觉。"⑦清过珙曰:"从滁出山,从山出泉,从泉出亭,从亭出人,从人出名,一层一层复一层,如累叠阶级,逐级上去,节脉相生妙矣。"⑧阐述得更加具体。楼昉评《祭丁元珍文》:"一时之毁誉,决不能掩千古之是非。"⑨清孙琮曰:"不说元珍被毁可惜,反惜元珍被毁可乐;不说元珍因毁丧名,反说元珍因毁得名。"⑩同样意思,两样说法,前者高度概括,后者详加说明。楼昉评《祭苏子美文》"卓荦俊迈"⑪,孙琮称:"通幅不作凄凉憔悴语,纯作豪杰自命语。"⑫都可见苏氏不同流俗雄健卓越的气质。楼昉评《峡州至喜亭记》:"不言蜀之险无以见后来之喜,不言险之不测则无以见人情喜幸之深。此文字布置斡旋之法。"⑬

---

① 《历代文话》第1册,第474页。
② 《唐宋八大家文钞·韩文公文钞》卷八引。
③ 《历代文话》第1册,第474页。
④ 《义门读书记》卷三三。
⑤ 《历代文话》第1册,第475页。
⑥ 《昌黎文式》卷三,清抄本。
⑦ 《历代文话》第1册,第483页。
⑧ 《古文评注》卷八,嘉庆庚申(1800)刊本。
⑨ 《历代文话》第1册,第484页。
⑩ 《山晓阁选宋大家欧阳庐陵全集》卷四,康熙刊本。
⑪ 《历代文话》第1册,第484页。
⑫ 《山晓阁选宋大家欧阳庐陵全集》卷四。
⑬ 《历代文话》第1册,第484页。

茅坤曰:"极力摹写蜀之险之不测,以形出人情喜幸之至。此文字布置斡旋之法。"①评语雷同,意思完全一样。楼昉评《丰乐亭记》:"不归功于己而归功于上,最为得体。叙干戈用武以至平定休息,施于滁,则又着题诗也。"②金圣叹赞赏此篇:"记山水,却纯述圣宋功德;记功德,却又纯写徘徊山水,寻之不得其迹。曰:只是不把圣宋功德看得奇怪,不把徘徊山水看得游戏。"③措辞不一,高手所见略同。楼昉评《有美堂记》:"将他州外郡宛转假借,比并形容,而钱塘之美自见。"④孙琮曰:"须学他一篇相形之法。"楼昉评《五代史一行传论》"有悲伤不满之意焉"⑤,金圣叹谓"此又妙于悲凉"⑥,意思都极为相近。

以上将楼昉与明清人的评语两相对照,相隔数百年的评家,所见如此相同或相近,道出了楼昉的先见之明,让我们看到了文章评点学刚刚起步之时,就显示出了自己的力量,充满勃勃的生机。当然,后人得到前人的沾溉,继续努力,获得的是更为可喜的丰收,此非本文重点,不再赘述。只要看看明清从事文章评点的名家不计其数,佼佼者亦非少见,即是文章评点学自南宋以来蓬勃发展的有力证明。综上所述,《崇古文诀》在我国文章评点史上占有不可低估的重要地位。

---

① 《唐宋八大家文钞·欧阳文忠公文钞》卷二一,聚文堂重校刊本。
② 《历代文话》第1册,第485页。
③ 《评注才子古文》卷一二,江左书林1914年石印本。
④ 《历代文话》第1册,第485页。
⑤ 《历代文话》第1册,第485页。
⑥ 《评注才子古文》卷一二。

"依经以立言,本雅以训俗"
——《古文真宝》的编选及其文章学意义

安徽师大中国诗学研究中心　巩本栋

中国古代历来重视教育。"古之教者,家有塾,党有庠,术有序,国有学。比年入学,中年考校。……夫然后足以化民易俗,近者说服,而远者怀之。此大学之道也。"①遍设学校,广开生源,由蒙学始,逐年考校,学业渐成,最终达到化民成俗、近服远来的目标。这当然是儒家教育的理想。

蒙学阶段的学习,一般从识字习书、离章断句开始。像汉代的小学,就多用些《仓颉》《凡将》《急就》《元尚》之类的课本,先识字习书,辨识姓氏名物,即可为吏,再进一步,才学习《尔雅》《孝经》和《论语》。②魏晋南北朝以降,蒙学的内容,在识字之外,逐渐增加儒家伦理道德和其他各种知识,内容渐丰。如南朝周兴嗣撰《千字文》,把天地山川自然、历史人物、儒家纲常和修身处世的知识和经验等皆囊括其中。唐代李翰编《蒙求》,用一系列生动的人物故事,讲述历史,劝勉初学。至宋人编《三字经》,传播知识之外,更增添了许多儒家伦理道德的说教和对读书向学的劝勉。唐宋两代,进士科举考试以诗赋取士,文学繁荣,文学童蒙读物亦随之大增。像刘克庄编选的五七言绝句系列读本(今佚),和受其影响出现的《分门纂类唐宋时贤千家诗选》、谢枋得《千家诗选》等,都为人们所熟知。到了明清两代,各种童蒙读物更是层出不穷,数量繁多,举不胜举。③

学界对文学童蒙读物的关注,过去多着眼于语文教育教材,近年始有学者

---

① 郑玄注、孔颖达疏《礼记正义》卷三六,北京大学出版社,1999年,第1052—1053页。
② 参王国维先生《观堂集林》卷四《汉魏博士考》,《王国维遗书》,上海书店出版社,1983年,第193页。
③ 详可参张志公先生所列《蒙学书目》,载其《传统语文教育教材论——暨蒙学书目和书影》,中华书局,2013年,第168—193页。

对一些具有代表性的童蒙读物进行文献学或文学的研究。像李更、陈新两位先生，既对《分门类纂唐宋时贤千家诗选》作了深度整理，又对其书的编者、编选过程、文献来源、编选特点、版本和流传等，作了全面的研究；①然认为其书"对考察南宋后期的诗歌发展和主流阶层知识分子的审美取向基本没有参考价值"②，则引起了不少争议。钱志熙先生不同意此一看法，他认为"《千家诗选》在唐宋诗史的研究方面，具有很高的参考价值。概括地说，它可以视为南宋后期以江湖诗派为主流的诗坛对唐宋诗史的一次集体性重新建构，对于认识南宋后期诗史的演变也有重要的参考价值"。③ 侯体健先生对此书作了进一步研究，认为以上两种看法皆有偏颇，书中虽"收录了大量南宋中后期的中下层诗人"，却多非江湖诗派中人；所收诗作"风格浅切"，"呈现出明显的通俗化、世俗化特性，表征着晚宋诗坛的'近世'指向"。④ 研究愈益深入。然就这些研究的视角与方法来看，不免又都有意无意地忽略了其童蒙选本的性质。

笔者以为，童蒙读物，不管是识字习书，还是历史、文学性童蒙读物，其内容都会涉及知识学习、儒家思想教育和文学的熏陶等多方面，故对它们的研究也应当是综合性的。即就文学读物来说，既应指出其所受时代文学风尚的影响，又不应忽略它在文学史发展进程中所起的作用；既需要从文学的角度对其文本进行分析论述，又要能阐释其所蕴含的普遍的文化意义，庶几更贴近此类选本的实际。本文拟以一部自元、明以来在中国本土和东亚皆传播甚广、影响深远的童蒙读物——《古文真宝》为例，从上述视角对其进行探讨，借此弥补文学史研究的不足。

一、流动的文本：《古文真宝》的编选与流传

《古文真宝》是一部很特别的书。也许它是一部蒙学读物，所以其最初的编者是谁、产生的年代如何，既众说纷纭，迄无定论，在流传的过程中，又有士人不

---

① 李更、陈新《分门纂类唐宋时贤千家诗选校证》，人民文学出版社，2002年。其考述部分，见是书第874—918页。
② 李更、陈新《分门纂类唐宋时贤千家诗选校证》，第906页。
③ 钱志熙《论〈千家诗选〉与刘克庄及江湖诗派的关系》，《北京大学学报》（哲学社会科学版）2013年第2期。
④ 侯体健《〈分门纂类唐宋时贤千家诗选〉与晚宋诗坛趋向》，《文学遗产》2021年第4期。

断对其进行改编、修订、注解,其名称也不断变化,至明代甚至帝王亦参与到整理工作中,并为其作序跋,情形十分复杂。它曾在元、明两代广泛流传,并远播东亚,至今盛传不衰,然入清以后在中国本土却又渐趋衰歇,难觅踪影;对它的评价,褒之者称其"依经以立言,本雅以训俗。其词茂而典,其义婉而章。其条贯森然炳然,旷分井列,莫不可观。诚九流之涉津,六艺之关键"①,"词林之弘璧,艺苑之玄珠"②,贬之者则谓其出于村夫子之手,浅陋低俗,毫不看重。诸多问题,议论纷纷,皆应先加以解决。

《古文真宝》一书,《郡斋读书志》《直斋书录解题》等宋人书目不及载,至明代始有私家书目著录。如朱睦㮮《万卷堂书目》卷四"总集类"著录道:"《古文真宝》十卷,黄坚。"③编者虽署为黄坚,然不言其年代和版本。其他书目著录,亦大都语焉不详。至清乾隆四十年(1775),于敏中奉敕编撰《天禄琳琅书目》,始对此书有较详细的记载。其曰:

  《诸儒笺解古文真宝》,一函四册,黄坚辑,五卷。前明神宗序,后明孝宗跋。又一跋不著姓氏。黄坚不知为何时人,观孝宗跋语,已有"命工梓之"之文。神宗作序,又称"旧本凡三百十有二篇,今益三十五篇。刻久漫漶,因重授梓"云云。是明时内府此书固有二板矣。其不著姓氏之跋,则称"永阳黄坚氏所集《古文真宝》二十卷,梓行已久,率多湮蚀,偶得善本,命工重刊"云云。跋后题为"弘治十五年青藜斋寓云中有斐堂书"。观此则内版之外复有二刻。其刻于云中者,与孝宗朝内版同出一时,皆为重梓。而神宗所刊最居其后,系合孝宗、云中两刻而并校之,故皆载其跋也。至云中之跋称二十卷,与此五卷之数不符,盖由重刊时省并之故。第书中注释词意浅陋,似非名人所作。④

这份提要为我们了解书名、编者、卷数、版本系统、前后题跋和书的内容等,提供了重要线索:这部被称为"诸儒笺解"的《古文真宝》,编者是永阳(今安徽滁州

---

① 明孝宗《重刊古文真宝跋》,台湾"国家图书馆"藏明万历十一年(1583)司礼监刊本《诸儒笺解古文真宝》卷尾。
② 明神宗《重刻古文真宝序》,明万历十一年司礼监刊本《诸儒笺解古文真宝》卷首。
③ 朱睦㮮《万卷堂书目》,《宋元明清书目题跋丛刊》(明代卷)影印清刊本,中华书局,2006年,第1册,第612页。
④ 于敏中《天禄琳琅书目》卷一○,上海古籍出版社,2007年,第378页。

来安县)黄坚,其书明孝宗弘治年间官、私皆有刊本,万历年间,明神宗又加以增订,并令人将官私二本合校重刊。从书中注释看,内容浅俗,非名人所撰。至于黄坚为何时人,弘治本从何而来,其书具体内容如何等,则未谈及。

《天禄琳琅书目》著录此书为永阳黄坚所辑,是依据司礼监刊本《诸儒笺解古文真宝》卷尾所附的明弘治十五年(1502)的青藜斋跋。跋云:

> 永易黄坚氏所集《古文真宝》二十卷,载七国而下诸名家之作凡二十有七体,三百十有二篇,盖精选也。梓行已久,近日书肆中所传者率多漫蚀,读者患之。予偶得善本,抚巡之暇,略加点校,因命工重刊,以便后学。①

青藜斋主人对此书甚为熟悉,又对其作过整理,所言又与《万卷堂书目》等相合,故所云"永阳黄坚氏所集",当可据信。

至于黄坚生活的时代,青藜斋主人和于敏中等都没说,②然元初的著名理学家陈栎(1252—1334)已对其进行改编,可知黄坚的时代和是书编选时间,必是宋末元初。陈栎改编的原本虽今亦不可见,然自明初以来流行于朝鲜半岛、由宋伯贞作音释、刘剡校正的《详说古文真宝大全》,却保存了改编本的原貌,足资探寻。③

朝鲜时代的士人多把陈栎当作《古文真宝》的编者。如李滉(1501—1570)就说:"此书出于陈新安之撰。"④陈栎是休宁(今属安徽)人,休宁为隋之新安治所,故称陈新安。朝鲜正祖时期(1776—1800),徐有榘(1764—1845)奉命编纂《镂板考》,则直接著录:"《古文真宝大全》前集十二卷、后集十卷。元陈栎编,进士宋伯贞音释。其书选古今骚赋诗文凡七十六家,末附谢枋得《文章轨范》一卷。"⑤

---

① 《诸儒笺解古文真宝》卷尾,台湾藏明万历十一年司礼监刊本。
② 王重民先生以为其为元末明初人(参其《中国善本书提要》"集部总集类"《诸儒笺解古文真宝提要》,上海古籍出版社,1983年,第443页)。后余崇生、姜赞洙亦略同其说(分别参其《〈古文真宝〉在日本》,台湾《书目季刊》1996年第4期;《中国刻本〈古文真宝〉的文献学研究》,复旦大学博士学位论文,2005年,第67—70页)。
③ 黄虞稷《千顷堂书目》卷三一"总集类"著录有"《古文大全》二十二卷"(上海古籍出版社,2001年,第764页),当即此书。另,此书在朝鲜时代的各种书目中亦多有著录。本文以下所引,据韩国景文社1975年影印朝鲜明宗二十二年(1567)铜活字本。
④ 李滉《退陶先生言行通录》卷二,转引自李章佑《〈古文真宝前集讲录〉考释》,韩国中文出版社,2005年,第13页。
⑤ 徐有榘《镂板考》卷六集部"总集类",张伯伟编《朝鲜时代书目丛刊》第4册,中华书局,2004年,第2019页。

著录得更为明确和详细。

然而,陈栎并不是《古文真宝》的编选者,只是最早的改编者而已。因为只要对照一下日本五山时期覆元本《诸儒笺解古文真宝》和《详说古文真宝大全》①,我们就会发现,二书所选篇目90%以上都是相同的,陈栎所做的只是改编和补编工作。由陈栎补编的《古文真宝》,前集从十卷扩为十二卷,前集五七言古体诗增至233首,后集古文增至130篇,总计选入作品达363首,在诸本之中数量最多。除了增补篇目,陈栎还对后集的篇目作了改编,这种改编首先是把原来的分体排列,改为按时代先后编排。从分体到编年,《古文真宝》的面貌发生了重要改变。其次,陈栎又把理学家的若干文章(说、箴、铭)作了集中编排,即全部移到卷尾。另外,陈栎还增加了若干批注。这是《古文真宝》文本面貌的第一次大的改变。

黄坚在编选《古文真宝》时,因训蒙之需,对所选作品作过简要批注,这从对五山版和元刻残本注文的寻绎中可以看出来。然这些注解应不会太多,且流传既久,不免湮蚀。所以,到了元代,不但有改编本的出现,而且也有士人重新对其进行整理和补注,这就是由元末林桢注解的《古文真宝》。日本御茶之水图书馆藏有元末刊本《批点诸儒笺注古文真宝》前集(残六卷。另绍兴图书馆亦藏有元刻残本),卷首郑本序曰:

自六艺不讲,而世之诲小学者必先以《语》《孟》,而次以古文,亦余力学文之意也。《真宝》之编,首有劝学之作,终有出师、陈情之表,岂不欲勉之以勤、而诱之以忠孝乎?此编者之微意也。惜乎旧所刊行,卒多删略,注释不明,读者憾焉。有三山林以正先生者,授徒之眼,阅市而求书,未善者正之,繁者芟之,略者详之,必归于至当而后已。若此书者,撮大意于篇题之下,精明训解于句读之间,非惟使幼学之士得有所资,而挟兔园册于党庠术序之间者,亦免箝口之讥矣。予寓书林六年,得一善士而与之友者,必先生之高第也。来后去先,虽不及会,然观其徒则可以知其师矣。一日,有章余君语予曰:"《古文真宝》,先师用心之勤矣,犹未有以题其首,非缺欤?盍请序之。"予不获辞,遂述其概而为之书。至正丙午孟

---

① 前者有金程宇编《和刻本中国古逸书丛刊》第61册影印五山本(凤凰出版社,2012年),后者有韩国景文社影印朝鲜活字本(1975年),又有熊礼汇校点本(湖南人民出版社,2007年),今已易得。

夏旴江后学郑本士文叙。①

林以正即林桢,元末福州人,大约是一位塾师,除了注解《古文真宝》外,还增补校辑有《联新事备诗学大成》三十卷,后者《四库全书总目》《天禄琳琅书目》卷一○等皆有著录。② 他对《古文真宝》所做的整理工作,据郑本所述,主要有两方面:一是"撮大意于篇题之下",二是"精明训解于句读之间"。这是《古文真宝》面貌的第二次较大的改变。

林桢整理、补注的《古文真宝》刊行不久,明初又出现了另一个《古文真宝》的重要刊本,这就是上文提到的题为"前进士宋伯贞音释、后学京兆刘剡校正"的《详说古文真宝大全》二十二卷。是书明代以来各种书目少有著录,然传入东国的时间却相当早。据朝鲜士人田禄生为此书所作的跋语,其书在明景泰初年已由"翰林侍读倪先生"带到朝鲜。③ 所谓倪先生,即倪谦。明英宗正统十四年(1449)十一月,刚即位的明代宗即派遣翰林院侍讲倪谦、刑科给事中司马恂前往朝鲜颁即位诏,"并赐其国王及妃锦绮彩币等物"。④ 次年正月,倪谦等抵达朝鲜,在朝二十余日,期间与朝鲜馆伴郑麟趾、成三问、申叔舟及首阳大君、安平大君等一时名臣讨论韵书、科举、庙制等,互赠书画礼物,诗歌唱酬,往来甚多。⑤《详说古文真宝大全》应当就是在这期间由倪谦赠与朝鲜士人的。其后,此书便很快在朝鲜流行开来。

宋伯贞和刘剡对《古文真宝》整理和流传的贡献,最主要的,在于它保存了陈栎的改编、增补和批注。如果没有宋、刘二位的校刊,也许陈栎的工作就会被湮没,《古文真宝》的传播历程就会缺失重要的一环,而今所见明万历本《古文真宝》从何而来,既很难解释清楚,其书在东国的传播也绝不会如我们今天所知竟

---

① 据严绍璗《日藏汉籍善本书录》(中华书局,2007年)集部总集类著录,其书元黄坚编、林桢校辑,有郑本序(第1833—1834页),笔者无缘得见此书,然江户时期各刻本多存此序,兹据日本宽文五年(1665)刊本《魁本大字诸儒笺解古文真宝》卷首所载引录。

② 参王重民《中国善本书提要》集部总集类,第366—367页。

③ 参田禄生《埜隐先生逸稿》卷四附录《遗事》。《韩国文集丛刊》第3册,韩国景仁文化社,1989年,第408—409页。

④ 《明实录·英宗实录》卷一八五,"中央研究院"历史语言研究所校印,1962年,第17册,第3705页。

⑤ 详参《明实录·英宗实录》卷一八五、焦竑《国朝献征录》卷三六、倪谦《朝鲜纪事》、倪岳《辽海编》《庚午皇华集》等。

如此之广、影响如此之大了。

明初宋伯贞、刘剡校刊《详说古文真宝大全》时,虽已对《魁本大字诸儒笺解古文真宝》进行了利用,然只是吸收了其注释的部分,对二本所选篇目并未作改动。大约到明中期,开始有人对二者进行整合。

明神宗在为重刊《诸儒笺解古文真宝》所作的序言中,已透露出这一消息。他说:

> 朕自冲龄典学,缉熙有年。日御讲帷,讨论经史。每退居清燕,游意篇章,于《古文真宝》一编,时加披阅。其书自庙堂著述,下逮里巷歌谣,群言杂陈,诸体略备。其稍有阙轶,见于《古文精粹》者,复取而益之。厔类非增,篇什既富,譬开群玉之府,光采烨如。赏识惟人,靡不意惬。诚哉词林之弘璧,艺苑之玄珠也。……旧本凡三百十有二篇,今益以三十五篇。刻久漫漶,因重授梓,以便观览焉。①

旧本当指的是孝宗朝内府刊本,即青藜斋主人刊本,万历内府刊二十卷本是在弘治十五年(1502)青藜斋本和内府刊本的基础上重刻的,重刻时作了增补。其所据以增补的材料是什么呢?那就是《古文精粹》,即"稍有阙轶,见于《古文精粹》者,复取而益之"。

《古文精粹》十卷,在明嘉靖年间高儒的《百川书志》中即有著录,今中国国家图书馆、日本内阁文库等处皆有收藏。② 前有序云:

> 《古文(真宝)》一书,乃精选历代名贤所作也。其间雄辞奥旨,足范后学。然集刊者不一,或此收而彼不录,彼载而此未备,故而病焉。予奉亲之暇,兼取而合录之,汇成一帙,分为十卷。去其训诂之繁,正其字画之讹,重加锓梓,用广其传,俾览者知所选择,不啻披沙而拣良金,凿璞而获美玉,诚希世至宝也。因题数语于卷端,以见重刊之意云。成化乙未花朝后一日。③

---

① 《魁本大字诸儒笺解古文真宝》卷首,明万历司礼监刊本。
② 严绍璗《日藏汉籍善本书录》集部总集类著录此书,云:"《古文精粹》十卷,明人选编,不著姓名。明成化年间刊本,共二册,内阁文库藏本。"(第1847页)
③ 中国国家图书馆藏明刊本卷首。此本的查阅,前后多得国家图书馆罗瑛博士大力帮助,谨致谢意。

这位作序者没有署名,我们很难推测其身份,作序者与刊刻者当为一人,大约是下层文人或书商。"成化乙未"即明宪宗成化十一年(1475)。此人注意到《魁本大字诸儒笺解古文真宝》与《详说古文真宝大全》二本的不同,遂以前者为基础,重新编选,凡前书没有的篇目,即取后者补之,所谓"兼取而合录之",编成《古文精粹》十卷。此外,他还对原书作了改编和增删。这些改编对《古文真宝》的刊刻流传起了特殊的作用。

《古文精粹》的综合工作,稍后即为重刊《古文真宝》者所承继。今存中国科学院图书馆的明刻《诸儒笺解古文真宝》二十卷,① 就是在《古文精粹》的基础上,进一步调整、增删而形成的一个新刊本。此本虽题曰"诸儒笺解",好像它只是元刻本的重刻,但实际上是一种以《魁本大字诸儒笺解古文真宝》(以下简称"魁本")为底本,而又综合了《古文精粹》和《详说古文真宝大全》(以下简称"详说"本)等刊本的新的整理本。与《古文精粹》相比,在类目编排上,明刻本作了改进。比如,《古文精粹》自卷六开始,是据"魁本"后集而编,卷六之首为"辞类",除了收入原有的《秋风辞》《渔父辞》《归去来辞》之外,另将"详说"本原在前集的《连昌宫辞》也附在《归去来辞》之后。而明刻本则更将"辞类"中的这四篇作品,全部上移到前集之末。这样前集为诗,后集为文,编排更加合理。在这些地方,明刻本的刊刻者显然吸收借鉴了《古文精粹》的做法。另外,明刻本也增删了一些作品。

到了明万历十一年,明司礼监刊刻《诸儒笺解古文真宝》时,既以青藜斋刊本(即中科院藏明刻本)为底本,又据《古文精粹》补其所缺,并在此基础上进一步调整编排,遂成为一个收罗较全、编排较合理的《诸儒笺解古文真宝》版本。这是《古文真宝》面貌的第三次重要改变。

然万历本后集较之《详说古文真宝大全》,所收作品数量仍要少很多,因为其所依据的底本青藜斋本和《古文精粹》,原就没有据《详说》本后集——增补。这样,《古文真宝》在后世的流传过程中,便出现了两个版本系统:一是《魁本大字诸儒笺解古

---

① 此本《中国古籍善本书目》已著录(上海古籍出版社,1998年,第1612页)。据姜寻所编《中国古籍文献拍卖图录年鉴》"中国书店"部分,2003年拍卖成交的图书中亦有此本,记录为明弘治本(据其所记,年代晚于《古文精粹》),有缺页(中华书局,2004年,第171页)。姜赞洙已注意到此本,参其博士学位论文《中国刻本〈古文真宝〉的文献学研究》(复旦大学,2005年)。笔者得睹此书,亦幸得中国国家图书馆罗琰博士多方设法,大力襄助,谨致谢意。

文真宝》,一是《详说古文真宝大全》。虽然有明代的刊刻者对其作过整合,先后有《古文精粹》和中科院藏明刻本出现,但两个系统有交叉,却未完全重合。

从黄坚《古文真宝》到陈栎的改编本,再到明万历本《古文真宝》,文本显然升格了。就"详说"本系统来说,陈栎的改编,增加了很多作品。如前集增选杜诗 10 首,后集增韩文 17 篇、柳文 7 篇、欧文 5 篇、苏洵文 7 篇、苏轼文 11 篇、苏辙文 1 篇、陈师道文 4 篇,理学家的文章增加了《太极图说》,而后集的编选体例也由分体变为编年。再就"魁本"系统来说,林桢既增添了大量的批注,明人将前后集韵文和散文分列的做法也更合理。

总之,《古文真宝》自编成以后,其文本就处在一个不断地流动的过程中;其在文学史上的作用和影响,也随着是书的流传,不断有所变化,内蕴更加丰富,遂为文学史研究提供了一个十分独特的案例。

二、《古文真宝》对中唐以来"古文"传统的承继

《古文真宝》中所选作品多脍炙人口,其文献来源似可不必深究,然细按却有意味,这就是多来自《唐文粹》《宋文鉴》《观澜文集》《古文关键》《崇古文诀》《文章正宗》《古文集成》和《文章轨范》等诗文总集。① 可知此书在文学思想和观念上,也深受宋初以来古文观念和传统的影响。其入选作品,诗皆古体,文多古文,平易浅近;其注释评点,也多取自《古文关键》等古文评点之书,表现出鲜明的以"古文"相尚的编选倾向。

唐宋时代的所谓古文,主要是针对"时文"说的,但又绝不仅仅是一个文体样式或文章学的概念。② 倡为"古文",是从中唐韩愈开始的。他对"古文"的理

---

① 比如,书中所选乐府歌行多取自《唐文粹》《宋文鉴》和《观澜文集》,诸本前后集诗文见于林之奇《观澜文集》者多达 78 首,近全书的四分之一,尤其是《观澜文集》甲集卷八自萧统《文选》中选了一首古乐府(《饮马长城窟》"青青河边草"),《文选》卷二七、二八所选乐府分两部分,因分为"乐府上""乐府下",林氏疏忽,以《乐府上》为此诗诗题,而《古文真宝》诸本卷三收入此诗,亦皆误标为《乐府上》。万历内府刊本《古文真宝》所增孙复《谕学》,也是取自《宋文鉴》卷二一。

② 吴承学先生曾指出宋人的古文观念有广义和狭义之分,广义的古文即"古雅"之文,在文体上没有太明确的限定性与排他性,狭义的古文则指产生于唐代的比较短小的、思辨性较强的议论文体。已注意到宋人古文观念的复杂性,是很有见地的。参其所著《中国古代文体学研究》第五章"宋代文章总集的文体学意义",人民出版社,2011 年,第 318—341 页。

解,原有其丰富的内涵。在《题欧阳生哀辞后》一文中,他说道:

> 愈之为古文,岂独取其句读不类于今者邪?思古人而不得见,学古道则欲兼通其辞;通其辞者,本志乎古道者也。①

韩愈的认识是,古文并不只是在形式上与时文有异;古文所以为古文,在于其承载了儒家之"道",而非释、老之"道"。韩愈的观点很明确:学"古道"是第一位的,至于"辞"(即古文)则是学古道的副产品;即使是学古文,也应以学古道为目的,而不是为了学古文而学古文。所以,在唐人的古文观念中,承载儒家仁义道德(即"古道")之文才是古文的第一要义,而不只是在形式上区别于时文,至于这"文"在形式上是诗还是文、是骈还是散,那倒还在其次了。

不过,古文在形式上也确实是"句读不类于今"。故韩愈在《答李翊书》中说:

> (愈)学之二十余年矣。始者,非三代两汉之书不敢观,非圣人之志不敢存,处若忘,行若遗,俨乎其若思,茫乎其若迷。当其取于心而注于手也,惟陈言之务去,戛戛乎其难哉。其观于人,不知其非笑之为非笑也。如是者亦有年,犹不改,然后识古书之正伪,与虽正而不至焉者,昭昭然白黑分矣。而务去之,乃徐有得也。当其取于心而注于手也,汩汩然来矣。其观于人也,笑之则以为喜,誉之则以为忧,以其犹有人之说者存也。如是者亦有年,然后浩乎其沛然矣。吾又惧其杂也,迎而距之,平心而察之,其皆醇也,然后肆焉。②

这番自道古文创作甘苦的话,其核心是要"惟陈言之务去",也就是要与"人之说者"不同。这个"陈言"的范围是很广的,不合儒家之道的释老之文、六朝以来华而不实的骈俪之文、当日科举应制的声律之文等,都应在内。从"三代两汉之书"出发,"出入仁义""生蓄万物""海涵地负,放恣横从,无所统纪",言"必出于己,不袭蹈前人一言一句",③才能真正去除时人的陈词烂调,作出切于"圣人之志""不烦于绳削而自合"的古文。所以,在韩愈看来,所谓古文,就是出入仁义、

---

① 马其昶《韩昌黎文集校注》卷五,上海古籍出版社,1986年,第304—305页。
② 马其昶《韩昌黎文集校注》卷三,第170页。
③ 马其昶《韩昌黎文集校注》卷七,第540页。

合乎圣人之志,而不相蹈袭、自成一家之言的文章。它可以是诗赋赞颂,也可以是章表书策、传记序论之文,且并无难易之分。

韩愈的上述古文观念,为宋初柳开、王禹偁、姚铉等人所承继。柳开撰《应责》云:

> 何谓为古文?古文者,非在辞涩言苦,使人难读诵之,在于古其理,高其意,随言短长,应变作制,同古人之行事,是谓古文也。①

这与韩愈的看法是一致的。

王禹偁又说:

> 近世为古文之主者,韩吏部而已。吾观吏部之文,未始句之难道也,未始义之难晓也。……故吏部曰:"吾不师今,不师古,不师难,不师易,不师多,不师少,惟师是尔。"②

看法都相同,宗尚古道是衡量是否古文的最主要的标准,而文句难易、声律高下则并不重要。

姚铉也承继了上述古文观念。他在《唐文粹序》中说道:

> 《文粹》谓何?纂唐贤文章之英粹者也。《诗》之作,有《雅》《颂》之雍容焉,《书》之兴,有《典》《谟》之宪度焉。礼备乐举,则威仪之可观,铿锵之可听也。大《易》定天下之业,而兆乎爻象,《春秋》为一王之法,而系于褒贬。若是者,得非文之纯粹而已乎。是故志其学者必探其道,探其道者必诣其极,然后隐而晦之,则金浑玉璞,君子之道也;发而明之,则龙飞虎变,大人之文也。自微言绝响,圣道委地……惟韩吏部超卓群流,独高遂古,以二帝三王为根本,以六经四教为宗师,凭凌轥轹,首唱古文,遏横流于昏垫,辟正道于夷坦。于是柳子厚、李元宾、李翱、皇甫湜又从而和之,则我先圣孔子之道,炳然悬诸日月。故论者以退之之文,可继杨、孟,斯得之矣。……今世传唐代之类集者,诗则有《唐诗类选》《英灵》《间气》《极玄》《又玄》等集,

---

① 柳开《应责》,曾枣庄、刘琳主编《全宋文》第6册,上海辞书出版社、安徽教育出版社,2006年,第367页。
② 王禹偁《答张扶书》,《全宋文》第7册,第396页。稍后的释智圆也说:"夫所谓古文者,宗古道而立言,言必明乎古道也。古道者何?圣师仲尼所行之道也。……古文之作,诚尽此矣,非止涩其文字,难其句读,然后为古文也。"(《送庶幾序》,《全宋文》第15册,第190—191页)看法与王禹偁皆同。

赋则有《甲赋》《赋选》《桂香》等集,率多声律,鲜及古道,盖资新进后生干名求试者之急用尔,岂唐贤之迹两汉,肩三代,而反无类次,以嗣于《文选》乎?铉不揆昧憒,遍阅群集,耽玩研究,掇菁撷华,十年于兹,始就厥志。得古赋、乐章、歌诗、赞、颂、碑、铭、文、论、箴、表、传、录、书、序,凡为一百卷,命之曰《文粹》。以类相从,各分首第门目,止以古雅为命,不以雕篆为工。故侈言蔓辞,率皆不取。①

姚铉认为,道寓于文,又藉文以明；隐而晦之是为道,发而明之则为文,文与道是统一的。如此则儒家经典自是金浑玉璞的纯粹之文,而韩愈学宗六经,首倡古道,发为文章,自然也是可上继圣贤的纯粹之文。故他所选之文,便"止以古雅为命,不以雕篆为工"。所谓"古雅",即能发明儒道的古文,而声律时文不在其内。其书中于赋只选古赋,于诗专选古诗,于文则尤重韩柳古文,并于卷四三至卷四九,以总名为专名,收入韩、柳以下新出现的古文作品多达七卷,深化了对韩柳古文的认识,进一步确立了韩柳古文在文学史上的地位。钱穆先生曾指出:"姚书最值得注意者,乃在自第四十三卷以下至第四十九卷,特标一目曰'古文'。所收多自韩、柳以下始有之新文体,若以消纳于萧《选》旧规之内,则见有格格不相入者。清代四库馆臣所谓'后来文体日增,非旧日所能括也'。故姚书乃不得不别标'古文'一目以处之。"②所论甚确。

宋初士人的古文观念和姚铉所编《唐文粹》,影响很大。其后吕祖谦编《古文关键》、楼昉编《崇古文诀》、真德秀编《文章正宗》《续文章正宗》、敦斋编《古文标准》、刘震孙选《古今文章正印》、王霆震纂《古文集成》、汤汉编《妙绝古今文选》、谢枋得选《文章轨范》等,大致都传承了上述自中唐、宋初士人的古文观念,而在诗文选本的编纂宗旨、编选标准、体例和选目上,尤与《唐文粹》一脉相承,深受其影响。《古文真宝》正是在上述编选背景下出现的一部蒙学读物,虽编者并未给后人留下序跋等文献,然从其诗选古体和文选古文的体例与选目上看,他所承继的,正是《唐文粹》以来的古文观念和编选宗旨。

---

① 姚铉《文粹序》,《四库提要著录丛书》影印宋绍兴九年(1139)临安府刻本,北京出版社,2010年,集部第295册,第34页。
② 钱穆《读姚铉〈唐文粹〉》,《钱宾四先生全集》第19册,台湾联经出版事业公司,1998年,第108—109页。

宋代诗文选本的编纂十分繁荣，选本数量众多，而尤以南宋为最。现存的宋人总集，十之八九都出于南宋人之手。文学发蒙的选本也是如此。从体裁上看，这些选本多选近体诗。像刘克庄为童子所编的五七言绝句系列选本、在此书影响下产生的坊间所刊《分门纂类唐宋时贤千家诗选》，以及又由此衍生的《千家诗选》等，都只选五七言律绝。然《古文真宝》的编选则继承了自宋初以来的古文观念，以先秦两汉或"迹两汉，肩三代""气包元化，理贯六籍""止以古雅为命，不以雕篆为工"的作品为衡量标准，所选二十七体，诗不选近体，文不选律赋，而主要选入古诗、歌行、颂、箴、铭、说、解、序、记、碑、传、书、论以及散体辞、赋等，其编选宗旨显与《唐文粹》《古文关键》《崇古文诀》等选本一脉相承，这就与南宋后期出现的其它蒙学选本如《分门纂类唐宋时贤千家诗选》《千家诗》等迥然不同了。由是，《古文真宝》以其蒙学的特有色彩进入了古文选本的序列，在更广阔的范围内，推进了韩、柳、欧、苏等人古文作品的广泛传播和经典化，影响了古文创作的发展。

古文所载之道的内涵极为丰富，并非仅是儒家的伦理道德。《古文真宝》既属蒙学读物，其入选作品也就多为能融合文与道，即兼具知识性、思想性和文学性之作。举凡书写天地四时、山川景物、文物古迹、民风民俗和歌颂忠君爱国、孝悌节义、尊师重道、劝农务本、节俭惜时之思想，以及表现士人忧国忧民、廉洁尽责、敦厚诚朴、宽容忍让、闲适恬退等品格，或托物言志、咏史怀古、讽刺时弊等，可以警顽立懦，有益于世道人心而又皆通俗易懂、脍炙人口的作品，多入选其中。元末郑文就说："《真宝》之编，首有劝学之作，终有《出师》《陈情》之表，岂不欲勉之以勤而诱之以忠孝乎？"观集中所选作品，像前集的《游子吟》《慈乌夜啼》《妾薄命》《足柳公权联句》《石壕吏》《茅屋为秋风所破歌》《哀江头》《六歌》《蚕妇》《悯农》《田家》《伤田家》《荔枝叹》《长歌行》《梦李白》等，后集的《过秦论》、前后《出师表》、《陈情表》、《大宝箴》、《大唐中兴颂》、《原道》、《原人》、《师说》、《杂说》、《进学解》、《黄州竹楼记》、《岳阳楼记》、《袁州州学记》、《谏院题名记》、《表忠观碑》、《爱莲说》、《西铭》、《东铭》等，皆为脍炙人口之作。其诗旨或树立儒家道统，或崇尚圣贤气象，或感母恩，或尊师长，或忠君爱国，或忧心世事，或勉人，或悯农，或诫为君，或刺佞臣，或颂国家中兴，或哀民生多艰，等等，大致都反映出编者传统儒家思想的导向，以及文学经典作品传播与接受的普遍状况，其作用显然有超出一般选本之外者。

启蒙教育应遵循由易到难、由浅入深、循序渐进的规律。《古文真宝》于诗专选古体，是符合这个标准的。按照传统的诗学观念，学诗应从五言古诗入手，因为它的规矩不是太多，变化也比较少。七言绝句虽然看似容易作，能收能放，然才情不够，基础不牢，便易流于油滑。至于五七言律诗，限制多，要写好就更困难。《古文真宝》诗文编选的体例，是分体。这些所谓"体"，其实并不都各自成"体"，如前集分"五言古风短篇""五言古风长篇"和"五言古风长短篇"三"体"，实际上都是五言古风。而所以五言古风要细分为三"体"，主要还是出于读者对象是初学的考虑。每一"体"类，从短篇到长篇，且短篇所选多，长篇所选少，虽似不甚分年代，然总体体现的却是由浅入深、由易到难的编选原则。

三、理学与文学的融合：《古文真宝》编选的文章学进境

在北宋熙、丰、元祐年间激烈的党争背景下，思想学术与文学也出现了明显的分化。[①]程颐谓："古之学者一，今之学者三，异端不与焉：一曰文章之学，二曰训诂之学，三曰儒者之学。欲趋道，舍儒者之学不可。"[②]便反映了这种分化。学术与文学本非一事，三派的是非此处也可不论，然而把以苏轼为代表的文章之学与北宋的其他思想学术派别相提并论，客观上却反映了文章学的兴盛。南宋吕祖谦在政治上兼重文治和武绩，理学思想上融会朱、陆，在文学上也极力弥合理学与文学派别之间的矛盾，拉近彼此的距离。吕祖谦的做法，为叶适、陈耆卿、吴子良等所承续。故吴子良曰：

文有统绪，有气脉。统绪植于正而绵延，枝派旁出者无与也；气脉培之厚而盛大，华藻外饰者无与也。六籍尚矣，非直以文称，而言文者辄先焉。不曰统绪之端、气脉之元乎？……自元祐后，谈理者祖程，论文者宗苏，而理与文分为二。吕公（即吕祖谦）病其然，思融会之。故吕公之文，早葩而晚实。逮至叶公（即叶适），穷高极深，精妙卓特，备天地之奇变，而只字半

[①] 请参拙撰《北宋党争与文论三派的分化》，《文学评论丛刊》第 1 卷第 1 期，江苏文艺出版社，1997 年。

[②] 《二程集》，中华书局，1981 年，第 187 页。

简无虚设者。寿老(即陈耆卿)一见亦奋跃策而追之几及焉。然则所谓统绪正而气脉厚也,又岂直文而已。①

吴子良的话,道出了吕祖谦等人在培育"统绪"、融会理学与文学方面所作的努力和在古文创作与发展上的贡献。

楼昉承其师说,编撰《崇古文诀》,可以说在理学与文学的融合上,同样作出了很大努力。且看刘克庄的评论:

> 本朝文治虽盛,诸老先生率崇性理,卑艺文。朱主程而抑苏……水心叶氏又谓洛学兴而文字坏。二论相反,后学殆不知所适从矣。迂斋标注者,一百六十有八篇,千变万态,不主一体,有简质者,有葩丽者,有高虚者,有切实者,有峻厉者,有微婉者。……惟其学之博、心之平,故所采掇,尊先秦而不陋汉唐,尚欧、曾而并取伊洛。矫诸儒相反之论,萃历代能言之作,可以扫去《粹》《选》而与《文鉴》并行矣。②

指出楼昉"矫诸儒相反之论"、融"性理""艺文"、"萃历代能言之作"的编纂思想,并将《崇古文诀》媲美《宋文鉴》。从《古文关键》到《崇古文诀》和《文章正宗》,文章学的发展演进之迹,已隐然可见。

南宋后期,随着理学的广泛传播,其思想精神也越来越简约和世俗化,并不断下渗,进入一般读书人的生活,为更多的民众所接受。《古文真宝》的编者虽未必是理学中人,然其深受理学的影响却是显而易见的。

观其前集开卷所选第一首诗,便是邵雍的《清夜吟》:"月到天心处,风来水面时。一般清意味,料得少人知。"此诗表面上是写清风明月带给诗人的中心愉悦,然一句"清意味",却耐人寻思。邵雍的思想方法是以理观物或以物观物,即以天地万物所寓含的"道"或"太极"去看待万物,而不掺杂个人主观思想情感。故这首诗表层含义之外,还应有其"以物观物"的体悟和自得。故此诗题下注有曰:"言道之全,体中和之妙用。自得之乐,少有人知此味也。"③以此诗教授童子,实未必恰当,然从中却可见编者所受到的理学思想的影响。

---

① 吴子良《荆窗续集》序,见该书卷首,《文渊阁四库全书》本。
② 辛更儒笺校《刘克庄集笺校》卷九六,中华书局,2011年,第4049页。
③ 《魁本大字诸儒笺解古文真宝》前集卷一,《和刻本中国古逸书丛刊》第61册,第15页。

后集卷五铭文一类,编者又选入了张载的《西铭》《东铭》,更是直接反映了理学家的思想观念。程颢、程颐就曾对张载的《西铭》大为赞赏,认为是"横渠文之粹者也"①,并谓"《订顽》之言,极纯无杂,秦汉以来学者所未到",②"推理以存义,扩前圣所未发,与孟子性善养气之论同功"③,可谓评价极高。至南宋,刘清之甚至说:"本朝只有四篇文字好:《太极图》《西铭》《易传序》《春秋传序》。"④朱熹也极为推崇周敦颐《太极图说》和张载的《西铭》两篇文章,认为"自孟子以后,方见有此两篇文章"⑤,并为《太极图说》作注。由此皆可见《西铭》一篇在理学家心中的位置。所以,《古文真宝》中选入此篇,并多引朱熹之注,同样显示出其理学倾向,也反映了南宋后期理学思想为一般读书人所接受的实际情况。

《古文真宝》经陈栎改编和增补后,其编选的理学思想倾向就更明显了。陈栎是宋元间著名的理学家,与吴澄并称。其学宗朱子,"尝以谓有功于圣门者莫若朱熹氏,熹没未久,而诸家之说往往乱其本真,乃著《四书发明》《书传纂疏》《礼记集义》等书,亡虑数十万言。凡诸儒之说有畔于朱氏者,刊而去之;其微辞隐义,则引而伸之,而其所未备者,复为说以补其阙。于是朱熹之说大明于世"。⑥ 宋亡后,陈栎屏居乡里,教授生徒数十年,理学著述之外,批点《古文真宝》,改编序次,增补篇目,也表现出鲜明的理学思想倾向。

陈栎在后集卷一〇增补了周敦颐的《太极图说》。周敦颐是宋代理学的开山人物,他以天道性命为主题,致力于阐发《周易》的内圣之学,追求成圣成贤,寻孔颜乐处,以达到天人合一的境界。⑦ 其《太极图说》,援道入儒,以儒解道,提出"无极而太极"这样既以太极为天地万物的本源,又以为它同时也是天地万物不得不依归的本体的观点;既把人与宇宙万物联系起来,强调人的自然性,又突出人与万物的区别,强调人的社会本性,沟通天人关系,建立起一个与儒家的文化价值理想相符合的宇宙论的理论框架,故深得程颐、张栻、朱熹等宋代理学

---

① 程颢、程颐《河南程氏遗书》卷一八,《二程集》,第 196 页。
② 《河南程氏遗书》卷二上,《二程集》,第 22 页。
③ 《河南程氏文集》卷九《答杨时论〈西铭〉书》,《二程集》,第 609 页。
④ 黎靖德编《朱子语类》卷一三九,中华书局,1994 年,第 3307 页。
⑤ 黎靖德编《朱子语类》卷一三九,第 3307 页。
⑥ 宋濂等《元史》卷一八九,中华书局,1976 年,第 4321 页。
⑦ 关于对周敦颐易学思想的评价,请参余敦康先生《内圣外王的贯通——北宋易学的现代阐释》第五章"周敦颐的易学",学林出版社,1997 年。

"依经以立言，本雅以训俗"　　　　　　　　　　　　　　　　　　　　301

家的赞扬与推崇。陈栎为学既宗朱熹，于《太极图说》一文批注，亦全本朱熹，并进而就"君子修之吉，小人悖之凶"两句之下朱熹的解说加以阐发，指出诚敬的重要性，且曰：

> 千古道统，自尧舜传至孔孟，孟之殁，其传遂绝。汉之董子、唐之韩子，虽能著卫道之功于一时，而无以任传道之责于万世。传千载之绝学者，周子也。由周而程、张，由程、张又数传而朱子，道学渊源，上溯洙泗，盛矣哉！此篇周子所自著，道学之精语也。不特道理渊永，文亦简重，正大粹然，圣经贤训之文焉。今选古文而终之以《太极》《西铭》二篇，岂无意者？盖文章、道理，实非二致。欲学者由韩、柳、欧、苏词章之文进，而粹之以周、程、张、朱理学之文也。以道理深其渊源，以词章壮其气骨，文于是乎无弊矣。此愚诠次之深意也。①

陈栎对周敦颐和《太极图说》的推尊，承继了北宋以来理学思想发展的路线，自不必论。值得注意的是他所谓的"诠次之深意"："文章、道理，实非二致。欲学者由韩、柳、欧、苏词章之文进，而粹之以周、程、张、朱理学之文也。以道理深其渊源，以词章壮其气骨，文于是乎无弊矣。"陈栎是一位理学家，同时也是一位文学家。他在学术上师法朱熹，在文学上则推尊吕祖谦②，与方回为友。在他看来，"文"与"道"原非二事，"道"是涵融在"文"中的。韩、柳、欧、苏之文雄深雅健，以"词章"胜；周、程、张、朱之文简练精粹，以"道理"胜，二者各有所长。由前者入手，而本之于儒家的"道理"，便能达到道理渊深，气骨雄壮的理想的为文之境。由此来看，较之吕祖谦推崇的"德盛仁熟，居然高深"之文③，以及他对"杜子美诗、韩退之、柳子厚文，读之容丽雄深，可以起发人意"的评价④，陈栎已进了一步。因为吕祖谦虽认为杜诗韩文可"起发人意"，但仁义道德之"文"仍是一般之文不可企及的，在事与辞、质与文之间，事胜辞、质胜文之"文"，也高于文辞之"文"。所以，他对理学与文学的弥合，主要还是为文学之"文"争一个应有的位置，而陈栎既重"道理"，复重"词章"，不但将文学与理学一视同仁，而且主张

---

① 《详说古文真宝大全》后集卷一○，第221页。
② 参陈栎《定宇集》卷七《答问》，《文渊阁四库全书》本。
③ 吕祖谦《与陈同甫书》，黄灵庚等编《吕祖谦全集》第1册，浙江古籍出版社，2008年，第469页。
④ 吕祖谦《东莱读书记》，《吕祖谦全集》第1册，第870—871页。

文与道的深度涵融,既有理学之文的简重凝练,又有文学之文的雄深雅健。于是,道统与文统在此融合为一了。

再看他对元祐学术与诗文的评价。他说:"汴之治,至元祐而极,学问诗文,亦至元祐而极。学问造极,程氏是已;诗文造极,苏、黄、陈氏是已。学问未暇论,论诗文,元祐二三公,同时诗人文士莫不愿登其门。收名定价,一经赏识,至今望之殆若神仙中人。"①理学与文学并重,并无高下之分,与一般的理学家截然不同。他曾评苏轼《中山松醪赋》,曰:"天生坡公,如生千岁之松,本欲使之栋明堂、柱清庙也。神宗欲用而未及,宣仁用之而未终,乃卒厄于群小。元祐八年癸酉六月,以端明、翰林侍读二学士出知定州。定州,古中山国也。公自此遂收朝迹不复升,而贬窜颠隮以死矣。是何异燬栋梁大材,使效爝火小用,而卒将煨烬泯灭也哉。公制松醪而赋之,盖托物以自伤,非徒区区于一松而已也。……大德七年癸卯,予馆寓江潭叶君家,有坡公手书此赋,绢地黑茸绣之,远望如真。字体端重雅洁,如觌正人君子之容,使人爱玩讽诵不能自已。"②由苏轼其人论及其文其书,由其文与书想见其为人,对其"托物以自伤",抱着深深的同情,全无理学家的呆板迂阔之习。

陈栎在《古文真宝》中补选的作品,多是"道理渊永"、气骨雄壮的文章。就中儒家的立身行己之说、格物致知之法、修齐治平理想,以及忠孝节义、师友爱悌、宽厚仁慈、谦恭退让等伦理道德和行为规范,皆有涉及,却决非简单的说教。如后集卷二选入韩愈《与孟简尚书书》,凸显韩愈扬儒抑佛的生平大节,而为文又能见"大开合","语壮有气骨"。③ 卷七补入欧阳修《送徐无党南归序》,强调德行为本的撰作之意,而"造语工""警策",全篇"文字像一个阶级,自下而上,一级进一级"。④ 其他如韩愈扶植名教的《伯夷颂》和以儒家礼义诚信斥退鳄鱼的《祭鳄鱼文》,可补《师说》的柳宗元的《答韦中立书》、与《祭鳄鱼文》可相媲美的石介的《击蛇笏铭》、苏洵以示劝诫的《族谱序》、李格非意在鉴戒后人的《书洛阳名园记后》等,皆在陈栎的补选之中。这些文章,或"简健有

---

① 陈栎《定宇集》卷三《吴端翁诗跋》,《文渊阁四库全书》本。
② 陈栎《定宇集》卷三《跋东坡中山松醪赋》,《文渊阁四库全书》本。
③ 吕祖谦评语,《吕祖谦全集》第11册,第15、17页。
④ 吕祖谦评语,《吕祖谦全集》第11册,第55—56页。

力"①,或"委曲""严切"②,或能见"作文用功之本领"③,或"议论简严,字数少而曲折多,非特文章之妙,可以见忠厚气象"④,或"意味深长而文字益婉"⑤,皆可谓"道理渊深","气骨"雄壮的好文章。如果说《古文真宝》的编选者专选古诗、古文,表现了其对北宋以来古文观念的承继的话,那么,陈栎就不仅是承继了其前辈的古文观念,而且将理学与文学深度融合,道统与文统合二为一,发展了南宋以来的文章学,其在文学史上的作用和意义是不应低估的。

四、《古文真宝》选录劝学文的文化意义

宋初立国,崇儒尚文,大开科举仕进之门,兴办学校日多,由读书而进身仕途成为社会的普遍趋尚。如苏辙所说:"今世之取人,诵文书,习程课,未有不可为吏者也。其求之不难,而得之甚乐,是以群起而趋之。凡今农工商贾之家,未有不舍其旧而为士者也。"⑥加之印刷技术又得到广泛的应用,书籍易得,文化普及,不但六经、子史、总集别集不难获得,而且佛道、医卜百家及各种类书,乃至决科应试和蒙学读物,也随处可见。⑦读书向学,蔚成风气。从通都大邑到穷乡僻壤,读书向学已由士大夫阶层下延到农工商贾等一般社会民众。不仅"臣庶之家,有子孙弟侄者,无不孜孜教诱,使之成器,盖望立门户,主祭祀,若子不必一不肖,则家道沦落。又有负担之夫,微乎微者也,日求升合之粟,以活妻儿,尚日那一二钱,令厥子入学谓之学课。亦欲奖励厥子读书识字,有所进益",⑧"都城内外,自有文武两学,宗学、京学、县学之外,其余乡校、家塾、舍馆、

---

① 陈栎评《伯夷颂》语,《详说古文真宝大全》后集卷四,第147页。
② 陈栎评《祭鳄鱼文》语,《详说古文真宝大全》后集卷三,第132页。
③ 陈栎评《答韦中立书》语,《详说古文真宝大全》后集卷五,第152页。
④ 陈栎引迂斋《族谱序》语,《详说古文真宝大全》后集卷七,第177页。
⑤ 陈栎评《书〈洛阳名园记〉后》语,《详说古文真宝大全》后集卷一〇,第220页。
⑥ 苏辙《上皇帝书》,曾枣庄、马德富点校《栾城集》卷二一,上海古籍出版社,1987年,第465页。
⑦ 如苏轼就说:"余犹及见老儒先生,自言其少时欲求《史记》《汉书》而不可得,幸而得之,皆手自书,日夜诵读,惟恐不及。近岁市人转相摹刻诸子百家之书,日传万纸,学者之于书多且易致如此。"(苏轼《李氏山房藏书记》,张志烈、马德富、周裕锴主编《苏轼全集校注》第11册,河北人民出版社,2010年,第1132页)
⑧ 李焘《续资治通鉴长编》卷一五〇,中华书局,2004年,第3646页。

书会,每一里巷,须一二所。弦诵之声,往往相闻",①而且"吴、越、闽、蜀,家能著书,人知挟册,以辅人主取贵仕",②真是一个"人人尊孔孟,家家诵诗书"的时代。③

　　终有宋一代,无论士大夫还是其他阶层,无不极其重视读书和对子弟的教育。北宋士人群体与唐五代不同,"唐代以名族贵胄为政治、社会之中坚,五代以由军校出身之寒人为中坚,北宋则以由科举上进之寒人为中坚。所以,唐宋之际,实贵胄与寒人之一转换过程,亦阶级消融之一过程。深言之,实社会组织之一转换过程也。"④这些出身寒族或一般官宦家庭的士大夫,在宋朝的政治和社会生活中扮演了重要的角色。一方面,他们在朝廷崇儒尚文的政策导向下,积极用世,志向高远,治国理政,多所建立;另一方面,又注重修身养性,克谨务实,重视家庭教育,期冀家族兴旺。他们通过撰写家谱,或直接通过伦理训诫和家规、家礼、乡约和童蒙读物的撰写与传播,把传统的儒家仁义道德等核心思想,简化为家族成员和一般民众容易接受的知识和行为准则,化民成俗,推动着儒家思想文化的不断下渗和普及。即使像范仲淹这样力振士风,提倡"先天下之忧而忧,后天下之乐而乐"的名臣,在日常生活中,也时时不忘对家族中晚辈的关切和教导,告诫子侄辈:"并勤修学,日立功课。……切须令苦学,勿使因循。"⑤"自家且一向清心做官,莫营私利。汝看老叔自来如何,还曾营私否?自家好家门,各为好事,以光祖宗。"⑥诫其勤学苦读,小心为官,莫营私利,多做善事,以光宗耀祖,不辱门楣。平易朴实,与一般士大夫家庭无异。终两宋之世,士大夫皆极为重视家教家风。王禹偁、晏殊、范仲淹、胡瑗、范质、邵雍、黄庭坚、张耒、邹浩、张浚、刘子翚等,皆有戒子侄诗文。司马光撰《居家杂仪》,吕本中有《童蒙训》,刘清之编《戒子通录》,吕大钧撰、朱熹修订《增损吕氏乡约》,朱熹又有《童蒙须知》《家礼》,吕祖谦有《少仪外传》,袁采撰《袁氏世范》等,其他诫训、

---

① 耐得翁《都城纪胜》"三教外地"条,《文渊阁四库全书》本。
② 叶适《汉阳军新修学记》,《叶适集》第1册,中华书局,1961年,第140页。
③ 陈傅良《止斋集》卷三《送王南强赴绍兴签幕四首》其二,《文渊阁四库全书》本。
④ 孙国栋《唐宋之际社会门第之消融》,载其《唐宋史论丛》,上海古籍出版社,2010年,第337页。此文将晚唐五代与北宋人物家世、宰辅成分等进行列表统计,以大量数据证明了唐宋之际社会门第的兴衰消长,请参。
⑤ 范仲淹《与中舍书》,《全宋文》第18册,第327页。
⑥ 范仲淹《与中舍二子三监簿四太祝书》,《全宋文》第18册,第331—332页。

劝学之文就更多。"宋受天命,然后七闽、二浙与江之西东,冠带《诗》《书》,翕然大肆。人才之盛,遂甲于天下。……为父兄者,以其子与弟不文为咎;为母妻者,以其子与夫不学为辱。其美如此。"①这对于社会读书向学风气的形成起了重要的推动作用。

  在上述背景下,宋代的蒙学读物亦甚多,就中《古文真宝》显得尤为特别。因为它不但只收古体诗文,而且卷首还选录了宋真宗、仁宗、司马光、王安石、柳永、朱熹和白居易、韩愈所撰的八首劝学诗文。其中,除了韩愈的《符读书城南》和柳永的劝学文两篇之外,②现代学者多以其为伪托。③ 然我们以为,若将其放在上述整个宋代崇儒尚文和重视教育的社会风气和背景下来看,则尚不能轻下断言。且看其中流传最广的宋真宗的劝学诗。诗曰:

    富家不用买良田,书中自有千钟粟。安居不用架高堂,书中自有黄金屋。出门莫恨无人随,书中车马多如簇。娶妻莫恨无良媒,书中有女颜如玉。男儿欲遂平生志,六经勤向窗前读。④

儒家历来重视人的教育,劝学文也历来多有,《礼记》中有《学记》,荀子有《劝学篇》,汉以后各种诫子书和家训中的劝学内容就更多了。"玉不琢不成器,人不学不知道。""凡学,官先事,士先志。"⑤对学者的教育当然要以"道"相尚,男儿之志当然也不应限于功名富贵,然而在这首诗中,富贵却好像成了男儿要追求的唯一目标,这就难免为人诟病了。⑥ 然而事实上并非如此简单。因为,劝学对象既为初学童蒙,将"千钟粟""黄金屋""车马"和"颜如玉"悬为其读书的目标,似乎过于直白和低俗,但倒也是符合儿童教育的特点和规律。颜之推曾谓:

---

 ① 洪迈《容斋随笔·四笔》卷五,上海古籍出版社,1978 年,第 665—666 页。
 ② 韩愈诗今见于其集中。柳永诗虽不见于其集中,然据罗忼烈先生的判断,是可信的。"因为他(指柳永)既不是名卿巨公,又不是学术之士或文豪,有资格被伪托的人多的是,何必伪托于他?"(《柳永佚诗佚文》,载《罗忼烈杂著集》,上海古籍出版社,2010 年,第 130 页)
 ③ 如钱南扬先生曰:"(此劝学歌)相传出宋真宗赵恒手,然无的据。"(《永乐大典戏文三种校注》,中华书局,1979 年,第 117 页)王重民先生也曾论及司马光《劝学歌》、白居易《劝学文》,然以为"虽未检司马、白氏两集,望而知为后人所记"(《中国善本书提要》,上海古籍出版社,1983 年,第 443 页)。
 ④ 《魁本大字诸儒笺解古文真宝》前集卷一,《和刻本中国古逸书丛刊》第 61 册,第 9 页。
 ⑤ 郑玄注、孔颖达疏《礼记正义》卷三六,北京大学出版社,1999 年,第 1051、1056 页。
 ⑥ 如南宋李之彦《东谷所见》"劝学文"条:"《劝学文》曰:'书中自有黄金屋。'又曰:'卖金买书读,读书买易易。'自斯言一入于胸中,未得志之时,已萌贪饕,既得志之后,恣其掊克。……玩视典宪为具文,一切置廉耻于扫地。……得非蔽锢于劝学文而然耶?"(《说郛》卷七三下,《文渊阁四库全书》本)

"士大夫子弟,数岁以上,莫不被教。多者或至《礼》《传》,少者不失《诗》《论》。及至冠婚,体性稍定;因此天机,倍须训诱。有志尚者,遂能磨砺,以就素业;无履立者,自兹堕慢,便为凡人。人生在世,会当有业:农民则计量耕稼,商贾则讨论货贿,工巧则致精器用,伎艺则沉思法术,武夫则惯习弓马,文士则讲议经书。"①劝人读书,然并不以其为唯一生活道路,最为切实。故元李冶就说:"世之劝人以学者,动必诱之以道德之精微。此可为上性言之,非所以语中下者也。上性者常少,中下者常多,其诱之也非其所,则彼之昧者日愈惑,顽者日愈偷,是其所以益之者,乃所以损之也。大抵今之学非古之学也。今之学不过为利而勤,为名而修尔,因其所为而引之,则吾之劝之者易以入,而听之者易以进也。……古今劝学者多矣,是说者最得其要,为人父兄者盖不可以不知也。"②故此"亦人情诱小儿读书之常"。③ 而且,这也确是帝王的口吻,让人不免想到唐太宗"天下英雄入吾彀中"的话④。

宋真宗在历史上虽曾崇信道教,东封西祀,但在宋代思想文化发展中却占有重要地位。宋太祖、太宗提出的重文抑武、崇尚文德的政策,即所谓"右文",最初只是从当日政治现实出发提出的一个很宽泛和相对的概念,并无特定的思想导向。真正崇尚儒学,延续和发展了太祖太宗的右文政策,并使之成为有宋一代"祖宗家法",进而形成普遍的社会风尚的,是宋真宗。他撰写《崇儒术论》,建立讲筵制度,以经义命题策士,下诏诸路州县凡有学校聚徒讲学之所,并颁"九经",⑤"下诏劝学","命两制各撰劝学诏",⑥"诏天下诸郡咸修先圣之庙。又诏庙中起讲堂,聚学徒,择儒雅可为人师者以教焉",⑦对宋代思想文化的发展演变起了重要的推动作用。

他对宗室诸王的教育更是十分重视。大中祥符九年(1016)二月,真宗"诏以(寿春)郡王(即后来的仁宗)学堂为资善堂。八月,真宗赐王歌凡七轴。曰:《劝

---

① 王利器《颜氏家训集解》卷三,中华书局,1993年,第143页。
② 李冶《敬斋古今黈》卷五,《文渊阁四库全书》本。
③ 黄震《黄氏日抄》卷五九评韩愈《符读书城南》语,《文渊阁四库全书》本。
④ 王定保《唐摭言》卷一,上海古籍出版社,2012年,第2页。
⑤ 参李焘《续资治通鉴长编》卷四九咸平四年(1001)六月丁卯,第1065页。
⑥ 李焘《续资治通鉴长编》卷六〇真宗景德二年(1005)六月丁丑,第1344页。
⑦ 杨大雅《重修先圣庙并建讲堂记》,《全宋文》卷二一一,第657页。时在景德三年(1006)。

学》、曰《修身》、曰《怀俭约》、曰《慎所好》、曰《恤黎民》、曰《勿矜伐》、曰《守文》"。①内即有《劝学》一篇。天禧三年(1019)二月,宋真宗先是撰《学书歌》赐皇太子,继又撰《劝学吟》赐之。②这首《劝学吟》是否就是《古文真宝》中所收的《劝学诗》呢?我们当然还不能断定。然真宗撰述甚多,其《御制集》多达三百卷,今仅存《玉京集》六卷、诗二十余首,文且不论,诗则甚浅俗。曾有诗赞洪州胡仲尧云:"一门三刺史,四代五尚书。他族未闻有,朕今止见胡。"风格与《古文真宝》所录倒也相近。③所以,宋真宗作此劝学诗亦完全有可能,并不能以其风格浅俗而断为假托。明代以来,人们对其诗多信从。如晚明沈鲤所说,"前代劝学诗文如'富家不用买良田,书中自有千钟粟;安居不用架高堂,书中自有黄金屋'诸语,皆出自明主御制。流传至久,比户吟哦,信如蓍龟。凡父兄之教其子弟,师友之相为劝勉者,率不外是",④大致是符合实际的。

"自古明王圣帝,犹须劝学,况凡庶乎?"⑤《古文真宝》卷首司马光等人的几篇劝学诗,虽不免有诱人以功名利禄之嫌,然作为"村塾训言",也同样有其合理之处。且如"养子不教父之过,训导不严师之惰。父教师严两无外,学问无成子之罪。……勉后生,力求诲,投名师,莫自昧。……勉游汝等各早修,莫待老来徒自晦"⑥,"有田不耕仓廪虚,有书不读子孙愚。仓廪虚兮岁月乏,子孙愚兮礼义疏"⑦,"勿谓今日不学而有来日,勿谓今年不学而有来年。日月逝矣不我延,呜呼老矣是谁之过"⑧,"金璧虽重宝,费用难贮储。学问藏之身,身在则有余。……文章岂不贵,经训乃菑畲。潢潦无根源,朝满夕已除。人不通古今,马牛而襟裾。行身陷不义,况望多名誉"⑨,强调父母教育之责,师教之严,以经为

---

① 范祖禹《帝学》卷四,《文渊阁四库全书》本。仁宗后有《幸资善堂》诗:"先皇教善敞东闻,菲德承宗赖庆晖。为感储筵惊岁月,因瞻台像驻骖骓。楹书乍启钦遗泽(自注:堂中藏先朝赐书),庭树重攀记旧围。畴日学文亲政地,仰怀慈训倍依依。"(江少虞《宋朝事实类苑》卷四,上海古籍出版社,1981年,第39页)
② 李焘《续资治通鉴长编》卷九三天禧三年二月丁未、丙辰,第2138页。
③ 《全宋诗》卷一〇四,第1182页。又,明彭大翼《山堂肆考》卷三三载宋真宗《赐神童诗》:"七闽山水多才俊,三岁奇童出盛时。家世应传清白训,婴儿自得老成姿。初尝学步来朝谒,方及能言解诵诗。更励孜孜图进益,青云千里有前期。"(《文渊阁四库全书》本)
④ 沈鲤《亦玉堂稿》卷六《沈氏家训序》,《文渊阁四库全书》本。
⑤ 《颜氏家训集解》卷三,第143页。
⑥ 《魁本大字诸儒笺解古文真宝》卷一司马光《劝学歌》,第10页。
⑦ 《魁本大字诸儒笺解古文真宝》卷一白居易《劝学文》,第12页。
⑧ 《魁本大字诸儒笺解古文真宝》卷一朱熹《劝学文》,第13页。
⑨ 《魁本大字诸儒笺解古文真宝》卷一韩愈《符读书城南》,第14页。

本,及时发奋,勤勉为学等,都是可取的,它从一个侧面反映了中唐以后尤其是宋代读书向学的普遍社会风气和下层士人、一般民众对生活的期待和向往,自有其认识价值和文化意义。①

五、结论与余论

蒙学读物一般都浅近通俗,流传广泛,具有商业性。在其编纂、刊刻、流传的过程中,书坊主或刊刻者往往起着主导的作用,而作者的地位反而不重要了。所以,许多童蒙读物的作者是谁都含混不清,《三字经》《百家姓》《千家诗》是如此,《古文真宝》也不例外。今存各种不同版本系统的《古文真宝》,绝大多数都只署注者和刊刻者的姓名,却不见编者黄坚和陈栎的姓名。本文考察相关文献,确认黄坚和陈栎的编者和补编者的地位,梳理两种不同系统的《古文真宝》的离合关系及传播路线和区域,这对蒙学读本的研究,当不无裨益。

在中国文献文化史上,某一文本产生以后,一般不会发生变化。然《古文真宝》在流传的过程中,不管是正文本还是副文本,都发生了改变。从黄坚到陈栎、林桢,再到明孝宗、明神宗,其文本内容不断丰富,编排更加合理。这部蒙学读本的编选,不但承继了自北宋以来的古文观念,而且推进了文章学的发展和道与文或理学与文学的深度融合,在更广阔的领域,建构着中国文学史,其影响的广度,远非一般文学选本所能企及,因而也理应在中国文学史上占有一席之地。

童蒙之书用于传授知识,启迪初学,同时又起着知识和思想文化的普及作用。儒家历来重视人的教育,劝学文也历来多有,《礼记》中有《学记》,《荀子》有《劝学》等,然都不如《古文真宝》卷首的劝学文传播之广,影响之大。这既从一个侧面反映了中唐以后尤其是宋代读书向学的普遍社会风气,反映了下层士人与一般民众对生活的期待和向往,也反映了作为主流意识形态的儒家思想观念的不断简易化、普及和下渗,昭示着中国思想文化史发展的新的趋势。

"东亚文明形成的社会基础,是汉文化的普及教育,而文学教育是非常重要

---

① 在历代相传的蒙求类撰述中,诸如《千字文》《百家姓》《三字经》《蒙求》《历代蒙求》《神童诗》,甚而《训蒙文》《日记故事》《声律启蒙》等蒙学读物中,也无不在表现出上述观念。宋真宗的《劝学文》在后世小说、戏曲作品多为袭用,也已成为世人皆知的习语。详参日本学者大木康教授《关于宋真宗〈劝学文〉》,《新宋学》第7辑,复旦大学出版社,2018年。可见其影响之广泛。

的组成部分。"①《古文真宝》在东亚的广泛传播,正扮演了汉文化普及教育的重要角色。明张志淳云:"尝见《出像千家诗》《古文珍(真)宝》二书,其所选诗文,混杂高下,于深处通无所见,然自予七八岁时见之至今,板刻益新,所传益广,而好之日益多,岂以浅近故耶? 而古诗文之不传者何限也。"②由此可见《古文真宝》在中国本土流传的广泛。虽然入清以后,其书为《唐诗三百首》《古文观止》等选本所掩,在中国流传渐稀,但它在朝鲜半岛和东瀛的传播却迄今不衰,在某种意义上,充当了中国与东亚文化交流的重要使者。

《古文真宝》传入东国的时间相当早,朝鲜士人对此书的评价亦高,如金宗直就认为,是书将"汉晋唐宋奇闲俊越之作,会粹于是,而骈四俪六、排比声律者,虽雕绘如锦绣,豪壮如鼓吹,亦有所不取。又且参之以濂溪关洛性命之说,使后之学为文章者,知有所根柢","颇得真西山《正宗》之遗法"。这代表了当日朝鲜士人的普遍看法,《详说古文真宝大全》也因得以与《古文关键》《文章轨范》等选本并列,成为东国士人学习古文的范本和正途。③ 这与朝鲜时期官方大力推行理学,推尊朱熹,理学成为一代官学,宋代理学家的著作和他们所编的各种诗文选本大受欢迎密切相关。

《古文真宝》的另一版本系统《魁本大字诸儒笺解古文真宝》传入日本的时间也相当早。大致在室町时代(1338—1573),已传入东瀛,其流传之广,影响之深,更甚于朝鲜。五山僧人讲习的成果"抄物"也不断涌现,尤其是笑云清三的《古文真宝抄》,集中了桂林德昌、湖月信镜、一元光寅、万里集九等多人的讲读成果,先后有多种刊本行世。④ 进入江户时代,《古文真宝》等书仍非常盛行,各种刊本蜂起。"宿学老儒尊信《三体诗》《古文真宝》,至与四子、五经并矣。"⑤据日本学者长泽规矩也《和刻本汉籍分类目录》统计,就多达百余种。⑥ 各种注本

---

① 张伯伟《东亚汉文学研究的方法与实践》第三章"东亚汉文学研究的新展拓",中华书局,2017年,第76页。
② 张志淳《南园漫录》卷一〇,《文渊阁四库全书》本。
③ 如金安国即将其列为"学者模范"。参其《慕斋集》卷九,《韩国文集丛刊》第20册,第174页。
④ 参严绍璗先生《日藏汉籍善本书录》集部总集类,第1836页。
⑤ [日]荻生徂徕《徂徕集》卷二二《与平子和书》,[日]富士川英郎等编《诗集日本汉诗》,东京汲古书院,1987年,第228页。
⑥ [日]长泽规矩也《和刻本汉籍分类目录》(增补补正版),东京汲古书院,2006年,第203—206、283—289页。

也层出不穷。"庆长敕版、庆长古活字版中还有抽取《古文真宝》开头的七种劝学文而刊行的《劝学文》(庆长二年,1597)。"①其书在日本的普及程度,可想而知。这些都在东亚汉文化圈的形成过程中发挥了重要作用,也为我们在更广阔的视野下认识中国文学提供了一个不可替代的范例。

---

① [日] 大木康撰、王汝娟译《关于宋真宗〈劝学文〉》,《新宋学》第 7 辑,2018 年,第 171 页。

论王若虚对金代"议论"之学的建构*

中国传媒大学人文学院　王　永

王若虚,字从之,金章宗承安二年(1197)经义甲科进士,卫绍王大安二年(1210)迁应奉翰林文字,预修《章宗实录》,金亡不仕,自号滹南遗老。王若虚有《滹南遗老集》传世,此集亦名"滹南集"及"滹南辨惑"。《钦定四库总目·滹南集提要》云:"统观全集,偏驳在所不免,然金元之间学有根柢,实无出若虚右者。吴澄称其博学卓识,见之所到不苟同于众,亦可谓不虚美矣。"①吴重熹跋云:"今金源儒者著述,落落如晨星,而遗老发明经史,为金元称首。"②相比赵秉文、元好问、刘祁,王若虚学者身份更为明确,为金代学术代表人物。今存《滹南遗老集》有《五经辨惑》二卷、《论语辨惑》五卷(疑首卷元初已佚,割次卷开篇为序及总论,独立卷首以补足原数)、《孟子辨惑》一卷、《史记辨惑》十一卷、《诸史辨惑》二卷、《新唐书辨》三卷、《君事实辨》两卷、《臣事实辨》三卷、《议论辨惑》一卷、《著述辨惑》一卷、《杂辨》一卷、《谬误杂辨》一卷、《文辨》四卷、《诗话》三卷。1931年上海大东书局印行新式标点版《国学门径丛书》,编者侯毓珩则割弃《文辨》《诗话》及六卷诗文作品,直接以"滹南辨惑"名其文集。编者侯毓珩在《导言》中云:"这些辨惑的东西不是文学的作品,只是随笔一般的记录,多的至数千言,短的却也许只一句话,只求说明了意见便完事……我们所以要为印行,贡献于现代的读者,就因为它是读书笔记,是读书而能消极的(批判式地)有所得的,这可以给现代的读者一种感发,因此也将这样去读书,这样去做学问。"③张中行《读〈滹南遗老集〉》说:"除了最后《杂文》五卷以外,前四十卷都是辨惑性质。

---

* 本文为中国传媒大学2021年教育教学改革项目"基于新文科的汉语言文学专业人才培养模式研究"(JG21039)成果。

① 永瑢等《四库全书总目》,中华书局,1997年,第1421页。
② 马振君整理《王若虚集》,中华书局,2017年,第889页。
③ 侯毓珩刊《滹南辨惑》,上海大东书局,1931年。

所谓辨惑,是认为有些旧传或旧说有问题,不应该随声附和,仍旧信以为是。"①马振君在《滹南遗老集》前言中说:"《滹南遗老集》四十六卷。其中,三十七卷'辨惑'文字构成全书主体,为读书札记体,特点是有感而发,考据与义理相参,形式灵活,内容广泛。"②如侯毓珩、张中行、马振君等学者所云,王若虚学术著述的文体是"随笔""读书笔记""读书札记",但从表达方式上来说,其述学短章之形式本身属于"议论",而且从其批评内容和对象上来看,更是包含着以"辨惑"为特色的对"议论"之学在范畴、命题、方法上的充分构建。

一、"议论"之学的学术背景

从今天的用法来说,"议论"并非是一种严格的文体,而是穿插于各体文字之间的表达方式,兼容于口头语体和书面语体之间的一种思想含量较高的交流形式。古人对于"议论"的使用则有一个发展的过程,"议论"既是论体之文的核心手法,也是"义理"之学表达方式,宋元之间存在着"议论文字"向"议论之学"的概念变迁。

宋人关于"议论文字"已有较多的讨论。黄庭坚说:"学作议论文字,须取苏明允文字观之,并熟看董、贾诸文。"③吴曾《能改斋漫录》记黄庭坚与秦少游书云:"至于议论文字,今日乃付与少游及晁、张、无己,足下可以从此四君子一一问之。"④吕本中《与赵承国论学帖》说:"学者须作有用文字,不可尽力于虚言。有用文字,议论文字是也。议论文字,须以董仲舒、刘向为主,《周礼》及《新序》《说苑》之类,皆当贯穿熟考,则做一日工夫。"⑤朱熹说:"大率议论文字,须要亲切。"⑥吕祖谦《古文关键》认为欧阳修祖述韩愈,"议论文字最为反复"⑦。洪迈

---

① 张中行《读〈滹南遗老集〉》,《读书》1987年第7期。
② 马振君整理《王若虚集》,第1页。
③ 陈善《扪虱新语》,引自傅璇琮《黄庭坚和江西诗派资料汇编》,中华书局,1978年,第74页。
④ 见程毅中《宋人诗话外编》,中华书局,2017年,第843页。
⑤ 吕本中《吕居仁文辑》,中华书局,2019年,第1769页。金人元好问《诗文自警》征引此条又加上曾巩文为例:"近世如曾子固诸序,尤须详味。"见姚奠中、李正民整理《元好问全集》,山西人民出版社,1990年,第508页。
⑥ 黎靖德编《朱子语类》,中华书局,1986年,第2589页。
⑦ 洪本健《欧阳修资料汇编》,中华书局,1995年,第340页。

《容斋随笔》说:"作议论文字,须征引事实无差,乃可传信后世。"①由上述材料可知,宋人对"议论文字"已有一定的理论自觉。真德秀《文章正宗》分典范篇章为"辞命""议论""叙事""诗赋",体现出对议论文章的重视。

至元代,"议论之学"引起了学者的关注。元好问的学生郝经说:"故学经者不溺于训诂,不流于穿凿,不惑于议论,不泥于高远,而知圣人之常道,则善学者也。训诂之学,始于汉而备于唐。议论之学,始于唐而备于宋。然亦不能无少过焉。而训诂者或至于穿凿,议论者或至于高远,学者不可不辨也。"②郝经把议论看作与训诂并列之经学表述方式,乃是宋儒"义理"之学的述学载体。元人刘因说:"六经自火于秦,传注于汉,疏释于唐,议论于宋,日起而日变。学者亦当知其先后,不以彼之言而变吾之良知也。近世学者,往往舍传注疏释,便废诸儒之议论。盖不知议论之学自传注疏释出,特更作正大高明之论尔。传注疏释之于经,十得其六七。宋儒用力之勤,铲伪以真。补其三四而备之也。故必先传注而后疏释,疏释而后议论,始终原委,推索究竟。以己意体察,为之权衡,折之于天理人情之至。"③这是对"议论之学"较为全面的总结,当然,因其处于宋儒议论泛滥之后,所以更强调议论向训诂的复归。

应该说,宋代学者"议论文字"与元代学者"议论之学"并不等同,"议论文字"侧重于篇章,兼容"古文"传统与子学传统,而"议论之学"则侧重于经史发挥。在这个过渡中,以王若虚为主的金人"议论"之学启发了元人的"议论之学"。

二、王若虚与金代"议论"之学

金人对"议论"之学地位的认识明显高于宋人,凸显了"议论"之学的独立功能。王若虚学术前辈赵秉文云:"议论、经学许王从之(若虚字),散文许李之纯(纯甫)、雷希颜(渊)。"④此处议论与经学、散文并用,议论应是与训诂式的述学方式有所区分的,且与文学性较强的散文体裁也不相同。王若虚同辈学人李纯

---

① 叶大庆《考古质疑》,中华书局,2007年,第231页。
② 郝经《陵川集》,三晋出版社,2006年,第673页。
③ 王梓材、冯云濠《宋元学案补遗》,中华书局,2012年,第5450—5451页。
④ 刘祁《归潜志》,中华书局,1983年,第87页。

甫《重修面壁庵碑》自称:"屏山居士,儒家子也,始知读书,学赋以嗣家门,学大业以应科举。又学诗以道意,学议论以见志,学古文以得虚名。"①此处以赋、大业(应指经义)、诗、古文与议论并置。两则材料合起来看,前则赵秉文所称道的李纯甫散文成就也即后则李纯甫自以为是的古文之虚名。至于见志之"议论",则是指学术思想表达所依托的形式,但又区别于经义之学。金人对于"议论"一词的运用有特定的指向,实际上是在"议论文字"和"议论之学"之间,既不局限在古文的著述范畴之内,也不纯然属于经学的述学形态。

王若虚反对认为韩愈《伯夷颂》"止是议论散文,而以颂名之,非其体也",指出"唐人本短于议论,故每如此。议论虽多,何害为记?"②在此王若虚以表达方式结合语体形式——"议论散文"指称韩愈《伯夷颂》的文体。按徐师曾《文体明辨序说》,颂"或用散文,或用韵语"③,王若虚认为《伯夷颂》的主要问题不在于散体,而在于议论过多,且透露了对"议论"在语体之外表达功能的认识。

王若虚对"议论"表达更是有形式自觉。据《滹南遗老集》王鹗序:"壬寅之春,先生归自范阳,道顺天,为予作数日留,以手书四帙见示曰:'吾平生颇好议论,向所杂著,往往为人窃去,今记忆止此,其为我去取之。'"④此处"议论"即是指以"辨惑""辨""话"等为体式的学术短章结集。后辈刘祁称道其"贵议论文字有体致,不喜出奇下字,止欲如家人语言,尤以助词为尚"⑤,这正是王若虚对"议论"的"辨惑"体发挥。

王若虚所擅之议论,是与记事相并的一种表达方式,尤为宋人所长,实为义理之学的载体方式,但在金代不限于书面语体。"议论"在金代也与"持论"相关。金哀宗正大年间,雷渊曾与王若虚同修《宣宗实录》,而王居长。对于王若虚对自己文字的更改,雷渊甚感不平:"从之持论甚高,文章亦难止以经义科举法绳之也。"⑥另如元好问在《中州集》王若虚小传和《内翰王公墓表》中均称赞王若虚"善持论",元好问《诗文自警》所引述的其生父元德明传授给他的读书十

---

① 刘祁《归潜志》,第7页。
② 马振君整理《王若虚集》,第421页。
③ 吴讷、徐师曾《文章辨体序说 文体明辨序说》,人民文学出版社,1982年,第142页。
④ 马振君整理《王若虚集》,第5页。
⑤ 刘祁《归潜志》,第88页。
⑥ 刘祁《归潜志》,第89页。

法中有"九曰持论。前贤议论或有未尽者,以己见商略之"①的阐释,实际上这里的持论也即学术目的上的"议论"。

三、议论辨惑,旨在弥伦群言

李治基于王若虚《滹南遗老集》发出金代学术"惟于议论之学,殆为阙如"的慨叹,盛赞"滹南先生学博而要,才大而雅,识明而远。所谓虽无文王犹兴者也"②。从中可见,在金代能够发展议论之学的人物首推王若虚。王若虚不仅在经史"议论"的范畴上又向各体著述及文章与诗歌拓展,而且在议论体式上也进一步脱离训诂,形成了"辨惑"体的议论。

强调王若虚"议论之学"的李治在《滹南遗老集》序言首先肯定"群言止于公是",并云:"夫言生于人心,心既然不同,言亦各异,其在彼也一是非,其在此也一是非,左右佩剑,其谁能正之? 必有大人者出,独立当世,吐辞立论,扫流俗之所徇,取古今天下之所共与者与诸人,有以塞其口而厌其心,而后呶呶之说息矣。"李治也梳理了王若虚"辨惑"的学术渊源:"字长,实录也,刘子玄点其烦;孟坚,巨笔也,刘贡父刊其误;子京,俊才也,刘器之病其略。故史氏且如是,况杂述乎? 然则有人于此,品藻其是非,诊缕其得失,使惑者有所释,郁者有所伸,学者有所适从,则其泽天下也,不既厚矣乎?"③王若虚的"辨惑"体议论与刘知幾、刘攽、刘安世对于《史记》《汉书》《新唐书》的质疑性批评一脉相承。对于王若虚辨惑体议论的时代背景,李治又说,"道之不明也久矣,凡以群言掩之也。故卑者以陷,而高者以行怪;拙者以昏,而巧者以恂欲。传者如是,受之者又如是,尖纤之逞而浮诞之夸,吾将见天下之人一趋于坏而已耳","以为传注,六经之蠹也,以之作六经辨;《论》《孟》,圣贤之志也,以之作《论》《孟》辨;史所以信万世,为所以饬治具,诗所以道性情,皆不可后也,各以之为辨;而又辨历代君臣之事迹,条分区别,美恶着见,如粉墨然"④。实际上,李治基于对《滹南遗老集》的评说,较早建构了金人"议论"之学的基本特征,已与宋人"议论文字"不同,且区别

---

① 姚奠中、李正民整理《元好问全集》,第506页。
② 马振君整理《王若虚集》,第1页。
③ 马振君整理《王若虚集》,第1页。
④ 马振君整理《王若虚集》,第2页。

于元人经学意义上的"议论之学"。

王若虚是经义进士,入仕后应奉翰林与任职史馆,于应举文字上颇有心得。《送吕鹏举赴试序》中指点后学说:"夫经义虽科举之文,然不尽其心,不足以造其妙。辞欲其精,意欲其明,势欲其若倾。故必探《语》《孟》之渊源,撷欧、苏之菁英,削以斤斧,约诸准绳。"①虽然是在谈科考之文,但也指出了他个人议论之学的准则和范本:以儒家《论语》《孟子》为"议论"的根本,以欧阳修、苏轼为"议论"表达的参照。当然,在具体的文本批评上王若虚还是明确地使议论之学独立出来,代表了金代学术的个性。

王若虚对两宋学术是有明确的质疑立场的。《论语辨惑序》云:"尝谓宋儒之议论不为无功,而亦不能无罪焉。彼其推明心术之微,剖析义利之辨,而斟酌时中之,委曲疏通,多先儒之所未到,斯固有功矣。至于消息过深,揄扬过侈,以为句句必涵气象,而事事皆关造化,将以尊圣人而不免反累,名为排异端而实流入于其中,亦岂为无罪也哉!至于谢显道、张子韶之徒,迂谈浮夸,往往令人发笑。噫,其甚矣!"②元好问《内翰王公墓表》更以知交身份也透露出王若虚的本意:"学无不通,而不为章句所困。颇讥宋儒经学以旁牵远引为夸,而史学以探赜幽隐为功,谓天下自有公是,言破即足,何必呶呶如是?其论道之行否云:'战国诸子之杂说寓言,汉儒之繁文末节,近世士大夫参之以禅机、玄学,欲圣贤之实不隐,难矣。'经解不善张九成,史例不取宋子京,诗不爱黄鲁直,著论评之,凡数百条,世以刘子玄《史通》比之。"③王若虚《文辨》在学术上秉持"真"的原则,有"宋末诸儒,喜为高论而往往过正,讵可尽信哉"④之讥。正如元好问和李治等人关注到的"公是",也就是合理观点的推出,是王若虚发议辨惑的目的。

当然,质疑宋学并不能全面涵盖王若虚发议辨惑的价值。正如四库馆臣所评:"《五经辨惑》颇诘难郑学,于《周礼》《礼记》及《春秋》三传亦时有所疑,然所攻者皆汉儒附会之词,亦颇树伟义观。其自称不深于《易》即于《易》不置一词,所论实止四经,则亦非强所不知者矣。《史记辨惑》《诸史辨惑》《新唐书辨》皆考证史文,掊击司马迁、宋祁似未免过甚,且或毛举细故,失之烦琐,然所摘迁之自

---

① 马振君整理《王若虚集》,第551页。
② 马振君整理《王若虚集》,第29页。
③ 姚奠中、李正民整理《元好问全集》,第515页。
④ 马振君整理《王若虚集》,第406页。

相抵牾与祁之过于雕斲,中其病者亦十之七八。《君事实辨》《臣事实辨》皆所作史评、史事,《议论辨惑》《著述辨惑》皆品题先儒之是非,其间多持平之论,颇足破宋人之拘挛。《杂辨》二卷于训诂亦多订正,《文辨》尊苏轼而于韩愈间有指摘,《诗话》尊杜甫而于黄庭坚多所訾议,盖若虚诗文不尚劙削锻炼之格,故其论如是也。"正如《提要》所云,王若虚的议论不无偏颇琐屑之处,如对《史记》《新唐书》宋祁传部分的批评,就引得诸多非议。但他对传注之学的质疑、对附会之学的攻击等,传承了欧阳修、苏轼等人的学术精神,且在表达上有所创新。

四、王若虚的议论批评实践

《滹南辨惑》设《议论辨惑》专卷,涉及经、史和集部中的议论段落,命题主要来自史论、专论、笔记以及司马光、苏轼和郑厚等人的议论。他的论证结构一般是引论—立论—驳论—申论。以第一条为例:

> 范晔史论云:"义重于生,舍生可也;生重于义,全生可也。"(引论,纳入讨论的命题)夫义当生则生,义当死则死,义者所以主生死,而非对立之物也,岂有时而轻重哉!(立论,提出自己的观点)"义重于生"已为语病,又可谓"生重于义"乎!(驳论,回到命题,辨别其谬误)虽然,此自汉以来学者之所共蔽,晔也叛人,何足以知之!①(申论,推原谬误产生的原因)

其余条目,或有环节不全,或有结构变化之处,但大体遵循着这样的议论理路。

引论环节,王若虚的特点是语气多带强烈的否定色彩。如评价苏颋论夷齐四皓优劣所云"四皓见贤于子房,夷齐称仁于宣父。与其称仁于宣父,不犹愈于见贤于子房哉"为"鄙哉斯言";评"司马君实正直有余而宽假曹操,苏子由道学甚高而奖饰马道"为"皆缪戾之见";评"温公排孟子而叹服扬雄,荆公废春秋而崇尚周礼,东坡非武王而以荀彧为圣人之徒"为"人之好恶有大可怪者";评"子由杂志记道犯人罪不可加刑事"为"其言甚鄙,非惟屈法容奸有害正理,而区区妄意于神仙殊为可笑,盖苏氏议论阔疏者非一而此等又其尤也"等,这样批判态度鲜明且多用语助词的表达,可见其议论不仅是"有感而发",而且是"不平

---

① 马振君整理《王若虚集》,第355页。

则鸣"。

立论环节,王若虚多有精彩之论,涉及他个人对议论的本体认识之处也较多。如"为论不求是非之真而徒倚古人以为重殊可笑也""是非有定理前后反覆以迁就己意,此最立言之大病也""辨无太深法无太尽论其当否则可矣",均是对议论表达的理论看法。

驳论环节,王若虚常以修辞学、文章学等细节批评以及引证法、理证法来实现目的。这一环节的句法及用词,有"已……又""必……固""徒见……遂敢""是何""抑不思"等。

申论环节,王若虚则多有"此汉以来学者所共蔽""汤武之是非古今多疑之予不可不辨""战国诸子托之以寓言假说,汉儒饰之以末节繁文,近世之士参之以禅机玄学,而圣贤之实益隐矣""而今世人往往主其说,凡有以议论入者辄援此驳之,亦已过矣"这样的表达,说明了他议论辨惑所针对的学术传统和学术语境之深广,虽然由于其学术背景相对薄弱,学术成果尚不厚重和系统,但这种批判精神更值得传承。申论环节,在揭示谬误产生背景时,王若虚的用语时常是尖刻的,如"眸也叛人,何足以知之""苏氏喜纵横而不知道故所见如此""书生之迂阔如此""乃知其所见之蔽盖终身也""乃知秦汉诸儒迂诞之病,虽苏氏亦不免也"。

王若虚特别不满于郑厚之论,常常痛加指斥,如"厚之鄙见如是耳""厚虽鄙薄圣贤,其于孔子犹若有所惮者,至是说则并孔子而不取矣。小人无状,一至于此!天下之事亦有非,书生所知者名教之理,而书生不知则谁复知之!且厚独非书生邪?何其背本之甚也""郑厚小子,敢为异论而无忌惮""世惟知其讪薄汤武伊周之非,而不知此等尤名教之罪人也"。与王若虚同时稍长的议论名家李纯甫以郑厚的传人自居,推扬郑厚之论,自称"自庄周后,惟王绩、元结、郑厚与吾"[①]。王若虚对郑厚的批评,客观上也包含了对李纯甫议论虚名的揭露。

《滹南辨惑》中的《史记辨惑》共十一卷,分为采摭之误、取舍之误、议论不当、文势不相承接、姓名冗复、字语冗复、重叠载事、疑误、用虚字多不安、杂辨等十类。《史记辨惑四》"议论不当辨",批评对象为《史记》中的议论之语,尤其是"赞"的部分。常见批评用语为"非所宜言""失言""谬妄""陋""疏""费辞"等,句

---

① 刘祁《归潜志》,第7页。

式上常用"岂"字领起的反诘句,语气上甚至有"迁之罪不容诛矣"的过激之语。

对于"议论"的钻研,使王若虚成为一代之话语领袖。他擅长谈辨,议论公允透彻。"李右司之纯以辨博名天下,杯酒淋漓,谈辞锋起,公能以三数语窒之,唯有叹服而已。"①元好问《中州集》王内翰从之小传云:"自从之没,经学史学,文章人物,公论遂绝。"②不仅如此,在学术上,王若虚以议论之长,也成为继赵秉文后的学术界领袖。正如元人王旭云:"玉堂遗老滹南翁,平生景慕恨莫从。著书辨明经史惑,议论至今学者宗。"③王若虚"议论"之学在金末元初产生的影响是不应被遗忘的。

综上可见,这些对王若虚学术建树的评语中"议论"二字均为有所指而发,并非一个普通语词,而是基于一门金人较为推重的学问而言。王若虚的"议论"之学,视野比宋人所谈的"议论文字"要更开阔、手法更细腻,思想要比元人所论的"议论之学"更鲜活、立场更独立,尤其在表达体式上,发展出了驳议为主的"辨惑"之体,代表了金人的学术特色。

结语:作为述学文体的王若虚"议论"之学

刘宁在《汉语思想的文体形式》一书中提出了述学形态的问题,该书《自序》云:"近代以来,以逻辑化和体系化为核心的论著与论文,全面取代了传统思想的文体形式。山河大异、风景顿殊的新文体,能否真正传达中国思想的精髓?"④吴子林在近期一系列论文中也强调了学术文体的变革要求,并提出了"毕达哥拉斯体"的倡议:"'毕达哥拉斯文体'直接涉及学术思想的创造,创构这一述学文体的内在机制,在于'以美启真',即始于'负的方法',终于'正的方法',以'证悟'代'证证',以轻驭重,走出'语言的牢笼'。"⑤应该说,刘宁是对汉语学术"折中群言、辨正然否"的"论"体之文深厚的表达传统提出质疑,是文体

---

① 姚奠中、李正民整理《元好问全集》,第516—517页。
② 元好问编《中州集》,中华书局,1959年,第864页,亦见元好问在《内翰王公墓表》。
③ 王旭《兰轩集》卷二《蜕仙岩》,《文渊阁四库全书》本。
④ 刘宁《汉语思想的文体形式》,华东师范大学出版社,2012年,引言第3页。
⑤ 吴子林《"走出语言":从"论证"到"证悟"——创构"毕达哥拉斯文体"的内在机制》,《清华大学学报》(哲学社会科学版)2018年第5期。

的讨论而非表达方式的讨论;而吴子林则是立足中西比较的视野提出融合创变的要求,且其论文实践中采取的语体展现的正是向传统语录札记形态的回归。两位学者的学术理论与宋金元时期的"议论"之学并非有直接的交叉,但"议论"之学从一个新的视野为此前沿课题的探索提供了述学形式新的线索和范例。对于古代文史遗产,我们当下更重要的任务是传承。从形式上看,笔记、札记是可以体现传承效果的述学形式,而批判性的议论则是阅读向研究延展的交集点,学术论著应该立足阅读、有为而发。学术评价体系也应该拓展为学者从阅读、传承到创见的全环节考核,这就需要使学者的日常工夫在成果形式上有更多的体现渠道,这样才有助于学术的健康发展。从这个意义上说,王若虚的"议论"之学,恰是一个值得注意的述学传统。

赋是诗还是文？
——从如何仿写《赤壁赋》说起*

中山大学中文系　李晓红

中学语文课学习苏轼(1037—1101)《赤壁赋》，老师大多会介绍赋是一种古代散文。① 但如果我们想仿写一篇，则马上会注意到看似自由行文的"月出于东山之上，徘徊于斗牛之**间**。白露横江，水光接**天**。纵一苇之所如，凌万顷之茫**然**。浩浩乎如冯虚御风，而不知其所止；飘飘乎如遗世独立，羽化而登**仙**"，其实押了韵，还讲究骈对；不仅如此，篇中还夹嵌入"桂棹兮兰桨，击空明兮溯流光。渺渺兮予怀，望美人兮天一方"那样的诗歌。初学"之乎者也"的我们或有"赋者，诗乎？文乎？"之问。

这表面是个无谓的问题，但内里左右着我们对《赤壁赋》的学习：是进一步辨析其押韵、骈对之处，细致模仿呢？还是大而化之，以老师所说的"不刻意追求对偶、声律、辞采、典故"的"唐宋文赋"②笔法学习之？

一、现代工具书之答：赋体讲究韵节

先来问问"哑巴先生"。《新华字典》"赋"的第3个义项说：

---

* 本文曾刊发在《文史知识》2022年第3期，当时因版面限制有所删节，今恢复全文收入本书。

① 参见教育部"国家中小学网络云平台"高一上《语文》第七单元"自然情怀《赤壁赋》"，中国人民大学附属中学语文教师刘准主讲《赤壁赋》——自然'无尽藏'"。

② 参见教育部"国家中小学网络云平台"高一下《语文》第八单元《阿房宫赋》，北京市第五中学徐淳主讲"阿房宫赋(一)"。李东阳《麓堂诗话》言："文章如精金美玉，经百炼历万选而后见。……如李白《远别离》《蜀道难》、杜子美《秋兴》《诸将》《咏怀古迹》《新婚别》《兵车行》，终日诵之不厌也。苏子瞻在黄州夜诵《阿房宫赋》数十遍，每遍必称好，非其诚有所好，殆不至此。然后之诵《赤壁》二赋者，奚独不如子瞻之于《阿房》，及予所谓李杜诸作也邪？"已经提示出《赤壁赋》与《阿房宫赋》的关联。

> 我国古代文体，盛行于汉魏六朝，是韵文和散文的综合体，通常用来写景叙事，也有以较短的篇幅抒情说理的。

既然"是韵文和散文的综合体"，那便不能不顾及韵文的成分了。

再看《汉语大词典》"赋"的第12个义项：

> 文体名。是韵文和散文的综合体。讲究词藻、对偶、用韵。最早以"赋"名篇的为战国荀况，今实存《礼赋》《知赋》等五篇。后盛行于汉、魏、六朝。汉班固《西都赋》序："赋者，古诗之流也。"

同"是韵文和散文的综合体"，但更值得注意的是补充了"讲究词藻、对偶、用韵"。而《汉语大词典》"散文"义项说明是"不押韵、不重排偶"。按《汉语大词典》的提法，赋是不可以称为散文的。

新近公布的第七版《辞海》对"赋"这一文体的解说是：

> 文体名。班固《两都赋序》："赋者，古诗之流也。"《汉书·艺文志》则说"不歌而诵谓之赋。"据刘勰《文心雕龙·诠赋》，此说出于刘向。最早以《赋》名篇的一般认为是战国荀卿的《赋篇》。到汉代形成一种特定的体制，讲究文采、韵节，兼具诗歌与散文的性质，在当时颇为盛行。以后或向骈文方向发展，或进一步散文化。接近于散文的为"文赋"，接近于骈文的为"骈赋""律赋"。参见"汉赋"。

在调整《汉语大词典》相关表述基础上，呈现出赋体从"诗之流"向"骈文""散文"的"文"之方向运动的趋势。从写作的角度上看，《辞海》也明确说"讲究文采、韵节"。

综合三种工具书，我们的答案似乎应该倾向于辨析《赤壁赋》词藻、对偶、用韵，仿写时讲究文采、韵节。那语文老师说的"赋是一种古代散文"，"唐宋文赋""不刻意追求对偶、声律、辞采、典故"，是错的吗？

二、宋代以前赋"列之于诗"

三种工具书和语文老师说法的差异，进一步表明分辨赋体之难。学界对此问题也有研究，郭绍虞先生提出：

> 中国文学史中有一种特殊的体制就是"赋"。中国文学上的分类。一

向分为诗、文二体,而赋的体裁则界于诗文二者之间,既不能归入于文,又不能列之于诗。可是,同时另有一种相反情形,赋既为文,又可称之为诗,成为文学上属于两栖的一类。①

按此来看,《汉语大词典》等工具书的提法,属于把赋"列之于诗";而语文老师的提法,是把赋"归入于文"。那赋何时可"列之于诗"?何时可"归入于文"呢?

看《辞海》的解说,"进一步散文化,接近于散文"时"归入于文",则"不那么散文化,接近于诗歌"时"列之于诗"。标准仍然暧昧。不妨用汉赋那种自然协韵的标准来看《赤壁赋》,凡押韵字加黑标识如下:

> 壬戌之**秋**,七月既望,苏子与客泛**舟**,②游于赤壁之下。清风徐来,水波不**兴**。举酒属客,诵明月之诗,歌窈窕之**章**。少焉,月出于东山之上,徘徊于斗牛之**间**。白露横江,水光接**天**。纵一苇之所如,凌万顷之茫**然**。浩浩乎如冯虚御风,而不知其所止;飘飘乎如遗世独立,羽化而登**仙**。
>
> 于是饮酒乐甚,扣舷而歌之。歌曰:"桂棹兮兰桨,击空明兮溯流**光**。渺渺兮予怀,望美人兮天一**方**。"客有吹洞箫者,倚歌而和之,其声呜呜然,如怨如**慕**,如泣如**诉**。余音袅袅,不绝如**缕**。舞幽壑之潜蛟,泣孤舟之嫠**妇**。
>
> 苏子愀然,正襟危坐,而问客曰:"何为其然也。"客曰:"'月明星**稀**,乌鹊南**飞**。'此非曹孟德之**诗**乎?西望夏口,东望武**昌**,山川相缪,郁乎苍**苍**,此非孟德之困于周**郎**者乎?方其破荆州,下江陵,顺流而**东**也,舳舻千里,旌旗蔽**空**,酾酒临江,横槊赋诗,固一世之**雄**也。而今安在哉?况吾与子,渔樵于江渚之上,侣鱼虾而友麋**鹿**。驾一叶之扁舟,举匏樽以相**属**。寄蜉蝣于天地,渺沧海之一**粟**。哀吾生之须臾,羡长江之无**穷**。挟飞仙以遨游,抱明月而长**终**。知不可乎骤得,托遗响于悲**风**。"
>
> 苏子曰:"客亦知夫水与月乎?逝者如斯,而未尝**往**也。盈虚者如彼,而卒莫消**长**也。盖将自其变者而观之,则天地曾不能以一**瞬**。自其不变者

---

① 郭绍虞《赋在中国文学史上的位置》,《小说月报》第17卷号外,商务印书馆,1927年初版。今引据《照隅室古典文学论集(上编)》,上海古籍出版社,1983年,第80页。

② "舟"下亦有不点断者,如王水照选注《苏轼选集》(上海古籍出版社,2015年,第342页)断为"苏子与客泛舟游于赤壁之下"。

而观之,则物与我皆无**尽**也。而又何羡乎?且夫天地之间,物各有**主**。苟非吾之所有,虽一毫而莫**取**。惟江上之清风,与山间之明**月**。耳得之而为声,目遇之而成**色**。取之无禁,用之不**竭**。是造物者之无尽藏也,而吾与子之所共**食**(或作'适')。"客喜而笑,洗盏更**酌**。肴核既尽,杯盘狼**籍**。相与枕藉乎舟中,不知东方之既**白**。①

可见文中至少有"秋舟、兴章、焉间天然仙、光方、慕诉、缕妇、稀飞诗、昌苍郎、东空雄、鹿属粟、穷终风、往长、瞬尽、主取、月色竭食酌籍白"②43个韵脚,按《赤壁赋》全文538字③计算,即平均13字以内押韵1次。这押韵频率甚至高于七言古诗了,很难说"接近于散文"。

回归古人语境,我们发现,赋之"列之于诗"或"归入于文",并不纯粹依据赋作句式的诗化程度或散文化程度来判断。散文化程度高,也可能导向赋"归入于诗"。在赋体定型的汉代,就出现从形貌上看赋"与诗画境(与诗已有明显区别)",而人们的文体认同却强调赋与诗同类的情况。

汉赋形貌上"与诗画境",是刘勰《文心雕龙》就指出过的,《诠赋》篇说:

> 《诗》有六义,其二曰赋。赋者,铺也,铺采摛文,体物写志也。昔邵公称:公卿献诗,师箴瞍赋。《传》云:登高能赋,可为大夫。《诗序》则同义,《传》说则异体。总其归涂,实相枝干。刘向云明不歌而颂,班固称古诗之流也。至如郑庄之赋"大隧",士艻之赋"狐裘",结言短韵,词自己作,虽合赋体,明而未融。及灵均唱《骚》,始广声貌。然则赋也者,受命于诗人,拓字于《楚辞》也。于是荀况《礼》《智》,宋玉《风》《钓》,爱锡名号,与诗画境,六义附庸,蔚成大国。遂客主以首引,极声貌以穷文,斯盖别诗之原始,命赋之厥初也。

---

① 孔凡礼点校《苏轼文集》卷一,中华书局,1986年,第5—6页。
② 按,此7个入声字相押,与苏辙《黄楼赋》"送夕阳之西尽,导明月之东出。金钲涌于青嶂,阴氛为之辟易。窥人窦而直上,委余彩于沙碛。激飞槛而入户,使人体寒而战栗。息汹汹于群动,听川流之荡滌。可以起舞相命,一饮千石。遗弃忧患,超然自得"一段"出易碛栗滌石得"7字相押类似。苏轼《赤壁赋》似有意模拟苏辙《黄楼赋》,此两文之关联值得进一步探讨。
③ 杨万里《诚斋诗话》载:"东坡《赤壁赋》云'扣舷而歌之,歌曰'云云,'客有吹洞箫者,倚歌而和之,其声呜呜然,如怨如慕'。山谷为坡写此赋为图障云'扣舷而歌曰',又曰'其声呜呜,如怨如慕'。去'之''歌''然'三字,觉神观精锐。"表明此赋有不同传本,按黄庭坚写本计则全文535字。

郭绍虞先生据此梳理赋体源流,也指出:最初的赋作如士芳的"短赋","狐裘尨茸,一国三公,吾适与从","完全都是抒情的小诗";接着是屈原《离骚》那样"不能不承认它是诗。然而有诡异之辞,有谲怪之谈"的骚赋;然后是"荀况《礼》《智》,宋玉《风》《钓》,爱锡名号,与诗画境"的辞赋;入汉以后经"枚乘、司马相如、扬雄之徒"进一步"'竞为侈丽闳衍之词,没其讽喻之义',于是形式内容与诗歌不同,扬雄谓:'诗人之赋丽以则,辞人之赋丽以淫。'他所谓诗人之赋,指骚赋而言;辞人之赋,指辞赋而言。可知即在赋的领域中,也应当再作进一步的区分了。辞赋时期是赋的正宗时期,刘勰所谓'兴楚而盛汉',就是说赋到此而定型,离诗较远而自成一体了。所以我们从骚赋与辞赋的区别,正可看出赋体从诗转向到文的关键"。① 简言之,枚乘、司马相如、扬雄等人的辞赋形貌已经"转向到文"了,学界甚至称之为"散体大赋"。近年来学界颇为关注西汉前期"诗赋分途",便主要是着眼于赋作形貌与诗有别。

但汉人的诗文批评没有出现将赋"归入于文",反而将赋向诗靠拢。如《史记·司马相如传》太史公曰"相如虽多虚辞滥说,然其要归引之节俭,此与《诗》之讽谏何异",着意表彰司马相如赋与《诗》之同。扬雄批评"辞人之赋丽以淫",也意在倡导"诗人之赋丽以则"。班固更在《两都赋序》中借"或曰"之口明确提出"赋者,古诗之流也",并在《汉书》中传承刘向"诗赋略"的分类。因此近年来学界也有不少文章讨论汉代"诗赋合流",就是据文献中这些诗赋连带话语立论。曾探讨汉代诗赋分途的赵敏俐先生,就在其《汉代诗歌史论》(1995年)将"散体大赋"纳入论述;而其《中国诗歌通史·汉代卷》(2012年)虽不纳入"散体大赋",但仍于导言中强调:"汉人认为赋是从古诗中流变出来的,它与诗的区别只是'不歌而诵',所以,如果我们考虑汉人的诗歌观念,是应该把'赋'放在汉代诗歌史中来论述的,它应该是汉代诗歌的一部分。"② 可见汉代"散体大赋"存在形貌"与诗画境"而文体归属"列之于诗"的情况。

传世赋作中"散体大赋"所占分量不小。主张回归"诗人之赋"的扬雄、班固,作赋也难免"语散笔重",《长杨赋》《两都赋》在后人看来仍是"散体大赋"。③

---

① 《照隅室古典文学论集(上编)》,第80—84页。
② 赵敏俐《中国诗歌通史·汉代卷》,人民文学出版社,2012年,第4页。
③ 许结《论汉代以文为赋的美学价值》,《江淮论坛》1991年第6期。

但汉代以来的诗文批评仍强固地认同"赋者古诗之流"的"诗赋略"式观念。曹丕《典论·论文》说"夫文本同而末异,盖奏议宜雅,书论宜理,铭诔尚实,诗赋欲丽,此四科不同",即以"诗赋"合科,与奏议那样的不讲究押韵之文章相区别。刘勰《文心雕龙》虽分立《诠赋》《明诗》篇,但属于诗赋内部之分,涉及与诏策、奏议等文章的比较时,也仍持"诏策章奏,则《书》发其源;赋颂歌赞,则《诗》立其本"的赋与诗本源相同论。这种理论导向,催生出形貌更趋近于诗体的骈赋、律赋。唐代科举试格律诗赋。唐人也以诗的眼光去看赋,皎然《诗议·诗有八种对》中"交络对"句例出自鲍照《芜城赋》"出入三代,五百余载","含境对"句例出自司马相如《上林赋》"悠远长怀,寂寥无声","背体对"句例则出自谢灵运《登池上楼》诗"进德智所拙,退耕力不任"。显然认为《上林赋》《芜城赋》和《登池上楼》诗一样是讲究骈对的。当时还有《诗赋格》(日僧圆仁《入唐新求圣教目录》著录)之类的文献,赋与诗连带关系亦一目了然。

要之,尽管存在赋体的散文化,甚至有"散体大赋"这一典型,汉唐七百年间文坛一直都认同赋"列之于诗"。《汉语大词典》所言赋体"讲究词藻、对偶、用韵",就是从汉唐时期赋体理论传统来说的。如果学习汉唐时人对待司马相如《上林赋》的做法,那么即便苏轼《赤壁赋》的形貌是"进一步散文化"的,我们也可以像皎然发掘《上林赋》那样发掘《赤壁赋》的诗法表现。

换言之,《赤壁赋》若出现在汉唐时期,无论如何散体化,都不会被称为散文;汉唐赋体认同必然会把《赤壁赋》"列之于诗";汉唐诗文二分的文章学分类格局中,赋体属于诗类,无两栖之可能。

三、赋"归入于文"是宋代文章学的理论突破

把苏轼《赤壁赋》称为散文,把赋体"归入于文",是宋代以后才能见到的现象。这也是郭绍虞先生注意到的,《赋在中国文学史上的位置》一文提出:"赋之源是合于诗,而其末却不同于诗。""后来越走越远,赋的倾向渐渐偏于文的方面,所以姚鼐的《古文辞类纂》有辞赋一类,而不列诗歌,诗与赋显然分为二途了。"并解释这种分途与宋代文赋的创作有关:

宋代文坛上,散文战胜骈文;韩、柳虽创古文于先,而古文的势力实至

宋代始盛。所以宋人改用散文的方法以作赋，遂能别创一格，成为文赋了。如欧阳修的《秋声赋》，苏轼的前后《赤壁赋》之类，皆是如此。此种赋矫律体之失，情韵不匮，不得不称为赋界复古的革新，不过此种赋的体裁更近于散文，所以更觉得"与诗画境"，而不再能把它与诗合在一起讲了。①

把"宋人改用散文的方法"称为"赋界复古的革新"，即《赤壁赋》的散文化是对《上林赋》那种"散体大赋"之复古，诚是锐见。但我们也因此有疑问：何以司马相如"用散文的方法以作赋"，汉唐时人都"把它与诗合在一起讲"；而苏轼"用散文的方法以作赋"，我们却"不再能把它与诗合在一起讲了"？

其实由于入宋以来科举仍以格律诗、赋取士，兼以汉唐传统的影响，入宋以来的文坛仍有把赋与诗合在一起讲的。如李廌(1059—1108)《师友谈记》载：

> 少游言：赋中工夫不厌子细，先寻事以押官韵，及先作诸隔句。凡押官韵，须是稳熟浏亮，使人读之不觉牵强，如和人诗，不似和诗也。

可见秦观(1049—1100，字少游)言赋时，想到的主要是作法与诗体类似的律赋，秦观甚至说过："赋家句脉，自与杂文不同，杂文语句，或长或短，一在于人。至于赋则一言一字，必要声律。"②至吕祖谦(1137—1181)编《宋文鉴》，仍沿用萧统(501—531)《文选》体例，以赋为首，紧接着诗、骚、辞，保持赋与诗的连带关系；而后才是诏、敕、箴、铭、颂、赞、碑文等体。如苏轼的《赤壁赋》《后赤壁赋》及律赋《浊醪有妙理赋》，同列在诗体之前；《三槐堂铭》《表忠观碑文》那样的文章则列在诗体之后，显然仍是赋与诗歌近，与文章远。同时或稍后的《三国文类》，更有"诗赋"合类专卷，如《陈思王植铜雀台赋》《薛莹献孙皓诗》《胡综黄龙赋》连编。

故而"姚鼐的《古文辞类纂》有辞赋一类，而不列诗歌，诗与赋显然分为二途"，并非"宋代文坛上，散文战胜骈文"的必然结果，而是一种文章学理论的突破。

从现存文献看，最早尝试这种突破的，仍是吕祖谦，其《诗律武库》③分列

---

① 郭绍虞《照隅室古典文学论集(上编)》，第82—86页。
② 李廌撰、孔凡礼点校《师友谈记》，中华书局，2002年，第18、20页。
③ 按该书清影宋抄本首行署"东莱先生诗律武库目录"，作者行署"东莱吕氏编于丽泽书院"，后钤牌记曰"今得吕氏家塾手抄武库一帙，用为诗战之具"，颇疑书题当作《吕氏家塾武库》。

"文章门""诗咏门",前者收录有关四六骈文、碑颂、辞赋、对策等文章之体的典故,不涉及诗歌;后者收录"梦草池塘""五言始苏李""号永明体""铜斗歌"等诗歌典故,显示出辞赋不列入"诗咏门"而列入"文章门"的意识。而后诗歌与辞赋分为两途、辞赋"归入于文"的总集也出现了,这里略举数例。

1. 南宋淳熙(1174—1189)刻《应氏类编西汉文章十八卷》,该书收录赋、骚、辞、颂、论、辩、诏书、玺书、策书、书、序等 22 体文章,"不列诗歌"。其中卷一收录"赋、骚、辞"体作品,有贾谊《吊屈原赋》《鹏鸟赋》、司马相如《子虚赋》、班固《幽通赋》、扬雄《反骚》、息夫躬《绝命辞》等;卷二以后收录常见的文章之体,如王褒《圣主得贤臣颂》、贾谊《过秦论》、东方朔《答客难》、扬雄《解嘲》等,不复《文选》《宋文鉴》那种赋与诗连带的编集体例,而是呈现出如《诗律武库·文章门》那样的赋、骚、辞均"归入于文"的思路。

2. 传为陈亮(1143—1194)所辑《苏门六君子文粹》70 卷,也全不列诗歌,而其卷三九《豫章文粹三·杂著》列了黄庭坚《休亭赋》《江西道院赋》《刘明神墨竹赋》3 篇赋作。

3. 谢枋得(1226—1289)《叠山先生批点文章轨范》7 卷。该书常见版本选文 69 篇,无诗歌,但有辞赋《归去来辞》《前赤壁赋》《后赤壁赋》《阿房宫赋》凡 4 篇。在《宋文鉴》中与诗同列的前后《赤壁赋》,在此书中与《三槐堂铭》《表忠观碑文》等文章同列在卷七"小心文"里。据该书目录后谢氏门人王渊济跋:"右此集(按,指卷一侯字集)惟《送孟东野序》《前赤壁赋》系先生亲笔批点。"足见《前赤壁赋》确属谢枋得本人所选,表明谢枋得将《赤壁赋》"归入于文"。

而最为彰显《诗律武库》"诗咏门""文章门"那样诗歌独立为类、辞赋骚"归入于文"的诗文二分格局者,应属宋人黄坚所编《古文真宝》。该书传世版本颇多,不过各本体例无别,都是分前、后集,前集 12 卷收录诗歌类作品,后集 10 卷收录文章类作品。以《详说古文真宝大全》本为例,除了开篇所录具有导论性质的"劝学文"外,前集收录五言古风短篇、五言古风长篇、七言古风短篇、七言古风长篇、长短句、歌类、行类、吟类、引类、曲类、辞;后集无明确的文体标目,但从其卷一所录"《离骚经》《渔父辞》《上秦皇逐客书》《秋风辞》《过秦论》《吊屈原赋》《圣主得贤臣颂》《乐志论》《出师表》《后出师表》《酒德颂》《兰亭记》《陈情表》《归去来辞》",已可知辞赋与上书、论、颂、表等文章之体同列。尤其前集"辞"类收录元稹《连昌宫辞》1 篇,与见于《后集》的陶渊明《归去来兮辞》相区别,更可见黄坚诗歌与辞赋分途、辞赋"归入于文"的诗文分类意识。

小　　结

综上所述,从诗文之分的角度看,宋代以前,赋体一直"列之于诗",没有疑议;宋代以后,赋体才出现既可"列之于诗"如《宋文鉴》,又可"归入于文"如《诗律武库·文章门》的两栖状态,这是宋代文章学不同于六朝隋唐文章学之关键处。吕祖谦是造就赋体在文学上诗文两栖地位的关键人物。《诗律武库》开示的赋骚辞"归入于文"、诗歌不列"文章门"的宋代文章学新传统,经《应氏类编西汉文章》《苏门六君子文粹》《叠山先生批点文章轨范》传承,影响及于清人姚鼐《古文辞类纂》,以至于从郭绍虞先生到我们的中学语文老师,讲到《赤壁赋》时都倾向于以之为"散文"了。

回到开篇的问题,仿写《赤壁赋》,还要不要注意押韵、骈对等艺术讲究呢?请看苏轼《与侄书》曰:"止有一事与汝说。凡文字,少小时须令气象峥嵘,彩色绚烂。渐老渐熟,乃造平淡。其实不是平淡,绚烂之极也。汝只见爷伯而今平淡,一向只是此样,何不取旧时应举时文字看,高下抑扬,如龙蛇捉不住,当且学此。只书学亦然,善思吾言。"善思《赤壁赋》作者此言,谅能自有答案。

《中州启劄》与金元之际北方士人的文学世界

浙江师范大学人文学院　慈　波

《中州启劄》是现存唯一一部元人书简总集,由吴弘道编选,刊刻于大德五年(1301)。全书共分四卷,收录赵秉文、元好问、许衡、商挺、郝经、刘因、宰沂、胡德珪、陈之纲、吕鹏翼、安镇海、康显之等姓名可考的48人共200篇书简。书简内容丰富,广泛涉及金元之际北方士人的日常生活,举凡政务协调、人事请托、学术讨论、寒暄沟通、文学交流甚至子女教育等方面,都在其中有生动体现。对于史料稀缺的金元北方士人相关研究领域,此书是难得的一手文献。

不过《中州启劄》传本罕觏,清代藏书家黄廷鉴就已经感叹其为"当世绝无仅有之书",[①]张金吾、黄丕烈等人所鉴藏者皆为抄本,而存世的元刻孤本则庋藏于日本静嘉堂文库,尚未见学界利用。仅从文献角度而言,除去元好问、许衡等数人有别集存世外,《中州启劄》中就约有150篇书简为《全元文》所失收。书简中颇有友人之间传抄邮送的诗词作品,也多为《全元诗》《全元词》等大型总集失载。除了史学界对书信授受所揭示的士人网络有所关注,[②]《中州启劄》所呈现的北方士人的文学生态,所揭示的文体选择与文学趋向,也都属于尚待探研的新鲜话题。

[①] 黄廷鉴《第六弦溪文钞》卷二《爱日精庐藏书志序》,清道光二十年(1840)刻本。
[②] 可参朱铭坚《金元之际的士人网络与讯息沟通——以〈中州启劄〉内与吕逊的书信为中心》(《北大史学》第20期,2016年)及其英文论文 Indigenous Elite Networks and Mongol Governance in Thirteenth-century North China(《饶宗颐国学院院刊》第5期,2018年5月)。近又新见陈广恩、邵婵《古代尺牍文献的流传脉络——兼论〈中州启札〉从日用到专集的性质演变》(《暨南学报》2021年第8期),则认为此书初始被书目视作类书、杂文,此后方归入集部。

一、《中州启劄》的编选及其文学面相

《中州启劄》的编选者吴弘道是一位元初北方中下层文人,身世材料很少,诗文作品也未见传世,倒是钟嗣成《录鬼簿》中有简单介绍:"吴仁卿名弘道,号克斋。历官至府判致仕。有《金缕新声》行于世,亦有所编《曲海丛珠》。"贾仲明吊词则云:"克斋弘道老仁卿,衣紫腰金府判升。银鞍紫马敲金镫,锦乡中过一生。老来也致仕心宁。《手卷记》《子房货剑》,锦乐府天下盛行。《曲海丛珠》《金缕新声》。"①可见吴弘道与传统文人多有不同,"天下盛行"云云,更表明他当时以曲名世。②《录鬼簿》所著录的杂剧《手卷记》《正阳门》《子房货剑》《楚大夫屈原投江》《醉游阿房宫》五种都已亡佚,散曲集亦已失传。《朝野新声太平乐府》《乐府新编阳春白雪》等书载录其曲,今人隋树森《全元散曲》辑录有小令三十四首,套数四首。

许善胜为《中州启劄》所作序言,称"仁卿名弘道,金台蒲阴人也",蒲阴在元代隶属保定路,今为安国市,可知吴弘道世为北人。序文又称他为"江西省检校掾史"③,则在元初仕路艰窘的情况下,吴弘道又转徙南方,出任低级吏职。根据方志,泰定二年(1325)吴弘道任建康路总管府"提控案牍兼照磨承发架阁"④,此后不久就应该以《录鬼簿》所说的"府判"致仕了。《录鬼簿》将吴弘道收入卷下"方今才人相知者,为之作传,以《凌波仙曲》吊之"类目当中,而《录鬼簿》成书于至顺元年(1330),故吴弘道当卒于此前。

吴弘道本人对于中州文献极为熟悉,《录鬼簿》中颇多曲家的相关材料即由他提供。⑤ 这一关注同样表现于书简的搜罗,许善胜表彰他"裒中州诸老往复

---

① 钟嗣成、贾仲明撰,马廉校注《录鬼簿新校注》,文学古籍刊行社,1957年,第124页。
② 涵虚子(宁王朱权)《词品》称"吴仁卿如山间明月",列为马致远、白朴等十二人之后的二等当中,显然是以曲家待之。张可久有《秋思和吴克斋》,则两人亦为旧识。
③ 吴弘道《中州启劄》卷首许善胜"序",静嘉堂文库藏元刻本。此序《全元文》失收。
④ 张铉《至大金陵新志》卷六下,《文渊阁四库全书》本。
⑤ 《录鬼簿》卷上"前辈已死名公才人,有所编传奇行于世者五十六人"部分,钟嗣成按语称:"其所编撰,余友陆君仲良,得之于克斋先生吴公,然亦未知其详。余生也后,不得与几席之末,不知出处,故不敢作辞作传以吊云。"(《录鬼簿新校注》,第99—100页)则这五十六人的编撰与出处部分多得之于吴弘道,可知吴弘道对于当时曲家的创作与生平情况有相当深入的了解。

书尺类为一编,凡若干卷,辍已俸锓梓"。即使不考虑书简散于众手、缀集为难的棘手之处,吴弘道沉沦于下层吏职,却力任工费将之刊版,所倾注的心力确乎难能可贵。这一元刊本仅见陆心源《皕宋楼藏书志》著录,①今归静嘉堂。此本左右双栏,双鱼尾,分装为两册。版心上以"中州几"标书名卷数,下标页码。每半叶13行,行22字。书首之序及赵秉文至元好问之《答聪上人》共六封书简皆为缺逸抄配。书前衬页抄有宋宁宗杨皇后宫词五首,首尾分别钤有"归安陆树声藏书之记""归安陆树声所见金石书画记"两印。所抄补之卷一首页,钤有"马玉堂""笏斋"两印,第二册卷三首页同。书末抄有黄丕烈跋语,钤"吴江凌氏藏书""凌淦字丽生一字砺生""归安陆树声藏书之记"三印。可知此书在陆氏之前,为海盐马玉堂(1815？—1880)与吴江凌淦(1833—1895)故物。元刻本时世久远,纸墨晦暗,卷中颇有阙文。但文字精审,讹误甚少,特别是书简的作者标注全备,文献价值很高。自版本而言,又为其他传本所从出,且系孤本仅存,尤其值得宝重。

到明成化三年(1467),《中州启劄》得以重刊。书前有许善胜序、翁世资重刊序,张金吾曾予著录,并称"影元抄本中多阙文,兼有误字,藉此得以校补,亦快事也"②。实际上不仅是抄本可据明刻本校订,现存的元刻残本也待之补阙。此本仅见私家收藏,为黄裳得之于铁琴铜剑楼瞿氏后人,据书影可知,此书大黑口,三鱼尾,四周双栏,每半叶12行,行24字。版心题"中州启劄",下为页数。黄裳指出"陆心源曾有元刻,与此本行款不同",这是正确的判断。他应该也未见元刊,所以又有"小字狭行,古意纷披,为覆元刻本"的激赏之语。③ 明刻洵为善本,但版式与元刻不同,自然不可能是覆刻本。

这两种刻本都罕见流传,到了乾隆时期修纂《四库全书》,就没有征集到此书。四库馆臣根据《永乐大典》的引录,勾稽散见的书简,形成了辑佚本二卷。提要称:"今考其所载,有赵秉文、元好问、张斯立、杜仁杰诸人劄子,大抵皆一时

---

① 黄丕烈曾寓目《中州启劄》四卷,有题跋称:"郡城故家李鉴明古遗书,残鳞片甲,约有百余种。其可取者三四十册而已,至宋元旧刻,无可为披沙之拣。唯此《中州启札》尚属元刻,检钱少詹《元史艺文志》总集类云'吴弘道《中州启牍》四卷',与此正合。虽钞补而仍缺失,取其希有,故存之不复分与讱庵矣。乙亥二月十四日,复翁。"见《士礼居藏书题跋记》卷六,清光绪十年(1884)滂喜斋刻本。跋语"尚属元刻"之谓,易滋误解。实则此书下明确注出"旧钞本",知黄丕烈所藏系据元刻抄出的写本,而非元版。
② 《爱日精庐藏书志》卷三五《中州启劄四卷明成化刊本》,清光绪十三年(1887)灵芬阁印本。
③ 《劫余古艳:来燕榭书跋手迹辑存》,大象出版社,2008年,第248页。

名流。《永乐大典》载宋元启劄最夥,其猥滥亦最甚。惟此一编犹稍稍近雅,以文多习见,故亦仅存其目焉。"①馆臣认为此书所收录的书简文体古雅,不同于宋元之际的俗滥之体,表现出对其文学价值的肯定。但认为作者多为名流,故书简都属习见之文,却是疏于体察。金元之际文人别集存世者少,此书存人、存文的功用甚巨。馆臣费力搜辑,却列入存目,从而导致辑佚本最终失传。

此书尚有多本抄本传世,皆为四卷,皆自元刻抄出。南京图书馆所藏者,即张金吾(1787—1829)原藏之"影写元刊本",《爱日精庐藏书志》卷三五著录。书中天头间有小字校语,卷一之末署有"嘉庆己卯(1819)六月二十四日校于新市舟中,梦华"字样,卷四末尾署"二十四日未刻,舟次乌镇,校毕",则校勘出于何元锡(1766—1829)之手。此书后归丁氏八千卷楼②,书前有丁申(1829—1887)同治九年(1870)正月题跋,略云:"是帙为古虞张月霄所藏影元抄本,犹有中郎虎贲之似,宜黄莞圃、琴六诸公称为稀有。况庚申、辛酉粤逆蹂躏东南,书籍之劫甚于五厄。独能避脱锋刃,令人及睹蒙古氏真面,尤堪珍惜。爱日精庐尚藏成化间翁世资重刊本,得以校补元抄阙文。《藏书记》录许氏序文。兹先以朱字补写其阙,倘异日成化本得复插架,俾成双璧,必更意蕊舒放矣。书此以待。"③此抄本之可贵在于曾利用明刻本校补阙字,但中间仍有缺逸。国家图书馆亦藏有一抄本,无序文,首页有"古香楼"与"休宁汪季青家藏书籍"两印,知出汪文柏(1659—1725)。此本缮写工致,但阙文甚多,且启劄作者具名往往脱漏。中国台湾地区"国家图书馆"有一抄本,经劳权、刘承幹递藏,前有"丹铅精舍""吴兴刘氏嘉业堂藏书记"两印,书末附劳权跋语:"癸卯九月十七日,借高宰平影元钞本影录,并校二过。原本稍有讹处,且多疑文,未得为佳书也。巽卿。"以上三种抄本以南图本为最善,但各本皆有阙文,且有书叶错置现象。因抄写时书简起讫处理不同,各本启劄数目也略有差异。④

《中州启劄》传本罕觏,其具体编选情况也不甚分明。就选源而言,元好问、

---

① 永瑢等《四库全书总目》卷一九一《中州启劄》提要,中华书局,1965年,第1737页。
② 丁立中《八千卷楼书目》卷一九著录"中州启札四卷元吴弘道撰,爱日精庐影元本",钱塘丁氏聚珍版。
③ 《中州启劄》卷首"题跋",《四库全书存目丛书补编》第79册,齐鲁书社,2001年,第338页。
④ 陆心源另有此书四卷"旧钞本",即黄丕烈所藏者,见《皕宋楼藏书志》卷一一七,今亦归静嘉堂,未见。版本方面,除前揭朱铭坚两文外,花兴《〈中州启劄〉的编刻与价值》(《中国古代散文研究文献论丛》,商务印书馆,2016年)与王媛《元人总集叙录》(天津古籍出版社,2018年,第77—81页)亦有梳理。

许衡、刘因等都属于名家,当时其文集就广为流传,启劄当取材于此。卷一所收元好问六首书简,顺序与《遗山先生文集》卷三九"书"完全相同。更明确的例证是卷二的首篇,即许衡《与窦先生》一文。此文附有小字校记,提供了别本异文,如"平则文著而行矣"下,注有"一作平则斯文可以行矣",类似的附注共有十余处,而这些校语与《中州名贤文表》所收许衡文章完全相符。《中州名贤文表》虽然是明人刘昌所选,但其中许衡的文章却来源于元刻本,"《遗书》六卷,大德十年(1306)安成尹苏显忠刻梓,当时已谓残编断简,多所失遗"①。一般以为这是许衡文集的最早刊本②,然根据大德本刊行时"残编断简"之说,且《中州启劄》成于大德五年,可见《遗书》显然还有更早的刻本存在。《中州启劄》所收录许衡之作,除了《与廉宣抚》之外,其余都见于《中州名贤文表》卷四"书牍",顺序也几乎全同。卷三刘因六首,全见于《静修先生文集》卷二一"书",顺序亦同。

但《中州启劄》选录名家之外,尚有四分之三篇目属于未见别集传世的士人。这部分启劄的来源,可能得于友朋之间的传抄,搜辑应该也耗费了不少时日。卷四后半部分标出"拾遗门",收录了受书人为游显的大量启劄,其中有十八首署名为"无名氏"。此后的启劄也多不标署作者。这提示了书简搜录的来源,也可见会聚文献的阶段性特征。

吴弘道对中州士人书简如此勤加搜讨,是否别有深意?毕竟在此之前,命名方式类同的《中州集》早已行世。元好问"北渡后网罗遗逸,首以纂集为事,历二十寒暑仅成卷帙"③,作为金源一代文献集成之作,《中州集》饱寓了故国乔木之思,"元氏之集诗也,以诗系人,以人系传,《中州》之诗,亦金源之史也"④。但《中州启劄》颇有不同,书中只有冠于卷首的赵秉文(1159—1232)卒于金亡之前,属于"金士巨擘"⑤。其他作者大都有入元经历,无法以金源"遗民"视之。像刘因这样的大儒,更是完全成长于元代治下的第一代士人。从吴弘道本人的行实来看,他也必然生于金亡之后。他对元代国力强盛、疆域广大充满自豪,歌

---

① 刘昌跋,《中州名贤文表》卷六之末,明成化七年(1471)刊本。
② 许衡集版本情况,参许红霞《许衡著述版本考》,《国学研究》第17卷,北京大学出版社,2006年;毛瑞方《〈许衡集〉版本考》,《历史文献研究》第32辑,华东师范大学出版社,2013年。
③ 张德辉《中州集后序》,《中州集》卷首,明汲古阁刊本。
④ 钱谦益《序》引程嘉燧语,《列朝诗集》卷首,中华书局,2007年,第1页。
⑤ 《金史》卷一一〇《赵秉文传》,中华书局,1975年,第2429页。

颂"当今帝,狼烟不起,干戈永退,齐贺凯歌回。先收了大理,后取了高丽,都收了偏邦小国,一统了江山社稷",并由衷发出"愿吾皇永掌着江山社稷"的祝愿①。从身份认同而言,吴弘道无疑属于元人,他所用的"中州"一词政治意涵较弱,而更多偏向于地理区位与文化认同②。《中州启劄》所收作者全为北方士人,核心活动区域也多在中原之境。尽管地理上"中州"曾经为金源故土,但《中州启劄》并非用来寄托黍离之思。启劄作者既有商挺、姚枢、胡祗遹这样的名臣,也有许衡、郝经、刘因等大儒,亦含王鹗这样的金代状元,还有徐世隆、王构这样的翰苑学士,乌古伦贞则为女真人,甚至可被视作特殊"士人"的有名诗僧木庵性英也列名其中,更多的则是在行省、路司任职的中下层士人。现存金元之际北方士人的书简一共不足280首,其文体风格呈现出朴质平易的统一性,而《中州启劄》一书所收就占据了七成以上。《中州启劄》的资料来源带有相当程度的偶然性,吴弘道所接触到的或为北方刊行的士人文集,或为友朋交好传抄的书简存余,大量无名氏的启劄更可能是吴弘道本人随遇所得。然而正是这样的辑录特点,反而较为客观自然地反映出北方文人之间启劄交流的真实样态。可以说,与他提供《录鬼簿》中诸多人物材料类似,吴弘道本于北方下层文士立场,以勾稽启劄的形式,在《中州启劄》中表达了他对于金元之际北方文化的体认,并由此而呈现那一转型时代身份复杂的士人们形态丰富的文学样貌。

二、启劄:士人交流的文体选择

　　《中州启劄》中的受书人,不乏耶律楚材、刘秉忠、廉希宪这样的重臣。其他多有友朋之间的往来书札,但双方也往往或任地方要职,或署翰苑馆阁,或为参议、省参这样的幕职,都是带有公共职务的精英士人。因而他们之间音问通款,

---

① 吴弘道《[越调]斗鹌鹑》,《全元散曲》,中华书局,1964年,第736—737页。
② 元人常以"中州"与"江南"或"东南"对举,以突出南北地理与文化之差异。如赵文《吴山房乐府序》"江南言词者宗美成,中州言词者宗元遗山",张之翰《书吴帝弼饯行诗册后》"江南士人曩尝谓淮以北便不识字,间有一诗一文自中州来者,又多为之雌黄,盖南北分裂,耳目褊狭故也",虞集《故梅隐先生吴君墓铭》"中州公卿大夫士家,功名爵禄之显,非东南所可及",郑元祐《颍昌书院记》"若中州先哲之所过化,礼乐刑政夫岂东南所可企及",都是在认同元代南北混一的格局之下,以"中州"代指中原地区。

即使并不涉及军国政事,由于社会身份的存在,体现于书简的礼制、书仪甚至文体,都应与一般的小简不同,而带有一定社会交往的功能性特征。根据司马光对书仪的析分,这类书简应该有别于表奏、公文与家书,而接近私书一类。吴弘道编选之际,以"启劄"命名这类书简,而所收文章均单行散体,朴质简易,这体现出怎样的文体认知?

启与劄原本都是以卑达尊的上行文体,带有鲜明的行政公文性质。两汉之际,以"启"命名的文章尚少。刘勰指出:"至魏国笺记,始云启闻。奏事之末,或云谨启。自晋来盛启,用兼表奏。陈政言事,既奏之异条;让爵谢恩,亦表之别干。必敛饬入规,促其音节,辨要轻清,文而不侈,亦启之大略也。"①可见启兴盛于晋之后,在文体方面带有明显的骈体倾向,在功用方面兼具表与奏的功能,既用于陈说政事,也用于辞让谢赐。②至宋代启的文体功能日益下移,演化成为日用文体,举凡仕宦、荣进、婚冠、祀典、祈禳、朝贺、庆寿、恳事、饯别、干求等诸种场合,都可以用启进行礼仪交流,骈体也成为文体规范:"至宋而岁时通候、仕宦迁除、吉凶庆吊,无一事不用启,无一人不用启。其启必以四六,遂于四六之内别有专门。"③可以说,启已成为士人社会中带有普适应用功能的四六文体。

劄作为文体的出现则要晚得多,徐师曾以为"劄独行于宋,盛于元,有叠幅提头画一之制,烦猥可鄙"④,他看到了劄在社交应用中重于礼数、繁杂泛滥的弊端,但对于文体源流并未细加梳理。这一文体实际起源于唐代,今仍可见杜光庭《奏于龙兴观醮玉局劄子》(作于 916 年),故欧阳修称:"唐人奏事,非表非状者谓之牓子,亦谓之录子,今谓之劄子。凡群臣百司上殿奏事,两制以上非时有所奏陈,皆用劄子,中书、枢密院事有不降宣敕者,亦用劄子,与两府自相往来亦然。"⑤可见在宋代一般大臣奏事,或者两制以上重臣常例之外的上书,所用文体可称为劄子;而政府、枢府下行的文书,如果皇帝未曾转降敕书,则也称作

---

① 《增订文心雕龙校注》卷五《奏启》,中华书局,2012 年,第 315 页。
② 徐师曾将启与书、奏记、简、状、疏归入"书记"类:"以上六者,秦汉以来,皆用于亲知往来问答之间;而书、启、状、疏,亦以进御",注意到启作为文体的政治书写与公共交流属性。见《文体明辨序说·书记》,人民文学出版社,1962 年,第 128 页。
③ 《四库全书总目》卷一六三《四六标准》提要,第 1396 页。
④ 《文体明辨序说·书记》,第 128 页。
⑤ 欧阳修《归田录》卷二,中华书局,1981 年,第 29 页。

劄子,这正是"劄付"一词的由来。劄子由浓厚性质的政府文书下移为士人之间交往通谒的文体,则是南宋初年的事情,"绍兴初乃用牓子,直书衔及姓名,至今不废"①。劄子作为交际文书的兴起,与其简便亲切、罢去繁冗密切相关。不过社会习俗当中对于尊官的谀颂很难遏止,"俄而劄子自二幅增至十幅,每幅皆具衔,其烦弥甚"②,于是劄子的便捷性也被礼文繁数所掩盖。

正是在这种风气之下,启与劄开始并称。宋元之际的熊禾就已经发现:"近世士大夫以启劄相尚,无乃交相谀者乎?书坊之书遍行天下,凡平日交际应用之书,悉以启劄名,其亦文体之变乎?"③可以说正是社会交往的需要,影响了启与劄的文体形制,并使得启劄成为日常交往的书简的文体总称。其时士人在拜谒长上之际,多以启说明事委,以劄申说敬意,俱用骈俪之体,各用信封密封,外面又附以封纸重加封缄。外封之上多题写"启劄申某官台座"字样,于是启劄遂合称而成为书简的代名④。这种特殊的形制就是宋人常说的"双书":"宣和间虽风俗已尚诡谀,然犹趣简便。久之,乃有以骈俪笺启与手书俱行者。主于笺启,故谓手书为小简。然犹各为一缄。已而或厄于书吏,不能俱达,于是骈缄之,谓之双书。"双书在南宋非常流行,其中的劄往往有多幅,故又被称为"叠幅",以多为敬,礼数繁缛。又因叠幅过多而兴起单幅样式,但为了表达尊敬,而不断另作一行,被称为"提头";在提头之时,语句开始的"某"之前画上"一"字标示谦卑,被称作"画一",都是社会交往中礼仪需要过于突出的表现。有识之士对此颇感无奈:"今风俗日以偷薄,士大夫之猥浮者,于尺牍之间,益出新巧。习贯自然,虽有先达笃实之贤,亦不敢自拔以速嘲骂。每诒书多至十数纸,必系衔,相与之际,悉忘其真,言语不情,诚意扫地。"⑤但社会风气的影响无远弗届,士人多被裹挟其中。即使是高明简易如陆九渊,也不免感叹:"今时仕宦书问常礼,与朝夕非职事应接者,费日力过半。比来于此等固不敢简忽,第亦不敢以此等先职事。拙钝之质,乃今尚有缺典。如台谏侍从当有启劄,今皆未办。所恃

---

① 陆游《老学庵笔记》卷三,中华书局,1979年,第37页。
② 《老学庵笔记》卷三,第37页。
③ 熊禾《翰墨全书序》,《勿轩集》卷一,《文渊阁四库全书》本。
④ 关于宋元之际启劄的具体样式,可以参看《新编事文类聚启劄天章》卷一之"劄子式",国家图书馆藏元刻本。
⑤ 洪迈《容斋随笔》卷一五《蔡君谟帖语》,中华书局,2005年,第196页。

群贤必不以此督过。万一致简慢之疑,更赖故人有以调护之。"①可见圆封叠幅的启劄因礼文太过而造成的负担。

这不仅带来日常交流中的烦扰,也使得书简本来应有的叙明事实、交流情感功能,变成文书的格式化表达,从而落入俗套。启劄的社交功能溢出文体表达需要,形制规范超越了内容的书写要求,于是启劄文体日益虚化:"沿波不返,遂变为类书之外编、公牍之副本,而冗滥极矣"。②为了满足社会交往的实际需要,宋元之际的启劄类日用类书层出不穷。流传到今天的,仍然有《新编通用启劄截江网》《新编事文类聚启劄云锦》《新编事文类要启劄青钱》《新编事文类聚翰墨全书》等多种。书中对启劄的对象、场合、事实、诗词、格式、活套等,有详细的罗列,往往只需按图索骥,根据人、事、时、地对文字稍作调整,即可满足书问启劄的依样填写。

在这样的启劄文化场景中,再来体察《中州启劄》的编选,就不难发现书简所呈现的文体面貌,与南方士人社会的启劄样态有何等差别。所有的书简都以古文写就,文辞简练质朴,直述事实,情谊真淳。格式中的时暄、祝颂,也都寥寥数语示意而已。就是在给当时的重臣耶律楚材上书,求请其接引中州士人,使之免于奴役奔走之辱,元好问也只是"谨斋沐献书中书相公阁下",而与南方启劄的不胜烦渎表现出明显的差异。更不用说平交之间的往还,随意简古而脱略形式了。

无怪乎当许善胜为此书作序时,这位前朝进士、深谙时弊的南方士人发出了深沉的喟叹:

> 古者奉咫尺书,所以达万里之心也。故书谓之简,简谓之毕,初非耀文贡佞之具。观先秦答燕、上秦二书,西汉赐南粤一书,明白恻至,洞见肺腑。要是去古未远,风气使然。是时岂有作书之法哉?逮及前辈,犹能仿效古意,上贻书于下,下献书于上,非言古今理乱之故、治道翕张之机,则相与切切然图当时之务,不专以颂也。朋友尺牍之酬酢,必以义理修齐是究。以至亲戚音问之交往,直述父兄安好、冠昏丧祭等事,无绮语、无泛辞也。流俗日靡,士大夫从事书札,扶疏茂好以为巧,裁秾蔫纤以为工。高者自谓陈

---

① 《陆九渊集》卷一五《与罗春伯》,中华书局,1980 年,第 198 页。
② 《四库全书总目》卷一六三《四六标准》提要,第 1396 页。

言之务去,卑者直欲尽平生之谄,以希分寸之进。昔止称启上者辄再拜,昔止称再拜者辄百拜,繁文缛节,未易毛举。于是书不复古矣。噫!昌黎公上宰相三书,犹不免好议论者责备,况其他乎?江西省检校掾史吴君仁卿,裒中州诸老往复书尺类为一编,凡若干卷,辍己俸锓梓,征余言。余曩缀寮翰苑,于玉堂制草中获睹诸老所作,每起而曰:此谷粟布帛之文也,岂后进所可窥其藩?若今仁卿所编,则未之见。一旦尽得而读之,体制简古,文词浑成,其上下议论率于政教彝伦有关,五云体何足言哉?当诸公作书时,不过抒吾情达吾意,岂计其文之传后?而后之睹者,如见谏议面于数十载之下,风流笃厚,典刑具存,矫世俗之浮华,追古风于迈远。然则仁卿此编,岂曰小补?

许善胜是温州永嘉人,咸淳乙丑(1265)进士①。他在南宋既曾入直翰苑,则对于制诰笺表之类四六馆阁文体的熟悉自不待言,对于社会交往中的谄媚奔竞、文字浮靡之弊也有切肤之感。序言中明确提示书简应效仿古人,以洞达直切为宗,而不应浮文媚俗。需要注意的是,在中州书简与南宋制草之间,他巧妙地进行了对比。当他作为"后进"而目睹前贤的四六馆阁之作,每每叹为观止,将这些涉及国计民生的政府文书,视为不可或缺的大手笔。而宋社既屋的易代之变以后,他有机会阅读中原通行的书简文字,不免发现江南字斟句酌、工整雅饬的启劄之作,不过是徒具形式的"五云体"罢了②。中原启劄抒情达意,浑成简古,直追远古之风,又可示法于后,与典重庄严的朝廷文字,在价值上皆可视作谷粟布帛之文。

因而《中州启劄》的荟聚成书,对于宋元之际的南方文坛而言,是一种突出

---

① (弘治)《温州府志》卷一三,弘治十六年(1503)刻本。许善胜入元后任职学事,在为《中州启劄》作序的大德五年,为江西儒学副提举。(乾隆)《武昌县志》卷一〇录其《马侯修学记》,此文作于九年春县学落成之时(1305),内称"余叨董湖广学事",则当为湖广行省儒学提举。大德十一年(1307)秋在鹤矶舟中为黎靬《安南志略》作序,鹤矶即武昌蛇山。(同治)《上高县志》卷一〇收录其延祐二年(1315)十一月所作《正德书院记》,署衔为"承事郎江西等处儒学提举",按元制提举从五品,副提举从七品,承事郎为敕授正七品散官,故"承事郎"云云必有讹误。后两文《全元文》亦失收。
② 段成式称韦陟"每令侍婢主尺牍,往来复章未常自札,受意而已。词旨重轻,正合陟意,而书体遒利,皆有楷法,陟唯署名。尝自谓所书'陟'字如五朵云,当时人多仿效,谓之'郇公五云体'"。见段成式撰、许逸民校笺《酉阳杂俎校笺》续集卷三,中华书局,2015年,第1610页。故五云体往往用来作为他人书信的敬称。

的文体呈现。在文体选择上，骈四俪六、偶对精工的整饬形式被洒脱随意、自然成文的散体取代；在表达功能上，虚文表敬、炫技谀颂被直通款曲、真切交流代替。中州士人通过质实简古、传事述情的畅达书写，剥离了启劄文化中所附着的文胜灭质、礼数滥侈的繁文缛节，实现了启劄的文体功能回归。在宋金对峙之后南北文坛分流衍化的背景下，中州词翰更多延续传承了北宋以来质朴自然、平易清澹的文学传统，与南宋流行的灭裂文字、猥杂缛丽的习气形成鲜明对比。《中州启劄》在江南刊版不仅是对中原文化的传播，也是北宋文学传统的回转，更实现了对南方文风的去蔽，从而带有促进南北文化交流融合的意味。

其实《中州启劄》的出现并非孤明先发，与之几乎同时的《欧苏手简》四卷，也是性质类似的书简总集。在杜仁杰——他曾中金源进士，声名四驰，也是元曲名家，其书简收录在《中州启劄》当中——的序言中，他激赏欧苏之作"但见性情，不见文字"。这些手简形制短小自由，语言简练生动，风格洒脱有致，带有生活化、日常化的特点，亲切有味而语近情真。古人早已看出，"宋末启劄之文，多喜配合经史成语，凑泊生硬。又喜参文句，往往冗长萎弱，唐以前旧格荡然"[①]。正是这两部元刻书简中的"古意"，使中州士人的启劄，与北宋以来确立的欧苏典刑具有了共同的文体与精神渊源。

三、《中州启劄》中的诗词酬酢

随着蒙古兵马南下，金朝在经历贞祐南渡、壬辰北渡等一系列仓皇政治事变之后走向衰亡。在这一惨酷历史进程中，生民罹难，中原残破，"所过无不残灭，两河、山东数千里，人民杀戮几尽，金帛、子女、牛羊、马畜皆席卷而去。屋庐焚毁，城郭丘墟矣"[②]。士人在这一巨变中遭受冲击尤烈，"自经丧乱，衣冠之士逃难解散，糊其口于四方者多矣"[③]。在乱世中为了苟全性命，"外有亡金之大夫，混于杂役，堕于屠沽，去为黄冠，皆尚称旧官。王宣抚家有推车数人，呼运

[①] 《四库全书总目》卷一六四《勿斋集》提要，第1407页。
[②] 李心传《建炎以来朝野杂记》乙集卷一九《鞑靼款塞》，中华书局，2000年，第850页。
[③] 李庭《寓庵集》卷四《嵩阳归隐图序》，清宣统二年(1910)藕香零拾本。

使,呼侍郎。长春多有亡金朝士,既免跋焦,免贱役,又得衣食,最令人惨伤也"①。不过《中州启劄》中所涉及的士人生活,都是在这一惨淡时刻之后。元代初定中原,对汉法与儒学已有一定程度的了解与接受,士人处境大有好转并渐次得到起用。经由各种途径出仕,或者得到北方世侯庇护礼遇的士人,在文化层面开始崭露头角,由北方南下为官的中州士人开始出现②。在江南士人初始印象中,"自中州而之官南土者,大率皆资性纯朴、材力猛健之士,故所至俱以吏能显"③,大概并不以文学之士目之。那么对于在文物凋敝、衣冠狼狈之后重归舞台的中州士人而言,文学活动在他们的生活中究竟扮演了何种角色?

《中州启劄》内容广泛,其中映现的诗文活动仅是士人生活之一端,但书简中出现的诗词却多为《全元诗》《全元词》失收。元好问在当时负斯文之寄,"才雄学赡,金元之际屹然为文章大宗"④,其书简中对于诗文书写屡有致意。在给刘秉忠的信中,他不仅指示门径,还不无自负地表示:"至于量体裁,审音节,权利病,证真赝,考古今诗人之变,有戆直而无姑息。虽古人复生,未敢多让。"(卷一《答聪上人》)致书曾优遇自己的东平世侯,他也涉笔艺文:"所需《横笛侍女图》今奉去,《树萱堂记》相见下笔未晚,《欹器赋》全文并跋语千万录寄,欲入《见闻录》中。"(卷一《答大用万户》之二)可见他稍能脱离颠沛流离的困境,即能寄心文教,启瀹后学。

《中州启劄》中的艺文之士,颇有与元好问相从甚密或者直接问学者,体现了领袖文人的深远影响力。如著名的诗僧木庵,以诗为简,与当时的临济禅僧海云印简(1202—1257)通问往来:

> 某礼上海云大老文侍。次韵子玉兄拙诗奉寄某,为千里一笑。墙阴残雪半融春,白发又随时节新。老矣久无题柱志,悠哉空有卧云身。逢人开口须防错,对景吟诗莫厌频。风月未知谁是主,料应都付与闲人。国师到燕,谨依命厚待。在城禅教师德,皆望象驾还燕,不敢多嘱。(卷一《与海云长老》)

---

① 彭大雅撰、徐霆疏证、沈曾植笺注《黑鞑事略笺注》,收入《沈曾植史地著作辑考》,中华书局,2019年,第286页。
② 关于这一时期的士人际遇,可参赵琦《金元之际的儒士与汉文化》,人民出版社,2004年。
③ 陆文圭《墙东类稿》卷五《送曹士开序》,《文渊阁四库全书》本。
④ 《四库全书总目》卷一六六《遗山集》提要,第1421页。

木庵名性英,字粹中,与元好问有诗文之契,与当时名流交往甚密,"接迹于赵礼部(秉文)、李屏山(纯甫)之后,定交于雷御史(渊)、元遗山(好问)之间。字如东晋而不凡,诗似晚唐而能雅"①。元好问曾为其诗集作序,许之为"百年以来为诗僧家第一代者"②。

元好问弟子许楫也颇善吟咏,他甚至以诗词为具,作为交流请托的凭借。许楫(1224—1293)字公度,号蒙泉,太原忻州人,《元史》列入良吏传。他"幼从元裕学,年十五,以儒生中词赋选"③,深得丞相安童、左丞许衡器重,后仕至东平总管。许楫在给魏初的书简中附上了一首词:

> 某顿首再拜。久别不胜仰德之至,谨录呈寄司农焦少卿【太常引】一阕,为公余一笑。山城无事日从容。闲杀白头翁。天地一春风。正四海、车书混同。 阴阴桑柘,熙熙村落,箫鼓庆年丰。鞍马记相从。也曾是、巡行劝农。少恳:李达伯通为人直实,与仆相从数年,自今闲困,伏望少赐吹嘘,为千万幸。不宣。(卷四《与魏太初青崖》)

这是以词稍事寒暄,而目的在于为其友人李达谋取职事。魏初(1232—1292)为弘州顺圣人,"好读书,尤长于《春秋》,为文简而有法,比冠,有声"④,官至南台御史中丞。魏初有《青崖集》传世,"所作皆格律坚苍,不失先民轨范"⑤。从文学渊源而言,据其自述"岁丙辰(1256),遗山元先生入燕,初朝夕奉杖屦"⑥。正由于"尝辱先生教诲"⑦,魏初行部河东时,特意为元好问买石立碑。除了官场的交往,他与许楫并为元好问弟子辈而有同门之谊。

许楫应该同时为李达写了好几通推荐信,在《与谢化度禅师》中他开门见山

---

① 魏初《青崖集》卷五《木庵塔疏》,《文渊阁四库全书》本。
② 元好问著、狄宝心校注《元好问文编年校注》卷五《木庵诗集序》,中华书局,2012年,第1086页。性英生平行实,刘晓《金元之际诗僧性英事迹考略》有详细考述,见《中国社会科学院历史研究所学刊》第3集,商务印书馆,2004年。但论文述及性英存世诗歌,则仅举出残句,而未能留意及此。杨弘道、段成己、耶律楚材、耶律铸、王恽、元好问皆与性英唱和并有诗存世,《全元诗》则无释性英条目。
③ 《元史》卷一九一《许楫传》,中华书局,1976年,第4357页。按《元史》中凡元好问皆作"元裕",实误。清人汪辉祖已指出"元好问字裕之,不书名而称字,又删'之'字,皆误",见《元史本证》卷二一《证误·郝经传》,中华书局,2004年,第222页。
④ 《元史》卷一六四《魏初列传》,第3856页。
⑤ 《四库全书总目》卷一六六《青崖集》提要,第1431页。
⑥ 《青崖集》卷二《赠高道凝》,第704页。
⑦ 《青崖集》卷五《书元山墓石后》,第784页。

点出"李某",希望"如到大都,凡百照顾"。而在给刘宣的书简中,他则又以诗联络感情,委婉达意:

> 某顿首再拜某文侍。寄汉臣宣慰石公俚语录呈,希笑览。二十年前鬓未斑,披霜带月不曾闲。城东相府城中省,一日联镳几往还。(其一)弊裘羸马走尘埃,愚钝甘为最下材。自愧晚年荣且贵,初从宣慰荐章来。(其二)鞍马区区各异方,几年无处问行藏。旧时一枕思君梦,夜夜还飞到建康。(其三)不肖行藏,去人李某备知其详,不敢喋喋。旦暮不忘损益二斋相君执事,不宣。(卷四《与刘吏部尚书伯宣》)

刘宣(1233—1288)字伯宣,太原人。其父刘训,"金朝河南省掾,博学知名,与太原元好问友"①。刘宣"自幼喜读书,有经世之志"②,仕至南台御史中丞。魏初与刘宣亦有交谊,曾"举劝农副使刘宣自代"③。刘宣为吏部尚书,时在至元二十三年(1286),至元二十五年(1288)刘宣已赴行台任职。许楫去信向他推荐"李某",只能是这两年当中。刘宣虽以吏才见长,实也能诗,"江南既平,作诗百韵,铺张伟绩,宋臣有能死节守义者必加叹奖"④。日常琐事、行履细节,推介前去的李达自然会讲述,于是以诗代简就完全成为情感交流,这不失为有共同艺文爱好的同僚之间的联谊方式。值得注意的是,许楫的两封书简中所附诗词,唱和对象都不是受书人,而另有所属,这隐约表明各人都较为熟悉,彼此的酬唱属于公共话题。

除了元好问影响之下的士人,《中州启劄》中的诗词活动也呈现出两个中心人物。其中一个为吕逊(1209—1273),字子谦,东平人。他与王恽、魏初都有交往。其父吕松,"金词赋进士第",吕逊本人"早岁有赋声,生平喜作诗,格律精严,长于七言近体"⑤。吕逊一直沉沦于吏职,主要在北方的燕城、真定、东平、

---

① 吴澄《吴文正集》卷八八《大元故御史中丞赠资善大夫上护军彭城郡刘忠宪公行状》,《文渊阁四库全书》本。
② 《元史》卷一六八《刘宣传》,第3951页。
③ 《元史》卷一六四《魏初传》,第3858页。
④ 吴澄《吴文正集》卷八八《大元故御史中丞赠资善大夫上护军彭城郡刘忠宪公行状》,《文渊阁四库全书》本。
⑤ 王恽著,杨亮、钟彦飞点校《王恽全集汇校》卷一五《挽吕权漕子谦》,中华书局,2013年,第678页。

卫州等地活动,最终卒于江淮都转运司幕官任上。虽然官职并不显赫,但是吕逊辗转多地,交游广泛,在他的交往圈中有不少诗文作手。比如久居东平的杨云鹏,他是元好问向耶律楚材推荐的中州名士之一,曾自称"时时雕肝割肾,偶得一联一咏,聊以自适"(卷一《与吕子谦详议》)。据说这是一位"死生于诗者","客居东平将二十年,有诗近二千首"①。杜仁杰则在书简中给吕逊抄录四首诗,同时期望这位"天下士"能够"不吝点窜"(卷一《与吕子谦郎中》)。更有一位"但爱缀诗"的朋友,一次性给吕逊寄去了六十三首诗歌(卷三王仲谟《与吕子谦》)。可以看出,吕逊的书简往来中,文学唱和的频度相当之高。

这其中就有开国名臣姚枢(1203—1280)。在书简中,姚枢录上了一首五古:

> 某顿首某阁下。重过课湍蘸,录呈某一笑。沙草覆平冈,经过忆畴昔。解鞍息汗颜,蒙茸藉柔碧。日月曾几何,归路满秋色。乾坤嗟飞蓬,人生亦飘忽。风尘弊征裘,杂沓弓刀陌。勋业愧清镜,双毛溃冰雪。从军壮年事,胡为重兹役?矫首望南垂,惨淡风云集。东平仗黄钺,骖虞自良德。千秋武惠心,赖耳忧疑释。君有少语,尚祈留意。未间,千万以斯文自寿为祷,不既。(卷一《与吕子谦参议》)

姚枢曾经隐居于卫州的苏门山讲学近十年之久,此后即应忽必烈之招北上,成为重要的潜邸宾僚。而吕逊的人生后二十年则基本都是在卫州的江淮都转运司任职。这篇书简的署衔是"姚左丞",姚枢"拜中书左丞"事在中统四年(1263)。从诗歌可以知道这是姚枢重历故地后,北归回望之际所作。"东平"四句,表明此行为目的在于抚绥汉人世侯东平严氏。世侯臣服于元代统治,有纳贡、从征的义务,也可以世袭职守,专制一方,是元代初期特定政治、军事形势下的需要。随着元代政权的稳定,世侯威胁稳定、尾大不掉的弊端也渐渐凸显。忽必烈即位当年(1260年),就设立十道宣抚使以牵制世侯权力,"诸侯惟严忠济为强横难制,乃以公为东平。至居庸北,制下,受命即南"②。至元元年(1264)罢去世侯,更置牧守,"迁转河东、山西、河南、山东官吏。公行省河东、山

---

① 《元好问文编年校注》卷六《陶然集诗序》,第1147—1148页。
② 姚燧《姚燧集》卷一五《中书左丞姚文献公神道碑》,人民文学出版社,2011年,第220页。

西,明年而归"①。可见姚枢此年复南下巡行,次年北上而有此诗。姚枢此时已然进身重臣,而能给邻近的吕逊去信,两人显然是旧交。

同样与卫州深有渊源的王博文(1223—1288)也是吕逊的诗友。博文字子勉,号西溪老人,东鲁人,后徙彰德。他从学于元好问②,是卫州州学诸多生徒中的"魁杰"③,与王恽、王旭并称"三王"④。他的书简目的单纯,就是以诗歌唱和为主要内容:

> 某顿首呈。一别思仰深剧。新所作《宿修武传舍》丑恶,谨为吾兄录之:白石清泉笑我劳,黄尘赤日与相鏖。前修炳炳虽堪佩,世网恢恢未易逃。俯仰桔橰随舍用,步趋傀儡听持操。吁嗟身世坐如此,独对西风首重搔。丙辰岁(1256)九月旦日也。谨奉呈布闻。(卷三《与吕子谦》)

王博文于宪宗五年(1255)与郝经一起被忽必烈征召北上,在这之前的几年吕逊方才南下卫州供职幕府,两人在卫州的交往中,诗文交流应当是其中有共鸣的一环吧。

《中州启劄》中诗词唱和的另一位中心人物张斯立的地位则要显赫得多。张斯立字可与,号绣江,济南章丘人。家世富饶,其父创有乡塾。张斯立"幼颖悟过人,日诵数千言。及长,刻意问学,无所为,无所不窥,辟山东提刑按察司掾史"。此后"擢江南行台监察御史,转行省员外郎、郎中,入为户部侍郎、参议中书省事、户部尚书,出佥江浙行省事。扬历中外,蔚有名卿、才大夫之目"⑤。大德元年(1297)至七年(1303),任中书参知政事。⑥ 张斯立由吏职出仕而最终晋身参政,这是元代重吏轻儒的特殊任官制度下的独特现象。张斯立本人雅好文艺,任职浙东时与书法大家鲜于枢交好。他收藏的名人字画也非常之多。⑦

---

① 姚燧《姚燧集》卷一五《中书左丞姚文献公神道碑》,第221页。
② 王恽《御史中丞王公诔文》称王博文"文辞翰墨,外彪中弸。年甫弱冠,四擅华声。从元问学,馆甥作甥",见《王恽全集汇校》卷六四,第2756页。
③ 王公孺《卫辉路庙学兴建记》,《全元文》第13册,江苏古籍出版社,1999年,第253页。
④ 王公孺《大元故翰林学士中奉大夫知制诰同修国史赠学士承旨资善大夫追封太原郡公谥文定王公神道碑铭》称王恽"少与西溪、春山友善,时目曰'淇上三王'",见《全元文》第13册,第259页。王恽《王尚书子勉挽辞》之三也有"三王鼎足"之说,见《王恽全集汇校》卷一九,第898页。
⑤ 阎复《中书参知政事张公先茔碑铭》,《全元文》第9册,江苏古籍出版社,1999年,第303页。
⑥ 《元史》卷一一二《宰相年表》,第2806—2809页。
⑦ 周密《云烟过眼录》卷上《张可与斯立号绣江所藏》,中华书局,2018年,第280—281页。

仅从存世作品而言,其时名流如魏初、张伯淳、陆文圭、王旭、刘敏中、侯克中、马绍、张之翰等,都与之有诗词唱和。可以说,艺文活动构成了他生涯中的重要面相,这在《中州启劄》中有突出的表现。

王博文至元十九年(1282)入朝为礼部尚书,与张斯立同在中书省任职,两人属于僚友。张斯立以才具而出任江浙行省佥事,王博文作诗为贺:

> 某顿首上。可与长幕府数年,论思可否,忠益弘多。丞相以为才,保升签省。老夫喜以诗以贺之。几年兰省幕中宾,违覆得中多策勋。葛亮常思友元直,薛宣终不吏朱云。官阶才选休言峻,王事贤劳莫惮勤。上宰从今欲高枕,诚心公道正须君。善加鼎食,不次。(卷三《与张绣江可与》之一)

诗中借用薛宣礼遇朱云的典故,暗示宰相对他的器重,可以看出王博文对他的期许。至元二十三年王博文迁南台中丞,其时行台置署于建康。而张斯立此时为佥书江浙省事,省治为扬州。两地隔江相望,王博文以词相寄,细述友朋欢聚、佐觞侑歌之乐:

> 某顿首。某郎中英游,望某为具婺源许侯公度与不肖三数友。适乐府马生以合曲侑歌遗山【木兰花】词,各欢意浃洽而散。谨次高韵以纪之,【金缕曲】也。樽俎风流地。正扬州、春光烂熳,万红千翠。好客孟公才举酒,早唱珠绳银字。要万斛、羁愁顿洗。病后老怀浑怯饮,道余年、行乐为佳耳。犀首辈,我非是。　君如骐骥思千里。笑池边、蹒跚跛鳖,岂能如此。只欲茶铛禅榻畔,寻觅老人风味。更谁想、紫云堆里。乐子归田元有约,效乐天、中隐宁无意。犹在路,恐非计。至元丁亥(1287)清明前五日录呈。伏惟一笑云。不宣。(卷三《与张绣江可与》之二)

书简中所说的"婺源许侯公度"即许楫,他在至元二十三年"授中议大夫、徽州总管",二十四年(1287)"授太中大夫、东平总管"①。王博文能与许楫一起聚会,当是许楫徽州考满北上,正好路经建康。

张斯立的诗友众多,公余诗酒流连自属常态。王复在集会之后,作诗给他回顾酣饮之乐:

---

① 《元史》卷一九一《许楫列传》,第4358—4359页。

　　　　某顿首。古人有真率会,前日农圃之饮,可以当之。用漳东韵,呈同坐诸老一笑云。凤驾从近郊,草露凄已白。鸡鸣达京阙,寒月照行色。瀛洲霭佳士,此际来挈楯。相逢金闺彦,野饮信酣适。农家场圃宽,缨弁俄云集。争持无算爵,宁辨不速客。肴馔杂市酤去声,讵假烹悬特。欢哗破寒律,和气回黍龠。醉倒忘登车,真游本无迹。自爱,不宣。(卷三《与张可与》)

王复(1226—1289)字子初,沧州人。其父王昌龄受知于世侯史天泽,摄卫州事,兴学化民,文风蔚兴。王复与王恽两家为世交,两人亦为州学同学,游从密切。王复后袭父职出仕,领卫州务。至元初入为中书两司郎中,八年(1272)以中书舍人出知归德府。后仕至河东山西道按察使。① 这首诗写到众人仿真率会,在京郊的农家田圃饮乐,应该是王复与张斯立都在大都任职的至元初年。

刘宣与张斯立原本私交甚笃,张"为行省员外郎时,公为参议,相得甚欢"②。当张斯立为江浙行省左丞时,刘宣正在江西湖东道提刑按察使任上,于是以词为贺:

　　　　某顿首。某自左辖相公还省移杭,士民欢呼雷动。某僻处豫章,不克致贺忱,慊恨良多。因邢良辅国录之钱塘,谨录旧作《思归》【木兰花慢】,不揆荒斐,以代起居之敬,伏冀退食捧腹。倦东南留滞,又持节、入西州。信吴楚迢遥,山川环绕,物人风流。长空淡然无际,甚消沉、不尽古今愁。落日江烟杳杳,西风汉水悠悠。　　几回徙倚仲宣楼,点检鬓毛秋。叹富贵浮云,生存华屋,零落山丘。还家故人谁在,共晋溪、佳处卜菟裘。毕竟五花骄马,争如十角黄牛。珍重,不宣。(卷三《与张可与》)

之前刘宣辗转于松江知府、浙西宣慰同知、江淮行省参议任上,遍历松江、苏州、扬州等东南州郡。此番又由吴入楚,来到南昌,山川浩渺,不免兴起归隐晋溪的念头。

与张斯立诗文往复的还有曾与刘宣有同朝经历的张孔孙(1233—1307)。

---

① 王复生平见《王恽全集汇校》卷四九《故正议大夫前御史中丞王公墓志铭》,第2339—2344页。
② 吴澄《吴文正集》卷八八《大元故御史中丞赠资善大夫上护军彭城郡刘忠宪公行状》,《文渊阁四库全书》本。

张孔孙字梦符,其父张之纯为东平严氏万户府参议,孔孙遂长育于东平。他"素以文学名,且善琴,工画山水竹石",以奉礼郎教习乐师、复太常乐入仕。他深为廉希宪、安童器重,至元二十二年(1285)"除宣吏部尚书,孔孙礼部侍郎,寻升孔孙礼部尚书",后"拜集贤大学士、中奉大夫,商议中书省事","久之,请老还家"①。张孔孙有两封书简致张斯立,恰好诗、词各附一首:

> 某顿首郎中宗旧阁下。因读白乐天作《花前叹》,是年公五十有五,中有"几人得老莫自嫌"之句,叹赏之余,亦得数语录呈。梦里钟声起早难,坐延昼景散迟安。不嫌镜里人垂老,但觉花前岁减欢。谬欲操持存晚节,愧无喉舌在春官。乐天岂是忘情者,叹息流年顿酒宽。蔡大使行,录寄别后一笑。犬子新在彼,望多指教,受赐一也。不宣。(卷四《与张可与郎中》之一)

> 某顿首。二月初吉,访太初侍御兄,别圃有杏花一株,遂成小酌。人各露醉,偶得乐府【谒金门】纪一时之欢,二三知友已有和章,录呈。中和节。小圃暮寒犹怯。一树恼人无处说。客来当意惬。　粉淡更宜红颊。莫遣东风开彻。醉梦只消疏影月。化为枝上蝶。共发一笑。(卷四《与张可与郎中》之二)

第一剳以诗见意,顺带将其子托付给时在江浙的张斯立。第二剳中的"太初侍御"即魏初,张孔孙迁礼部之前为南台治书侍御史,两人在杭州多所游从,时相唱和。

待张斯立参政中书之后,京城中同好欢聚酬唱的机会更多,《中州启剳》中有两封书简都是其此期所作:

> 某顿首载拜大参相公阁下。别后不胜思慕,因建德门待晓同饮,谬作录上一笑。禁阊不容呼,坐待东方白。盘盘孤月辉,烂烂亦星色。方寒念麴生,乃复得盈槛。群贤更酢酬,为乐贵欣适。野人场圃间,惠然肯朅集。顾皆非折简,率尔可召客。迟明各茗芋,一笑亦奇特。恨我饮酒少,不解登三雘。独能赋清诗,为诸君遗迹。不宣。(卷四宋渤《与张可与》)

> 某顿首。某因见坡翁清白和陶诗,为子由弟作也。仆于是日偶读是

---

① 《元史》卷一七四《张孔孙传》,第4066—4068页。

诗,惕然兴感,辄亦次韵,录呈颐贞大参老兄,伏幸笑览。层云起中宵,黳我窗户阴。谓当为膏澍,喜气袭冲襟。长风自何来,鉴竹铿玉琴。嘐然万籁作,曙色昨犹今。佳辰悠严祀,先训夙所钦。涤濯静且嘉,蔬肴侑清斟。独念我仲兄,两月无乡音。六十未全衰,早已辞华簪。有弟不归去,世味耽之深。不宣。(卷四王构《与张可与》)

宋渤字齐彦,潞州人,宋子贞之子,官至集贤学士。王构(1245—1310)字肯堂,东平人。至元十一年(1274)授翰林编修,武宗时拜翰林学士承旨。王构是元初著名文臣,"历事三朝,练习台阁典故,凡祖宗谥册册文皆所撰定,朝廷每有大议,必咨访焉"。诗中归乡退隐之思浓郁,他后来"以疾归东平"[1],与诗中"世味耽之深"的自嘲潜相呼应。

不消说,书简所见诗文交往圈只是其实况的一角[2]。东平徐琰就对张斯立表示"不肖尝有诗,因便寄足下"(卷四《与张可与郎中》),胡祗遹(1227—1295)也专门为张斯立的"颐贞斋"题诗[3]。现实生活当中的诗词酬酢肯定比书简邮送的远为丰富。书简中所呈现的只是诗文生活的片段,或是特别值得回忆的场景书写,或是友朋关切的公共情感话题。而酒酣耳热之时,才是更合适笔墨淋漓的交际场合。王鹗(1190—1273)对吕逊所说的"燕城士风比旧日差胜,释奠破官钱,月旦必告朔,文会欢饮,无月无之,但欠吾子谦耳",(卷一《与吕子谦参议》之二)恰好揭示出诗简简送的无奈。

在《中州启劄》的二百封书简中,除了胡祗遹的一首外,共录呈了诗歌十二

---

① 《元史》卷一六四《王构传》,第3856页。
② 《中州启劄》卷四拾遗门收录了一篇无名氏上呈时任大名宣抚使游显(1210—1283)的书简,颇为特殊:"某顿首再拜上某阁下。昨临河内,缘冗中,不能得款曲,殊乏馆谷礼,迄今为慊,谅仁者必不责也。今有细事,不免干渎。岂意岁及六旬,每月才方吟诗课赋,揣其本分固当如此,然每与小学生辈趋学同例,岂无惭色?盖君子伸于知己,屈于不知己。兹者幸遇相公控制诸州,可谓知己者也。惟望披赖指挥,得免课赋之役,实终身莫大之幸,宁不知谢?仍以小诗一绝以见意云。相逢莫怪便倾诚,二十年前契义情。今日愿为门下客,免教人道是书生。幸希笑览。比遂参会,更冀顺时调摄,前膺柄用,式副愿言。区区不敷。"这其实是希望自己不参加每月的讲学活动,而作诗证明这并非自己不学的借口。原来至元六年(1269)中书省文书规定按察司官员还有督促教化的职责:"如遇朔望,自长次以下正官、首领官,率领僚属吏员,俱诣文庙烧香。礼毕,从学官、主善诣讲堂,同诸生并民家子弟愿从学者,讲议经史。"见《通制条格校注》卷五《庙学》,中华书局,2011年,第209页。
③ 此诗见卷三胡祗遹《与张可与》之二,已收入《紫山大全集》卷三,题作《寄张郎中可与颐贞》,与《中州启劄》所收者略有异文。

首、词作四阕,全为不见于其他文献的逸作,诗文交流不失为启劄往复的重要内容。参与酬酢的士人身份不同,经历迥异,却因为共同的艺文爱好而联络网结到一起。启劄所呈现出的诗文唱和中心人物吕逊与张斯立,一沉晦,一显达;交往的对象中不乏重臣,也颇有幕职。这种交流并不以势利而绾合,而带有文艺相娱的自然组合意味。尽管因启劄搜罗范围的限制,其中映现出的士人网络有所局限,活跃唱和者的出现带有一定的或然性,但也足以见出北方士人对于诗词唱和的热情。

如果将之与同一时期在大都进行的著名文人集会"雪堂雅集"的作家名单进行对比,就会发现或然之中深味存焉。大约在至元十九年(1282)至二十年(1283),大都天庆寺的临济僧人普仁在其禅室举办了诗文雅集活动,根据王恽的记述,"凡一十九人,作为文字,道其不凡"①。这些作品汇录成卷,姚燧在题跋中罗列有"序四、诗十有九、跋一、真赞十七、《送丰州行诗》九,凡五十篇",作者共28人②。人数记载不一,或是出于雅集之后仍有赓和,从而使雅集带有一定的延续性。有学者指出,雅集"以参与者档次高著称","只要略做增补,这便是至元后期大都文坛的主要作家名单"③。不难发现,《中州启劄》中的诗词活动主体,如张斯立、徐琰、王构、王恽、宋渤、张孔孙、王博文、刘宣、胡祗遹,都出现在这一"主要作家名单"当中。《中州启劄》的书简中直接引录具体诗词作品的就有15篇之多,如果算上言谈涉及艺文者,其数量更超过30首,直观反映了文学交流如何深入北方士人的日常生活。考虑到此书资料来源的或然性,启劄中诗词酬酢的主角竟然也与当时文坛主流相互重合,并与北方文坛的地域格局呈现一致,也许可以说,《中州启劄》中的诗文酬酢,以一种自然状态,呈现了金元之际北方士人文坛的现实生态。

四、余　论

日本学者安部健夫曾把元初知识分子分为文章派的华士与德行派的正士

---

① 《王恽全集汇校》卷五七《大元国大都创建天庆寺碑铭并序》,第2548页。
② 姚燧《姚燧集》卷三一《跋雪堂雅集后》,第472—473页。
③ 杨镰《元代文学编年史》,山西教育出版社,2005年,第153页。

两大集团,"一是由耶律楚材、宋子贞兴起,元好问、康晔、王鹗、王磐、李昶、李桢、阎复、李谦、孟祺、张孔孙、李之绍、曹伯启等继之,下及李冶、徒单公履的一派;另一是由杨惟中、刘秉忠、赵复兴起,窦默、姚枢、许衡、杨恭懿、王恂等继之,下及耶律有尚、姚燧、甚至还可把刘因包括在内的一派"①。从事业追求、个性修养、道德约束等角度来看,文苑与儒林的大致区别在元初士人当中是确实存在的,《中州启劄》中的书简收授士人,也与安部健夫所列举者多有重合,构成了其时北方士人的主体。

但是元朝入主内地,其任官制度与中原王朝多有不同,文士的地位并不特出。由于重出身、讲根脚,由吏入仕甚至由儒入吏的现象反而更占主流。能够亲理民政、解决实际问题的经济之士才是更受重视的群体,耶律楚材以及此后的杨惟中、姚枢、刘秉忠等忽必烈金莲川幕府时代的"潜邸旧侣",都是以此而得到重用。在元代士人当中,除了喜好诗文酬和的文章派与重视道德修养的德行派,可能更普遍的大多数其实是介于两者之间的,以吏治才干而见用的士人。《中州启劄》中呈现出的诗词作者,除了王鹗、魏初、木庵、王构等可被归入文章派之外,像吕逊、张斯立这样的中心人物,以及许楫、刘宣等众多作手,其实多属于具有文化素养的官员。他们出自爱好的追逐风雅行为,成为与两派成员沟通的有效手段。

在这些酬酢活动当中,也隐约呈现了金元之际北方的地域文学中心。从元好问开始,杜仁杰、杨云鹏、王构、宋渤、张孔孙、徐琰等人,或受惠于东平世侯,或长育于东鲁之地,是其时异常活跃的东平士人群体的组成部分。而王复、王博文、王恽、吕逊等,则属于卫州士人群。这与两地在元初相对稳定的政治环境与文教政策有关,"方是时,士大夫各趋所依以自存。若夫礼乐之器、文艺之学、人材所归,未有过于东鲁者矣。世祖皇帝建元启祚,政事文学之科彬彬然为朝廷出者,东鲁之人居多焉"②。卫州时为世侯史天泽投下,文教兴盛,府学人才辈出,有"鲁多儒而卫多君子"之誉③。这两个士人群体以开放姿态密切交往:元好问即曾客居两地;魏初既与张斯立唱和,也是王博文的旧友;张孔孙既是张

---

① [日]安部健夫《元代的知识分子和科举》,《日本学者研究中国史论著选译》第5卷,中华书局,1993年,第671页。
② 虞集《曹文贞公汉泉漫稿序》,《全元文》第26册,凤凰出版社,2004年,第106页。
③ 王公孺《卫辉路庙学兴建记》,《全元文》第13册,第253页。

斯立的"宗旧",也是魏初的"知友"。他们交相为友,诗词赓和,丰富了北方的文坛。

但也需注意,他们虽然大部分都有任职江南的经历,像编纂《中州启劄》的吴弘道本人,也"虚名仕途,微官苟禄。愁里南闽,客里东吴,梦里西湖"①,辗转于南方各地。但是他们的交游唱和,却多以北方士人内部为主,与南方士人的切磋属和甚少。他们的诗词质朴充实,古意盎然,与南方仍具影响的江湖萎靡诗风对比鲜明;他们的启劄自然真挚,也与宋末文章的庸滥俗套大相径庭。这是贞祐南渡之后,北方文风的可贵一面,"南渡以来,士人多为古学,以著文作诗相高"②。但于南方文学中体制形式丰富、技巧高度发达的一面,则借镜无多。正如钱基博所述:"元以蒙古起朔方,牧马南下,吞金灭宋而抚有中国;然元能兼并金宋之土地,而未能统一南北之文学。"③因而《中州启劄》中的文学活动,更多地体现了元初北方质朴古直的文学生态。元代南北混一、族群融合而产生的兴盛文学局面,要等到汉法得以施行、科举制度重开、南人大举入仕之时,这要在《中州启劄》刊行的十余年之后了。

---

① 吴弘道《钱塘感旧》,《全元散曲》上册,第729页。
② 刘祁《归潜志》卷八,中华书局,1983年,第80页。
③ 钱基博《中国文学史》第五章"元"第一节"发凡",上海古籍出版社,2011年,第695页。

明清别集的冠首文体*

中山大学中文系　何诗海

古代分体编次的文集,文体存录与否及其先后序次,往往蕴含着对文体价值高下的判断。自萧统《文选》之后,兼收各体诗文的总集如《文苑英华》《唐文粹》《宋文鉴》《元文类》《文章辨体》《文体明辨》《金文雅》《明文在》等,多采用《文选》体例而稍作调整,形成较为稳定的编次传统,如先文后笔,先诗赋辞章后实用文体,先古体后近体,先四言、五言后七言等,体现了古代文学发展进程中逐步形成的审美风尚和文体观念。这种体例及其所蕴含的价值观,在宋代开始遭受质疑,并出现了真德秀《文章正宗》这样以辞命居首、诗赋居末的总集。明清时期,越来越多文集,尤其是别集,进一步突破《文选》传统,以作者或编者心目中最重要的文体高踞卷首,彰显其特殊地位或价值。文集体例日趋复杂多变,以致四库馆臣有"四部之书,别集最杂"[1]之论。这种"最杂",既指内容,又指体例;既与四部之中的经、史、子典籍相较,又与集部中的总集相较。此外,还指向特定的时间段,即明清时期。明代之前的别集,仅偶有打破《文选》体例者;明清别集,固不乏以诗赋冠首者,而别出心裁冠以其他文体者,也蔚然成风。本文拟围绕以上问题展开探讨。

一、王权政治与朝廷公文

在冠首文体上[2],较早突破《文选》体例的,是维系王权政治运转的朝廷公

---

* 本文为国家社科基金重大项目"历代别集编纂及其文学观念研究"(21&ZD254)阶段性成果。
[1] 永瑢等《四库全书总目》卷一四八,中华书局,1965年,第1267页。
[2] 所谓"冠首文体",指在分体编次的文集正编中,位居第一的文体或文类,如《文选》之赋、《古文辞类纂》之论辨类,不包括附缀于正编之前的序跋、凡例、目录等。

文,包括诰敕诏令等下行文和奏疏章表等上行文。南宋真德秀《文章正宗》将古今文体分为辞命、议论、叙事、诗赋四大类,而首以辞命,原因在于"文章之施于朝廷,布之天下者,莫此为重,故今以为编之首"①。陈仁子认为,诏令乃"人主播告之典章",奏疏乃"人臣经济之方略",事关国政朝纲,地位最尊;《文选》先诗赋后王言,"是君臣失位,质文先后失宜"②,故其编《文选补遗》,首以诏令、奏疏等。可见宋人对文集冠首文体已有明确的理论自觉,体现了以王权政治为本位的文体价值观。总集如此,别集亦然。如宋刻本陈襄《古灵先生文集》,卷一仅录《绍兴元年求贤手诏》《熙宁经筵论荐司马光等三十三人章稿》二文,卷二之后录赋、古诗、律诗、书启、序、记等。颜真卿集,"旧皆以诗居首,至南宋复有东嘉守某兼据宋、沈本、留本改编重刻,先奏议,次表,次碑铭,次书序与记之类,以诗终焉"③。这些材料表明,宋人不仅编当代文集重朝廷公文,甚至以此衡裁、改编古人文集。《文选》确立的诗赋冠首传统,已受到冲击。

明清时期,随着王权政治不断强化,这种以政教为本位的文体价值观,在别集编纂中更为普遍,逐渐形成文集编纂的新传统。宋濂等编朱元璋《高皇帝御制文集》二十卷,卷一、卷二为诏,卷三、卷四为制、诰,而古诗、律诗、绝句居最后两卷。程敏政为李贤编《古穰集》,卷一、卷二为奏议。四库馆臣论曰:

> 贤为英宗所倚任,知无不言,言无不从,自三杨以来,得君未有其比。虽抑叶盛、挤岳正、不救罗伦诸事,颇为世所讥议。要其振饬纲纪,奖厉人材,属朝野多故之时,能以一身搘拄其间,其事业实多可称道。至文章本非所注意。④

李贤为一代重臣,事功卓著,而奏议等关系国政朝纲的文体,显然最能体现其身份、事业,诗赋辞章则无关大体。故四库馆臣称《古穰集》"多有关系当时政事人物,可以备史乘参核者"⑤,显然包含着对此集编纂首重奏议的赞赏。又,明嘉靖二十年刻本《鳌峰类稿》二十六卷,系作者毛纪亲自编纂,卷一为内制,即代皇

---

① 真德秀《文章正宗》卷首《文章正宗纲目》,《文渊阁四库全书》本。
② 赵文《文选补遗原序》,陈仁子《文选补遗》卷首,《文渊阁四库全书》本。
③ 严可均《书颜鲁公文集后》,孙宝点校《严可均集》卷八,浙江古籍出版社,2013年,第278页。
④ 纪昀等《古穰集》提要,李贤《古穰集》卷首,《文渊阁四库全书》本。
⑤ 纪昀等《古穰集》提要,《古穰集》卷首,《文渊阁四库全书》本。

帝立言的诏敕、册文、策问等,次以讲章、表笺、奏疏等,最后七卷为诗和长短句。徐缙《鳌峰类稿序》曰:

> 公之文,其有皋、夔、益、稷、伊、傅、旦、奭之遗风乎?质直而浑厚,和平而简邕,如黄钟之扣,如大羹之和,如玄黄之布彩,正而雅,丽而则也。盖公自弱冠即举制科,列官禁近,以至登政府、管机务,被遇四朝,终始一节。抱忠实弘毅之资,树清介特立之操。弥纶匡弼,有安社稷之功,故其发而为言,直与典谟训诰相表里①。

赞美毛纪之文得皋陶、后稷、伊尹、周公等圣君辅相之遗风,可与《尚书》中的典谟训诰相表里,自然有虚辞溢美之嫌,但其中所透露的文学观念却颇具代表性,即首重文章经纶世务、匡弼朝政、安定社稷的政治功能,不屑于"与词人墨客较片言只字之工者"②,故以诏令奏疏冠文集之首。这种观念,对于仕途亨通、事功煊赫者言,尤其执着,在文集编纂中也表现得更为显著和普遍。如康熙朝官拜文华殿大学士兼吏部尚书的李之芳,有《李文襄公文集》三十三卷,乃其子李钟麟编次,卷一、卷二录奏议,卷三至一二录奏疏。康熙、雍正朝名臣张鹏翮,历官河东盐运使、浙江巡抚、刑部尚书、江南江西总督、河道总督、户部尚书、文华殿大学士兼吏部尚书等,精敏干练,政声卓著,尤长于治理河道,康熙称其"自莅任以来,殚心尽力,所用河帑,谨严明晰,绝无糜费,比年两河安晏,堤岸无虞,深可嘉悦"③。张氏有《遂宁张文端公全集》七卷,分体编次,前三卷为奏疏,多陈职事,尤多关水利者,如《估筑高邮护城堤疏》《尽拆拦黄坝疏》《请开张福口引河疏》《覆桃源县黄河南岸堤工疏》《救河南黄河决口条议》等。以奏疏冠首,彰显作者一生政绩所著、心血所聚,这在明清别集编纂中非常普遍。除以上所举外,明彭时《彭文宪公文集》、蒋冕《蒋文定公湘皋集》、张吉《古城文集》,清张伯行《正谊堂文集》、陈仪《陈学士文集》、朱筠《笥河文集》等,皆以朝廷公文冠首,其风之盛,远超宋代。

---

① 徐缙《鳌峰类稿序》,毛纪《鳌峰类稿》卷首,沈乃文主编《明别集丛刊》第一辑第79册,黄山书社,2015年,第5—6页。
② 徐缙《鳌峰类稿序》,《鳌峰类稿》卷首,《明别集丛刊》第一辑第79册,第6页。
③ 张玉书《张文贞公集》卷五《大司寇运青张公寿序》,《清代诗文集汇编》第159册,上海古籍出版社,2010年,第449页。

除了当代文集，明清士人打破原有体例，重编前人文集，而以朝廷公文冠首的现象，也极常见。如杨时《龟山杨先生集》三十五卷，正德十二年(1517)刻本，源于宋椠，首四卷为诗，次以经筵讲义、经解等。明万历十九年(1591)，林熙春重刊此集，析为四十二卷，冠以上书、奏状、表、劄子等奏事之体，而以诗五卷居末。又，金平阳刻本《南丰曾子固先生集》，冠首文体为古诗，次以律诗，再次以杂文、杂说、论、策问、表等。清彭期重编《曾文定公全集》，改以疏、劄子、奏状等冠首，录《熙宁转对疏》《自福州判太常寺上殿劄子》《请令长贰自举属官劄子》《请令州县特举士劄子》《邹乞与潘兴嗣子推恩状》《奏乞复吴中复差遣状》等文，皆"大臣经世之略，开程朱理学之原"，故"编为第一卷，令读者展阅，便见本领"①。这种改编，自然体现了对以诗冠首的不满和对朝廷公文的推捧。政治功用成为判断文体价值、确定文集冠首文体的重要标准，充分体现了明清士人拥戴王权政治、追求经世功业、不甘以文人自居的人生理想。

二、科举风气与试策之文

策文最初的功用，是对最高统治者就当前政治、经济、文化等方面所提问题的回答，近乎朝廷公文中的上行文，故许多文集往往与奏疏章表并列。自汉代始，对策作为朝廷抡才的主要形式，成为一种特殊考试文体而备受关注。隋唐至明清，尽管科举制取代了察举制，试策对于士人仕宦前途依然有较大影响。乡试、会试通常在第三场考策问五道；而级别最高的殿试则仅试策一道，以评定进士名次。朝廷以此考察士子的"博古之学，通今之才，与夫剸剧解纷之识"②，选拔富有政治才华和擅长处理实际事务的官员。士子能对扬王庭，展现平生所学所养，自然深感荣幸。因此，作为考试文体，对策虽也有功利性质，却不像八股那样受轻视，一般作者只要写过策文，都会收入文集。

尽管如此，明代以前编刊的文集，罕见以对策冠首者，而明清别集则不胜枚举。明谢一夔《谢文庄公集》卷一录策类、疏类两种文体，策类录《制策》一道；靳

---

① 彭期《校订凡例》，曾巩《曾文定公全集》卷首，《古籍珍本丛刊·中国人民大学图书馆藏》第113册，北京燕山出版社，2012年，第31—32页。

② 徐师曾著、罗根泽校点《文体明辨序说》，人民文学出版社，1962年，第130页。

贵《戒庵文集》卷一只录《廷试对策》一道；罗伦《一峰先生文集》卷一录廷试策、疏、状三种文体，每体只有一篇作品；周旋《畏庵周先生文集》卷一录《廷试策》《及第谢恩表》两篇作品；舒芬《舒梓溪先生全集》卷一只录《制策》一道。清代别集，也多类似现象。潘奕隽《三松堂文集》、许承轩《金台集》、刘凤诰《存悔斋集》、卢文弨《抱经堂文集》、张之洞《张文襄公古文》等，冠首文体皆会试或殿试之对策。有些策文，还在题目中特别标出"殿试"字样，如卢文弨《抱经堂文集》卷一开篇《殿试对策》，乃乾隆壬申科(1752)对策；刘凤诰《存悔斋集》卷一开篇《殿试策》，乃乾隆己酉科(1789)对策，皆中一甲三名。而在题目中郑重其事标出"殿试"，显然出于重科甲、感恩荣的心态。

  明清试策文之备受关注，常冠文集之首，与科举制的发展息息相关。一方面，经过唐宋数百年的实践，科举取士到明清时期越来越深入人心，成为社会各阶层获得或维护政治权力、士绅身份、社会文化地位最主要的途径；另一方面，随着经济发展和人口大幅增长，科举教育规模不断扩大，由唐宋时期以首都和省会城市为主向全国一千三百多个县扩展延伸，加上皇室、军籍、商人子弟等得以参试，明清科举考生总人数以几何级数增长，而录取人数并未随之增加。换言之，从录取率看，明清科举考试比唐宋降低很多，竞争空前激烈、残酷。① 绝大多数读书人皓首穷经，未叩一第，却又终身汲汲于金榜题名。在这种近乎魔怔的执念之下，对策王庭的举子，不论最终名次如何，都是科举竞争中凤毛麟角般的成功者，是万众歆羡的对象。以对策这种笼罩着耀眼光环的考试文体高踞卷首，既有表彰、矜夸之意，又有引导、激励后学之功，故在明清别集编纂中蔚为风气。明毛宪受托校订章懋《枫山章先生文集》，"受而批阅，往复考订，稍加厘正，掇廷对策于卷首，铨定书意之重复者数通，余悉仍其旧，凡九卷"②。可见，章集冠首文体原非对策，毛宪校订时擢于卷首，以示推重。又，谢一夔《谢文庄公集》以制策开卷，卷首有嘉靖壬戌冬吴桂芳序，称谢氏"举乡会高第，天顺庚辰，英皇帝亲策诸进士，首擢公第一"③；章纶《畏庵周先生文集序》称周旋"自少

---

① 参郭培贵《中国科举制度通史》(明代卷、清代卷)，上海人民出版社，2017年。
② 毛宪《校刊枫山文集引》，章懋《枫山章先生文集》卷首，《明别集丛刊》第一辑第 56 册，第 320 页。
③ 吴桂芳《谢文庄公文集序》，谢一夔《谢文庄公集》卷首，沈云龙选辑《明人文集丛刊》第一辑第 8 册，文海出版社，1970 年，第 2—3 页。

游郡庠,笃志于学,登名浙闱甲榜,礼部廷对第一,盖得乎道而发为文者"①。两序都特意介绍文集作者的科举荣名,盖时论无不注目于此。又,张治道《对山先生集序》:

> 孝宗临御,推髀求贤,策士得公,列置第一。朝野快睹,如鸟归凤。皇上喜其得人,宰执疾其盛已。贾董升堂,绛灌瞑目。是时信阳何仲默、关中李献吉、王敬夫号为海内三才,而公尤独步,虽三君亦让其雄也。当时语曰:"李倡其诗,康振其文。"文章赖以司命,学士尊为标的。②

康海号对山,明弘治十五年(1502)状元,有《康对山先生集》四十六卷,首以制策一篇,且自成卷帙。对策金銮,天子垂青,对世俗社会言,是光耀门楣的无上恩宠;对统治集团来说,是官僚制度与士人文化的有机结合,对于一代士风、文风起着导向作用。故张氏在序文中既对其世俗荣名津津乐道,又郑重强调其文章司命、学士准绳的文坛地位。康氏外甥张光孝又曰:"窃尝闻我外祖制策之对,一峰非俦;长公叙述之成,崆峒退舍,谓非有良史之才,而为绝代之倡者邪?"③罗伦号一峰,成化二年(1466)状元,有《一峰先生文集》四十卷,制策冠首。同为状元对策,时人犹有高下之论,盖兹事体大,身系文运盛衰、政教兴替,非仅科举荣名或辞章声誉而已,所谓"科第不足以荣人,科第以人荣也"④"以救世为文者,可以有功于文;而以文救世者,并可以有功于世"⑤。正因如此,崇祯年间,文时策修订乃祖文天祥文集时,鉴于"旧刻诗为全集之首""不能使忠肝义胆之谈,扶纲植纪之作,维新而显著之",遂"易廷对策、内外封事诸作冠之,盖古谊龟鉴,忠肝铁石,昔人所称;大廷一对,真足千古;其首以是,欲俾展卷者,一览便知其梗"⑥。心忧天下、蒿目时艰的对策,必有经世致用和维护纲常名教之功,不同于一般的科举文体如经义、八股等徒为利禄之具。可见,无论从世俗荣名还

---

① 章纶《畏庵周先生文集序》,周旋《畏庵周先生文集》卷首,《明别集丛刊》第一辑第40册,第421页。
② 张治道《对山先生集序》,康海《康对山先生集》卷首,《明别集丛刊》第一辑第97册,第9页。
③ 张光孝《外祖康公对山集后叙》,《康对山先生集》卷末,《明别集丛刊》第一辑第97册,第439页。
④ 聂豹《重刻一峰先生文集序》,罗伦《一峰先生文集》卷首,《明别集丛刊》第一辑第53册,第585页。
⑤ 姚希孟《畏庵周先生文集序》,《畏庵周先生文集》卷首,《明别集丛刊》第一辑第40册,第423—424页。
⑥ 文时策《文信国公文集后跋》,文天祥《新刻宋文丞相信国公文山先生全集》卷首,《宋集珍本丛刊》第89册,线装书局,2004年,第138页。

是"三不朽"之业看,以对策冠文集之首,都有其深厚的文化土壤。

三、理学之兴与讲学之体

宋代理学兴起后,儒士讲学文体如语录、会语、讲章等日益活跃。严格来说,此类文体是著述体式,若按《文选》选录标准,是不能入文集的。《宋史·艺文志》著录程颐《语录》二卷、谢良佐《语录》一卷、吕祖谦《紫微语录》一卷、张九成《语录》十四卷、朱熹门人辑《语录》四十三卷等,都是单行别出的著述,入"子类·儒家类"。这表明"语录"在宋元时期主要是儒学著述方式,很少被目为辞章。宋代以后的文章总集,也确实很少见到此类文体。

至于别集,情况较为复杂。杨时《语录》四卷、陆九渊《语录》二卷,既有单行本传世,又各入其别集,一在《龟山集》卷一〇至一三,一在《象山集》卷三四至三五。张九成有《心传录》《日新录》,附《横浦文集》后;刘积《节孝先生文集》三十卷,末附《语录》一卷。可见,宋别集已有阑入语录者,只是位置一般比较靠后,甚至附于卷末,不那么引人注目。明清时期,语录不仅大量进入别集,且常踞卷首,获得了特殊的文体地位。如明夏尚朴《夏东岩先生文集》六卷,收各体诗文,而语录冠首;王守仁《王文成全书》三十八卷,首三卷为《语录》,即《传习录》上、中、下卷;周汝登《东越证学录》十六卷,虽以"证学录"命名,实为收录各体诗文的别集,首五卷为"会语",即讲学会的语录、讲章等;清谢文洊《谢程山先生集》十八卷,首三卷《日录》,即理学家关于每日言行、思想的记录,类似于语录;汤斌《汤子遗书》十卷,以语录冠首,卷二以后为奏疏、序、书牍、赋、颂、论、辨、传、墓表、像赞、祭文等,而诗词居卷末。总之,明清别集中,以语录冠首者比比皆是,成为既不同于历代别集,又迥异于历代总集的鲜明特色。

明清别集以语录冠首,并非自发、偶然现象,而是有明确宗旨的自觉选择。周宗正《东岩先生文集后序》曰:

> 文弗载道,犹虚车也,又焉用文之。君子之道贯乎极,君子之文通乎道。性命道德裕于中,而文章词藻丽乎外,是为有道之言,有本之文,可以通天地感鬼神,继往而开来矣。此吾东岩先生之文,萃然一出于道,而扶植三极者,安可无传哉!

东岩先生即夏尚朴,明中期理学家,师从吴与弼、楼谅等,传主敬之学,"平生致存心养性之功,以践夫纲常伦理之实,尝谓尧之学以钦为主,以执中为用,实万古心学之源"①。而最能体现其理学家身份和学术成就的,是《语录》《中庸说》等讲学之文,"真布帛菽粟,有益于世,所谓古之立言者","区区文章,足为先生多乎哉?"②故《夏东岩先生文集》以语录冠首,以彰显其重要地位。王守仁文集的编纂,也体现了类似的文体观念和理论自觉。王氏是中国历史上罕见的立德、立功、立言"三不朽"兼备的人物,其文集三十八卷,主体是传统的诗赋辞章。但其门人徐爱、钱德洪等辑纂《王文成全书》时,冠首文体既非展现其文采风流的传统诗赋,亦非突显其名臣勋业的章表奏疏,而是标志其心学成就、地位的《语录》三卷。四库馆臣评曰:"盖当时以学术宗守仁,故其推尊之如此。"③这可以说是对王守仁文化史地位的定论,而语录的重要性,随之得到强化。又,清初林润芝为南宋理学家李侗编次遗文,厘为五卷,题为《李延平先生文集》,首二卷为《答问》,次以书、行状、传、诗、祭文、墓志铭等。何棟对此种体例深表赞赏。在他看来,"古今诸家之文集,则皆游心艺林,专习词翰,务以组织雕镂,粉饰藻彩为工;纪颂诗赋,或代歌代哭,借他人之酒杯,浇我胸中之块垒,兹所谓文集耳"④;李侗虽擅辞章而不以文人自居,其文集不是世俗意义上的文集,"乃羽翼五经,鼓吹《学》《庸》《语》《孟》之书也;贯道之器,惟先生之文足以当之"⑤。而《答问》二卷,皆李侗与弟子问答论学之语,是贯道之文的典范,故擢以冠首。又,明清之际孙奇逢,治学以陆、王为本,学问平实,人品高洁,与李颙、黄宗羲并称清初三大儒;有《夏峰先生集》十六卷,"其语录本在诸体之后"⑥,道光二十五年(1845)重刊此本,改以《语录》二卷冠首,以表彰"先生之教,沛然大行,达于朝而上为道揆,施于野而下为善俗"⑦的治化之功。可见,明清时期,以语录等讲

---

① 周宗正《东岩先生文集后序》,夏尚朴《夏东岩先生文集》卷首,《明别集丛刊》第一辑第 82 册,第 463 页。
② 周宗正《东岩先生文集后序》,《夏东岩先生文集》卷首,《明别集丛刊》第一辑第 82 册,第 464 页。
③ 《四库全书总目》卷一七一,第 1498 页。
④ 何棟《李延平先生文集序》,李侗《李延平先生文集》卷首,《宋集珍本丛刊》第 40 册,第 226 页。
⑤ 何棟《李延平先生文集序》,《李延平先生文集》卷首,《宋集珍本丛刊》第 40 册,第 227 页。
⑥ 钱仪吉《重刻夏峰先生集序》,孙奇逢《夏峰先生集》卷首,《清代诗文集汇编》第 4 册,第 310 页。
⑦ 钱仪吉《重刻夏峰先生集序》,《夏峰先生集》卷首,《清代诗文集汇编》第 4 册,第 311 页。

学之文冠别集之首,是对文集编撰传统的大胆突破,是一种有意味的形式。

除了语录、会语等,经筵讲章也是明清别集中常见的冠首文体。所谓经筵讲章,指皇帝接受四书、五经和治国理政教育的御前讲义,是一种特殊的著述方式。讲官由"吏部、礼部、翰林院公同推举,具名陈奏"①,"必得问学贯通、言行端正、老成重厚、识达大体者"②,再由天子钦定,贵为帝师,地位尊崇。尽管如此,明代之前,罕以经筵讲章入文集者。而明清别集,则在在有之。刘球《两溪文集》、商辂《商文毅公集》、柯潜《柯竹岩集》、彭华《彭文思公文集》、程敏政《篁墩程先生文集》、张璧《阳峰家藏集》、陆简《龙泉文稿》等,皆以经筵讲章冠首,体现了对这种文体的高度重视。孔天胤《何文定公文集序》:"先生崛起河山之阳,独晓然力究圣学,敷陈王道,于道德性命之微,礼乐伦制之大,辞受取予之节,出处进退之机,审固闲定,确乎其不可拔。于是海内称理学者推先生云。先生遇孝宗朝,蜚英馆职。逮事武皇帝,日进讲经筵,谠论谔谔,要在亲贤远奸,敬天恤民,虽权倖侧目而道不少屈","其情志之端,言行之概,亦往往见诸著作"③。何文定公即何瑭,明武宗时任经筵讲席。序文盛赞其儒学修养、人格气节,以及启沃帝王、匡弼朝政的业绩。而经筵讲章,集中体现了其学养、人格和帝师之业,是文臣学士的莫大荣耀,故冠《何文定公文集》卷首。这种体例所体现的文体观及其深层文化心理,在明清别集编纂中颇有代表性。

四、彰显创作个性之文体

以朝廷公文、试策之文或讲学之文冠文集之首,其衡裁标准,只是文学的外在功用,与文学的本质和独特性并无必然联系。明清时期,还有许多冠首文体,不重政教功用或世俗荣名,只因记载了作者特殊的人生经历,寓寄着特殊的思想、情感、怀抱,显示了独特的文学创作才华,因而高踞卷首,以示珍重。以这些文体冠首,虽普遍性不如奏疏、试策等,却在更大程度上突破了传统体例的限制,促成了明清文集的多样化面貌。以序跋为例,传统文集鲜有以序冠首者,而

---

① 杨士奇《请开经筵疏》,陈子龙编《明经世文编》卷一五,中华书局,1962年,第108页。
② 杨士奇《请开经筵疏》,《明经世文编》卷一五,第107—108页。
③ 孔天胤《何文定公文集序》,何瑭《何文定公文集》卷首,《明别集丛刊》第一辑第95册,第11页。

在明清别集中俯拾皆是。明韩邦奇《苑洛集》二十二卷、陈寰《祭酒琴溪陈先生集》八卷、董光宏《秋水阁墨副》九卷、殷奎《强斋集》十卷,首二卷皆为序;清陈名夏《石云居文集》十五卷、吴锡麒《有正味斋骈体文续集》八卷、李邺嗣《杲堂文钞》六卷,首三卷皆为序;薛所蕴《澹友轩文集》十六卷,首七卷为序;丁澎《扶荔堂文集汇选选》十二卷,首四卷为序;高珩《栖云阁文集》十五卷,首六卷为序。可以看出,明清别集以序冠首司空见惯。这一方面是因为明清时期序体文写作数量庞大,在不少别集中,几占一半的卷帙。而明清人的编集观念,"集之居前者,大约须观其全集之次,惟其所重,以其文之多而有关系者为首列,斯为得体"①。可见,某种文体作品数量的多寡,是作家创作个性的表现,也是考量冠首文体的重要因素。另一方面,序体虽有"当序作者之意"②的基本要求,但并无严格的程式规范,体制灵活,表达自由,或缕述生平,记载交游;或感慨兴亡,自伤沦落;或心忧庙堂,或寄傲山林,蕴含着作者一生的人事遭遇、喜怒哀乐,即生命历程中之"有关系者",故往往为作者、编者所重。如张贞《渠亭山人半部稿》五卷,乃合五部小集而成,分别为《渠亭文稿》一卷、《或语》一卷、《潜洲集》一卷、《娱老集》一卷、《遗稿》一卷。每卷皆首以序,次以记、传、墓志铭等,体例整齐划一。李澄中《或语序》曰:"盖其平生以友朋为性命,故所为文多出于邮筒赠答之余也","大抵皆缘朋友而作","即别有寄托,亦可指数矣,因取《易》同人之辞,而名之以《或语》。《诗》曰:'风雨如晦,鸡鸣不已。'古君子交友之道如是,其可怀也"。③ 可见,张贞笃于友道,所为文章多友生酬赠之语。而序文正是承载其生平交谊的主要文体,故冠于卷首,以示珍爱。

序体文在长期发展过程中,逐渐由"序作者之意"的书序、诗文序衍生出赠序、寿序等。这些衍生文体,应酬色彩明显,多无病呻吟或违心谄媚之作,故备受抨击,曾国藩甚至扬言"宇宙间乃不应有此一种文体"④。此类斥责虽不无道理,但也不可一概而论。赠序、寿序体现了作者赖以生存的人际网络,序文中近乎程式化的勉励、祝祷、颂扬,是传统人伦关系、人生理想、人格修养集体无意识

---

① 徐枋《居易堂集凡例》,王水照编《历代文话》第4册,复旦大学出版社,2007年,第3300页。
② 吴讷著、于北山校点《文章辨体序说》,人民文学出版社,1962年,第42页。
③ 李澄中《或语序》,张贞《渠亭山人半部稿·或语》卷首,徐永明、乐怡主编《美国哈佛大学哈佛燕京图书馆藏清代善本别集丛刊》第12册,广西师范大学出版社,2017年,第18—19页。
④ 曾国藩《曾文正公书札》卷五《覆吴南屏》,《清代诗文集汇编》第643册,第107页。

明清别集的冠首文体　　　　　　　　　　　　　　　　　　　　　　　　　363

式的表达,只要择人而序,知体要,不虚美,裁以古义,寓规于颂,即能收扶植纲常、移风易俗、作育人才之效。正因如此,尽管方苞、姚鼐、曾国藩等都曾严厉批评赠序、寿序,但只是斥其末流,并未完全否定,他们自己都大量创作此类作品。鲁一同在《黄母邓孺人寿序》中指出,寿序体现了人伦之美,"士大夫吝啬刻核,薄于宗党朋友,祸及民物者,必先自薄其亲"①,从反面论证寿序睦亲族、厚人伦的教化作用。正因如此,明清别集不乏以赠序、寿序冠首者,如侯方域《壮悔堂文集》卷一、卷二各录序十六篇,且开篇为《送徐吴二子序》《赠倪荣阳序》《赠彭孝先序》等赠序,既抒发易代之际时局飘摇、英雄末路的抑郁悲慨,又寄托着对后学的劝勉和期待。

　　明清别集中又时有以书或传冠首者,如李贽《焚书》首二卷录"书答",危素《危学士全集》、吕留良《吕晚村先生文集卷》首卷皆录书,徐枋《居易堂集》首四卷录书;邵廷采《思复堂文集》首三卷为传,王源《居业堂集》首五卷为传。这些打破常规的卷首文体,皆源于作者生命旅程中的特殊印记,体现了独特的编纂宗旨。如徐枋《居易堂集凡例》云:"今拙集以书居首,盖此集中惟书为最多,以吾四十年土室,四方知交问讯辨论,一寓于书,且吾自二十四岁而遭世变,与今之当事者谢绝往还诸书,及答一二巨公论出处之宜诸书,似一生之微尚系焉。伏读往册,如叔向《贻子产书》,于古文中亦惟书为早出,故吾集以书冠之。"②徐枋于明清易代之际,不仕异族,隐居山林四十年,"前二十年不入城市,后二十年不出户庭",二儿一女殒于饥寒,而矢志不渝,不受俗世一丝一粟,"凡交游之往复,故旧之怀思,风景之流连,今昔之感伤,陵谷之凭吊,以至一话一言之所及,一思一虑之所之,非笔之于书,则无以达之,故危苦悲哀之辞,悒郁侘傺之思,质言而长言者不觉层见而叠出"。四卷书信,凝聚着作者一生的心志、血泪和冰操,故冠于卷首,"可以俯仰千百世而无愧"。③又,邵廷采服膺浙东王阳明之学,又师从乡贤黄宗羲,得其史学真传,主张文章学术当经世致用。其《思复堂文集》首三卷为传体文。卷一所传皆王学中人,昭示邵氏的学派归属;卷二所传多绍兴人氏,彰显学派的地域特征;卷三所传多为明清易代之际的殉国臣子,旁

---

① 郝润华编校《鲁通甫集·通甫诗文补遗》,三秦出版社,2011年,第393页。
② 徐枋《居易堂集凡例》,《历代文话》第4册,第3300页。
③ 徐枋《居易堂集序》,《居易堂集》卷首,《清代诗文集汇编》第81册,第162页。

及宋元遗民,旨在表彰幽仄,涵养世道人心①。可见,以传冠首,是经过深思熟虑的体例,体现了作者的史家身份和独特的学术旨趣。

作家创作个性的形成,除了独特的人生经历、学养、性情等因素外,还表现为独特的文学才华。曹丕《典论·论文》曰:"文非一体,鲜能备善。"②每位作家,都有其最擅长的文体,而罕见众体皆工者。明清文集编纂中,每每将作者生平最得意、最擅长的文体冠于卷首。如崔徵麟编唐顺之集,以书冠首,其序曰:

> 尝与茅鹿门论文千余言,极力发明本色二字,故其所作高卓闲淡,绝无意求工而自工。及为皇太子宫僚疏,请群臣朝贺文华殿,忤旨,夺职为民,归隐阳羡山中,益务收敛菁华,不复作应酬文字。间与人书疏往来,信口写出,无非本色流露,真先生所谓洗涤心源,独立物表,具古今只眼者。③

唐顺之为唐宋派领袖,文章宏富,古文、八股皆为一代宗师。崔徵麟编《唐襄文公文定》,仅选文六十三篇,分体编次,厘为四卷,可谓采光剖璞,择汰精严。而四卷之中,首卷为书,录《寄黄士尚书》《答蔡判官书》《与蔡子木书》《与茅鹿门书》《与王龙溪书》等二十篇作品。在崔徵麟看来,这些朋友之间的往来书牍,一革七子派刻意拟古、拘挛补衲、生意荼然之弊,直抒胸臆,自然本色,而具千古不可磨灭之精神。如《寄黄士尚书》"友朋忠爱之义蔼然言表,不求工于文,而文自抑扬条畅"④,《与李龙冈书》乃"指陈时事之文,明白条畅,意旨醒豁,令人一目井然,是可为法"⑤,最能体现唐顺之的文学思想和创作成就,故录为首卷,垂范后学。

宋代以后,理学兴起,提高了士子的思辨能力和理论水平;再加上科举考试以经义、策论取士,促成了宋人好议论的风气和论体文的兴盛。在别集编纂上,随之出现了论体文冠首现象,如吕祖谦编注《东莱标注老泉先生文集》十二卷、

---

① 关于《思复堂集》首三卷的编纂体例,可参林锋《章学诚的文集论与清代学人文集编纂》,《文学遗产》2020年第6期。

② 萧统编、李善注《文选》,上海古籍出版社,1986年,第2270页。

③ 崔征麟《唐襄文公文定序》,唐顺之撰、崔征麟辑并评《唐襄文公文定》卷首,《中国古籍珍本丛刊·东北师范大学图书馆卷》第55册,国家图书馆出版社,2017年,第1页。

④ 《唐襄文公文定》卷一《寄黄士尚书》评语,《中国古籍珍本丛刊·东北师范大学图书馆卷》第55册,第13页。

⑤ 《唐襄文公文定》卷一《与李龙冈书》评语,《中国古籍珍本丛刊·东北师范大学图书馆卷》第55册,第33页。

刘子翚《屏山集》二十卷,首四卷皆为论。苏洵擅政论,刘子翚擅史论,故其集皆以论冠首。明清时期,这种现象更为常见。如以诗才倾动文坛的高启,古文"不粉饰而华彩自呈,不追琢而光辉自著,盖由其理明气昌,不求其工而自无不工也"①,可谓卓然大家,只是长期为诗名所掩而已。史载高启博览群书,尤精邃于群史,有文武才,慷慨豪迈,"负气好辩,必欲屈座人";善持论说理,每"挟史以评人物成败是非"②,词锋颖锐,势不可挡,颇有战国策士之风。故周忱编高氏古文集《凫藻集》,以论体文冠首,录《威爱论》《四臣论》等最能体现其才性情、学识、文风的作品。又,戴名世自负史才,以修《明史》自任而未遂其志,遂淬炼生平所学于史论,撰《老子论》《范增论》《抚盗论》等,词锋犀利,议论透辟,"才气汪洋浩瀚,纵横飘逸,雄浑悲壮,深得《左》《史》《庄》《骚》神髓"③,代表着其古文最高成就,故弁《南山集》之首。此外,徐有贞《武功集》、桑调元《弢甫集》、陈祖范《司业文集》、翟廷珍《修业堂初集》等,皆以作者所擅长的论体文冠首。

明清别集中,又有以律诗甚至绝句冠首者,如明钱子正诗集《绿苔轩集》分体编次,首以七律,次以七绝、五绝,再次以五古、七古;吕不用《得月稿》文体序次为五绝、七绝、五律、七律、五古、七古等;李邦光《少洲稿》为五绝、七绝、五律、七律、五言杂体、七言歌行等。在传统审美观念中,较早产生的文体雅于后起文体,古诗品位高于律诗,故编纂文集,一般遵循先五言后七言、先古体后近体等体例,如高棅《唐诗品汇》、许学夷《诗源辨体》等总集,莫非如此。明清别集则大胆打破这种传统,以律诗或绝句冠首,其关注点是作家最擅长或最富特色的文体。如钱子正长于七律,故以七律冠其诗集。李邦光作诗,追求"措词命意,浑然天成,初无刻削之迹"④。尽管从审美旨趣看,各种诗体都可能臻此境界,但就体式自身论,最契合这种审美意趣的诗体,无疑是绝句。律诗本以格律见长,严守声律是其本色。古诗篇幅较长,尽可铺排腾挪。绝句篇幅短小,既要精心锤炼,惜墨如金,又要浑然天成,融化无迹,"其趣在有意无意之间,使人莫可捉

---

① 周忱《高太史凫藻集序》,《双崖文集》卷二,《明别集丛刊》第一辑第34册,第301页。
② 高启《送倪雅序》,《凫藻集》卷二,《明别集丛刊》第一辑第17册,第604页。
③ 萧穆《敬孚类稿》卷一〇《戴忧庵先生事略》,沈云龙主编《近代中国史料丛刊》第43辑第426册,文海出版社,1973年,第498页。
④ 邓煊《少洲先生诗选书后》,李邦光《少洲稿》卷末,《日藏明人别集珍本丛刊》第一辑第12册,西南师范大学出版社、人民出版社,2017年,第631页。

着"①,铺排、雕琢稍过,便觉累赘、梗塞。李邦光之诗,"冲淡中有隽永至味,意兴所到,随物与景,感触成声,不烦苦思削刻之力"②,而最能体现这种艺术成就的,是五绝和七绝,故无视其语短体轻、难以压卷的传统观念,以绝句冠《少洲稿》之首。

五、冠首文体多元化的文学史意蕴

综上所述,明清别集冠首文体丰富多样,除传统诗赋辞章外,又有诏诰敕令、章表奏疏、试策、讲章、语录、问答,以及其他在作者的生命历程中具有特殊意义,或最能体现其创作成就的文体,如序、赠序、论、传、记、书、律诗、绝句等。其中论、诏令、奏疏等在宋编别集中已经出现,但并不常见,至明清才频频冠别集之首;其他文体,大多是在明清别集或明清时期编纂的前代别集中出现并盛行起来的,体现了文集功能、文体地位和审美旨趣等的变化,具有丰富的文学史意蕴。

  文集的产生,源于辞章写作的兴盛。在《隋书·经籍志》确立的四部分类法中,"集部"最重要的内容是别集和总集,而其雏形则是《汉书·艺文志》中的"诗赋略"。可见,文集自产生之初,就与诗赋结下了不解之缘;尽管所录文体众多,但在汉魏六朝,诗赋始终处于首要和核心地位。明人陈仁锡将东汉以来的"文"分为学者之文、公卿将相之文和文士之文。③ 这个分类,从作者身份出发,有一定合理性,但不尽符合六朝人心目中"文"的观念。首先,学者之文,如五经注疏、训诂考证等,在六朝人看来,是著述,不是文章,不能入文集。其次,公卿将相之文,主要指诏令奏疏类朝廷公文,是无韵之笔,地位低于有韵之文,故在文集中位置居后。文士之文,以诗赋为代表,重在抒发性灵,摛布藻彩,是六朝人心目中地位最高的文体,多居文集之首。《文选》《文心雕龙》的编纂体例和《后汉书》《三国志》《宋书》《南齐书》等著录的传主著述及文体写作情况,都可充分说明时人的文学观念和诗赋的优越地位。唐人的文体观念,大致沿袭六朝;而

---

① 许学夷著、杜维沫校点《诗源辩体》卷一八,人民文学出版社,1987年,第206页。
② 郭永达《少洲稿跋》,李邦光《少洲稿》卷末,《日藏明人别集珍本丛刊》第一辑第12册,第633页。
③ 陈仁锡《奇赏略纪》,《无梦园初集·马集四》,《续修四库全书》本。

科举考试中诗赋取士的施行，进一步强化了诗赋的文体地位，故诗赋冠首也是唐人文集的常态。

宋代是中国思想、文化从中古走向近古的分水岭，其社会基础是"士人身份从门阀士族，向文官，再向地方精英文人的转型"①。宋朝自立国之初，就着手一系列制度改革，如削弱相权、分散百官权力、控制门荫范围及其在入仕迁转中的作用、科举考卷糊名等，从而不断加强专制主义中央集权，防止世家大族垄断仕途、把持朝政。在这种制度下，士人要获得政治权力和社会地位，必须仰赖朝廷，以自己的学识、才干博取功名，而无法再像六朝隋唐门阀子弟那样，仅凭门荫就可"平流进取，坐至公卿"②。正因如此，象征着王权政治的朝廷公文，获得宋人高度关注，以至冠于文集之首，开创了《文选》之外又一种文集编纂传统。明清时期，随着专制主义中央集权加剧和士人对政权依附性的增强，章表奏疏类文体冠首的别集也不断增多。尤其是国步艰难之际，更会呼吁此类经世之文，而流连光景、吟诗作赋却无济于世事者往往会遭受抨击。至于试策之文，其文体功用本近乎商榷国事的奏议章表，以对王权政治的认同、依附为前提；而在举国士子趋之若鹜的明清时期，这种文体附上了科举成功的耀眼光环，又无八股那种世俗利禄敲门砖性质的卑下品格，故也可堂而皇之地超越诗赋冠于卷首。需要特别指出的是，有些试策冠首的别集，打破了体例自身的逻辑规律，显得格外引人注目。如徐溥《徐文靖公谦斋文录》的文体序次为廷试策、奏章、五言律、五言排律、五言绝句、五言古风、七言绝句、七言律、挽诗、序文、记、书、引、说、难、行状等。这个序次，没有遵守常见别集先诗后文或先文后诗的体例，而是呈现"文—诗—文"的反常思路，其宗旨自然是为了强化廷试策的压卷地位。

宋代理学兴起，对传统思想、文化和文学观念产生了强烈冲击。尤其是以二程、朱熹为代表的程朱学派，重道轻文，重心性修炼轻外在事功，至其末流，以讲学语录为儒道之所载、国运之所托，"凡治财赋者，则目为聚敛；开阃捍边者，则目为粗材；读书作文者，则目为玩物丧志"③，不但否定传统诗赋的价值，甚至

---

① 刘宁《译后记》，包弼德著、刘宁译《斯文：唐宋思想的转型》，江苏人民出版社，2001年，第599页。

② 萧子显《南齐书》卷二三，中华书局，1996年，第438页。

③ 周密撰、吴企明点校《癸辛杂识·续集下》，中华书局，1988年，第169页。

痛斥韩、柳、欧、苏等古文家,虽标榜明道、载道,实际是溺于文辞,重文轻道。这种轻视艺文、鄙薄诗赋的态度,必然影响宋人的文学价值观。当然,就文集编纂看,宋编别集仍以诗赋为核心,虽偶尔阑入语录、讲章之类,一般只居文集之末,不那么引人注目。事实上,程朱理学在宋代只是尚在成长中的学派,并未获得优越地位;元、明、清时被立为官学,地位始尊。尤其是明清两朝,皆以程朱学说为立国之本;科举考试,以朱熹《四书集注》为教材,程朱理学遂从一种思想学说内化为士人日常言行的是非标准。明清别集遂堂而皇之地收录理学家语录、讲章并冠于卷首,以彰显其在思想、文化上的指导地位。文集在发掘性灵、荟萃藻彩外,有了构建思想、表彰学术的新功能。清代考据学兴盛,别集中除了语录、讲章等理学之文外,又大量涌入考据之文,戴震《戴东原集》、段玉裁《经韵楼集》、汪中《述学》等,不但内容以考据为主,冠于卷首的,也都是考据文体,这成为清代别集的显著特征。而在清人心目中,学问是文章根本,文章只是表达学问的工具,"夫文章者,学问之发也"[1]"夫诗文一道,根柢性情,其寔本原学问"[2]之类的论断俯拾皆是。这些理念,彻底颠覆了《文选》所确立的文章观,是学者之文崛起的理论基础,也是明清时期讲学、著述之文冠于卷首的内驱力。

如果说朝廷公文、试策之文、讲学之文冠首,主要受政治制度、科举教育、学术思潮等文学外在因素的影响,体现了文集的内涵变化和功能拓展,则传、记、序、书、论、律诗、绝句之冠首,则体现了文人之文内部文体地位、审美观念的嬗变。六朝隋唐是文学逐渐摆脱对学术的依附,获得独立地位的时期,诗赋作为最见文人性灵、藻彩和才华的文体,始终处于文集的核心地位。然而,经过漫长的发展演变,到了明清时期,以诗赋为代表的"有韵之文",已完成各种体式的探索、创新,菁华既竭,能事已毕,很难像先唐那样充分吸引士人的注意力和创造力,逐渐丧失文体谱系中的绝对优势地位。与此形成鲜明对比的是,诗赋之外的"无韵之笔",如传、记、序、寿序、论、书启等叙事、议论之文,尚多拓展空间,成为文人发抒性灵、别寄怀抱的重要方式,是作者生命体验最富个性化的表达,其艺术表现力已非诗赋所能牢笼。至于有韵之文中的律诗、绝句,虽然产生较晚,

---

[1] 王念孙《陈观楼先生文集序》,王念孙等撰、罗振玉辑印《高邮王氏遗书》,江苏古籍出版社,2000年,第130页。

[2] 金文田《宝纶堂外集后序》,齐召南《宝纶堂外集》卷末,《清代诗文集汇编》第300册,第527页。

不如四言、古诗、乐府高古典雅,但因契合某些作者的才性而时出佳作,也不妨打破惯例予以特别表彰。总之,《文选》以来逐渐形成的文集编纂传统,仅仅反映了特定历史阶段的文学观念和创作实际,不能以之衡裁整个文学发展史。明清士人对此有鲜明的理论自觉,故在别集编纂中能打破陈规,充分尊重、体现文学创作的丰富性和复杂性,以作者最得意、最珍重的文体冠于卷首,从而使明清文集别开生面,五彩斑斓。

文章中彀：明清八股文写作中的"揣摩家数"

厦门大学中文系　师雅惠

　　八股文作为明清两代的科场文体，虽已在百年前随着科举制的终结而成为历史陈迹，但因其乃明清乃至近代思想文化图卷的"背景色"，故仍得到后世文史学者的重视。近二十年来，八股文成为文章学研究的热点，已有不少论著对八股文的体制、源流演变、与其他文类的关系等进行了较为深入的探讨，①特别是揭示了八股文体中靠近"学术"与"辞章"的质素，肯定了八股写作的经学与文章学价值，在一定程度上扭转了一般读者对八股文的刻板认识。但与诗、古文写作中既有抒发怀抱之作，又有官场应酬的敷衍虚伪之作相类似，在五百余年的八股文写作史上，亦是"高古"与"趋时"并存，有"以古文为时文"的理想主义者，就有专研"墨卷"，以科场取中为目标的实用主义者。这种研习"入彀之法"的时文家，被称为"墨派""揣摩家"，虽在普通士子群体中追随者甚多，但在当日即被认为格调不高，不少志存高远之士不屑与其为伍。今日八股文研究者出于"尊体"的考虑，对"揣摩家"的存在及其言论亦有意无意地予以忽略。然而，"揣摩家"的存在是客观历史事实，其言论虽出于功利之思，但他们对"古"与"时"辩证关系的思考，对文章吸引读者之法的探寻，在今天看来仍有某些可取之处，并非全为糟粕；从中还可窥见当日士子读书作文之心态，加深我们对当日古文创作外部环境的认识。本文即拟以明清时期影响较大的几部讲求"揣摩家数"的八股文法著作为基础，对"揣摩家"文章学局限与文章学意义进行初步寻绎与总结。

---

　　①　这方面较为重要的著作有黄强《八股文与明清文学论稿》，上海古籍出版社，2005年；孔庆茂《八股文史》，凤凰出版社，2008年；龚笃清《明代八股文史》，岳麓书社，2014年；等等。

一、"荣世"与"文章在我":揣摩家文章理论的价值取向

八股文讲"揣摩",始于明嘉靖、隆庆间著名文家茅坤所作《论文四则》,此文在"认题""布势""炼格"之外特别提出"中彀"一则:

> 彀者式也,世所称中式也。以上三条(即认题、布势、炼格——笔者注),予所自喜独得其解者。然世之有司,往往操其耳目所向、绳墨所习以求之,而我不能赴之,韩昌黎之所以三试礼部而不遇者也。予故不得已别为"中彀"二字以悬之于心。其规模大较,虽不出前三者,而于三者之中,令典则浅近。令人览吾认题处,不必渊深,而大旨了然;览吾布势处,不必宏远,而脉络分明;览吾练格处,不必高古,而风韵可掬。则世之宗工大匠,当属赏心,即如肉眼,亦不吾弃矣。

《论文四则》是时文史上的著名文献,茅坤关于"中彀"的论述,被后人认为乃"时文言揣摩之始",[①]其"典则浅近"之说,也为后世讲"揣摩"者继承并发扬光大。茅坤所生活的年代,正是八股文体制逐渐完备之时。当日文坛,一方面八股文大家、名家辈出,另一方面,以文章进身的难度也在不断加大。如归有光乃文章大家,却历经六次乡试、九次会试,方才得中两榜。造成这一局面的原因,在于八股评判制度固有的不合理性。以八股取士,建立在"修辞立诚""文行合一"的理论预设之上,认为文字可以较为准确地来反映士子的学问道德修养。但这毕竟是一种理想的预设,在现实中不可能完全实现。当八股文文法日渐细密繁复,"文辞"因素对评阅者的干扰便逐渐加大,所谓"诸士竭三日之力而欲尽抒所蕴,主司持一人之见而欲概其生平,固亦难矣"。[②]有技巧的文辞具有欺骗性,对"道"的呈现有极大的干扰作用;以主司一人之力,在短时间内也很难作出完全合乎考生水平的评价。茅坤的"中彀"说,便可以视为士子对此种混乱局面的

---

① 薛鼎铭《墨谱》卷二,陈维昭编校《稀见明清科举文献十五种》下册,复旦大学出版社,2019年,第1378页。
② 汪镗《甲子应天录序》,陈广宏、龚宗杰编校《稀见明人文话二十种》上册,上海古籍出版社,2016年,第383页。

不得已应对。既然文章与学问道德之间没有绝对的联系，"立诚"的文章不一定能取中，那么就干脆不再"立诚"，而是专力打造考官眼中的"有德有才"之文。茅坤之后，"揣摩"之法得以不断发展，至明天启、崇祯间，已成一时风气，如曾异撰言："夫时文者，谀世之文也……即一二知名士误入彀中，试扪心自问，谓非羁舌缩手，舍所学以取世资，不可也。"①入清后，"揣摩"之法更为盛行，明末清初唐彪《读书作文谱》，不仅辟有"论应试文""临场涵养"等专节，全书立论也主要从"应试"角度出发。其后顺治、康熙间有朱岵思《会元薪传》、楼枫《举业渊源》，乾隆间有薛鼎铭《墨谱》，嘉庆、道光间有司徒德进《举业度针》，光绪间有孙万春《缙山书院文话》，均为谈"揣摩"的名著。即使是不专谈"揣摩"之人，只要经历过科考，便也大都熟悉"揣摩"之法，如梁章钜《制义丛话》，虽以介绍各家流派为主，观点平实正大，但亦多处提到当日揣摩家的作为。

纵观各时期讲"揣摩"者，其论文具体观点虽不尽相同，但都不讳言作文求"中"的目的。如清嘉庆五年举人司徒德进《举业度针》所言："夫揣摩原欲荣世，非为传世。倘才高不遇，虽直与归、胡比肩，无益也。"②又如清同治十年（1871）进士孙万春于光绪初年所作《缙山书院文话》："士有储经济之学，求所谓上致君、下泽民，勋垂竹帛，绩著旂常以副其抱负者，舍八股，更何以为进身之阶？理学虽与八股相表里，而究不若时墨之为功易而见效速也。"③又说："余之教人学墨裁，教人得科名耳。……学名大家而不从名大家根底入手，势必欲传世而不能，欲求科名而不得。学墨卷学成，虽不能传世，而科名则必得。得科名后，何书不可读乎？袁子才云：'立名最小是文章。'以文章立名已小矣，而又区区于文章中之八股，不更小乎？是不学墨裁，终亦不能传世，尚不若习墨裁而早中者之有暇博览旁搜，或考据成家，或诗赋擅长，或古文名世，均较之八股为可以传、可以久也。"④"墨卷"本是对乡会试考场中士子所作文章的称呼，与经誊录生朱笔抄写、最终送到考官面前的"朱卷"相对应。而揣摩家们所说的"时墨""墨裁"，则特指符合考场规范、能获得考官青睐的"墨卷"文体。"墨裁"较之于学问根底深厚的"名大家之文"，价值不高，不能"传世"，但却可以迅速"荣世"。这似与明

---

① 曾异《王有巢哀帖序》，《纺授堂集》文集卷一，明崇祯刻本。
② 司徒德进《举业度针》，《稀见明清科举文献十五种》下册，第1475页。
③ 孙万春《缙山书院文话》小引，龚笃清等编著《八股文话》第4册，岳麓书社，2020年，第1941页。
④ 孙万春《缙山书院文话》卷三，《八股文话》第4册，第2021页。

清时期"以古文为时文"者视时文为古文与经学阶梯的观念大相径庭,但按孙氏的说法,研习"墨卷",正是为了早日摆脱"墨卷",好有时间从事真正的学问、文章事业,因此,从最终追求上看,推崇"墨裁"者又与"以古文为时文"者殊途同归。

揣摩家求"中"的理念和操作,建立在他们对"文有一定"的坚定信念上。明清时期有一句流传甚广的谚语:"窗下莫论命,场中莫论文。"许多士子将文章中与不中,归之与冥冥之中的命运善恶报应,"文章有命"的故事在明清笔记小说中屡见不鲜,但揣摩家们却大多认为"文章在我"。如顺治十六年会元朱岵思《会元薪传》言:"墨体一定,如制曲者,曲变而曲体不变,阅历科元墨自知。"①薛鼎铭注:"自前明来,文风屡变,而变之中有不变者存,故谓如制曲之曲变而曲体不变也。学人需看历科,意见方定。……即使主司好异,元文亦变,但凡事只守常道,岂变者获遇而常者反不遇乎?"②也即考场文章虽有风尚取向的不同,但历科夺元之文,乃至得中之文,皆有一定的、相沿的标准,士子只要遵守这种标准,即有获隽的把握。揣摩家所揣摩者,即此"不变"之体裁。薛鼎铭自己在《墨谱》中进一步指出:"夫所谓程式者,非主司一人之见,自有程墨以来然也。又非从来主司之强立其程式,情势之出于自然,又不得不然也。"因此,他认为功名取决于阴骘的说法并不可取:"但若自问,非有不可道之孽,而徒诿之杳杳无凭之数,若得失一听于命,而文字无与者然。呜呼,昧亦甚矣!"又说:"予谓命在文中,不在文外。"文章能不能中,不在"命",而主要在于文章本身好不好、合不合"程式"。孙万春《缙山书院文话》中则批评士子中流行的对"盲试官"的嘲讽,认为那通常是不虚心的成见:"场中阅文者,无论如何荒芜,万不能妍媸不判、以劣为佳也。或曰:果如子言,则造诣浅者何以亦有中者乎? 曰:其平日造诣虽浅,场中一时兴到,忽作一篇诂适文字,次、三又顺,故入选。谓之侥幸作佳文则有之,谓之劣文而幸中,则无是理也。试取遇合之文观之,必有片长足录处。特一时同落第者心中不服,虽好亦不之觉耳。"③这些言论都表明,揣摩家们对八股文的态度是切实、中庸的,既不好高骛远,亦不怨天尤人,而是潜心研究现有规则,

---

① 薛鼎铭《墨谱》卷一,《稀见明清科举文献十五种》下册,第1354页。
② 薛鼎铭《墨谱》卷一,《稀见明清科举文献十五种》下册,第1355页。
③ 孙万春《缙山书院文话》卷三,《八股文话》第4册,第2021页。

希图靠对规则的理解与熟练运用脱颖而出。秉持"文有一定"的信念,他们对时文的风格特点、具体写作方法、学习范本与学习日程等都进行了详尽的探索。

二、昌明典雅与"不浅不深":中骰之文的文辞风格

关于考场中式之文的审美特点或曰行文风格,谈"揣摩"者的意见大体相似。大体说来,有以下几点。

(一)"春夏气"

明万历十六年(1588)顺天乡试解元、万历二十九年(1601)会试第二、殿试榜眼王衡《学艺初言》认为,制举文章有"利"与"钝"之别:

> 凡文之蓬蓬勃勃,如釜上气者,利之途也;掩掩抑抑,如窗际风者,钝之途也。鲜鲜润润,如丛花带雨者,利之途也;孑孑直直,如孤干擎风者,钝之途也。活活泼泼,如游鱼飞鸟者,利之途也;悉悉率率,如虫行蚁息者,钝之途也。如物在口,探之即得者,利之途也;结塞胸中,若呕若吐者,钝之途也。如鼎在世,古色驳荦者,利之途也,如铁在水,黯然沉碧者,钝之途也。官商杂奏,嘈然满耳者,利之途也;独坐弹琴,如怨如慕者,钝之途也。大抵明润象春,而柔嫩亦象春;畅茂象夏,而秽杂亦象夏;高洁象秋,而萧索亦象秋;老成象冬,而闭塞亦象冬。春主发荣,夏次之,秋又次之,冬则剥矣。得春夏气多者,即初学或速售;得秋冬气多者,即积学或久淹。此常理也。①

这段话中,与"利"之文相似的物象,均有飞动、爽朗、热切之征;与"钝"之文类似的物象,则是晦涩、凝滞、孤高冷淡的。此段对"利"之文章气象的描述,得到后世许多讲"墨裁"者的认可,唐彪《读书作文谱》、薛鼎铭《墨谱》均引用此段来论述场中文字格式。② 又孙万春《缙山书院文话》亦言:"尝见遇合之文,乍观之令

---

① 王衡《学艺初言》,武之望著、陆翀之辑《新科官板举业厄言》卷四,《稀见明人文话二十种》上册,第521页。
② 唐彪《读书作文谱》卷六,王水照编《历代文话》第4册,复旦大学出版社,2007年,第3477页;薛鼎铭《墨谱》卷二,《稀见明清科举文献十五种》下册,第1379页。

人吃惊,及至将其文读熟,又似无甚好处者,此无他,一股热气鼓荡于字里行间,故看去甚好也。"①此处"热气"也是指"蓬蓬勃勃"的"春夏气"。

有"春夏气"之文的一个重要表征是"气盛"。如隆庆二年(1568)进士,官至吏部尚书、武英殿大学士的张位《看书作文法十六则》言:"主司看文,如走马看花,须七篇一气呵成,有行云流水之妙,更无一毫滞碍,此青钱也,万选万中矣。"②万历十六年陕西解元、万历十七年(1589)进士武之望《举业卮言》言:"场中文字,要一气呵成,观一篇,只如一股,观七篇,只如一篇,不打咯噔,不挂牙齿,然后易于入彀。"③薛鼎铭《墨谱》言:"(文章)最是酣适为贵。夫酣适非冗曼之谓,心手协调,笔歌墨舞,作者快活,阅者亦快活。两相凑洽是也。不然者,虽履规蹈矩,而意兴索然。如以不入耳之言,强聒不休,彼已不胜厌倦矣。"④又说:"上乘文字,以神理为主。今日场中,理不必太精,神亦未必尽能领取,只争一个'气'字耳。气盛自足以夺人。若节节为之,推敲字句间,而气更销沮,未论文之工拙,已先输却别人矣。"⑤"一气呵成""气盛""酣适",均是文字流动无碍之态。这种科场文字的"气盛",与古文家所言之"气盛言宜"相较,似乎更强调文字外在的流动感,而不太关注内在的道德修养之功。"气盛"之文的反面是"循规蹈矩"与"节节推敲"。手笔生疏,"荆棘生于腕下"之人,文字自不能"气盛",如孙万春言:"若工夫不密者,场中作了一句再想一句,无振笔疾书之乐,安得有气乎?"⑥而文章名家如果过于讲究字句的锤炼,亦会有格格不吐之弊,即袁黄、薛鼎铭所强调的"过炼伤气"⑦;上引王衡所言之"得秋冬气多者,即积学或久淹",原因也在于此。

得"春夏气"之文的另一个表现是有"兴致"。"兴致"与作者本人作文时高昂的精神状态有关,体现在文字上,则是一种"文章本天成,妙手偶得之"的潇洒

---

① 孙万春《缙山书院文话》卷三,《八股文话》第4册,第2031页。
② 张位《看书作文法十六则》,《新科官板举业卮言》卷三,《稀见明人文话二十种》上册,第508页。
③ 武之望《举业卮言》,《新科官板举业卮言》卷一,《稀见明人文话二十种》上册,第480页。
④ 薛鼎铭《墨谱》卷二,《稀见明清科举文献十五种》下册,第1385页。
⑤ 薛鼎铭《墨谱》卷二,《稀见明清科举文献十五种》下册,第1384页。
⑥ 孙万春《缙山书院文话》卷三,《八股文话》第4册,第2031页。
⑦ 袁黄言:"(八股)不锻炼则不精,过于锻炼则伤气。"汪时跃《举业要语》,《稀见明人文话二十种》上册,第401页。又薛鼎铭《墨谱》卷二言:"起讲须是未落笔时,极其拣择,既落笔后,一笔挥洒,勿过炼伤气。"《稀见明清科举文献十五种》下册,第1385页。

流畅。如朱岵思《会元薪传》中说:"高手字字飞,低手字字砌。"①薛鼎铭注释此句言:"二语最是行文生死之别。同此意思,而飞者自飞,砌者自砌。活活泼泼则是飞,悉悉率率则是砌。学人阅文,先辨得出是飞是砌,后要详究其用笔之处,何以能飞,何以成砌。"这里的"飞",当有生动飞扬、志得意满之意,"砌"则有死板、不生动、情绪不高之意。又薛鼎铭《墨谱》言:"作文要有议论,有兴会。议论高卓,兴会飞腾,方令阅者耸目,当代为阅卷者设想。"②爽快如秋水并剪的词句,能打动阅卷者的心目,令其眼亮心开,情绪愉悦,文章自然得中。嘉庆十三年(1808)进士仲振履《秀才秘钥》中也有类似意见:"场中作文,要有兴致,尤要做得谛当快活。做得快活,则看得亦快活。若太苦心孤诣,俯首愁眉,抑郁无舒展气,阅者愈看愈闷,十数行后弃去矣。此是场中第一要诀。"③作者的"兴致"能够引起评者的"兴致",而在紧张闷人的阅卷工作中,这种因文字生发出的两情相洽之感,最易打动考官。因此不少谈文者都强调,场中作文,要有兴奋、高昂的精神状态,孙万春曾记录同年张兆桐语:"窗下作文不可有解元之见,自命作元,必狂妄无知,夜郎同诮矣。场中作文又不可不以解元自命,每作一句,自觉可以抡元,才有兴会,愈唱愈高。若作一句,觉其不佳,未免中馁,越作越无味矣。"④狂妄自大在平日不应有,而在考场中,适当的狂妄却能鼓舞自己的情绪,使得笔下兴致勃勃、生气充满。

（二）富贵福泽之文

晚明以后人多认为"墨派"文章具有华丽、冠冕的风格。所谓"世之谈揣摩者率尚富丽"。清康熙间八股名手王汝骧认为这一文风起自嘉靖间瞿景淳:"(瞿昆湖)趋向圆美,过于成熟,以会元为风气之归,使后人揣摩利便,遂于斯道别成一小宗。……降至霍林、求仲,则于圆熟中益之以芜秽之词、庸靡之调,而为此道诟病者,遂波及先生矣。"⑤这种注重文辞声调之圆美的风气,曾受到"以古文为时文"者的严厉批评,如明末西江派八股文家艾南英言:"万历之季,此风

---

① 朱岵思《会元薪传》,薛鼎铭《墨谱》卷一,《稀见明清科举文献十五种》下册,第1371页。
② 薛鼎铭《墨谱》卷三,《稀见明清科举文献十五种》下册,第1401页。
③ 仲振履《秀才秘钥》,《稀见明清科举文献十五种》下册,第1418页。
④ 孙万春《缙山书院文话》卷四,《八股文话》第4册,第2055页。
⑤ 梁章钜著、陈居渊校点《制义丛话》卷五,上海书店出版社,2001年,第77页。

浸远。一二轻薄少年,中无所得,而以浮华为尚,相习成风。其文非经非史,非韩、柳、欧、曾诸大家之言。其人皆登馆阁台省,则自南宫之试,至两畿各道所为典试校分闱者,又皆其人主之。居高而呼,其应愈众,而近日十八房稿之文为甚。于是制义中大都以里巷之语代圣贤之言,遂至于庸靡臭腐而不可读者。"艾南英所说的"浮华"之文,与王汝骧所说的"芜秽之词""庸靡之调",所指当为同一类学问根柢不深、缺少作者个性的文字。以古文标准衡量,这种文字自是品格卑陋的,但它为何能成为考场正宗?清人薛鼎铭对此有一解释:"富贵福泽,根乎人之心而形见于心之声。玉堂金马之人,岂能作郊寒岛瘦之文?见识自是阔大,气魄自是雄伟,局面必自整齐,声调必自宏朗。作者不觉做此文,阅者不觉取此文,悬定价于冥冥之中,直是跳不出这个模样。即谓其文稍近庸俗,但庸俗即是福泽处。"①认为外表富丽的"庸俗"之文,是考场中式之文的必然归属,"庸俗即是福泽"。

纵观历代关于"富贵福泽"之文的论述,我们可以总结出此种文字的一些基本特征。一是整体气象平和正大。表现为文义的符合正统、辞句的吉祥响亮等。如嘉靖四十三年(1564)南直解元、隆庆二年进士沈位言:"文章要台阁。……山林草野之文,其气枯槁憔悴,其词琐屑单薄;朝廷台阁之文,其气温润丰缛,其词激昂明亮。"②此是从文风与作者命运的关系立论。将来要出将入相之人,文字自然带有"台阁"气象。万历八年进士伍袁萃言:"其文之冲淡典则者,大雅士也;其文之纯粹精确者,邃养士也;其文之俊伟爽剀者,光明士也。不然而荒唐谲诞以为高,佶屈聱牙以为古,灭裂先辈程度以为奇,则其心术行事,亦可概见。"③大雅光明之士,堪为国之栋梁,其文章风格则对应于典则、纯粹。此是从文风与作者心术的关系着眼。崇祯七年(1634)进士陈龙正《举业素语》亦认为"大雅二字,自是立言作文正法,所谓廊庙气象、君子风度,非谓文章贵佞也",并举一反例说:"近作《端人也二句》文,开讲便从邪人蒙祸翻起,气象殊衰飒。小题大做,俗题雅做,况题本大雅,而反虚扯上文,远邀恶客耶!"④此题出自《孟子·离娄下》:"端人也,其取友必端矣。"陈氏所举之文,不仅"虚扯上文",

---

① 薛鼎铭《墨谱》卷三,《稀见明清科举文献十五种》下册,第1393—1394页。
② 沈位《论语五则》,《新刻官板举业卮言》卷三,《稀见明人文话二十种》上册,第506页。
③ 伍袁萃《学政录》,汪时跃《举业要语》,《稀见明人文话二十种》上册,第407页。
④ 陈龙正《举业素语》,《八股文话》第1册,第256页。

文法有误,更因所"笼上"者与"蒙祸"有关,非吉祥语,因此不"雅"。又薛鼎铭《墨谱》中,批评焦袁熹对"偏锋"之文的推崇,认为"荡荡平平中自有必售之文"。"偏锋"即文义上故立新说、篇法上颠倒割裂之文,①这样的文字,不庄重、不平稳,因此不符合场屋之文的要求。

二是说理清楚。万历十四年(1612)进士袁黄言:"我朝时义,推荆川、昆湖者,以其温纯典雅,有揖逊之风,无干戈之气也。迩来士习愈趋愈下,不发明实理而惟崇尚虚词,不体贴书意而惟采摘浮语,边幅窘裂,气象险巇,令人读之有铮铮不平之意,非盛世之文也。"②既然使得义理遮掩不明的"虚词""浮语",是文章"边幅窘裂,气象险巇"的罪魁祸首,那么气象平正的"盛世之文"必然是能发明实理之文。之后清人薛鼎铭解释朱岵思"文之贵清"一语也说:"文之清者,多是廊庙之器。意理不杂之谓清。雅淡者清,绚者亦清。简净者清,畅茂者亦清。人但见墨卷之浓,而不知其自首至尾,只'清'字不易及。"③清康熙、雍正、乾隆诸位皇帝都曾有关于文风要"清真雅正"的上谕,所谓"清真",按《钦定四书文》编者方苞的解释,即"惟其理之是而已"。④ 可见朱、薛二人"墨卷贵清"的理念,正是呼应了庙堂之上的需求。

三是文辞洁净。场屋中文字要呈示于上官,有"敷奏以言"的郑重意义,因此在字词的选择上有诸多要求。唐彪《读书作文法》引程楷语:"修辞无他巧,惟要知换字之法。琐碎字宜以冠冕字换之,庸俗字宜以文雅字换之,务令自然,毋使杜撰,此即修辞之谓也。"⑤也即八股之语辞要冠冕、文雅。康熙间名臣陆陇其则对"宜于场屋"的字句作了具体说明:"用字用句必有根据,非六经、《语》、《孟》及经周、程、朱、张论定之语,不可轻用。然用六经字句,亦须避其古奥者。用周、程、朱、张字句,又须避其通俗者。又有语出六经今人所习用而当戒者,如刑于、贻厥、媚兹、念典、物恒、居诸之类,将古人成语恣意割裂为歇后、为射覆,

---

① 如清代小说《醒世姻缘传》第三十七回《连春元论文择婿　孙兰姬爱俊招郎》中,相于廷为狄希陈作了两个"偏锋主意"的破题,一个是以"文值其变,圣人亦自疑也"破"文不在兹乎",一个是以"王政可辅,王迹正可存也"破"王欲行王政,则亦毁之矣",均是在朱注外自出新意。见西周生著,袁世硕、邹宗良校注《醒世姻缘传》,人民文学出版社,2015年,第593页。
② 袁黄《宝坻训士》,汪时跃《举业要语》,《稀见明人文话二十种》上册,第398页。
③ 薛鼎铭《墨谱》卷一,《稀见明清科举文献十五种》下册,1372页。
④ 方苞《进四书文选表》,刘季高校点《方苞集》集外文卷二,上海古籍出版社,2008年,第581页。
⑤ 唐彪《读书作文谱》卷六,《历代文话》第4册,第3473页。

不成文理,亦大雅所不取。"①认为八股语词需来源于古圣贤著作,但需除去太生僻古奥者、太通俗者及后人改窜经典者。薛鼎铭亦言时文语言"贵纯白无瑕":"除六经外,秦汉八家语之精粹者可用。稍涉粗豪,不可阑入,况老、庄诸子乎?"②也即八股文语词需取材于儒家经典与古文名篇,诸子之语绝不可用。语辞来源范围的一定,可以保证思想表达的纯粹,揣摩家这种对文体纯净性的自觉追求,与清代桐城派的古文"雅洁"观念,似有相似之处。生僻词不可用一点,尤为谈"墨裁"者所强调。如薛鼎铭认为《经》书中语词虽不在"粗豪"之列,但"房官亦间有生疏者,故如《书》之《盘》《诰》,《礼》之《内则》,及三《传》中非时文常用者,究宜慎之"。③仲振履《秀才秘钥》言:"用典太僻,自以为新奇,而场中往往误事。"④孙万春《缙山书院文话》亦言:"经文固宜典雅,十分僻典亦宜禁用。"⑤此一要求,是出于对考场实际即"房官亦间有生疏者"的考虑。阅卷官水平有深有浅,如使用阅卷官不识之僻典,则文章很可能会被认为滞碍不通甚至荒诞不经。因此墨卷之"洁",又兼有下文所言之"浅"与"显"的特点。

(三)"显"与"浅"

论墨卷者,有"典、显、浅"三字诀,此三字最早出自明嘉靖三十二年(1553)进士,曾任浙江督学的冯叔吉所作《河东书院示诸士》:"(中式之文)尚有三昧。一曰典,谓不事奇怪而雅正纯粹,有吐词纬经之象。……二曰显。谓不事隐晦,而平正通达,有行云流水之象,故即始可以见终,击首自能应尾,而今以形其形,象其象等句为显,则俗矣。三曰浅。谓不事深艰而言近指远,有布帛菽粟之象,故淡自不厌,简自有文;而今以日用常行等句为浅,则腐矣。"⑥"典""显""浅"三字,在明清流传甚广,如明隆庆、万历间人张位有言:"典、显、浅三字,显与典,人则知之,独浅字人不知,则失于太淡。"⑦清初朱岵思论文有"浅"字诀,薛鼎铭注

---

① 楼涘《举业渊源》,《稀见明清科举文献十五种》下册,第1279页。
② 薛鼎铭《墨谱》卷一,《稀见明清科举文献十五种》下册,第1368页。
③ 薛鼎铭《墨谱》卷一,《稀见明清科举文献十五种》下册,第1368页。
④ 仲振履《秀才秘钥》,《稀见明清科举文献十五种》下册,第1427页。
⑤ 孙万春《缙山书院文话》卷三,《八股文话》第4册,第2035页。
⑥ 冯叔吉《河东书院示诸士》,汪时跃《举业要语》,《稀见明人文话二十种》上册,第402—403页。
⑦ 张位《看书作文法十六则》,《新科官板举业卮言》卷三,《稀见明人文话二十种》上册,第508页。

言:"明人向有浅、显、典三字诀,浅与显却相连。"①清嘉庆、道光间梁章钜亦认为"近人所称典、浅、显三字,恰为初学之阶梯也"。②此三字互有关联,"典"之文必清浅显明,"显"与"浅"则建立在辞意典正的基础上。

"显"有意义显豁、议论明畅之意,即冯氏所言"不事隐晦"。《制义丛话》载王汝骧论文有"铦"字诀:"通体命意遣词,俱要从锐利一路运用,得锋芒四射,令阅者惊心爽目,自足使万夫辟易。"又有"醒"字诀,要求文章"醒豁而不晦闷也"。③朱峃思亦认为考场之文,"豁最要紧",薛鼎铭注言:"墨卷切忌肤浮,又忌深晦,切实而能爽朗,无不售者。"④"铦""醒""豁",均可以归入"显"的审美范畴之内。

"浅"有平实易晓之意,前引茅坤"中彀"说中,即有"浅近"一词。"浅近"之文,意义不深,章法不古,遇到"肉眼凡胎"、水平不高的试官,不会因阅卷者无力欣赏而落选;但这样的文章又非浮浅平庸,而言之有物,令人回味无穷,不会遭到"宗工大匠"的鄙夷。明人冯叔吉认为"浅"应"言近旨远",张位认为"浅非浮浅,对艰深而言耳",⑤王衡认为"上乘之文,著不得一句学问,乃类极肤浅者,而真肤浅文却自不同",⑥袁黄认为文章应"以明白浅易之词,发渊永精微之理,使观之显然,而味之无极",⑦陶望龄认为"其入深者,其出必浅;其造端也甚难,其成章也似易",又说文如苏东坡,方可谓"似浅易而真艰深者",⑧均是在强调"浅"应建立在"深"与"厚"的基础上。在考场实践中,"深入浅出"往往是取胜妙法,如清光绪间孙万春记载晚清京师文风盛于他处,其秘诀即在"每用意造句,虽极凝练,而却浅显,令阅者一望而知,不假思索"。⑨此处"浅""显"并提,共同指向一种明畅动人的文辞风格。

---

① 薛鼎铭《墨谱》卷一,《稀见明清科举文献十五种》下册,第1347—1348页。
② 梁章钜著、陈居渊校点《制义丛话》卷二,第40页。
③ 梁章钜著、陈居渊校点《制义丛话》卷二,第40页。
④ 薛鼎铭《墨谱》卷一,《稀见明清科举文献十五种》下册,第1364页。
⑤ 张位《看书作文法十六则》,《新科官板举业卮言》卷三,《稀见明人文话二十种》上册,第508页。
⑥ 王衡《学艺初言》,汪时跃《举业要语》,《稀见明人文话二十种》上册,第406页。
⑦ 武之望著、陆翀之辑《新科官板举业卮言》卷四,《稀见明人文话二十种》上册,第523页。
⑧ 陶望龄《汤会元易义引》,汪时跃《举业要语》,《稀见明人文话二十种》上册,第393页。
⑨ 孙万春《缙山书院文话》卷一,《八股文话》第4册,第1956页。

（四）"新"与"奇"

场中文字要得中，重要的一点在于"脱套"、不雷同。如武之望在《举业卮言》中所言："做文字不拘何样家数，但能脱套便佳。余在广陵校士，出《世叔讨论之》。初见一卷，用《左传》数语殊当，辄录之。既而一卷复用之，少顷一卷又用之，遂举笔涂其卷，并前卷掷去。盖套语雷同，自生厌恶，词即古不足录也。操觚者慎之。"① "世叔讨论之"一题出自《论语·宪问》，世叔为郑国大夫子太叔，其事迹又见于《左传·襄公三十一年》，故此题用《左传》文确为的当，且能表见自身学养。但人人皆用，便无甚出色之处。明末陈龙正《举业素语》亦言："'去套'二字为铁门关，为玉钥匙。"② "新"与"奇"便是"不雷同"之文所具有的审美特点。

"新"与"奇"的关键，在有自己的思考。陈龙正《举业素语》言："新奇庸正，何从剖决？句字末也，局阵次也，无议论是庸是腐，有议论是奇是新，此其大要也。……若喜夸新奇者，或摭世说，或填策料，或用诗曲句字，或直杜撰恶言，盖繇才气实凡，意思实短，姑借此种供其咆哮，自欺自误。"也即新奇不在字句，而在意思之新。然而八股文几乎每一题都有成千上万篇成文，要阐发新意实难，因此，"新"也可以退而求其次，比如此种题使用另一种题的章法，如陈龙正言："彼题有彼题语意，此题有此题机窍，纵偶相通，亦复迥别，此是常新不腐，迭变不穷手段。"③又可以是词句上的"老调新谈""旧意新说"，如薛鼎铭注朱岵思"新非佽也，目所未睹"一句："目所未睹，不是言人所不言……用笔色泽不同，便觉耳目一新，前人所云，同中更有异也。"④即"用笔色泽"上的与众不同，也可称作"新"。

"奇"在明清文坛上是一个常见的美学范畴，而又随其应用范围的不同，有古文之奇、时文之奇、场中之奇等不同的涵义。古文之奇，包括文意的出人意表、章法的纵横变化、辞句的新奇等。时文之奇，有与古文之"奇"相类似处，晚明许懈讲究"机法"、王思任充满才气之文，都被公认为"奇"。但晚明又有不少

---

① 武之望《举业卮言》，《新科官板举业卮言》卷一，《稀见明人文话二十种》上册，第483页。
② 陈龙正《举业素语》，《八股文话》第1册，第261页。
③ 陈龙正《举业素语》，《八股文话》第1册，第252页。
④ 薛鼎铭《墨谱》卷一，《稀见明清科举文献十五种》下册，第1352页。

人认为,时文之奇,正蕴藏在"平"与"正"中。如邓以钻认为"不俗不浮,理到意到,此便是奇",①王锡爵言极奇极险之文,"其节朗,其气清,有过中而无落拍,此其所以为奇也"。②武之望认为:"巧不逾法,逾法非巧;奇不离正,离正非奇。"③冯梦祯认为"平淡必始于神奇……薄真神奇,吾以为必不识真平淡。"④在古文与时文之"奇"的基础上,又有场中之"奇"。清乾隆间八股名家焦袁熹言:"先辈云:场中中奇不中平,然则中式之文,平者宜少,奇者宜多,而颇不然。何欤? 曰:身在场外,与场中阅文者不同。凡今之所谓平者,皆主司于累百中特取之也。其特取之,必见以为异于累百也。其所以异之故,人不尽知,以不见累百者果何如也。大约十人如此,而一人独如彼,则如彼者得矣。不必果奇也,以其不雷同而名之曰奇耳。"⑤场中之"奇",只是平庸中之较为特出者,不需要刻意发挥才华、别出心裁。这样的"奇"文,才能稳妥,无逾越规矩之虞。

(五) 合乎"中庸"

墨卷作为八股中合于考场规程者,既要兼顾"文"的因素,又要不离"时",因此下笔时较之窗下可游戏、可抒情的八股,规矩更繁琐、更微妙。这种微妙之处,可以一言以蔽之曰"中庸",即能在"古"与"时",在经典古文与庸常八股的种种对立中做到不偏不倚、去其两端而取"中"。在墨卷写作中,"中庸"既是理想境界,也是不得不面对的现实要求。如袁黄有"时义最细,不可过,不可不及"的说法:"过于说理,患在意深,兼恐与题相远;过于修词,患在意浮,兼恐与情相悖。然说理不透,修词不工,自是文章大病。"又说:"不锻炼则不精,过于锻炼则伤气;不敷衍则不畅,过于敷衍则伤骨。""文欲极新,又欲极稳;欲极奇,又欲极平;欲说理,又不欲著色相;欲切题,又不欲粘皮带骨。"⑥万历二十年(1592)进士陈懿典亦认为制义之体,"非若诗古文可以逞才也,而为之又不可以无才;非若诗古文之可以炫学也,而为之又不可以无学;非若诗古文之可以才与学惟吾

---

① 邓以钻《答何士抑论文》,汪时跃《举业要语》,《稀见明人文话二十种》上册,第389页。
② 王锡爵《评张异度文》,汪时跃《举业要语》,《稀见明人文话二十种》上册,第389页。
③ 武之望《举业卮言》,《新科官板举业卮言》卷一,《稀见明人文话二十种》上册,第480页。
④ 冯梦祯《南雍课士序》,汪时跃《举业要语》,《稀见明人文话二十种》上册,第389页。
⑤ 焦袁熹《棘闱要诀》,薛鼎铭《墨谱》卷二,《稀见明清科举文献十五种》下册,第1383—1384页。
⑥ 袁黄《心鹄》,汪时跃《举业要语》,《稀见明人文话二十种》上册,第401页。

意之所适也,而为之又不可以拘拘谡谡,不惟吾意之所适",既不能"溢于格",又不能"不及格"。① 又薛鼎铭《墨谱》所录殷价人《劝学》,有"不浅不深期恰好"一句,薛氏注言:"文字只是'恰好'二字最难,到此百发百中。"② 薛鼎铭自己也强调举业文字不能盲目求古求高,而要做"不高不低之文"。③ 所谓"不过不不及""不浅不深""不高不低",都是一种小心翼翼的平衡,一种在长期实践中神而明之的"中"道。本节所论中式之文的各种风格,以及下节所论中式之文的写作技巧,都可以用这种微妙的"中"道来加以说明。

三、认题、布局与声调：中式之文的具体写作技巧

如何才能写出一篇合乎考场规矩,如上文所言的典雅正大、生气蓬勃、恰到好处的文章?历代谈论"时墨"者给出了许多具体而微的建议。这类"技法论"也是各类八股文法书籍中所占篇幅最多的部分。限于篇幅,本节只拟就诸家论述最多的三个方面展开。

(一) 认题之法

八股文乃"命题作文",每一题均有每一题相对固定的意义范围与布局方式。因此,"认题"便是八股写作的第一步。

"认题"主要是"认理",即明白题目文句的意义、所蕴含的圣贤道理。八股文题有限,而历代文章无穷,归根结底在对题理的精深探研。场中文字要胜于他人,对"题理"的体悟辨析是关键一步。历代关于"认理"重要性的阐述极多,如万历二十六年(1598)会元顾起元言:"文章之妙,不在排比铺张,第一义在认题说理。题认真,即一二语当足使乱者解,隐者显。"④万历二十年状元吴默言:"文字不论奇正如何,先以说题莹透为主。"⑤等等。

---

① 陈懿典《论文二章》,《新科官板举业卮言》卷三,《稀见明人文话二十种》上册,第511页。
② 薛鼎铭《墨谱》卷二,《稀见明清科举文献十五种》下册,第1381页。
③ 薛鼎铭《墨谱》卷三,《稀见明清科举文献十五种》下册,第1391页。
④ 顾起元《论文二章》,《新科官板举业卮言》卷二,《稀见明人文话二十种》上册,第496页。
⑤ 汪时跃《举业要语》,《稀见明人文话二十种》上册,第410页。

如何"认题"？一是要咀嚼题目字面,将题目中每一字句的涵义及在本题中的位置、作用分剖清楚。如《墨谱》录吴懋政论墨卷言:"凡一题到手,必须将白文细注反复涵咏,某一种实理宜发,某一种虚神宜摹,某一字不可滑过,某一句不可着迹。题之真种既得,自然口口咬着。"①在认题过程中,除实字外,尤其要注重对虚字连接词的理解。因圣贤之深意、题理之精微处,往往蕴含在虚字中。如孙万春《缙山书院文话》中谈到"鄙夫可与事君也与哉"一题,认为此题中"也与哉"最为重要:"'也与哉'一喝,正为同朝共事者唤醒……夫子见当时有与鄙夫共事者,或明知为鄙夫而因循同列,或未知为鄙夫而抉择不精。夫子有见于此曰:人皆自谓我自我,鄙夫自鄙夫,谓鄙夫不妨共事矣,是亦未即鄙夫而深思之。"②孔子痛心于当时人对"鄙夫"的容忍,故有此感叹,圣人心意,全在"也与哉"三字中发出。因此写作此题文,"必先说时人以鄙夫为可与共事一层,方得圣人当头一喝"③。如果只论"鄙夫不可事君",抛却时人意见与圣人批评之意不顾,便是未得题理。二是要探明题面文字之下所隐藏的深意。如吴默认为题有"皮肤""筋骨"之分,并举隆庆五年(1571)会试"如用之则吾从先进"一题为例,认为此题中,"从先进"不过是"题之皮肤","先进之所以当从"才是"题之筋骨",是作者应当着力处。当年程文即大段扣住"先进为何应从"做文章,因此能得题之理,"写得十分精神"。④ 三是联系上下文,划定题目的意义范围,并进一步确认题目中字眼的意义指向。如陈龙正《举业素语》言:"认题是举业第一义。然题如何认？有上文者观上,如'仲尼日月也',言高不言明,上文'丘陵',卑也,非暗也,反照也。有下文者观下,如'犹天之不可阶而升',言化不言高,下文'立''行''来''和',化也,非高也,正照也。有上下文者兼照通章,如'乐以天下',是人主以之,非笼统在天下,上文'贤者'起,下文'好君'终也。'行尧之行',是自尽事亲敬长之道,上提'孝弟',下结'归求'也。无上下文者净看本文,切勿妄添蛇足,勿强生扭捏,勿别生见解。"⑤也即认清题目中字眼与上下文的或对应或承接的关系,如此在行文中才能既不至于随意发挥,又不至于讲解不彻底。

---

① 薛鼎铭《墨谱》卷二,《稀见明清科举文献十五种》下册,第1400页。
② 孙万春《缙山书院文话》卷二,《八股文话》第4册,第2000页。
③ 孙万春《缙山书院文话》卷二,《八股文话》第4册,第2000页。
④ 汪时跃《举业要语》,《稀见明人文话二十种》上册,第410页。
⑤ 陈龙正《举业素语》,《八股文话》第1册,第246页。

四是与自身体验相结合。陈龙正《举业素语》中提出"心得"说,认为认题之最高境界为"心得":"但偶遇一题,觉生平实有体验,则此文必大快。"①此种"心得",与道学家所言"体认"类似,对题目道理有亲身体会,作文时自然贴切,自然笔锋带有深情。当然,这在考场中是可遇不可求之事,如若遇到,实属幸运。

除"题理"外,"认题"还包括对"题体"的辨认。唐彪《读书作文谱》中将八股题目归纳为单题、虚题、截割题、口气题等五十一种。楼汸《举业渊源》中有"题体"类,则将八股文题归为四十一种。"题体"与下节"布局"有直接联系,因每一"题体",都有历代所积累的现成章法,所谓"成局"。然而真正高手,又可以不拘泥于现有方法,纵横"借局"。然而无论何种题目,都要从题理出发,"题理不得,文虽工,无益也"。②

(二) 布局之法

认明题理后,接下来要进行的是对全文章法、句法的安排,也即"布局""布势"。最自然、最根本的"立局"之法是在熟玩题理的基础上,依照题理之层次逻辑安排全文次序,如楼汸《举业渊源》言:"作文能依题神以立局,便有官行神止之妙。"③司徒德进《举业度针》言:"将《四书》看得透彻融洽时,一题到手,题中有如此之神理筋节,则自有如此之局势层次。且自有如此之正义,自有如此之衬贴,自有如此之议论,自有如此之波澜,自有如此之机趣。无论如何擒串,如何运掉,如何曲折生姿,皆因题事之当然。"④然此种自然之境,较难达到,如无对题理的精深理解,"依题写来"又容易平平无奇。因此一般作者,布局时尚需雕镂匠心、"刻意"为之。王衡言"认题以题为主,题为定法;布势以我为主,我无定法",即强调作者在布局中的主观能动性。因此作者的才情笔力,往往能从布局上见出。综合历代文家所论,在墨卷写作中,较为有用的布局之法有以下几种。

铺展。八股作法中有所谓"展局",即寻找出题目中的意义层次,将题目中意义尽力开展。此是做成篇文字的入门之法,也是做墨卷的基础。"展局"之奥

---

① 陈龙正《举业素语》,《八股文话》第 1 册,第 246 页。
② 朱岵思《会元薪传》,《墨谱》卷一,《稀见明清科举文献十五种》下册,第 1368 页。
③ 楼汸《举业渊源》,《稀见明清科举文献十五种》下册,第 1278 页。
④ 司徒德进《举业度针》,《稀见明清科举文献十五种》下册,第 1482 页。

妙,在于以人情揣度经典,周梦颜《能文要诀》中有"为初开笔者涉三喻",分别为"请客喻""房屋喻""出游喻",认为作文如说话言事,文字有"局",如同世事有前因后果。其中"请客喻"最为精彩,认为作文如与客谈事,开讲如叙寒温,起比如叙前因,中比如叙正事,后比如强调所言之事。语语要不离所言之事,而又要言言称道主人,如同作文要回笼顾视、紧扣题意。① 孙万春《缙山书院文话》亦以说话喻作文,认为"题,君命也,文,则宣君命也。譬如君命以一事至四方,必委曲详尽,或曲引,或旁通,或逆入,或顺推。其未说之前,早将此事宜从何入手说起,再如何说至正文。或正意不说,而从前后左右以拍之"。② 孙氏认为,此法虽看似平平,"只将题铺成一片话",但却是"先正典型",是写作整饬正大之文的基本功夫。③

开阖。明嘉靖三十一年(1552)南直举人、八股名手杜伟认为"作文之法,一阖一辟尽之矣",其《口授文机》记载唐顺之门人论唐氏为文"惟一阖一辟耳",此语得到唐顺之的认可:"吾平生苦心为文,却被公一言道尽。"④唐顺之此段轶事,在此后许多八股文法书籍中被用来论证"开阖"的重要性。"开阖"主要指将两方面内容对应说出,八股文中凡是重在前后对照的笔法,皆可以归入"开阖"一法中。如沈位言:"如欲抑扬、欲扬先抑,正题先反、反题先正,皆是(开阖)也。"⑤薛鼎铭言:"(开阖之法)兼反正、宾主、纵擒、虚实、浅深等法而言。"⑥如反为开,则正为合。纵为开,则擒为合。开阖的范围,可以是一篇,也可以是一股,陈龙正言:"开阖乃文中远近、宾主活变处,通篇前后有大开大阖,二股有开阖,一股内有上半开下半阖,或上半阖下半开,二句内有一句开一句阖。"⑦薛鼎铭言:"有一股以内自为开阖,又有两股共为开阖者,有四股共为开阖者,有通篇大开大阖者。"⑧就两股言,开阖是分股的重要方法,就一篇言,开阖可以使得文势起伏跌宕,文情摇曳多姿。不过,据薛鼎铭的看法,在考场中,通篇大开大阖,容

---

① 周梦颜《能文要诀》,《稀见明清科举文献十五种》下册,第 1239—1240 页。
② 孙万春《缙山书院文话》卷一,《八股文话》第 4 册,第 1945 页。
③ 孙万春《缙山书院文话》卷一,《八股文话》第 4 册,第 1945 页。
④ 杜位《口授文机》,汪时跃《举业要语》,《稀见明人文话二十种》上册,第 400 页。
⑤ 沈位语,见汪时跃《举业要语》,《稀见明人文话二十种》上册,第 400 页。
⑥ 薛鼎铭《墨谱》卷一,《稀见明清科举文献十五种》下册,第 1349 页。
⑦ 陈龙正《举业素语》,《八股文话》第 1 册,第 254 页。
⑧ 薛鼎铭《墨谱》卷一,《稀见明清科举文献十五种》下册,第 1349 页。

易造成气势不平、不稳,不是端正典雅气象,所以"墨卷通篇大开大阖者绝少"。两股中用开阖,亦要注意"句调不可太流走,以堕轻佻"。①

转接。乾隆十六年(1751)进士王元启《惺斋论文》言:"文字之道,极之千变万化,而蔽之以二言,不过曰接曰转而已。一意相承曰接,两意相承曰转。"②"接"是在前后意义相承时所用之法,可以实现文势的流动无碍,达到"一气呵成"的审美效果。为众多文家津津乐道的做截搭题的"渡"法,即竭力找出在原文中并不相连、意义上无甚关系的两句文字之间联系的方法,便是一种"接"。而"渡"又可以扩展应用到其他形式的题目中。如孙万春《缙山书院文话》曾举两例,一为"足食足兵,民信之矣"题文,在"子问政"与"而特不能保患贫之民无违心也,而特不能保积弱之民无二志也"两句中,加"夫政以为民"五字,"遂使上下牟尼一串"。一为"畏大人,畏圣人之言"题文,"在天本可畏"与"大人即天"两句中加"眷顾隆而元后立"七字,便将文意从"天"自然"渡"到"大人"身上。③可见在两股之间的"过接"文字用"渡"法,对文意的贯串十分重要,"学者一股想出二意,而不能上下相连,则思一笔以渡之,文章便无凌裂之病"。④

"转"则类似于今人所言之"转折""曲折"。上述"开阖"之法,便可说是一种前后反差较大的"转"法。不仅长文中有"转",短文中更要注重用"转",唐彪《读书作文谱》引《仕学规范》言:"凡作简短文字,必须要转处多,凡一转必有一意思,乃妙。"⑤楼汎《举业渊源》言:"短篇多转折,则文短而气弥长。"⑥因短文容易局促,多用转折,才可以造成迂回萦绕的宽闲之气象。

关锁。八股有"紧"字诀,王衡认为"紧非缩丈为尺、蹙尺为寸之谓也,谓文之接缝门笋处也",并认为"古人布局宽,结构紧;今人布局紧,结构宽"。⑦汪时跃认为王衡所说的"紧",即文章"关锁"处,文有"关锁",才能在结构谨严中保持

---

① 薛鼎铭《墨谱》卷一,《稀见明清科举文献十五种》下册,第1349页。
② 王启元《惺斋论文》,《八股文话》第2册,第1053页。
③ 孙万春《缙山书院文话》卷二,《八股文话》第4册,第1997页。
④ 孙万春《缙山书院文话》卷二,《八股文话》第4册,第1997页。
⑤ 唐彪《读书作文谱》卷六,《历代文话》第4册,第3475页。
⑥ 楼汎《举业渊源》,《稀见明清科举文献十五种》下册,第1278页。
⑦ 王衡《学艺初言》,汪时跃《举业要语》,《稀见明人文话二十种》,第407页。

流动之气,得"文之逸"。① 薛鼎铭亦言"(局)贵紧,不贵宽"。② "紧"之法,在于善用"结束"之笔,即楼泓所言"文章处处有结束,则神完力固"。③ 长篇文字容易散漫,因此尤需注重"局紧","长篇多结束,则文长而局愈紧"。④ 在墨卷写作中,还要注重"关锁"与"转折"的融会,薛鼎铭《墨谱》中曾记载友人论文语:"文须一气打并,节拍转捩不可著宽懈之笔、平直之笔。接笋处不可一平直下,亦不可有段落痕迹。""不可一平直下""不可着平直之笔",即要"转","不可有段落痕迹""不可着宽懈之笔",即要"接"、要"紧"。"结束"乃顿笔,如太生硬,则上下文脉不连贯,太直接,则文势粗豪不温润,因此"结束"中要带有"转折",如此方能保持文章气势的通畅、格调的雅致。

提笔。墨卷固然要"一气呵成",但如果平平讲去,则失之薄,有起落回环,文气才能在反复振荡中成其"厚"。因此要讲究"提呼联宕"。⑤ "提笔"与"顿笔"相对而言,"顿"是收束,而"提"则是振起。司徒德进《举业度针》言"墨卷每比中提笔最多,提者乃从上文文势小小顿断处,随用提笔,是句头无虚字眼者。盖不提则一片说去,文气倒塌而不振。故长笔中固多提笔,即短比亦有之。此最墨之巧处"。⑥ "提笔"在意义上为"另起",在音调上,因句头无虚字,故声音紧凑不曼长,可以起到警动阅卷官眼目的作用,故在考场中最为"巧处"。此书又录徐秉哲言:"墨卷每于股头将一段大意凭空说起,然后再开再合,宾主反正错综而出之,文便变化。若如考卷,半股反,半股正,必至板滞。"⑦ "将一段大意凭空说起",亦是"提"。在意思相对的两股中加入"提",文气便灵活开展,这也是中式文章比一般文字的高明之处。

扣题。墨卷要有曲折潆洄之势,又要处处紧扣题中字眼,有一贯之意义线索。王启元《惺斋论文》中认为:"作文须如线索上走,虽极意腾挪,往复尽变,总不离此线索之外,乃为神构。"而文章线索清晰的关键,在"贵有消纳处,虽波澜

---

① 汪时跃《举业要语》,《稀见明人文话二十种》,第407页。
② 薛鼎铭《墨谱》卷三,《稀见明清科举文献十五种》下册,第1401页。
③ 楼泓《举业渊源》,《稀见明清科举文献十五种》下册,第1278页。
④ 楼泓《举业渊源》,《稀见明清科举文献十五种》下册,第1278页。
⑤ 司徒德进《举业度针》,《稀见明清科举文献十五种》下册,第1467页。
⑥ 司徒德进《举业度针》,《稀见明清科举文献十五种》下册,第1459页。
⑦ 司徒德进《举业度针》,《稀见明清科举文献十五种》下册,第1441页。

汹涌,却无一句散漫"。① 司徒德进《举业度针》亦言:"墨卷固贵凝练精深,尤怕瞒头瞒脑,浑沦说去,使人看之不分晓。……题字必须处处点出,乃能豁目。不特于领题处揭得透露,于出落处点得玲珑,即在中幅、后幅当精心团结、议论闳肆之中,能将题字随手醒出,以清眉目,令阅者识其意绪之所在,一目了然,是亦制胜之一着也。"②墨卷要"清真",处处"点题"、突出题意,貌似简单无才情,但正是使得文意清晰的一法。

衬托相形。中式之文,须有"警策"之处。能警动人心,令阅卷官眼前一亮,方称得上"不雷同"之文。"警策"之法,固在苦心锤炼,而尤在衬托相形。孙万春《缙山书院文话》里提到:"股中想出出色句,而上句若用心凝练之作以形之,则出色者亦减色矣。必须用软句以衬之,令阅者看至此若不满意,及看其下文,不觉拍案叫绝。如二人同立,以媸形妍,妍者更好。若使妍者与类于妍者同立,两人均不觉得甚好。……一股中必有数句惊人者,而此数句之佳,全在以寻常句衬托之,遂觉分外出色。"孙氏将此法称为"缓脉急受、急脉缓受",认为"作文诚能一篇中想出二比警策者,一比中想出数句警策者,乃必售之技",而如果通篇佳句,则佳处亦不显眼,不若用此法能突出出色处,"如顾恺之尝蔗,使阅者渐入佳境"。

(三) 炼调之法

"声调响亮"是场屋中式之文的重要特征,薛鼎铭言场中之文,"理不必异人,只赌得一声高耳"。③ 仲振履亦言:"文无论有无酝酿,只要声调高,高则中矣。"④因此文章声调之法亦是揣摩家"揣摩"的重点。

声调的奥妙在于使用合适的虚字。唐彪《读书作文谱》言:"文章句调不佳,总由于平仄未协,与虚字用之未当也。余尝作文,极意修词而词终不能顺适。初时亦不知所以,及细推其故,乃知为平仄未协,一转移之,即音韵铿锵矣。又或由虚字用之未当,一更改之,即神情透露矣。"⑤"平仄协调"是一般论八股者

---

① 王启元《惺斋论文》,《八股文话》第2册,第1052页。
② 司徒德进《举业度针》,《稀见明清科举文献十五种》下册,第1469页。
③ 薛鼎铭《墨谱》卷二,《稀见明清科举文献十五种》下册,第1385页。
④ 仲振履《秀才秘钥》,《稀见明清科举文献十五种》下册,第1422页。
⑤ 唐彪《读书作文谱》卷七,《历代文话》第4册,第3493页。

熟知之事，而句首及句尾虚字的运用，则是平仄协调、音调流动的关键。《读书作文谱》中有"文中用字法"条，对适合用于顺接、逆接、转折、衬贴、感叹、停歇处的字眼分别作了总结，可见虚字的重要性。又梁章钜《制义丛话》中，提到道光以后时文揣摩家有"且夫调"："每于提比之后，或末比之前，突用'且夫'二字以振其势，并不必关顾前后语脉。乡会场中率多用此为秘诀，而司校阅者亦往往入其彀中，竟有以此抡元者。如壬辰科会试'君使臣以礼'题，会元文中段云：'且夫君公至贵也，臣下至贱也，天泽至严也，而堂廉又至远也。臣以为必出于礼何哉。'又己亥顺天乡试'货悖而入者二句'题，解元文中段云：'且夫盈虚消长，天理也；欲恶取予，人情也。而多寡乘除，则尤理有固然而势有必至者也。'此外用此调获隽者，尚层见叠出，展转相承，未见其已也。"①观其所举两例，"且夫"在文章结构上有"提笔"兼"转笔"之用，且声调仄起，有突出之概，因此文势能随之振起，其文因此高中，亦不为毫无道理。

声调可从他文化用而来。《制义丛话》中记载郑苏年语："今作墨卷者往往偷调……有偷明文之调者，有偷时墨之调者，有好手能偷古文之调者，则鲜不倾动一时。"②梁章钜在此条下举陶阜"素以为绚兮何谓也，子曰绘事后素"题文为例，言此文乃"偷经典之调"的范本。③按此文为"两扇格"，全文两大比，多处化用《礼记·檀弓》，如出比中"夫既曰素矣，得已则吾欲已，不得已则吾欲以烂然者加之也，乃吾诵《诗》一似重无烦者"一句，化用"虽然，则彼疾当养者，孰若妻与宰？得已，则吾欲已；不得已，则吾欲以二子者之为之也"；"若是其素也，不如不言绚之为愈也，若是其为绚也，不如不言素之为愈也"一句，化用"若是其靡也，死不如速朽之愈也。若是其货也，丧不如速贫之愈也"；"人之称斯绚也其谓之何？人之称斯素也其谓之何"一句，化用"师必有名，人之称斯师也者，则谓之何？反尔地，归尔子，则谓之何"。对比中"曰予壹不知夫绘之用也，予欲去之久矣，情在于斯，其是也夫"一句，化用"予壹不知夫丧之踊也，予欲去之久矣。情在于斯，其是也夫"；"吾见绘之若黼矣，见若黻者矣，见若章者矣，见若绣者矣"一句，化用"吾见封之若堂者矣，见若坊者矣，见若覆夏屋者矣，见若斧者矣"；

---

① 梁章钜著、陈居渊校点《制义丛话》卷二四，第 451—452 页。关于晚清科场"且夫"调的流行，孙万春《缙山书院文话》卷二亦有论述，见《八股文话》第 4 册，第 1986—1987 页。
② 梁章钜著、陈居渊校点《制义丛话》卷一一，第 216 页。
③ 梁章钜著、陈居渊校点《制义丛话》卷一一，第 216—217 页。

"《考工》之言似逸《诗》也,尔所谓其不然乎,其不然乎"一句,化用"曾子曰'其不然乎！其不然乎'"。此六处,均是袭用《檀弓》原文中表示语气的虚词,袭用以后,古人语调便化为自己语调。《檀弓》文气舒缓,此文摹写子夏与夫子之问答,亦是悠然宛转,气度娴雅。可见所谓"偷调"法,即是从句首、句尾之虚字、语气词入手,通过对他文句式、虚词的借用而实现对他文声调乃至整体风格的模仿、化用。

最后,墨卷"炼调",要注重上下文声调的承接。孙万春《缙山书院文话》中写到自己抬高文章声调的独家之秘,即在上一句结束后,下一句用响亮字眼"秃(突)接"。并举明人"父母惟其疾之忧"题文中"空山之中,蔼然孝弟。九原可作,至今如见其心"二比为例,认为此二比中,"九原可作"突接"空山之中,蔼然孝弟",且声调"比上气高两头",因此读来声调高昂。同理,一段语气做完后,下段语气可用"五百年""八百国""十六字"等句法,亦可以抬高文章声调,使得文章"越唱越高",达到气满神足、兴致盎然之境。如此,"墨裁不患其不佳耳"。①

四、熟读默会与神凝志专：墨卷的写作准备与临文状态

在时文的写作准备上,揣摩家们几乎无一例外地强调"读文章",认为"读文章"与"做文章"二者功夫密不可分。所读的内容,虽亦包括经史古文,如唐彪认为"欲知天下之事理,识古今之典故,欲作经世名文,欲为国家建大功业,则诸子中有不可不阅之书,典、制、志、记中,有不可不阅之书,九流杂技中,有不可不阅之书,即如制义,小技耳,唐荆川、归震川、金正希辈,皆读许多书,而后能作";② 楼汎认为"不读古文,不知先辈之高下,不读五经,不知古文之高下"③;司徒德进也承认"名文名墨,从古文得来"④等,但即便是较为通达的时文家,对士子古文学习的要求也并不高。明万历间八股名手孙鑛建议士子除四书、五经、《通鉴纲目》外,"宜选经书文共二百余首","又选周、秦、两汉百余首,韩、柳、欧、苏参

---

① 孙万春《缙山书院文话》卷四,《八股文话》第 4 册,第 2049 页。
② 唐彪《读书作文谱》卷一,《历代文话》第 4 册,第 3410 页。
③ 楼汎《举业渊源》,《稀见明清科举文献十五种》下册,第 1271 页。
④ 司徒德进《举业度针》,《稀见明清科举文献十五种》下册,第 1455 页。

之",熟读此四五百首文,即可供考场之用。① 唐彪也认为"科举之学,除经书外,以时文为先务,次则古文",②建议幼童在时义读够若干篇后,学有余力,再去读《十三经》《史记》《资治通鉴》等书。薛鼎铭认为作时文者,古文可读,但不必多,要防止出现"学古文而笔力太高,不近墨卷"的情形。③ 并且晚明以后揣摩家所说的古文,多仅指某一类气势浩大磅礴、与科场所要求的气势流动之文风格相近的文字,如《战国策》《庄子》及韩愈、苏轼文章。④ 如此种种,显然不是培养学问家、古文家的做法,也不是培养"以古文为时文"的时文改造者的路径,而是带有强烈实用色彩的、培养墨卷作者的方法。他们要求士子读的,主要是先辈时文与历科墨卷。其读法,亦有别于学古文者的博观泛览,而是强调精读、熟读。

  精读、熟读这一要求,在现存各类八股文法著作中都占据着十分重要的位置。如唐彪《读书作文谱》,反复强调读文章不贵多,而贵精贵熟,认为:"文章读之极熟,则与我为化,不知是人之文,我之文也。作文时吾意所言,无不随吾所欲,应笔而出,如泉之涌,滔滔不竭。文成之后,自以为辞意皆已出也。他人视之,则以为句句皆从他文脱胎也。"⑤又如仲振履《秀才秘钥》言:"读文之法,将一艺展开,先看题当如何做法,再看文是如何做法。看毕要高声朗诵数十遍,以领其气韵声调。又恬吟密咏数十遍,以探其线索义蕴。又默诵数遍,以察其句法、字法,及如何层接法。既掩卷将此艺留在心中,存养少刻。日日如是,则心下便有一段绷缊绵密之气,凝注其间。一有题目,此气便蒸然而上,化为出色当行文字。"⑥司徒德进《举业度针》言:"(学人)宜就性之所喜所近者,择读七八十篇,或五六十篇,二三十篇,俱可。不怕少,只要熟。日日读,年年读,要与之俱化,使其机杼腔调如自己出。……读到烂熟时,下笔便是这个调数,随手口而

---

 ① 唐彪《读书作文谱》卷一,《历代文话》第4册,第3409页。
 ② 唐彪《读书作文谱》卷一,《历代文话》第4册,第3402页。
 ③ 薛鼎铭《墨谱》卷一,《稀见明清科举文献十五种》下册,第1355—1356页。
 ④ 武之望《举业卮言》:"古文中可以为举业师范者,无过《战国策》《庄子》及《苏长公集》三书。"《稀见明人文话二十种》上册,第571页。又薛鼎铭《墨谱》卷二录股价人《劝学诗》:"当行闱墨宜精读,应制房书要细看。题旨精微遵传注,文章浩瀚学苏、韩。"《稀见明清科举文献十五种》下册,第1381—1382页。
 ⑤ 唐彪《读书作文谱》卷五,《历代文话》第4册,第3456页。
 ⑥ 仲振履《秀才秘钥》,《稀见明清科举文献十五种》下册,第1421—1422页。

来矣。"①孙万春《绾山书院文话》亦言:"诚能取时墨而各分类读之,如事君、孝友、仁义、交友、言行,以及礼乐、祭祀、山水、天地、日月,凡寻常常见者,每类选话头富丽者或十篇,或七八篇、五六篇……久之,胸中类数既多,无论何题,而胸中之成语足毂作两三篇用,见题后自能意一到而笔自随,笔快者气热,气热者病自除。"②可见揣摩家所强调的阅读,一是选取范围要小;二是要通过朗诵、默诵等方式,将文章熟记于心;三是凝神默思,使自己精神与文章作者精神融为一体,如此则"彼之气机皆我之气机,彼之句调皆我之句调",他人文字之格局、声调自然化为自己作文之材料。明清谈墨卷者有"炼丹"说:"自家炼成一颗金丹,未有题目先有文章,能令雅俗共赏,但功夫用到,自然可成。"③所谓"炼丹",实际上便是通过熟读默会,在心中贮藏一定数量的"文章套子",最终达到任何题目均可从容化用已有之文的地步。这种方法,与时下中小学背诵范文以应考的方式有相似之处,但所要求的细密纯熟功夫,则为当今中小学生所远不能及。

熟读默会已有范文,强调的是"浸润"而非"顿悟",是学习者的毅力、恒心而非才情,即仲振履所言:"做墨卷全以火候为主,天资不足恃也。"④究其原因,乃在中式之文,在文义、句法、声调上都有特定要求,其录取标准,重在遵守规矩,而非表现才华。明万历间武之望即言:"每见高才之士,顿挫场屋,非其学不至,力不及,只因泛驾轶轨,不受羁约,故文不中程,动遭摈弃。"⑤三百年后晚清孙万春仍然强调做墨卷一事,聪明人万不可"横使才华",因笨人多读文,"作文时句是成文之句法,气是成文之气,声调、意思是成文之声调、意思,一篇文中无自己一点东西,自己虽钝,而天下聪明人所作之文,皆为吾用",亦可成功;而聪明人如不与笨人同下此功夫,"同走一途",⑥则决不能中。而掌握规矩最好的方法,是收敛才情,通身浸入已有"合规之文"之中,也即唐彪所言之"与我为化"。因此可以说,揣摩家的读书法,是一种适用于普通人而非天才的方法,或者说是一种束缚天才、使其俯就普通人的方法。此种方法,与墨卷写作规范思想、锻炼

---

① 司徒德进《举业度针》,《稀见明清科举文献十五种》下册,第1491页。
② 孙万春《绾山书院文话》卷二,《八股文话》第4册,第2003页。
③ 仲振履《秀才秘钥》,《稀见明清科举文献十五种》下册,第1422页。
④ 仲振履《秀才秘钥》,《稀见明清科举文献十五种》下册,第1422页。
⑤ 武之望《举业卮言》,《稀见明人文话二十种》上册,第580页。
⑥ 孙万春《绾山书院文话》卷二,《八股文话》第4册,第2003—2004页。

作文者在固有框架中思考的能力与传递话语的能力等深层用意正相符合。

墨卷写作中,熟读默会而成之"金丹"能否发挥效用,还需要看临场状态,即能否得文之"机"。"机"在揣摩家们的话语体系中,是对一种精神饱满、思路开阔如有神助的临文状态的描述,如武之望言:"行文之法……其要一本乎机。机不熟,则文不可得而工矣。是机也,摩荡于气调之中,以无而动有者也;斡旋于词格之内,以虚而运实者也。譬之发矢者之以括,运斤者之以巧,心可得而会,口不可得而言,己可得而能,人不可得而受。"①又说:"法虽取诸古人,机必本之自得。"②万历二十六年(1598)会元邵景尧认为"所谓机,存于手腕之下,行于意象之表。有耆宿不得一语之合,而初学得之者;有终日构思不谋,而仓卒立就者。……禀有天均,学有火候,不期而然,莫致而至"。③可见"机"带有某种偶然性、神秘性,类似于今人所言之"灵感"。作文得"机",下笔方能流畅生动,自然而然作出合乎规矩的文字,所谓"(文)兼论机,则无弗遇也。其汤汤而出者,浅人亦谓是畅也;其汩汩而来者,浅人亦谓是利也;其雍雍而谈者,浅人亦谓是雅也;其缕缕而陈者,浅人亦谓是赡也;其勃勃而赴者,浅人亦谓是雄也;其戛戛而去者,浅人亦谓是新也"。④包括阅卷官在内的"浅人"或许不能理解"机",但却能够欣赏有"机"之文,这便达到了文章得"遇"的目的。

"机"本身的状态神秘奥妙,其生成途径却有迹可循。在揣摩家的论述中,"机"的生成大多需要写作者的专心致志,将精神凝注于一处。在紧张的考场中,如何做到"专心"?一是要抛却功名之念。入场之目的当然在求功名,然而存功名之想,则心不能平,志不能专,文思便无从谈起。如唐彪《读书作文谱》引王守仁语:"举子入场,若期在必得,以自窘辱,则大惑矣。入场之日,切勿以得失横在胸中,令人气馁志分,大无益也。"⑤又如司徒德进认为场中需做"安命"之文:"倘不知有命,将自期必中,而又深虑其不中,则必畏首畏尾,勉强矜持,患失之心盛,勃发之机馁矣。"只有将得失置之度外,才能乘其兴会,"酣畅淋漓之

---

① 武之望著、陆翀之辑《新科官板举业卮言》卷一,《稀见明人文话二十种》上册,第452页。
② 武之望著、陆翀之辑《新科官板举业卮言》卷一,《稀见明人文话二十种》上册,第470页。
③ 邵景尧《论文机》,《新科官板举业卮言》卷三,《稀见明人文话二十种》上册,第512页。
④ 邵景尧《论文机》,《新科官板举业卮言》卷三,《稀见明人文话二十种》上册,第512页。
⑤ 唐彪《读书作文谱》卷六,《历代文话》第4册,第3478页。

作多出于天机之中"。① 二是以静养心,不仅要排除功名之想,还要暂时忘却世间文字,使心灵彻底进入空明之境。如明天启五年(1625)进士、八股名家项煜《谈文随笔》言:"场前用功,只需贯穿以静养为佳,临场尤不可耗散精神。"② 晚清小说《儿女英雄传》中安骥的父亲,亦教导儿子场前"第一要慎起居,节饮食,再则清早起来,把摹本流览一番,敛一敛神;晚上再静坐一刻,养一养气,白日里倒是走走散散,找人谈谈,否则闲中望望行云,听听流水",如此才能使"天机活泼",下场作文时"气沛词充,文思不滞"。③ 三在通过制造外部压力的方法使得精神适度紧张。不少揣摩家强调场中作文应求"快",因"快"能凝聚精神,不至散漫。此数种方法,目的均在于收束心神,使其达到凝聚一处、波澜不惊、澄照万物的状态。这种心理状态,在心无杂念的方面,近似于《庄子》中的"心斋""坐忘",在力量凝聚方面,又与古文家的"养气"之说相似。写作者有此神凝志专的精神状态为基础,方能捕获"文机",做出融合自己毕生学养、气势酣畅饱满的文字。

余 论

在现代人的文学评价体系中,较之诗、古文等富有政治意味的"正统"文体,以及词、曲等"非正统"但文学性较强的文体,作为"考场之文"的八股文,品格不高,较少为人注重。而墨卷作为八股文中功利性更强、规矩要求更多的文类,其品格似乎更为卑下。对墨卷的批评,自明嘉靖间八股文体成熟后便不绝如缕,言其庸腐者有之,言其作者不学无术者有之。袁枚《随园诗话》中所载著名道情"读书人,最不济,烂时文,烂如泥"④,嘲讽的便应当是末流墨卷及墨卷作者。造成这种有伤名誉局面的原因固然广泛,但从本文所述来看,历代民间墨卷教习者即"揣摩家"们注重文字技巧、提倡特定文风、教士子为迎合考官而收束才情的理论导向,亦难辞其咎。然而,揣摩家能在三四百年间受到士人追捧,其理论趋向数百年间并未有大的改变,这一现象本身即意味无穷。他们对作文"中

---

① 司徒德进《举业度针》,《稀见明清科举文献十五种》下册,第1494页。
② 项煜《谈文随笔》,《八股文话》第1册,第275页。
③ 文康《儿女英雄传》,上海书店,1981年,第619页。
④ 袁枚著、顾学颉校点《随园诗话》卷一二,人民文学出版社,1982年,第411页。

式"目的的强调,可以视为明清两代士子心态的底色之一;他们对墨卷写作准备的论述,则可帮助我们了解当日士人的基本知识结构和形成路径。在文章学意义上,揣摩家对时文风格的辨析,丰富了当时及后世人对古代散文风格的理解,并直接影响到当日古文阅读风气,如苏轼文章在晚明以后的流行,即与揣摩家对"一气呵成"之墨卷文风的提倡密不可分。揣摩家对时文笔法的细致探索,亦有助于当日士子对实用性、规范性文字写作技巧的掌握,并为明清古文评点提供了大量术语,许多术语至今仍被使用在语文教学中。

此外,明清许多揣摩家曾高中鼎甲,自身有较为深厚的学问修养与高远的文章志向,也深知"揣摩"之法的弊端。他们对"揣摩"一道的态度是复杂的。有些人在著作中对一般揣摩之法进行了严厉批评,如晚清郑献甫《制义杂话》中,认为圆美、和平的时文,如同"老于世故者""衣冠言动毫无圭角,然自有一种说不出可厌处"。① 还有些人,在教人做"中式"之文的同时又表达了对此道的厌弃,如孙万春感叹先辈时文尚可见其性情,"后世成文既多,学者均舍书而读文,说来说去无非前人已说,安得见其抱负乎?"在严密的行文规矩之下,学者"纵有性情,为法所绳,不能展布,只得敛其才气以就范围",文章遂不能表见人之本心。因此,如同"诗话作而诗亡",讲墨卷者对文法理论的考索,也导致了"文法密而文亡"。② 但这些矛盾复杂的心态,在科举制度存在的大背景下毕竟软弱无力。在制度的裹挟中,个人的力量是极为渺小的。唯有先随波逐流,才能获得跳出红尘、冷眼旁观的资格。揣摩理论存在的最终意义,或许即在于此。

---

① 郑献甫《制义杂话》,《稀见明清科举文献十五种》下册,第1527页。
② 孙万春《缙山书院文话》卷四,《八股文话》第4册,第2052页。

"一代有一代之文"
——清人编纂古文选本之时代意蕴

南京大学文学院　曹　虹

一、引　言

　　康熙年间古文家邵长蘅为时人宋荦所编《国朝三家文钞》撰序,自豪地宣称"一代有一代之文,不相借亦不相掩"。① 诚如所言,清人怎样选编当代古文,这在显露和映发"一代有一代之文"的时代风采上,是较为顺理成章的。不过,考虑清代古文选本的当代属性,一方面需要关注清人如何"选今",另一方面也需联系其如何"选古"即编纂前代古文选本,加以合并探讨。从文献性质上说,总集编纂与文体因革相成共济。无论是选古、选今还是古今通选,都是可以承载选政发生时代的文体文风因革损益轨迹的。清人编纂古文选本,既反映清代古文发展格局与进程如何得以总结与标举,也透露清人在自身传统与时代条件下的古文观与文统意识。

　　对于一种产生当代属性的文学文献,其实清代古文选家所表现出的若干理论自觉是令人瞩目的。关于"操选政者"的存在价值,恰如贾鸣玺为康熙十一年(1672)成书的范鄗鼎辑《续垂棘编》撰序称:"善作者则因文以明道,善选者则本道以论文。"② 如果我们把"道"理解为较为宽泛的价值观,借此语正可理会"作者"与"选者"的关系,实际上"选者"并不是消极的存在,在某种意义上还能赋于"作者"以活色生香。这种介入性,贾鸣玺形容为"选者"与"作者"的"两人一

---

①　邵长蘅《三家文钞序》,《青门剩稿》卷四,《四库全书存目丛书》集部第 248 册,齐鲁书社,1996年,第 174 页。
②　贾鸣玺《续垂棘编序》,《续垂棘编初集二集三集四集》卷首,《四库全书存目丛书补编》第 35 册,齐鲁书社,2001 年,第 119 页。

手":"选者之胸中不死,作者之面上如生,机锋忽合,本色活现,斯亦千古一快也……天趣混同,两人一手。品题之余,非作者之文,而选者之文矣。"①张锡琨序黄百家辑《明文授读》,表彰其父黄宗羲编选明文的典范性时指出:"余惟有明三百年之文定于先生一人之去取,则此数十百人之文皆托先生之眼光心力以传,而先生之学识亦即散见于此数十百人之文之内。"②"作者"借"选者"而托命,这样的理论意识的浮现,是对选文实践境界的一种呼应。关于选古与选今的关系,清人基于选本当代性的自觉,也有相当精到的认识,道光十八年(1838)朱锦琮为李祖陶辑《国朝文录》撰序称:"选文远及前代者,传其文之统也;录文富于国朝者,彰其化之成也。"③选者瞻前顾后的当代别裁立场显而易见。

清人在各个时期选编自身古文的文献繁多,古文的体制活力还与时文的存在、骈文的复兴构成互动关联,因而从古文名实到所折射的时代政治、学术、审美意蕴,都有通贯探析的价值。

二、清初:深求渊鉴,广采文颖

清王朝建立之初,文坛风尚较为奇肆,在野的遗民学者对文坛风气的激励亦延及古文选政。当时对于古文的师法对象和文体风貌都没有明确的限制。像明七子那种一味"高语秦汉"的执念,已成为负面典型。古文总集的编刊在康熙年间进入初步繁盛期,其视野所及,多不局限于一家一代,对于秦汉古文和唐宋古文两个系统往往兼收并蓄,但也有少数总集已显示出推崇唐宋的趋向。朝廷御选或理学名臣操持古文选政,理学资源对古文统绪的疏浚颇显成效。"古文"概念亦较为宽泛,不论是《御选古文渊鉴》,还是发蒙教材如《古文观止》,都兼录骈文。

明人程敏政编有《明文衡》,但限于编者所处时代,其书止于成化末年,尚不是整个明代之文章总集。而处于新旧王朝交替之际的清初学者,得益于纵观整

---

① 贾鸣玺《续垂棘编序》,《续垂棘编初集二集三集四集》卷首,《四库全书存目丛书补编》第35册,第118页。
② 张锡琨《明文授读序》,《明文授读》卷首,《四库全书存目丛书》集部第400册,第213页。
③ 朱锦琮《国朝文录序》,《国朝文录》卷首,《续修四库全书》集部第1669册,上海古籍出版社,2003年,第299页。

个明代文章史的客观条件，加上以文存史、淬炼文心的主观意识，自觉以上继《唐文粹》《宋文鉴》《元文类》为目标，编纂出多部明文总集。其中，黄宗羲所编《明文案》《明文海》《明文授读》，尤为突出。

自康熙七年(1668)始，黄宗羲便着手整理明文总集，他以家藏五六千本明人文集为基础，撷其精华，历时七年，于康熙十四年(1675)编成《明文案》217卷。后又得昆山徐氏所藏明人文集，重新编成《明文海》600卷，书成后未刊行。乾隆时编修《四库全书》，删去其中涉及晚明史事部分118卷，收录482卷(末二卷有录无文)。早在明朝末年，钱谦益欲效元好问《中州集》而编明诗总集，至清初编成《列朝诗集》81卷，以诗存史，保存明代文献。《明文案》的体例与《列朝诗集》相仿佛，均以作者先后为序列，间有注释，记其爵里行实，评其功力手笔。当扩编为《明文海》时，体例上变为以类相次，从文体分类来看，序、书、记、赋等是明代创作最多的文体，寿序、碑志、尺牍等应用文字亦是明人沿用下来的常用文体。黄宗羲自谓《明文海》"多与十朝国史弹驳参正者"，可补正史之不足，以文证史。《四库全书总目》赞赏此书"搜罗极富"，但又批评其"失之泛滥"，认为"欲使一代典章人物俱藉以考见大凡，故虽游戏小说家言，亦为兼收并采"①。这种批评恰可证明黄宗羲史学意识与文章观念之奇肆。明文自何景明、李梦阳倡议复古，因袭涂泽之风渐盛，嘉靖、隆庆之后文风益下。黄宗羲编选《明文海》的目的，固然是为了上继《昭明文选》《唐文粹》《宋文鉴》《元文类》诸书，填补历代总集之缺，保存有明一代政治、经济、文化、武备各方面文献，同时也是为了扫除摹拟，以情至为宗，引导当代文章创作的风向。因《明文海》卷帙浩繁，故黄宗羲之子黄百家曾私请其父择其优者，另成《明文授读》62卷。《明文海》意在保存一代之文，《明文授读》则为传家之学，各有攸当。据黄百家《明文授读·发凡》所述，黄宗羲遍阅有明文集，间有数行或数语评论文章优劣，这些评语经黄百家搜掇后，并载于该编。

黄宗羲所编之外，清初所编明文总集较著者尚有《明文英华》与《明文在》。《明文英华》由顾有孝编纂。潘耒康熙二十六年(1687)作序记录了编者的旨趣是："惟取其有关于朝章国故、民风世变者，与夫贤臣烈士之终始，义夫贞士之事迹，则录之；论古足以订讹考异，述今足以发潜表微，则录之。其它游谈卮辞、佞

---

① 永瑢等《四库全书总目》，中华书局，1965年，第1730页。

谀之文、浮夸之语,虽工不载。"①书中选宋濂、刘基、刘崧三人之文最多。《明文在》由薛熙编纂,凡例首先说明:"是编约计诗文二千余首,虽系前明一代之文,必与本朝著作鸿篇有相关者始得登选,以备参考。"其当代性的"在"场可谓一目了然。鉴于当时编总集往往不分门类,学者无从知其体裁的状况,薛熙仿照《文选》体类又稍作增损,"《文选》详于诗、赋而略于序、记、志、状,是编略于诗、赋而详于序、记、志、状"②。他以宋濂、方孝孺、苏伯衡、杨士奇、王守仁、唐顺之、归有光等能得《左传》《国语》《史记》《汉书》之神理,为古文正宗传人。他要求古文语体纯洁,将六朝字句夹杂于古文,故意求险好奇,或在篇中直写语录,凡此一概不选。

正如黄百家《明文授读序》所言:"表扬一代之文人,嘉惠后日之学者。"明文进入古文资源的视野,以上诸位关注明文的编者所思虑的"进入"方式就富于文坛意义。本来,在易代之际,前朝的文章因亡国之运而易于受到苛评。但有趣的是,如黄宗羲《明文案序(上)》认为:"夫其人不能及于前代,而其文反能过于前代者,良由不名一辙,唯视其一往深情,从而捃摭之……凡情之至者,其文未有不至者也。"③对明文的整体估价尚高,看重一代文章"不名一辙""一往深情"的创造精神。再如潘耒序《明文英华》时强调:"夫知古而不知今,谓之蔽;见远而不见近,谓之瞢。学者高语秦汉,而明代之文曾未寓目,是犹穷江海而迷溪湖,陈鼎彝而缺杯椀也。得是书而寻源以达委,探本以竟末,历代文章盛衰离合之故,洞然皆可考见。"④"高语秦汉"曾经是明代前后七子的摹古痼疾,清初人对消除其余毒多有警觉,潘耒则把"寓目""明代之文"当作医治"高语秦汉"之病的方法,用心深妙。薛熙《明文在序》称:"潜溪先生亦曰:为文当以孟子为宗,韩子次之,欧阳子又次之,此则国之通衢,可以直趋圣贤之大道。彼涂泽者,高语秦汉。夫秦汉之人,不过李斯、邹衍、司马相如辈而已。以视孔、孟,何如哉?由斯以观,则有明一代之文断断在兹,不可诬也。是国虽亡,而文不与之俱亡

---

① 潘耒《明文英华序》,《明文英华》卷首,《四库禁毁书丛刊》集部第34册,北京出版社,2000年,第105页。
② 《明文在·凡例》,《明文在》卷首,《四库全书存目丛书》集部第408册,第337—338页。
③ 黄宗羲《明文案原序(上)》,《明文授读》卷首,《四库全书存目丛书》集部第400册,第207页。
④ 潘耒《明文英华序》,《明文英华》卷首,《四库禁毁书丛刊》集部第34册,第105—106页。

也。"①服膺明初宋濂的古文观,虽然宗经载道色彩较重,但不满"高语秦汉"的逼仄、拓展明文资源的用意是相近的。

清廷为广泛深入地推行其文治政策,在文章学上,先后有多位帝王亲操选政,推出多种御选文集,如《御选古文渊鉴》《御选唐宋文醇》《皇清文颖》等,为前代所罕见。成书于康熙二十四年(1685)的《古文渊鉴》,作为清王朝纂修的第一部文学总集,是当时定理学于一尊的思想政策的反映。康熙帝撰序认为"文章之事,则源流深长,今古错综,盛衰恒通于千载,损益非关于一朝,此不可限以年代者也"②,故此书选文自先秦《左传》《国语》《战国策》,至两汉、三国、晋、宋、齐、梁、陈、北魏、北齐、北周、隋、唐、五代、宋各代的文章皆有收录,于每一朝代都首列帝王臣工之作,选文以奏议、书表、诏令等关系国家政治的实用性文章为主,对抒发性情而无关政教的文章则选录较少。该选采用宽泛的"古文"观念,对于八代骈文有所包容,对于唐代名臣张说骈体佳作《宋公遗爱碑颂》及陆贽骈文奏议也予以关注。宋代大儒朱熹的文章尤为康熙帝所重视,选文达三卷之多,超过唐宋古文大家韩愈和苏轼,成为全书入选文章最多的一家。康熙在亲制序言中倡导的"古雅"旨趣,后来在雍、乾之时演化成"清真古雅"之训,成为朝廷主导的选士衡文标准。

清人留意"今文",始于清初。陈维崧、冒禾书、冒丹书即选录明末清初时贤之文,编成《今文选》8卷,选录文体共23种,其中较多的是赋、书、序、表。选夏允彝、陈子龙、钱鼎瑞、赵而汴、吴应箕、周亮工、侯方域、吴伟业、魏裔介、吴兆骞、毛先舒等75人,文129篇,多慷慨激昂之音。选篇较多的作家是李雯(10篇)、陈子龙(6篇)、吴伟业(6篇)、毛先舒(5篇)。首篇为夏允彝《太湖赋》,气势磅礴,有屈骚遗风。又有理学名臣魏裔介所编《今文溯洄集》,书凡9卷。据其自序,他因"恐没诸君子之善,而国华不表见于后世也",故"裒集为此卷"。所选多与魏氏有交游之谊,如钱肃润、萧震、成性、孙奇逢、周亮工、吴伟业、王崇简、申涵光、李世洽、胡文学、龚策等人。诸匡鼎以一人之力而编有两种"今文"之选,即《今文短篇》和《今文大篇》。前者受敖子发《古文短篇》启发而成,以五百字为率,所选均为清初小品之文,凡15卷,录文300篇,著者100余人,并一

---

① 薛熙《明文在序》,《明文在》卷首,《四库全书存目丛书》集部第408册,第337—338页。
② 康熙帝《御选古文渊鉴序》,《御选古文渊鉴》卷首,《文渊阁四库全书》本。

时之名隽如汪琬、魏禧、毛际可、魏裔介等,而诸匡鼎自作也间附其中。后者有康熙三十三年(1694)诸氏说诗堂刻本,凡 20 卷。单从选文数量来看,两书各录序 3 卷、记 3 卷,不论是短篇还是大篇,序、记都是当时创作最为兴盛的文体。《今文大篇》中,选文较多的十位作家依次是:魏禧(6 篇),汪琬(5 篇),毛先舒(5 篇),诸匡鼎(5 篇),方象瑛(4 篇),于成龙(4 篇),柴绍炳(4 篇),王猷定(3 篇),邵远平(3 篇),毛际可(3 篇)。毛奇龄在《今文大篇序》中对"今文"和"大篇"的含义有所辨析,不以文体区分古文、时文,"明以制艺取士,因指制艺为时文,指序、记、论、议、碑、铭之类为古文,此俗说也",并认为清人多"经史有用之实学","几几乎超明代而上之",故编者"专选今文以彰圣代之盛",以"表此一代之大文章,即以存一代之大人物",故题为"大篇"。①

  清初较重要的当代古文总集,以宋荦主持编选的《国朝三家文钞》为代表,刊于康熙三十三年,"三家"谓侯方域、魏禧、汪琬。宋荦在《国朝三家文钞序》中指出,"章皇帝甫定中原,即隆文治",使本朝文章"跨宋轶唐,夐乎其不可及"。此选不仅表示选者对三位好友之文的喜爱,还流露对当代文章的自信,并且体现了对清初朝野各种古文力量的整合及发展方向的引导。三家都以古文名重一时,在诸匡鼎《今文大篇》中,魏禧、汪琬已是入选文章最多的二人。宋荦正是注意到三家的优长,肯定他们"卓然各以古文名其家"。对三家文章的表彰,已显示清初文风由不拘一格向尊唐崇宋、尊尚醇雅的方向转变。襄助选事的常州古文家邵长蘅撰《国朝三家文钞序》一文,申论"一代有一代之文,不相借亦不相掩"的命题,承认当代之文"各自成其家""各标胜于一代"的独立价值。还值得一提的是,三家中布衣之士占了两家,如果把助选的邵长蘅也算入,又多了一位布衣,宋荦为邵氏《青门全集》撰序曰:"韦布之士以能文章名海内,而余获交者得三人焉:一为侯朝宗,一为宁都魏叔子,其一则毗陵邵子湘。"并佩服"布衣之雄如三子"对"本朝文章之盛"的代表作用。②

  与清中期以后相比,清初的文化政策相对宽松,古文总集虽然大多追求文以载道,但也不乏《古文未曾有集》等专收游戏文章的总集。此集由王甫白辑评,有康熙十九年隆道堂刻本。王氏自序称"二十年间所集,有古文百余卷,而

---

① 毛奇龄《今文大篇序》,《今文大篇》卷首,康熙三十三年诸氏说诗堂刻本。
② 宋荦《序》,《邵子湘全集》卷首,《四库全书存目丛书》集部第 247 册,第 670—671 页。

其中假借游戏之文,别为一册,名曰《未曾有集》,盖以巧思云涌、翻空出奇,得未曾有"①。汉、晋、梁、隋、唐、宋、元、明以及当代之文,此集皆有所采择,仿照《文选》体例,依文体排列,而每一文体之下,又依描写对象之不同,以类相聚。对于历史上一些同题共作,此集也乐于收录,以见传承,如韩愈、刘基二人都有《送穷文》入选。从此集来看,游戏类文章以明人作品为多。此风延至清初而不衰,钱谦益、毛先舒、侯方域等人都曾染翰为之。毛先舒是清初创作游戏之文的第一人,本集收有他多篇作品,折射出明代文风对清初的影响。早在顺治年间,刁包编有一部古文选本《斯文正统》,"题目虽多,要之不出三达德五达道外,其玩物适情游戏小技一切不录"②。其严苛态度不乏理学趣味支撑。不过,同时代的其他选家对这种态度有所商榷,除了王甫白公然偏爱游戏小技,再如范鄘鼎《续垂棘编·凡例》谓:"刁蒙吉《斯文正统》,不愧'理学文章'四字,其例曰:玩物适情,游戏小技,一切不录。予且恐文章不本于理道耳。文章本于理道,虽玩物适情,游戏小技,录之何妨。"③

康熙十二年(1673)恢复科举考试,科举衡文要求多是文章的"理、法、辞、气",而讲究这些要素的唐宋古文被认为通于时文。于是,唐宋古文特别是八大家选本开始大量出现,郭象升跋吕留良《晚村先生八家古文精选》云:"世间八家文选本,以余所见不下三四十种。以意度之,当在百种上下。"④这一选择取向亦是上承明代唐宋派古文家对"秦汉派"之"伪古文"的反动而来。较早问世而又具影响力的,有储欣所编《唐宋十大家全集录》。此书仿茅坤《唐宋八大家文钞》体例,增李翱、孙樵为十家,亦间附考注,其宗旨则不离经义。储欣在每家文集之后都作有小序,并附正史本传,文中设圈点眉批,文后有"辑评""备考",颇便时人研习。由于此书既保留茅编的特色,在选目数量上又远超茅编,故在清代成为流传较广的选本。乾隆三年(1738),清高宗更以储选为基础,"御选"而成《唐宋文醇》,产生了更大的影响。

---

① 王甫白《古文未曾有集序》,《古文未曾有集》卷首,康熙十九年(1680)隆道堂刻本。
② 《斯文正统·凡例》,《斯文正统》卷首,《四库全书存目丛书补编》第34册,第174页。
③ 《续垂棘编·凡例》,《续垂棘编初集二集三集四集》卷首,《四库全书存目丛书补编》第35册,第121页。
④ 刘纬毅主编《山西文献总目提要》著录有《晚村精选八大家古文》,对郭象升跋有引述,山西人民出版社,1998年,第564页。

此外,储欣还编有《唐宋十大家类选》,不同于《唐宋十大家全集录》诗文兼选,它不选诗歌,将所选文体分为6门30类。即奏疏第一:书、疏、札子、状、表、四六表;论著第二:原、论、议、辨、解、说、题、策;书状第三:启、状、书;序记第四:序、引、记;传志第五:传、碑、志、铭、墓表;词章第六:箴、铭、哀词、祭文、赋。对于矫治当时普遍存在的文体分类烦琐之弊,其门类归纳不失为有益的探索。

吕留良《晚村先生八家古文精选》与张伯行《唐宋八大家文钞》也有较大影响。身为遗民且有理学情怀的吕留良,入清后以批选时文为业,在时文评语中畅发其对现实中的君臣关系、夷夏之辨的尖锐看法①,死后受曾静案牵连,成为清代文字狱中的著名人物。吕选于康熙四十三年(1704)刊行后流传甚广,雍正七年(1729)文字狱后列为禁书。此书由吕留良选定篇目,其子吕葆中批点,吕葆中《序》云:"先君子晚岁选定古文……而命葆中曰:'汝试为点勘,以授学者,毋繁冗,毋穿凿,但正句读,分段落,于一篇要害处,稍为提出,粗示学者以行文之法,至精妙处,则在学者熟复深思自得之耳。'"吕留良认为古文为时文之本,据吕葆中《序》,吕留良常语学人曰:"今为举业者,必有数十百篇精熟文字于胸中,以为底本,但率皆取资时文中,则曷若求之于古文乎?"②故编选八家古文,选文简约,意在帮助士子应对举业。张选初刊于康熙四十八年(1709),后又于同治间重刊。张伯行为河南仪封人,康熙二十四年(1685)进士。此书在编纂体例上仿效茅坤《唐宋八大家文钞》,又略有变通。身为理学名臣,张伯行此选即以理学思想为出发点,其序文表露重道轻文之意:"道者文之根本,文者道之枝叶。圣贤非有意于文也,本道而发为文也。文人之文,不免因文而见道,故其文虽工,而折中于道则有离有合,有醇有疵,而离合醇疵之故,亦遂形于文而不可掩。"③所选韩愈文60篇、柳宗元文18篇、欧阳修文38篇、苏洵文2篇、苏轼文27篇、苏辙文27篇、曾巩文128篇、王安石文17篇。从入选数量上,可以看出张伯行对曾巩的偏爱,他在《曾文引》中力赞"南丰先生之文,原本六经,出入于司马迁、班固之书,视欧阳庐陵几欲轶而过之,苏氏父子远不如也"。此书篇幅

---

① 吕留良借时文评语表达理学要求的特点,参陆千《清代思想史》第三章"康熙时代之朱学",华东师范大学出版社,2009年,第153—157页。
② 吕葆中《晚村先生八家古文精选序》,《晚村先生八家古文精选》卷首,康熙四十三年刻本。
③ 张伯行《唐宋八大家文钞序》,《唐宋八大家文钞》卷首,同治五年(1866)福州正谊书院本。

小于茅坤之选,流布较广,是唐宋古文的一个重要选本。

三、中叶：定体定宗,考证入文

从清初至中叶,总集编纂中的古文观念不断规范化。康熙初期古文观念较为宽泛,到康熙中后期以降,唐宋古文地位日隆,而乾隆时对古文的文体特征及风貌等都有了严整规范。直接表现便是在御选古文总集之中,对师法对象的规范性逐渐加强,康熙帝《御选古文渊鉴》中那种博观约取的编选宗旨,在乾隆帝御选《唐宋文醇》中已不可复睹。在康熙朝出现的专选"假借游戏之文"的《古文未曾有集》,在乾隆帝敕修《四库全书》时也被列入禁毁之目,标志着清廷已加强向唐宋法度文章引导的力度。御选古文总集推重的是清真雅正之文。与之相应,文人所编古文总集也多顺应朝廷政策,蔡世远编《古文雅正》、林有席编《国朝古文雅正所见集》等可为代表。随着乾嘉汉学的兴起,考证文体大放异彩,王昶《湖海文传》便是收录此类文章的总集。而此时以桐城派为代表的文章学的繁盛,也促使一批古文总集问世。

《唐宋文醇》编成于乾隆三年(1738)九月。由于此书是在本已有很大影响的储欣《唐宋十大家全集录》基础上进行编选,更汇集历代评跋,加上皇帝的御笔之评,因而成为清代流传最广、影响最大的唐宋文选本。乾隆帝序曰:"文之体不一矣,语文者说亦多矣。群言淆乱衷诸圣,当必以周、孔之语为归。周公曰:'言有序。'孔子曰:'辞达而已矣。'无序固不可以达,欲达其辞而失其序,则其为言,奚能云潏波折而与天地之文相似也？然使义则戈戈,而言有枝叶,妃青媲白,雕琢曼辞,则所谓八代之衰已,其咎同归于无序而不达。抑又有进焉,文所以足言,而言固以足志。其志亦荒,文将奚附？是以孔子又曰:'言有物。'夫序而达,达而有物,斯固天下之至文也已。"①士子要实现"立言"之人生目标,仍然需要学习古文。乾隆帝选文目的即是要读者"兴起于古",而不只是"发策决科"。序中还以魏徵、陆贽为例,指出骈文能做到"辞达理诣,足为世用",便不足为病②。《古文渊鉴》以"精纯""古雅"为文章准则,乾隆元年(1736)方苞奉敕所

---

① 《唐宋文醇序》,《唐宋文醇》卷首,《文渊阁四库全书》本。
② 《唐宋文醇序》,《唐宋文醇》卷首,《文渊阁四库全书》本。

编《钦定四书文》以"清真古雅"来规范文风,《唐宋文醇》以"醇""雅"为目标,对清中期文风导向明显。方苞论文强调"义法",这完全被融进乾隆帝"序而达,达而有物"的表述中,这种契合是桐城文派能够发展壮大的一个重要条件。康乾盛世,经过清初的动荡不安,社会渐趋繁荣稳定,在最高统治者的大力提倡和文人的自觉追求下,"醇雅"成为文坛风尚,《古文渊鉴》《唐宋文醇》等几部敕修文选的功效匪浅。且《唐宋文醇》申明排斥"八代之衰",也有利于确立唐宋古文的文统地位。

另一重要御选总集《皇清文颖》,康熙间陈廷敬等奉敕纂辑未竟,雍正帝诏令续辑,以卷帙浩繁亦未完工,直至乾隆十二年(1747)始由张廷玉等续辑成集。旨在标举"春容大雅,泂泂乎治世之音"。选录顺治元年(1644)至乾隆九年(1744)百年间之文,首登御制之文,次列宗亲,再次为臣僚。所录之文体裁广泛,包括箴铭赞赋、碑文志记、序跋谒诔、祭文奏疏乃至各种古近体诗。乾隆帝撰序曰:"昔之论文,以代为次者,于汉则有《西汉文类》,唐则有《文苑英华》《唐文粹》,宋则有《文海》《文鉴》,元则有《文类》,明则有《文衡》,皆博综一代著作之林,无体不备。今是编惟取经进之作、朝廷馆阁之篇,与诸书小异,然以观斯文风尚,当有取焉。"《凡例》强调唯有"音律和平、词义正大"方可入选此编[①]。嘉庆十五年(1810)董诰等奉敕编《皇清文颖续编》,编选宗旨一依《皇清文颖》。

《古文雅正》14卷由蔡世远编选,初刻于乾隆四十二年(1777),收录自汉至元代文章凡236篇,皆取有关学术治道者。虽名曰"古文雅正",但亦兼收骈体。该选以"《战国策》者多机知害道之言""荀、韩、庄、列"属"异学",诸如此类为"先儒之所羞称",其文章观较《古文渊鉴》更显保守。清代古文史上贬斥《战国策》的较少见,这是特例。蔡世远本人为文,一度被朝廷视为雅正典型,他选文的标准也讲求"辞雅、理正",符合者才有入选资格,有些文章,"文虽佳,非有关于修身经世之大者"也不录入。

《唐宋八家文读本》30卷由沈德潜编选。沈德潜于乾隆间举鸿博未遇,及成进士,年已近七十,乾隆帝称为老名士,卒赠太子太师,著述甚富。此选虽为初学而编,但在篇目取舍上却不乏自出手眼。《凡例》云:"文不嫌于熟,然太熟而薄,则不能味美于回。昌黎如《与张仆射书》《与李秀才书》《送何坚序》之类,

---

① 陈廷敬等《皇清文颖·凡例》,《皇清文颖》卷首,《文渊阁四库全书》本。

庐陵如《醉翁亭记》,东坡如《喜雨亭记》之类,编中汰之,嫌其熟,实嫌其薄也。若昌黎《上于襄阳书后》、后二次《上宰相书》《与陈给事书》《代张籍与李浙东书》之类,此又因其摧挫浩然之气,当分别观之。"其所作眉批末评,本着"文有评点以清眉目"之方针,简约而不流于肤泛。自序称:"宋五子书,秋实也;唐宋八家之文,春华也。"[1]编者的旨趣即是其文道观的体现,其受宋学影响较深。

姚鼐所编的《古文辞类纂》74卷,堪称桐城派的文学法典。乾隆四十二年,姚鼐到扬州讲学,"以所闻习者编次论说为《古文辞类纂》",编成于两年之后。选录作者近百人,作品650多篇,以唐宋八大家最多,达394篇,过全书半数,尤以韩愈、欧阳修、王安石、苏轼为多,分别是130篇、64篇、58篇、46篇;唐宋以前主要收战国、秦汉之作,录《战国策》文达46篇之多,其次则贾谊、司马相如、司马迁、扬雄等两汉作家各有数篇;元、明以来仅选三家,即归有光32篇、方苞11篇、刘大櫆16篇。对于魏晋六朝人作品,基本排斥不选,仅在辞赋类中选录张华、刘伶、陶渊明、鲍照赋各1篇,潘岳赋3篇,在箴铭类中选张载铭1篇,在颂赞类中选袁宏赞1篇。姚鼐意在总结古文的漫长历史,建立一个由秦汉、唐宋经归有光而汇为桐城派的文统,并为习古文者提供学习典范。

《古文辞类纂》在文体分类学上贡献卓著,一改文体分类繁杂之习,归并为论辨、序跋、奏议、书说、赠序、诏令、传状、碑志、杂记、箴铭、颂赞、辞赋、哀祭等13类,可谓严而不滥,精而各当[2]。姚鼐摆脱前人大多因名立类、不求实际的做法,对所选之文,凡是标题不一,或体同名异,或体异名同,如王羲之《兰亭集序》、李白《春夜宴桃李园序》,虽名为"序",实则是"记"体等,都一一予以辨别,然后恰当归类。且于各类文体述其源流,指示创体或转折关键。这也不啻具有指导创作的意义,"自姚惜抱《古文辞类纂》分部十三,于是古文之门径,可于文体求之"[3]。姚纂以"格、律、声、色、神、理、气、味"为美学准则,衡选历代之文,对古文由杂文学向纯文学演进的内在趋势颇有展示。在他的"古文辞"视野中,纳入辞赋,对扩充古文艺术性内涵不无益处。入选《毛颖传》这样"以文为戏"之作,也是出于重视艺术性的考虑。该选本对入选之文均有较细考定,如所选司

---

[1] 沈德潜《唐宋八家文读本序》,《唐宋八家文读本》卷首,乾隆十五年(1750)刻本。
[2] 薛凤昌《文体论》,商务印书馆,1947年,第11页。
[3] 来裕恂《汉文典·文章典》卷三,《历代文话》第9册,复旦大学出版社,2007年,第8617页。

马迁《报任少卿书》,便据《汉书》和《文选》两种文本校勘,择善而从。一些伪作不予录入,亦体现出姚氏义理、考据、辞章合一之观念。此选不仅作为姚门教材教授生徒,且风行海内,学者多有其书。清末王先谦编《续古文辞类纂》34卷,补乾隆至咸丰间文,黎庶昌编《续古文辞类纂》28卷,补先秦至清初文,近人蒋瑞藻又有《新古文辞类纂》,录晚清民初散文。

此一阶段唐宋八大家古文选,声名较著者,另有高嵣所编《唐宋八家钞》,刻于乾隆五十三年(1788)。编纂目的在于寻"制艺之渊源",所采有溢出于茅坤《唐宋八大家文钞》之外者,可见唐宋八家古文的应时之需。

经过百余年发展,到清代中叶,散文创作呈现兴盛景象。由于名家辈出,名作纷呈,总集编纂者常常依照个人眼光,遴选出若干当代古文家,如徐斐然编《国朝二十四家文钞》、陆继辂编《七家文钞》、石韫玉编《国朝十家文钞》等。乾嘉时期是朴学的鼎盛期,也带动相应文体的发展,适用于学术研究的考、证等文体被广泛应用。陆耀编《切问斋文钞》、徐斐然编《今文偶见》均单列"学术"3卷,是散文在题材领域扩充的表现;王昶所编《湖海文传》更是一部收录汉学家文章的总集,集中反映学术类文体的繁盛现况。

徐斐然所编《国朝二十四家文钞》刻于乾隆六十年(1795),选录王猷定、顾炎武、侯方域、施闰章、魏禧、计东、汪琬、汤斌、姜宸英、朱彝尊、陆陇其、储欣、邵长蘅、毛际可、李良年、陈廷敬、潘耒、徐文驹、冯景、方苞、李绂、茅星来、沈廷芳、袁枚之文。曾镛撰序指出其编选宗旨"大率取其有益于人,有用于世,有补于修齐治平","空谈心性者不与焉,胪陈故实者不与焉"。① 徐斐然在编选此集时,对于已有文集行世如黄宗羲、毛奇龄、全祖望等有意避开。对徐氏所定选目,时人不无异议。冯浩为徐氏另一部选本《今文偶见》撰序,认为《国朝二十四家文钞》"有宜登而弃遗、不足选而滥收者",其以"国朝"标示,有"钞纂速成"之嫌。晚清李慈铭对此书加以订补。

《国朝古文雅正所见集》由林有席评选,刻于嘉庆元年(1796)。此集受蔡世远《古文雅正》影响而成。蔡选为历代古文选本,此集则旨在崇奖当代醇雅之文。林氏推重理学家之文,选文较多的作家是方苞(15篇)、李光地(15篇)、张伯行(9篇),均为理学名臣,其余则全祖望(9篇)、顾炎武(8篇)、邓梦琴(8篇)、

---

① 曾镛《国朝二十四家文钞序》,《国朝二十四家文钞》卷首,道光十年(1830)文光堂刻本。

汪琬(7篇)、魏禧(7篇)、黄永年(7篇)。

《今文偶见》由徐斐然辑评、徐以坤参订,刻于嘉庆四年(1799),分八门,即学术3卷、风教6卷、政治6卷、道古5卷、论文6卷、献征16卷、酬应3卷、游览3卷。乾嘉时期,汉学达到鼎盛,论学的单篇文章也较历代为多,徐氏把握时代特色,在类目设置和收文比例上颇有体现。

《湖海文传》为王昶卒前一年编成,时在嘉庆十年(1805)。道光十七年(1837),其孙绍基得到阮元资助始付刻,同治五年(1866)刻成。选录自康熙中叶至乾隆时100余家700余篇文章。王昶早年从学于吴派经学大师惠栋,此后便以汉学为宗,研习音韵训诂之学。王昶交游广泛,《湖海文传》所选作者均为其交游所及,大多为当时著名汉学家,俨然是一部汉学家文选。编者追求实学,注意文体与学术之关系,黜落应酬文章。尺牍只选论学书简,不选过情之誉的哀诔祭文,不收点缀林泉、流连景物的"寺院、园亭"之记。考证类的论辨序跋最为王昶推重,这些也正是钱大昕、焦循等汉学家所惯用的文体,它们被广泛用于说经考史,是清代古文一大特点。以书中收录文章最多的序跋类为例,全书选录序体文15卷,其中论经学者5卷,论史学者4卷,论子部者2卷,诗文集序3卷,赠序1卷。《凡例》称即使是诗文集序,也"必于原流派别与其人之性情学问有所发明,方始登载";对于文学性较高的赠序,只是"间为采录",聊备一格。①

陆继辂编《七家文钞》,刻于道光元年(1821)。选方苞、刘大櫆、朱仕琇、彭绩、姚鼐、张惠言、恽敬文凡107篇,人各1卷。乾嘉以降,桐城派的正宗地位日渐增强。陆继辂此编也体现出桐城派的笼罩力,所选七家中桐城派即占三席。其他四家中,恽敬文的数量仅次于方苞,张惠言文的数量已与姚鼐等同。恽、张二人是当时阳湖文派的代表作家,作为同乡人的陆继辂在序中认为恽、张二人传承了古文正统:"盖皋文研精经传,其学从源而溯流;子居泛滥百家之言,其学由博而返约。二子之致力不同,而其文之澄然而清,秩然而有序,则由望溪而上求之震川、荆川、遵岩,又上而求之庐陵、眉山、南丰、新安,如一辙也。"②陆氏此编实际上也是为阳湖古文张目,反映出当时文坛力量的分布。

《国朝古文所见集》于道光二年(1822)刊刻,为姚门弟子陈兆麒编,选文以

---

① 王昶《湖海文传·凡例》,《湖海文传》卷首,《续修四库全书》集部第1668册,第380—381页。
② 陆继辂《七家文钞序》,《七家文钞》卷首,道光元年刻本。

桐城为宗，入选文章最多的正是"桐城三祖"，但全书所选范围并不局限于桐城一派。陈氏《例言》谓："从来论古文辞者，断自晚周先秦，以迄西汉，谓唐宋八大家直接秦汉，而前明可嗣八家者仅一归熙甫，至本朝作者极盛，究之能嗣熙甫者，惟桐城方、刘、姚三家为得其宗。其言要自有见，麒非心不谓然。顾自侯、魏、汪、顾诸君辈出，亦各具有才气。"①基于此，集内选文较多者，尚有毛际可、吴定、管同、梅曾亮、朱仕琇等。

陆耀编《切问斋文钞》，初刊于乾隆四十年(1775)。分十二门：学术、风俗、教家、服官、选举、财赋、荒政、保甲、兵制、刑法、时宪、河防。所选多为经世致用之文，《例言》称"是编所重本不在文"，但"无意于文而法从文立，往往与先秦两汉唐宋八家模范相同"。乾嘉时经学兴盛，陆耀对说经之文的采择也有切用标准："说经之文惟切于婚丧诸礼，可即遵行者，始为采录。若于经似有发明而于事不免迂远，既各有专集行世，此可从略。一切论史论文以及诗词字画之类并从舍旃。"②为将各种经世之说作对比，此编往往"一事而两说并存，欲使穷理君子去短取长，补偏救过，归于至是"。这种专选经世之文的文章总集，在道光以后大量涌现，出现了一系列"经世文编"类文章总集，《切问斋文钞》实发其先声。

石韫玉编《国朝十家文钞》，刻于道光九年(1829)。石韫玉不喜当时兴盛的考据之文，"寻章摘句，是古非今，守一家之说，辨一字之讹，此雕虫小技，壮夫不为者也"③。他所选宦者五人，汤斌、徐乾学、韩菼、朱彝尊、汪琬；儒者五人，顾炎武、侯方域、魏禧、邵长蘅、董以宁。石韫玉认为，这十人文章"各抒心得，有关名教"，非他人可及。"宦者"与"儒者"的比例也透露在野的布衣之士不可忽视。

《国朝古文选》2卷，孙澍编，刻于道光十四年(1834)。选清代15人45篇。孙氏选文提倡实用，强调文章应当"关系世道人心"。他提出"四弗录"：言道学而虚伪者弗录、言政事而杂霸术者弗录、言文章而无实用者弗录、立言而弗根于志者弗录。与清代多数古文总集排斥袁枚不同，此书选录袁枚文6篇，高居全书榜首。

---

① 《国朝古文所见集·凡例》，《国朝古文所见集》卷首，道光二年一枝山房刻本。
② 《切问斋文钞·凡例》，《切问斋文钞》卷首，同治八年金陵钱氏刻本。
③ 石韫玉《国朝十家文钞序》，《国朝十家文钞》卷首，道光刻本。

四、晚清：经世风起，朝宗于海

道、咸以降，面对列强的威胁和清王朝自身的腐朽，"学者张惶失措"[①]，危机意识加强，经世致用之学再度兴起。有多位编者陆续收集清代政治、经济、军事、外交、思想文化等各方面文章，形成一系列经世文编总集。而兴盛一时的考证文章此时也被诸多古文总集如《国朝文征》《国朝古文正的》等所排斥。另外，大型汇录式总集如《国朝文汇》《八旗文经》《涵芬楼古今文钞》等在清末的出现，为整个清代文章史作出了总结。

自道光六年(1826)魏源代江苏巡抚贺长龄编选《皇朝经世文编》120卷始，其后有多种经世文编陆续产生，计有张鹏飞《皇朝经世文编补》(咸丰元年，1851)、饶玉成《皇朝经世文续编》(光绪七年，1881)、管窥居士《皇朝经世文续编》(光绪十四年，1888)、葛士浚《皇朝经世文续编》(光绪十四年)、盛康《皇朝经世文续编》(光绪二十三年，1897)、陈忠倚《皇朝经世文三编》(光绪二十三年)、求是斋主人《时务经世分类文编》(即《时务经世文编初集》，光绪二十三年)、甘韩《皇朝经世文新增时务洋务续编》(即《皇朝经世文三编增附时事洋务》，光绪二十三年)、麦仲华《皇朝经世文新编》(光绪二十四年，1898)、求自强斋主人《皇朝经济文编》(光绪二十七年，1901)、宜今室主人《皇朝经济文新编》(光绪二十七年)、邵之棠《皇朝经世文统编》(光绪二十七年)、阙名《皇朝经世文统编》(即《增辑经世文统编》，光绪二十七年)、何良栋《皇朝经世文四编》(光绪二十八年，1902)、求是斋《皇朝经世文编五集》(光绪二十八年)、储桂山《皇朝经世文续新编》(光绪二十八年)、甘韩《皇朝经世文新编续集》(光绪二十八年)、于宝轩《皇朝蓄艾文编》(光绪二十八年)，共计19种。在分类上，魏源《皇朝经世文编》分为8纲65目，8纲为学术、治体、吏政、户政、礼政、兵政、刑政、工政。麦仲华《皇朝经世文新编》则分为21类，即通论、君德、官制、法律、学校、国用、农政、矿政、工艺、商政、币制、税则、邮政、兵政、交涉、外史、会党、民政、教宗、学术、杂纂。邵之棠《皇朝经世文统编》是经世文编系列中收文最多、内容最广、子目最细的一部，分为10部99目。10部为文教、地舆、内政、外交、理财、经武、考工、

---

① 赵梦龄《国朝文警初编序》，《国朝文警初编》卷首，咸丰元年(1851)木活字本。

格物、通论、杂著。

经世文编系列总集对其他文章选本的编纂也产生了影响,如王鎏所编《国朝文述》,文章皆从《经世文编》录出,只略增入数篇而已。此书有道光二十二年(1842)艺海堂刻本。其书分类编次,按文章内容及功用,将清文分为阐道、明伦、经世、纪事、论人、考典、游艺、杂体等八类。《凡例》表明对于"理学涉陈腐,考据嫌琐屑,经济入权谲,记载疑荒诞,议论近偏僻,词华流浮荡"之文章,一律不选。王氏将骈文、韵文作为杂体收于卷末,认为"骈体及有韵之文别一宗匠,要当运以古文风骨乃称高手","窃谓理学之文至南宋而极盛,经济之文至李忠定、文文山、王文成而极盛,考据之文至本朝而极盛,所谓持源而往也,此编不作高谈,要求实用"。① 入选文章较多的作家是:王芑孙(16篇)、张履(11篇)、彭兆荪(9篇)、方苞(8篇)、全祖望(8篇)、袁枚(7篇)、董以宁(7篇)、魏禧(6篇)、侯方域(6篇)。

《国朝古文汇钞初集》176卷,《二集》100卷,由朱琦积30余年之工而成,道光二十六年(1846)吴江沈氏世美堂刊本。书分初集、二集,以有无科目者为界。选文万余篇,作家千余人。《凡例》将文分为散体、骈体两家,因"近人已有《骈体正宗》之刻",故此编专选散体,又因赋体"多对偶,与散文稍别",故此编也不选赋。朱琦另编有《古体赋钞》。全书"惟取其人之文可存,不在备体",故"吊文祭文之类",采之从略;而寿文因"每多浮词",也一概不载。

《国朝文录》82卷,李祖陶编,道光十九年(1839)瑞州府凤仪书院初刊。收录清初至嘉庆间作者40家,顺治朝选熊伯龙、顾炎武、陈宏绪、黄宗羲、侯方域、彭士望、王猷定、傅占衡、贺贻孙9人,康熙朝选汤斌、施闰章、陈廷敬、张玉书、王士禛、郑日奎、李光地、宋荦、姜宸英、金德嘉、邵长蘅11人,雍正、乾隆朝选朱轼、孙嘉淦、蔡世远、全祖望、陈兆仑、蓝鼎元、彭端淑、黄永年、刘大櫆、钱大昕、姚鼐、纪昀、赵佑、蒋士铨、彭绍升、李荣陛16人,嘉庆朝选陶必铨、刘大绅、谢振定、陈庚焕4人。李祖陶喜魏禧、汪琬、朱彝尊、方苞、李绂、恽敬六人之文,故另有《国朝六家文钞》。

同为李氏所编之《国朝文录续编》66卷,同治七年(1868)敖阳李氏刊本,体例一如《国朝文录》。收录清初至嘉庆间49家作品,为姚文然、杜浚、顾景星、王

---

① 《国朝文述·凡例》,《国朝文述》卷首,道光二十二年艺海堂刻本。

宏撰、申涵光、计东、魏祥、丘维屏、徐世傅、张贞生、李振裕、陆陇其、秦松龄、徐乾学、汪懋麟、赵执信、俞长城、赵申乔、王懋竑、谢济世、朱仕琇、杨锡绂、万承苍、纪大奎、汪由敦、方婺如、沈德潜、沈彤、陈宏谋、陈之兰、袁枚、罗有高、刘鲙、熊璟崇、陆耀、段玉裁、洪亮吉、沈叔埏、管世铭、茹敦如、李兆洛、许宗彦、张锡谷、焦循、陆继辂、沈大成、陈寿祺、余廷灿、姚文田，末附编者自著《迈堂文略》4卷。他编选《国朝文录》时，以唐宋八家为依归，而《续编》所收文章风格不再拘泥于八家。如顾景星《白茅堂集》、罗有高《尊闻居士集》，皆不甚受唐宋之范围。李氏还将素所不喜的袁枚《小仓山房集》收入《续编》。

姚椿所编《国朝文录》82卷，刊于咸丰元年。收作者近200家，规模较大。大抵以桐城派为圭臬，于陆陇其、汪琬、朱轼、方苞、刘大櫆、朱泽沄、姚鼐、张士元、朱仕琇、王昶、管同诸家文，录之最多。在体例上，大致遵循姚鼐《古文辞类纂》而略有变化。其选文宗旨"曰明道，曰纪事，曰考古有得，曰文章之美，有一于此，皆在所采"，但在四者之中仍有具体要求，对于"言理而涉语录，述事而近稗官，与夫专尚考据琐屑不复成篇者"①，一概不选，尤其对于考订家诸集不甚措意，钱大昕、凌廷堪、孔广森、朱筠、阮元等人概未采及。

《国朝文征》为吴翌凤编，有咸丰元年吴江沈氏世美堂刊本。收录作者280余家，文章千余篇。所选文章皆是有裨于经济学术之作，体制不拘一格，以理明词达为准则，尤重"忠孝节义，有裨风化，或遗文佚事，可备掌故者"。对于考据文章与理学文章皆有所不满，认为"考据之文，易于伤气，若专言心性及二氏之学，愚所不喜，故从舍旃"。全编选文较多的十位作家依次是：汪琬(37篇)、魏禧(36篇)、邵长蘅(36篇)、王源(30篇)、方苞(30篇)、侯方域(29篇)、施闰章(29篇)、朱彝尊(29篇)、毛洪溇(29篇)、全祖望(29篇)。

《国朝古文正的》为杨彝珍编，有光绪六年(1880)独山莫氏刻本。选自清初顾炎武至咸丰年间姚谌等共计77人、400余篇文章，选文较多的十位作家依次是：方苞(19篇)、吴敏树(19篇)、潘咨(15篇)、胡天游(14篇)、姚鼐(14篇)、曾国藩(14篇)、梅曾亮(10篇)、魏禧(8篇)、刘大櫆(8篇)、朱琦(8篇)。其中吴敏树跻身第一，杨彝珍抑或出于私交而将吴氏置于榜首。他推崇以骈文名家的胡天游、汪中，亦显示清朝包容骈散的古文观念。《凡例》称对于言性理、考据、

---

① 姚椿《国朝文录序》，《国朝文录》卷首，光绪二十六年(1900)扫叶山房本。

官牍之文,概不选录,认为"有涉三者之文,便不入古"。

此一阶段,面对变幻的局势,桐城文派的雅洁文章已不能完全顺应时势要求,开始走向衰落,但仍有以桐城文章观编选的总集行世,梅曾亮《古文词略》便是代表。曾国藩文章学出于桐城,而不囿于桐城,他提倡经济之学,将经史看作取法之源,扩大桐城文派的取法范围,所编《经史百家杂钞》亦是顺应时势之举,体现出与《古文辞类纂》不同的旨趣。另有两种接续姚鼐《古文辞类纂》,分别由王先谦和黎庶昌编选,而后者实承袭曾国藩《经史百家杂钞》的意度而来。

梅曾亮《古文词略》,其《凡例》谓"姚姬传先生定《古文词类纂》,盖古今之佳文尽于是矣。今复约选之,得三百余编而增诗歌于终"①。此书体例悉依姚鼐《古文辞类纂》,稍作增并而已,分为13类:论辨、序跋、奏议、书说、赠序、诏令、传状、碑志、杂记、箴铭赞颂、哀祭、词赋、诗歌。《凡例》认为"子建、叔夜之文""未尝非古文也",然而"气则靡矣",这与前期桐城派古文观相比,有所突破。

曾国藩《经史百家杂钞》28卷,其书命名之意,因其选文"每类均以六经冠其端",且"采辑史传稍多"。曾氏将经、史、子部的文章也加以收录,扩大了总集的收录范围。将文体分为三门十一类,即著述门:论著类(著作之无韵者)、词赋类(著作之有韵者)、序跋类(他人之著作,序述其意者);告语门:诏令类(上告下者)、奏议类(下告上者)、书牍类(同辈相告者)、哀祭类(人告于鬼神者);记载门:传志(所以记人者)、叙记(所以记事者)、典志(所以记政典者)、杂记(所以记杂事者)。曾氏以著述、告语、记载三门为统领,王葆心《古文辞通义》评价其内有的含摄力曰:"告语门者,述情之汇;记载门者,记事之汇;著述门者,说理之汇也。三门之中对于情、事、理三者,有时亦各有自相参互之用,而其注重之地与区别之方,要可略以情、事、理三者画归而隶属之。"②该选在一定程度上调整和弥补了姚选分类与选文之不足。曾国藩的分类之中有九类是与"姚氏同焉者",亦有增损,取消了姚鼐的"赠序类",又将姚选的"书说类"改为"书牍类",把"颂赞类"与"箴铭类"划入词赋之下,曾国藩对"说"类文章没有专门设类,而是将其置于"著述门"中的"论著类"与"序跋类"。在按体分类时,对文章寓审美于应世之功能更多兼顾。姚选不从正史中选录文章,故曾氏专立"叙记",将著名

---

① 《古文词略·凡例》,《古文词略》卷首,道光二十一年(1841)上元李氏养素山房本。
② 王葆心《古文辞通义》,《历代文话》第8册,第7715—7716页。

的历史散文归入其中。"典志"记各种制度,也是曾氏新创。曾国藩的选文视野与姚选立异之处,正可体现湘乡派脱逸桐城派的面向。

王先谦所编《续古文辞类纂》34卷,有光绪八年(1882)刻本。选录乾隆至咸丰间39人450余篇文章,选文以桐城、阳湖两派的作品为主。其分类和编排体例则完全仿照姚选,所补以序跋、碑志、杂记、书说及论辨类为多,诏令、奏议、辞赋三类没有收文,书说类有书无说,赞颂类有赞无颂。他认为清代这些体类的作品文学性不够。如其解释奏议类不收清文曰:"今之奏议,要在明切事理,古义美辞,所弗尚也。体既专行,不入兹录。"①辞赋类空缺,也因为辞赋是"《风》《雅》变体,取工骈俪,国朝诸家,尤罕沿袭,间有述作,不复甄采"。选文较多的十位作家依次是:梅曾亮(80篇)、曾国藩(78篇)、姚鼐(57篇)、吴敏树(42篇)、恽敬(28篇)、龙启瑞(26篇)、管同(18篇)、朱仕琇(16篇)、吴定(13篇)、张惠言(10篇)。此书刊行后,因其于姚选有所增续,又略早于黎编,故在当时影响较大。

黎庶昌所编《续古文辞类纂》28卷,有光绪二十一年刻本。书分上中下三编。上起《尚书》,下迄清末,收文449篇。上编为经、子两部,其中又分论辨、序跋、奏议、书说、传状、杂记、箴铭、颂赞、辞赋、哀祭、叙记、典志各类。中编为史部,其中的分类除无论辨、箴铭、颂赞外,其它与上编相同。下编全为清文,首篇为朱彝尊《秦始皇论》,末篇为《湘军制》。其分类依照上编,但无诏令、典志,而增碑志、赠序。姚选断自《国策》,"不复上自六经",且不选史传。而黎氏此选,意在补《古文辞类纂》之未备。对六经、子、史,多所采择,并依曾国藩《经史百家杂钞》之例,于姚选所分十三类外,增辟叙记、典志二类。在编选时,"将尽取儒者之多识格物,博辨训诂,一内诸雄奇万变之中,以矫桐城末流虚车之饰"②。本书虽名为续姚鼐所辑《古文辞类纂》,但代表湘乡派眼光。所选清人文章,名家如宋潜虚(即戴名世)、章学诚、郑珍等以及部分湘乡派古文家,都是王先谦《续古文辞类纂》所未选。选文较多的十位作家依次是:曾国藩(55篇)、姚鼐(33篇)、梅曾亮(17篇)、张惠言(14篇)、张裕钊(9篇)、吴敏树(8篇)、龚自珍

---

① 王先谦《续古文辞类纂·例略》,《续古文辞类纂》卷首,《续修四库全书》集部第1610册,第73—74页。

② 黎庶昌《续古文辞类纂目录序》,《续古文辞类纂》卷首,光绪十五年(1889)上海商务印书局本。

(7篇)、郑珍(7篇)、朱彝尊(6篇)、戴名世(6篇)。

《八旗文经》之编集,发起人为咸、同间的倭仁,编纂者以盛昱为主,杨锺羲续完,先后历经三代人,计30余年。有光绪二十七年武昌刻本。盛昱为镶白旗人,光绪进士,官至祭酒,博学多才,有文誉。此编为清代八旗文人文章选集,收古文辞赋凡650篇,作者197人,除满洲107人外,尚有汉军72人和蒙古18人。张之洞序解释"所谓八旗者,实已统四方之人才而有之。非如金元两代,其所倚为腹心干城者,止女真一部、蒙古一国已也"①。体例仿《文选》,全书文选56卷,后附《作者考》3卷,《叙录》1卷。《作者考》对于探究清人生平有重要史料价值,如《作者考》甲有曹寅事迹,《作者考》丙有高鹗事迹。集中如《西藏赋》《八音乐器说》《渐离论》《三史论》诸篇可谓代表作。

《国朝文汇》200卷,沈粹芬、黄人、王文濡等编。宣统元年(1909)上海国学扶轮社石印本。全书五集,按人编排,自顾炎武、黄宗羲诸家始,至近代章炳麟、严复、康有为、梁启超诸家终,收录1356名作者,1万余篇文章。清人编选国朝古文总集,或以桐城文派为依归,或注重选录清代独特的考据之文,而《国朝文汇》选文却强调"不名一家,不拘一格",力求网罗有清一代各个流派的代表作品,全面反映清文"轶迈前古"与"奄有众长"的风貌,其特点如沈粹芬序所说:"其曰文而不曰古文者,奇偶同源,不能独古文也。曰文汇者,譬诸导河,经积石,下龙门,统百川而朝宗于海。"②黄人撰序批评某些"操选政者"拘泥家法,以致"界限愈严,容积愈滥;体制愈峻,气息愈庳",主张通过编纂整个清代之文,使读者"得以识世运消长,人才纯驳之故"。在当时"欧、和文化,灌输脑界"的背景下,编者放眼世界文学,亦充满自信:"夫以吾国文学之雄奇奥衍,假罄其累世之储蓄,良足执英法德美坛坫之牛耳。"③本书还注意尽量少选文学性不强的奏疏、寿文、墓铭之类,多选文学色彩较浓的序、记、传等。编者还高度评价清初进步思想家的作品,极力推崇晚清龚自珍、魏源等人和改良派的文章,充分肯定吸收西方文化的新学。

《涵芬楼古今文钞》为吴曾祺编,书成于宣统二年(1910),卷首有该年严复

---

① 张之洞《八旗文经序》,《八旗文经》卷首,光绪二十七年武昌刻本。
② 沈粹芬《国朝文汇序》,《国朝文汇》卷首,《续修四库全书》集部第1672册,第358页。
③ 黄人《国朝文汇序》,《国朝文汇》卷首,《续修四库全书》集部第1672册,第356—357页。

《序》。全书分类按年编排。其选文起自上古,迄于同治、光绪间,约九千余篇,包括部分韵文,但不及正史和诸经。吴曾祺认为曾国藩分类有诸多不妥,但在处理"说"类篇什上的做法尚属可取。该编仍宗姚鼐的十三类分体法,兼采曾、王二人的优点。吴氏认为姚选在文体分类上尚不够细致,"纲则纲矣,而目未备",故不避繁琐,详分细目,共得子目"凡二百一十三种"[①]。除书说类外,其它十二类文体名称都照搬姚选。"书说类"则按曾、王二人的见解,更名为"书牍类"。书前另附有《文体刍言》,详细阐明分属之法,论述各种文体的特点。本书摒弃了《古文辞类纂》不收律赋之规,采摭律赋佳作十余篇。后因卷帙繁多,读之不易,吴氏重加选辑,别为《涵芬楼古今文钞简编》,虽篇幅不过原书十之二三,然其大略粗备。

五、结　语

选本是富于当代属性的一种文学文献,不仅意味着编纂活动对文体消长和当下创作实绩的梳理,亦含选编者对古文的体制因革方向的某种推动或反应。清人在近三百年中从事古文编纂活动,既是巨大的文献积淀,更挟贯着学坛与文坛之风,彰显一代古文的体制因革与演进脉络。清初文化政策相对宽松,有多位身处易代之际的学者开始编纂明文总集。随着朝廷文风导向上的正统化,产生了《御选古文渊鉴》《国朝三家文钞》等重要总集,理学资源对古文统绪的疏凿尤见成效。乾嘉时期,文人突破压抑,文派彼此抗衡,带动了古文选本的繁荣。同时,汉学的发展促使相应考证文体进入文学视野,这在古文总集中也得以表现和引发反省。嘉道以降,国家、民族危机日重,《经世文编》系列总集的高度活跃,成为晚清以来特有的文化现象。随着西学引入带来的种种刺激,保存和调动国粹的心态也有所自觉,《八旗文经》《国朝文汇》等一大批古文汇选文献的出现,将一代文章纳入收束之音。

---

① 吴曾祺《涵芬楼古今文钞叙》,《涵芬楼古今文钞》卷首,宣统二年商务印书馆铅印本。

清代科举生态与五经文的文学化

南京信息工程大学文学院　陈曙雯

明清科举考试中的八股文,亦称制义或制艺。"有清科目取士,承明制用八股文。取四子书及《易》《书》《诗》《春秋》《礼记》五经命题,谓之制义。"[①]则制义包括四书文和五经文。清代科举作为影响一代文坛风貌与走向的制度因素,日益受到学界的重视,但关于闱中衡文风气的动态考量,现有的研究多聚焦或采样于首场四书文,而对科举考试体系中的五经文的实际地位及其人材激励的效能如何,则认识颇为模糊与欠缺。从场域还原及文化生态观的视野与方法来看,一方面,科举生态作为朝廷政教导向与人才环境的适应性互动,在选拔标准与程序上存在一定的变量,四书文往往崇尚清真雅正与为文的"义理"化,五经文却适时表现出炫博竞丽的不同趣味,与清代学术及文学的时代发展亦构成重要关联。另一方面,科举考试作为文学社会环境中的要素,固然可以作为文学的外部关系或背景条件来处置,但本文基于科举生态中如何直接引动文学竞争的机制,重在揭示五经文在科举体系中达成的文学属性,由此观察清代科举与文学之间的交互作用,也试图打通文学的外部研究与内部研究。

一、制度设计与文风导向

清代科举考试政策最初沿袭明制,其后康、乾时期屡有变化,最终于乾隆五十二年(1787)形成首场试四书文与律诗、二场试五经文、三场试策的定规。在这一过程中,五经文的调整涉及两个层面,一是场次的调整,二是从各试本经逐渐过渡到五经并试。前者指乾隆二十一年(1756)将五经文从首场移于二场,罢

---

① 《清史稿》选举志三,中华书局,1977年,第3147页。

去原来第二场之论、表、判。后者指士子原本选试一经,高宗认为"士子专治一经,于他经不旁通博涉,非敦崇实学之道"①,遂于乾隆五十二年规定自次年乡试起,乡、会试五科之内,分年轮试一经,之后即正式开始五经并试,每经各出一题。此外,康、雍时期一度还有"五经中式"的名目,即于每经各作四篇而中式,乾隆年间停止。②那么,调整到第二场以及取消"五经中式"是否意味着科举体系中五经文地位的下降呢?

　　五经文即便与四书文并列第一场的时候,二者的重要性也并不相同。乾隆十年(1745),针对"今四书文采缀词华以示淹博"的现象,下旨说"国家设制科取士,首重者在四书文,盖以六经精微,尽于四子书"③,劝诫士子多读书穷理,作清真雅正之文。这里强调四书文的重要,是就纠正文风而言,并无轻视其他科目之意。不过,四书体现了五经精义因而更为重要,这种认识却是由来已久。自朱熹首次集结四书,构建出与道统一致的新的经典文本,四书便被视为通向五经的桥梁,其优先级已经高于五经,明清科举考试中也逐渐形成了只重四书文、轻视经策等文的惯例。清廷意识到这种倾向后,也时有纠正的举措,如雍正四年(1726)发现"近来试官多以四书文为主,而于经艺不甚留心",因而进行纠偏,"着将今年各省五经取中副榜之人,俱准作举人一体会试"④,这是一次特殊的补救性的"五经中式",目的便是释放出重视"经艺"的信息,以便对士子与考官只重四书文的现象进行反拨。

　　在四书文的地位高于五经文已经成为社会性共识与闱中阅卷惯例的背景下,五经文从第一场调至第二场,从制度设计的本意来看,并未见地位降低之意。乾隆二十一年,删去原第二场之论、表、判,将经文移至第二场,是因为原科目篇幅繁多缺乏实际意义,士子于风檐寸晷中亦难周全。调整之后,第二场已成经文专场⑤,"止经文四篇,斯潦草完篇者,当在所黜。专经之士,得抒夙学,而浅陋者亦知所奋励",士子既不得以时间紧迫为借口,"主试者亦可从容尽心

---

① 《清史稿》选举志三,第3151页。
② 安东强《清代乡会试五经文的场次及地位变化》,《中山大学学报》(社会科学版)2020年第6期。
③ 《清文献通考》选举考四,《文渊阁四库全书》本。
④ 素尔讷《学政全书》卷四〇,乾隆三十九年(1774)武英殿刻本。
⑤ 原定会试第二场需加一篇表文,后亦取消。

详校"①。一方面,着眼于闱中的便利,"将经文移入二场,原使士子从容结构,各尽所长。考官于二场专校经艺,则耳目既无庞杂,去取益见精详"②,无论考生还是试官,都可以获得更充裕的时间。另一方面,从更为长远的角度,试图通过科举的杠杆鼓励士子潜心专经,这实际上是提升经学的地位。当然,五经文地位的提升并非指超越四书文,而是指在四书文地位不变的前提下,尽力使五经文得到应有的重视。

至于"五经中式"的取消,更非五经文地位下降的信号。在士子专试一经的时期,"五经中式"旨在鼓励士子博通五经,尽管在康、雍时期曾获得过少量名额,毕竟面向的是少数人,而非对所有士子的普遍要求。五经轮试取代各试本经并逐渐过渡到五经并试后,所有的士子都需习治五经,就覆盖面而言,已经胜过"五经中式"。在科举考试体系中,经学地位的上升最终体现为乡、会试中第二场的五经并试。

事实上,从顺、康到乾隆时期,对经的重视呈逐渐上升的态势。乾隆有着使经学与文学并兴的意图,这一点从乾隆元年(1736)的博学鸿词试便已看出端倪。御史吴元安试前进言,"荐举博学鸿词,原期得湛深经术、敦崇实学之儒,诗赋虽取兼长,经史尤为根柢。若徒骈缀俪偶,推敲声律,纵有文藻可观,终觉名实未称"③,已经为此次鸿博定下基调,所求是深于经术、根柢经史而又兼长诗赋之人。最终考试分为两场,首场试赋、诗、论三篇,二场试策二篇,与康熙十八年(1679)博学鸿词仅试一赋一诗已判然有别。乾隆十四年(1749),高宗再次表明对"词苑中寡经士"④的不满,诏令保荐人才,意欲在翰林院中体现经学与文藻的结合。这些举措与乾隆三十八年(1773)开四库馆有着内在理路上的相通之处,都预示着汉学学风的兴起。乾嘉汉学以考据训诂之法研治经学,是在理学成为社会主流意识形态四百余年后经学的一次复兴。五经文的场次调整应该放在乾隆朝经学兴盛的背景下看待,这种调整不是地位的下降,相反,正因为重视经学才表现出提升五经文地位的意图。

经学地位的抬升与汉学学风的兴起也影响到文风,曾国藩便曾指出清高宗

---

① 《清实录》第 15 册,中华书局,1986 年,第 15229 页。
② 詹鸿谟《科场条例》卷一九,光绪刊本。
③ 《清史稿》选举志四,第 3177 页。
④ 《清实录》第 13 册,第 13046 页。

的征鸿博与开四库馆使得"天下翕然为浩博稽核之学,薄先辈之空言,为文务闳丽"①,这里已经涉及了学风与文风之间的联动关系,"浩博稽核"之学有着通向"为文务闳丽"的内在逻辑。闳丽之文主要表现为辞赋骈文,辞赋骈文的文体特征如用典与藻采都以博学为根基,学术与文学正相呼应,"浩博稽核"的学风投射于文学,便是沉博闳丽的文风,正如吴兴华所说,"创造性的博学多闻使清代卓越的骈文作家能够下笔如行云流水,毫无窒碍"②。而五经文得益于汉学学风的浸润,可以呈现出更富有文学性的特征。同时,高宗也试图于科举中平衡学养、才华与器识,故而在调整五经文场次的同时,也于乡、会试中加进律诗,"使科举成为激励文学而不是像明代以来遏制文学的社会机制"③,这也使得五经文的文学化成为可能。

二、后场地位与竞逐风气

二场的五经文与三场的策同属后场,在常规的阅卷流程下,首场的决定权最重。首场试卷经封弥、誊录、对校后,陆续分发各房,主考、同考同堂阅卷。各房考官将本房佳卷呈送给正副主考,称为"荐卷",随阅随呈。首场试卷阅荐完成后,再阅二、三场,但并非逐份依次评阅,而是先评阅头场荐卷所对应的后场之卷。剩余试卷中如实有出色者,可以补荐其首场试卷。房考能在多大程度上认真对待后场试卷,其实是因人而异的。那么,在实际操作中,五经文考试是否已经形同虚设呢?

针对轻视后场的阅卷风气,清廷一再有告诫乃至申饬之语。乾隆九年(1744),五经文尚在头场,此时不仅专意头场,而且头场中也只专意四书文,乾隆帝遂下旨,要求"自今以后,司文衡者务思设立三场之本意,于经、策逐一详加校阅,毋得轩轾"④,并且表示一旦发现积习相沿,主考与房官都要从重议处,永为定例,态度颇为严厉。乾隆二十五年(1760)又令考官"不得以二场经艺为具

---

① 曾国藩《送周荇农南归序》,《曾文正公全集》第7册,中国书店,2011年,第244页。
② 吴兴华《吴兴华诗文集·文卷》,上海人民出版社,2005年,第166页。
③ 蒋寅《文治与风雅——清高宗的个人趣味与乾隆朝文化、文学》,《华南师范大学学报》(社会科学版)2018年第1期。
④ 詹鸿谟《科场条例》卷一九,光绪刊本。

文,如有经旨荒疏,剿袭肤浅者,即其余皆有可观,亦不得滥行取中"①,四书文出色仍是房考荐文的首要标准,但强调五经文需合格并发挥其对首场的淘汰作用,实际上也是要求后场阅卷不可走过场,必须让其发挥制度设置时预期的作用。同治十一年(1872)时,也有这样的上谕:"闱中校阅文艺本应三场并重,不得专重第一场。嗣后中外臣工,凡与衡文之任者,当逐场衡校,冀拔真才,毋许草率从事。"②政令多出于对当下偏颇的补救与纠正,朝廷的一次次纠偏,既说明这种现象的确时有发生甚至一直存在,也表明在决策层面上后场的地位不断受到保护。

　　重视经史之学的学者衡文时多会留意后场,而当他们履典文衡时,重视后场就会成为连续性的行为,汉学家王昶、朱珪都是如此。王昶曾肄业于苏州紫阳书院,与惠栋同治汉学,乾隆十九年(1754)成进士。在乾隆二十四年(1759)、二十五年(1760)、二十七年(1762)的顺天乡试和乾隆二十六年(1761)、二十八年(1763)的会试中,五次担任同考官,乾隆五十七(1792)年则任顺天乡试主考官,"皆以经术取士"③,涉及经术的便是经义与策问两场。朱珪于乾隆十三年(1748)十八岁时成进士,乾隆二十四年、乾隆四十三年(1778)、乾隆五十一年(1786)分别典河南、福建、江南乡试,乾隆二十五年充会试同考官,乾隆五十五年(1790)任会试总裁,都能结合后场答卷定夺去取。乾隆五十一年江南乡试中,所取之人通经术者28人,阮元、孙星衍、张惠言、李赓芸等俱在此榜。阮元为李赓芸著作作序时,提及其师朱珪"合经、策以精博求士"④,因而此科自己与李赓芸分别以第八和第四名中式。朱珪去世后,阮元为他写神道碑,再次提到他"取士务以经、策较四书文,诚心锐力以求朴学经生,名士一览无遗"⑤,《清史稿》亦将此写入朱珪本传,谓其"取士重经、策,锐意求才"。朱珪的"合经、策""以经、策较四书文",都是指不仅仅以首场取人,而能通观三场,给长于经、策而不善四书文的人留下机会。

---

　　① 詹鸿谟《科场条例》卷一九,光绪刊本。
　　② 詹鸿谟《科场条例》卷一九,光绪刊本。
　　③ 阮元《诰授光禄大夫刑部右侍郎述庵王公神道碑》,《揅经室集》二集,中华书局,1993年,第423页。
　　④ 阮元《华陔草堂书义序》,《揅经室集》三集,第685页。
　　⑤ 阮元《太傅体仁阁大学士大兴朱文正公神道碑》,《揅经室集》二集,第418—419页。

因此,闱中因经义出色被取的情形并不少见。乾隆三十一年(1766)进士孙志祖即属此类,该年会试的经义题中有"黍稷与与"之语,出自《诗经·小雅·楚茨》的"我黍与与,我稷翼翼",其他人都是黍稷并提,唯有孙志祖"以黍稷分比,数典不紊"①,孙即因此被取,以第六名成进士。② 从后场取人最为著名的是嘉庆四年(1799)己未科会试,此科得人尤盛,世人常将其与康、乾年间的两次博学鸿词相提并论。己未科成为名榜的机缘,首在朱珪与阮元的遇合。是科总裁四人,分别为吏部尚书朱珪、左都御史刘权之、户部侍郎阮元、内阁学士文幹。四人中朱珪位次最高,为总裁之首。朱、阮二人都提倡汉学,学术兴趣相投,朱珪又是阮元的座师,本着重视二、三场的一贯态度,嘱咐阮元独自披阅二、三场的试卷。阮元"乃选出长策一千三百余卷,穷三日夜之力,再选出二百卷,分为三等,以观头场"③,这种违背正常程序的非同寻常的做法④,表明阮元将阅卷重心放在了策问上。但朱、阮二人其实同样也从经义中寻获佳卷而拔人,张惠言、郝懿行即皆从经文中拔出。张惠言乡、会试皆出朱珪之门,嘉庆十四年(1809)成进士的路德晚主讲年陕西关中书院,在道光十七年(1837)陕西乡试前,向书院士子说起嘉庆己未会试时,提及张惠言第二场之《易经》文采用三国虞翻之说,"总裁朱文正公大为击节,拔置高魁,自是文人攻《易》义者多引用虞氏《易》"⑤。虞翻《易》学传自汉人孟喜,阮元任职翰林院时,曾为国史撰《儒林传》,其中《张惠言传》道:"汉人之《易》,孟、费诸家各有师承,势不能合。惠言传虞氏《易》,即传汉孟氏《易》矣,孤经绝学也。"⑥张惠言四十二岁即去世,成进士时年已三十九,《易》学思想已经成熟,以其绝学让朱珪大为惊叹并"拔置高魁"自在情理之中。至于郝懿行,据阮元自己的说法,也是他"从经义中识拔实学士也"⑦。

己未科释放出来的考官取人并重后场的信息,立刻为士子们所捕捉,并回应于答题之中,由此形成嘉庆年间后场与首场并重的风气。应试者为了增强自

---

① 阮元《孙颐谷侍御史传》,《揅经室集》二集,第497页。
② 孙志祖在乾隆二十一年(1756)的浙江乡试中,也并以四书文而是以策问中举。
③ 张鉴《雷塘庵主弟子记》,《北京图书馆藏珍本年谱丛刊》第128册,北京图书馆出版社,1999年,第507页。
④ 房考汪镛于嘉庆十年(1805)时,以给事中的身份上奏,指出己未科主考的违规之处。
⑤ 路德《钱秋试诗二十八首》之《易经文》自注,《柽华馆杂录》,光绪七年(1881)解梁刻本。
⑥ 阮元《儒林传稿》,嘉庆刻本。
⑦ 阮元《郝户部山海经笺疏序》,《揅经室集》三集,第694—695页。

已脱颖而出的辨识度,便以文章长度相竞争,以至嘉庆十三年(1808)御史何学林奏称"乃近来每注意经、策填写长者,谓之满卷,以此获售者大约十居六七。士处其间,欲投时好,不得不写满卷",已违背"头场为先"的宗旨,呼吁"试官阅文,经、策不必专尚满长"①,但其议被驳回。御史所谓因满卷而"获售者大约十居六七",其意并非指只要满卷即可被取,满卷只能是被取的必要条件而非充分条件。同时,满卷是就后场而言,不论"十居六七"的说法来自准确统计还是约略估算,至少表明在时人的印象中,后场被取中者人数之多已打破首场优先的惯例。因受己未科从长策中选人的影响,满卷已成嘉庆年间的"时好",而反观乾隆五十一年时,为提升后场地位,"定答策不满三百字,照纰缪例罚停科"②,严厉的规定表明后场敷衍之情形一度较为普遍。二十余年间,朝廷惩罚字数不足者的局面已变为士子主动追求经、策"满长",这固然是制度规定已见成效,更重要的是考官在阅卷过程中的取舍标准起到了引导作用。朝廷、考官与士子是科举系统中的三个节点③,帝王意图制约考官,但考官仍可在命题与阅卷各环节体现自己的学术趣味与人才观念。士子在帝王训饬与考官观念的引导下,便会以相应的文风回应并形成竞逐风气。

三、补荐与拔遗:后场的程序运作

五经文除了发挥对首场荐卷的淘汰作用外,也可以成为取人的关键因素。考官能够从后场取人是因为得到了程序的保障,这一运作程序主要是补荐和拔遗。属于同考官环节的为补荐,"于经、策逐一详加校阅"之类的规定都是为了保证补荐程序能被切实履行,政策是连续的,偶有变动也是事出有因。乾隆四十七年(1782)曾同意左副都御史觉罗巴彦学的奏议,"若头场诗文既不中选,则二三场虽经文、策问间有可取,亦不准复为呈荐"④,但巴彦学此折原本出于防范关节的目的。乾隆很快意识到不妥,次年即恢复原条例,"嗣后令各房考于头场阅荐既毕,即将二、三场通行细阅,如实有出色佳卷,仍准补荐头场,听主考官

---

① 《科场条例》卷一七,光绪刊本。
② 《清史稿》选举志三,第 3152 页。
③ 学政也是一个重要节点,但本文暂不讨论此问题。
④ 《科场条例》卷一五,光绪刊本。

酌量取中"①，即同考官仍可以据经义、策问补荐，只要首场无明显瑕疵即可。

正副主考阅卷时，首先需阅各同考荐卷，或取中，或黜落，其标准皆有规定：

> 考官遍阅三场，先录其全瑜者。首场虽佳，而后场草率者，不得取中。首场平通，而后场明确通达者，准其取中。如头场疵缪，虽二、三场可采，仍不准取中。其由二、三场取中之卷，均令主考将取中缘由批于卷上，听候磨勘。②

> 择三试全佳者为首荐。其第一场文义致佳，二、三场无疵；第一场文义无疵，二、三场致佳者，为次荐。③

以上两条材料对读，录取标准十分明确。首先取中的是三场试卷都被荐者；其次是或前场或后场被荐者，如果说平通、无疵、不草率是合格的基本要求，那么以前场被荐则需后场合格，以后场被荐则要头场合格。总之三场并观，而非仅凭首场定去取，朱珪的"合观经策"便是此意。

未被房考取中的试卷称为落卷，亦称遗卷。主考在阅完荐卷之后，还有搜落卷的责任与权利，从落卷中搜出佳卷并取中，称为"拔遗"。搜落卷可以让主考与同考官互相牵制，以防舞弊。清朝诸帝多次重申此规定，如康熙五十年(1711)便强调"嗣后主考官应将房考荐卷外余卷，亦加遍阅，庶佳卷不致遗落"。如果佳卷被房考误抹而被主考搜出，则房考有受处分的风险，故主考多不肯为此举，因此雍正元年(1723)特地申明对于房考应宽免处分，以使主考安心搜遗。道光年间，落卷多不搜，故道光十二年(1832)又下旨告诫"典试各员，务必将闱中试卷全行校阅，不得仅就荐卷取中，方为不负委任"。同治十一年(1872)再次强调"凡与衡文之任者，当逐场衡校"④，同考官之补荐与主考官之搜遗俱在要求之中。在试卷多而期限紧的情况下，同考细阅本房所有二、三场试卷已属不易，几名主考要通阅各房三场全部试卷则更难，所以补荐与搜遗程序所能发挥的作用与君主的重视程度有关，也与考官自身的学术趣向、选拔人才的理念乃至责任心密切相关。

---

① 《科场条例》卷一九，光绪刊本。
② 《科场条例》卷一九，光绪刊本。
③ 《大清会典》卷三一，《文渊阁四库全书》本。
④ 《科场条例》卷一九，光绪刊本。

不少从落卷中搜出的人物,如后来成为名臣、知名学者或文学名家,康熙十二年(1673)的状元韩菼,在前一年顺天乡试中,竟是副主考徐乾学从遗卷中搜出来的。① 乾隆五十一年江南乡试,孙星衍"首场三艺皆宗古注,搜落卷得之"②,搜落卷者则为朱珪。搜落卷得人最盛的当属乾隆五十四年(1789)会试,此科主考王杰、铁保、管幹贞三人通过搜落卷取中者甚多,甚至第二名、第三名都是分别被王杰、铁保从落卷中搜出。据铁保记载,"王公数典会试,深以各房荐卷为不足尽凭,欲细搜落卷以拔真才。余与管公同事搜罗,无一卷不经主司之目。榜发,多知名士。不数年,那彦成、阮元、刘凤诰、刘镮之、荣麟、钱楷、胡长龄、李钧简、汪滋畹、汪廷珍或擢部堂,或膺督抚,会试得人之盛无逾此科"③。铁保言下之意,此榜"多知名士"是搜罗落卷的结果,但他所列十人是否都从落卷中搜出,今尚不能确定。这次拔遗人数之多、名次之居前实为前所未有,事后乾隆出于公平原则与防范目的,对此予以批评,并规定以后"同考未经呈荐之卷,主考搜出取中,止准列于五十名后,不得滥置前列"④。道光十二年(1832),徐法绩主湖南乡试,因副主考病故,独自搜落卷得六人,左宗棠与古文家吴敏树、杨彝珍皆在其中。

考官搜遗时,三场试卷都可阅览,但从各种记载来看,更多的还是搜阅二、三场。孙星衍"首场三艺皆宗古注",四书文需依宋儒立说,用宋以前的古注自然要被黜落,朱珪搜落卷得之,则所据必是二、三场试卷,而非不合要求的首场试卷。嘉庆己未科的陈寿祺也是从后场拔出,阮元为陈寿祺所作传记道:

  会试闱中,其卷为人所遏,元言于朱文正公曰:"师欲得如博学鸿词科之名士乎? 闻某卷经、策是也。"遏者犹摘其四书文中语元曰:"此语出《白虎通》。"于是文正公由后场力拔出之。⑤

"遏者"应是其房考,其四书文用汉代《白虎通》语,被房考摈斥也在情理之中。陈寿祺虽经义与策文出色,但既有"头场疵缪,虽二、三场可采,仍不准取中"的

---

① 李元度《国朝先正事略·韩文懿公事略》,同治刻本。
② 朱锡经《南厓府君年谱》,《北京图书馆珍本年谱丛刊》第106册,第570页。
③ 铁保《铁保年谱》卷一,道光二年(1822)石经堂刻本。
④ 《科场条例》卷一九,光绪刊本。
⑤ 阮元《隐屏山人陈编修传》,钱仪吉《碑传集》卷五一,中华书局,1993年。

规定，故房考并未补荐，而朱珪、阮元从落卷中将其搜出，所依据的便是其二、三试卷。据此也可看出，如何认定头场"疵缪""疵颣过甚"，其实存在一定弹性，四书制艺用《白虎通》语，显然在朱珪、阮元眼中并不算是严重问题。张之洞"取士提倡朴学"，同治六年(1867)任浙江乡试副考官，同治十二年(1873)任四川乡试副考官，"皆遍搜经、策遗卷，名下士无一失者"①，也是搜后场试卷。取于后场之人，他日成为乡会试考官时，往往也会注重后场，如陈寿祺成进士后，嘉庆九年(1804)、十二年(1807)先后典试广东、河南，"其衡文岭南、中州也，二、三场遗卷，一二万尽阅之"②，重后场的倾向便可在考官与士子间形成循环。

补荐、拔遗都是便于从二、三场取人，而从后场取人不仅盛行于乾嘉时期，同光时期的陈康祺自称"康祺阅历名场，见朋辈中钻研古书，不工制艺者，遇稍解风雅之主司，多以二三场殚洽见收。而一二揣摩时尚，趋风承沫之士，迄老死不获知遇"③，则晚清仍不乏以经义和策问被取者。科场首重四书文，但这两道程序给从后场取人提供了制度保障，也为士子力图于清真雅正之外呈现五经文的多样化文风提供了可能性。

四、五经文标准的文学化

清廷一直以清真雅正为文章的根本性宗尚，并以此引导科举，故而清真雅正也是清代制艺的一贯标准。④ 在具体操作层面上，则是从"理、法、辞、气"去衡量，考官的评语基本从这四个方面展开。⑤ 大致说来，理要醇正精切，法要周密严谨，辞要典雅畅达，气要浑厚流转。五经文亦为制艺，清真雅正的标准是否适用于五经文呢？

乡、会试放榜之后，主考官要将取中名单与优选的文章汇为《乡试录》《会试录》并作序。按照惯例，正主考作序，副主考作后序，就此次考试的详情作汇报性

---

① 陈衍《张之洞传》，《陈石遗集》上，第427页。
② 阮元《隐屏山人陈编修传》。
③ 陈康祺《郎潜纪闻》初笔，中华书局，1984年，第290页。
④ 曹虹《帝王训饬与文统理念——清代文学生态研究之一》，《古典文献研究》第十辑，凤凰出版社，2007年。
⑤ 龚延明、高明扬《清代科举八股文的衡文标准》，《中国社会科学》2005年第4期。

陈述,文中常会涉及衡文宗旨的问题。乾隆三十年(1765),钱大昕作为浙江乡试副主考,在所作《后序》中提到四书文、五经文、论、诗、策各有其宗旨与标准,"于四书文取其法之正而理之醇也,于论取其有本有原能阐明儒先之蕴也,于经义取其贯串注疏,于诗取其研练声律,于策取其通晓古今。三场并陈,去取斯定。所录之文,浓淡正奇,不名一格,要皆能以先民是程,而浮泛之陈言,则汰之务严焉"①。对于四书文,从"法"与"理"的层面上判断其是否"正"而"醇",这也是乾隆一再强调的清真雅正;于五经文,重在"贯串注疏"之学;于策,重在通晓古今之识。而"浓淡正奇不名一格",其浓者奇者,未必合于清真雅正,自应是四书文之外的文章。

四书文和五经文之间的差别,路德说得至为明白。路德在陕西课士颇有影响,是八股文的行家,晚清小说《官场现形记》中提到的《仁在堂文稿》便是他所编的时艺。他曾选择嘉庆年间乡、会试的五经文佳卷刻为《五经文㵎》,序中道:

> 四书文以清真雅正为宗,乡、会试先以此命题,以观其脉理之昭晰、法律之谨严,鸿文无范,洵非所宜。复恐末学浅陋得以滥登,故又试之以经义,试之以策问,以觇其才学……大抵经义之作,朴不如华,淡不如浓,熟不如生,平不如奇,其沉博绝丽有迥不类四书文者,要不得以破体目之。时而见为笺注疏义,时而见为训诂典谟,时而见为风骚词赋,万怪惶惑,不名一格,总以书味深厚、脱却时文气者为高。②

继而又以书法与诗歌比之:四书文如楷书,经义如篆、隶、草书;四书文如律诗,经义如古诗。总之,四书文规矩严密,而五经文则可以不拘一格。

从《五经文㵎》所选各文的考官评语来看,至少嘉庆年间确实不以清真雅正的标准要求经义。如《易经》部分《刳木为舟剡木为楫》一题,周鼎文章评语是"以文通之采笔,抒仲翔之名理,琢玉雕金,彪炳夺目,不是泛谈五行。"乾隆二十三年(1758)规定"嗣后考校经文,应遵奉圣制及用传注为合旨"③,圣训即颁行天下的《御纂四经》《钦定三礼》。但嘉庆四年(1799)张惠言在经义中使用虞翻的易学而被"拔置高魁"后,"自是文人攻《易》义者多引用虞氏《易》",所以周鼎的《易经》文用了虞翻的易学,这并不奇怪。此文据冷门绝学阐发经文之意,同

---

① 钱大昕《浙江乡试录后序》,《潜研堂集》,上海古籍出版社,2009年,第370页。
② 路德《五经文㵎》,光绪五年(1879)上海淞隐阁印本。
③ 素尔讷《学政全书》卷六《厘正文体》。

时质有其文,以文采写名理,这似乎是评阅人更为欣赏的地方,"琢玉雕金"、文采如江淹的评语与清真雅正标准下对文辞的一贯评价显然是不吻合的。

《五经文漪》中《尚书》部分,嘉庆十年(1805)进士童槐的《下管鼗鼓合止柷敔笙镛以间》一文为骈体。八股文的起股、中股、后股和束股部分,虽然每股之间都是两两相对,但实非骈文,与骈文在句式、文气上有显著差别,而破题、承题、起讲、入手处皆用单句。童槐此文是骈文而非仅仅部分使用了对句,"振茂松于素题,嘘祥风于朱草。追伶伦于嶰谷,肇赐将于子男。昭华玉琯之锡,均其和鸣;康衢谏鼓之陈,通于阒寂",这些句子是骈文之偶句,而非八股之对句,且句句用典,骈文特征明显,而这些句子旁边都加了圈,是尤受欣赏之处。《春秋》部分,嘉庆十四年(1809)进士徐镛的《郯子来朝(昭公十七年)》亦为骈体,文末评语云:"《春秋》文以议论为能,此独出以骈体,更觉壁垒一新。"对以骈体行议论表现出赞赏的态度。这不妨与乾隆年间对骈体四书文的态度作一对比。乾隆四十四年(1779),江南乡试后,磨勘官奏称解元顾问的试卷,三篇四书文"纯用排偶"。乾隆帝于上谕中训斥考官:"制艺代圣贤立言,原以清真雅正为宗。朕屡经训谕,不啻至再至三,何得又将骈体录取,且拔冠榜首,所谓厘正文风者安在?"①可见制艺用骈体与乾隆一再强调的清真雅正相悖。再加上三篇全为骈体,有暗通关节的嫌疑,所以正副主考钱载、戴均元皆被交部议处。清朝历帝期间,清真雅正始终是衡量四书文的标准,但五经文却可以有较大的空间。

《五经文漪》中的《诗经》选文,更是风貌各异。有被评为"熟精文选理,藻丽挟天庭"的吴慈鹤之文,有"汉魏六朝,共炉而冶;文心赋手,兼擅其长"的路天甲之文,有以四言韵语写成的佘文铨之文。佘文评语道:"以韵语为时文,施之他经则为奇,施之《诗经》则奇而不诡于正。"这是因为《诗经》题在五经题中最具文学特色,文体的包容度最高。道光十七年(1837)陕西乡试前,路德作《饯秋试诗二十八首》,交待应试的诸多事项,诗下多自注,提到了不少科场风习。其中《诗经文》之诗注至少提供了四个信息。其一,"经义觇人才学,与四书文迥别,名为制艺,实古作也。若仍以《四书》文律之,则头场三艺已足定优劣矣,奚必更试以五篇耶?"即经义与四书文应有区分,可以为时艺,也可以为古作,不必以清真雅正衡之,这与他嘉庆年间体现于《五经文漪序》中的观点一脉相承,也与嘉庆己未科所开风尚相

---

① 《清文献通考》选举考四,《文渊阁四库全书》本。

印证。其二,"《诗经》一艺,六义兼该,凡工词章者尤喜为之,远祖风骚,近宗徐庾,俱无不可。曩曾选刻《五经文漪》,所登《诗经》文,润古雕今,无体不备",经义中的《诗经》文可以古雅博奥,也可以雕饰华腴。其三,"自嘉庆己未人才辈出,标新领异,各展所长",五经文的"无体不备"是嘉庆己未科的影响。其四,"窃见近日直省《乡试录》所载进呈,经义大率轻清谨饬,与四书文无别,其古雅博奥之作十无一二,恐此后经义亦竟尚白描矣"①,经义在道光年间风尚有变,以"轻清谨饬"的面貌向四书文靠拢。这或许与嘉庆十九年(1814)给事中辛从益奏请厘正文体有关,对于捋扯僻书、追求新奇的考场风气,他请旨告诫考官衡文务归清真雅正,"至于二、三场,体裁虽无妨稍宽,然征引渊博,总期于本题有关",嘉庆帝遂下旨要求别裁伪体,"如有将支离怪诞之文目为新奇,妄行录取者,经磨勘官摘参,必将原考官严加惩处"②。不过,即使要求厘正文体,对于二、三场,也是"无妨稍宽"的。

光绪年间选编的《五经文鹄》《五经文府》《五经文海》对于五经文的评判标准极为相似,尤其欣赏文章内容之"博"与文风之"丽","五经题文以渊博典丽为尚"③,"经艺之选,以沉博绝丽为贵,是编所录,凡简淡高古者概从割爱"④,并同样肯定五经文的文风可以不拘一格,"至于经艺之体,无崇无庳,不首不尾,可庄、骚,可晁、董,可左、马,可班、张"⑤。对沉博绝丽文风的推崇和对多样化风格的期待也体现在选文的评语中,略举《五经文鹄》中数例如下(表1):

表1 《五经文鹄》选文评语

题目来源	作者	题目	文末评语
《易·乾卦》	石芳采	云从龙,风从虎,圣人作而万物睹	词采乔皇,文章巨丽。
《易·鼎卦》	郑思赞	君子以正为凝命	义则奥衍闳深,词则陆离彪炳。
《尚书·益稷》	史福济	日月星辰、山龙华虫作会	词华富有,藻采纷披。

---

① 路德《柽华馆杂录》。
② 《科场条例》卷一七,光绪刊本。
③ 茹古斋主人《五经文鹄·弁言》,光绪八年茹古斋印本。
④ 同文书局主人《五经文府·凡例》,光绪年间鸿宝斋印本。
⑤ 邓濂《五经文府序》,《五经文府》卷首。

续 表

题目来源	作者	题目	文末评语
《尚书·牧誓》	黄茂	称尔戈,比尔干,立尔矛	孔郑膏腴,班扬词藻。
《诗经·秦风》	袁丙昇	蒹葭苍苍,白露为霜	笔无俗骨,文有赋心,薰香摘艳,其腴秀纯自六朝得来。
《诗经·豳风》	陈辂	七月在野,八月在宇	古音古节,直逼齐梁。
《诗经·小雅》	洪麟孙	夜如何其,夜未央,庭燎之光。君子至止,鸾声将将	高摘屈宋艳,浓薰班马香。典丽矞皇,是造五凤楼手。
《诗经·大雅》	王诒寿	密人不恭,以遏徂旅	沉博绝丽,是绝妙一篇唐骈文,不当作制义观。
《礼记·礼运》	王思沂	故天降膏露,地出醴泉	藻思绮合,缛旨星稠,扛百斛之龙文,扬九苞之凤彩。
《礼记·射义》	贺寿嵩	绎者各绎己之志也	沉博绝丽,《长杨》《羽猎》之遗。
《春秋·闵公元年》	史久孚	公及齐侯盟于落姑	以疏宕之气,运骈俪之笔,玉敦珠槃,雍容华贵。
《春秋·襄公二十四年》	龚维琳	叔孙豹如晋	贯会二百四十年聘会义例,而运以骈丽之笔,故磊落使才,无不如志。

当然,选本中不乏"词旨雅洁""理明词达""气味深醇""气清词腴""文情畅茂""气清词畅"这一类对制义之体的常规性评价,但同样不乏"藻采纷披""典丽矞皇""沉博绝丽""班香宋艳"这类欣赏词华藻采、更接近文学角度的评价。《诗经》本属文学范畴,从文学而非制义的角度对《诗经》文作出的评价几乎比比皆是,《诗经》文的骈体比例最高,表中四篇皆为骈体。其中,洪麟孙是骈文大家洪亮吉之子,自身亦以骈文见长。

这些选本属于考试用书性质,其编选与出版首先是出于商业利益的考虑,与市场需求贴合度高,对考官趣味与流行文风比较敏感,所以,不录"简淡高古"之文,推崇"渊博典丽""沉博绝丽",不妨视为对光绪年间五经文风尚的回应。

五经文的文学化倾向其实主要出自考官的引导。以光绪二十七年(1901)贵州乡试为例,闱中发刻佳卷时,待刻的五经文中有一篇《礼记》文,"原文摹《选》体用韵,而未能一律工丽",主考吕佩芬委托一位同考官对之进行润色,此文由是"光怪陆离,蔚然可观"①。制艺原不需用韵,原文用韵而显工丽,然而才气不足以贯穿全文,所以需要润色以符合佳作应有的面貌。修改之后"光怪陆离"的文风,无论如何都是与清真雅正背道而驰的。从帝王意图来说,设计三场考试,并重后场与前场,原是要通过对士子的全面考核,选拔学识才情兼备之人。而考官的文人趣味以及承载了这种趣味的衡文标准,往往会突破王朝对八股文的规范化要求,这并非出自制度设计之本意,同时也具有某种偶然性。但今日之考官,乃昨日之士子,其个人趣向又为昔日之风尚、昔日之考官所影响和引导;闱中墨刻的示范作用,又可影响往后数科士子。考官趣味与人才观念实与科场文风密切相关。

在晚清惯于将义理、考据、词章、经济四分的背景下,朱一新提出"四书文,义理之学也;二、三场,考据、词章、经济之学也"②,这是对当时学风与考场文风的一个总结。经济之学体现于各种策问中,考据与词章则二、三场兼而有之。圣贤义理之学需要清真雅正之文去传递,而关乎考据尤其词章之文,则可以异彩纷呈,不拘一格。清真雅正某种程度上意味着约束个性才华、抑制文采藻丽,而五经文对文风多样性的包容,则又为骋才竞藻留下了空间。

五、结　语

清王朝在首重四书文的前提下,通过强化后场地位,尽力矫正只重四书文的倾向。乾嘉时期对后场的重视尤为突出,道、咸时只重首场的现象有所回潮③,但同、光时期,因张之洞的影响,经、策作用再次提升。张之洞任浙江与四川乡试副主考时,即以搜阅二、三场落卷知名,尤其同治六年(1867)浙江丁卯科,"所取多朴学之士,知名者五十余人"④,一时为人称道,并影响到此后的闱中衡文风气。同治十二年(1873)他在四川乡试出闱后,随即提督四川学政,对学风释放了持续的影响力,以至光绪年间康有为在广州万木草堂讲学时,尚提

---

① 华学澜《辛丑日记》,民国商务印书馆本。
② 朱一新撰,吕鸿儒、张长法点校《无邪堂答问》,中华书局,2000年,第201页。
③ 咸丰元年(1851),御史王茂荫因考官专取头场,上奏请求经策并重,因有偏重后场的倾向被驳回。
④ 吴剑杰《张之洞年谱长编》,上海交通大学出版社,2009年,第33页。

及"近科多古雅,尽复嘉、乾旧派,自丁卯张香帅开风气也"①。大致说来,当汉学学风张扬的时候,经、策地位会相应提升,五经文的衡文标准也会相对灵活,更容易接受风貌各异之文。

制度设计保障了从后场取人的可能性,程序运作保障了从后场取人的可行性。当后场也可能成为被取中的因素时,士子们便会如同重视首场一样,调动自己的全部学养、识见与才华展开竞逐,尤其在第二场五经文中争奇斗艳,或祖风、骚,或宗徐、庾,或博奥,或富丽,从而背离了清真雅正的标准。另一方面,虽然清廷为并重后场提供了政策支持,但首重者仍在首场四书文。虽获重视但并未与四书文比肩的地位,恰恰使五经文的衡文标准获得某种自由度,不必如四书文那样固守清真雅正的考量,考官衡文时其文人趣味便有机会得到更多的表达。所以,尽管清廷对科举的基本态度是崇尚清真雅正、抑制炫奇竞异,但是其政策中又暗含了调动文学竞争、延展文人趣味的因素,从而为五经文的文学化走向留下了空间。

---

① 康有为《万木草堂口说》,中国人民大学出版社,2010年,第108页。

"清真雅正"衡文标准与清代文风的官方建构

安徽师范大学中国诗学研究中心　潘务正

明清帝王尤其注重对文风特别是时文风气的干涉,明太祖诏禁四六文辞,万历皇帝下谕正时文之体;清代顺治、康熙都有厘正八股文体的举措,至雍正十年(1732),正式规定"清真雅正"为衡文标准,至乾隆则进一步强化落实。是后,尽管风气随世运而改变,但此标准一直延续,正如梁章钜所说:"国朝自康熙以逮今兹,中间制义流派不无小异,而清真雅正之轨则屡变而不离其宗。"[①]以至 1901 年至 1908 年间颁布的《大清光绪新法令》仍强调"作文以清真雅正为主"[②]。

此种衡文标准虽确立于清代,不过在传统文论中能寻其源头。司马迁《史记·五帝本纪》云:"文不雅驯,荐绅先生难言之。""雅驯"相当于"雅正",可见古已有之。至于"清真",在《世说新语》中就已作为品评名士风度的术语;李白则以之评价书法及文学风格,咏王羲之云:"右军本清真,潇洒在风尘。"又论文学风气云:"圣代复元古,垂衣贵清真。"[③]"清真雅正"的合用,在保留两词语源的部分意义时,又增加了一些新的内涵,因此,并不是两词意蕴的简单叠加。且在这一组合中,"雅正以立其本,清真以致其精,未有不雅正而能清真者,则又有虽雅正而犹未必清真者,故必交相为用,其义始全"[④],"清真"和"雅正"互为依存,缺一不可;然与"雅正"相比,"清真"是核心,关乎科举时文内容与风格两个层面,其义涵远较"雅正"为丰富。而在"清真"之中,"清"的涉及面更广。本文探

---

① 梁章钜《制义丛话》例言,《制义丛话》卷首,上海书店出版社,2001 年,第 8 页。
② 端方《大清光绪新法令》,宣统年间上海商务印书馆刊本。
③ 分别见《王右军》《古风》其一,王琦注《李太白全集》卷二二、卷二,中华书局,1977 年,第 1028、87 页。
④ 夏力恕《菜根谭论文》,王水照编《历代文话》第 4 册,复旦大学出版社,2007 年,第 4067—4068 页。

讨的重点,主要在"清真"或"清"之上,只有考察出"清"或"清真"所指,"清真雅正"的理论内涵才能显豁①。

一、辨体、宗经与衡文标准

以"清真雅正"为衡文标准,主要针对科场八股时文出现的两种倾向,即诡异艰深之语及排偶浮靡之词。清代立国之初就有正文体的举措,顺治二年(1645)谕云:"文有正体,凡篇内字句,务典雅纯粹,不许故撦一家言,饰为宏博。"九年(1652)又题准:"说书以宋儒传注为宗,行文以典实纯正为尚。……其有剽窃异端邪说、矜奇立异者,不得录取。"强调为文遵守宋儒理学,以典雅纯正之文风为尚,而排斥异端之论导致的"宏博""矜奇立异"之风貌。康熙称坊贾选本"浮泛不堪文字"导致"文体日坏"②,为此不断下诏厘正文体。雍正七年(1729)议云:"嗣后士子作文,以明理为主,放诞狂妄之语,应行禁止。"③"放荡狂妄之语"即顺治所说的"异端邪说"。顺康及雍正前期厘正文体的内容只是规定诡异之言与浮泛之语不可作,至于以何种文风为标准尚未道及。直至雍正十年方明确规范制艺文风:"近科以来,文风亦觉丕变,但士子逞其才气辞华,不免有冗长浮靡之习。是以特颁谕旨,晓谕考官,所拔之文,务令雅正清真,理法兼备。虽尺幅不拘一律,而支蔓浮夸之言,所当屏去。"④"冗长浮靡之习"即"支蔓浮夸之言",而药此病之方,就是提倡"清真雅正"的文风。乾隆更是"屡以清真雅正为训",即位之初,便重申此一衡文标准,他推原其父用心说:"前蒙皇考世宗宪皇帝特降谕旨,以清真雅正为主,诚以肤浮者非有物之言,而诡异者非立诚之旨。文品人品,恒相表里;雅郑之分,淄渑之别,辨之不可不精也。"⑤特提"肤浮"与"诡异"两种习气,前者即雍正所言"支蔓浮夸之言"。乾隆十年(1745),乾隆再次分析"清真雅正"衡文标准的必要性时,也直指两种习气:"近今士子,以

---

① 关于"清真雅正"及其与"理、法、辞、气"的关系,可参考龚延明、高明扬《清代科举八股文的衡文标准》,《中国社会科学》2005年第4期。
② 霍有明、郭海文《钦定学政全书校注》卷六,武汉大学出版社,2007年,第26页。
③ 霍有明、郭海文《钦定学政全书校注》卷六,第26页。
④ 《世宗宪皇帝实录》卷一二一,《清实录》第8册,中华书局,1985年,第620页。
⑤ 《高宗纯皇帝实录》卷二〇,《清实录》第9册,第490页。

科名难于倖获,或故为艰深语,或矜为俳俪词。"①由此可以看出,衡文标准的提出,主要是针对诡异之语及俳俪之习。此后十九年(1754)、二十四年(1759)两次有关科举文风的上谕,亦从二者立言。嘉庆以下所正文体,也是如此。可以看出,"清真雅正"衡文标准的设定,主要是抵制时文中排偶文风与诡怪之言两种为文风气。

清代诸帝上谕虽仅是就语体而发,但实际上关合着语体所涉及的思想与社会观念,因此,厘正文体的举措有深刻的用心。

首先,诡异之语是"异端"思想侵入时文之体的表征。制艺代圣贤立言,依程朱对《四书》的解释为准,但明代中后期却以老庄乃至王学思想为之,或以其语作文。顾炎武云:"隆庆二年会试,为主考者厌五经而喜老庄,黜旧闻而崇新学……始明以庄子之言入之文字,自此五十年间,举业所用,无非释、老之书矣。"其时主考官为李春芳,在其带动下,佛老之书入于时文之中。顾氏又云:"嘉靖中,姚江之书虽盛行于世,而士子举业尚知谨守程、朱,无敢以禅窜圣者。自兴化、华亭两执政尊王氏学,于是隆庆戊辰《论语》程义首开宗门,此后遂浸淫无所底止矣。"②此虽云隆庆后风气之变,其实嘉靖十一年(1532)夏言上《请变文体以正士习等事疏》在批评"以艰深之词饰浅近之说"的同时,也在提醒提防另外两种倾向,即"刻意以为高者,则浮诞恢诡而不协于中;骋词以为辨者,则支离磔裂而不根于理,文体大坏,比昔尤甚"③。复古派的文风及阳明心学都被夏言视为"文体大坏"的根本原因;至李春芳与徐阶(即"兴化、华亭两执政")崇奉阳明心学,并以之解四书。此风一开,至万历中年,"新学浸淫天下,割裂圣经,依傍佛氏,附会良知之说"④。为此,宰臣沈鲤上《请正文体疏》,冯琦也"疏正文体"⑤,万历皇帝责成礼部严办,礼部将字句"仍前诡异,杂用佛老百家,违悖注疏者","开送内阁覆阅",并建议严惩学官和士子⑥。"诡异"之风,正是"杂用佛老百家,违悖注疏"所造成的。这是明代影响较大的正文体举措,主要针对的就

---

① 《高宗纯皇帝实录》卷二三八,《清实录》第12册,第61页。
② 顾炎武撰、黄汝成集释《日知录集释》卷一八,上海古籍出版社,2006年,第1057、1055页。
③ 夏言《夏桂洲先生文集》卷一二,崇祯十一年(1638)吴一璘刻本。
④ 王夫之《显考武夷府君行状》,《姜斋文集》卷二,《船山全书》第15册,岳麓书社,2011年,第111页。
⑤ 陈鼎《东林列传》卷一五,《文渊阁四库全书》本。
⑥ 《礼部志稿》卷四九,《责成正文体疏》,《文渊阁四库全书》本。

"清真雅正"衡文标准与清代文风的官方建构　　　　　　　　　　　　　　　　437

是"异端"思想对科举文体的侵蚀,显然,这是一场"争夺经传正统的斗争"①。清代统治者将程朱理学确立为治国思想,对佛道二教乃至阳明心学均甚为提防。因此,制艺之文中定不容许其思想掺入,故于"诡异"之语极力排斥。

其次,"浮靡"之词隐含雅俗及文质之别。明代时文的另一倾向是俗化,梁章钜云:"当万历之末,文体靡秽,佛经、语录尽入于文。"②不仅语录语,小说语、戏曲中俗语都进入时文之体,吕留良抨击此风云:"文章有魔调,似演义非演义,似科白非科白,此自古文人之所无,故曰'魔'。然亦有高下二种:下者出于讲章、小说,汤睡庵(宾尹)之类是也;高者出于佛经、语录,杨复所(起元)之类是也。"③救弊之方,就是以骈文为时文,崇雅而黜俗。"以六朝词藻入经义,自几社始"④,陈子龙、夏允彝等人此举即是救俗,并形成风尚,清代此风仍盛。康熙曾询问近日制义文体状况,大臣对曰:"实多浮靡之辞,熟烂之调。"⑤雍正、乾隆年间"墨艺喜排偶"⑥。明末统治者对此并未有太大的反应,但清代帝王却极为在意,顺治六年(1649)世祖策贡士曰:"从古帝王,以天下为一家。予自入中原以来,满、汉曾无异视,而远迩百姓犹未同风,岂满人尚质,汉人尚文,习俗或不同欤?抑音语未通,意见偶殊,畛域尚未化欤?今欲联满、汉为一体,使之同心合力,欢然无间,何道而可?要言可行,不用四六旧套,予将亲览焉。"⑦将满汉与文质相关联,因此反对"四六旧套"。不难想到抵制骈文进入时文,体现出清代统治者对满汉之别在文化及文学上的防范心理。

禁止以"诡异"之言与"浮靡"之词为时文,必然要提倡"清"的文风。李光地云:"文字不可怪,所以旧来立法,科场文谓之'清通中式','清通'二字最好,本色文字,句句有实理实事,这样文字不容易。必须多读书,又用过水磨工夫方能到,非空疏浅易之谓也。"⑧与"怪"相对的就是"清通",也即以本色文字,达实理实事。其云"旧来立法"皆以"清通中式",可见以"清"斥"怪"是时文写作的惯

---

① [美]本杰明·艾尔曼《经学·科举·文化史:艾尔曼自选集》,中华书局,2010年,第220页。
② 《制艺丛话》卷七,第107页。
③ 吕留良《晚村先生论文汇钞》,王水照编《历代文话》第4册,第3340页。
④ 纪昀《甲辰会试录序》,《纪晓岚文集》第1册,河北教育出版社,1991年,第147页。
⑤ 中国第一历史博物馆编《康熙起居注》,中华书局,1984年,第1264页。
⑥ 朱琦《制艺丛话序》,《制艺丛话》卷首。
⑦ 梁章钜《制艺丛话》卷八引《四勿斋随笔》,第132—133页。
⑧ 《榕村语录》卷二九,《文渊阁四库全书》本。

例。同样,"清"自六朝以来就是治疗俳偶之病的良方,前举李白《古风》就是将"清真"作为"藻绘"对立面提出的。由此可见,清代统治者以"清真雅正"纠诡异之言与排偶之习,并非其独得之见,而是有文学理论的依据。

制艺之文与四书五经的紧密联系,也必然要求其文风"清真雅正"。乾隆策贡士云:

> 国家设科取士,首重制义,即古者经疑、经义之意也。文章本乎六经,解经即所以载道。《易》曰:"修辞立其诚。"《书》曰:"辞尚体要。"文之有体,不綦重欤?朕于场屋之文,屡谕以清真雅正,俾知所宗尚久矣。①

其言要义有四:一是将制义与经疑、经义之类著作比并;二是制义之解经,也属载道之文;三是制义同诗文相类,也注重辞之"诚"与体之"要";四是在宗经的前提下,制义之文必以"清真雅正"为训。乾隆引"修辞立其诚"及"辞尚体要"作为制义辨体的理论根据,实际上是以古文的标准要求时文,宗经乃理所当然。嘉庆亦云:"制艺代圣贤立言,必以清真雅正为宗。六经皆载道之文,其中并无奇文僻字。凡天地民物之理,包括靡遗。近日士子罔知潜心正学,猎取诡异之词,挦扯钉饾,以艰深文其浅陋。敝习相沿,大乖文体。"②时文以阐释儒家经典为职志,必然要以六经为典范。而根据刘勰的观点,文能宗经,则"体有六义",即"情深而不诡""风清而不杂""事信而不诞""义直而不回""体约而不芜""文丽而不淫"③,情深即真,风清即清,事信、义直即正,体约、文丽即雅,"清真雅正"基本与"六义"对应。明代中后期以来,"清"成为时文获隽的秘诀,茅坤教导其侄作时文之诀窍在于:"但能轻、清,而稍加之以秀逸疏爽,则百试百中。"④康熙时人王弘撰提倡尊经以救弊,也以"清真典雅"相号召,他说:

> 杨维斗曰:"文章莫妙于简,亦莫难于简。"知言哉!古之作者浑浑噩噩尔,国家以制义取士,使明道也。时诸先达皆尚简,清真典雅,卓然称盛。嘉隆稍纵,万末斯靡,启之乙丑,矫之以子,降而滥矣。故维斗辈出,亟亟尊

---

① 《高宗纯皇帝实录》卷四六一,《清实录》第14册,第989页。
② 《仁宗睿皇帝实录》卷二八六,《清实录》第31册,第910页。
③ 刘勰著、范文澜注《文心雕龙注》卷一,人民文学出版社,2006年。文之宗经与"清"的关系,可参看韩经太《"清"美文化原论》,《中国社会科学》2003年第2期。
④ 《与侄举人桂书》,《茅鹿门先生文集》卷九,《续修四库全书》第1344册,第587页。

经，盖救敝之术，不朽之事也。①

王氏梳理明代制艺风气的演变，亦是以"清真典雅"为标准，前期因明道而尚简，故能尊崇之；中后期则背弃规矩，趋于浮靡，至又以老庄、佛教及阳明心学为时文，体格愈卑。杨维斗等人有鉴于此，以尊经尚简相号召，力挽时文之弊，使回归正轨。尚简如何就能"清正典雅"？王氏解释道："不杂不蔓，故清；不饰不倍，故真；不凑不佻，故典；不俗不野，故雅。唯清、唯真、唯典、唯雅，故简也。"②他对时文典范文风的总结，虽与清代衡文标准有一字之差，实际并无不同。民间时文家的观点，与官方不谋而合。不论是征诸历史还是面对现实，"清真雅正"顺理成章地被确立为时文的规范文风。

二、"清真"：圣贤人品与文品的合一

清代统治者意图运用科举考试指挥棒的作用，提高士子道德境界，从而引领社会风气趋于醇正。乾隆谕云：

> 士也者，养之于庠序之中，登之于庙廊之上，以备驰驱之用，而收任使之效者也。民俗之厚薄，视乎士风之淳漓；士习之不端，由于士志之不立。荣进素定，干禄之学，圣人弗许。志一不立，而寡廉鲜耻，卑污之行随之。居家或不免武断之习，应试或尚怀干进之私。浮薄流传，竞相仿效，士习将何由而正乎？③

民风视乎士习，士习根于士志，因此，由科举文风以观士子品格，从而甄选道德修养高尚之辈，淘汰寡廉鲜耻之徒，带动士风、民风归于淳厚。乾隆动辄云："文品人品，恒相表里。"并自道其根据为王通之论，他说："文之浮薄，关于心术，王通论之详矣。"④王通考察南朝文士人品与文品之关系总结出规律：小人之文傲而冶，君子则谨而典；狷者之文急以怨，狂者之文怪以怒；纤人文碎，夸人文诞，

---

① 《制义选序》，《砥斋集》卷一上，《续修四库全书》第1404册，第362页。
② 《制义选又序》，《砥斋集》卷一上，《续修四库全书》第1404册，第362页。
③ 《高宗纯皇帝实录》卷四六一，《清实录》第14册，第990页。
④ 《高宗纯皇帝实录》卷二〇、四六一，《清实录》第9、14册，第490、989页。

鄙人文淫，贪人文繁，浅人文捷，诡人文虚。既然如此，观文而"士之行可见"①。清代帝王正是基于此种理论，特别重视制艺文风，乾隆云："将能为清真雅正之文，而其人亦可望为醇茂端谨之士。"②欲选拔"醇茂端谨之士"，从而确立"清真雅正"的衡文标准。那么，作"清真雅正"之文者为何一定就是"醇茂端谨"之士呢？

"清真雅正"四字之中，与人品相关的主要在"清真"。而此二字，与王士禛诗学有密切的关系。王氏以"清真"评价陶渊明、韦应物一派的诗，他说："杨梦山先生（原注：巍，明吏部尚书）五言古诗，清真简远，陶、韦嫡派也。"③又说："金坛潘高孟升，五言学韦、柳。余爱其清真古澹，谓可与王言远（庭）、邢孟贞（昉）颉颃。"④显然，这也是人品与文品的合一，"清真"既是他们诗歌古淡简远之风貌，也是陶、韦诸人遗世绝俗之人品的体现。王士禛所称赏之"清真"，体现的是晋人审美精神⑤，内含着魏晋名士风度，山涛目阮咸曰："清真寡欲，万物不能移也。"他在荐疏中云："真素寡欲，深识清浊，万物不能移也。"⑥不难见出，此"清真"乃道家清心寡欲之思想的体现。也正是在这层意义上，王士禛赞许友人李协万"濯濯之姿，孑孑之操，固已清真跨俗"⑦。不过，衡文标准中的"清真"，固然与之有联系，但其内核既不是道家思想，也不是名士风度，而在于儒家或者说是理学家的道德境界。

方苞在《钦定四书文》凡例中解释"清真雅正"云："文之清真者，惟其理之是而已，即（李）翱之所谓'创意'也。文之古雅者，惟其辞之是而已，即翱之所谓'造言'也。"可见，"雅正"主要是对文辞的要求，而"清真"则关乎"理之是"。方苞又说，"欲理之明，必溯源六经，而切究乎宋元诸儒之说"⑧，此"理"得自于对六经及宋元理学家学说的沉潜体悟，而后者在他看来需"切究"，显然更为重要。"清真"与程朱理学有内在的联系，惟求得理学之"是"，方能造"清真"之域。

① 王通《中说》卷三，《文渊阁四库全书》本。
② 《高宗纯皇帝实录》卷六〇二，《清实录》第16册，第754页。
③ 《带经堂诗话》卷二，人民文学出版社，1963年，第64页。
④ 《渔洋诗话》，《清诗话》上，上海古籍出版社，1978年，第167页。
⑤ 张健《清代诗学研究》，北京大学出版社，1999年，第438—440页。
⑥ 余嘉锡《世说新语笺疏》卷中之上，中华书局，1993年，第424页。
⑦ 《李梅厓诗意序》，袁世硕主编《王士禛全集》第3册，齐鲁书社，2007年，第1788页。
⑧ 方苞编，王同舟、李澜校注《钦定四书文校注》卷首，武汉大学出版社，2009年，第1页。

魏晋时人袁准论物之美恶与清浊的关系时说:"凡万物生于天地之间,有美有恶。物何故美?清气之所生也;物何故恶?浊气之所施也。"①他从才性论出发,论证清气生出美物,浊气生出恶物。宋代理学家发展此种观点,只不过袁准是该万物而言,而程朱等就人而论,将气之清浊与人之贤愚关联。在回答弟子问才与气的关系时,程颐阐释道:

> 气清则才善,气浊则才恶。禀得至清之气生者为圣人,禀得至浊之气生者为恶人。……然此论生知之圣人。若夫学而知之,气无清浊,皆可至于善而复性之本。②

气禀决定才能,圣人禀得至清之气,恶人禀得至浊之气。然此仅就圣人和恶人两极而言,若是中人,则无论气之清浊,都可经过学习而至于性善。也就是说,只要不是天生的恶人,经过后天的学习,也能涵养出圣人之清气。朱熹对气之清浊与人之贤愚有更进一步的思考,在《经筵讲义》中析论"大学之道,在明明德,在亲民,在止于至善"一节时说:

> 臣窃谓天道流行,发育万物,而人物之生,莫不得其所以生者以为一身之主。但其所以为此身者,则又不能无所资乎阴阳五行之气,而气之为物,有偏有正,有通有塞,有清有浊,有纯有驳。以生之类而言之,则得其正且通者为人,得其偏且塞者为物;以人之类而言之,则得其清且纯者为圣为贤,得其浊且驳者为愚为不肖。③

朱熹将人才之性质与所禀阴阳五行之气相关联,人物之生,其身均有得于阴阳五行之气,得清纯之气者为圣贤,得浊驳之气者为愚不肖,在这一点上他与程颐并无太大的不同。不过,朱熹对前贤之论亦有修正,程颐认为"禀得至浊之气生者为恶人",而此是无法改变的;朱熹则认为这也可以向上提升,他说:

> 有是理而后有是气,有是气则必有是理。但禀气之清者,为圣为贤,如宝珠在清冷水中;禀气之浊者,为愚为不肖,如珠在浊水中。所谓"明明德"

---

① 《才性论》,严可均《全上古三代秦汉三国六朝文》,中华书局,1965年,第1769页。
② 《河南程氏遗书》卷二二上,《二程集》上,中华书局,2004年,第291—292页。
③ 《晦庵先生朱文公文集》卷一五,刘永翔、朱幼文校点《朱子全书》第20册,上海古籍出版社、安徽教育出版社,2002年,第693页。

者,是就浊水中揩拭此珠也。①

程颐只从气上论才,而朱熹则在理气一体的前提下论禀赋。他说:"人物之生,必禀此理然后有性;必禀此气然后有形。"②然形气之中,又有性理为"一身之主"。"禀气之清者"的圣贤是天命之性的本体未被隔蔽,而"禀气之浊者"的愚不肖则是天命之性被隔蔽的后果。因此,"明明德"的主要任务,就是将气质之性中愚不肖的成分揩拭殆尽,呈露圣贤的清气。总括程朱的思想,核心有三:一是气之清浊决定人之圣贤或愚不肖;二是圣贤之清气是性理本体未被遮蔽的状况;三是愚不肖之浊气可以揩拭,进而为圣贤,格物致知是实现转变的根本途径。总之,人人都可成为圣贤,都能体现出"清气"。

"制艺代圣贤立言",士子模拟圣贤口吻作文,也是学习和仿效圣贤提升道德情操的过程;揣摩之久,自身也就进化为圣贤。科举以时文取代诗赋,其初衷即在于此。明太祖朱元璋不满唐宋取士"贵文学而不求德艺之全"③,故改试八股时文。制艺之文依经立意,注重对士子德行的考察,明代大学士张位云:"作文是替圣贤说话,必知圣贤之心,然后能发圣贤之言。有一毫不与圣贤语意相肖者,非文也。譬之传神然,眉目须发有一毫不逼真者,非为良工。"④欲与圣贤语意相肖,则须得其精神风貌。程朱理学视"清"为圣贤之内在精神气质的外在表现,则士子是圣贤还是愚不肖,可观其文风以见:其文若体现出"清"的风貌,则其人定有圣贤的道德境界;若其文呈现出恶浊之气,则其人定为愚不肖。"清"的文风是作者道德境界的自然流露,是其天命之性无遮蔽的状态下展现的文学风貌。清人解释"清真雅正"之"清"时,关合文风与性情而言。李元春析"清"为"意清、辞清、气清",而"要在心清"⑤。由于"性者心之理也,情者心之用也,心者性情之主也"⑥,只有体悟天命之性,方能做到性情纯正也即心之清。所以"清真雅正"虽用以衡文,本质在于甄别士子道德品质的优劣,清人袁守定

---

① 黎靖德编、王星贤点校《朱子语类》卷四,中华书局,1986年,第73页。
② 《晦庵先生朱文公文集》卷五八,《朱子全书》第23册,第2755页。
③ 《明史》选举志二,中华书局,1974年,第1697页。
④ 武之望《新刻官板举业卮言》卷二,陈广宏、龚宗杰编校《稀见明人文话二十种》,上海古籍出版社,2016年,第507页。
⑤ 李元春《四书文法摘要·后编》,《历代文话》第5册,第5128页。
⑥ 《晦庵先生朱文公文集》卷六七,《朱子全书》第23册,第3254页。

说:"文章虽末技,可以觇人品心术。气清者,品必清;气浊者,品必浊。"①此论敏锐地揭示出清代衡文标准与理学思想的关系。因此,衡文标准的最终指向是士子的道德修养,文风是勘察品格的手段。对制艺之文有深刻领悟的阎廷玠说:

> 夫言为心声,制艺皆儒生性情心术所流露,和顺积中,自英华发外。蕴之为德行,行之为事业。昌黎云"仁义之人,其言蔼如";考亭云"道德文章,不可使出于二",其信然矣。大抵谈理真切而无险怪,其人类正大光明;措词雅饬而无浮嚣,其人类沉潜笃挚。……《易》云"修辞立其诚",《书》云"辞尚体要",乃知根柢之深,不惟其文惟其学,不惟其学惟其人。臻此岂易易哉!②

此中所引《易》《书》及韩愈、朱熹之言,虽为常见,但考虑到雍正、乾隆在论制艺之体的上谕中曾引用过,可以想见阎氏之语是对朝廷厘正文体之政策的阐释与附和。所云"大抵谈理真切而无险怪,其人类正大光明;措词雅饬而无浮嚣,其人类沉潜笃挚",实为朝廷严禁诡异之词、排偶之体的学理分析。其论述宗旨,不外乎"制艺皆儒生性情心术所流露"一句,他要求作制艺之文者,最关键最首要的是要做一个道德心性完善的人。

以道德为衡量人的标准,当道德境界缥缈不可及时,最易产生虚伪之辈,明清时期伪道学盛行于世大概就是基于此。康熙对其时理学名臣如李光地、汤斌、熊赐履等人,均颇有微词:他们虽为"讲道学之人",然而"各不相合",背后相互诋毁,希图夤缘干进③。乾隆对方苞所作所为也非常愤慨,怒斥他"假公济私,党同伐异。其不安静之痼习,到老不改"④。朝中重臣如此,其他人就更不用说。为此,试官阅卷时,如何鉴别士子道德修养是一个问题。经过几朝实践,最终确定以"清真雅正"为标准,借文风鉴定士子的品格。气禀之清浊是无法掩藏的,必然体现于文。因此,从文之"清真"与否,即可见出其人道德境界的高低。方苞评孙慎行《公叔文子之臣大夫僎一节》云:"文以神韵别雅俗,不必有惊

---

① 《时文蠡测》,《四库未收书辑刊》第6辑第12册,第596页。
② 《郭对山稿序》,《莲峰文选》卷上,《中国人民大学图书馆藏古籍珍本丛刊》第157册,北京燕山出版社,2012年。
③ 《圣祖仁皇帝实录》卷一六三,《清实录》第5册,第785页。
④ 《高宗纯皇帝实录》卷九二,《清实录》第10册,中华书局,1985年,第416页。

迈之思,而溶漾纡余,自觉邈然绝俗。"①神韵之所以能作为雅俗之别的重要表征,是因为其核心是"清"。方苞又说:"正、嘉先辈皆以义理精实为宗,蔑以加矣。故隆、万能手复以神韵清微取胜,其含毫邈然,固足以渗人心腑。"②隆庆、万历时文作手与正德、嘉靖先辈不同之处,是以神韵取胜,而与神韵相伴随的则是"清"。由于其为道德涵养的凝合,故而有一种"渗人心腑"的感染力。在评文时他往往将"清"与性理关联,如:

> 清醇简脱,理境上乘。阳明制义,谨遵朱注如此。(评王守仁《诗云鸢飞戾天一节》)
> 理确气清。(评黄淳耀《所谓齐其家一章》)
> 清真刻露,俱从心源中浚发,可以疗直抄先儒语录之疾。(评徐念祖《我欲仁斯仁至矣》)
> 理境澄澈,气体清明。(评陆陇其《吾有知乎哉一节》)
> 思清笔曲,语语从父子天性中流出,言外宛然见得天理人情之至。(评张自超《父为子隐二句》)③

这些被方苞许以"清"的篇章,于"理"或"理境"有精深的体悟,是"从心源中浚发"。所以,由文之"清"不难见出其人之性情及道德涵养。"清真"是圣贤人品与文品的合一,作为高标,得以被确立为选拔人才的时文之评判标准。

三、衡文标准与清代文风

"清真雅正"衡文标准主要针对八股时文,正如乾隆所说,"民俗之厚薄,视乎士风之淳漓",借八股取士可淳化风俗;同样,厘正文体之举措亦可引导文风走向统治者期待的理想状态,必然影响到文学风貌,如同温汝适"肆力于诗古文词,论文一以清真雅正为本"④,类似的以朝廷衡文标准为作文准则的情况并非

---

① 《钦定四书文校注》之《钦定隆万四书文》卷三,第283页。
② 《钦定四书文校注》之《钦定隆万四书文》卷三,第288页。
③ 分别见《钦定四书文校注》第380、739、758、792页。
④ 吴荣光《皇清诰授光禄大夫兵部右侍郎加二级赟坡温公墓志铭》,《石云山人集·文集》卷三,道光二十一年(1841)吴氏筠清馆刻本。

少数。清代文论及创作总体尚"清",无论是时文、律诗及律赋这些科举文体,还是非科举文体之诗词、古文、骈文,多笼罩在这一风尚之下。从文学内部来说,清代"清"之文风的形成,与王士禛承晚明胡应麟声言的"诗最可贵者清"①之论,而提倡"清"及"清远兼之"的神韵诗学有关。由于"一代正宗"的诗史地位,拥趸甚多,所以"清"在诗论中占据着重要的地位。"清真雅正"的衡文标准一定程度上受到王氏诗学理论的启发,但因其作为八股时文的规范文风,二者理论基础并不相同。对文坛上"清"之文风的分析可以发现,衡文标准所激荡起的影响之波澜不容忽视。

首先,清代古文注重"清"的文风和品格。明代以来形成"以古文为时文"的风尚,至清代又出现"以时文为古文"的主张,方苞古文饱受钱大昕诟病,一个重要原因即在此。就桐城派而言,因为该派以程朱理学为安身立命之本,作文要"以义理洒濯其心"②,故文风"气清体洁"③,显然近于衡文标准。而方苞正是《钦定四书文》的编者与评点者,很容易将古文之清与时文联系起来。章学诚论文亦是如此,他说:"仆持文律,不外'清真'二字。"④所言"文律",主要是就古文而言,观其对"清真"二字的解释,与上谕所言并无太大差异。他又说:

> 至于古文之要,不外清真。清则气不杂也,真则理无支也。理附气而辞以达之,辞不洁而气先受其病矣。辞何至于不洁?盖文各有体,六经亦莫不然,故《诗》语不可以入《书》,《易》言不可以附《礼》,虽以圣人之言,措非其所,即不洁矣,辞不洁则气不清矣。⑤

章氏论清真,重在古文之体的排他性,并由此而上升到文各有体的理论。这种思路,与厘正文体诸疏中一再强调八股文对骈文等体的排斥极为相似。其学术思想在清中期虽迥异于官方的考据之学,但文风却向朝廷正统靠近。⑥

---

① 《诗薮》外编卷四,中华书局,1958年,第177页。
② 《钦定四书文凡例》,《钦定四书文校注》卷首。
③ 《与姚仲实》,施培毅、徐寿凯校点《吴汝纶全集》第3册,黄山书社,2001年,第51页。
④ 《与邵二云》,《章学诚遗书》卷九,文物出版社,1985年,第81页。
⑤ 《评沈梅村古文》,《章学诚遗书》补遗,第613页。
⑥ 章学诚甚为推崇制艺之文,其《跋屠怀三制义》云:"学人具有用之才,朴则有经史,华则有词章。然以经学取人,则伪经学进而经荒,以史学取人则伪史学进而史废,词章虽可取人,毕竟逐末遗本。惟今举业所为之四书文义,非经非史费词章,而经史词章之学无所不通;而又非若伪经伪史之可旦夕剿饰,又非若词章之逐末遗本。"《章学诚遗书》卷二九。

其次,清词亦重"清真雅正"之风貌。以浙派词人厉鹗为例,友人陈玉几评其词风云:

> 词于诗同源而殊体,风骚五七字之外,另有此境。而精微诣极,惟南渡德祐、景炎间,斯为特绝。吾杭若姜白石、张玉田、周草窗、史梅溪、仇山村诸君所作,皆是也。吾友樊榭先生起而遥应之,清真雅正,超然神解,如金石之有声,而玉之声清越。如草木之有花,而兰之味芬芳。登培嵝以揽崇山,涉潢汙以观大泽。致使白石诸君,如透水月华,波摇不散。吴越间多词宗,吾以为叔田之后,无饮酒矣。①

陈玉几以"清真雅正"评厉鹗之词,尽管他认为这种词风是承姜夔、张炎等南宋词人而来,但以此四字括姜张一路词风,正是以此为最高标准。此外,江顺诒《词学集成》亦收录陈氏是语,可以看作时人对这种评价的认同。厉鹗未曾考中功名,其词风以"清真雅正"为准,合理的解释是科举考试于他有很大的吸引力,观其曾应乾隆元年博学鸿辞科试,高宗南巡时又主动进献《迎銮新曲》可知。其论诗亦贵"清":"盖自廊庙风谕以及山泽之癯所吟谣,未有不至于清而可以言诗者。"至于"清"的内涵,他说:"未有不本乎性情而可以言清者。"②诗论家解释"性情"时出入很大,由厉鹗所言"廊庙风谕"可知,他所说的性情与理学有关。"清真雅正"的衡文标准在厉鹗诗词创作与理论中留下深刻的印记。

再次,清代诗学亦受衡文标准的启发。清代诗学重"清",考虑到渔洋神韵诗学至乾嘉以后"不闻继响"③,则科举考试文风的渗透就凸显出来。且不说试帖诗重"清"④,有的诗派诗学主张也以"清真雅正"为核心。高密诗派李宪噩重订唐人张为《诗人主客图》而成《中晚唐诗主客图》,张图分"广大教化主""高古奥逸主""清奇雅正主""清奇僻苦主""博解宏拔主""瑰奇美丽主"六派,而李氏称其"读贞元以后近体诗,称量其体格,窃得两派",即"清真雅正主""清奇僻苦

---

① 冯金伯《词苑萃编》卷八,唐圭璋辑《词话丛编》第 2 册,中华书局,1986 年,第 1950 页。
② 《双清阁诗集序》,《樊榭山房文集》卷三,《清代诗文集汇编》第 271 册,430 页。
③ 郭绍虞《中国文学批评史》,上海古籍出版社,1979 年,第 522 页。不过对此观点,张健《清代诗学研究》(北京大学出版社,1999 年,第 571—579 页)、蒋寅《清代诗学史》第二卷《学问与性情》(中国社会科学出版社,2019 年,第 36—43 页)提出反驳意见,但一个不可否认的事实,尽管渔洋弟子及再传弟子仍持续到乾嘉时期,但诗坛主流已非神韵诗学。
④ 参见《清代朱卷集成》所收乾隆二十二年之后试帖诗的评语。

主"。很显然,他将张《图》中的"清奇雅正"改为"清真雅正",在张《图》中此派以李益为主,张籍在入室十人之中;而李《图》以张籍为主。他解释如此安排是因为张籍之诗"天然明丽,不事雕镂,而气味近道,学之可以除躁妄祛矫饰,出入风雅",推崇张诗有理趣,故而又说:"宋儒之理,诚不可为诗,而诗人实不能离其言。"①可见他将"清奇雅正"改为"清真雅正",虽只有一字之别,但正显露出努力向朝廷衡文标准靠拢的用心。尽管诸生的功名令其诗不脱"清苦"之色②,不过其主观意图则是憧憬大雅的"清真"。又如桐城诗派核心人物姚鼐推崇"自出胸臆"的"高格清韵",赞之为"诗家第一种怀抱"③;好友朱二亭之诗"气清神逸",根源在于其虽处"陋巷狭室",而"胸次超然尘埃之外",④儒家思想与理学修养塑造出"清"的诗学风貌。此二派诗学之重"清",与衡文标准有密切的关系。

复次,清代律赋理论与创作也重"清真雅正"。清代律赋崇尚"清"始于乾隆中期,突出表现在三个方面。一是律赋理论。朱一飞论律赋之品有四,即"清、真、雅、正",并说:"四品之目,曰清,以气格言也;曰真,以典实言也。所谓诗人之赋丽以则,则者法之。炼字必取其雅,用意必归于正,所谓词人之赋丽以淫,淫者谨之。"⑤四品及其内涵,都与时文的衡文标准相对应。二是以"清"对唐宋律赋进行经典化。清代之前理论家只关注律赋句法、对仗及用韵等技术层面,清人则转移到对赋风的概括与经典化,李调元云:"李程、王起,最擅时名;蒋防、谢观,如骏之靳,大都以清新典雅为宗。"并将此推为"律赋之正宗"。又云宋代律赋,"大率以清便为宗"⑥,在他看来,唐宋经典律赋都具有"清"的品格。万青藜亦云:"李唐中叶,裴、白、王、黄,宛转清切,为律赋正宗。"⑦清不仅是唐宋律赋共同的品格,也是其所以为正宗的根本所在。三是清代律赋"清"的品格。余丙照将本朝律赋风格归纳为四品,首贵"清音袅袅,秀骨珊珊"的"清秀品",并云

---

① 李宪暠《中晚唐诗主客图说》,《中晚唐诗主客图》卷首,退思轩藏板。
② 刘世南《清诗流派史》,人民文学出版社,2004年,第380页。
③ 姚鼐《答苏园公书》,《惜抱轩文集》后集卷三,上海古籍出版社,1992年,第294页。
④ 《朱二亭诗集序》,《惜抱轩文集》后集卷一,第260页。
⑤ 朱一飞《赋谱》,《律赋拣金录》卷首,乾隆壬子(1792)秋重镌,博古堂藏板。
⑥ 李调元著,詹杭伦、沈时蓉校证《雨村赋话校证》卷一、卷五,台湾新文丰出版公司,1993年,第3、74页。
⑦ 万青藜《选注六朝唐赋序》,马传庚《选注六朝唐赋》卷首,光绪十四年(1888)余学斋刻本。

此为"近时风尚"①。李元度亦云:"今功令以诗赋试士,馆阁尤重之。试赋除拟古外,率以清醒流利、轻灵典切为宗。"②可见乾嘉以后律赋,均以"清"为正宗,此种风貌规范着清人的律赋创作。作为应试文体,时文的衡文标准同样可以用之于律赋。

最后,清代骈文理论与创作亦尚"清"。骈文和"清"的关系最为疏远,甚至可以说水火不容。李白反感建安以来"绮丽"的文风,提出"贵清真"的美学理想,就是将二者视为水火。清代严禁八股时文的骈俪化,乾隆四十五年(1780)江南省试顾问之卷头场四书文三篇"纯用排偶",试官拔置第一名,乾隆极为震怒,训斥说:"制艺代圣贤立言,原以清真雅正为宗,朕屡经训谕,不啻再至三。何得又将骈体录取,且拔冠榜首?所谓厘正文风者安在!"③可以看出,清代帝王是将骈体作为"清真雅正"的对立面,不用说通体作骈文,就是时文中杂有骈偶之句,也视为背离衡文标准。朝廷的文化政策令骈文处境极为尴尬,尽管在一些场合帝王和官员们也用骈体作公文,但此体被排除在正统之外,这是骈文家所难以接受的,因此有必要为之正名。策略之一是从儒家经典中寻找骈文源头。制艺排斥骈文,一个重要的理由是儒家经典不用排偶,重辞藻违背圣人意愿,因此代圣贤立言的时文就得排斥此体,故乾隆在上谕中说:"今于四书文采掇词华,以示淹博,不啻于孔孟立言本意,相去万里矣。"④有鉴于此,清代骈文家极力论证骈文源于经典。袁枚说:"骈体者,修词之尤工者也。六经滥觞,汉魏延其绪,六朝畅其流。"⑤所谓"六经滥觞",他举出《尚书》中之"宾于四门""纳于大麓"、《易》中之"体仁足以长人,嘉会足以合礼"为例⑥,证明骈文源于六经。阮元著《文言说》,指出孔子作《文言》,"以用韵比偶之法,错综其言,而自名曰'文'"⑦,既然圣人亦重文,则骈文自有其价值。策略之二是弥合骈文之体与"清"之风貌间的紧张关系,让藻绘与"清"在骈文中得以共存。最早提出这一论

---

① 余丙照《增注赋学指南》卷六,王冠辑《赋话广聚》第5册,北京图书馆出版社,2006年,第211页。
② 《赋学正鹄序目》,《赋学正鹄》卷首,光绪十一年(1885)文昌书局校刊本。
③ 《高宗纯皇帝实录》卷一一一九,《清实录》第22册,第946页。
④ 《高宗纯皇帝实录》卷二三八,《清实录》第12册,第61页。
⑤ 《胡稚威骈体文序》,王英志校点《袁枚全集》第2册,江苏古籍出版社,1993年,第198页。
⑥ 《答友人论文第二书》,《袁枚全集》第2册,第321页。
⑦ 《文言说》,阮元《揅经室三集》卷二,中华书局,1993年,第606页。

断的是乾隆朝的邵齐焘,他说:

> 平生于古人文体,尝窃慕晋宋以来词章之美,寻观往制,泛览前规,皆于绮藻丰缛之中,能存简质清刚之制,此其所以为贵耳。①

邵氏所观"往制",即晋宋以来的骈文,他体察到此体是藻绘与清刚的统一,而非二者的对立。结合当朝厘正文体的政策,不难理解此论是对衡文标准的回应及调和。邵氏的理论主张得到其后骈文家的一致认同②,这一方面是骈文长期被压制的局面终于寻得理论突破,令人欢欣鼓舞;另一方面是骈文亦可如时文那样披以"清"的外衣,由此获得如诗、古文等文体类似的正统地位。将藻绘与清刚调和于骈文之中,可以看出"清真雅正"衡文标准对清代骈文理论与创作的强势引导。

清代帝王确立"清真雅正"的衡文标准,意在引导士习士风朝着有利于统治的方向发展。康熙曾将"文字冗秽"的文风与明代灭亡相联系③,文风关涉国家的治乱安危,殷鉴不远,为防止重蹈覆辙,康雍乾三帝尤其注重对文风的掌控与引领,而最有效最直接的措施就是从规范八股时文之文风入手。由清代文学发展的实际来看,"清真雅正"衡文标准在构建有清一代文风过程中起到不可忽视的作用,清代正统文学流露出比较浓厚的官方色彩,朝廷的文化举措可谓"功不可没"。

---

① 《答王芥子同年书》,《玉芝堂文集》卷五,《四库全书存目丛书》集部第281册,第504页。
② 彭启丰、汪廷儒、钱振伦、张荣寿、谭献、张其淦、徐珂、杨寿枏、易宗夔等都对邵氏的论断加以引用。关于此,参见吕双伟《清代骈文理论研究》,人民出版社,2014年,第120—123页。
③ 《康熙起居注》,中华书局,1984年,第1156页。

《稀见清人文话二十种》的编纂及其学术价值论略

复旦大学中国古代文学研究中心　侯体健

引言：《稀见清人文话二十种》的编纂

文话是我国古代文学批评的重要著述体裁，它以谈论评析文章（含古文、骈文、制艺等）为主要内容，包括颇具理论原创性的专著、品评丛谈式的随笔、辑而不述型的资料汇编等不同类型；另有单独辑录成书或成卷的选集评语、文格文式、题辞凡例、序跋书牍等论文之什，也带有文话性质，可以纳入广义的文话范畴。[①] 文话自宋代诞生以来，历宋、元、明三代发展，至清代全面勃兴而显集成气象。据笔者初步摸底，现存清代文话近三百种，比此前文话的总和还要多，不同文学流派、不同作者身份、不同理论主张、不同撰写目的、不同著述形态的文话贯穿有清近三百年，构成了层次多样、结构立体、内涵丰厚的著述群落，深刻地反映出清代文章学的嬗变轨迹，是认识清代文章创作生态和文学批评图景的基础文献资料。

清代文话数量庞大，成就可观，然而对它的系统整理，要迟至21世纪才开始，标志性成果即业师王水照先生编成的《历代文话》（复旦大学出版社，2007年）。《历代文话》收录自宋迄民国的文话一百四十三种，其中清人文话五十四种，清末民初文话三十种，这批优秀的文话著作，已大体勾勒出清代文章学的独特风貌。在此之前，学界只留意唐彪《读书作文谱》、刘大櫆《论文偶记》、林纾

[①] 王水照先生《文话：古代文学批评的重要学术资源》[《四川大学学报》（哲学社会科学版）2005年第4期]将文话分作四种类型，即颇具理论原创性的专著、品评丛谈式的随笔、辑而不述型的资料汇编和有评有点的文章选集。笔者这里将"有评有点的文章选集"改为"单独辑录成书或成卷的选集评语"，并加上了单独成书流传的文格文式、题辞凡例、序跋书牍等论文之什，与王先生定义略有不同。

《春觉斋论文》等少数几种；在此之后，清代文话更多地进入学术视野，得到了前所未有的关注。尤其是蔡德龙教授陆续推出了《清代文话研究》（中国社会科学出版社，2017年）、《清代文话叙录》（中华书局，2021年）两部著作，慈波教授出版了《文话流变研究》（复旦大学出版社，2020年），余祖坤教授整理了《历代文话续编》（凤凰出版社，2013年），进一步拓展深化了本领域研究，其他学者的散见成果也时有刊载，清代文话与文章学研究呈现出方兴未艾之势。笔者自2015年始，着手全面清理古代文话，重点处理的对象即为清代文话。今从未经整理、影印的百余种清人文话中挑选出来二十种予以整理出版，多为稿抄孤本或存世极少的印本，有些在各类书目中亦未曾被著录过，其"稀见"性不言而喻。① 这二十种文话讨论对象不一、撰著体制各异，时代也由清初跨至清末，具有一定的代表性和较高的学术价值，集中反映出清代文话和文章学的某些特性品格，是清代文章学体系的重要组成部分。

这二十种文话按照论述对象大体可归为评古文、论骈文、析制艺三类。其中评古文者最夥，达12种，包括：

1. 朱瀚（1623—1678）《韩柳欧苏诸大家文发明》九卷存八卷（稿本，孤本，藏上海图书馆）

2. 焦袁熹（1661—1736）《此木轩论文杂说》二卷（抄本，孤本，藏上海金山区图书馆）

3. 李中黄（活跃于顺康时期）《逸楼论文》一卷（康熙年间刻本，藏中国国家图书馆、中国科学院图书馆）

4. 韩泰青（活跃于康乾之时）《说文》一卷［乾隆四十四年（1779）刻本，藏浙江省图书馆］

5. 王昶（1725—1806）《述庵论文别录》一卷附《娄东书院浅说》（道光年间刊本，藏南京图书馆）

6. 何一碧（活跃于乾隆年间）《五桥论文》一卷（抄本，孤本，藏上海图书馆）

---

① 蔡德龙《清代文话叙录》（中华书局，2021年）在"经眼录"部分列目202种，"待访录"部分列目51种，总数达253种，已获得不菲成绩。然而我们遴选的二十种稀见清人文话中，不见于此书著录者仍有11种之多。

7. 姚椿(1777—1853)《论文别录》不分卷(稿本,孤本,藏上海图书馆)

8. 丁晏(1794—1875)《文毂》二卷(抄本,藏台湾图书馆、上海图书馆)

9. 赵曾望(1847—1913)《菑畝樕论文》二卷(石印本,藏上海图书馆等)

10. 吴荫培(1852—1920)《文略》五卷首三卷(光绪年间铅印本,藏湖南省图书馆、北京师范大学图书馆)

11. 许锺岳(1872—1902)《古文义法钞》不分卷(抄本,孤本,藏安徽省博物馆)

12. 佚名《十家论文》(抄本,孤本,藏地待考)

论骈文者有3种,包括:

1. 沈维才(1698—?)《四六枝谈》不分卷[乾隆四年(1739)刻本,孤本,藏天津图书馆]

2. 张星鉴(1819—1877)《仰萧楼文话》二卷(稿本,孤本,藏上海图书馆)

3. 范濂(1847—1905)《四六谈荟》不分卷[光绪二十五年(1899)刻本,藏北京大学图书馆]

析制艺者有5种,包括:

1. 林世榕(1669年举人,卒年74岁)《课士论文》一卷(康熙年间刻本,孤本,藏北京大学图书馆)

2. 胡珊(?—1771)《胡舍川先生文诀》一卷[光绪十二年(1886)刻本,孤本,藏南京图书馆]

3. 洪天锡(活跃于康乾时期)《渔村讲授论文》三卷(刻本,藏天津图书馆)

4. 史祐(1756—1831)《论文枕秘》二卷[道光二十八年(1848)刻本,藏陕西师范大学图书馆]

5. 杨重恒(活跃于光绪年间)《蔆溪精舍课文六条》一卷[光绪二十八年(1902)刻本,藏湖南省社科院图书馆]

(本文所引二十种文话相关内容,均据以上版本,不再一一出注。)

从以上所列文话的刊刻、庋藏信息可以看出,所选二十种文话在版本上具有很强的珍稀性,仅孤本就有10种,占了一半。将它们按照作者时代顺序纂集一编,并作提要叙录和规范整理,可为学术界提供宝贵的新资料。更重要的是它们所集中反映出来的学术价值,非常值得重视,至少有三个方面的意义亟待学界深入挖掘。

一、清人文话与历代作家作品经典化

清人文话是古代作家作品经典化过程中的重要一环,也是文话经典化的关键一环。历代文章家及其作品是在后人不断的评论和选录中逐渐建构起经典地位的,"唐宋八大家"的成立过程,就是明证。在经历南宋、元、明诸多笔记、文话、总集的品评选编后,"唐宋八大家"最终通过明人茅坤的《唐宋八大家文钞》而获得广泛认同[1]。朱瀚的《韩柳欧苏诸大家文发明》就是"八大家"在清初接受的一个重要个案,同时又为形塑"八大家"之后的文章经典作出了努力。该书共九卷,前六卷集中于韩愈、柳宗元、欧阳修、苏轼四人,除去已佚的第一卷,共评论四人文章两百余篇,加上末卷补遗的内容,数量则更多。其中尤以欧文为最(韩文因第一卷已佚,无法统计),达一百四十余篇之多,而以柳文为最少,仅十一篇,且注明附于韩文之末,侧面反映出此四家在不同语境下的接受地位之变化。苏洵、苏辙、曾巩、王安石四人未能单独成卷,唯于补遗之中偶有涉及,反倒是吕祖谦、真德秀、叶适、杨万里四家被特别拈出,体现出朱瀚独到的宋代文章批评眼光。此四家中吕、真、叶各只评论四五篇,而杨文则达七十余篇。杨氏本以诗歌名家,乃南宋诗坛"中兴四大家"之一,其散文创作鲜为人们关注,此书对杨氏不少文章都称赞备至,如言《答周子充内翰书》"清机妙理,庄、列再来",评《春雨亭记》"透的之理,解颐之论。结处倍见凄婉,读之恻然动心",论《胡德辉苍梧集序》"深情一往,几于《史记》《离骚》矣"等,于诚斋各体文章之情理趣味,肯定有加;又常于评述中追寻艺术脉络,品味篇章笔法,如指出《玉笥山重修飙驭庙记》"沉郁如柳"、《送王才臣赴秋试序》"分明从韩文脱出"、《欧阳伯威胜辞集序》"淋漓委曲又似欧阳子"等,都揭示了杨文兼取诸家的风格渊源。这些都在在反映出杨万里古文创作的成就和特色,必将在杨万里经典化过程中产生积极影响,是诚斋文章研究史上的宝贵资料。

---

[1] 参见[日]高津孝《论唐宋八大家的成立》,载《科举与诗艺——宋代文学与士人社会》,上海古籍出版社,2005年。

宋后文章,朱瀚最重明人王鏊之作,评论五十余篇,且独立成卷。王鏊被唐寅誉为"海内文章第一",其古文与八股创作成就都很高,在明代中期文坛占据着举足轻重的地位。王氏古文理论主张颇重韩愈,创作亦喜步武。《韩柳欧苏诸大家文发明》就多处指出其文与韩文之关系,如《送毛检讨归省序》"得之韩"、《送陈宗理知永定序》"从《送文畅序》得来"、《会试录后序》"学《送张童子序》"、《丙辰进士同年会序》"大似《弹琴诗序》"、《赠王升之序》"炼句学韩,妙于形容"、《送洗马梁君使交南序》"怪怪奇奇,酷似韩文"、《赠御史王君序》"纯得韩之气韵"、《申鉴注序》"逼真韩文"、《七十二峰记》"熟读《画记》而神明之者",等等,如此之类,俯拾皆是。这一方面是对王鏊作品的评述,指出了王作艺术之承传,为其作品经典化提供了重要资源;另一方面,也未尝不是对韩愈文章经典化的特别抉示,从创作而非评论角度展现出韩愈文章的魅力和影响。

在韩愈古文经典化的脉络中,焦袁熹《此木轩论文杂说》及《读韩述》《论韩文说略》是又一组重要文献。焦氏著有《此木轩论文汇编》和《此木轩论制义汇编》两部重要文话,惜前者已佚,幸有《论文杂说》等表达了不少古文观点,可一窥其慕韩尊韩之风。焦袁熹誉韩愈为"文之圣",认为韩文开无限法门,"篇篇另是一格",甚至常发扬韩抑柳之论,说柳文"不堪看","柳之不敢望韩,自在学术本原上",批评茅坤柳韩争雄的观点。《读韩述》和《论韩文说略》两书,更是细致评述、考订、注释了一批韩文经典,透出许多新颖可喜的见解,为深入理解韩文提供了新材料。此外,像李中黄《逸楼文话》对《左传》《公羊传》《史记》以及苏轼文的推崇,《四六枝谈》对历代骈文经典的关注,《仰萧楼文话》对《文选》及洪亮吉、凌廷堪骈文的垂青等,都反映出前人文章在清代经典化的过程,蕴藏着不少值得开掘的学术命题。

除了作家作品,一些古代论文篇章和文话,也在这批著作中呈现出被经典化的趋向。且不必说曹丕《典论·论文》、刘勰《文心雕龙》、陆机《文赋》等这些早已成为典范的中古文论名作被广泛选录;亦不必说陈骙《文则》、吕祖谦《古文关键》、潘昂霄《金石例》等具有开拓意义的宋元文章学著作被频繁征引;就连晚近的清人文话也不断得到后人的回应,或成篇辑录,或引用讨论,或立为论据。由此构筑起前代文论与清代文话以及清代文话内部相互对话、交流、碰撞的著作序列,凸显出文论话语在清代不同时期学术背景下的接受和流变轨迹。姚椿的《论文别录》乃辑录历代文论而成,始于《文心雕龙》目录,而终于吴铤《文翼》

(有目无文,别载他处)。其所择别,颇见个性,仅清代论著就有十二种,除了颇有名气的黄宗羲《论文管见》、顾炎武《日知录·论文》等之外,还有不太为人所关注的沈大成《墓志答问》、胡承诺《绎志·文章篇》、焦袁熹论文等文献,得以被掘发出来。它们缀点成线,部分折射出作者眼中的文章学发展脉络。姚氏所录阳湖派大家恽敬的《大云山房文稿通例》,本是文集凡例,但因体现了恽氏重要的文体观念,故而为人所重,佚名《十家论文》之一《大云山房论文》也节录了《通例》,此后姚永朴《文学研究法》、王葆心《古文辞通义》等书亦多有引用,实已逐渐经典化。

吴荫培《文略》也是编排前人文论之作,对清代文话的利用较《论文别录》更多,促成本朝文话更广泛地参与建构新的文论经典体系。可举两书窥其一斑。一是包世臣《艺舟双楫·论文》。此书蕴涵作者许多原创性的文论主张,尤其是其"文谱",对古文行文之法剖析精微、总结到位。《文略》在论析文章"格律"时,列有奇偶、急徐、垫拽、繁复、顺逆、集散等目,其所释义,全从包氏"文谱"移入,并以相应文选段落佐证,丰富了人们对包世臣观点的理解。二是刘青芝《续锦机》。此书按独特体例,将诸家论说类分为十门,是一部汇编式文话。而《文略》所录,又注明据此书征引六七十则,从思想内容来看自属辗转传抄,并非刘青芝原创,然《文略》如此频繁地征引此书,客观上反映出《续锦机》在后世传播过程中所获得的关注和认同,拓宽了该书的传播范围。可以说,无论是原创性的《艺舟双楫·论文》,还是辑录性的《续锦机》,都在《文略》的知识构架中获得了新的阐释,为它们的意义重构提供了新的可能。类似的情况,在这批稀见文话中,尚有不少。历代文话的经典化趋向在清人文话的不断编撰中逐渐形成、强化、确立。

二、书院、学堂教育与文话创作新场域

清人文话与科举制度的关系进一步发展,书院、学堂教育成为文话创作的新场域,凸显出近世文章学的重要个性。文话自宋代诞生之初,就与科举文化密切相关。特别是从元人倪士毅《作义要诀》开始,专门的科举制艺文话初现雏形,经历明代的衍化嬗变,至清代已蔚成大国。这类文话普遍倾向于具体的作法讨论,喜好科场八股例文的解析,其长处在于实践指导性强,便于初学者入手

模仿；短处也很明显，即往往流于琐碎，缺乏由技入道的宏观观照，更容易忽视法度之外的文章艺术性，拘拘于识题扣题、揣字摩句。但优秀的作者在分析八股时，也常有超越的一面，可为研究一般文章学提供思想资源，林世榕的《课士论文》就是如此。林世榕此书的撰写目的虽然是指导学子研习八股文，但其所秉持的文章立场，则以古文为根本，认为"制艺虽古文流别，用殊而体不分，能有得于古文，乃能有资于今文"（自序），强调要吸取历代古文理论，尤其是韩欧一脉主张，注入时文作法之中。此书分作四十四篇（实四十三篇，最后"文辞"一篇有目无文），颇似《文心雕龙》格局，以"穷经"开篇，"文辞"束尾，每篇均是结构讲究、一气贯之的文章。所论既有为文准备，如"穷经""立志""养气"等篇，也有具体作法，如"字法""句法""股法""篇法"等篇，都颇具识见；乃至文章修辞技巧、风格趋向、艺术取资等，也博涉广收。论者认为"其言法也，如工倕、轮扁之诲人，了若指掌而可见；其中弊也，如仓公、扁鹊之治病，洞视膏肓而立决"（刘凡序言），评价甚高。更难能可贵的是，林氏总能"于前辈诸大家精义名言，浅深变化"（张如锦序言）的基础上，融液贯通，自铸新意。如《体制》篇，既肯定"文固以有体为贵耳"，并引述朱夏之说为证，同时又特别强调"体愈变者文益工""有定体者，固文之体；无定体而有一定之体，又系于作者之能自得其体"，观点中肯通达，洞破尊体破体之奥，显然已不局限于制艺本身，而具有普遍的文章学意义。此外，像胡珊《胡含川先生文诀》、洪天锡《渔村讲授论文》、史祐《论文枕秘》等也是与科举制艺相关的文话，它们虽然没有《课士论文》那般的原创构架和思想统系，但亦多能参酌古今，自成一家，显示出制艺文话的特殊价值。

与此同时，制艺的文章学思想也与古文评论形成了深入互动。朱瀚在《韩柳欧苏诸大家文发明》中用了许多八股术语和方法来解读古文，如用蒙绕、抱转、顾母、虚笼、洗发等词语解读韩柳欧苏之作，着意阐述字句内部勾连照应的关系，形成了透析文章肌理、倚重语言技巧的评文模式，较之一般的文章评点更熨帖细微，虽时有琐碎之弊，却也展开了更具动感的阅读欣赏过程，为读者体味古文意脉和艺术风格提供了新的路径，并在文话体制上呈现出新的形态特征。在论析古文时，朱瀚也不忘提示读者从中领悟时文之法，以古文之法反哺时文。如卷五论欧阳修《与石推官第二书》说"制艺得此法，所谓黄河从天上来矣，又如娲皇炼五色石补天也"，卷六论苏轼《晁错论》"咏叹以结，开制艺法门"，卷八论王鏊《静观楼记》说"必从纲领起局，制艺亦尔，又尽得欧句"，卷九论苏轼《超然台记》又说"文理贯通,勿谓序记中无制艺也。后学知此法门,有许多受用,许多便宜,奈何拘拘对题抄录乎",尤其是谈到王安石的文章时,更是指出"又有一种近于时文语句,虽在彼为降格,学者亦可得制艺门路",等等,都是提醒读者可由精研古文而得制艺法门,表现出清代古文、时文评论互相影响、互相交融的倾向。

由于与科举制度的关系日趋密切,书院、学堂教育也就成为清代文话创作的重要场域。这二十种文话中多部著作均旨在教授后生,打上了书院、学堂教育的深刻烙印。林世榕《课士论文》、洪天锡《渔村讲授论文》两书,一望书名即知是为教授子弟攻研举业所撰;王昶《述庵论文别录》不但将"友教书院条规"纳入了正文,南京图书馆藏本还附有《娄东书院浅说》这一典型的书院劝学文本;赵曾望《菽畹樶论文》在跋中说"吾家世以聚徒讲学为业",此书正成于玼山讲堂;吴荫培《文略》自序其书当"置诸家塾,以为先路之导",乃是"为家塾课本";杨昭楷讲学黄氏私塾菱溪精舍,始有《菱溪精舍课文六条》之作。它们都诞生于书院学堂。当然,因成书年代有异,作者才性有别,其形态、内容亦颇相异趣。比如《课士论文》体系分明、规矩粲然,而《菽畹樶论文》仍倾向于漫话丛谈;《渔村讲授论文》重于八股技巧之分析,而《述庵论文别录》却兼备众体之论述;《菱溪精舍课文六条》论题集中、简约明了,而《文略》则包罗宏富、取资广博。从这个角度来看,这批学堂讲授性文话的多样性更胜于统一性。不过,它们撰述旨趣上的趋同性仍有值得注意处,比如对读书、立志、养心之类的学文准备之强调就是非常突出的一点。非讲授型的文话,重在表达自我文章学主张,多着眼于具体文章观念和艺术风格之评述,而学堂讲授型文话,除了偏重于具体作文技巧传授之外,还常常加入文章本体之外的知识,以引导、教育学子们培养整体素质。像《课士论文》就列了立志、养气、立命、熟诵等目,以告诫后学蓄养为学为文的品性;《菽畹樶论文》在论文之外,又多涉小学考订,尤重读书之进阶、治学之修养;《渔村讲授论文》所附即有《读书要略》,以指示门人弟子读书的范围、方法、路径。这些都是从教授学子临文准备的角度填充进入文话的内容,体现出讲学场域对文话撰作的结构性影响。

尤其值得一提的是吴荫培《文略》一书[①]。该书撰成时,清廷已废科举,故

[①] 关于吴荫培《文略》一书的先行研究,可参黎爱《想象的秩序——论清末吴少渠〈文略〉文章理论的思想特质》,载《励耘学刊》2021年第1辑。

所撰并不为举业服务，而是用作学堂教育的教材。因有感于日本小林氏对中国文学之推崇，更负"镕铸古今，勉求国粹"之责任，吴荫培出入经史，杂取百家，分门别类，成此著作。全书初创时仅五卷，后又续添了"首三卷"，此三卷篇幅却比后五卷更大，颇有喧宾夺主之意，而所涉内容主要都是传统的为学为人素养之养成，并非文章写作本身。卷首上乃聚焦于原学、养蒙、立志之类，类似于作家个人心性修养论；卷首中为文字、音韵、经籍，偏重于小学、文献学等知识体系的梳理；卷首下则列读书、课程、默识、评文乃至图表、书法等，已是为临文做准备。正文五卷以桐城派格律、声色、神理、气味为纲，尤重于格律之解说。其中格律一、二设上下、前后、离合、抑扬、奇偶等四十一种文法，于每种文法下释其要旨，并拈出《诗经》《论语》以至于唐宋古文等具体篇章予以示例；格律四则罗列三十一种文章风格，杂取诸家相关言论以阐说。正文五卷乃吴荫培文章学之核心，而续添首三卷则将《文略》的教科书属性显露无遗，天然地带上了学堂教育的印记。如果放入更长的历史图景中观察，可见出《文略》已带有传统文话向近代文学教育教材转型的色彩。它一方面将临文准备、文法要义、文章风格相涵摄，一方面又将诸家论说与例文例句相糅合，可谓既有批评史眼光，又涉范畴论阐释，还兼作品选分析，集史、论、选于一体，显示出传统文章学著述在清末民初学堂教育风习下形成的新面貌。

三、辑录汇编：本土文学理论生成的独特途径

清人文话中的辑录汇编之作有独特学术价值，某种意义上甚至可以说辑录汇编是我国传统文学批评理论品格的独特生成路径之一，彰显了一种本土文化性格。

这二十种文话中，有六种是资料汇编式的著作，包括姚椿《论文别录》、丁晏《文觳》、范濂《四六谈荟》、吴荫培《文略》、许锺岳《古文义法钞》、佚名《十家论文》。辑录之作，常因缺乏原创性而为人所轻视，被认为多有蹈袭稗贩、陈陈相因之弊。这或算其"原罪"，无需多辩。但纵观历代文论辑录之作所呈现出的丰富样态和潜藏的学术理路，无疑构建了自足自洽的知识秩序，在剪辑编排之中，思想自然渗透其里，其意义和价值不可轻率否定。这六部清人辑录汇编式文话，就很好地体现了这一点。同是辑录，它们各有学术追求，并非简单的抄撮资

料而已。姚椿《论文别录》所辑最杂,它将自魏晋迄于明清的文话、目录、史书、评点、凡例、序说等各类批评形式并置一处,展现出各家多样的批评方法和观念,作者的编撰旨趣显然是开放的,能够兼容各派主张。丁晏《文毂》多采单篇文章,尤其集中于论文书牍,而以唐宋诸家为最,此乃基于他"阐明圣言,维持名教"的认识,以服务于"文以载道"的理念,立场非常鲜明。范濂《四六谈荟》摭拾宋元明清诗话、笔记、文话、别集、方志等涉及四六名言警句、写作理论及逸闻轶事的相关内容,最喜摘录宋人骈文观点,反映出宋四六理论对清代骈文及骈文理论发展的影响。许锺岳《古文义法钞》以辑录明清古文家之论述为主,其持论明显受到桐城派的影响,但常于各家论述之后下按语,阐述自己看法,又多有超越桐城之处,是一部辑中有作的文话。《十家论文》杂取潘昂霄、黄宗羲等十人综论古文风格、文章史和古文要法的言论而成,尤重桐城一脉,编者可能即是晚清桐城后学。至于《文略》,虽也是辑录之作,但结构独具匠心,剪裁尤为讲究,如上文所论,乃是一部初具规模的、带有转型色彩的文学教育教材。这些文话都是在一定的文章学观念指导下编排前人言论的,我们应将其视为特殊的文论选本,以选本批评的眼光谛审之,那么就可能透视出潜藏在剪裁去取、体例结构背后的文章学思想,以及它们与时代学术之互动关系。比如多部辑录汇编式文话与桐城派的关系,就颇堪留意。

桐城派是清代最大的文章流派,影响所及,无远弗届。姚椿亲承姚鼐謦欬,是晚期桐城派的重要成员,对桐城文章可谓终身服膺,但《论文别录》所辑清代文论十二家,可算作桐城派者寥寥,反倒是对桐城文法多有质疑的恽敬、袁枚诸家入选其中,此即说明姚氏论文并不为一家一派所囿,表现出桐城后学在作文取法上的多元化。《文略》作者吴荫培和《古文义法钞》作者许锺岳,都是安徽歙县人,歙县与桐城距离不远,两人想必因地缘之近多受桐城文风浸润。《文略》一书骨骼全依姚鼐的格律、声色、神理、气味而设,内容也以征引桐城诸家文论为多,各个类目之中均不忘致敬方苞、刘大櫆、姚鼐等桐城派代表人物;但《文略》明显也兼取多家之说,并蓄各派观点,如前文所论,其所列"格律"诸目释义全袭包世臣,而包氏持论多有与桐城异趣者。吴荫培也指出:"桐城虽云《史》、《汉》、昌黎,实则远宗欧、曾,近法震川。"对桐城派的自我标榜有所保留。许氏《古文义法钞》书名就高举桐城"义法"大纛,但他不满于"株守宗派,拟议铢寸"的桐城末流,希望能够取法近代大家,以溯源韩柳,通于为文之法。选录诸家以桐城一脉为主,并且认为袁枚论文"与桐城格律亦合",试图统摄弥合桐城派之外的各家有益之论。《十家论文》辑录元潘昂霄及清黄宗羲、魏禧、刘大櫆、姚鼐、恽敬、吴德旋、方东树、曾国藩、吴敏树等十家论文,明显也是以桐城派为核心而略有放宽,一定程度上展现出晚清桐城文章学的脉络重构。这四家有同一倾向,即均推重桐城却又有突破桐城藩篱之处,或许可视为桐城派发展过程中不断自我调适的表现。

此外,《文略》和《古文义法钞》两书还都表现出西风东渐时局下强烈的文学危机感。《文略》开篇大段征引日本小林氏演讲文字,强调"以中国文学论,诚可谓举世无双",提醒应警惕青年"醉心欧美",希望能够"重整保存国粹之旗鼓",改变"近日学者无不规仿欧西"的局面。《古文义法钞》汪宗沂序说"古文词虽中国旧学,而断为启新者所不能废",鲍鹗跂也说"言语文字为一国之人精神命脉之所寄",都是以悲壮而痛惜的口吻来强调古文词在剧变时期的重要性,认为许锺岳此书有助于"通夫世运之变"。在欧风美雨的侵袭之中,传统文化的守成者们,采用这种述而不作的本土化撰著方式,回应了时代的诡谲,似借以对抗大变局下中国文章学不绝若线的颓势命运。由此可见,辑录汇编确然蕴藏了独有的知识秩序和思想秩序,与时代学术发生了内在的呼应,并非无意义的重复和转录,而是一种表达主张的著述方式,也是本土化的理论生成路径。

综上所述,在总数达近三百种的清代文话中,《稀见清人文话二十种》所收只是其中一隅而已;相较于《历代文话》所收文话作者多有顾炎武、王夫之、刘大櫆、包世臣、林纾等一流学者,它的作者们也多数是声名不响、甚至沉晦无闻者。但这批珍稀著述同样是清代文章学版图的重要组成部分,其所整体呈现出来的学术特征,体现了文话与文章学发展在清代的新特点和新趋势。尤其与《历代文话》清代部分形成互补,更为广泛地呈现出清代文章学总体风貌,折射出中国古代文章学史上的重要问题。随着清代文章学研究的深入,相信《稀见清人文话二十种》的价值会愈加显现。

乾隆皇帝与八股文

复旦大学中国古代文学研究中心 陈维昭

一、"八股取士为中国锢蔽文明之一大根源"?

雍正间李洛说:

> 制科之业,始自前朝,三百年中,风气屡变,大抵文本于六经。先儒者纯粹典雅,如商彝周鼎,其精采不可磨灭。从子史百家出者,傲岸豪迈,如龙跃虎啸,其奇变不可端倪。隆、万以前,文恪、荆川诸先正,融贯经史,元气浑沦,煌煌盛世典型,称为有明宗匠,信不诬也。嘉靖末季,归太仆为文字中兴,能于先儒之理畅然言之、精实醇朴,不事纤巧,真文之雄者。嗣后穿插埋伏之法生,尖巧峭拔,刻削已甚,虽开后无限法门,而浑厚之气渐且衰薄矣。启、祯诸公,才气横肆,率多怪异弘敞!不循町畛。①

也正因此,八股文被视为明代的代表性文体,就如诗、词、曲分别被视为唐、宋、元三代的代表性文体一样。

但光绪间梁启超却说:

> 八股取士锢塞人才之弊,……八股取士为中国锢蔽文明之一大根源,行之千年,使学者坠聪塞明,不识古今,不知五洲,其弊皆于此。②

看看李洛对明代八股文的热情洋溢的赞美,再看看梁启超对八股文的愤怒声讨,我们不禁要问李洛和梁启超:你们看到的真的是同一种文体吗?

是的,他们看到的都是八股文;但又不是,李洛看到的是雍正之前的八股

---

① 李洛《制艺说》,李红岩点校《民国郑县志》,中州古籍出版社,2005年,第611—612页。
② 梁启超《戊戌政变记》,杨家骆主编《戊戌变法文献汇编》第1册,鼎文书局,1973年,第277—280页。

文,梁启超看到的是雍正以后(尤其是光绪年间)的八股文。

维新派对八股文的攻击,目的并不是要进行文体改革,他们只是把"废八股"当成砍向"旧制"的第一刀。戊戌维新派对八股之弊的声讨远不止这些,他们同时要废除的还有试帖诗、小楷,康有为的奏折标题就叫《请废八股试帖楷法试士改用策论折》,把八股文、试帖诗、小楷放在一起,是因为这三种东西都是没有实用价值的。这种"无用"不是针对讲信修睦、化成天下的德治实践而言,而是针对近代中国所面对的洋枪洋炮而言的。

戊戌变法是一场除旧布新的运动,废弃中国旧制度,接受西方科技文明。而除旧布新的核心问题是"人才"问题。科举是隋代以来主要的人才选拔方式,八股文则是明清科举考试中最重要的文体。八股文身上,聚焦着明清社会的人才观。在戊戌维新派看来,这种人才观已经不能适应近代社会历史变革,八股试士形式所选拔出来的"人才"已经不足以应对西方科技文明的挑战了。于是,他们就把八股文当成是诀别旧制度的第一份祭品。

在戊戌诸君子对八股之害的指摘中,"禁用后世书、事"是最为严重的弊端。其中,康有为的表述最为特别,他说:

> 惟垂为科举,立法过严。以为代圣立言,体裁宜正,不能旁称诸子而杂其说,不能述引后世而谬其时,故非三代之书不得读,非诸经之说不得览,于是汉后群书,禁不得用,乃至先秦诸子,戒不得观。①

"以为代圣立言,体裁宜正,不能旁称诸子而杂其说",这是明清官方功令的真正意思,但康有为在后面加上几句话:"故非三代之书不得读,非诸经之说不得览,于是汉后群书,禁不得用,乃至先秦诸子,戒不得观。"其传达出来的意思是:科举立法过严,不准士子读三代以后之书,不准士子读四书五经之外的其他书;其结果是诸生荒弃群经、谢绝学问。康有为甚至对光绪帝说:"台湾之割,二万万之赔款,琉球、安南、缅甸、朝鲜之弃,轮船、铁路、矿务、商务之输与人,国之弱,民之贫,皆由八股害之。"②由此逻辑地推出"亡国者,八股也"的结论。在这一步步逻辑推衍之后,康有为问光绪帝:"皇上知其无用,皆废之乎?"此时的光绪

---

① 康有为《请废八股试帖楷法试士改用策论折》,杨家骆主编《戊戌变法文献汇编》第2册,第209页。

② 杨家骆主编《戊戌变法文献汇编》第1册,第316页。

帝已被说得热血沸腾,便断然回答:"可!"

其实康有为这里有一个陈仓暗度。八股文入圣贤口气,故不能旁称诸子,述引后世。这的确是乾隆之后的官方功令。但禁读三代之后书,这却不是官方功令。谁见过哪朝哪代的朝廷会禁止读三代以后书?(秦始皇是个例外。)但康有为为了耸听而不惜危言,把个别父兄师长的"禁读后世书"说成是"科举立法",那么八股之弊就不仅是文体之弊,而是制度之弊,因而"废旧制"也就势在必行。这种"盛世危言"成功地说服了光绪帝,掀开了变法维新运动的序幕,对于中国近代史的发展产生积极的作用。

但"科举立法(或叫官方功令)禁止士子读后世书",这并不是历史真实。这种说法在八股文身上蒙上了妖魔化的面纱,让今人看不清八股文的真面目。我们必须明白康、梁游说的策略性,康有为把"官方功令禁用后世书"演绎成"官方功令禁读后世书",又以自身的科举经历把八股文命题方式的极端形态(截搭题)当成八股文命题常态,这两大策略性表述都曾被今天的一些学者当成真实的历史。康、梁当年有理由如此表述,我们今天却没理由如此接受。因此,我们有必要还原历史真相,真正认识八股文的性质、特点及其必然消亡的历史原因。

二、乾隆帝为八股文戴上致命的重枷

在乾隆朝之前,八股文是士子学人的全部儒学领悟与知识积累的集中呈现。学贯百科、识通古今者,其临文之际,思接千载,千头万绪齐聚笔端。如黄淳耀的《人而无信章》题文,其中间两股分别暗用燕君疑苏秦和马援戒兄子的典故。有人认为,此文以春秋战国后事杂于圣人口气中,乃崇祯间习气。康熙间著名理学家陆陇其则认为:"圣人之言,后世变态,原都包得尽。只论切不切,偏不偏,暗用自不妨。"陆陇其指出,入后世事于圣人口中,"此法从来有之,非始崇祯"①。乾隆朝之前,"入后事于圣人口中"的写法虽招致微词,但并未成为禁忌。

而且这种写法并非出于消极无奈,而是更好地理解圣人。明末顾伟南评陈

---

① 陆陇其《一隅集》,陈维昭《稀见明清科举文献十五种》,复旦大学出版社,2019年,第1021页。

子龙《象日以杀舜章》文云"作孔孟题不得以后世事比埒者"。但道咸间的钱振伦则认为:"若此等题不以后世事比拟,想象而出,则圣人情法之厚何由而白?余遇用史之作,辄欣赏,以其可以佐经之穷,而非以史夺经之谓也。"①这是钱振伦表达对时禁的不满,它更像是明代人对待"入后世事"的态度。

  禁止在八股文中述引后世,这是基于对"入口气"的这样一种理解:"代圣人言,不得用汉后书汉后事,以为孔、孟周人也,安得知汉后事?"②更加具体准确的表述应该是:如果是入成汤语气,则不能引《周易·爻象》《尚书·泰誓》等书;如果入孔子及其弟子之口气,则不能入战国以及战国以后的书与事;如果是入孟子及其弟子的口气,则不能入周以后的书或事。"入口气"者,"第一人称叙述"之谓也。既然是第一人称,当然不可能知道后世的一切,这有似于戏剧中的代言体。

  "禁止引用后世事暨书名"由一种代言体理念发展到成为官方功令,在明清时期是经历过一个漫长的过程的,明初至乾隆之前的八股文,虽然有"尊朱注""入口气"以及字数、格式、避讳方面的规定,但毕竟还是一种限制较少的标准化考试的文体。也正因此,明代的巨儒硕彦、道学性灵都可以在八股文中各展风骚,成一代文章之美。顺治、康熙两帝并未过于着意于八股文风,只是强调遵朱注、戒剽袭。至雍正帝开始重视八股文风与士习,他三令五申提倡清真雅正文风,但仍未留意于八股文的具体作法。而且他对写作戒律似不以为然:"至于古人临文,原无避讳,诚以言取足志。若存避讳之心,则必辗转嗫嚅,辞不达意,嗣后一切章疏,以及考试诗文,务期各展心思,独抒杼轴,从前避忌之习,一概扫除。"③

  乾隆帝的登基,宣告八股之厄的降临。乾隆帝是真真正正的"稽古右文",他对文学情有独钟,不仅是中国古代诗歌创作史上最为高产的诗人,也是明清两代最懂八股文的皇帝。

  人们往往反感于"外行领导内行"的现象,但事实上,有时候"内行领导内行"更可怕。

---

① 钱振伦《制义卮言》,陈维昭《稀见明清科举文献十五种》,第1595页。
② 徐勤《中国除害议》,杨家骆主编《戊戌变法文献汇编》第3册,第125—126页。
③ 《钦定大清会典事例》卷三三二。

乾隆元年(1736),即令方苞编《四书文》。他说:"国家以经义取士,将使士子沉潜于四子五经之书,含英咀华,发摅文采,因以觇学力之浅深,与器识之淳薄。而风会所趋,即有关于气运,诚以人心士习之端倪,呈露者甚微,而征应者甚巨也。"①首先为时文作一番"尊体"的铺垫。然后历数明代制义王、唐、归、胡、金、陈、章、黄诸大家,指出清初刘子壮、熊伯龙根柢经史,为后学津梁。于是开坊选之禁,让士子得睹先正名家之风范。

乾隆二十四年(1759),乾隆帝又于顺天乡试中式第四名边响禧文内找出"饮君心于江海"之语,认为这是"芜鄙杂凑"之语。"若他卷寻常舛谬,正不可悉数。盖由典试事者不能别裁伪体,而所好或涉新奇,士子揣摩效尤,不知堕入恶道。此病自有科目以来,皆所不免。"②乾隆帝自认为比考官更有别裁伪体之本事。

乾隆朝有大量谕旨专谈制义文体,表明他对制义流派的熟知,他说:"有明决科之文,流派不皆纯正,但如归有光、黄淳耀数人,皆能以古文为时文,至今俱可师法。国朝人文蔚兴,前如熊伯龙,后如李光地辈,并根据理要,而体裁自见闳整。至若张照等之步趋李光地,亦知仿佛先民矩矱,虽所诣不深,要尚不失于正。"③明确提到"以古文为时文"的写作宗旨,俨然制艺中人了。

乾隆四十四年(1779),大学士于敏中带孙子于德裕去见乾隆帝,问起闱中诗文,其首艺有"朝廷自有养贤之典,何臣子偏为过激之辞?小臣意为弃取,而大君驭富无权"。对此,乾隆帝批驳道:"语意俱与朱注不合。朱注云:'孔子为鲁司寇时,以思为宰。'是思乃孔子家臣。九百之粟,即夫子所与,非受禄于鲁国,更非颁禄于周室也。'朝廷'之语,鲁国尚不足以当之,而况夫子之家乎?"于德裕卷中还有"夫子行芳志洁"之语,乾隆帝批驳说:"'夫子行芳志洁',非六经所有,而以拟夫子,更觉不伦。此实认题不真,及遣词不当之故。"④乾隆帝俨然一位熟谙此道的八股评家。

这是一位了解时文流变历史和风格流派、熟知时文功用、作法和境界的皇帝,也是一位以此自鸣得意的"乾纲独揽"、执意掌控科场动向的皇帝。

---

① 《钦定大清会典事例》卷三三二。
② 《钦定大清会典事例》卷三三二。
③ 《钦定大清会典事例》卷三三二。
④ 《钦定科场条例》,《故宫珍本丛刊》本,第194页。

乾隆帝对八股文的几次宣谕都是在亲自"抽阅试卷"的基础上进行的。他要向臣下及天下士子显示他的目光如炬。乾隆十九年(1754)上谕:"而浮浅之士,竞尚新奇。即如今科放榜前,传首题文有用'九回肠'之语,其出自《汉书》'肠一日而九回',大率已莫能知,不过剿袭纤巧,谓合时尚。岂所谓非法不道选言而出者乎？不惟文体卑靡,将使心术佻薄,所关于士习者甚大。"①乾隆帝关于"九回肠"的批评,实为嘉庆朝以后"禁止引用后世事暨书名"之立法提供定性、基调与案例。可以说,乾隆十九年,八股文被乾隆帝推上了不归路。

皇帝提供案例,规定性质,磨勘官自是不敢怠慢。于是在乾隆四十年(1775),我们看到了第一例"入后世事"被处罚者。此年,程景伊等奏磨勘试卷,"今许士煌卷内首题,既入成汤语气,复引用《周易·爻象》及《泰誓》书词,其援引错谬,非寻常累句可比。若仅照文内疵谬罚停殿试一科之例,不足示惩,应将许士煌罚停殿试三科"(咸丰本)。关于"引用后世事暨书名"的禁令终于在嘉庆朝被写进了《科场条例》,成为正式的法律条文:"文内……引用后世事暨书名……罚停一科。"(嘉庆本)同治十三年(1874)采纳鸿胪寺少卿梁僧宝的提议,将罚停一科改为罚停二科,加重了对"引用后世事暨书名"的处罚。自此直至光绪十一年(1885),可以在《科场条例》中不时看到这一类处罚。

道光朝又把"引用后世事暨书名"的禁令从首场的八股文扩大到第三场的策对。"策内不得泛论本朝臣子人品学问,违者照不谙禁例罚停三科。如仅引用人名,并未妄加褒贬者,照'文内引用后世事'例罚停二科。如仅引用书,并未指为何人所著者,罚停一科。"(光绪本)光绪二十三年(1897)正月,因给事中褚成博所奏,礼部对此条有所修正。

以上被处罚的案例还仅仅是磨勘官所发现的,至于考官在判卷过程中对违禁者的黜落,应是一个更大的数字。

光绪元年(1875),给事中郭从矩提出,"禁用后世语"恐怕会导致士子从此不读史书。对此,梁僧宝反驳说:"独不思制艺代古人立言,自有一定之体。在博通群籍者,必能弃糟粕而抱精华,词意之间具觇根柢,何须摭入后世事迹、书名以资笑柄？……且后来典籍尽可施之策对,而中卷内策对空疏者十九,何中卷患才少,落卷独患才多？"(光绪本)礼部采纳了梁僧宝的意见,厉禁

---

① 《钦定大清会典事例》卷三三二。

照例推行。

三、"犯下"之禁

除了"引用后世事暨书名"的厉禁之外,"犯下"也于乾隆朝成为厉禁。

侵上(或叫"连上")与犯下,本是由截搭题的命题方式衍生出来的八股文修辞禁忌,主要是针对破题而言。梁素冶说:"凡作破题,最要扼题之旨,肖题之神,期于浑括清醒,精确不移。其法不可侵上,不可犯下,不可漏题,不可骂题。语涉上文谓之侵上,语犯下文谓之犯下。"①在明代以至清乾隆之前,避免"侵犯",只是一种修辞上的追求。道光间路德的《明文明》一书专门对明代八股名家名文进行改写,认为这些名文存在着种种瑕疵,而"侵犯"便是其中较为严重的瑕疵。反过来说,明人并不以"侵犯"为厉禁,只是能避则避,不避也无关宏旨。

在明代及清初,"侵上"与"犯下"是并提的,但从乾隆朝开始,"犯下"比"侵上"被视为严重的犯戒,因为"犯下"与"入口气"的文体规定关系密切。乾隆初,汪鲤翔说:"宋儒之书,专主说理,其时不为帖括取用,故每以后意明讲在前,如'举直错枉'二句注之'仁'字,'养吾浩然之气'句注之'配道义'字,'生亦吾所欲'三节注之'良心'字等类,今作文以口气为主,则上节断不预透下节,前问断不得即侵后问,界在故也。"②《论语》"举直错诸枉"的下文有"不仁者远矣",宋儒朱熹通读四书,故可以用"使枉者直,则仁矣"来注释"举直错枉"。如果以《举直错诸枉》为题,入孔子之口气,则下文的"不仁者远矣"尚未出现,作八股文时便不能犯下文的"仁"字。此与"入口气"的"第一人称叙事"属同一理念。

从乾隆朝开始,便出现对"犯下"的罚科处置,至光绪十三年(1887)修订的《钦定科场条例》,增加了"犯下"的明文处罚条例:"文内有字句犯下者,罚停一科。其长章题偶犯下文一字者,免议。"(光绪本)而"侵上"之禁忌则不出现于《科场条例》中,可见"犯下"之成为厉禁是由"引用后世事暨书名"推衍出来的,是考官、磨勘官揣摩乾隆之圣衷而作出的决定。因为以代言体理念推之,圣贤

---

① 唐彪《读书作文谱》,王水照《历代文话》,复旦大学出版社,2007年,第3527页。
② 汪鲤翔《四书题镜总论二十则》,汪灵川《四书题镜》,乾隆五十七年(1792)刻本。

说话时,自是不可能预知下文。故于时文中涉及题目的下文,性质上等同于"引用后世事暨书名"。

经过乾隆朝的厉禁,再加上嘉、道以后科场禁忌越来越细、越来越多,诸如文字错讹、格式错误(如抬头格式不当)、越幅、文字旁注、挖改(这些禁忌不仅仅用于考核八股文,也用于考核所有科举文体),一不小心,即会被处以停科的处罚,重者则是当科黜落。道光二十四年(1844)会试,魏源即因第三场"草稿模糊,辨认不清"而被罚停止殿试一科(光绪本)。甚至"生僻""费解"这类颇赖考官、磨勘官主观判断的现象,也可以成为黜落、罚科的依据。在这些黜落、罚科的执行过程中,曾出现过"捐免罚科"的现象,即以罚款代替罚科。同治五年御史王师曾奏请"停止捐免罚科"得到了同治帝的采纳,同治帝郑重申明:"近日章程,准以银两捐免,磨勘几同虚设,殊于政体有碍。嗣后乡会试磨勘,罚令停科停殿试者,概不准援案捐免,以肃功令。"(光绪本)面对厉禁之不可动摇,嘉庆朝以后,士子对待八股文,往往抱着"但求无过"的心理。虽然仍有一些有志于圣学者致力于戴着这副沉重的镣铐写出"以古文为时文"的杰作,但从总体上看,八股文体已经没有给思想、学识和灵性留下多少空间了。

乾隆十九年关于"九回肠"的批示,在乾隆皇帝来说,既表达其代言体理念,也显示他的博学。这一批示被窥透圣衷的磨勘官于乾隆四十年开始付诸实践,又由此衍生出"犯下"的厉禁。至嘉庆朝正式为"禁止引用后世事暨书名"立法,嘉庆朝成为八股文走向衰败的起点。夏曾佑说:"兹业道光以前尚有足观,咸同以来,便同粪壤,阻绝教化,贻笑外人。"[①]戊戌维新派所看到的,正是道光以后的八股文。

四、考官但求无过与父兄师长的规避做法

对于"犯下"之戒条,士子只要在写作修辞上小心从事,即可避免。其他诸如文字错讹、不遵格式、添注挖改等失误,更是如此。而"引用后世事暨书名"则涉及写作修辞的纯粹性与经学领悟的深刻性、知识积累的丰富性之间的矛盾。入圣人口气而不直接引述后世事,这是"入口气"在修辞纯粹性上的要求,而要

---

① 夏曾佑《论八股存亡之关系》,《夏曾佑集》,上海古籍出版社,2011年,第34页。

在八股文中表达自己对四书五经的深刻而独到的领悟,则需要作者融贯百家而通古今之变。在入圣贤口气的过程中,如何把深刻领悟与丰富学识如盐入水般表现出来,这是每一位八股文作者所应该致力的。道光间郑献甫说:"荆公创经义体以救时敝,使之明义理、考典章、帖语气。学者非考究唐之注疏,研寻宋之语录,则必不能解圣贤之言。非浏览唐之律赋,诵习宋之古文,则亦不能代圣贤之言。何则? 言之精者为文,注疏之琐碎,必济以律赋之整齐。语录之腐俗,必行以古文之渊雅,而后义理明,典章确,语气肖。其品似在策论诗赋下,其学实在策论诗赋上。"①强调了学、识对八股文写作的重要性。

张江是康、雍间的制义名家,所作八股文逾三千,但道光间鲁缤(字宾之)则认为张江"不深于古",其八股文未能真正体现传统学问。他举出他心目中的正面典范:"熟于宋五子书而得其精,自然出之,若无意于文而文自至,此归太仆、唐吏部之文也;熟于荀、韩、老、庄之书,取其奥窔以自镕其精义,不屑屑于宋五子之书,而与其书未尝不合,此章大力、陈大士之文也。"而张江八股文的缺点则是"取资于五子之书而句栉字比,惟恐其不合,卒不免于安排之迹,此晓楼之所以不如古人也"。② 意即归有光、唐顺之、章世纯、陈际泰等善于"化用",而张江却露出用古的人工痕迹。事实上,不管是明代名家,还是清代的张江,这些人都是因饱读古今之书方使其八股文丰标特立。

然而,面对乾隆朝以来的厉禁,能够做到化用者,其实为数不多,而且也是更高的要求,这对于科目取士这一具有"标准化考试"性质的制度来说,显然要求太高了。厉禁一旦形成,势必产生蝴蝶效应。首先是考官方面,有的持"宁可错杀,决不轻放"的苛严态度进行处罚(如梁僧宝),有的考官则是宁取庸滥以规避责罚,这一点乾隆帝也意识到了,并提出严重警告:"为考官者,倘意在求免吏议,因而吹求摈弃,转谓平庸肤浅之文,似是而非,无可指摘,遂至燕石冒玉,鱼目混珠,则所云救弊,实以滋弊,殊非慎重磨勘本意。……嗣后乡会典试诸臣,务择清真雅正,文义兼优之作,为多士准绳。不得为磨勘周详,反以庸才塞责;更不得因有此旨,遂藉口瑕瑜不掩,以致怠忽从事,负朕崇实黜浮至意。"(咸丰本)

---

① 郑献甫《制艺杂话》,陈维昭《稀见明清科举文献十五种》,第1513页。
② 钱振伦《制义卮言》,陈维昭《稀见明清科举文献十五种》,第1551页。

把禁止"引用后世事暨书名"解读为"禁读后世书"、把规避试场戒律转化为蒙昧主义的,不是朝廷功令,而是父兄师长。诚如梁僧宝所说,"博通群籍者,必能弃糟粕而抱精华,词意之间具觇根柢,何须撦入后世事迹、书名以资笑柄?……且后来典籍尽可施之策对"(光绪本)。没有博通群籍,如何能顺利通过二、三场?

明清的八股文写作指南书大都在"作法"之前有"看书"一则,其读书范围都不局限于四书五经。如明代汤宾尹《一见能文》提出"读书而不读经,则说理不精……读书而不读史,则论事不透"。[①] 光绪间著名的八股文理论家谢若潮,其《帖括枕中秘》专列"求实学"一条,为应试士子开列了一份阅读书单,内容包括五经及相关权威解读著作,四书及相关权威解读著作,二十四史,经济之书,词章之书,考据之书,先秦诸子、先秦至唐宋的三教九流之书,先秦至清代各名家文集,等等。[②]

可以说,整个清代,从官方功令、官学课程到八股文的选家、论家,都在强调学贯古今的读书方法。由此可见,禁止"引用后世事及书名"并不直接形成"禁止读后世书"的制度。

五、结　语

道光二十年(1840),鸦片战争爆发,并最终以中国的赔款割地而告终。同时,它也让国人逐渐意识到传统人才观的不适时用。

对于传统中国来说,通经博学之士就是治理天下的人才,它所要达至的社会是一个讲信修睦的大同世界。在明清时期三场取士制度中,首场以八股文试士,其目的在于考核士子的儒学水平,以八股科目为主体的三场取士制度体现了明清时期的人才观。当历史的车轮走进道光二十年,当英人的炮火轰开中国的国门的时候,"以德服人""化成天下"的思想便成为阿Q式的滑稽,儒学已无法对抗洋枪洋炮,以儒学为核心的人才观已不能适应近代西方科技文明。时代亟须形成新的人才观,培养出迥异于传统的近代人才,从而创建近代中国的科

[①] 陈广宏、龚宗杰《稀见明人文话二十种》,上海古籍出版社,2016年,第869页。
[②] 谢若潮《帖括枕中秘》,第1833—1860页。

技文明,于是就有了洋务运动、戊戌变法运动。而在人才培养、选拔制度方面,八股文也就迎来了它的末日,它已被釜底抽薪了。

康有为、梁启超以摧枯拉朽之势炮轰八股试士之弊,拉开了告别"旧制"的序幕。然而,在劝说光绪帝废八股的过程中,他们采用了策略性的表达方式,即以夸大事实、危言耸听的方式把"禁止引用后世事暨书名"表达为"禁止读后世书",用截搭题这种常见于小试的极端形式去指代八股文的命题常态,把"八股试士之弊"表达为"八股取士之制"。当戊戌维新派把士子不读秦汉以后书(即等于愚民)归罪于八股文试士形式的时候,八股文便成为愚民的罪魁祸首,当然是非废不可了。这是一种煽动性极强的论证策略。对于这类策略性表述,人们不难于从逻辑与事实上予以反驳。就在废八股的一个月后,维新运动风头正劲,有人在《申报》上为八股辩护,以事实说话,可谓掷地有声:

> 今之訾议八股者,以中国无可用之人材故也,人材何以知其不可用?以中东之役战败故也。姑弗论近世科第进身人员,非加捐保,多半束之高阁,朝廷并非专用八股人材,官吏非以八股治地方,将士非以八股筹守御,试问平壤等处之败,粮械垂诸草野,是八股之咎乎?旅顺之失险要,让诸敌兵,是八股之咎乎?刘公岛之降,举数十年经营,数百万赀财之海军,举诸邻国,是八股之咎乎?他若机器总办之潜逋,电报学生之漏师,皆与八股人材无涉。惟厥后主持和议之大臣,则系八股出身,然其人是非功罪,自有公论,初非以八股为轻重,况中土受困于外国,自昔有然,唐则西京屡失,不闻归咎于诗赋,宋则二帝蒙尘,不闻归咎于经义;何犹以今此之败,集矢于八股?①

是不是也言之成理?

缺乏经史子集的修养,一定不能对四书有深刻透彻的理解,自然也就写不出有深度、有个性的八股文。而对于三场考试制度来说,第二场的论、表、判,第三场的策对,更是对考生的经、史、子、集(乃至法律条文)的综合知识的全面考核。

明清科举史上从未出现"八股取士之制",要把"八股取士之弊"说成是一种

---

① 佚名《八股辨》,《申报》1898年8月6日。

制度，其前提是明清科举取士只看首场，不看第二、三场。晚明以来一直有"三场只看首场"的说法，这种现象也是客观存在的，但问题是它的普遍性如何。事实上，一直到光绪末年，《科场条例》中"磨勘"部分，有大量对第二、三场的处罚，其数量大大超过对首场违规的处罚。这说明考官是三场并阅，而不是只阅首场的。

截搭题是明清科举考试中的一种特殊命题方式，虽偶有出现于乡会试中①，但毕竟不是主流。至于康有为所举的《大草》，这样的极端形式从未出现于乡、会试上，直至光绪间依然如此。从儒学之完整性、严肃性的角度看，这类题型历来备受批评；但从提高士子应对特殊命题的能力、提高士子的八股文修辞能力的角度看，这类题型训练显然是十分有效的，是一种效果极佳的强化训练方式。用这种题型的"离谱"来证明八股文体的"离谱"，显然是不合适的。

时过境迁，今天面对维新派的策略性表述，我们应该有历史的观点，应该认识到八股文作为明清时期一种取士科目，其文体规定经历过前后变化，康、梁所面对的是已经走入死胡同的八股文。其次，由乾隆朝开始的八股文厉禁，作为一种制度设计，并非出于愚民的蒙昧主义，也非旨在令天下人不读书，只是它的客观效应导致了规避心理的普遍形成，从而进一步导致"不学"风气的蔓延。只有在历史的纵横时空中考察八股文，我们方能从制度和文化的不同层面对八股文作出合乎实际的判断。

近代中国的"废八股"之历史必然性，与其说是在于八股文体汩没性灵，不如说，是儒学（它是八股文之根基）及其人才观已不能适应近代西方科技文明的挑战。

---

① 陈维昭《小题究竟何时始入乡会试》，《复旦学报》（人文社科版）2021年第2期。

言文之间：汉宋之争与清中后期的文章声气说*

北京大学中文系　胡　琦

"文章"与"学问"之间错综复杂的关系，是清代文学史和学术史上的一个核心问题。传统理学观念中属于"末事"的文章，在乾隆中叶以降知识界的论辩中，屡屡成为汉宋之争的支点。以古文为职志的桐城派不但成为宋学之干城，更是从文章修辞的角度展开学术史反思：姚鼐《述庵文钞序》批评"言义理之过者，其辞芜杂俚近，如语录而不文；为考证之过者，至繁碎缴绕而语不可了"①，便是从"不文"的角度批评义理、考证两派之流弊。汉学一系同样以"不文"讥刺桐城古文家，认为散行的唐宋古文则"非孔子之所谓文"，"协音以成韵"②方可谓之文章。值得注意的是，在这些关于"不文"的争论背后，都存在一种从"声音"的角度界定"文"之本质的倾向。不但桐城派论文讲求"声气"③，汉学家亦

---

* 本文为国家社会科学基金后期资助项目"清代前中期的古文、知识与文化秩序研究"（19FZWB011）阶段性成果。本文初稿曾于"考文知音：明清文论中的'声音'及其语文学基础"研讨会上征求意见，修改稿宣读于复旦大学第五届古代文章学会议，后刊于《文学遗产》2022年第1期。其间蒙戴燕教授、王东杰教授、吕双伟教授、《文学遗产》匿名评审专家和责任编辑马昕老师多所匡正，谨此致谢。

① 姚鼐著、刘季高标校《惜抱轩诗文集》文集卷四，上海古籍出版社，1992年，第61页。
② 阮元《揅经室三集》卷二，《清代诗文集汇编》第477册，上海古籍出版社，2010年，第361页。
③ 关于桐城派的古文声气说，学界已有较多关注。郭绍虞《文气的辨析》（《小说月报》1928年第20卷第1号）已经注意到古文文气与骈文声律性质相近，并多举清人之论以证之。近年代表性的研究，如张立伟《韩愈"气盛言宜"新探——兼论"古文"的艺术特征》（《文学遗产》1988年第4期）、王学昀《古文家的声律观》（《贵州教育学院学报》1991年第3期）、柳春蕊《论晚清古文理论中的声音现象》（《文艺理论研究》2008年第3期）等，对因声求气、古文诵读等问题讨论颇详。陈引驰《"文"学的声音：古代文章与文章学中声音问题略说》（《文艺理论研究》2012年第5期）深入探讨了古文声气说与诗学的关系。对于这些问题，本文不再多作展开，而是希望将古文声气说置于清代学术思想史的背景中，探讨背后文学观念的转移。对明清诗学理论中声音问题的综合讨论，参见张健《音调的消亡与重建：明清诗学有关诗歌音乐性的论述（上）》，周兴陆编《传承与开拓——复旦大学第四届中国文论国际学术研讨会论文集》，凤凰出版社，2018年。

主张"声音即文"①，虽其宗散尚骈各有参差，然以"声音"为"文"之核心要义，又实有异曲同工、不谋而合之处。晚清刘师培不但主张"古人文章中之音节，甚应研究"②，更是直接以"口""笔"之别阐释"不文"的问题："夫以语录为文，可宣于口而不可笔之于书，以其多方言俚语也；以注疏为文，可笔于书而不可宣之于口，以其无抗堕抑扬也；综此二派，咸不可目之为文。"③刘师培此说，以言语、书写双重属性界定"文"的内涵，正揭示出汉宋之争背后潜藏的文章"声音"问题。"声音"的因素如何在文章学理论中得以凸显？汉学、宋学之争如何影响到"文"这一概念在清中叶至近代的嬗变？④ 这是本文希望探讨的问题。

一、辞气与言语：从语录批判到考证批判

从"不文"的角度评论儒学中不同流派之得失，事实上并不始于姚鼐，而是从明代中期以来便颇为盛行的一种学术话语。其最初乃针对宋儒语录而言，例

---

① 阮元《揅经室续三集》卷三，《清代诗文集汇编》第477册，第662页。
② 刘师培《汉魏六朝专家文研究》，商务印书馆，2010年，第130页。
③ 刘师培《论近世文学之变迁》，《国粹学报》1907年第1号。
④ 桐城派与汉学家在学术、文章领域的争议，自晚清以来便为学界所关注。在学术思想史方面，如梁启超、钱穆对此都有精到的论述（参见梁启超著、夏晓虹点校《清代学术概论》，中国人民大学出版社，2004年，第185—192页；钱穆《中国近三百年学术史》，台湾商务印书馆，2009年，第573—579、631—660页），晚近则以朱维铮、王汎森、张循等对清代汉宋之争的研究为代表（参见朱维铮《汉学与反汉学——江藩的〈汉学师承记〉〈宋学渊源记〉和方东树的〈汉学商兑〉》，《求索真文明——晚清学术史论》，上海古籍出版社，1996年，第13—43页；王汎森《方东树与汉学的衰退》，《中国近代思想与学术的系谱》，台湾联经出版事业股份有限公司，2003年，第3—22页；张循《汉学的内在紧张：清代思想史上"汉宋之争"的一个新解释》，《"中央研究院"近代史研究所集刊》2009年总第63期）。在文学批评史方面，郭绍虞《中国文学批评史》（商务印书馆，2010年，第352—524页）、邬国平、王振远《清代文学批评史》（上海古籍出版社，1995年，第547—641页）对桐城派和汉学家的文学理论也有较充分的讨论；近年来，曹虹、郭英德、於梅舫等在阮元文言说研究方面有较多推进（参见曹虹《学术与文学的共生——论仪征派"文言说"的推阐与实践》，《文史哲》2012年第2期；郭英德《以经术、文章主持风会——阮元"文章之学"新诠》，《文学评论》2018年第6期；於梅舫《阮元文笔说的发轫与用意》，《学术研究》2010年第7期）。但现有的研究大多还是在"文学史""学术史"各自的脉络中分别讨论。马积高和王达敏已从文学史与学术史相结合的角度展开研究，但前者所论较为简略，后者则集中在乾嘉时段（参见马积高《清代学术思想的变迁与文学》，湖南人民出版社，2002年，第76—112页；王达敏《姚鼐与乾嘉学派》，学苑出版社，2007年，第11—58、163—196页）。本文希望在前贤研究的基础上，进一步聚焦"声音"这一汉、宋双方都甚为关注的文学议题，考察学术史发展如何具体地作用于文学观念的转移，揭示清代中后期学界对"文"之"言语"本性的认识和反思。

如杨慎有"语录出而文与道判矣"①之论,又谓宋儒学僧家作语录,"正犹以土音市语而变中原正音",并举"吃紧""活泼""便辟近里"等词为例,说明有时代、地域特征的语言难以传远,不能明道反而"晦道"②。即使为宋人语录辩护者,亦不能不接受这种"不文"的前提,转而从语录并非理学家手著的角度加以辩解。如胡应麟批评杨慎不当讥议宋儒,便解释说"语录出之信口,记之门人,非文字铢两称停者"③。以复兴程朱之学为志的陈龙正,一方面承认"言之无文,行之不远,宋儒语录不能免也"④,一方面又以"语录原非程张手笔,不过门人所分记"作辩护,甚至主张将《近思录》中"方言字面,略与减除"⑤。由此可见,在明人的学术史论说中,"语录不文"成为反思理学的一个切入点,而所谓"不文",主要指的是其语体俚俗、不便传播的特点。

降至清初,在从理学到经学的转向中,"修辞"问题成为一大枢纽,而《论语·泰伯》所载曾子"出辞气,斯远鄙倍"之语⑥,乃是论者习用的理论资源。顾炎武《日知录》专立"修辞"一则,既引述《左传》"言之无文,行而不远",强调文章明道、传远之价值,又引述"出辞气,斯远鄙倍矣"指出君子之言语乃其内在道德的发露,理应雅正⑦,这就从传播和本体两个方面论述了修辞的重要性。钱大昕亦称君子出辞气"必远鄙倍","语录行,而儒家有鄙倍之词矣"⑧,将宋儒语录视为曾子、孔子之训的反面。章学诚更提出质疑,认为二程"尊道德而薄文辞",则"出辞气之远于鄙倍,辞之欲求其达,孔、曾皆为不闻道矣"⑨。姚鼐亦沿此思路,批评语录不能成文,在乾隆末年有《复曹云路书》云:"鼐又闻之:'言之无文,行而不远。'出辞气不能远鄙,则曾子戒之。况于说圣经以教学者、遗后世而杂

---

① 杨慎《升庵集》卷六五,《文渊阁四库全书》本。
② 《升庵集》卷四五,《文渊阁四库全书》本。
③ 胡应麟《少室山房笔丛》续甲部卷一〇,上海书店出版社,2001年,第99页。
④ 陈龙正《几亭外书》卷九,《续修四库全书》第1133册,上海古籍出版社,2002年,第430页。
⑤ 《几亭外书》卷一,《续修四库全书》第1133册,第236页。
⑥ 朱熹《四书章句集注·论语集注》卷四,中华书局,1983年,第103页。
⑦ 参见顾炎武著,黄汝成集释,栾保群、吕宗力校点《日知录集释》卷一九,上海古籍出版社,2013年,第1096页。
⑧ 钱大昕著,孙显军、陈文和点校《十驾斋养新录》卷一八,陈文和主编《嘉定钱大昕全集》(增订本)第7册,凤凰出版社,2016年,第476—477页。
⑨ 章学诚撰,叶瑛校注《文史通义校注》卷三,中华书局,2014年,第335—336页。

以鄙言乎?"①在姚鼐看来,宋儒语录"以弟子记先师,惧失其真,犹有取尔也",后人自为著述,则毋庸效尤,因此他建议曹氏"凡辞之近俗如语录者,尽易之使成文"②。作于乾嘉之际的《述庵文钞序》批评义理、考据"不文",其思路正是延续这种语录批判而来,不过其重心已有转移:姚序称美王昶之文"议论考核,甚辨而不烦,极博而不芜,精到而意不至于竭尽"③,所言皆是"繁碎缴绕"的反面,可知其虽虚陪一笔"语录不文",实际的重点乃在考证之文病。姚鼐在明代以来"语录不文"的延长线上顺势推展出"考证不文",倒攻宋学之戈以攻汉学,无疑是一种巧妙的论辩策略。

嘉庆以降,汉宋之争既炽,姚门后学中对语录的不满显著降温,而对考证的批评则转而滋盛。如陈用光自称"尝服膺明儒之尊信宋儒,而病其语录之不辞也"④,微妙地将语录批判的对象由宋儒转向明儒;而对于汉学,则是严斥其"词气之偏驳","无当于古文之业"⑤。方东树更是直接为语录辩护,认为程朱语录"虽著书无文",仍胜于"文士离经诡正、浮华龌龊之言"⑥,实际上消解了"语录不文"之病;反过来,他指汉学为"诐辞邪说"⑦,其著作"不免伧陋气象,矜忿迫隘,悻悻然类小丈夫之所发"⑧,甚至当时书院中课读的汉学著作,也被其怒斥为"僻伪之书""伧陋邪妄"⑨。"鄙倍"之讥的重心,也从"鄙"(俚俗)转向"倍"(诐邪背道)。从"语录不文"到"考证不文",在学术史的脉络中是反省宋学、汉学之"矛",而在文学史的语境内又是护卫古文之"盾"。方苞、李绂皆将语录之语悬为古文例禁⑩,姚鼐又在此基础上因应时弊,主张"为文不可有注疏、语录

---

① 《惜抱轩诗文集》文集卷六,第88页。郑福照《姚惜抱先生年谱》将此书系于乾隆四十五年至五十二年间(1780—1787)"在安庆书院作"(《乾嘉名儒年谱》,北京图书馆出版社,2006年,第7册,第533—538、567页)。
② 《惜抱轩诗文集》文集卷六《复曹云路书》,第88—89页。
③ 《惜抱轩诗文集》文集卷四,第61页。关于此文的写作时间,参见《姚鼐与乾嘉学派》,第170页。
④ 陈用光《太乙舟文集》卷五《寄姚先生书》,《清代诗文集汇编》第489册,第590页。
⑤ 《太乙舟文集》卷五《复宾之书》,《清代诗文集汇编》第489册,第598页。
⑥ 方东树《考槃集文录》卷三《重刻刘直斋读书日记序(代)》,《清代诗文集汇编》第507册,第168页。
⑦ 方东树纂、漆永祥点校《汉学商兑》卷上,凤凰出版社,2016年,第37页。
⑧ 《考槃集文录》卷五《潜邱札记书后》,《清代诗文集汇编》第507册,第206页。
⑨ 方东树《大意尊闻》卷三,《四库未收书辑刊》第6辑第12册,北京出版社,2000年,第351页。
⑩ 参见沈廷芳《隐拙斋集》卷四一《方望溪先生传》后附识语,《清代诗文集汇编》第298册,第539页;李绂《古文辞禁八条》,王水照编《历代文话》第4册,复旦大学出版社,2007年,第4008页。

及尺牍气"①,皆是从言语属性的角度划定"文"的界限。

值得注意的是,祖述曾子而以"辞气"这一概念论文,恰恰也凸显了古文的"言语"属性。《泰伯》篇所谓"辞气",与容貌、颜色并列,本指人之言语说话。皇侃《论语义疏》云"辞气,言语音声也"②;朱熹《集注》分释之曰"辞,言语。气,声气也"③;清初吕留良继承朱熹"声气"之训,径言"辞气之气,即指言语之声音神韵",又辨明此处"辞气"连用,是指外显的声音,与"辞本于气"中内在蓄养之气不同④。李绂在《古文辞禁八条》序言中云:"曾子谓'出辞气斯远鄙倍'。文则辞气之精者也,鄙且倍其可乎?"⑤更是直接将"文"与"辞气"关联起来。"辞气"指向古文的言语属性⑥,这正是桐城派以"声气"论文的理论基础。姚鼐便曾用"言语"阐释文章之道:

> 文字者,犹人之言语也,有气以充之,则观其文也,虽百世而后,如立其人而与言于此;无气,则积字焉而已。意与气相御而为辞,然后有声音节奏高下抗坠之度,反复进退之态,采色之华。⑦

古文以书面"文字"为载体,姚鼐在此却化笔墨为口耳,特意指出文字须有"气"方能告成。他所谓的"气",正是将人体之气与言语之气贯通,有气则成言,无气则"积字",这一论述的内在逻辑正可与刘大櫆之说相参:"积字成句,积句成章,积章成篇,合而读之,音节见矣;歌而咏之,神气出矣。"⑧盖"文"乃是以字句为基本单位构成,然而并非字句之堆砌便可成"文"。积字之后,有音节斯有神气,这既是人之言语形成的关键,也是文之所以为"文"的枢纽。

在晚清刘师培的论述中,语录的短处是"不可笔之于书";然而在清初至清

---

① 梅曾亮《姚姬传先生尺牍序》,彭国忠、胡晓明校点《柏枧山房诗文集》文续集,上海古籍出版社,2020年,第379页。
② 皇侃《论语义疏》卷四,广西师范大学出版社,2018年,第270页。
③ 朱熹《四书章句集注·论语集注》卷四,第104页。
④ 参见吕留良《吕晚邨先生四书讲义》卷一一"曾子有疾孟敬子问之章",《四库禁毁书丛刊》经部第1册,北京出版社,2000年,第574页。
⑤ 《古文辞禁八条》,《历代文话》第4册,第4007页。
⑥ 郭绍虞《文气的辨析》:"'出辞气斯远鄙倍矣',文而论气其最初本是指语言而言者。"郭先生后在其《中国文字型与语言型的文学之演变》(《学林》1941年总第9辑)一文中称唐宋古文是"文字化的语言型"。
⑦ 《惜抱轩诗文集》文集卷六《答翁学士书》,第84—85页。
⑧ 刘大櫆《论文偶记》,《历代文话》第4册,第4110页。

中叶,语录批判的角度却与此不同,重在指出宋儒语录作为"言语",缺乏典雅的"辞气",而非站在"书面"的立场上批判一切口语、辞令。故时人在文章典范方面,虽排斥语录,却又有推崇《论语》之论。顾炎武指出"《论语》《孝经》,此夫子之言也"①;冯班也区分《论语》与宋代语录,认为宋儒无讨论润色之功,而"《论语》文字甚妙"②。刘大櫆《论文偶记》以传达语气的虚字为古文家之能事,并敷演文学史演进以为佐证:"上古文字初开,实字多,虚字少,典谟训诰,何等简奥,然文法要是未备。至孔子之时,虚字详备,作者神态毕出。"③此以《尚书》文法未备,而被推为圭臬的,应该便是以《论语》为代表的"虚字详备"、辞气生动之文④。姚鼐著名的《复鲁絜非书》认为文出于刚柔二气,"《易》《诗》《书》《论语》所载,亦间有可以刚柔分矣"⑤,认为《论语》是文章源头之一。方东树《汉学商兑》针对刘台拱《论语骈枝》"孔子平日鲁语"之说,特别置辩,认为孔子与弟子之语皆当是正音雅言,"孔子大圣,声律身度,辞气有恒,不应如后世鄙人,忽学打官话者"⑥。方东树从子方宗诚之《柏堂读书笔记》,也是通过阐发《尚书》《论语》《孟子》行文之妙,展开其对"文章本原"的讨论。⑦《论语》作为圣贤之言语,辞气典雅,正是古文家心目中的文章矩矱。

二、性情乐理与句读节奏:
声气说的"道"与"术"

"传远""远鄙倍"等议题在清前中期的推展,重新在儒学体系中强化了"文"的价值。无论是接近日常口语的语录,还是冗长滞重的考证,都是不宜诵读、缺乏音节之作;而声音、神气之妙,琅琅成诵之美,正是古文的擅场。事实上,强调

---

① 《日知录集释》(全校本)卷一九,第1095页。
② 冯班著,何焯评,杨海峥、韦胤宗点校《钝吟杂录》卷八,凤凰出版社,2017年,第102页。
③ 《论文偶记》,《历代文话》第4册,第4113页。
④ 关于清代文章学理论中对虚字使用的讨论,参见常方舟《传统文话的虚词批评与近代文章学新诠》,《文艺理论研究》2019年第5期。
⑤ 《惜抱轩诗文集》文集卷六,第93页。
⑥ 《汉学商兑》卷中之下,第113页。
⑦ 参见方宗诚《论文章本原》,《历代文话》第6册,第5617—5711页。

文作为"言语"的属性，在程朱一派中本有渊源。① 朱熹平居即好吟诵，"微醺，则吟哦古文，气调清壮"②。桐城派正是将这一观念发扬光大。姚鼐既以文章"犹人之言语"，则最高的典范便是"圣人之言"。而圣人合于天道，故文章之声音节奏亦莫不本天道而出。其《敦拙堂诗序》云"言而成节，合乎天地自然之节，则言贵矣"③；《复鲁絜非书》云"文者，天地之精英，而阴阳刚柔之发也""惟圣人之言，统二气之会而弗偏"，④皆着意阐明此理。文章之气通乎天地之气，实又通乎人之性气，故音节又可与作者之性情紧密相联，"观其文，讽其音，则为文者之性情形状举以殊焉"。⑤ 姚门弟子对此旨亦颇有阐发。如梅曾亮为陈用光文集作序，主张"人有缓急刚柔之性，而其文有阴阳动静之殊""得其真，虽千百世上，其性情之刚柔缓急见于言语行事者，可以坐而得之"，⑥便是承姚鼐之说，将文章之阴与阳归于性情的柔与刚。方东树在《书惜抱先生墓志后》和《姚石甫文集序》中反复申论"精诵"学文之术，主张"沉潜反复，玩诵研说"，使学文者将己身之精神通于古人，通过音节文气的高下短长见其性情。⑦ 这种性情与音节相统一的观点，亦见于桐城诗论，如方东树称诗歌"欲成面目，全在字句音节，尤在性情"，"使人千载下如相接对"；⑧刘开认为《诗经》"性情与音节俱臻其妙"，后世"古乐亡而声音之道不讲"，"音节既失，则词无往复咏叹流连之致，而性情亦为之异焉"。⑨ 由此正可见桐城诗论、文论在声音议题上的贯通，音节神气正是儒者道德性情的具体体现。

性情通过文章音节而外显，便能感发读者之志意，具有道德伦理之价值。陈用光上书钱大昕，自陈其古文之学，即云"夫子之文章，子贡以为可得而闻，诚

---

① 张健《义理与词章之间：朱子的文章论》[《北京大学学报》（哲学社会科学版）2019年第3期]指出，"由于程朱视文章为自内心发出的言语，则文章就自然会被作一种说话或言说"，朱子认为历史上存在口说的时代与写作的时代，前者的审美价值高于后者。
② 黎靖德编、王星贤点校《朱子语类》卷一○七，中华书局，1986年，第2674页。
③ 《惜抱轩诗文集》文集卷四，第49页。
④ 《惜抱轩诗文集》文集卷六，第93页。
⑤ 《惜抱轩诗文集》文集卷六，第94页。
⑥ 《柏枧山房诗文集》文集卷五《太乙舟山房文集叙》，第121页。
⑦ 参见《考槃集文录》卷五、卷三，《清代诗文集汇编》第507册，第207、172页。
⑧ 方东树著、汪绍楹校点《昭昧詹言》卷一，人民文学出版社，1961年，第20页。
⑨ 刘开《刘孟涂集》卷七《拟古诗序》，《清代诗文集汇编》第543册，第549页。"音节既失"，同书卷一《拟古》诗前小序作"古节尽失"（《清代诗文集汇编》第543册，第349页）。

以性情之际,惟文为深"。文章深于性情,自然便可以因之以修养性情,故陈氏主张"文者,人心善恶之所形""君子由之以复性,小人由之以迁善",极力强调文章的道德价值。① 而这种道德价值的实现,便系于文章的感发功能。陈用光推崇《史记》为文"举其人之声音笑貌,如相接于几席之间""盖义法存而词气亦与之昭彰焉",②正是言其文章能"发人志气"、激起忠爱之心。不仅如此,对性情之真、面目之真的强调,亦能纠正摹拟之失。江西文家鲁缤曾致书陈室如(陈用光从子)批评刘大櫆云:"所谓读之成音者,不知其合于周秦人之音耶,汉唐人之音耶,抑海峰自成其音耶?"③反对袭取古人形貌,主张习而能化,形成自己的音节。"自成其音"的关键,便是使性情通过神气、音节落实到字句之上,既使性情具象可感,反过来也让音节字句的讲求不流于优孟衣冠,正是表里贯通、精粗靡遗之道。同时,诵读吟咏亦可为养气、养性之助。梅曾亮自言尝夜取古人佳作,"纵声读之,一无所忌,结约之气,略为一伸",正是通过"声"来做"气"的工夫。④后来何绍基主张"性情是浑然之物,若到文与诗上头,便要有声情气韵、波澜推荡,方得真性情发见充满,使天下后世见其所作如见其人、如见其性情",又谓讽诵诗文可以"涵养性情、振荡血气",⑤明白点破了以"声"论文的性理内涵。由此,声音工夫不仅关乎文章审美,更有修身养性的意义。

除了通于性情修养,声音之道亦可与儒家传统之乐学联系起来。在宏观的层面上,古乐沦亡之后,今人之"文"学(包括诗、古文辞)可以在儒学框架之中占据"乐"的位置。姚鼐弟子陈用光便主张以"乐"统合义理、考据与词章:

> 君子礼乐不可斯须去身。吾尝谓古乐无以求,求诸文则足以当乐。求诸文以当乐,诗歌其小成也,古文辞其大成也。……姬传先生尝谓义理、考据、辞章三者不可缺一。义理、考据,其实也;辞章,其声也。⑥

---

① 参见《太乙舟文集》卷五《上钱辛楣先生书》,《清代诗文集汇编》第489册,第607—608页。
② 《太乙舟文集》卷四《谢文节祠后记》,《清代诗文集汇编》第489册,第582—583页。
③ 鲁缤《答陈室如书》,《鲁宾之文钞》,《清代诗文集汇编》第487册,第598页。
④ 参见《柏枧山房诗文集》文集卷二《复陈伯游书》,第21页。
⑤ 何绍基《东洲草堂文钞》卷五《与汪菊士论诗十七则》,《续修四库全书》第1529册,第179,181页。
⑥ 此书文末提到"冬间北来可相见";后与鲁缤另一书开头云"得六月间手书……又知息意北行"(《太乙舟文集》卷五《与鲁宾之书》,《清代诗文集汇编》第489册,第599页),可知鲁缤当时曾有北上会试之计划而未能成行。据陈用光《鲁宾之墓志铭》,鲁缤嘉庆二十一年(1816)冬奉母命入京会试,成进士后旋病卒(《太乙舟文集》卷八,《清代诗文集汇编》第489册,第729—730页)。故此封《与鲁(转下页)

陈用光推尊"古文辞"在儒学价值体系中的地位,认为其兼容义理、考据、辞章三端,乃"乐"之大成。他又主张"为古文辞者不徒尚乎声,而必求所以实之",意在劝勉友人鲁缤容纳考据①,正透露出以"声"为古文辞本色的立场。从技术层面来看,文之所以能"当乐",正有赖于对古文辞之"声"(音节、神气等)的体察。在《姚姬传先生七十寿序》中,陈用光特别提出以"中声"为修辞之要:"天地有自然之文。……人效能于天地,亦必有其自然之文。……研究文事而铿锵陶冶,乃能得其中声而发见天地自然之文者,修辞之要也。"②按"中声"意指中和之声,古乐官以得中声而定音律③,这里则是移以譬喻对文章规律的掌握。文法本于天理之自然,故可谓之得"中",此论与姚鼐所谓"合乎天地自然之节""通于造化之自然"旨趣相同。"铿锵陶冶"语本柳宗元,陈用光将其解释为"格律声色"④,正是《古文辞类纂序》所说的"所以为文者"。

更具体而言,古文辞之音响节奏,其关键乃在于"句读"之离析。刘大櫆所谓"一句之中,或多一字,或少一字"⑤,字数多少、句式长短,其实质便是句读所划分的语流停顿。倘无句读,便仅仅是"积字",无法体现语言的节奏感。李兆洛曾着意发挥"句读"在诵读以及表现文章音乐性方面的重要功用:

> 独字不可诵,句而后可诵,声之引也。声之引,资乎气。当讽诵时,缓急、出入、周疏、迟速、高下之节出焉,而气随之,而心之解悟因之。善讽诵

(接上页)宾之书》当作于嘉庆二十一年之前的某次会试前一年。《鲁宾之文钞》收录了对此书的答书《答陈石士书》,其前另有一封《复陈石士书》提到"得见南池先生集序"(《清代诗文集汇编》第 487 册,第 595—596 页)。按《太乙舟文集》卷六《南池文集序》云:"乙巳岁,用光年十八,鲁山木舅氏携以谒先生于蟠山……今年以先生文集命予校定而属之叙,盖距见先生时越二十有七年矣。"(《清代诗文集汇编》第 489 册,第 622 页)由此推算,《南池文集序》作于嘉庆十七年(1812),《答陈石士书》则当作于是年之后。综合以上信息,陈用光《与鲁宾之书》应作于嘉庆十八年(1813),鲁缤当时计划上京应考次年甲戌科会试而未果。

① 鲁缤对此说并不以为然,于是复书置辩(参见《答陈石士书》,《清代诗文集汇编》第 487 册,第 596—597 页)。
② 《太乙舟文集》卷七,《清代诗文集汇编》第 489 册,第 675 页。此寿序作于嘉庆五年(1800)。
③ 参见《十三经注疏·春秋左传注疏》卷四一"中声以降",正义云"使得中和之声"(中华书局,2009 年,第 4396 页)。《国语·周语》:"古之神瞽,考中声而量以制。"韦昭注:"谓合中和之声而量度之以制乐也。"(《国语》卷三,《四部丛刊初编》本)
④ 《太乙舟文集》卷五《答宾之书》:"柳子厚云:'铿锵陶冶,时时见古人情状。'此言格律声色也。用光所谓合乎乐者,此也。无格律声色,不足以言古文辞。"(《清代诗文集汇编》第 489 册,第 599 页)
⑤ 《论文偶记》,《历代文话》第 4 册,第 4110 页。字数多少之外,刘大櫆同时也以平仄为影响"音节"的因素。但从古文写作实践来看,平仄并非主要因素。

者,句读明而义理自见,入于耳而不烦于言,气为之也。气之所为眇矣,能授诸神而达之于心。古人诵诗,即以学乐;即诗之句读,而乐之曲直、繁缛、节奏一以贯之也。古人之文如其口语,句读即其辞气云尔。辞气得,则诵其文如闻其语。①

李兆洛提倡讽诵,由声音之高下缓急以明义理,正同乎桐城派因声求气之说;以"诵诗学乐"连接语言节奏与音乐节奏,将"气"落到更为具体的"句读"层面,也是一种彻上彻下、精粗靡遗的理论建构。李兆洛同样以"言语"为文章之本,并指出言语的辞气,反映在文章里便是句读。以句读为基础的语言节奏,正是诗文音乐性的基础。事实上,无论是长短参差,偶对铺排,乃至于押韵变化之模式、虚词口气之微妙,都建立在句读的基石之上。句读与诵读,在传统士人教育中都属于入门之阶,所谓"彼童子之师,授之书而习其句读者"②。在古文理论中,句读格律也都属于"文之粗者"。韩愈所谓"愈之为古文,岂独取其句读不类于今者邪"③,强调须超越形而下的句读,但恰恰也透露出句读在界定古文语体中的基础性作用。清人之古文声气论,在继承韩愈等唐宋大家文气论的同时④,立场又有了微妙的转变,强调形而下的因素同样有其意义。如方东树即称"字句文法,虽诗文末事,而欲求精其学,非先于此实下功夫不得",并阐发韩愈之说,认为对时人而言,"顾求句读不类于今","已为三昧秘密"⑤,有必要在此加意用功。吴德旋云"昌黎谓'声之长短高下皆宜',须善会之。有作一句不甚分明,必三句两句乃明而古雅者;亦有炼数句为一句,乃觉简古者"⑥,也是将焦点由"气盛"转移到"言之短长与声之高下",并落实为句读之分合。本属小学范畴的句读⑦,同时也是文章停顿划分、声响节奏的基石,借由诵读的实践,成

---

① 李兆洛《养一斋文集》卷三《钱子乐十三经断句序》,《清代诗文集汇编》第493册,第38页。
② 马其昶校注、马茂元整理《韩昌黎文集校注》卷一《师说》,上海古籍出版社,2014年,第48页。
③ 《韩昌黎文集校注》卷五《题哀辞后》,第340页。
④ 关于桐城派声气说对唐宋古文家论述的继承与整合,参见《"文"学的声音:古代文章与文章学中声音问题略说》。
⑤ 《昭昧詹言》卷一,第15页。
⑥ 吴德旋撰、吕璜整理《初月楼古文绪论》,《历代文话》第5册,第5038—5039页。
⑦ 句读同样是小学家关心的问题,但桐城派的声气论将句读问题蕴含在诵读实践之中,而汉学中人则会更直接地推崇句读之用。晚清民初刘师培分析《史》《汉》,认为"欲明其文中驰骤顿挫之处,则非明其句读不可"(《汉魏六朝专家文研究》,第136页),黄侃主张"夫文之句读,随乎言语,或长或(转下页)

为读者、作者感知文章精妙之途径,正可谓是由粗及精,"道"而兼"术",巨细不遗。

三、"文气"抑或"文韵":阐释声音的两种途径

桐城派以声音神气为词章之本色,以"不辞"质疑考据之文"载道"的有效性,无疑成为汉学背后一根难以忽视的芒刺。乾嘉以降,汉学诸儒纷纷在以不同的方式回应这一问题。较为传统的思路是仍在唐宋古文的脉络之下,主张汉学大师于古文亦自有得。如戴震曾编选《唐宋文知言集》,推崇辞理俱佳之文;段玉裁推美戴震之文"精义上驾乎康成、程、朱,修辞俯视乎韩、欧"①。虽云"俯视",实则仍是以韩、欧为"修辞"一道之宗师。钱大昕亦劝勉后学"读孔、孟之书,修程、朱之行,而学韩、欧之文"②。第二种思路则是论证考据、注疏在唐宋古文传统之外别是一家,亦能成"文"。焦循《与王钦莱论文书》认为:"孔子之《十翼》,即训故之文,反复以明象变,辞气与《论语》遂别,后世注疏之学,实起于此。"③便是特别为汉学训诂考证之文尊体,认为其自有"辞气"。朱琦自序其文集,反驳专尚简削之说,指出繁复的文章具有"盘折流动之气"④,同时又推崇其友胡培翚之文"有经术之气酝酿其中,正无庸攀仰韩欧"⑤,也是在为汉学之文探寻"文气"。这一思路摆脱了韩、欧古文传统的束缚,但其逻辑前提是以辞气、文气为文章之本,正与桐城派古文家的观念相同。而嘉庆年间阮元所提倡的"文言说",则开启了完全不同的第三种思路:

(接上页)短,取其适于声气"(《文心雕龙札记》,商务印书馆,2014年,第137页),皆对句读与文气、音节的关系有更明晰的论述。推其源流,当亦于桐城古文家之声气论不无取资。晚清以来语言学中的句读理论及其对散文研究的意义,参见冯胜利《从〈马氏文通读本〉的句读看古代散文的韵律》,《"韵律与文体"国际学术工作坊会议论文集》,2018年。

① 《戴震集》附录《戴东原先生年谱》,上海古籍出版社,2009年,第485、487页。
② 钱大昕著,陈文和、曹明升点校《潜研堂文集》卷二〇《饶阳县新建文昌阁记》,《嘉定钱大昕全集》(增订本)第9册,第311页。
③ 刘建臻点校《焦循诗文集·雕菰集》卷一四,广陵书社,2009年,第266页。
④ 朱琦《小万卷斋文稿》"自序",《清代诗文集汇编》第494册,第4页。
⑤ 朱琦《研六室文钞序》,胡培翚《研六室文钞》,《清代诗文集汇编》第538册,第2页。

> 许氏《说文》："直言曰言,论难曰语。"《左传》曰："言之无文,行之不远。"此何也?古人以简策传事者少,以口舌传事者多;以目治事者少,以口耳治事者多。故同为一言,转相告语,必有愆误,是必寡其词、协其音,以文其言,使人易于记诵,无能增改,且无方言俗语杂于其间,始能达意,始能行远。此孔子于《易》所以著《文言》之篇也。①

与杨慎、陈龙正、顾炎武、姚鼐等人对"语录不文"的批评相似,阮元的讨论也以"言之无文,行之不远"这一"传道"问题作为推理的基础,由此反思"文"之本质为何。但与姚鼐"文章犹人之言语"大异其趣,《文言说》甫一开篇便援引《说文解字》,指出"言""语"区别于"文"。甚至对于《论语》一书,阮元也认为"名之曰语,即所谓'论难曰语',语非文也"②,有意剥离《论语》作为"言语"的性质,转而突出《易·文言》为"千古文章之祖"。因此,相比于之前的语录批评,阮元在"无方言俗语"的基础上,更强调文章必须用韵、比偶,便于记诵,方能达意而传道。这种"有韵为文"之说虽极有冲击力,但以狭义的押韵划定"文"的范围,即萧《选》所录,亦不能尽合。阮元亦虑及此,后于道光五年(1825)的《文韵说》中,特别扩大"韵"的含义以为解说:

> 所谓韵者,固指押脚韵,亦兼谓章句中之音韵,即古人所言之宫羽,今人所言之平仄也。……八代不押韵之文,其中奇偶相生、顿挫抑扬、咏叹声情,皆有合乎音韵宫羽者,《诗》《骚》而后,莫不皆然。③

阮元在此推广"韵"之内涵,将文本内部的音乐性效果,即所谓"合乎音韵宫羽"皆包括进来。在这一观念之下,不但"比偶"被统合到"韵"的范畴之下,平仄、抑扬、咏叹等种种"声音"效果,皆可为"韵"而成"文"。阮元复引《诗大序》,借助"声成文谓之音""长言之不足则嗟叹之"等概念继续拓展"韵"和"声音"的范围:

> 子夏此序,《文选》选之,亦因其中有抑扬咏叹之声音,且多偶句也。综而论之,凡文者,在声为宫商,在色为翰藻。即如孔子《文言》"云龙风虎"一节,乃千古宫商、翰藻、奇偶之祖;"非一朝一夕之故"一节,乃千古嗟叹成文

---

① 《揅经室三集》卷二《文言说》,《清代诗文集汇编》第477册,第361页。
② 《揅经室三集》卷二《数说》,《清代诗文集汇编》第477册,第362页。
③ 《揅经室续三集》卷三《文韵说》,《清代诗文集汇编》第477册,第660—661页。

之祖;子夏《诗序》"情文声音"一节,乃千古声韵、性情、排偶之祖。吾固曰:韵者即声音也,声音即文也。然则今人所便单行之文,极其奥折奔放者,乃古之笔,非古之文也。①

按此论述,《诗大序》虽不是韵文,也不是骈文,但也可被视为"文"。阮元以《文言》《诗大序》重建"文统",而将对偶、抑扬、嗟叹等皆纳入"声音即文"的范畴,与桐城派古文家"从声音证入"之说正好形成了有趣的对应。如果延续《文韵说》的逻辑,便会产生一个有趣的设问:古文中之顿挫驰骤、抑扬吞吐,是否也符合"声音即文"的定义?汉学诸儒虽主张散文"奥折奔放",是笔而非文,但倘以古文中之神气、音节非关"声音",恐不足以服桐城文家之心。②

从文章"声音"的角度来看,骈偶句式整齐,声响效果较稳定;单行句式则以不平衡为特点,长短高下,节奏错综而富于运动感。稳定则典重,则温厚;运动则轻灵,则强劲。二者各有其声,正可相互为用。被刘声木归入张惠言一系文家的吴育,即主张:"人受天地之中,资五气之和。一言之中,莫不律吕和、宫徵宣而不自知。或右韩柳而左徐庾,殆非通论。"③正谓古文(韩柳)、骈文(徐庾)皆以声音之和为美,不必轩轾。邓绎《藻川堂谈艺》纠阮元文论之失,强调的便是散文自有其声:

《诗》三百篇及《周易》以有韵之文传,而《论语》《内传》诸书以文从字顺传,……阮氏论文……贵偶而贱奇,贵有韵而贱无韵,是知有《诗》《易》而已,不知有四子书也。④

唐虞君相,首咏"明哉",下逮风诗,长言永叹,盖《文言》《鲁论》《内传》之所权舆也。诗为乐心,文宣乐旨,其抑扬抗坠,高下疾徐,上通于天籁,旁达于八音者,实缘人心之至乐而生。⑤

邓氏在文言说所标举的《周易》之外,强调四书亦是古文正宗,正与刘大櫆、姚鼐、方宗诚等推崇《论语》相呼应。所谓"文从字顺",正可以理解为散文中蕴含

---

① 《揅经室续三集》卷三《文韵说》,《清代诗文集汇编》第477册,第661—662页。
② 郭绍虞《文气的辨析》认为古文文气是自然的音调,骈文声律是人为的声律,具有同样的性质。
③ 姚燮《皇朝骈文类苑》"叙录"引吴育说,光绪间刻本。
④ 邓绎《藻川堂谭艺》,《历代文话》第7册,第6108—6109页。
⑤ 《藻川堂谭艺》,《历代文话》第7册,第6122页。

的语言节奏或者说自然之辞气。陈澹然《晦堂文钥》上承姚鼐、曾国藩之说,谓文章声调有深、浅两层,"深之则通于乐律,贯乎阴阳";"浅之则文从字顺而已",主张"欲求声调,则自出辞气远鄙倍始"①,正可移与邓氏之说并观。邓绎将以韵成声的《文言》,与以辞气成声的《论语》《左传》皆溯源于诗歌咏叹,认为其抑扬节奏之中包含"至乐",正揭示出文韵、文气背后共同的本原。在他看来,"天地之文章始于奇耦,寄于声音文字,成于自然"②,"声音"正是统合奇偶、骈散、韵与无韵的枢纽。与之类似,吴曾祺阐发姚、曾"论文每以声响为主"之意,也通过对有韵、无韵的对比来论证文章之"切响",指出"音声一道,其疾徐高下、抑扬抗坠之分,不独有韵之文有之,即无韵之文亦有之",以为古人之文"冲口而出,自为宫商"③。更有趣的是,力主阮元文言说的刘师培也吸收了桐城"文气"的理论资源,认为"文之音节,本由文气而生""文气盛者,音节自然悲壮;文气渊懿静穆者,音节自然和雅",正有取于姚鼐、曾国藩之论④。凡此种种,皆可见"文韵""文气"的概念是如何被融摄、统合到晚清有关古文声音的论述之中的。

四、凡著于竹帛皆文:文字本位论对声气说的挑战

道、咸以降,融会骈与散、有韵与无韵之文,成为文学理论中一个重要的问题。桐城派与汉学家看似水火不容的文学观念,在主张文章有声、"可诵"的问题上却又殊途同归。其共同的理论基础,便是以"言语"为古文本质的观念。然而降及清末,章太炎主张以"文字"为文章之本,从根本上挑战了古文声音之说:

---

① 陈澹然《晦堂文钥》,《历代文话》第 7 册,第 6793 页。陈氏又以姚鼐之论"神味"为深而曾国藩之言"声调"为浅,认为"与其深而莫由考验,莫若浅之犹可寻求""故宁舍姚取曾,舍深取浅"(《历代文话》第 7 册,第 6793 页)。
② 《藻川堂谭艺》,《历代文话》第 7 册,第 6134 页。
③ 吴曾祺《涵芬楼文谈》,《历代文话》第 7 册,第 6585—6587 页。
④ 参见《汉魏六朝专家文研究》,第 130 页。按曾国藩继承姚鼐阴阳刚柔之说,以扬雄、司马相如之"雄伟"为阳刚之美、"天地之义气",刘向、匡衡之"渊懿"为阴柔之美、"天地之仁气"(王澧华校点《曾国藩诗文集》文集卷三《圣哲画像记》,上海古籍出版社,2013 年,第 290 页)。

　　　　文之为名，包举一切著于竹帛者而言之，故有成句读之文，有不成句读
　　　之文，兼此二事，通谓之文。就成句读者言之，谓之文辞。……凡不成句读
　　　者，表谱之体，旁行邪上，件系支分，会计之簿录，算术之演草，地图之列名，
　　　此皆有名身而无句身……此不得谓之文辞，而未尝不得谓之文也。其成句
　　　读者，复有有韵、无韵之别。①

以"成句读之文"笼括有韵、无韵，实际上对应的正是记录"言语"之文，这一类在章太炎的系统中被称为"文辞"。② 然而文辞并非"文"之全部，太炎主张"以有文字，著于竹帛，故谓之文"的广义界定，核心的观念是以文字（书写载体）而非语言（声音载体）为"文"之本。由此不但超越文韵、文气之说，还更上一层，将"不成句读"者亦归入"文"的范畴。章氏认为"文字初兴，本以代言为职，而其功用，有胜于言者"，并不否认语言在起源上相对于文字的优先性，但强调文字在功能上的优越性。他从一维、二维、三维的角度解析符号的本质，指出"盖言语之用，仅可成线""文字之用，可以成面""仪象之用，可以成体"。因此"凡排比铺张，不可口说者，文字司之"，视觉符号在这个意义上较听觉符号更有优势。由此，章太炎推论："凡无句读之文，皆文字所专属者也。文之代言者，必有兴会神味；文之不代言者，则不必有兴会神味；不代言者，文字所擅场也。"（《文学论略》）"文"既以文字为本，则文字专属的"无句读之文"，相对记录言语的"有句读之文"，自然更为优越。吟诵咏叹之间蕴含的"兴会神味"，也就不能作为文学固有之特征了。此种立论，当与太炎为汉学家文字尊体的用意有关。《文学论略》将文学分为十六科：属于"无句读文"者，有图书、表谱、簿录、算草四科；系乎"有句读文"者，则是赋颂、哀诔、箴铭、占繇、古今体诗、词曲（以上六者为有韵文）、学说、历史、公牍、典章、杂文、小说（以上六者为无韵文）十二科。同理，在"有句读之文"中，被推为文学最上乘的是典章科和学说科的疏证类，盖其"文皆质实而远浮华，辞尚直截而无蕴藉，此于无句读文最为邻近"。根据太炎的解

---

① 章绛《文学论略》，《国粹学报》1906 年第 9—11 号。
② 章太炎谓"文辞之称，若从其本以为分析，则辞为口说，文为文字"（《文学论略》），正点出其"口说"属性。关于晚清文论中口耳与竹帛之辨，参见陆胤《晚清文学论述中的口传性与书写性问题》，《中国社会科学》2019 年第 5 期。陆文及史伟"社会学转向"与章太炎的"文学"界定》（《文学评论》2019 年第 4 期）都认为章太炎以文字定义文学，乃是受斯宾塞社会学之影响。本文则希望强调章氏此说在清代学术史中的内在因缘。

说,《周礼》《仪礼》《礼记》,可以典章科之官礼、仪注、书志诸类概之,而"上自经说,下至近世之劄记"都是"疏证类"。典章、疏证,正是清儒考据经史所使用的重要学术文体:

> 近人别集,如戴震、钱大昕、段玉裁、阮元辈,其间杂文甚少,而关于考证者多,是亦疏证类也。……虽然,既已谓之文辞……则疏证必不容与表谱、簿录同其冗杂。……疏证之要,必在条列分明。(《文学论略》)

由此可见,章太炎以文字为本位论"文",正有其现实指向。阮元之倡文言说、文笔之辨,以骈偶、用韵为文学之本,虽意在夺八家之文统,却不免将学术著作也纳入经、史、子而出离"文"之领域。章太炎重铸"文"之定义,推崇"无句读文"以及典章、疏证之体,则可以在"文"的范畴之内安顿考证文字的位置。在为汉学之文尊体的努力之中,焦循、朱琦等寻找说经、训诂文字的辞气,大抵是对古文"入室操戈";阮元别树文统,近于"围魏救赵";章太炎从文字的角度重新定义文学,则可譬之"釜底抽薪"。其取径虽各不相同,却都是在清中叶以来汉学与宋学、义理、考据与词章的多元复杂互动中,共同推进了"文学"观念的演进。

如果说道、咸之际文学观念的争议主要围绕文笔之辨展开,那么降及清末,论辩的焦点就转到了言语、文字之别上。此前古文、骈文中以"声音"论文,潜在的预设都是以"言语"为文章之本。"以文字为主"的思路,引入语、文之分立,便将原本习焉不察的预设推到了台前。语言在起源上先于文字发生,大抵是诸家之共识;但如何就此推论文学之性质,则可以有不同的理论推衍。光绪二十七年(1901),王兆芳著《文章释》一书,以"'文'为交爻错杂有经纬之称",主张"昔自仓颉造文字,是生文章";又云"文章之异体,生从文字,文字之用多,故文章之体亦多""其躯骨有解释、考据、记叙、告语、讽赋、议论六体"[1],与太炎类似,都是本乎"文字"而涵括几乎一切体裁,尤其是声情、神味较少的学术文体。刘师培《论文杂记》援引印度佛书"经""论""律"的文体分类,主张中国文章"排偶之文,皆经类也;单行之文,皆论类也;会典、律例诸书,皆律类也",不但以新框架诠释文笔之辨,更以"律类"安放"语简事赅"之文字,正与章太炎之论典章科书志类、

---

[1] 王兆芳《文章释》,《历代文话》第 7 册,第 6319—6320 页。此外,郭绍虞《中国文字型与语言型的文学之演变》也使用"文字""语言"等术语为古代文体分类,但他所谓的"文字型"是指辞赋、骈文等类,与章太炎、王兆芳的概念所指实不相同。

学说科疏证类殊途同归。不过刘师培却更认同阮元的文言说,特别坚守"声音"本位的立场:"上古之时,先有语言,后有文字。有声音,然后有点画。……盖古代之时,教曰'声教',故记诵之学大行,而中国词章之体,亦从此而生。"①通过对文学起源的描述,"声音"相对"文字"更为基本;同时,由于"韵语偶文,便于记诵",故有韵之文又相对无韵之文更为优越。与之类似,桐城姚永朴在《文学研究法》(1914年)首篇《起原》同时并列了两种文学肇始的叙事:一是从《尚书》"诗言志,歌永言"引出的言语起源,二是从《周易》庖牺作八卦引出的文字起源。姚氏特意将言语置于文字之前,并强调"声音"的地位:"文字之原,其基于言语乎?言语其发于声音乎?声音其根于知觉乎?……有知觉者为动物。动物之中,惟人也得五行之秀气而最灵。"②虽然引入了"知觉"的新概念,但将言语、声音归本于五行之秀、天地之气,既可远溯《礼记·礼运》《文心雕龙·原道》等典籍,又承自桐城派以自然之"气"阐释文章本体的近源。进而言之,姚永朴认为有韵、无韵之发生"必有韵之文居乎先",但又主张先秦经籍"有韵无韵,皆顺乎自然",而在奇、偶之间则"用奇者必居乎先"③,以此凸显散体古文的地位。

值得注意的是,清末民初章太炎、刘师培、姚永朴关于文学界分的思考,背后同样延续着有关语录、考据"不文"的论说。章太炎既以体近"无句读文"而贵典章、疏证,又以"战国陈说,与宋人语录、近世演说为类,本言语,非文学也",批评近于言语之作"语必伧俗""浮言妨要"④。正是从言、文之别的角度将语录批判扩而张之,用于质疑当时的演说之文。姚永朴承桐城之绪,亦在《文学研究法》中立《范围》一篇,主张文学家"异于性理家""异于考据家",不但引述杨慎、姚鼐关于"语录不文"之论,更特别将考据分为经学之"注疏家"、史学之"典制家"两派,谓其"与文学家实分道扬镳"⑤,正与章太炎之推崇典章、疏证文形成鲜明的对照。刘师培将宋学"以语录为文"、汉学"以注疏为文"并列,作为"学日

---

① 刘光汉《论文杂记》,《国粹学报》1905年第1—10号。关于刘师培与章太炎文学观念的异同和对话关系,参见王枫《刘师培文学观的学术资源与论争背景》,陈平原、王守常、汪晖主编《学人》第13辑,江苏文艺出版社,1998年。
② 姚永朴《文学研究法》卷一,《历代文话》第7册,第6833页。
③ 《文学研究法》卷二,《历代文话》第7册,第6893—6894页。又《文学研究法》卷三以"所谓声者,就大小、短长、疾徐、刚柔、高下言之"(《历代文话》第7册,第6967页),畅发桐城古文声气之说。
④ 章炳麟著、徐复注《訄书详注》,上海古籍出版社,2017年,第438—439页。
⑤ 《文学研究法》卷一,《历代文话》第7册,第6849—6851页。

进而文日退"之证；于桐城流派，除了略许"姬传之丰韵，子居之峻拔，涤生之博大雄奇"（《论近世文学之变迁》）外，亦不满其空疏之弊。有趣的是，恰恰是刘氏眼中这种"文学之退"，反过来推动清代学者从"文"与"不文"之别的角度探讨文学的本质、特性，使得知识界对"文"这一概念的反思丝抽箨解，愈转愈进。

结　语

钱锺书先生曾指出，"以不文为文"乃文学史上"文章革故鼎新"[①]之要道。事实上，在文学观念史上，"文"何以为"文"，而"不文"何以为"不文"，同样是观念"革故鼎新"之途径。清代学术思想史上的汉学、宋学之争，在儒家"文以载道"的传统之下，成为"文学"观念不断演变的重要推动力。出于建构文统、学统的需要，语录、考据注疏乃至散体古文，都不同程度地面临"不文"的质疑。对"不文"的探讨，更是从审美判断演化为属性判断：在理论推衍的过程中，文章的雅俗、工拙、繁简等技术问题，都出于理论构建的需要而被上升、强化为"非文"的本体问题。周勋初曾以桐城、《文选》、朴学三派精要地概括民初之文坛论争[②]。事实上，三派围绕"文"之本体的论述，不但是清中后期文学理论嬗变的延续，更以汉宋之争为背景，具有内在于儒学史的根源。文章是否需要成"声"（言语、文字之辨）以及如何成"声"（文气、文韵之辨），构成了这一时期文论发展的关键议题。桐城派以散体古文的言语属性为基础，以"文气"论为资源的文章声音说，乃是声音论述的大宗，并逐渐通过"不拘骈散"的观念涵纳了"文言""文韵"之说。刘师培上承阮元，但其关于文章音节的讨论，实亦融入了不少散体文气论的成分。而章太炎以文字为本位的文体谱系，虽极富革命性，但终未能以"无句读文"夺"有句读文"之席。在义理、考据、词章，口语、雅言、文笔等多重的交涉与论辩中，语言形式分析、诵读技术与文学观念等相互连通、聚合，使"声音"成为中国固有文论中的一个重要命题，也为现代文学中白话与文言、口说与书写等议题预伏下了植根于传统的内在理路。

[①] 钱锺书《谈艺录》"诗乐离合　文体递变"，生活·读书·新知三联书店，2007年，第83页。
[②] 参见周勋初《黄季刚先生〈文心雕龙札记〉的学术渊源》，《当代学术研究思辨》，南京大学出版社，1993年，第1—17页。

从"自讼"到"自适"
——曾国藩日记中的读法描写与诗文声调之学的内化

北京大学中文系 陆 胤

在近代中国世运与文运的急遽变革中,曾国藩持续充当着数代读书人的典范。这不仅取决于现实中的事功与学养,更与文献的流传和塑造有关。曾氏身后留存了较为完整的日记、书札、奏牍手稿或抄件,尤其是其日记,早年虽仅成片段,但"自戊午以后,迄于同治壬申二月易箦之日……无一朝一夕之间"①,为后人重访曾氏日常行事、治学历程及其心态变化提供了详尽资料。

百余年来,从辑录类编、石印手迹到影印全本、标点整理本,曾国藩日记作为一宗久已备受关注的史料②,围绕它的讨论似已难出新意。不过,近年日常生活史与阅读史研究的再兴,却有可能提供一些新视角。特别是当日记不再仅仅被看作透明的事实记载,而是作为一种带有意图的"描写",关注到其独有的文体形式之时,日记行为背后的思想设定便逐渐浮现。与同时期其他日记相比,曾国藩日记格外突出对于读书工夫的记录和描写,有意将各种形式的读书塑造为一门修身日课。这一特点早已得到学者的关注和初步阐发③,更使曾氏日记有可能成为探讨晚清阅读史变迁的一项资源。④ 长久以来,思想史家视曾国藩为道、咸之际学术转折的化身,文学史则强调其私淑并扩张桐城古文堂庑

---

① 王启原《求阙斋日记类钞》叙目,传忠书局光绪二年(1876)刻本。
② 关于曾国藩日记保存、抄副与刊印的经过,详见王澧华《曾国藩家藏史料考论》,广西师范大学出版社,1996年,第71—86页。
③ 余英时《曾国藩与"士大夫之学"》,《士与中国文化》,上海人民出版社,2003年,第588—596页。
④ 近年颇有研究曾国藩阅读史的尝试,往往取其日记为主要材料,如郭平兴、董恩林《曾国藩阅读行为研究》(《出版科学》2011年第1期);程彦霞《从〈曾国藩日记〉看曾氏的日常阅读》(载《图书馆工作与研究》2017年第7期)等。此类研究总体上仍停留于印象式的归纳或描述,对日记中丰富的阅读信息尚未充分利用;且多预设曾国藩"阅读成功者"的角色,试图总结共时的"阅读理论",却有可能因此淡化曾氏读书时面临的各种道德焦虑和实际困难,更忽略了其各时期日记性质和读书宗旨的历时变化。

的努力。如能通过曾氏日记的再解读,特别是对其中所蕴读书信息进行归类和统计,将"义理"与"词章"统合于阅读史的"读法"问题之下,落实到对日复一日"读书功程"的统计和分析,或许能对已有的印象式判断有所突破。

曾国藩一生嗜好诗文,凭借一己的权位声势,提升了诗文词章在晚清士大夫知识整体中的位置。清季以来,学者论及曾氏诗文之学,多关注其在"声调"上的开拓。或谓桐城派文论"极其精则曰神曰味,夫神味至无形者也,故曾文正以声调二字易之"[①];或指出曾氏古文的声气早已逸出桐城矩矱:"文正之文,虽从姬传入手,后益探源扬、马,专宗退之,奇偶错综,而偶多于奇,复字单义,杂侧相间,厚集其气,使声采炳焕,而戛焉有声。"[②]曾国藩的古文论述多取桐城话头,中年以后则注重从《文选》辞赋及韩文的雄奇倔强中领会"行气"法门。然而,其诗文声调之学并不限于古文理论或创作,而更应包括日常诵读涵泳的工夫。近年已有论者提及曾氏"声音"理论的读书面向[③],本稿则将在分类统计日记读书行为的基础上,将诗文声调之学还原到日记所描写的读书场景和阅读动机之中。综计曾氏毕生读书记载的动态分布,日渐明显一个趋势是:源自理学的"自讼"功程逐渐转化为温诵为主的"自适"调剂,"声调"不仅攸关"文事",还越来越成为安顿日益分化中的知识统一体的一种策略。

一、作为"读书功程"的日记

传统上的"日记"体裁实际上是一个大文类,在逐日记载的形式之下,包含了排日事账、差事日录、读书摘记、修身日谱、行旅日程、星轺日记等多种亚类型。[④] 除了记录备忘的基本用途,写日记更有修身自省、抒情言志、叙事描写、学术研究等功能。曾国藩留下的各种日记同样带有这种体裁复杂性:已佚的

---

① 陈澹然《晦堂文钥》,《历代文话》第 7 册,复旦大学出版社,2007 年,第 6793 页。
② 李详《论桐城派》,《国粹学报》总第 49 期,光绪三十四年(1908)。李详之说挟清末民初骈散交争之势,旋即进入文学史叙述,影响尤为深巨。参钱基博《现代中国文学史》,世界书局,1935 年,第 34 页。
③ 参见陈引驰《"古文"与声音——兼及其与诗学的关联》,《岭南学报》复刊第 5 辑,第 259—273 页;柳春蕊《晚清古文研究》,百花洲文艺出版社,2008 年,第 242—248、292—319 页。
④ 以上分类,主要依据邹振环《日记文献的分类与史料价值》(载复旦大学历史系编《古代中国:传统与变革》,复旦大学出版社,2005 年,第 307—335 页)一文而略作变通。

《茶余偶谈》《雅训类记》等为读书考据的摘记，《过隙影》大概是记事日录，今存《无慢室日记》则不过记载人名事项的备忘录而已。除此以外的现存日记，则大致保持了较节制的记事风格，"臧否决断，则不详于册……不以文辞自表襮"。①

但是，即便在节制记事的主体部分，曾国藩不同时期日记的性质，以及其中记载读书行为的比重和意义，也有微妙变化。道光十九年(1839)最初所记限于琐事，仅出现4次关于读书的记载。二十年(1846)六月初七日起重立日记，第一次立下功课：每日辰后温经书，日中读史，酉刻至亥刻读集，有所得则载《茶余偶谈》。②日记中的读书内容逐渐丰富，开始出现"阅""温""圈""批"等多元读法描写。这一变化，当与此期曾国藩接触以唐鉴为中心，包括邵懿辰、倭仁、吴廷栋、何桂珍、窦垿、冯卓怀等在内的京官理学圈子有关。道光二十年(1840)十一月十六日记："镜海先生(唐鉴)每夜必记《日省录》数条，虽造次颠沛，亦不间一天，甚欲学之。"(1.49)预示其日记性质即将转变。

唐鉴曾告曾国藩以倭仁的日记用功法，"每自朝至寝，一言一动，坐作饮食，皆有札记。或心有私欲不克，外有不及检者皆记出"(1.92)，更要传示同人批点，以为"互质"之资。次年曾国藩亦将此法转告诸弟："每日有日课册，一日之中、一念之差、一事之失、一言一默皆笔之于书。书皆楷字，三月则订一本。"③按此即明末清初学者自勘功过的"日谱"之法。④倭仁早年从王学证入，与河南同乡李棠阶等互质日课，"一日十二时中，密密推勘"，有过念则必"自讼"⑤；后在唐鉴影响下折入程朱，但王学风格的治念日记却延续下来，成为道光末京师理学圈的新流行。曾国藩日记受其感染，自道光二十二年(1842)十月起，维持了几个月严格的治念日谱格式。今存此期日记均以一画不苟的端楷书写，追求"凡日间过恶：身过、心过、口过皆记出，终身不间断"⑥，并付倭仁等传看批点

---

① 王闿运《序》，《曾文正公手书日记》卷首，上海中国图书公司宣统元年(1909)石印本。
② 参见《曾国藩全集·日记》第1册，岳麓书社，1987年，第42页。按：以下征引曾氏日记，除《绵绵穆穆之室日记》外皆从此版，为免繁复，不再出注，仅在引文后标注册数和页码(用分割点隔开)。
③ 道光二十二年(1842)十月廿六日《与诸弟书》，钟叔河编校《曾国藩往来家书全编》，海南出版社，1997年，中卷第7页。
④ 代表性研究，参见王汎森《日谱与明末清初思想家——以颜李学派为主的讨论》，《"中央研究院"历史语言研究所集刊》第69本第2分，1998年6月。
⑤ 参见李细珠《晚清保守思想的原型——倭仁研究》，社会科学文献出版社，2000年，第56—60页。
⑥ 《曾国藩往来家书全编》，中卷第13页。

(1.134)。而与读书有关的行为,也成了道德检视的对象:

> 早起,读困卦,心驰出,不在《易》而在诗,以昨日接筠仙(郭嵩焘)诗,思欲和之故也。饭后,强把此心读《易》,竟不能入,可恨。细思不能主一之咎,由于习之不熟,由于志之不立,而实由于知之不真……(1.122)

宋儒以读书为"维持此心"的法门①,曾国藩读书治念的工夫大概也不外乎此;而"能入""静心""有恒"以及"心浮"或"心忙"与否,则是勘断其读书成败亦即修身功过的标准。出声读书的"高诵""高吟"之法也是在这一时期发端,诵读的对象包括《孟子》养气章、李太白集等(1.114—115、126),且颇辨别心、气关系,以"气藏丹田"为课程(1.128、138)。但吟诵《孟子》有助养气,高吟太白诗却是"重外轻内"(1.126)。此时曾国藩已开始接触京中"工为古文诗者",领悟到古文"辞气""韵味"的深微②;但在理学家眼光的严厉检视下,道光二十二年十月、十一月间日记对"粘滞于诗""耽着诗文"仍多有反省。诗文内容成为"自讼"一大目标,未必出自曾国藩本心,更有可能是考虑到倭仁等日记潜在读者(批阅者)而摆出的姿态。③

不过,这种治念日谱格式没能延续太久。道光二十三年(1843)起,曾氏日记中治念内容显著减少;当年六月外放考官,七月初八日起的日记主要记载行程,回到了一年之前的行书体。此后曾氏日记再没有采取过严格的日谱格式,有研究断定其修身日记到此已告"失败"④,日后受乃兄影响而立日记簿的曾国葆也不留情面地指出"此事实是虚文"。⑤ 曾氏日记中治念功程的淡去,当然可以从他个人学术路向的变化乃至整个道、咸学风转向中找到解释。然而,在咸丰以后曾氏的记事日记中,道德检视的功能并未完全退场,而是在理学传统中选择了另一支资源,以"读书功程"的方式保留了下来。

1965年首次影印刊布的曾国藩《绵绵穆穆之室日记》,始自咸丰元年

---

① 张载《经学理窟·义理》:"书以维持此心,一时放下则一时德性有懈,读书此心常在,不读书则终看义理不见。"章锡琛点校《张载集》,中华书局,1978年,第275页。
② 见曾国藩《致刘蓉》,《曾国藩全集·书信》,岳麓书社,1990年,第5页。
③ 道光二十二年十一月初五日曾国藩日记:"至岱云(陈源兖)处久谈,论诗文之业亦可因以进德,彼此持论不合,反复辩诘。"天头有倭仁眉批:"固是,然一味耽着诗文,恐于进德无益也。艮峰。"(1.125)
④ 彭勃《道咸同三朝理学家日记互批研究》,《华南师范大学学报》(社会科学版)2019年第1期。
⑤ 见《曾国藩往来家书全编》,中卷第695页。

(1851)七月,迄于二年(1852)六月,在曾氏日记文本群中颇显特殊。该日记实是填在预印好的"日记版"格中,全版分为读书、静坐、属文、作字、办公、课子、对客、回信八栏,末栏刻发挥朱熹《中庸章句》以阐释"绵绵穆穆"之意的一段话(图一)。这种预印版格分类填写的日记形式,亦称为"日省簿"。乾隆间唐秉钧《文房肆考图说》卷末便有一篇《日省簿说》,介绍"直书项款,横记事为"的格式:每日按往来、著作、居处、饮食、出入、书信等项记载,"至月底用小结,岁终用总结,则一年之举动行为了如指掌"①,相当于一种逐日记录的"功过格"(图二)。晚清时代预印日记版仍相当流行。② 但具体到每日记载之时,预先印好的各项空格,往往不能填满。《绵绵穆穆之室日记》几乎每天都有栏目空出,"静坐"项甚至被借来记录睡眠状况,与刻版原意不无出入。惟有"读书"一栏的记载较为持久且充实。《曾文正公年谱》揭示此期日记突出"读书"一项,其实另有渊源:

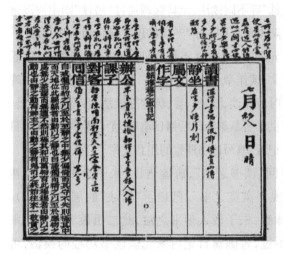 

图一 曾国藩《绵绵穆穆之室日记》版格　　　图二 《文房肆考图说》附录
　　　　　　(咸丰元年)　　　　　　　　　　　　　　　"日省簿式"

---

① 唐秉钧《文房肆考图说》卷八,乾隆四十三年(1778)嘉定唐氏序刻本。
② 曾国藩同时代的"日记版"用例,如上海图书馆藏咸、同之际《王海客日记》,版格即分为天时、人事、德业三栏,"德业"栏又分为敬、怠、义、欲等列,供人圈填,类似功过格;上海松江区图书馆藏同光间《订顽日程》,版格分为天时、人事、自修、酬酢、著作、函牍、出纳等栏。此外,清末文廷式、严修等人的日记也都采用了预印的版格,严修日记的版格式样尤多,甚至曾借人翻刷。参见陈鑫整理《严修日记》,天津古籍出版社,2015年,前言第9—10页。

刘公传莹为公书斋额曰"养德养身绵绵穆穆之室",至是公乃仿程氏《读书日程》之意,为日记曰《绵绵穆穆之室日记》。①

准此,则《绵绵穆穆之室日记》应是模仿《程氏家塾读书分年日程》的用意。元儒程端礼按照"朱子读书法"原则编成的《读书分年日程》,不仅是一套分年递进的教程,更细化到每日自早至晚各个时段温、看、浏览的程序,循环往复,不断增益,从字训、小学书入门,最终掌握包括经传、史鉴、古文、性理书在内的理学知识统一体。与曾国藩日记中的读书描写尤为接近的是,程氏日程针对各段学程和不同类别、功能的书籍,早就区分了"倍读""看读""讽诵""暗诵""句读""点抹"等不同读法,尤其强调通过"倍读"即出声温诵熟书来贯彻朱子"熟读精思""虚心涵泳"的教旨。②元刊本《读书分年日程》附有读经、读看史、读看文、读作举业、小学五种日程版格,区分早、午、晚时段和读、温、倍、看、玩索等读法,各标起止之处,供学者摹刻翻印后每日填写,尤与晚清人刻印"日记版"填写读书课程的用意类似。(图三)

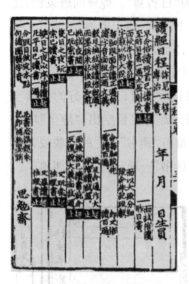

图三 元刊《程氏家塾读书分年日程》所附"读经日程"版格

曾国藩初从学于唐鉴,即叩问"读书之法",唐鉴告以《朱子全书》"最宜熟读,即以为课程身体力行,不宜视为浏览之书",已启示"读法"的层次(1.92)。中年训子书称"虚心涵泳,切己体察,朱子教人读书之法,此二语最为精当",则已自命为朱子读书法的传人。不过,曾国藩日记对宋元儒读书功程的模仿,可能还有更为广泛的背景。《程氏家塾读书分年日程》在清代基层教学实践中有着持久影响力③,预先印好的"日记版"作为一种教学工具,在晚清书院中亦颇为流行。"有特别印好的格式,按规格来加以记录"④,格式化的读书功程可能

---

① 黎庶昌(曹耀湘代编)《曾文正公年谱》卷一,传忠书局光绪二年(1876)刊本。
② 程端礼《程氏家塾读书分年日程》卷之一,《丛书集成初编》本。
③ 参见徐雁平《〈读书分年日程〉与清代的书院》,《南京晓庄学院学报》2006年第5期。
④ 此为胡适晚年回忆其父同治间在上海龙门书院所见"日程"和"日记"的格式,见唐德刚(转下页)

也是当时书院教学的普遍习惯。

按预印格式来填写的《绵绵穆穆之室日记》仅持续了不到一年,此后曾国藩日记的主体,便是咸丰八年(1858)六月起直到其易篑前一日近14年无间断的记事体日记。但"读书功程"并没有因日记形式的简化而削弱,读书内容在其后期日记中反而更为丰富,甚至有时候日记中其他军事、公牍、应酬等行事竟成了读书间隙的点缀。更重要的是,咸、同间的曾氏日记实际上延续了《读书分年日程》的框架,每日分早起、饭后、傍夕、灯后等时段中详细描写阅、诵、批、圈等读书行为,时而自省其功过得失。而最能说明咸丰八年以后曾国藩日记"读书功程"性质的,则是其日记中不断订立的"日课"。现存曾氏日记中一共有11次"立日课"的记载,其中京官时期4次,分别为:

1) 道光二十年六月十七日订一日内分读经、史、集时刻(1.42);

2) 同年十一月初五日订单、双日分读经史(1.48);

3) 二十二年十二月初七日立课程内有"读书不二"一项,规定"每日以十叶为率"(1.138);

4) 咸丰元年七月初日记眉批确立最要"十种书"①。

咸丰八年以后日记立日课7次,涉及读书的内容有:

5) 咸丰八年三月到四月(补记):读书二卷(卯初至午初);诵诗、古文(酉正至亥正)。(1.241)

6) 咸丰八年十月初六日附记:温熟书、览生书……(申酉戌亥)(1.310)

7) 咸丰九年八月十九日附记:……中饭后看书,极少十页,极多不过三十页……灯后,温熟古文一篇,千字以内者十遍,千字以外者五遍。(1.411)

8) 咸丰十年七月初六日:夜涵咏熟书,不办公事。(1.519)

9) 同治元年八月十九日:留心文事,须从恬吟声调、广征古训下手。每日……灯后于文事加意……夜间:温诗古文、核批札稿、查应奏事目。(2.780)

10) 同治四年十一月十三日:将分内职事定一常课,作口诀曰:午前

(接上页)译注《胡适口述自传》,华东师范大学出版社,1993年,第11—12页。今存龙门书院"日程"版格,每页分为晨起、午前、午后、灯下四节,每节分敬、息、义、欲、功课五项,与同时代"日记版"类似。参见徐林祥《刘熙载与龙门书院日记教学法》,《语文建设》2015年第6期。

① 《绵绵穆穆之室日记》,《湘乡曾氏文献》第6册,台湾学生书局,1965年影印本,第3279—3283页。

治己事,午后治公文……二更诵诗书,高吟动鬼神。(2.1206—7)

11) 同治八年二月初六日:灯后看书、诵古文。(3.1612)

这七次日课涵盖了曾国藩从重出治军到平定太平天国后治理两江、直隶的各个时段,说明读书工夫在曾氏中年以后的修身功程中仍占有重要位置,而日记所描写的日常读书行为是否"有恒",正是对这些"日课"贯彻与否的检证。此外,后期读书日课越来越强调夜间高声温诵熟书的工夫,所读内容则突显"诗古文",更可窥见在摆脱了京师理学圈的视线后,外出治军及任督抚时期曾氏读书理念和知识取向的新境界。

当然,就记事功能和读者预设来看,咸丰八年前后的曾氏日记确实有所不同。是年七月初七日,曾国藩致信曾国荃,称"兄此出立有日记簿……此后凡寄家书,皆以此法行之,庶逐一悉告,不至遗漏";七月廿一日与曾纪泽书,亦提到"将日记封每次家信中,闻林文忠家书即系如此办法"。① 曾国藩京官时期就有抄副日记寄家的习惯②,咸丰八年服阕复出后,曾氏致子、弟书中屡见"余详日记中"等语③,更是有意识地将日记作为家书的补充,每月乃至每旬托折差或专勇带回。④ 因此,咸、同以后日记的记事密度的确有所增强,且不轻易给外人传看。⑤ 但也不能忽视曾国藩凭借日记为家人确立修身楷模的用心,仍含有一定的道德表演意识。其中关于读书的详尽描写,既是"自讼"的功程,更是在胞弟、子侄这些小范围日记读者的仰视目光中宣示的生活典范。⑥

二、读书行为的动态分布与"读法"的分化

不断立下的"日课",未必能涵盖日常读书的全景;日记所录这些"日课"的

---

① 分别见《曾国藩往来家书全编》,中卷第253页、上卷第240页。
② 《曾国藩往来家书全编》,中卷第4、8页。
③ 《曾国藩往来家书全编》,上卷第208页,中卷第255、278、284、286、352、422页,下卷第127、170、181、188、210、262、265、318、320、324、325、327、335、337、343、346、348、349、352、383页。
④ 《曾国藩往来家书全编》,下卷第311、317、504页。
⑤ 《曾国藩往来家书全编》,中卷第396页,下卷第172、376页。
⑥ 同治八年(1869)正月二十日曾国荃《致伯兄》:"十四日得十二月十八日所发十三日安报并日记册……每日仍不废看书数卷,古之所称天授,颂曰神人,岂不兼有之欤?"《曾国藩往来家书全编》,下卷第504页。

执行情况，才是衡量读书修身功过成败的指针，我们有必要将"日课"落实到日复一日关于读书活动的记载，统计现存日记中所见读书行为的动态分布。即便仍有某种"表演"意图，但在排日记载的体裁限制下，却有可能揭示曾国藩有意识的主张背后一些"见之于行事"的隐微趋势。

归纳读书行为分布的前提，是确定统计单位。以往阅读史研究常以书为中心，关注阅读书目及其变化。但各类书籍性质、功能、读法有别，更有部头大小之异：重要典籍需要长期、深度阅读，同一部书可能在不同时空或以不同方式阅读多次；另一部分书却只是一过性浏览乃至翻看。阅读史统计应尽量区分多样的读书方式，问题不仅是读了多少种书，而更在于可感的阅读次数，以及每"次"读书的环境、动机、方法等。有鉴于此，本文的统计原则上以一日内同一时段（早、午、晚等）同种方式（看、温、诵、批等）读同一种书为"1次"读书行为，作为基本单位；但1）同一时间点结合多种读法（如"看"的同时"圈""校"等）读同种书，仅计一次；2）短时间内以同一读法兼读多种书（如同治十年即1871年三月十六日"陈善奎送其父《起礼诗集》，又送张南山《花甲闲谈》……又送何文简公《余冬录》一部……将此三书略一翻阅"）亦合计一次；3）一天中以同一读法断续读同一种书（如同治九年即1870年四月二十三日"早饭后……阅纪公《笔记》……午刻再阅《笔记》……中饭后……屡次阅纪公《笔记》……夜仍阅纪公《笔记》"）仍计为一次。依据以上原则，现存曾国藩日记中共计得读书活动6 529次。

曾国藩由书生而为官带兵，扬历中外，其日记所见读书生活，可按生平大致分成三个时期：1）咸丰八年以前片段日记所反映的京官时期，共有910次读书记录；2）咸丰八年至同治三年(1864)服阕再出与太平军作战时期，计1 887次；3）同治四年(1865)至十一年(1872)二月谢世的晚年，计3 732次。这一粗略分期只是为了呈现变化趋势的方便，每次读书活动的具体统计项目，则包括：（一）读书时间、（二）所读书籍类型、（三）读书方式、（四）读书空间、（五）读书频率等。唯曾氏对读书空间着墨极少，居京时期日记偶尔提及湖广会馆等场所（见道光二十三年即1843年二、三月日记)，中年以后则多记载外出途中于轿、车、船内读书，待驻店后再增补批识。至于读书频率，日课中称每日看新书"极少十叶，极多不过三十叶"(1.411)，但每为他务打断，加之记载阙略，且不同类书籍阅读进度有别，统计意义不大。下面仅就前三项进行分类，归纳每项在曾氏人生不同时期读书行为中的占比，以及三项之间各类对应的分布。

(一) 每日读书时段

以《程氏家塾读书分年日程》为代表,理学读书功程将每日分为若干时段,强调在固定时段内按特定方式读毕预定书目。① 曾国藩在日记中记载读书活动,同样有很强的时段意识。按其生活习惯,基本上可以把午饭(未初或未正)和晚饭(酉初)作为两个区分点,每日分为三段:1) 早段:包括"早起""早间""早饭后""饭后""上半日""午饭前"等以及未初以前的时刻;2) 中段:如"午后""下半天""傍夕前"等,及未刻到酉初以前的时刻;3) 晚段:"傍夕""夜""灯初""灯时""灯后"以及"更初""二更"等更点标示的晚间时段。根据这些时间描述,统计每日读书时段在各时期分布,大致可知:曾氏京官时期以早间读书为主,晚间次之;咸丰八年后,晚间读书次数遽然上升,占到一半以上;晚年早间读书稍恢复,但仍以晚间为主。各时段午后读书次数都相对较少。此外,在一天内多个时段连续读同一种书的现象也不少见(表1):

表 1　曾国藩日记中记载的读书活动时段

	京官时期		太平军战争时期		太平军战后时期	
	次数	占同期比	次数	占同期比	次数	占同期比
早段(午饭前)	509	55.9%	319	16.9%	1 113	29.8%
中段(午饭后)	49	5.3%	291	15.4%	382	10.2%
晚段(酉正后)	176	19.3%	1 017	53.9%	1 631	43.7%
跨时段及不明	176	19.3%	260	13.8%	606	16.3%

曾国藩曾屡次在家信中慨叹早年读书"无恒",中年再出从戎始能"有恒"。② 咸丰八年以后所立"日课"中,仅有一次要求早间读书("卯初至午初"),一次订"中饭后看书"(1.241、310),其余则均突出申、酉以后的夜间,甚至规定"灯后""二更后"为专属吟诵的时段。日后门生回忆曾氏军中生活的节律,亦念念不忘"酉初晚餐后即读经史古文,至亥正止,高诵朗吟,

---

① 又如王应麟记邵雍《劝学》:"二十岁之后,三十岁之前:朝经、暮史、昼子、夜集。"见翁元圻注、栾保群等校点《困学纪闻》卷二〇,上海古籍出版社,2008年,第2173页。

② 《曾国藩往来家书全编》,上卷第191、230页,下卷第355页。

声音达十室以外"。① 与理学读书功程中终日诵书或早起温熟书的惯例不同，咸丰八年以后曾氏日记中的读书时段多在晚间。除了白天军务、公务的排挤，恐怕也跟所读书籍类型和读法的分化有关。日记中夜间诵书最晚可以持续到三更后，"二更"更是一个标志性的时间点，隔开了此前相对公开的阅读活动和此后较为私密的温诵功程。有时候，二更后温书还要刻意"入内室"（2.805—836、3.1397），时段和空间的转换正是为了区隔不同的阅读状态。

（二）所读书籍类型

读书内容向来是阅读史研究的重点，但要说明阅读行为背后的思想变化，必须对书籍进行有效分类，观察各类别的升降。在曾国藩生活的时代，四部分类固然是由官方确立而且曾氏本人也较为熟悉的分类法，但道、咸以降学术风气的变化，又使某些类别在四部之中格外突出：比如乾嘉考据学成就仍对道、咸同时代的士大夫保有压力，另一方面则是理学复兴以及典制、经世乃至洋务书籍的兴起。身处汉、宋之间，曾国藩更主张以"三礼之学"缓和考据与经世的紧张。② 礼学、典志、经世、理学乃至清儒经说训诂考据等门类，有必要在四部之外另行统计，才能凸显当时学术新变的趋势。故将曾国藩所读书分为以下九类，分别统计在其人生各时期的分布（表2）：

表2 曾国藩所读各类书在其人生各时期的分布

	总次数	京官时期		征伐太平军时期		平定太平军以后	
		次数	占同期比	次数	占同期比	次数	占同期比
经书（不含礼书）	931	144	15.8%	310	16.4%	477	12.8%
训诂考据	278	1	0.1%	134	7.1%	143	3.83%
史书（不含典志）	1 303	290	31.9%	271	14.4%	742	19.9%
礼学	463	7	0.8%	76	4.0%	380	10.2%

---

① 此唐文治转述吴汝纶语，见《桐城吴挚甫先生文评手迹跋》，《茹经堂文集三编》卷五，文海出版社，1974年，第24页。

② 曾国藩《圣哲画像记》："先王之道，所谓修己治人，经纬万汇者，何归乎？亦曰《礼》而已矣。"又《孙芝房刍论序》："古之学者，无所谓经世之术也，学《礼》焉而已。"王澧华校点《曾国藩诗文集》，上海古籍出版社，2005年，第291、300页。

续 表

	总次数	京官时期		征伐太平军时期		平定太平军以后	
		次数	占同期比	次数	占同期比	次数	占同期比
典志经世	493	47	5.2%	161	8.5%	285	7.6%
古子	108	8	0.9%	84	4.5%	16	0.4%
理学	228	34	3.7%	15	0.8%	179	4.8%
诗文	2 534	321	35.3%	808	42.8%	1 405	37.6%
小说笔记	157	9	1.0%	30	1.59%	118	3.1%
其他	108	66	7.3%	10	0.5%	32	0.8%

注：书籍性质重复者，如理学家、考据家的诗文集，则于理学、考据类下与诗文类互见；典志与经世书不易分别，并为一类；少数佛道书并入古子；编抄入《经史百家杂钞》等诗文总集的经史子书仍按诗文统计；丛书及不易分类的书籍归入"其他"。

咸丰十一年(1861)三月，曾国藩于休宁围城中留下遗命，自称"惟古文与诗，二者用力颇深，探索颇苦……古文尤确有依据，若遽先朝露，则寸心所得遂成广陵之散"。① 由上表可见，在曾国藩现存日记所表现的整个读书生涯中，诗文类书籍的确居于主导，占阅读总次数的38.8%；其次为史书、经书(不含礼类，下同)；礼学、典志、经世等反映学术新变类型也占一定比重。相形之下，反而是其素所服膺的理学书并不十分突出。而从动态变化看，经书阅读在三个时期占比稳定；史书在京官时期较吃重，咸丰八年以后占比减少；礼学和考据类书的数据，都是在咸丰八年后大幅增加，礼学书剧增的势头一直持续到晚年。诗文类在第二期最为密集，小说笔记类阅读总次数甚少，但横向比较的话，则可见其占比在第三期大增。再看各类书籍在每日各时段的分布(表3)：

表3　曾国藩所读各类书在每日各时段的分布

	经书(不含礼)	训诂考据	史书(除典志)	礼学	典志经世	古子	理学	诗文	小说笔记
早段	219	125	621	313	211	21	65	387	40
中段	55	52	149	39	107	17	42	227	36

① 《曾国藩往来家书全编》，上卷第178页。

续　表

	经书 (不含礼)	训诂 考据	史书 (除典志)	礼学	典志 经世	古子	理学	诗文	小说 笔记
晚段	555	55	250	29	66	36	84	1 718	37
跨时段等	102	46	283	82	109	34	37	202	44

各书籍类别的读书时段在早、晚之间出现了明显分化：史书、训诂考据、礼学、典志经世等类的阅读均偏向早间；经书、诗文类阅读则集中在夜间。尤其是诗文的晚段阅读占到该类总次数的67.8%，"夜间温诗、古文"的日课确实得到了切实贯彻。

(三) 读书方式的分化

活用各种动词来具体描写读书方式，是曾国藩日记区别于同时期其他士大夫日记读书记载的一大特色。继承朱子读书法"熟读精思"的宗旨，曾国藩强调针对不同的阅读目的、对象、环境必须区分读法："看者涉猎，宜多宜速；读者讽咏，宜熟宜专……二者截然两事，不可缺亦不可混。"① 然而，曾氏日记对"读"这个概念的实际运用，却并没有如此严格。早年日记有"读"《史记》各年表的记载(1.233-4)，此类表谱显然只能充当"看"的对象；又如咸丰八年日记首列课程，"卯初至午初"的"读书二卷"与"酉正至亥正"的"诵诗古文"分为两条(1.241)，"读"反而与"诵"对立。事实上，日记中单独使用的"读"字涵盖了所有读书活动，本身并无统计意义。但围绕看读、温读、诵读、批读等不同读书方式，在"读"之外却有相当丰富的描写词语，大致可分为七类。

1. 看读：使用最频繁的是"阅"字，此外如"看""览""观"等，一般都指单纯用眼而不出声的默读。

2. 温读：主要以"温"字表示，即反复阅读同一篇章或书籍。曾国藩日记中多次反复阅读的现象相当普遍，如经书中的四书、《诗》《易》《左传》，史书中的《史记》《汉书》《通鉴》，皆曾温读数过，贯穿一生；晚年则更以温诵《十八家诗钞》

---

① 见咸丰九年(1859)六月廿四日《复邓汪琼》，《曾国藩全集·书信》，第1010页；又参咸丰八年七月廿一日《与纪泽书》、同治十年十月廿三日《与澄、沅书》，《曾国藩往来家书全编》，上卷第140—141页，下卷第385页。

《经世百家杂钞》《古文四象》等自编选本为乐。

3. 诵读：包括记背和吟咏在内，最常用的描写词语是"诵"和"朗诵"，此外有"默诵""循诵""讽诵""温诵""背诵""高吟""朗吟""微吟""恬吟""讽咏""密咏""涵泳"等。曾国藩对此类读法阐释最丰，构成其诗文声调之学的实践基础(详下节)。

4. 批读：包括"圈""点""批""朱圈""丹黄""批注""乙识""题识"等在阅读中"过笔"的活动。曾国藩文集中对"评点之学"多有鄙薄之词①，但早年为京官时却"日抱兔园册子，习常蹈故，以从事于批点"②。道光二十二至二十六年间，曾用胭脂圈批《史记》《韩文》《韩诗》《杜诗》《震川集》《山谷集》及康刻《古文辞类纂》等书，"首尾完毕"③；还曾圈过一部《通鉴》，日后反复推荐给儿子作为读法示范④。其最初接触《古文辞类纂》和方、姚文集，也是凭借圈点为门径。⑤ 中年从军、为督抚以后，仍免不了每日批阅公牍文件、幕僚拟奏乃至科场程文、书院课卷。晚年编选或重订诗文选本，常批、校并行，但有时"无善本可校"，只能"以意批点"(3.1488)，则"批"又兼有校勘考证和鉴赏批评两重功能。

5. 类读：指分门别类进行编次、选辑、抄录、"识目"等活动。曾国藩素来强调"分类抄记"之法，早年摘录《茶余偶谈》即分为德行、学问、经济、艺术等门；日后更在训子书中指出："大抵有一种学问，即有一种分类之法；有一人嗜好，即有一人摘抄之法。"⑥其分类注重系统性和对称性，多取《易》数敷演，如为学有"四科""四法"，处世有"四知""八本"，文有"四象""八境"，"圣哲"有三十二人等。⑦ 除了诗文选本的分类编集，中年以后温读《周易》《诗经》《左传》《孟子》等经书或看读《通鉴》等史书时，更常常分类条记事项，识于书面或目录，或倩人分类抄出。如同治二年(1863)十一月十八日温《孟子》，"分类记出，写于每章之首：如言心言性之属，目曰'性道至言'；言取与出处之属，目曰'廉节大防'；言自况自许之属，目曰'抗心高望'；言反躬刻厉之属，曰'切己反求'"(2.951)之类。

---

① 参见《谢子湘文集序》《经史百家简编序》，《曾国藩诗文集》文集卷二、三，第256、316页。
② 见王定安《求阙斋弟子记》文学卷二二，光绪二年(1876)都门刻本。
③ 见《曾国藩往来家书全编》，上卷第230页。
④ 《曾国藩往来家书全编》，上卷第159、163—164、174页。
⑤ 《曾国藩往来家书全编》，中卷第49、166页。
⑥ 《曾国藩往来家书全编》，上卷第73页。
⑦ 关于曾国藩学术体系与《易》数的关系，参见张文江《渔人之路和问津者之路》，上海文艺出版社，2020年，第1—42页。

6. 校读：查阅、对勘、誊录不同文本的考据型读书，如"校""对""查""誊""抄记"等。最常见的情况是校勘，如以戴震《水经注校本》校汪世铎《水经注图》(2.745-9)，以戴氏《考工记图》中"车制图"与阮元《车制图考》对勘(2.936)；或者对读相关文献，补充题识，如校《文献通考·舆地》与《读史方舆纪要》，"将《纪要》题识册面"(2.980)之类。同治初，金陵书局校刊《船山全书》，曾国藩躬与其役，如《礼记章句》等书"辨论经义者半，校出错讹者半"(2.1276)，则又不限于文字对勘，亦有经义考辨。这种高强度的研究式阅读，尤其适用于曾国藩素所看重的"礼学"类书籍。同治五年(1866)九月廿一日至次年二月十四日，曾氏连续校读《仪礼》一过，以张尔岐《仪礼郑注句读》、张惠言《仪礼图》为主，参看徐乾学、江永、秦蕙田诸书，颇得清代经儒治三礼的要领(2.1304、3.1351)；遇"制度苦思不得之处"，则命儿子或幕宾"代为筹思"(2.1312)。从此类读法中，颇能窥见曾国藩预流经学考据的努力。

7. 粗翻涉猎：随意、偶然或极短暂的翻看、诵读等活动，多用"翻""涉猎"等词表示，或在"阅""看""诵"等动词前加上"粗""泛""略""偶""杂""间"等前缀。

需要说明的是，以上七种读法并非互相排斥。如"温读"的具体方式可能是看读，更有可能是吟诵；圈点、分类、校对也经常同时进行；涉猎型阅读多为看读，但也有个别"偶诵"的记载，故另辟一类。事实上，根据晚近阅读生理学研究，没有一种读法可以离开视觉，"看读"(silent reading)和"诵读"这一对立本身就值得反省。[1] 但就理学"读书法"原则和曾国藩的学术意识而言，"看""诵""温""批"等读法的分化至关重要，故仍就曾氏日记中的描写作出区分。首先统计各种读法的总次数及其在曾氏人生各时期的分布(表4)：

表4　曾国藩各种读书法的总次数及其在人生各时期的分布

	总次数	京官时期		征伐太平军时期		平定太平军以后	
		次数	占同期比	次数	占同期比	次数	占同期比
看读	3 360	301	33.1%	810	42.9%	2 249	60.3%
温读	1 848	36	3.9%	865	45.8%	947	25.4%

---

[1] Gavrilov, A. K., "Techniques of Reading in Classical Antiquity", *The Classical Quarterly* 47, No. 1 (1997), 56-73.

续　表

	总次数	京官时期		征伐太平军时期		平定太平军以后	
		次数	占同期比	次数	占同期比	次数	占同期比
诵读	349	26	2.8%	84	4.4%	239	6.4%
批读	523	112	12.3%	43	2.2%	368	9.9%
类读	108	15	1.6%	12	0.6%	81	2.1%
校读	148	8	0.9%	47	2.5%	93	2.5%
粗翻涉猎	195	18	2.0%	49	2.6%	128	3.4%
读*	461	409	44.9%	31	1.6%	21	0.5%

注：最后一栏"读"类，指单独用一"读"字标示的读书活动。

值得注意的是，京官时期日记中七种读法总占比才刚过50%（内中还有部分重复），大量的读书行为以泛化的"读"字记载，可见曾国藩早年对各种读法的区分还不是特别敏感。而在咸丰八年以后的日记中，单独使用"读"字的情况减少到几乎绝迹，读法的多样化描写占了绝大多数，表明其读法区分意识已相当明确。各种读法中，"看读"类总次数最多，各时期占比不断上升，可以从中想见曾国藩一生知识范围的扩充。其次是"温读"类，但各阶段比例有所波动：京官时期甚少，咸丰八年后陡然增加，在第二期甚至超过了同时期"看读"的占比。相较之下，"诵读""批读"这两类高强度读法的次数则偏少。"诵读"类虽总体占比不高，却在三个时期中不断攀升；与之相反，圈点批读在京官时期较为频繁，咸丰八年以后则大幅减少。

再看每日早、中、晚各时段的读法分布（表5）：

表5　早、中、晚各时段的读法分布

	看读	温读	诵读	批读	类读	校读	粗翻涉猎
早段	1 380	127	13	255	26	65	46
中段	492	86	9	72	8	21	48
晚段	841	1 523	316	97	51	45	62
跨时段等	647	112	13	99	23	17	39

各种读法的读书时段亦趋向两极:"看读""批读""校对查抄"三类均偏向早间到午饭前的早段;而"温读""诵读"则基本上集中在夜间,"分类标选"也以夜间为最多。吟诵被多次"日课"确立在晚间,固不待言。重要的是,读法时段的两极分化与前述书籍类型的时段分布颇为重合,提示了读法与书籍类型之间的对应关系(表6):

表6 读法与书籍类型之间的对应关系

	经书（不含礼）	训诂考据	史书（除典志）	礼学	典志经世	古子	理学	诗文	小说笔记
看读	132	248	887	361	431	76	201	912	155
温读	595	1	175	56	5	17	2	1 009	0
诵读	91	1	6	0	0	1	1	251	0
批读	3	8	124	37	27	4	4	311	0
类读	38	0	28	0	0	0	0	41	0
校读	5	23	16	14	21	1	1	74	0
粗翻涉猎	13	24	22	3	16	5	17	91	2

根据上表统计,训诂考据、理学、典志经世、小说笔记四类书在压倒多数情况下都采"看读"法,史书、礼学、古子三类书也以"看读"为主,但"温读"仍占一定比例;与之相对,经书、诗文两类则最多采用"温读","看""诵"次之。横向来看,"看读"法最为普遍,"温读"极少用于考据、理学两类,"批读"多施于史书和诗文;各种出声的"诵读"法基本上只用来读经书和诗文集,阅读其他类书籍时几乎没有运用。读书方式按书籍类别分化,正是曾国藩区分"看读浏览"与"讽诵涵泳"两种读法的应有之义。他在咸丰八年训子书中所举看读之例,为《史记》《汉书》《韩文》《近思录》《周易折中》;讽诵涵泳之书,则为四书、《诗》、《书》、《周易》、《左传》诸经,以及《昭明文选》、李杜韩苏之诗、韩欧曾王之文。所谓"非高声朗诵则不能得其雄伟之概,非密咏恬吟则不能探其深远之韵",针对的主要就是经书本文和包括《文选》、古文、唐宋诗在内的诗文。①

---

① 《曾国藩往来家书全编》,上卷第140页。注意其中"韩文"既被列为看读浏览之书,又属于诵读涵泳对象的"韩欧曾王之文"。

综合以上统计结果,大致可以看到:在1)经说考据、史书典章、诸子理学、小说笔记与2)经书本文、诗文集两个知识集群之间,各项读书行为都出现了分化:对前者主要是"看读",兼采"校读"(校勘查抄)等研究式读法,注重量的扩张,读书时段倾向于早间,贯穿曾国藩日记所载的各个时期。后者则以"温读""诵读"为主,强调反复涵泳少数文本,凭借声调气韵接近"古圣之精神语笑",作为一种专属于夜间(甚至二更后深夜)的修身功课,在曾国藩中年以降的生涯中占据日益重要的位置。读法的二元对立背后,或有嘉、道以来所谓"汉学"与"宋学"的区划意识。不过,在曾国藩日记所呈现的读书全景中,"熟读精思"等宋学式读法的已不太指向性理之学(理学书几乎都是看读),而是以经文和诗文为主;经书固然是"汉学"考据的对象,但三《礼》以外各经都更注重温读本文。义理、考据、词章、经济的知识统一体,到此出现了微妙的转辙。

三、诵读声调与知识统一体的安顿

曾国藩尝归纳君子有三乐,首先便是"读书声出金石"之乐(1.421),又曾教子弟以"八本"之说,前两条是"读书以训诂为本,诗文以声调为本"(1.485)。他在看读处理的训诂考据之外,尤其注重以读、作诗文为中心的声调之学。然而,较之"看读""温读""批读"等其他读法,"诵""吟""讽""咏"等词标记的诵读活动在上节读书行为统计中似乎并不占多数。这一方面是因为其诵读功课的确常有间断,如咸丰九年四月廿六日记:"夜读《伯夷列传》,朗诵之,不诵书已近一年矣。"(1.381)对照咸丰八年三四月间功课中"诵诗古文"一条,则这条日课基本上没有执行。此后日记中的诵读记载也是时断时续,疏者数月一次,密者连日吟诵。另一方面,也有必要考虑单纯统计"次数"可能带来的偏差。如同治四年十月十五日记:"二更后倦甚,不能诵书。"(2.1197)详其文义,则似平日二更后诵书是常态,只是因为过于重复而未体现在日记中,故此夜的"不能诵书"反而要特别记出。无论如何,回到日记的文脉之中,诵读活动往往伴随关于诗文义法的评论或读书成败的反省,夜间诵读更是几次"日课"中有意凸显的环节,即便不一定每日坚持,仍是曾国藩读书理想所寄。

需要首先确认的是曾国藩日记中诵读习惯的发端。现存道光十九(1839)至二十五年(1845)曾氏最初日记中,诵读记载仅4次,其中3次在早间,与日后集中在夜晚的吟诵显然有别。早期日记中最显眼的读法并非诵读,而是来自"明人评点古文之法"的各种批、点、圈、识。不过,大约从道光二十六年起,曾氏对"评点之学"的批评逐渐浮现。① 而在前一年复刘蓉信中,曾氏自称"浅鄙之资,兼嗜华藻,笃好司马迁、班固、杜甫、韩愈、王安石之文章,日夜以诵之不厌也"②,诵读开始取代批点,成为治诗文的主导方式。到咸丰元、二年间《绵绵穆穆之室日记》中,出声吟诵几乎都在夜间,已成惯例。由此推论,曾国藩夜间诵读的习惯大概形成于道光二十五年至咸丰元年这五六年之间。这段时间也正是曾国藩透过梅曾亮、戴钧衡等桐城后学接触方、姚绪论的时期。③ 可惜此数年日记中断,无从探索影响细节,但从《绵绵穆穆之室日记》正文与眉批的呼应中,已能窥见诵读习惯对古文声气论的启发:

〔读书〕……读《汉书》景十三王传后二叶、李广传,夜朗诵李广传。
〔眉批〕为文全在气盛,欲气盛,全在段落清。每段分束之际,似断不断,似咽非咽,似吞非吞,似吐非吐,古人无限妙境,难于领取。每段张起之处,似承非承,似提非提,似突非突,似纡非纡,古人无限妙用,亦难领取。④

此段眉批后被摘入《求阙斋日记类钞》,单看的话似乎只是讲"为文"时的段落接续;但查该日日记版格中"属文"一栏为空,所谓断、咽、吞、吐、承、提、突、纡之法,更可能是从"读书"栏所记"朗诵李广传"的工夫中领取的"妙用"。咸丰八年以后日记中此类从夜诵而得的声气体会更多。咸丰九年九月十七日夜温韩愈《柳州罗池庙碑》,"觉情韵不匮,声调铿锵,乃文章中第一妙境。情以生文,文亦足以生情;文以引声,声亦足以引文,循环互发,油然不能自已,庶渐渐可入佳境"(1.420);咸丰十一年十二月廿四日酉刻温苏诗,"朗诵颇久,有声出金石之乐,因思古人文章,所以与天地不敝者,实赖气以昌之,声以永之。故读书不能

---

① 曾国藩于道光二十三年(1843)向座师季芝昌借书,后取其中《震川集》"加丹黄焉,效明人评点古文之法,识之以朱围、著之以褒讥";二十六年还书时颇为自责,遂题识数语,分古人读书之方为"注疏""校正""评点"三种,认为评点之学起于明代科场,深讥其陋。见《求阙斋弟子记》卷二二,第1707—1709页。
② 见《曾国藩全集·书信》,第22页。
③ 关于道光末年曾国藩与梅曾亮古文圈子交游的考辨甚多,最新的讨论可参考谢海林《曾国藩与桐城派古文家梅曾亮之关系发微》,《广西师范大学学报》(哲学社会科学版)2017年第4期。
④ 《湘乡曾氏文献》第6册,第3291—3292页。

求之声、气二者之间,徒糟魄耳"(1.698)。是即所谓"因声求气"之说,刘大櫆、姚鼐、梅曾亮以来古文家议论甚夥,但曾国藩把诵读声气打造为一门日课,还有更深远的抱负。

除了在吟咏中体悟诗文声气,曾国藩日记所录诵读习惯的另一特点,是常以选本为对象,尤其是中年以后对自编选本的利用。曾氏早年所读诗文总集,有《国朝二十四家文钞》《斯文精萃》《文选》等,雅俗杂糅,殊无法度。道光二十五年起圈读康刻《古文辞类纂》,至咸丰元年日记中,始出现朗诵《古文辞类纂》篇目的记载,同时编有"曾氏读古文抄""曾氏读诗抄"二种,后者即《十八家诗钞》。① 咸丰九年十月廿七日夜,曾国藩"将古文抄一目录,分为十一属,每属分阴、阳,以别文境;其一属之中为体不同者,又分为上编、下编"(1.431)。《经史百家杂钞》初步成书,每类境分阴、阳,又包含了后来《古文四象》的思路。从咸丰十年(1860)七月开始,曾国藩日记中经常出现温诵"古文"某类、某属或某篇的记载,所谓"古文"并非此前日记中的泛称,而是专指曾氏编抄的古文选本。如咸丰十年以后日记中温读"古文"传志、杂记、书牍、哀祭、论著、词赋等类的记载,实即《经史百家杂钞》各类;而如"二更一点后温古文《庄子》《离骚》"(2.1119)、"夜温《汉书·艺文志》"(2.755)、"朗诵《系辞》上下传"(2.1214)等,亦可根据语境判断其所温诵并非经、史、子原本,而是《杂钞》所载篇目。同治四年(1865)十月初五日"二更后整理新抄古文",初七日夜"旋温'识度'数首",《古文四象》的编选从此发端(2.1195),至次年十月初一日"编成目录,以为三复之本"(2.1306)。此后日记中"古文某某之属"的记录,则多指《古文四象》。② 此外还有偶尔出现的"古文简本"或"古文简编",即从《经史百家杂钞》中摘选的《经史百家简编》③,晚年又抄杜、韦、白、苏、陆五家闲适诗,二者都是专供"朝夕讽诵"的简本(1.486、3.1925)。曾国藩日记中所谓"古文"并不严格限于其家书及友

---

① 《湘乡曾氏文献》,第3281—3282页。又咸丰二年正月初二日记眉批:"是日思诗既选十八家矣,古文当选百篇抄置案头,以为揣摩。因自为之记曰:为政十四门,为学十五书;钞文一百首,钞诗十八家。"

② 日记中的"古文"也偶有指代《古文辞类纂》的情况,如同治八年(1869)六月廿八日记"夜阅'古文'奏议类王介甫文三首二十一叶"(3.1657),《经史百家杂钞》奏议类仅收王文一首,《古文辞类纂》则收有三首,通行的康刻本正好是21叶,因知此前后日记中的"古文"当指《古文辞类纂》。

③ 按:《经史百家简编》虽是从《经史百家杂钞》中抄出,但今本二者分类编次略有不同,各篇的圈点和分段、评注也颇有出入。

朋书札中所称狭义范围①,举凡经、史、百家(包括诸子、理学、别集)、古文门类、十八家诗,只要"有文气"可诵读的篇章②,都可以纳入"古文四象"的框架。③ 可以说是在姚鼐文类、文境分类的基础上,以温诵涵泳的读法为范围,重构了一个知识统一体。除了诗、古文选本之外,曾氏晚年日记还记载了类抄《诗经》《孟子》《左传》等经书读本的尝试。同治六年二月二十一日,曾国藩将《诗经》"选八十篇,分为十种,每种八篇,以便讽咏玩味"(3.1353);次年六月二十九日又记"将《诗经》分列兴、观、群、怨之属,胪为八类,共八十篇,开单将抄出,以备讽咏"(3.1527),仍是出于日常诵读的需要。④

在声调、节奏、气象这些"古文"标准之下,文章选本中的经、史、子、理学、典制等书籍类型原先适配的阅读层次被消解了,某种程度上都成了平等的吟诵材料。曾国藩尝教诸弟涵泳之法:"凡读书有难解者,不必遽求甚解,有一字不能记者,不必苦求强记,只须从容涵泳,今日看几篇,明日看几篇,久久自然有益。"⑤幕友回忆曾氏在安庆军中每日诵读《毛诗》,常说:"余于《诗》,讽咏而已,其不可解者,不强解也。"⑥这种不求强解的讽咏,似乎提示在文义的理解、记忆以及著作类型的层次之外,诵读声音本身就带有独立的、同质化的价值。曾国藩平生爱诵《尚书》中《吕刑》一篇,咸丰元年九月已从中悟出"昌黎诸文皆学《书经》"⑦,九年九月十五日思"《吕刑》,于句法若有所会"(1.419),十一年六月廿三

---

① 咸丰十一年(1861)三月十一日《复许振祎》云"古文者,韩退之氏厌弃六朝骈俪之文,而反之于六经、两汉,从而名焉者",是为狭义的"古文"定义。《曾国藩全集·书信》,第1971页。

② 曾国藩曾在教子书中罗列"七篇三种成诵之文",即《两都赋》《西征赋》《芜城赋》《九辩》《解嘲》《与杨遵彦书》《哀江南赋》七篇以及《文献通考序》、丹元子《步天歌》、顾祖禹《州域形势叙》三种,但特别注明顾文中"其排列某州某郡无文气者亦不必读"。可见"有文气"(接近章太炎所谓"有句读")是诵读的基本条件。见《曾国藩往来家书全编》,上卷第207页。

③ 见《文章各得阴阳之美表》,《曾国藩往来家书全编》,上卷第227页。关于"四象"与诵读声气的对应关系,民国以后唐文治颇有发挥,尝云:"阳刚之文,宜急读、极急读,高音短音,而其气疾;阴柔之文,宜缓读、极缓读,长音轻音,而其气徐;少阳、少阴之文,宜平读,平音而其气在不疾不徐之间。"见氏撰《论读文法》,《国专月刊》第5卷第5号,1937年6月。

④ 按:今本《古文四象》目录在"少阴情韵"之下收有《诗》八十篇,分为"可兴上""可兴下""可观上(美)""可观下(刺)""可群""可怨""义理""气势""情韵""趣味"十类,若兴、观上下合并则为八类。如此则《诗经》八十篇选本均已收入今本《古文四象》。

⑤ 见《曾国藩往来家书全编》,中卷第166页。

⑥ 方宗诚《节录曾文正公遗书跋》,《柏堂集后编》卷六,杨怀志、方宁胜点校《方宗诚集》,安徽教育出版社,2014年,第526页。

⑦ 《湘乡曾氏文献》第6册,第3501页。

日夜温《吕刑》,指出"《吕刑》篇于后世古文家蹊径最近",却惋惜自己"不能尽通其读"(1.635)。① 至是年七月间得到戴钧衡的《书传补商》,才对其文义加深了理解(1.642)。然而,字义训诂的隔膜并未妨碍曾氏此前吟诵并理解《吕刑》的"安章宅句"之法。早在道光末叶,曾国藩就接受了很可能来自桐城的诗文声音之学,但连接字句之间的"词气之缓急,韵味之厚薄",仍被限定为"明先王之道"的媒介。② 其对于文章声调超乎文义和文体(著作类型)的把握,反而近于阮元从骈文立场提出的"文言说"。只不过阮氏所论"声音即文"基于考据得来的音韵,且与经、史、子等"笔语"区隔;③曾氏的"声调"体会则来自长年吟咏选本的功程,涵纳了经、史、百家各种著作类型,却时而漂浮在经史百家字、句的能指和所指之外。

曾国藩日记中所记诵读行为与声调之学、诗文选本互相生发的关系,还应回到包括看、温、诵、批、校等多种读法在内的阅读全景中来理解。发掘声调实践独立于文义文类的"超越性",并非否认曾氏对诗文以外知识的广泛兴趣,曾国藩的眼界、阅历和功业也绝不容许他停留于诗文家的"能事"。④ 正如上节读书行为统计所呈现,在"诵读""温读"为主的经书本文、诗文选本世界之外,另有一个通过"看读""校读"等方式把握并处在不断扩充之中的专书世界。曾国藩早年从唐鉴那里接受了义理、考据、词章、经济的知识整体观,最初强调"义理之学"为统率(1.92)⑤,但很快又兼纳训诂考据和诗文声气的视野。他竭力在四大知识领域间保持平衡,自称"于四者略涉津涯,天质鲁钝,万不能造其奥窔"⑥,

---

① 曾国藩《经史百家简编·吕刑》篇末总评亦云:"安章宅句,与后世卿、云、马、班、韩、柳诸人蹊径相近,惜不能尽通其读耳。"见《经史百家杂钞》卷上,传忠书局同治十三年(1874)季夏校刊本。
② 见《致刘蓉》(道光二十三年,1843),《曾国藩全集·书信》,第6页。
③ 阮元《文言说》《书梁昭明太子文选序后》《文韵说》等篇,邓经元点校《揅经室集》下册,中华书局,1993年,第605—606、608—609、1064—1066页。按:咸、同之际,曾国藩训子书一度尝试以《文选》为中介沟通"训诂精确"与"声调铿锵",但似并不成功。参见《曾国藩往来家书全编》,上卷第167—169、192页。
④ 参见刘大櫆《论文偶记》,《历代文话》第4册,第4107页。按:曾国藩对诵读声气的"超越性"某些理解,确有合于刘大櫆等桐城文家关于行文"材料"与"能事"之分的阐发,与刘氏反对文章"专以理为主"的立场接近,曾国藩及其门人也反复申说古文"不宜诘理"。然而,现存曾国藩日记未见阅读刘大櫆著作的记载,反而对刘氏"不免人之见者存"不无微词(1.325);曾国藩承认为姚鼐《古文辞类纂》阑入刘大櫆为"稍涉私好",晚年复信吴敏树,亦称"刘氏诚非有过绝辈流之诣"。参见《曾国藩全集·书信》,第1096、7495页。
⑤ 又参见道光二十三年正月十七日《与诸弟书》,《曾国藩往来家书全编》,中卷第17页。
⑥ 咸丰元年七月初八、九日《绵绵穆穆之室日记》眉批,《湘乡曾氏文献》第6册,第3280—3281页。

又说"吾生平读书百无一成,而于古人为学之津途,实已窥见其大"。① 虽然强调"掘井九仞"的深度阅读,但就读书实际而言,曾国藩自知不可能达到乾嘉经儒的专精程度,故更看重全体各门类的完整性与对称性。早年学术孤陋带来的心头"大堑",更使其阅读生活在诵读守约的门面背后,留下了大量骛博泛览的尝试。②

运用"看""温""诵""校""批"各种方式分别对治经、史、子、理学、诗文、考据、典志、经世等不同门类的书籍,多层次的读书功程多少体现了道、咸以降学术重塑知识统一体的诉求。然而,以曾国藩的学术功底、身体素质和日常精力,特别是在中年从军、为督抚以后,知识完整性的维持日益成为一项艰巨的任务。日记中记载的读书功程多有胶着、落空乃至失败之处,而各种读书困难带来的反复"自讼",又加剧了他"志学不早"的心理阴影。晚年日记随处可见"一无所成""无可挽回""败叶满山""全无归宿"等语,在他人看来许是功成名就之后的谦退,在曾氏内心则是掌握知识统一体这一极高期许无望达成的痛苦写照。曾国藩日记中的读书困难来自主、客观各方面,如"涉猎悠忽""东翻西翻""心外驰""满腔逸惰之气""神气昏倦""方寸纷乱"等词所描述的,皆为主观上的懒惰或难以集中精力。但这些主观困难的背后则是各种客观障碍,如时间、精力的不足,公差、应酬的干扰,以及气候寒暑、疾病侵巡、老年遗忘等自然因素的作用。自道光二十三年正月间吐血继而"眼蒙"以后(1.153),"目蒙不敢看书"等语屡屡出现,眼病的烦恼贯穿了整部曾氏日记,更对日常"看读"特别是夜间看新书造成极大障碍。这可能也是曾国藩中年以后将温诵熟书安排在灯后的一大因素,并从反面促进了夜间诵读习惯的形成。此外,如耳鸣、癣疾、头晕等其他疾病,以及亲友故去、战况胶着、官场倾轧造成的"心绪恶劣",都可能是读书中断的理由。出于礼学经世的理念,曾国藩晚年曾用很大力气研读三礼及典志类书籍。同治五年十月十六日读至《仪礼·丧服》,"中饭后即不敢再阅,因医言腰疼由于用心太过也",旋即换看《明史》,"盖读史本易于读经,而《丧服》尤经中之极精深者,是以病中阅之吃力"(2.1311);六年三月到八年六月间连续研读《五礼通考》,但有时又得换看他书,因为"《五礼通考》义蕴较深,病中难于用心"

---

① 《曾国藩往来家书全编》,中卷第293—294页。
② 《曾国藩往来家书全编》,下卷第362—363页。

(3.1393)。可见不同类型书籍带来的困难也有程度之别,看读礼学、考据、典志等类的"生书"尤被认为是伤身之举。① 同治十年八月初九日,已接近生命终点的曾国藩立下誓愿"以后当不作文、不看生书",但"温读""诵读"不在其列,当晚即又"温《孟子·梁惠王》上下,取其熟也"(3.1884)。

一方面是看读、校读新书师老力疲,知识整体的把握遥遥无期;另一方面则是吟咏声调的超越性不断被体会,温习熟书"如逢故人"(3.1348)。无声校阅与有声温诵两极之间的平衡被打破。利用读书来解乏解闷、排遣悲怀、舒缓压力、逃避公务,曾国藩的"读书乐"不仅来自偶尔一阅的小说、笔记、杂著等休闲读物,更时而在经书和诗文吟诵的声调中获得。诵读不仅是"自讼"功程,也可以充当"自怡""自娱"的手段。正是在这一转化过程中,曾国藩将取自外部的诗文声调之学"内化"成了自家身心的诉求:

  1)夜二更后,眼痛、腰痛,幸时时以苏诗、陆诗讽咏自娱。(1.585)

  2)诵东坡七古,一舒忧郁。(2.798)

  3)倦甚,诵陶诗以自怡。(2.864)

  4)倦甚,诵放翁七绝以自怡。(2.1062—1063)

  5)眼蒙不能,因朗诵放翁七绝、退之七古以自娱。(2.1063)

  6)夜将杜、苏、义山三家七律朗诵数十首,略有读书之乐,数月以来,无此况味矣。(3.1620)

能否朗诵出"金石之声",也是曾国藩验证自家身心状态的指标。有时"倦甚"则"不能抗声朗诵"(2.1061、1088、1197),乃至"朗诵几不能成声"(2.1176);若状态好则放声朗诵,"音节清越,有如金石"(2.1157)。选择在夜间甚至主要在入睡前的深夜(二更以后)进行温诵,固然有白天公务排挤和晚年眼病加剧等因素,但如其日课口诀所言"二更诵诗书,高吟动鬼神",精神语笑,通微合漠,则似又有某种超验的体会在内。在同治八年六月二十八日日记中,曾国藩有一段对自己读书生涯的反省:"念余生平虽颇好看书,总不免好名好胜之见参预其间,

---

① 曾国藩晚年日记中阅读这几类书籍的经验往往是痛苦而又执着,但也有一些例外,如同治八年四月廿四日记:"因孙儿、孙女痢疾,忧闷殊甚,迭次小睡,在床阅《经义述闻》、黄树斋诗集之类,心绪甚不安也……夜又阅《经义述闻》,借以遣愁。"(3.1638)可见读书的苦乐也是相对而言,在更大的悲伤或痛苦面前,《经义述闻》之类的考据书也可以成为排遣愁闷的手段。

是以无《孟子》深造自得一章之味,无杜元凯优柔餍饫一段之趣。"——不断扩张的知识边界和读书功程,未必出于存养的内在需要,而是在外铄之"名"驱动下的产物。因此曾氏决心在"敬""静""纯""淡"四字上加工夫,"但养得胸中一种恬静书味,亦稍足自适矣"(3.1657)。这是曾国藩晚年读书的进境。

小　结

本稿旨在从阅读史角度开掘曾国藩日记中读法描写的思想意义,特别强调吟诵读法传递的诗文声调之学在日常读书活动中逐渐凸显的脉络。因此,首先就有必要重审曾氏日记的性质。曾国藩早年一度受到道光末叶京师理学圈修身日谱风气的濡染,严格的治念日记虽未持续多久,但来自宋元儒的"读书法"和"读书功程"却奠定了其日记载录读书活动的基调:以不断订立的"日课"和日常读书行为的"自讼"为中心,曾国藩在日记中为兄弟子侄等小范围读者展现了修身的门径和典范。对应经、史、诗文、典志、理学、考据等知识类别,曾氏在日记中区分"看""温""诵""批""校"等不同层次的读法;所记阅读信息不仅包括"读什么",更注重阅读时段、节奏、方式等"怎么读"的问题。

以一日内同一时段以同种方式读同种书为计"次"原则,论文从现存曾氏日记中提取出 6 529 次读书活动,按照每日读书时段、书籍类型、阅读方式三个维度分类统计其趋势。所得的一个基本的观察结论是:日记中各种读书行为显著分化为两极,1)"看读""校读"等一次性或研究性阅读与 2)"温读""诵读"等反复进行的出声涵泳。二者之间的对峙或兼顾,体现出曾国藩在道、咸经世之学笼罩下维持义理、考据、词章、经济等各类知识整体平衡的努力。但在为官从戎之余的阅读实践中,日记确立的读书功程常常遭到挫折。曾国藩中年以降越来越倾向于把读书当作舒缓情绪、逃避压力的方式,吟咏声调的意义于兹显露。从"自讼"之苦到"自适"之乐,应用或研究型阅读(看读、批点、校勘)固然仍是经世实践和学术预流不可或缺的手段,但正是在集中于夜间的诵读活动中,曾国藩的诗文声调之学获得了独立于字、句义理的超越性体验。作为温诵对象的经书本文和诗文选本既涵纳了知识统一体,又渐有从这个整体中独立出来的势头。

"知行不一"：
张之洞的骈文理论与骈文创作

湖南师范大学文学院　吕双伟

张之洞(1837—1909)与曾国藩、左宗棠、李鸿章并称为晚清中兴四大名臣，事功卓著。其实，他还是著名的学者、文人，学问与诗文成就突出。他五岁入家塾，师从何养源，读书详询字义，必索解乃止；九岁读完《四书》《五经》；十岁学为诗、古文辞，泛览经、史、子部典籍；十一岁即席作《半山亭记》，歌颂父亲张锳的为官政绩；十二岁时，诗文集《天香阁十二龄课草》刊刻。从中可见其为学基础的扎实与为文的早慧。

对于张之洞的诗歌，汪国垣、徐世昌、胡先骕等都加以高度评价，多认为其在晚清可与王闿运、陈三立鼎足而立，有的甚至认为其是晚清翘楚："之洞忠忱蹇蹇，勋业巍然，原不必以诗为重，而诗实空前绝后，足为晚清之冠。"[①]可见其诗歌地位之高。同时，张之洞的奏议、骈文、古文成就也较高，"文章典赡，为一代宗工"[②]。陈衍评曰："张广雅相国在近代达官中最为博洽，四部罔不谈，而尤熟《资治通鉴》；诗、文、骈、散罔不作。余尝以为奏议第一，诗次之，骈体文次之。生平文字务博大昌明，不为奥衍僻涩以号称高古，而用事尤以雅切见长。"[③]博洽学识正是博大昌明文风的形成原因之一，加上用事雅切，最能概括其骈文的典型特征。钱基博以当行本色之身份论骈文，也云"晚清骈文，以南皮张之洞孝达为大家，刊有《广雅堂骈文》"[④]。已有研究集中在他的政治、经济、军事、教育和诗歌等方面，对其散文、骈文很少关注，迄今尚无专门的骈文研究论著。这里

---

① 庞坚点校《张之洞诗文集》(增订本)附录三，上海古籍出版社，2015年，第615页。
② 袁祖光《绿天香雪簃诗话》，《张之洞诗文集》(增订本)附录三，第544页。
③ 陈衍《广雅堂骈体文笺注序》，《张之洞诗文集》(增订本)附录二，第524页。
④ 钱基博《近百年湖南学风　骈文通义》，上海古籍出版社，2012年，第125页。

拟从其骈文理论与创作的"不一致"出发,对其骈文思想加以全面探究。

一、重视清代骈文及推崇"晋宋体"

在晚清兼具达官、学人与文人三种身份的士人中,张之洞对骈文的关注,堪比其前辈曾国藩;[①]在骈文创作成就上则超越了曾国藩。光绪元年(1875)和二年(1876),张之洞署名编撰的《輶轩语》和《书目答问》(缪荃孙实编)相继刊行。书中观点,无疑经过张之洞的审视并同意。两书都表达了对骈文的重视。清代特别是乾嘉时期汉学兴盛,骈文也迎来发展高峰,两者之间存在着紧密关系。张之洞则指出,清代汉学家,包括小学家,还有骈文家都精通《选》学:"国朝汉学、小学、骈文家皆深《选》学。"[②]《文选》所录诗文,风格典雅,多讲究典故与遣词造句的精练等,因而底蕴深厚,得到清代汉学家和骈文家的青睐。在《国朝著述诸家姓名略总目》"骈体文家"条目中,他认为:"国朝工此体者甚多,兹约举体格高而尤著者,胡天游、邵、汪、洪为最。"[③]将胡天游、邵齐焘、汪中和洪亮吉四人视为清代骈文体格最高者,开启了清末民初将此四人,乃至1949年以来将汪中、洪亮吉两人视为清代骈文成就代表的先河。在这个总目中,他接着列举了毛奇龄、胡浚、王太岳、刘星炜、朱珪、孔广森、杨芳灿、曾燠、孙星衍、阮元、凌廷堪、彭兆荪、吴鼒、刘嗣绾、董祐诚、谭莹等20位骈文家,但没有选录陈维崧、吴绮、章藻功等清初骈文三大家及吴鼒《八家四六文钞》中所选的袁枚、吴锡麒,这与咸、同以来,文章领域流行相对风格淡雅、骈散交融的思潮有关。陈维崧和袁枚等人的骈文,骈俪精致,隶事丰富,风格有时不免轻佻,"体格"多评价不高。

张之洞在学术著述和日常交往活动中,也常涉及骈文。1892年,周锡恩(1852—1900)的骈体文和写本诗刊行,张之洞评曰:"其诗宏雅雄骏,岸然升乾嘉诸作者之堂。其述事览古之篇,词采奇伟而事理秩然可寻;刻画山水草木之作,百态毕尽而俊气不为之遏抑。若夫才调锋发而天性笃厚,哀乐纯至,足以感

[①] 关于曾国藩对骈文的重视及其影响,参见吕双伟《曾国藩与晚清湖湘骈文批评的崛起》,《文学评论》2017年第6期。
[②] 张之洞撰、范希曾补正《书目答问补正》,上海古籍出版社,2001年,第265页。
[③] 《书目答问补正》,第270页。

人,是则以前作者所难兼,尤其可贵者也。"①推崇宏大、典雅又雄俊的诗歌风格。又曰:"至其骈文沉博绝丽,而事理之清明,性情之过人,一与诗同。"②指出其骈文"沉博绝丽",即学问与辞章兼备的特征,而事理之清晰明了和性情之真,则与诗歌一样。由此类推,张之洞认为古今人文章,大率辞不没理者,必有干事之才;文不掩性者,为友缓急可恃,可见其将文章与事功、人品视为三位一体,具有同一性。在其署名总纂的《顺天府志》中,艺文部分著录了《万善花室骈文》六卷、《续集》一卷,并题曰:"履箴之学,自天文、地理、氏族、金石、六书、九章之法、耆阇梵筴之书,无不旁通博涉,贯串洞达。其骈文雄深浑厚,典丽磅礴,高者渊源两汉,次亦纂组六朝。自嘉、道以来,以骈文鸣者,《栘华馆》外,鲜能抗手。"③也强调学问渊博对骈文雄厚风格的影响及方履箴突出的骈文成就。在日常生活的雅集活动中,他也特意对交往诸人是否擅长于经学、诗歌或骈文加以说明。如《致潘伯寅》中提到一次龙树寺雅集没有赴约的人,其中加注"骈文"的有"会稽李莼客慈铭(经、诗、骈文)""黄岩王子常咏霓(经、诗、骈文)""南海谭叔裕宗浚(骈文)""秀水赵桐孙铭(骈文)"。④ 在《致谭叔裕》的书信中,他对谭宗浚的骈文欣赏不已:"一再谈宴,温充过人,浅学粗材,不觉倾倒。顷奉到骈文两册,即亟炳烛展读数首,闳丽之观,方驾芥子(王太岳);宕逸之气,足药縠人(吴锡麒)。近世当家,已足高参一坐。明日早起,从容卒业,瞠目挢舌,抑可知也。惜会办严,未获款洽,相见殊晚,蕴结而已。"⑤书信措辞难免夸饰,但认为谭宗浚的骈文兼备"闳丽"和"宕逸",可与乾嘉骈文名家王太岳和吴锡麒抗行,为本色当行之家,所言不虚。接着指出谭宗浚骈文的家学渊源:"执事家学渊源,文章淹雅,海内曾有几人?"确实,谭莹、谭宗浚父子文章风格都渊博典雅,堪称晚清骈文家的重要代表。在《书目答问》卷四集部总目中,张之洞专门单列"国朝人骈体文家集",著录清代陈维崧、吴绮、陆繁弨、章藻功、胡天游、邵齐焘、胡浚、袁枚、孔广森、汪中、朱珪、孙星衍、洪亮吉、杨芳灿、吴锡麒、刘嗣绾、彭兆荪、姚燮、曾燠、吴鼒、董基诚、董祐诚等22人的骈文集和诗词集。单列骈文家文集且收

---

① 张之洞《传鲁堂诗集序》,《张之洞诗文集》(增订本),第213页。
② 《张之洞诗文集》(增订本),第214页。
③ 张之洞、缪荃孙总纂《(光绪)顺天府志》卷一二六,光绪十二年(1886)刻十五年(1889)重印本。
④ 张之洞《张文襄公古文、书札、骈文、诗集》之《书札一》,1928年刻《张文襄公全集》本。
⑤ 《张文襄公古文、书札、骈文、诗集》之《书札一》,《张文襄公全集》本。

录如此多的代表性骈文家诗文集,在中国目录学史上,这应该是第一次。这不仅是清代骈文集单列且大量刊行的结果,还可见张之洞等编撰者对骈文家的留意与重视。

在清初李绂将骈文分为六朝体、唐体和宋体的基础上,《书目答问》指出:"诸家流别不一,有汉魏体、有晋宋体、有齐梁至初唐体。然亦间有出入,不复分列。至中晚唐体、北宋体,各有独至之处,特诸家无宗尚之者。彭元瑞《恩余堂经进稿》用宋法,今人《示朴斋骈文》用唐法。"①将清代骈文分属于汉魏体、晋宋体、齐梁至初唐体、中晚唐体、北宋体五类,认为后两种清代名家多不宗尚,又指出彭元瑞和钱振伦的骈文宗尚。应该说,这些评论都是符合事实的,可见张之洞等对骈文史的娴熟。他还指出清朝(其实应该是晚清以来)最推崇的骈文体貌;强调博学对骈文的重要影响:"国朝讲骈文者,名家如林。虽无标目宗派,大要最高者,多学晋宋体。此派较齐梁派、唐派、宋派为胜,为其朴雅道逸耳。取明王志坚《四六法海》、国朝李兆洛《骈体文钞》、曾燠选《骈体正宗》读之,可知骈文指归。总之,文、学两字,从古相因,欲期文工,先求学博。空疏浅陋,呕心钻纸,无益也。"②"晋宋体"骈文的流行,确实是道、咸以来清代文坛上比较突出的现象。此派骈文,其实是骈散不分之文;其形式浑融,风格朴雅道逸,比齐梁派、唐派和宋派的四六骈体,更加清新自然,更加符合文章写作"学博"而后"文工"的状态,因此得到晚清以来较多文士的推崇。这种推崇,正是骈散交融、骈散不分的文章流行现象在当时的反映。偏于典型的四六骈体或纯粹单句的散体,都遭到时人的批评。如张之洞的《輶轩语》叙述"古文骈体文"曰:

> 试场策论用散文,今通谓之古文。对策间有用骈文者,但不常有,惟词馆应奉文字用之耳。然骈散两体,不能离析,今为并说之。周秦以至六朝,文章无骈散之别。中唐迄今,分为两体,各为专家之长,然其实一也。义例繁多,殊难备举,试言其略。古文之要曰"实",骈文之要曰"雅"。实由于有事,雅由于有理。散文多虚字,故尤患事不足;骈文多词华,故尤患理不足。各免偏枯,斯为尽美。③

---

① 《书目答问补正》,第270页。
② 张之洞撰、程方平编校《劝学篇》附《輶轩语》,北京师范大学出版社,2014年,第134页。
③ 《劝学篇》附《輶轩语》,第134页。

既按照惯例,将古文与骈体文对举叙述;同时,又强调骈散两体,不能截然分开。周秦到六朝,文章骈散不分,只有一种形态;中唐到清代,经过唐宋古文运动的有意区分,才人为区分为两体,但本质上都是文章形态,写法相通。其主要区别在于古文重视实在内容,骈文重视雅致形式;要以充实的内容和丰富的道理来克服古文与骈文的不足,避免各自的偏枯,努力达到完美的境界。一般认为,"齐梁体"和"初唐体"骈文的精致形式,特别是较多使用四六隔对的形式,促使了唐代律赋的形成。《輶轩语》论述"赋",特别是律赋时,反对通篇使用四字句或每段四六隔对之联太多:

  "忌通篇四字句":古人间有。施之律赋,短促伤气。宋广平《梅花赋》,乃宋人伪作耳。前人已辨之。舒元舆《牡丹赋》中,六字句仍不少。①

  "忌每段四六联太多":多则重腿滞塞。若以唐法论之,每韵中四六隔对,止宜用一联。今难如此深论,但不必过多耳。近代名家赋中,一段往往有三四联四六者,实皆非法。读书嗜古,洞悉文章流别者,自能知之。②

赋多用四字句或四六隔对,正是齐梁骈赋和唐代律赋的一般特征。张之洞从文风朴雅遒劲的角度出发,主张少用此类句式,确实为精到之论。

  在清末新政中,张之洞主张改革科举制度,建立学堂,开设中学和西学课程;同时主张单独创办存古学堂,学习经史辞章,其中包括骈文。如1907年他在《创立存古学堂折》中,提出学堂课程设置无论经学、史学,皆须兼习词章一门;而词章之中,或散文,或骈文,或古诗、古赋,皆可兼习。可见,即使到了清末新学兴起、学堂竞开的时候,他依旧重视经史和辞章之学,强调散文、骈文、古诗、古赋在文化传承中的重要意义。

二、体国经野,润色鸿业的代言体骈文

  张之洞科举顺利,仕途通达。咸丰二年(1852),16岁中顺天乡试第一名,解元;同治二年(1863),27岁时中进士第三名,探花,授翰林院编修。担任过山

---

① 《劝学篇》附《輶轩语》,第129页。
② 《劝学篇》附《輶轩语》,第129—130页。

"知行不一"：张之洞的骈文理论与骈文创作　　521

西巡抚、两广总督、湖广总督等要职，官至体仁阁大学士。这种经历不仅对其政治态度、学术思想有重要影响，同时也决定了其诗文特别是骈文创作的主要内容。他的骈文与其功业仕途及儒家思想、时代思潮等紧密相关，堪称为官经历中的政事记录表。高凌霨曰："无何玉楼之文，竟归天上；茂陵之稿，半佚人间。许君同莘乃裒辑公在京、在晋、在粤、在楚诸骈体之作，付之剞劂。扶风弟子，缉剩锦于天孙；山阳故人，拾零玑于琼圃，拨劫后之残灰，留吉光于片羽。虽嘉祐万言、《会昌一品》，不是过也。"①可见其骈文散佚过半，现存的都是在北京、山西、广东、湖北为官时所写；成就堪比王安石的奏章《上仁宗皇帝言事书》及李德裕的《太尉卫公会昌一品集》。张仁青曰："香涛淹贯经史，综核流略，在清季达官中最为博洽，所作骈体，步趋两宋，务博大昌明，不为奥衍僻涩，以号称高古，而树义精深，取材渊茂，直如杜诗韩笔，无一字无来历，宋四六之会光，遂又再度返照矣。"②在清末民初学人评价的基础上，张仁青指出张之洞骈文取法宋四六，博大昌明，义精学富，堪为的论。而宋四六的主体是制诰表奏等庙堂之作，多为骈文中的"大手笔"，张之洞也非常善于撰写此类骈体。

体国经野，润色鸿业，反映当时重大的历史事件，正是张之洞骈文在晚清甚至清代的突出特征，也是其特殊意义。《广雅堂骈体文》共两卷，其中卷一只有五篇文章，都是代朝廷或达官而写的"大手笔"，属于诏诰、表奏类庙堂骈文。前两篇是代朝廷写给袁保恒的，即《恭撰谕祭刑部左侍郎袁保恒文》《恭撰谕赐刑部左侍郎袁保恒文》；第三篇是代朝廷写给蒙古族保恒的，即《恭撰谕赐署乌鲁木齐都统、哈密办事大臣保恒碑文》；第四、第五篇则是与太平天国、捻军起义紧密相关，即代恭亲王奕䜣所写的《恭进剿平粤匪方略表》《恭进剿平捻匪方略表》。对已有重大历史事件或重要人物的功绩加以文学归纳与形象书写，是骈文的历史使命与天然属性。这里以《恭进剿平粤匪方略表》为例，来探讨此类骈文的特征。

康熙年间平定三藩之乱，修《平定三逆方略》。《钦定大清会典》卷三记载："每次军功告蒇及遇有政事之大者，奉旨纂辑成书，纪其始末，或曰方略，或曰纪略。"后遂成为国家修书定制，各朝沿袭而行，目的是"光大烈业，垂示后昆"。同

---

① 高凌霨《广雅堂骈体文笺注序》，《张之洞诗文集》（增订本），第523页。
② 张仁青《中国骈文发展史》，浙江大学出版社，2009年，第480页。

治七年(1868)十一月,在礼部一再奏请的背景下,同治帝同意编纂平定粤、捻方略,以"愍后惩前,益深兢惕"。次年二月开馆纂书,总裁由清廷任命的五名高级官员组成,以恭亲王奕訢为首,总纂则由宗人府府丞朱学勤等担任。历经三年,《剿平粤匪方略》告成。该书大量收录了清政府在镇压太平天国运动过程中形成的谕旨、奏章,内容包括双方交战情形及清军的作战部署、军队调拨、粮饷筹备、官员配置和奖惩抚恤等史实,卷帙浩繁,规模庞大,是研究太平天国运动史利用率较高的清方档案资料汇编。《剿平捻匪方略》则是对咸丰、同治间清廷镇压捻军起义的档案文献汇编。帝后运筹帷幄之中,决胜千里之外的英明形象,在两本方略中得到充分体现。此时张之洞在翰林院教习庶吉士。两文夹叙夹议,铺张扬厉,复述刚刚过去不久的历史事件,实录与粉饰共存,才情与学识交辉,充分发挥了骈文润色鸿业,体国经野的特征。庞坚认为这两篇文章:"铺张扬厉,藻采纷呈,褒美得宜,极受慈禧太后赏识,这为他之后的仕途亨通打下了一个良好的基础。"①

　　文章开篇结合天文、地理、河岳的光明气象和祥瑞等夸赞当朝皇帝和太后的圣明:"钦惟我皇上虹璧当阳,龙图启运。灵台测景,值汉日之再中;柳谷占星,识尧天之无外。两宫垂训,孝治洽而钩钤明;六幕同文,威棱张而玉衡正。以圣继圣,秉大武于三曾;鞠人谋人,扬天声于七德。商威有截,轸驰桂海之文;姬篆无疆,策探岱宗之字。善继观成之志,有此武功;实惟懿德之光,受兹介福。睹瑶光七宿,为河海清宴之休征;考金版六韬,见旋转乾坤之经纬。"②句式基本由隔句对而不是单句对组成,但有少量单对交错使用,故形式富赡工整而文气依旧流畅;遣词古雅,多用典故,风格雍容典雅。这种遣词、隶事和句式特征贯穿全篇。宋人洪迈说:"四六骈俪,于文章家为至浅,然上自朝廷命令诏册,下而缙绅之间笺书祝疏,无所不用。则属辞比事,固宜精策精切,使人读之激卬,讽味不厌,乃为得体。"③所谓"至浅",说明在宋代诗文革新运动的打击下,四六地位的卑微。而在骈散求对等地位的清代,此类代言体表文的开头,自然多用精工的骈体。文章接着对太平军发起时间、战争的残酷和毁灭性破坏等作了概

---

① 《张之洞诗文集》(增订本)前言,第4页。
② 《张之洞诗文集》(增订本),第264页。
③ 洪迈《容斋随笔》,上海古籍出版社,1998年,第505页。

述,然后转到对咸丰帝知人善任、用兵得宜,清军勇往直前、连战告捷的情形加以铺叙:

> 文宗显皇帝拯万方之厄,申九伐之经,欧刀行失律之诛,斋斧选折冲之将。懿亲藩卫,河间孝恭之贤;异姓名王,沙陀赤心之勇。廉颇、李牧,出自禁中;闳夭、泰颠,拔于材武。得狄青于西班,而任以专阃;收徐勣于归义,而用作干城。虞允文起自书生,岳家军出于义勇。知之而善任,用之而不疑。乃斡璇机,阐金策,以为欲倾尊窟,先据上游;欲折凶锋,先清三辅。河魁应将,井钺森芒;太乙陈军,雷硠郁怒。羊头鹤膝,尚方兰锜之兵;朔幹燕弧,六郡良家之子。鼓洪炉而烁氂,斟蒙汜以浇萤。枹鼓殷天,锋旗卷雾。老黑当道,先扼胜于天津;狂象走林,遂合围于连镇。赤龙吐电,挟炮石以飞鸣;铁骑凌霜,踏河冰而平渡。中黄士劲,笮矢三镰;太白旗高,冲翶百丈。长缨系贼,吉林诈马之健儿;飞火注枪,蒙古打生之蕃部。布周阹而划地,晕月成规;拔渠答而逾濠,阵云如墨。剖巢入穴,柽贰负以归朝;饮刃伏锧,血温禺而衅社。高唐州一鼓而下,枭鸣牙中;冯官屯三版难支,蛙沉灶底。临戎鼓盖,人识高敖曹之容;破阵笳铙,军奏《兰陵王》之曲。投弓穷羿,果知射日之难;被发狂夫,始悔渡河之误。①

将主要由文臣武将,如曾国藩、左宗棠、胡林翼、彭玉麟等人奠定的战绩归为咸丰帝的知人善任,用人不疑;又对清军与太平军交战的激烈场面,连用多种工整的隔对铺陈而出,形成了虎啸风生、排山倒海的气势。当然,文章也写了清军失利后善于吸取教训,精心谋划,稳打稳扎,步步为营的谋略和战绩,同样句式工整,大量使用隔句对偶。如果说前面篇幅主要在写战争原因和战斗过程,接下来张之洞就专门歌颂咸丰帝的广纳贤才、殚精竭虑和英明仁慈等:

> 当是时,文宗显皇帝方以十科选士,五听求言。周宣侧身,汉文拊髀。神经《金匮》,授自九天;澄鉴银华,烛平万里。发踪导窾,晨披白阜之图;昃食求衣,夜听赤囊之报。辍裘敊赐,千营衔挟纩之温;画箸伐谋,诸将决埋根之计。为民请命之语,恻怆于丹纶;胁从罔治之条,谆详于申命。七旬弗格,知顽恶之将殄;百六已过,卜贞元之必复。舰燕巢于齐幕,待橐牧野之

---

① 《张之洞诗文集》(增订本),第266页。

弓;闻鹤语于尧年,遽铸荆湖之鼎。应门顾命,不忘未济之艰难;毕郢升祠,即兆大勋之底定。①

在夸饰和铺陈中,刻画了咸丰皇帝"艰难困苦,玉汝于成"的光辉形象。接着,文章对同治帝继承父命,平定太平天国的功绩加以颂美。最后曲终奏雅,论述《平定粤匪方略》编订缘由,表达居安思危、金瓯永固之意,有曰:

> 前光垂宪,继序绍闻。用能苍綍乎精,珠钤制胜,下湔埊黩,上答光灵。文母冠十乱之勋,汤孙建四方之极。钧台誓众,瞻禹迹之重光;鄗邑升坛,告炎符之上瑞。北征《六月》,南征《采芑》,焕景命以重熙;内治《天保》,外治《采薇》,播休声为大恺。臣等依光丹地,载笔兰台,实均庆于普天,敢竭诚于测海。系年系月,知整军经武之有方;丕显丕承,著保大定功之有本。守难于创,绎魏征敷对之言;安不忘危,鉴宣圣系辞之训。订长编四百廿卷,宝笈常辉;祝鸿祚亿万斯年,金瓯永巩。东南尉而西北候,定皇舆一统之经;天地辟而日月光,上帝世六符之颂。②

全文遣词古雅,造句工整,结构细密,叙事清晰,气势流畅。作为润色鸿业之篇,难以避免溢美之词和偷天换日之术,将主要是文臣武将的功劳记在两朝皇帝和慈禧太后头上,但不得不说该文善于复述、润色历史史料,用典雅生动的文学之笔表现出来,堪称骈文佳作。《恭进剿平捻匪方略表》的手法和结构、骈俪与隶事,都与本篇相似,同样具有富赡工整的特征。两文都是骈文名篇:"两表成,各两千余言,历叙发捻始末、兵势利钝、庙堂及诸大将方略如指诸掌,枢府惊叹,竟不能改易一字。"③原书存放在馆阁之内,无法阅读,张之洞却能写出上级不能"改易一字",惊叹不已的文章,可见其才华之高、学问之深及见识之高。龚显曾认为张之洞经济、文章独冠一时:"胸罗经史百氏,学兼汉、宋诸儒,上而典册高文,下至一诗一赋,每有述制,同人咸敛手咋舌,咤为难逮。盖根柢既宏深,构思时尤冥搜苦索,博综繁稽,不苟落笔,故卓然为当代著作才。"这些文辞博雅的庙堂高文就是其"著作才"的主要代表。高凌霨评曰:"上窥班、马,下睨骆、卢。长

---

① 《张之洞诗文集》(增订本),第267页。
② 《张之洞诗文集》(增订本),第270页。
③ 张之洞《抱冰堂弟子记》,《张之洞诗文集》(增订本)附录四,第663页。

卿凌云之赋,麟凤腾其光辉;子昇仙露之词,珠玉增其声价。"[①]指出其骈文成就超越初唐四杰,媲美班固、司马迁,兼备司马相如、温子昇的辞藻和声律之美。这类"大手笔"骈文,以清军与太平军或捻军战斗的历史史料为依据,进行细节加工或修饰夸张,讲究行文的结构逻辑和叙述章法,从而摆脱了公牍表文的模式化,具有很强的独创性。这与他为文反对剿袭、浅俗,主张学古积学的主张有关:"作为文章,以剿袭为逸,以储材为劳,读近人浅俗之文则喜,古集费神思则厌,甘仰屋以课虚,不肯学古而乞灵。虽日日为词章,无益也。用心之状,古书虽奥,必求其通,不能通者,考之群书,勿病其繁,问之同学,不以为耻。文章纵苦涩,勿因人纵蹈摹古之讥,勿染时俗之习。如此而不效,未之有也。"[②]

此外,《恭撰谕祭刑部左侍郎袁保恒文》《恭撰谕赐刑部左侍郎袁保恒碑文》《恭撰谕赐署乌鲁木齐都统、哈密办事大臣保恒碑文》分别为祭文、赐文、碑文,都是张之洞代朝廷所写。袁保恒(1826—1878)是晚清名臣,为袁世凯叔父,在平定捻军上战功卓著。道光三十年(1850)进士,改庶吉士,授翰林院编修,官至刑部左侍郎。1877年,回家奔丧,遇到河南特大旱灾,参与赈灾。积劳成疾,次年溘然长逝,谥"文诚"。他少随父袁甲三治军,谙练武事,曾先后佐李鸿章,左宗棠军幕多年,建立大功。祭文开始引经据典,比兴点题:"朕惟《周礼》重行人之选,赒彼凶荒;《雅》诗称从事之贤,伤其尽瘁。况际此需材之会,忽夺兹任事之臣。"然后顺势引入祭祀对象,对其道德、功业特别是军功加以铺叙:

> 赡智肫仁,瑰材闳器。羽仪华国,绮龄登瀛海之班;弓冶承家,雅志殄淮渍之丑。惟有文必有武,何敌不摧;资事父以事君,有功不伐。锡霸都之勇爵,超坊局之华资。一持分校之衡,屡负从军之羽。调和诸将,扫河朔之风尘;馈饷三秦,龛西陲之组练。度支入佐,薄算缗言利之为;刑宪分司,无钳网深文之习。[③]

平定捻军,袁保恒随父袁甲三作战,功不可没。徐世昌《晚晴簃诗话》:"文诚弱冠入词林,从先德端敏公军中,夜佐草檄,朝履行阵,身经百战,名动九宸。历参合肥、湘阴军事,管西征馈饷。及以少司农内召,立朝謇谔,屡陈大计,恪守端敏

---

① 高凌霨《广雅堂骈体文笺注序》,《张之洞诗文集》(增订本)附录二,第523页。
② 张之洞《创建尊经书院记》,《张之洞诗文集》(增订本),第230页。
③ 《张之洞诗文集》(增订本),第260页。

家风。光绪初,晋豫久旱岁饥,文诚奉诏旋豫督振,以劳瘁卒。诗不多作,俊伟中见悱恻,信名臣之吐属也。"①最后,叙述河南遭遇干旱,袁保恒持节还乡,积极参加赈灾,任劳任怨,以至积劳成疾,赍志而没,结尾尤其情感悲痛,气韵沉雄:"幸哉两河之更生,已矣九京之不作。以尔官亚九列,而立朝未满五年;以尔气雄万夫,而赋命不登中寿。未殚厥用,深恻于怀。於戏!馨方社之牺牲,竟丁耗斁;听泽中之鸿雁,永念劬劳。茂此饰终,庶歆昭奠。"②《恭撰谕赐刑部左侍郎袁保恒碑文》开头同样是铺垫,但不是用典,而是直接引出光绪帝的褒奖之语,然后再引入袁保恒,铺叙其家世、才能、志向和文才武略等,解释谥号"文诚"的来由,与祭文堪称"同题异构",各有特色。《恭撰谕赐署乌鲁木齐都统、哈密办事大臣保恒碑文》则是为蒙古族保恒所写的碑文,褒扬保恒在西北边关做出的巨大贡献,同样是文辞博雅,骈俪工整。如写保恒保卫边疆、英勇善战的事迹:"簪袅勋门,珠钤将种。衍四卫拉特之贵族,气奋风云;读七大黄册之秘书,胸罗象纬。出为牙将,领银枪效节之都;继帅偏师,居黄河远上之地。属重臣经营西事,为国家荐举边才。一岁超迁,三边提控。甘泉烽火,惟资当道之王罴;潦水坚冰,不渡临流之铜马。"③声律抑扬顿挫,气势如虹。这些"大手笔"骈文,内容堂皇正大,虽为代言之作,但内容贴近现实,情感丰富,波澜起伏,感人至深。

三、表彰忠烈,宣扬教化的哀祭类骈文

除了这些反映当时重大事件的骈文外,张之洞还有较多的宣扬仁义礼智、忠孝节义的骈文。他无论在北京、山西还是在广东、湖北为官,都致力于建书院,修祠庙,培养人才,表彰乡贤。与众不同的是,这些宣扬教化类的骈文,主要由哀祭类组成。《广雅堂骈体文》卷二的16篇中,含祭文9篇,内容都属于化民成俗,宣扬忠义。寿序4篇,启、颂、碑各1篇也多是如此。与晚清其他骈文别集多序跋、书启、赠序、辞赋等相比,张之洞的骈文集包含的文体类别不多,但这

---

① 徐世昌著、傅卜棠编校《晚晴簃诗话》,华东师范大学出版社,2009年,第1089页。
② 《张之洞诗文集》(增订本),第260—261页。
③ 《张之洞诗文集》(增订本),第262页。

些文章体现了这位官僚、文人和学者希望经世致用、振衰起敝的政治抱负。骈文，成为张之洞政治理想、学术思想和教育设想的重要载体。

张之洞以儒学为安身立命的根本，视之为立身、行道和为政的指导思想和精神支柱。虽然在晚清西学东渐和救亡图存的背景下，儒学遭遇了危机，变得不切实用而备受质疑，但他仍旧坚持不懈，坚守初心。他在各地为官时，都非常关心地方教育与民俗民风，热衷文教，重视各地先贤，为各地先贤建立祠庙，倡导纯正学风和优良民风。畿辅先哲祠、三君祠、七公祠、二公祠、濂溪祠、楚学祠、十贤祠等的建立，就是证明。他通过祭文来表彰先贤事迹，宣扬忠节观念，《祭畿辅先哲文》《祭汉虞仲翔唐韩文公宋苏文忠公文》《祭晋陶桓公唐宋文贞公明韩襄毅公王文成公国朝李恭毅公阮文达公林文忠公文》《祭关中节公天培张忠武公国梁文》《祭岳忠武王文》《祭吴文节公文》《祭罗忠节公文》等就是证明。这些骈文"小之足见其熔经铸史之才，大之足见其纬地经天之略，可作文学观，而不可仅作文学观也"①。祭文抒情应该讲求恭敬且悲哀，如果辞华而靡实，情郁而不宣，文品就不高。张之洞能在遣词造句、对偶押韵方面都打破常规，自成一格，即词句求典雅，对偶讲工整，押韵不强求。

他早年所作《祭畿辅先哲文》就是为顺天、直隶的先哲祠而作。这些先哲包括历代圣贤、忠义、孝友、名臣、循吏、儒林、文苑、独行、隐逸等九类。文章开头用四七隔对点出乡邦与社祭的意义："入国知教，圣人观王道于乡；以德为馨，古者祭先生于社。"②随后切入畿辅人杰地灵，各类先哲各有所长，均有功于名教，理应得到祭祀。全文说理清晰，文气流畅。此外，张之洞非常重视流寓广东或广东本籍的先贤，在骈体祭文中大力表彰。光绪十三年（1887），张之洞将广州城南的小蓬仙馆改为七公祠，以祭祀对广东发展"德业最著"的陶侃、宋璟、韩雍、王守仁、李湖、阮元和林则徐等七位名臣，他认为这七位名臣"虽治术不同，要其功德沾被粤民，措施动关大计"。同样是重视地方文化，但这里更加注重事功，可见其表彰当与激励广东人民奋发有为，抵御外辱有关。他在广州修建三君祠，纪念东吴、唐、宋时代的虞翻、韩愈、苏轼，他们都曾寓粤。虞翻讲学不倦，门徒众多；韩愈政教兼施，化民成俗；苏轼济人化俗，惠州学子从风向学。他们

---

① 胡大崇《书广雅堂骈体文笺注后》，《张之洞诗文集》（增订本）附录二，第528页。
② 《张之洞诗文集》（增订本），第319页。

都因忠直被贬,又都以文学教化岭表,文章气节,异代同符,因此合祠祭祀,并作《祭汉虞仲翔唐韩文公宋苏文忠公文》以颂之。文章开头总论三君立德、功、言,兼三不朽;历汉唐宋,为百世师。接着对三人的主要事迹,特别是经学、文学成就与忠君爱国的行为加以高度概括,说明建三君祠的目的是激扬忠说之气,开启人文之光。张之洞还将七位对广东发展贡献很大的名臣放在一起,合写《祭晋陶桓公唐宋文贞公明韩襄毅公王文成公国朝李恭毅公阮文达公林文忠公文》。广东从汉代成为交州刺史治所,到清朝成为海疆重地,历代名贤著绩,不可胜数。"惟七公应北斗之星辰,作南天之柱石,运甓励澄清之志,教陶除回禄之灾。断大藤而靖诸谣,平三浰而收八寨。国朝名宦,不乏去思;南昌尚书,尤称弭盗。开名山之讲舍,筑列屿之敌台。经解大盛于皇清,舆图远搜于海国。虽仁经义纬,一时之治术不同;而外攘内安,千载之心源悉合。有功德于民则祀,微斯人吾谁与归?"①高度评价七位大吏的主要功绩,表明自己的向往之心。

更加值得注意的是,张之洞的祭文注重对太平天国运动、鸦片战争等重大事件的书写。罗泽南和吴文镕死于湖北战场,张之洞担任湖广总督的时间较长,任期内大兴教化,建忠贤祠等。《祭罗忠节公文》是为理学家兼儒将罗泽南而作,全文言简意赅但力重千钧,曰:

> 惟公学宗濂洛,功著湖湘,率义旅以同仇,挫凶锋而莫抗。迈南宋张彦闻之壮烈,教授提兵;媲前明王新建之遗风,军中讲学。英雄洒泪,甘遂志而结缨;部曲传心,终集勋而奏凯。怆怀战地,肇建崇祠,溯伟绩以难忘,洁明粢而祇荐。呜呼!按渭原之营垒,犹叹奇才;数鲁国之门徒,咸怀忠义。仰邀灵爽,庶冀来歆。尚飨!②

单对与隔对交融,隶事精妙,情深义重,气势恢宏,将罗泽南的为学与为人、治军与报国等饱含深情地表达出来,抒发了自己的敬仰之情。《祭吴文节公文》为吴文镕而作。有曰:"相兹魁阜,宜冠灵祠。攒白云黄鹤之遗墟,忆铁雨金风之英烈。呜呼!曾为门生,胡为故吏,拔人杰以佐中兴;陶殉城守,唐殉水师,结同心而完大节。永瞻正气,祇荐维馨。"③同样读来令人觉得忠愤气填膺,大义凛然。

---

① 《张之洞诗文集》(增订本),第317页。
② 《张之洞诗文集》(增订本),第318页。
③ 《张之洞诗文集》(增订本),第318页。

"知行不一":张之洞的骈文理论与骈文创作　　　　　　　　　　　　　　　529

1888年,张之洞建关天培(1781—1841)、张国梁(1823—1860)二公祠于珠海,作《祭关中节公天培张忠武公国梁文》:

> 惟二公关、张华胄,褒鄂英姿,勇略奋于风云,忠诚耿乎日月。溯自岛夷萌蘖,赭寇狉猖,一则当番舶内犯之初,首遏长鲸于炎海;一则际中原糜烂之会,独摧封豕于金陵。王濬乃水中之龙,敖曹实地上之虎。篇成《筹海》,志清欧亚诸洲;军比撼山,力保苏、杭半壁。天颜有喜,亲承召对于五番;宸翰亲挥,诏进图形于两本。徒以魏绛狃和戎之议,卫青挽飞将之权。啮指痛而空壁无援,量沙饥而长城遂坏。此则英雄未捷,为今古所同悲;功烈不刊,推中兴之首出者矣。兹者双忠并祀,五岭同高,蒇馨香百代之人心,厉水陆三军之士气。虎门截海,难平伍庙之云涛;羚峡撑天,争附征南之旧部。於戏!天上双腾之剑气,豹死而皮常留;波心一颗之珠光,海枯而石不烂。①

关天培是江苏人,在广东担任水师提督时,英勇抗击英军侵略,壮烈牺牲。张国梁是广东人,在江苏围剿太平军,被李秀成所杀。从维护清朝的角度出发,张之洞对这两位英雄的勇敢和忠诚,气节和功业作了简要论述,摆脱了传统哀祭文押韵的格式,以散行之气,运俳偶之文,读来令人心潮澎湃,无限向往。全文堪称"英辞润金石,高义薄云天"。苗民在论述明代四六启的礼文属性时,认为:"四六启文体形式层面彰显礼仪的特性正使得其在表述这种'大抵其德不可称而必欲称之,其事不足述而必欲述之'的内容时,有'舍此体其谁'的效果。"②而张之洞的骈体祭文,对象都是有"德"可称,有"事"足述,故能避免格套,情文并茂。

时人认为最能代表张之洞文章成就的奏议,就文体属性而言,多属骈文。但因其成就突出,加上属于上行文,体裁独特,故单独列出。在义和团运动中,张之洞和刘坤一等倡议东南互保,没有向列强宣战,为清廷保存了东南疆土,稳定了财税收入等。事后(1901年)得到朝廷嘉奖,张之洞赏加太子太保,上《谢赏加太子少保衔折》。该文也是一篇典型骈文。何圣生《檐醉杂记》评此段文字曰:"文襄于各体文字皆极矜炼,此尤其经意之作。典雅深厚,在宋人《播芳文

---

① 《张之洞诗文集》(增订本),第315页。
② 苗民《应俗的"礼文":明代四六启的"礼文"属性及其价值探讨》,《湖南师范大学社会科学学报》2020年第1期。

萃》中端推上乘矣。"①就以宋人四六成就来映衬。

相对于宋代四六偏于诏诰、表启,主要发挥庙堂应用功能,作者多是高级官员来说,清代骈文文体范围扩大,序跋、论辩、杂记等都大量运用,从而使得清代骈文具有浓郁的抒情性,更多是由怀才不遇、沉沦下僚的文士来写,如陈维崧、吴绮、胡天游、邵齐焘、汪中、洪亮吉等。因此,整体来说,清代骈文中的庙堂内容,所占比例很低。而张之洞的现存骈文,记载晚清大臣袁保恒、保恒、冯子材、李鸿章等的重要事迹,概述当时发生的重大历史事件,熔铸经史,茹古涵今,结构宏伟,气象峥嵘,堪称清代也是中国骈文史上的"大手笔"。庞坚认为"凭这二十几篇骈文,张之洞足可确立其清代骈文名家的地位"②,当为的论。

综上所论,可知张之洞在骈文上主要学习宋四六诏诰表奏之文,故被一般学人视为清代骈文中"宋体"的代表。但是,张之洞又将盛唐"燕许大手笔"的博大内容、雍容风格与宋四六的句式特点融会贯通,形成超越宋体的特征。"文襄生平于书无所不窥,故其发为文字,昭明宏伟,陶铸事物,驱使卷轴,无斧斨劈绩之痕,猝不易省其所自出。"③这里的"文字",主要当指铺张扬厉又讲究隶事无痕的骈文,明白晓畅又宏大雄伟,正是其主要特征。宋体四六,清人多评价不高。孙梅说"盖南宋文体,习为长联,崇尚侈博,而意趣都尽,浪填事实以为著题,而神韵浸失,所由以不工为工,而四六至此,为不可复振也"。④俞樾在《春在堂笔录》中也批评宋人骈文中的长联对冗长拖沓,贪用成句,以议论行文,从而导致文体卑陋。对于宋人剪裁成语,钱基博指出"六代初唐,语虽繁积,未有生吞活剥之弊,至宋而此风始盛,运用成语,羃栝入文;然有余于清劲,不足于茂懿"。⑤张之洞的骈文基本摆脱了宋四六的长联对、大量运用前人成语等特征,堪称自成一家。

四、背离原因及张之洞对晚清骈文的影响

张之洞的骈文融汇了盛唐典雅富赡的燕许体和宋四六对偶工整、隶事精妙

---

① 《张之洞诗文集》(增订本)附录三,第539页。
② 《张之洞诗文集》(增订本)前言,第33页。
③ 王彭《广雅堂骈体文笺注序》,《张之洞诗文集》(增订本)附录二,第527页。
④ 孙梅著、李金松校点《四六丛话》,人民文学出版社,2010年,第663页。
⑤ 钱基博《近百年湖南学风 骈文通义》,第112页。

的特征,与他在《书目答问》《辎轩语》等书中推崇"晋宋体"的倾向明显不同。这种理论和创作的不一致,一方面是他署名的专书中,有的只是名义上的撰写者,其观点与他本人的实践取向并不一致;另一方面,个人的通达经历和宏大视野,决定了他创作骈文难以学习"晋宋体"的清丽形式和主要书写个体情感的内容。动荡的时代和多难的政局,需要居高位的他撰写庙堂高文及表彰忠义、宣扬教化的骈文。

张之洞虽然撰写并由门人编定了《广雅堂骈体文》,但他对于骈文盛行的六朝是批判和不满的。这在其《哀六朝》诗中表现最为突出:"古人愿逢舜与尧,今人攘臂学六朝。白昼埋头趋鬼窟,书体诡险文纤佻。上驷未解昭明《选》,变本妄托安吴包(世臣)。始自江湖及场屋,两汉唐宋皆迁祧。神州陆沉六朝始,疆域碎裂羌戎骄。鸠摩神圣天师贵,末运所感儒风浇。玉台陋语纨袴斗,造象别字石工雕。亡国哀思乱乖怨,真人既出归烟销。"①对时人学六朝诡异书法、纤佻诗文的倾向加以批评。这不仅是因为六朝文品、书艺不佳,更因六朝是乱世,戎狄骄纵,佛道盛行,儒学衰微,亡国之音流行,雅正之风衰微。这是他深恶痛绝的。1909年,张之洞去世,好友陈宝琛撰墓志铭,认为他"为学兼师汉宋,去短取长,恶说经袭《公羊》、文字模六朝,谓为权诡乱俗"。②说他厌恶《公羊学》,因为公羊学者往往托古改制,诡异乱俗;说他厌恶六朝文字,则当指他鄙视六朝的华而不实的文章。李详也云:"张南皮之洞《抱冰堂弟子记》,实自撰也。云最恶六朝文字,谓南北朝乃兵戈分裂,道丧文敝之世。凡文章本无根柢,词华而号称六朝骈体者,必黜之。吾友上元周左麾钺,于壬寅(1902)客南皮幕府,言南皮极不以胡稚威等骈文为然,谓'以艰深文其浅陋'。今观此言,益信。"③六朝南北分裂,僭越不断,确实是道衰"词华"之世。张之洞厌恶六朝骈体,不认同胡天游的骈文,正是对六朝政治、士风不满,从而延伸到六朝骈文的结果。徐世昌、王树枏等编纂《大清畿辅先哲传》,也说张之洞"最恶六朝文字,谓纤仄拗涩,强凑无根柢,道丧文敝,莫甚于此"④。在这种文章思想的主导下,张之洞自然难以学习"晋宋体"骈文并努力践行。

---

① 《张之洞诗文集》(增订本),第78页。
② 《张之洞诗文集》(增订本)附录一,第506页。
③ 李详《愧生丛录》卷四,《张之洞诗文集》(增订本)附录一,第539页。
④ 徐世昌等编《大清畿辅先哲传》,《张之洞诗文集》(增订本)附录一,第501页。

毋庸讳言的是,在特定的场合和语境中,张之洞还反对使用骈文。光绪二十三年(1897),他上疏变法,提出改革科举内容与文体文风:"一曰正名。正其名曰《四书》义、《五经》义,以示复古。二曰定题。《四书》义书《四书》原文,《五经》义书《五经》原文,不得删改增减,亦不得用其意而改其词。三曰正体。以朴实说理,明白晓畅为贵,不得涂泽浮艳,作骈俪体;亦不得钩章棘句,作怪涩体。四曰征实。准其引征史事,博考群书,凡时文所禁忌者悉与蠲除。五曰辟邪。若周、秦诸子之谬论,释、老二氏之妄谈,异域之方言,报馆之琐语,凡一切离经叛道之言,严加屏黜,则八股之格式虽变,而衡文之宗旨仍与真正之圣训相符。"①反对科考使用"骈俪体"和"怪涩体",与后来新文化运动中胡适、陈独秀的文学改良、革命论中的观点相近。不过,张之洞是希望通过改革制艺文体与文风,以此复兴古学,消除离经叛道之言,维护儒家道统,目的显然与胡适、陈独秀不同。

张之洞对晚清骈文的发展,产生了重要影响。这主要是通过其创办的书院来实现的。他非常重视人才培养,认为谋国立基,以人才为先,辅之以器械与地利,这样才能救亡图存,与时俱进。他认为天下物情事势,不外政治和学问两途,其表在政,其里在学。在致用思潮的影响下,他通过创办书院来培养人才。他于1869年在武昌创立经心书院,1873年在成都创建尊经书院,1882年在太原创立令德书院。教育内容主要为经史与辞章,骈文为其辞章中的重要内容。无论是在湖北经心书院,还是在四川尊经书院,他都效法阮元在诂经精舍、学海堂所为,重视经史和辞章之学:"选高材生百人肄业其中,延聘名儒分科讲授,手订条教,略如诂经精舍、学海堂例。"②可见肯定地说,张之洞因为身份和学养、仕宦经历等与阮元的相似性,他的为官、为学与为文,都深受阮元的深刻影响。阮元在书院教育中对骈文的重视,当潜移默化地影响了他。

张之洞为学通达,善于革新;为文重视诗赋、古文、骈文各体,不名一体。他对守旧而不知变,喜新而不知本的现象都加以批评,反对学术上的门户之见。"学术有门径,学人无党援。汉学,学也;宋学,亦学也;经济、词章以下,皆学也;不必嗜甘而忌辛也。大要读书宗汉学,制行宗宋学。汉学岂无所失,然宗之则

---

① 《大清畿辅先哲传》,《张之洞诗文集》(增订本)附录一,第492页。
② 胡钧《张文襄公年谱》,《张之洞诗文集》(增订本)附录五,第698页。

空疏蔑古之弊除矣；宋学岂无所病，然宗之则可以寡过矣。"①各不偏废，不抱一而自足，是此而非比。对汉宋之弊，心知之而不攻之或争之。在成都尊经书院中，张之洞认为经史根柢深厚而不工词章者少，故从"既惩其情，又惜其力"出发，"月至二课"，"课止四题"，即经解一、史论一、杂文与赋为一、诗一；其中赋与杂文不并出，杂文或骈或散惟宜。②规定杂文与赋为月课四题之一，杂文中使用骈体、散体都可。这对晚清四川地区骈文的发展，无疑起到了促进作用。1887年，张之洞担任两广总督。为了培养精于洋务又熟悉经史辞章的人才，他创办广雅书院。首任学长为梁鼎芬，后任有朱一新、廖廷相、邓蓉境、谭莹、丁仁长等。课程分为经学、史学、理学、文学4门，学生可自由选择；同时要求兼习诗赋、古文或骈文等文章之学。学长中有著名骈文家朱一新和谭莹等，课程中的文学包括赋、骈文之学的兼习，给两广地区的读书人提供了良好的创作氛围，无疑促进了当地骈文的发展。

　　张之洞思想融通，不固执己见、作茧自缚，而是著书立说宣扬其思想，又能兼容并包，与晚清著名骈文家为友，邀请他们到书院讲学，等等，这在客观上也促进了晚清骈文的发展。早年他在京城倡导龙树寺雅集，汇聚了当时大批著名文士，如王闿运、李慈铭、赵铭、谭宗浚、王咏霓、张预等著名骈文家都主动或受邀参加其主持的雅集。1867年，他担任浙江乡试副考官，袁昶、许景澄、陶模、孙诒让、谭献等都考中举人，其中谭献是晚清著名的骈文家。谭献晚年还应张之洞之约，主讲经心书院："庚寅辛卯，座主南皮张尚书督两湖，招之至江夏，聘主都会经心书院讲席，遂为院长两年矣。书院为公视学日所创立，一以文达公西湖诂经精舍为规模，以吾乙丑后，尝为精舍监院，习旧闻，非必学行足式高才诸生也。"③谭献在这里度过了一生中最为快乐的两年时光，可见张之洞对他的照顾。屠寄(1856—1921)两次入张之洞幕府，担任广雅书院、两湖书院教习。他不仅有自己的骈文集，还编选了《国朝常州骈体文录》。晚清知名骈文家易顺鼎也是张之洞的门人。张之洞有《谢易实甫饷庐山茶蘵》《谢易实甫再惠庐山三峡泉》《腊月十六日邀汪进士、陈考功、易兵备、杨舍人至两湖书院讲堂看雪月，

---

①　张之洞《创建尊经书院记》，《张之洞诗文集》（增订本），第231页。
②　《张之洞诗文集》（增订本），第234页。
③　谭献《复堂谕子书》，罗仲鼎、俞浣萍点校《谭献集》，浙江古籍出版社，2012年，第684页。

余以畏寒头疼先归》等诗。朱铭盘(1852—1893)是张之洞的学生,有《桂之华轩遗集》,其中文章全为骈文。通过担任浙江乡试副考官、湖北学政、四川学政、两广总督等重要职务,创办书院和各类学堂等,张之洞培养了一批学术、经济与辞章人才,包括骈文人才。这对晚清政治、经济、文化、科举等都产生了重要影响。

在三千年未有之变局的背景下,新学、旧学之争异常激烈。面对新旧碰撞及新学的流行、旧学的衰微,张之洞非常忧虑。光绪三十三年(1907),他上《创立存古学堂折》,提出专门开辟存古学堂,教育学生学习经学、史学和辞章之学,以保存国粹,传承文化,维护人伦价值观念等。他从爱乡爱国、心善敬祖、阐明道德、维持世教等角度论证存古学堂主要开设国文课程的重要性和必要性,强调经学、史学和辞章之学的重要:

> 数门之中,经学为一门,应于群经中认占一部,《说文》《尔雅》学、音韵学亦附此门内。史学为一门,应于《廿四史》及《通鉴》《通考》中认占一部,本朝掌故即附此门内。词章为一门,金石学、书法学亦附此门内。以上或经或史,无论认习何门,皆须兼习词章一门。而词章之中,但专习一种,即为合格。或散文,或骈文,或古诗、古赋,皆可兼习者,听博览为一门。①

辞章不仅与经学、史学课程三足鼎立,且专习经学的学生,也应该兼习辞章。辞章当中,骈文也赫然在列。可见,骈文与古文、古诗、古赋一样,都是传承文化、维持世教的重要载体,不可自我决绝。

总之,张之洞的诗文成就高,影响大,徐世昌等编的《大清畿辅先哲传》就说他"以文章道德主盟坛坫者数十年。五洲之士,皆仰之为中华山斗"②。但相当程度上,这被政治、教育等事功遮蔽了,如《清史稿》《清史列传》的本传,都没有涉及其文学成就。事实上,其骈文典雅高华,影响甚大,故在民初被郭中广和陈崇祖加以笺注,广为流行。在民初新学流行、旧学贬抑的背景下,笺注具有继承风雅、振兴古学的意义。1925年,高凌霨为《广雅堂骈体文笺注》作序曰:"沧海流横,敷天日蚀,艺林之珠丛全碎,诗人之玉屑都沉。敝尋谁珍?《汉简》奚益?览作述于兹编,辄有感于斯文。"③同年,朱士焕跋曰:"今文襄鸿文震耀,风格既

---

① 张之洞《张文襄公奏议》卷六八,《张文襄公全集》本。
② 《张之洞诗文集》(增订本)附录一,第503页。
③ 《张之洞诗文集》(增订本)附录二,第523—524页。

驾两太史而上之,而献侯用力之勤,亦不让程、黎。值此旧学孤鸣之秋,得此编刊行于世,可以使览者知当时学术之昌,文献之盛,岂仅衍师门之薪火已哉!"①不仅认为张之洞的骈文风格凌驾于陈维崧、袁枚之上,还肯定陈崇祖用力之勤,不减程师恭和黎光地对陈、袁骈文的笺注;同时,特意指出在旧学衰微的时代,笺注张之洞骈文集的学术价值和文献意义——繁荣学术、传承师学和赓续传统。这也是今天我们研究张之洞骈文的学术价值和文化价值。

---

① 朱士焕《广雅堂骈体文笺注跋》,《张之洞诗文集》(增订本)附录二,第529页。

传体文的文章学传统与近代传记文学的分殊

上海社会科学院文学研究所　常方舟

传体文渊源于传统史书的传记类文章。《字书》云："传者，传也。记载事迹以传于后世也。"早期传体文侧重记事以传的功能，是本土文章叙事传统的首要载体。刘勰《文心雕龙·史传》认为《左传》是传体文的滥觞："丘明同时，实得微言，乃原始要终，创为传体。传者，转也。转受经旨，以授于后。"《左传》以叙事为中心，历史事件并非围绕人物展开，而从司马迁《史记》列传等的系列文章开始，专门记载一人之事的传体文方崭露头角，对后世产生了深远的影响，因此《史记》列传往往被推为中国纪传体文学之祖。为了指称上的便利，本文沿用学界已有的文体分类观念，将长期流转迁变中形成的历代传体文划分为"史部之传体文"和"集部之传体文"①两大类，前者主要是指史书中的列传以及家传、僧道传、神仙传等杂传类文章，后者则是文人别集中记载人物生平的文字，包括行状、墓志、神道碑、事略、事述、哀启等。②

本土传体文分类既细，在实际创作中各品类又衍生出不同的小传统。无论从数量还是品质上来看，传体文自然是以正史中的列传之文为主体，杂传和其他集部之传体文为之辅翼。由于长期以来受到修史观念和传统的约束，操觚者对传体文的写作往往存有顾虑。尤其是正史中的列传一体，一般不可妄作，若撰者既任史职，又兼备史笔史法、史识史才，方可行文。比如韩愈虽有《顺宗实录》之作，但在《答刘秀才论史书》中表达了深畏"人祸天刑"故不可草草为人作传的看法。尽管柳宗元驳斥了韩愈辟史职不为的观点，柳氏本人未任史职时亦

---

① 朱迎平《唐宋传体文流变论略》，《学术研究》2010年第5期。
② 此外，还有一些依违在传记和小说之间的文章，比如传奇类传记和题为"书某某人"的文章，不在本文的讨论范围。

不肯率尔做传,仅将段太尉逸事撰成私状上呈史馆:"或恐尚逸坠,未集太史氏,敢以状私于执事。"①因为存在这种"不当作史之职,无为人立传者,故有碑,有志,有状,而无传"②的观念,韩柳等唐代古文名家在散文中借鉴了不少正史传体文的写作技巧,也留下不少杂传类作品,但对史书列传类的创作态度相当审慎。伴随着史学观念的进步和文体创作的突破,与之相对的是宋人所作的传体文不仅在创作数量显著增多,而且历代的传体文在宋代文章总集的编撰中也开始获得固定的位置,传体文的文体地位在宋代得以确立。③ 不过,传体文的文体分梳仍显驳杂。比如清人章学诚就认为,宋代总集对传体文的采录失之驳杂,《文苑英华》正传类录有碑志、自述、立言寄托者、借名讽刺者、投赠序引者、俳谐游戏者④,其中有一部分应当归入杂著或杂文类。"史部之传体文"的创作,除直接被收入正史的列传类之外,还包括大量游戏谐谑性质或别有寄托的杂传类作品,后者受到的限制相对较少,诸如方外之士的传记向来亦不为史法所拘,而"集部之传体文"则因具有传阅、吊唁、刻石、立碑等的实用价值在文人别集中占有一席之地。

此后文体愈变而法愈密,明清之际的古文家对文体之间界线的执持更加严格,一般不轻易写作"史部之传体文",所作传体文相对而言也更偏重"集部之传体文",着眼于礼制文章的实用性价值。如姚鼐曾引刘大櫆语,赞成未有史职的文人仅能为位卑者作传,或为地位稍显者作行状以备史馆采集:"刘先生云:'古之为达官名人传者,史官职之。文士作传,凡为圬者种树之流而已。其人既稍显,即不当为之传,为之行状,上史氏而已。'余谓先生之言是也……今实录不纪臣下之事,史馆凡仕非赐谥及死事者,不得为传。乾隆四十年,定一品官乃赐谥。然则史之传者,亦无几矣。"⑤明清史馆对合乎作传资格的传主亦有严格规定,一定程度上限制了正史列传类文章的创作。"史部之传体文"的收缩,也有一部分是明清文人党同伐异的结果:"明自嘉靖而后,论文各分门户,其有好为

---

① 柳宗元《段太尉逸事状》,《柳宗元集》,中华书局,1979年,第179页。
② 顾炎武《日知录论文》,王水照编《历代文话》第4册,复旦大学出版社,2007年,第3241—3242页。
③ 孙文起《论宋代文章总集与"传体文"文体地位的确立》,《北京社会科学》2016年第10期。
④ 章学诚著、叶瑛校注《文史通义校注》,中华书局,1985年,第250页。
⑤ 姚鼐《古文辞类纂》,中国书店,1986年,第14页。

高论者,辄言传乃史职,身非史官,岂可为人作传……不知此乃明末之矫论,持门户以攻王、李者也。"①更有甚者,认为不仅"史部之传体文"不可妄作,就连"集部之传体文"的下笔也需要谨慎,比如顾炎武就认为"志状不可妄作"②。不过从总体上来看,"集部之传体文"在明清时期的创作颇为繁盛。

近代以降,传统政教秩序受到巨大冲击,社会思想文化潮流也随之发生巨变。作为传统文化的重要载体和辨识度极高的文体分支,传统传体文在写作内容的取舍、语言文字的离合、体例范式的追摹、旨趣价值的融合等方面也迎来了转型的契机。传统传体文发生现代转型的契机可以追溯至外来传记文学的影响。从19世纪末20世纪初开始,西洋传记文学作品开始大量传入中国,清末留学生在海外也有机会阅读各国的传记作品。1900年,容闳用英文将自己从幼年求学到变法维新的经历撰成回忆录,题为 *My Life in China and America* 在纽约出版,1915年由徐凤石、恽铁樵译为中文版《西学东渐记》。1903年,《政法学报》第六期曾连载《斯宾塞传》,介绍斯宾塞生平及其社会学学说并以示悼念。同一年,上海广学会就出版了译自英国鲍康宁的《穆勒传》。英国作家鲍斯威尔(James Boswell,1740—1795)的《约翰生传》(*Life of Samuel Johnson*),则被胡适评价为开创传记文学新时代的一部伟大传记。20世纪30年代以后,国内出现了大量翻译外国传记的热潮。在文学和文化比较的双重视野下,传统传体文的内容和形式获得了新的审视。

掀起"史界革命"的梁启超在对传统史学观念进行批判的基础上倡导"新史学",传体文虽然不是此中首先要面对的问题,但他从史著体裁的角度对传体文提出了意见:"中国之史,则本纪列传,一篇一篇,如海岸之石,乱堆错落。质而言之,则合无数之墓志铭而成者耳。"③从1902年起,梁启超创作了大量国内外名人传记,包括《匈牙利爱国者噶苏士传》《意大利建国三杰传》《近世第一女杰罗兰夫人传》《新英国巨人克林威尔传》等外国人物传记和《李鸿章》《王荆公》《戴东原先生传》等国内人物专传,其所撰欧美学案前大多也附有学者传略。梁启超从"新史学"的学科立场对传体文的更新要求及其创作的传记作品,成为有

---

① 《文史通义校注》,第248—249页。
② 顾炎武《日知录论文》,《历代文话》第4册,第3242页。
③ 梁启超《新史学》,《饮冰室合集》第4册,中华书局,2015年,第753页。

别于传统传体文的新传记文学兴起的重要铺垫。

英文的传记(biography)一词源于希腊文 bios,意为某个人物"生活的记录"。《四库全书总目》史部传记类按语云:"传记者,总名也。类而别之,则叙一人之始末者为传之属,叙一事之始终者为记之属。"①据已有考证②,"传记文学"这一提法的出现最早可以追溯到胡适《藏晖室札记》卷七(作于 1914 年 9 月 23 日):"余以为吾国之传记,惟以传其人之人格(character)。而西方之传记,则不独传此人格已也,又传此人格进化之历史(The development of a character)。"③胡适在 1910—1917 年留学美国期间泛览了大量西方传记文学,日后他在《四十自述》中指出,"感觉中国最缺乏传记的文学",这部作品本身也是"传记热"的"小小的表现"。不过,传记文学这一名称的流通普及并非一蹴而就:"民国十年出版的《英华合解辞汇》译为《言行录·传纪·行述列传》,显然证明了传记的名称尚未通用。民国二十年出版的《辞源续编》也没有采用这个名词。直到二十八年教育部颁布大学中国文学系科目表,才有'传记研究'一项,这是传记文字二字见于官府文书之始。"④可见,在 20 世纪 20—30 年代,传记文学仍然处于名未正文不显的状态,比如朱东润兼顾传统传体文和新传记文学的特点,大力提倡使用"传叙文学"的名称。1940 年,在陈立夫担任政府教育部部长期间,推动大学课程改进计划,传记学赫然在列。于是,国内不少大学中文系纷纷开设了名为"传记学"的课程。传记文学作为专门独立课程的建制并不完善,也很不规范,如有课程虽名为"传记文学",但实际授课内容局限为传统传体文的典型如"韩柳文研究"等⑤,所产生的实际影响也颇为有限(如许寿裳在华西协和大学开设的"传记研究"课程听课者寥寥)。当时的传记学课程亦未有系统化的教材,相当一部分的学术观点直接取材于梁启超《中国历史研究法补编》等的看法。

从新传记文学的提出和作品的出现,到传统传体文的式微,本土的传体文

---

① 《钦定四库全书总目》,中华书局,1997 年,第 821 页。
② 俞樟华《古代传记理论研究》,黑龙江人民出版社,2018 年,第 92 页。
③ 胡适《胡适留学日记》,《民国丛书》第二编第 83 册,上海书店,1989 年,第 415 页。
④ 朱东润《关于传叙文学的几个名称》,《朱东润文存》,上海古籍出版社,2014 年,第 482 页。
⑤ 朱东润《我是怎样研究和写作传记文学的》,郭绍虞等《怎样学好大学文科》,复旦大学出版社,1982 年,第 6 页。

从内容和形式在晚清民国都经历了一系列的翻转,在此过程中既有对传体文文章学传统的取舍和扬弃,也有近代学科和文体观念演进带来的影响。时人理想中的"新传记文学"①概念的形成,往往是建立在和传统传体文进行反向切割的基础上,体现了在传承中的文体突破和创新。本文基于传体文的文章学传统,审视近代新传记文学在文学理念和创作实践方面的传承和新变,以期为近代文章学的转型嬗变研究提供助益。

一、技巧的腾挪:主观"尚简"与观察者的驭繁

传统传体文属于叙事之文,一般为散体写就,在叙事技巧方面普遍存在"尚简"的取向,即要求作传者在通盘把握人物生平遭遇和人格特质的基础上,对传主经历的事件进行剪裁取舍,挑选其中最能表现和反映传主品行的事迹加以渲染,以求得叙事和文字的简省。一方面,书史语语严重,不可轻下一字。另一方面,"尚简"又是史识的体现,被誉为具有识鉴力的作者,应当在纷纭素材中披沙拣金,如于千军万马中取人首级,从而获得化繁而简、文约事丰的表达效果。刘知幾《史通·叙事》云:"盖作者言虽简略,理皆要害,故能疏而不遗,俭而无阙。譬如用奇兵者,持一当百,能全克敌之功也。"尽管历代史传也有琐碎繁难之作,"尚简"是传体文公认和典范的写作原则。比如两《唐书》的撰写,《新唐书》虽被诟病过于追求简古而尤为艰涩,但从古文家的立场来看,《新唐书》明显具备"其事则增于前、其文则省于旧"的优点。从具体的实例来看,古文大家也都崇尚以纲举目张的方式表现传主特质:"先正为人作传记,止择其平生一大节目起议论,未尝琐琐撦拾细美,而斯人之贤自见。如韩文公作《子厚墓志》,只在救梦得上着力,苏子瞻《范文正文集》只在万言一书着力;《惠勤诗序》只在不负欧阳公上着力。"②在此过程中,"尚简"也不再是传记文的专利,更拓展为古文写作的一般原则。

---

① 本文使用的"新传记文学"一词,和通行文学史叙述中的"现代传记文学"内涵相同。"现代传记文学"更多是追认的指称,还原到当时的具体语境,近现代传记文学的作者和批评家往往使用"新传记""新传记文学""传叙文学"等提法来指称西洋传记文学或受到西洋文学影响后产生的本土传记作品,凸显其与传统传体文的区别,如梁遇春《新传记文学谈》、孙毓棠《论新传记》等。
② 庄元臣《文诀》,《历代文话》第3册,第2294页。

与此同时，提倡新传记文学者也将"尚简"视为传统传体文的典型特征。比如，最早提出"传记文学"一词的《胡适留学日记》，就从取裁简繁的角度比较过东方短传和西方长传的优劣，胡适认为东方短传的优点在于"只此已足见其人人格之一斑""节省读者日力"，与此相对的是，西方长传的优点则是"琐事多而详，读之者如亲见其人，亲聆其谈论"。① 彼时，传统传体文的简约风格仍被视为有可取之处，但此后"尚简"的写作和审美风格逐渐受到来自新传记文学的挑战。出于"考据癖"和"历史癖"，胡适强调，对传主相关史料的充分全面占有是开展传记写作的基础。他曾经把本土传记文学分为他人作的传记和自己作的传记两大类，前者包括小传、墓志、碑记、史传、行状、年谱、言行录、专传，后者涵盖自序、自传的诗歌、游记、日记、新札和自撰年谱。② 他把自己的札记和日记都看作是绝好的自传，其实主要基于这样一个认识，即日记、札记、年谱、诗歌、游记等是为人物作传记的重要材料，比如年谱不过是传记的长编而已。而作为"受史学训练深于文学训练的人"，对这些繁枝细节的史料自然是多多益善、"不厌其繁"的。

出版于1947年的沈嵩华《传记学概论》以西洋传记为参照物，对"纯真性的传记"下了这样的定义："类乎西洋文学中的所谓 Biography，不仅有较长的篇幅，并且是内容繁复，叙次真切生动，足以表扬传主的背景、身世、交游、学行、思想、事业，以及其影响。"③明确要求传记文学有较长的篇幅且内容繁复，目的是全方位地呈现传主的人格特质，其与传统传体文"尚简"原则和风格的背道而驰也一目了然。

造成传统传体文"尚简"的原因，既有史识史才的前瞻性要求，同时也是传体文主题先行造成的必然结果。在本土早期史传作品中，就已经出现了用"史赞"形式对历史事件作出整体评价的传统，比如《左传》里的"君子曰""仲尼曰""孔子曰"、《史记》的"太史公曰"、《汉书》《后汉书》的"论曰""赞曰"等。传体文的典范性叙事主要围绕传主的定评而展开，与之无关的事件内容则被直接舍弃。传统传体文的一般体式通常都是由叙事和"史赞"两部分共同构成的，先叙

---

① 胡适《胡适留学日记》，《民国丛书》第二编第83册，上海书店出版社，1989年，第417页。
② 胡适《中国的传记文学——在北京大学史学会的讲演提纲》，耿云志、李国彤编《胡适传记作品全编》第4卷，东方出版中心，1999年，第206—207页。
③ 沈嵩华编《传记学概论》，教育图书出版社，1947年，第65页。

事后议论的布置安排可以说是常规做法，不仅在篇章的大结构上大多如此处理，而且这种做法在文章内部更小单元的结构上也很常见。关于叙事和"史赞"的关系处理，虽无硬性规定，但历代文人向来以《史记》《汉书》中的列传体作为公认的传体文范例，叙事和史论的布置安排仍有一定的规律技巧可循，即在传主事件的排布后紧跟作传者的个人意见。而且，为了让"史赞"也顺成"尚简"的原则，往往要求"史赞"内容与前面的叙事不能重复："史之有论也，盖欲事无重出，省文可知……及后来赞语之作，多录纪传之言，其有所异，唯加文饰而已。"①可以说，"史赞"传统也是传体文"尚简"技巧的重要构成。

传统传体文虽以叙事为主，议论功能的重要性也显而易见。关于叙事和议论的比重，以及叙事和议论的编排，在实际创作中有不同的套路。梁启超云："中国旧文体，凡记载一人事迹者，或以传，或以年谱，或以行状，类皆记事，不下论赞，其有之则附于篇末耳。然夹叙夹论，其例实创自太史公……后人短于史识，不敢学之耳。"②明确指出，《史记》的叙议布置灵活机动，并无刻板定式。不过，无论是先叙后议，还是夹叙夹议，议论的部分都难免掺入作传者的个人立场和价值观念。新传记文学的倡导者对此持有截然不同的见解，比如在谈到传记文学批评时就有这样一种相对统一的观点，即批评并不是传记作者应当承担的工作，而是应当秉笔直书，留待读者根据记录的事实自行作出判断："本来做历史的正则，无论那一门，都应据事直书，不必多下批评；一定要下批评，已是第二流的脚色。譬如做传，但描写这个人的真相，不下一句断语，而能令读者自然了解这个人地位或价值，那才算是史才。"③朱东润在谈到《张居正传》的创作时，也指出近代的传叙"只能把所知的关于传主的事实，忠实地记述在这里，留待读者完成自己的评判"④。可以看出，作传者的要求从主观的鉴识者转为客观的记录者，这背后隐含着历史学学科观念演进的诉求。

1911年，胡适叙录美国康奈尔大学创始人（Ezra Cornell）生平的《康南耳君传》，全文皆为文言体，结论部分的"胡适曰"经过反复删修最终改定为：

---

① 朱荃宰《文通》，《历代文话》第3册，第2847页。
② 梁启超《中国四十年来大事记》，《饮冰室合集》第18册，中华书局，2015年，第4891页。
③ 沈嵩华编《传记学概论》，第47页。
④ 朱东润《传记文学的尝试》，《朱东润文存》，第555页。

若康南耳君者,可谓豪杰之士人矣。其贫也,能十余年安之,若将终身焉;及其既富,乃逡巡引退,归而求田问舍,又若将终身焉。其施其财也,一举十万百万,不少吝惜。君之语白博士也,其言曰:吾有五十万金而无所用之,颇思以之报国,君谓何者为最当耶? 呜呼,世之富人其视斯语矣。①

这段对康奈尔进行盖棺定论的评传文字,传主既是西洋人,作传者又是首标"传记文学"的胡适,但其结束语仍然沿用了传统传体文的格套,体现出传承和新变兼具的创作面向。如果用传统传体文的文章学标准加以审视,却可以说在写作技巧上颇为拙劣。传统的"史赞"评论文字是整篇传记的纲领,在最后提起传主的时候,巧妙的做法是在传文所记内容以外另辟蹊径,这样不仅可以补充一些额外的信息,也起到行文简省的表达效果。而在《康南耳君传》的"胡适曰"中,康南耳对白博士所说的话,和正文所记完全重出。即如明代朱荃宰《文通》所云:"史之有论也,盖欲事无重出,省文可知。如太史公曰:观张良貌如美妇人耳;项羽重瞳,岂舜苗裔? 此则别加他语,以补书中,所谓事无重出者也。"②胡适的这篇传记文字,在形式上沿袭了传统传体文先叙事后议论的基本架构,却在无意之中违背了论赞与叙事不重出的"尚简"原则。

郁达夫在考证西洋传记文学起源和流变的基础上,要求"有一种新的解放的传记文学的出现",后者具备的特点是:"是一种艺术的作品,要点并不在事实的详尽记载,如科学之类;也不在示人以好例恶例,而成为道德的教条。"③点出了新传记文学不以道德好尚作为评判尺度、偏向客观忠实记录的特点。此外,出版于 20 世纪 40 年代、堪称最后一部文言体文话《文谈》则强调:"就局法高下而论,以取材传外而不复述传中事者为胜。"④仍将"史赞"部分的"尚简"原则奉若圭臬。不过,由于创作时间较晚,《文谈》也难免受到新传记文学主张客观记录的影响:"关于至善之事,著者无特别见地,人人同一赞美之判断,以不判为妙。其次,以不复述传中之事而直施简要之判断为宜。"⑤可以说在论赞技巧

---

① 胡适《康南耳君传》,《胡适传记作品全编》第 3 卷,第 20 页。
② 朱荃宰《文通》,《历代文话》第 3 册,第 2847 页。
③ 郁达夫《什么是传记文学》,《郁达夫文论集》(上),吉林出版集团股份有限公司,2017 年,第 248 页。
④ 徐昂《文谈》,《历代文话》第 9 册,第 8967 页。
⑤ 徐昂《文谈》,《历代文话》第 9 册,第 9011 页。

上,兼有传统传体文"尚简"的取向和新传记文学"不判"的理性观察视角。

二、语言的迁变:"烂古文"的"义法"与"活传记"的诚意

新传记文学的兴起不仅和史学革命有着密切的关系,而且也成为新文学运动的组成部分。最初,语言文字并非传统传体文和新传记文学产生矛盾的焦点,国民的思想启蒙和道德开化是人物传记开始大行其道的主要原因。在旧民主主义革命时期,为了更好地推进"民族革命和爱国主义的宣传","在辛亥革命的文艺创作中,还非常突出地运用了'人物传记'的表现形式,通过人物的介绍与论评,获得了很大的宣传效果"。① 南京国民政府成立前后,时事新报馆和上海自由社分别出版过《革命党小传》,诸多起义活动中的革命先烈事迹也借此得到广泛流播。伴随打破思想桎梏的目的,新传记文学也逐渐发起了对语言文字的更新要求。

胡适认为中国本土传记文学差强人意主要有三大原因,这三种因素在他的表述中曾发生过变化,但自始至终得以保留的两个原因分别是"多忌讳"和"文字的障碍"②。所谓的"多忌讳",指的就是为尊者讳、为亲者讳和为贤者讳,而"文字的障碍",则是指言文不一致带来的语言文字上的隔阂。在胡适看来,由于"义法"对应"讲求字句之古",因此"多忌讳"和"文字的障碍"之间有着不可分割的联系:"后来的'古文家'又中了'义法'之说的遗毒,讲求字句之古,而不注重事实之真,往往宁可牺牲事实以求某句某字之似韩似欧!硬把活跳的人装进死板板的古文义法的烂套里去,于是只有烂古文,而决没有活传记了。"③因此,传统传体文和新传记文学在语言文字上的分歧,成为影响和决定其思想意义的关键。

---

① 阿英《传记文学的发展——辛亥革命文谈之五》,《阿英文集》,生活·读书·新知三联书店,1981年,第835页。

② 章清《胡适评传》(百花洲文艺出版社,2010年,第159页)指出,胡适在《南通张季直先生传记序》中提到,传记文学在中国没有得到应有的发展及缺少佳作的原因是:一、没有崇拜伟大人物的风气;二、多忌讳;三、文字的障碍。但到1953年的一次演讲,胡适将中国传记文学不发达的原因解释为忌讳太多、缺乏保存材料的公共机关、文字的障碍。

③ 胡适《〈南通张季直先生传记〉序》,《胡适传记作品全编》第4卷,第203页。

传统传体文，尤其是"史部之传体文"，旨在为传主提供稳定而可靠的盖棺式评价。史家固然以如实记述为本，但为了凸显传主的特质和世俗的定评，往往会突出主要方面、忽略次要事件，用单向度的道德标准衡量品评人物。如果传主的属性较为复杂多元，传统史家大多采用"互见"法处理传主身上存在的冲突性元素："史家叙事，一人之身善恶互出，功罪并见，作者殊难措手，然必提携生平大节以为纲领，其他或带叙本传，或附见他传，此一定之法也。"①个人的身后文字一般由传主本人或其亲友嘱托，行文上多有顾虑，因此应用性较强的文体比如"集部之史体文"也存在隐恶扬善、歌功颂德的倾向，难免有文过饰非甚或罔顾事实的流弊。郁达夫也认为传统传体文在主旨基调方面皆是千篇一律："人人死后，一例都是智仁皆备的完人，从没有看见过一篇活生生地能把人的弱点短处都刻画出来的传神文字。"②也点出了传统传体文求全责备的普遍倾向。

同时，是否拘泥于"用晦"也成为新传记文学和传统传体文壁垒分明的标准之一。"用晦"一词，最早出自《周易》明夷卦的象辞："君子以莅众，用晦而明。"明夷卦离下坎上，意为日入地中，所以象辞将此诠释为君子应韬光养晦，藏明于内，最终以"用晦"而得明。刘知幾《史通·叙事》把"用晦"的概念引入叙事之中，遂成为传统叙事文的写作技巧之一："夫能略小存大，举重明轻，一言而巨细咸该，片语而洪纤靡漏，此皆用晦之道也。"③意为仅用只言片语，就可以把事实阐述得栩栩如生，获得四两拨千斤的效果。而新传记文学的倡导者对传统传体文的"用晦"作法怀有强烈的不满，比如郑天挺《中国的传记文》就提到："传记作者叙事还有所谓用晦。因为他们尚简，所以有许多事迹他们不明显的直说，而用旁的方法委婉地点出来、烘托出来。"④他的这一观点在沈嵩华的《传记学概论》中得到了复现。在新传作者看来，"用晦"为模糊两可的阐释预留了空间，故为其所不喜。

新传记文学不仅注重对史料的占有和拣择，而且从反对"用晦"的角度颠覆了传统传体文的语言形式。梁启超就曾指出，若沿用《春秋》以一字寓褒贬的作

---

① 张秉直《文谈》，《历代文话》第 5 册，第 5088 页。
② 郁达夫《传记文学》，《郁达夫文论集》（下），第 518 页。
③ 刘知幾撰、浦起龙释《史通通释》，上海古籍出版社，1978 年，第 173 页。
④ 郑天挺《中国的传记文》，《探微集》，中华书局，1980 年，第 269 页。

法,历史的记述将存在很大的局限性:"吾非谓史之可以废书法,顾吾以为书法者,当如布尔特奇之英雄传,以悲壮淋漓之笔,写古人之性行事业,使百世之下,闻其风者,赞叹舞蹈,顽廉儒立,刺激其精神血泪,以养成活气之人物,而必不可妄学春秋,侈衮钺于一字二字之间,使后之读者,加注释数千言,犹不能识其命意之所在。"① 并以布尔特奇(Plutarch)《英雄传》、爱德华·吉朋(Edward Gibbon)《罗马史》为典范,号召用鲜活的事迹振发读者的精神,将个体的历史拓展为时代群像的面貌。

胡适在《四十自述》提到的"给史家做材料,给文家开生路",前者是史料方法的革新,后者即是对语言文字的要求。早在1908年胡适就读于中国公学时期,就曾在《竞业旬报》上发表过多篇传记作品,既有歌颂办学人士自我牺牲的《姚烈士传》《中国第一伟人杨斯盛传》,也有感召民族主义和爱国精神的《世界第一女杰贞德传》《中国爱国女杰王昭君传》。由于《竞业旬报》本身就是白话报,主张践行言文一致的创作宗旨,所以这些传记都用偏口语文字的白话写成,笔触带有强烈渲染的情绪,遣词造句都是针对预设的"看官"也就是潜在的读者而发,有明显的评书体风格。不过对胡适来说,这一时期的传记文学创作瞄准的主要是思想启蒙的效用,仅是捎带着语言文字革新在传记文学方面的实践而已。

而在1919年底,胡适为素不相识的广西女子李超所作的传记,不仅体现了他试图以新传记文学的体例树立传体文典范的写作理念,而且在思想主题的拣择上也更富有深意。胡适之所以选择替李超这样一位无名女子作传,是着眼于"她个人的志气可使人发生怜惜敬仰的心,并且她所遭遇的种种苦难都可以引起全国有心人之注意讨论"。《李超传》起首即道"李超的一生,没有什么轰轰烈烈的事迹",在扼要交待传主的大致经历之后,便大力抨击讲求古文"义法"的传体文:"这一点无关紧要的事实,若依古文家的义法看来,实在不值得一篇传。就是给她一篇传,也不过说几句'生而颖悟,天性孝友,戚鄩称善,苦志求学,天不永其年,惜哉惜哉'一类的刻板文章,读了也不能使人相信。"② 此后传记的所有篇幅都是围绕李超及其家人的书信往来文字展开,并在文末集中点出在这出

---

① 梁启超《新史学》,《饮冰室合集》第4册,第779页。
② 胡适《李超传》,《胡适传记作品全编》第4卷,第184页。

生命悲剧中存在的家长专横、女子教育、财产继承、重男轻女等诸多问题。在胡适看来,古文传体文的"义法"流于一系列泛泛的褒词,显得套路化,充满陈词滥调,而且也并不能揭示和暴露父慈子孝背后的深刻问题。在这里,思想表达以及作为其载体的语言文字之间存在着密切的同构关系,只有弃用合乎古文"义法"的语言文字,才能充分表达反封建反专制的新思想。不过,胡适在《李超传》中特地用了上述篇幅来摹写古文家为女子作传的口吻,也反映出传统传体文为新传记文学所带来的影响焦虑。

1932年,柳亚子应神州国光社的邀请作为现代名人之一写了一篇自传,他刚开始写就的文言体自传被其子柳无忌称为"行述",最后传世的则是语体文的自传:"我起初写了篇文言的,恰值无忌从欧美还来,给他一看,他说这是行述,不是自传。于是又另起炉灶,写成一篇语体的东西,究竟象自传与否,我也不得而知了。"①可见,传记作品所使用的语言也逐渐成为区别传统传体文和新传记文学的指征之一。

早在1918年12月,胡适为母亲冯氏作过一篇文言体的《先母行述》,"因须在乡间用活字排印",所以不得不用古文,但已预备"将来用白话为我的母亲做一篇详细的传",这一计划在十多年后他的《四十自述》一文中得以践行。在发表《四十自述》之前,胡适用英文撰写了《我的信仰》(后亦以中文发表,英文版翻译与中文版文本略有不同),所述内容与《四十自述》基本重合。也正因为如此,《我的信仰》中的一些语句表达带有明显欧化的成分,比如提到父亲的上司,"吴氏是现在见知于欧洲研究中国学问者之中国的一个大考古学家",从英文定语从句倒译过来的迹象颇为明显。他提及自己同父异母的兄长,"长子从小便证明是个难望洗心革面的败子",也能见出英文固定词组和用语的痕迹。由于《先母行述》是文言体,胡适在提到母亲冯氏的为人和与父亲结缘的经过时仅一笔带过:"先母性尤醇粹,最得父母钟爱。先君铁花公……闻先母贤,特纳聘焉。"在《我的信仰》中,他的行文依然克制,但就冯氏当时被父母问及婚事的心理活动补充了许多细节,并加以欧化的表达:"中国女子遇到同类的情形常是这样的。但她心里却在深思沉想。嫁与中国丧偶、兼有成年儿女的人做填房,送给女家的聘金财礼比一般婚姻却要重得多,这点于她父亲盖房子的计划将大有帮

---

① 柳亚子《自传》,《柳亚子自述》,群言出版社,2014年,第6页。

助。"到了《四十自述》之《我的母亲的订婚》中,胡适用小说式的笔法将父母婚事成就的前后因果重新演绎了一番,描写更加生动曲折,也削弱了遣词造句上的欧化色彩:"顺弟虽不开口,心里却在那儿思想……她心里这样想:这是她帮她父母的机会到了。做填房可以多接聘金。前妻儿女多,又是做官人家,聘金彩礼总应该更好看点。"可见,在面对是否要接受这桩婚事的时候,尽管定亲的对象铁花先生素来为乡人所景仰,但冯氏想要帮助父亲尽快重建祖屋的想法才是促成订婚的决定性因素。这一内情在文言体的《先母行述》中自是不足为外人所道,而在英语行文逻辑下写就的《我的信仰》和小说式白话文传记《四十自述》之中,冯氏的这段隐曲心事才获得了剖白,而白话体传记文学和欧化语句表达之间的距离较之白话文和文言文自然也更为紧密。

胡适的传记创作和他的批评观点是相当一致的,即认为传记文字应当公允持正,毋有隐曲:"向来的传记,往往只说本人的好处,不说他的坏处。"①明白平正而无忌讳的传记文学,只能建立在对文言"义法"的舍弃之上。由于新传记文学鲜少采用合传的形式,为了全面、忠实地呈现传主的多面性,朱东润曾提出参用和改造传统传体文的"互见"法:"太史公的办法是首先认定这个人的主要部分是好的,那么在他的本传里叙述他的优点而把他的缺点放在别的部分叙述了。"②白话文传记固然是大势所趋,但在实际创作中,从传统传体文改良而来的"互见"法,要想完整而忠实地呈现传主的个性,仍需要极强的写作技巧和不偏不倚的见地。

三、为生人作传与自传体的人本主义

传统传体文也可以根据所传对象的不同进行分类。若单以"传"字入题的文章作为研究对象,其本质是在"史部之传体文"的范围内再加以细分。比如,清人黄本骥根据传主的不同特点将作传之体分为六类,以正史列传为首,余为私传、生传、自传、寓传、戏传等五种:

> 作传之体有六。一盖棺论定,有事迹可纪,传示后人。如历代史书列

---

① 胡适《章实斋先生年谱》,《胡适传记作品全编》第3卷,第3页。
② 朱东润《传记文学能从〈史记〉学到些什么》,《朱东润文存》,第604页。

传是也。一其人已殁,勋业烂然,私为立传,为异日入史张本。如诸家集中私传是也。一其人现存,于史法不应为传,而言行有关于世道人心,不可无传。如韩之《何蕃传》,苏之《方山子传》是也。一本人自为作传,以写其闲居自得之致。如陶渊明之《五柳先生传》,白香山之《醉吟先生传》是也。一借市井细人抒写己议,类庄生之寓言。如韩之《圬者传》,柳之《梓人》《宋清》等传是也。一借物行文,仿乌有子虚之例。如韩之《毛颖传》、苏之《黄甘陆吉》等传是也。大抵传死者如画工写影,必须衣冠端肃;传生者如写行乐小照,不衫不履自见天真。此其别也。①

这里提到的生传,单指作者为作传之际还在世的人物所作的传记。事实上,文中提到的第三至第五类传体文也都属于为生人作传的范畴,分别指向对世道人心有特出意义的人物事迹、作者自传和别有寄托的寓言体传记。此外,他还指出"传死者"与"传生者"在笔法风格上存在差异,前者须公允严肃,后者则轻快自然。可见,生传作为传统传体文的一个特殊类别,是"以文为戏"的创作场域。从历代的作品留存来看,为生人作传的例子也比比皆是。比如,章学诚解释朱筠所谓"不当为生人作传"的讲法,认为朱氏所说的传仅指史书列传体而言,"随举一事"的生传创作代有才人:

> 朱先生尝言:"见生之人,不当作传。"自是正理。但观于古人,则不尽然。按《三国志》庞淯母赵娥,为父报仇杀人,注引皇甫《烈女传》云:"故黄门侍郎安定梁宽为其作传。"是生存之人,古人未尝不为立传。李翱撰《杨烈妇传》,彼时杨尚生存。恐古人似此者不乏。盖包举一生而为之传,《史》《汉》列传体也。随举一事而为之传,《左氏》传经体也。朱先生言,乃专指列传一体尔。

传死和传生在笔法上的风格偏差,一方面源于历代既存史传作品带来的固有印象,另一方面也受到作传目的和传主身份不同的影响。至于一般而言为何不主张为生人作传,则有若干成因。一是修史观念对传体文发展的制约,为人作传尚且不可轻易为之,遑论为生人作传。二是传统传体文的主要功能,还是比较集中地指向传主身后名声的流布,实用性较强。三是从写作实际来看,为生人

---

① 黄本骥《读文笔得》,《历代文话》第6册,第5335页。

立传显然存在相当的风险,对一个仍然处于变化活动中的人物很难做出一锤定音的评价:"生人立传,古无此例,或晚年改节,或死有余辜,故考行者慎之。"①因此,生传就成了传统传体文中的一抹异色。

在古代传体文的写作传统中,为生人作传固然不符合史法,但如前所述实际作品亦有不少,也为传体文的变体革新提供了不少佳作。近代西洋传记文学作品及其写作观念的传入,对传统传体文的分类及其比附产生了影响,其中也包括自传盛行带来的冲击。近人王葆心《古文辞通义》梳理并增补了历代为生人作传的诸多实例,比如,司马光为退居洛阳的范镇所作《范景仁传》,意在声援挚友、表达立场;而如方苞《释兰谷传》等,方外之人和隐士之流也享有可作生传的豁免权。此外,像是不经意而为之的小传、游戏之作和事迹特别突出的人物也都能很容易地找到生传的例子。"章实斋《文史通义》析之,李次青引之,吾更校补而考其流别,知两汉而下,如《非有先生》《李赤》诸传,皆藉供游戏。《五柳先生》《退士》《东邻野夫》《补亡先生》《无闷先生》等作,则自寓生平。(此即法兰西文学中之自传,如《史》《汉》叙传、刘峻自序是其属,但非寓言。)"②同时他也提到,为生人作传的历代作品当中有相当一部分属于自传或自叙传,弥补了黄本骥的分类在逻辑上的缺陷。其中,自叙传(含自序、自纪)多是介绍学术源流或撰作缘起,与追述个人生平经历的自传差别较大,也很容易辨别。而王葆心认为,自传类的传体文是六种为生人作传的作品之一,并自然地将其和同时代传入的西洋文学中的自传加以比较。

传记作品是个人生平经历的记录,以期对后人有所影响和启迪,因此饱含着厚重的生命意识。生传的流行不仅与西洋传记文学作品的传入有关,而且还和革命党人舍生取义的壮怀激烈有着直接的关系。比如,梁启超为戊戌政变六君子所作的《殉难六烈士传》,无不蕴含感同身受的深沉嗟叹,而他之所以着手撰写《三十自述》,也是受到已经献身革命的好友谭嗣同《三十自纪》的影响。出于保存一手史料的考虑,胡适不仅身体力行地写作自传,同时也不遗余力地奉劝和号召亲朋好友以及同时代的一些重要人物留下自传文字。1930年6月至1932年9月,他在《新月》月刊上陆续发表的《四十自述》,引领了自传写作的流

---

① 张谦宜《絸斋论文》,《历代文话》第4册,第3897页。
② 王葆心《古文辞通义》,《历代文话》第8册,第7972页。

行风潮。在胡适等人的倡导和影响下,大量的自传体作品不断在现代文坛涌现。比如1933年,上海光华书局出版的《现代中国作家自传》就收录了包括鲁迅、茅盾、白薇、洪深等九位作家的自传,此后如郁达夫、巴金、冰心、沈从文、卢葆华等作家也都有自传的创作,公开出版自传诗、日记等作品。这些自传,大多以直白的剖析、坦诚的裸露,构成了现代文学的一道别致的风景线。"'自叙传',是现今文坛上最时髦的作品!除翻译的以外,创作的自叙传,有写成专书的,有单篇独立的,琳琅满目,美不胜收;这显然地是受了西洋近代自叙传文学的思潮之激荡,而迸发出来的一种新的浪花。"①现代文坛的自传类作品多是受到西洋自传文学的影响,同时也引发了对传统"自叙传"文体的回顾和审查。

尽管在传统传体文作者看来,创作生传具有一定的不可控的风险因素,传主有变节或其他道德水准下降的可能,而新传记文学却反而以此作为传记文学的新的生长点。比如,胡适认为新传记文学远胜于传统传体文的一大特点即为能够展现人物发展的动态过程:"传记大抵静而不动,何谓静而不动?(静Static,动Dynamic)但写其人为谁某,而不写其人之何以得成谁某是也。"②在其传记文学创作中,也切实践行了这一理念。比如,胡适写作于1919年6月的《许怡荪传》,重点记述了许怡荪政治思想变迁的三个阶段,从"政治中心"论到"领袖人才"论,再到主张以"社会事业"改良政治,同时也点出其思想发生变化的原因和背景。

强调传主在思想、人格、心理等方面的变化和发展,无疑是受到当时引入国内不久的进化论和进化史观的影响。进化史观或称发展史观,即主张用发展的眼光看待世界,历史的发展乃是遵循由低到高、由弱转强的规律,背后的驱动因素就是生存进化的压力。若将这一观念移入传体文的领域,就会认识到人物的心智并非一成不变,而是具有不断成长的空间。如王葆心《革命史应为生人立传议》云:"西人眼力趋重进化,其于过去,亦判以兹;其于方今,亦与昔较;其于历史,也常目为不完全之物,即不妨用不完全之法。其于人也,亦视为依时而演进之人。历史既属不完全之物,即不妨用不完全之法,以传随时演进之生

---

① 郭登峰编《历代自叙传文钞》上册,商务印书馆,1937年,第1页。
② 胡适《胡适留学日记》,《民国丛书》第二编第83册,上海书店出版社,1989年,第418页。

人。"①在进化史观的指导下,传统传体文中的生传焕发出了新的生机与活力,被认为是用"不完全之法"来传写"随时演进之生人"的最佳载体。朱东润认为,传统传体文侧重描写人物后半生的"定格"以及在此基础上形成的"完格",而忽视了人格发展的"变格":"在他的笔触下面,不应当是固定的、成型的、完美的人;而止是独有的、变幻的、而且不能十分完美的人生。"②从传统传体文的"完人"论,转变为恰如其分的"成长论",这一转向的背后是对人性的尊重和对个人本位的声张。

  从这一意义上来看,时人对新传记文学概念的接纳,大多以传统传体文"以事为中心"而新传记文学"以人为中心"这一论断作为共识,并非偶然现象:"一直到了近代,才有新型的传记产生。其中主要的差别,便是史家叙述以'事'为中心,而传记家则以'人'为中心。"③再比如,朱东润《传叙文与史传之别》也总结说:"史家以事为中心,而传叙家以人为中心。"④事实上,这一简单的二元论的归纳并不完全符合事实。比如,吕思勉就指出:"普通列传,传者以人为主,则史公亦以人为主而传之。类传的传者以事为主,则史公亦以事为主为传之。"⑤指出《史记》传体文以人为主或以事为主取决于作传者掌握的既有素材本身。之所以新传记文学的倡导者把传统传体文笼统地界定为"以事为中心",而将新传记文学标榜为"以人为中心",如此一刀切背后的话语策略在于想要凸显这样的印象:传统传体文侧重事实的记载,新传记文学聚焦人性的描写,而这和当时盛行的人本主义思想是一脉相承的。

四、价值旨归:历史真实与文学趣味

  传统史书的撰写向来有原始要终、察往知来的目的,而传体文是历史书写的一部分。从宽泛的意义上来说,传记是个体的历史,不仅能够反映时代社会背景的缩影,而且也可以作为严肃宏大历史的补充。因此,传记文学概念的引

---

① 王葆心《革命史应为生人立传议》,《晦堂文钞》,湖北省博物馆馆藏稿本复印件。
② 朱东润《传叙文学与人格》,《朱东润文存》,第520页。
③ 朱德君编《近代名人传记选》,文信书局,1943年,第1页。
④ 朱东润《传叙文学与史传之别》,《朱东润文存》,第488页。
⑤ 吕思勉《古史家传记文选》导言,商务印书馆,1938年,第12页。

介和演变不仅与近代历史学学科的观念更新有着直接的联系,而且这一出发点也引发了对其最终旨归的探讨。

梁启超在创作传记文学方面虽有开风气之先的实践,而他本人主要还是从历史学学科的宏观立场出发,对传统传体文进行审视。在梁启超所倡"新史学"的视野中,传记是中国传统史学派别的十大种类之一,其通体包括列传体和事略,别体则为实录和年谱。① 根据梁氏 1926—1927 年清华大学演讲稿整理而成的《中国历史研究法补编》,他已经注意到传记的学科归属问题以及中国传统纪传体作品的特色:"在现代欧美史学界,历史与传记分科……但是传记体仍不失为历史中很重要的部分"②,"中国史注重人的关系,尤其是纪传体。近来的人以为这种专为死人做传记,毫无益处。其实中国史确不如此,做传乃是教人以应世接物之法"③。从实际创作来看,出于"新民"的启蒙目的,梁启超尤其提倡"英雄崇拜"是感发国民精神、澡瀹民众心灵的有效之方,认为《史记》的创造性价值即在于以人物为中心:"其最异于前史者一事,曰以人物为本位。故其书厕诸世界著作之林,其价值乃颇类布尔达克之《英雄传》。"④他所作的传记文章,既有大量遵循传统传体文体例的应用文,也有着眼于历史大势的新体文。如其所作《李鸿章》,又名《中国四十年来大事记》,其序例既云"此书全仿西人传记之体",又云:"四十年来,中国大事,几无一不与李鸿章有关系,故为李鸿章作传,不可不以作近世史之笔力行之。"⑤由点及面,从题名到行文也都侧重通过李鸿章个人的履历变动呈现整个时代社会的发展相貌。梁启超更有雄心壮志,"欲以纪传体做《中国通史》,以一百篇包括全部历史"⑥,可见其对传体文在新史学整体呈现之倚重。

1907 年,林纾与李世中合译《爱国二童子传》,主人公是两位生活在归割普鲁士城市的法国少年,在父亲去世后历尽千辛万苦回到故土依止叔父。原著出版于普法战争以后,后来被法国政府审定为小学教科用书。胡适曾在《竞业旬

---

① 梁启超《新史学》,《饮冰室合集》第 4 册,第 751 页。
② 梁启超《中国历史研究法补编》,《民国丛书》第一编第 73 册,上海书店出版社,1989 年,第 173 页。
③ 梁启超《中国历史研究法补编》,《民国丛书》第一编第 73 册,第 312 页。
④ 梁启超《中国历史研究法》,上海古籍出版社,1998 年,第 15—16 页。
⑤ 梁启超《李鸿章》,《饮冰室合集》第 18 册,第 4891 页。
⑥ 许寿裳《传记研究》,黄英哲、陈漱渝、王锡荣主编《许寿裳遗稿》(第二卷),福建教育出版社,2011 年,第 594 页。

报》上发表读书札记,赞扬该小说"可以激发国民的自治思想、实业思想、爱国思想、崇拜英雄的思想"①,并将文中的美词佳句做了摘抄圈点和评论,认为"比朱子的治家格言"要好得多。这一方面印证了胡适早期对传记文学语言文字并无过多拘泥,另一方面,原著通过教科书审定、林译的小说化,也淡化了传记体的色彩,最为凸显的是启蒙和教化的目的。

如同《爱国二童子传》一样,早期传入国内的传记文学作品,大多侧重其在国民道德方面所起的感化作用:"传记可以帮助人格的教育。"②刘咸炘曾经比较中西传记文学之体,认为西人虽有传记之具,但其内容技巧尚未臻于至善,本土传记应取长补短,传记之文当以"通俗之语"写就"立教之书",成为有益人心世道的教诲:

> 明乎此义,则知凡人皆有可称,为子孙者当以详肖之笔,写家伦之事,不避琐碎,不讳偏短,以具传记之裁。有心世道者,更资藉此以为立教之书,通俗之语,使理因事明,常以变显,道在日用,人易遵循,是天地间至平至常、至神至奇之大文也……西方有此具,而其内容不善;吾中人有其内容,而又无其具。③

随着史学观念的更新演进,人们不再主张让传记文学仅仅停留在"修身教科书"的阶段,而是呼吁传记之文需要更加向历史记载靠拢。1921年,作为与梁启超齐名的近代国内"新史学派"的领袖,何炳松翻译美国哥伦比亚大学历史教授约翰生·亨利(Johnson Henry)的著作,题为《历史教学法》,在国内产生较大影响。此书第六章"从传记的进路到历史"聚焦传记的概念和演进,其译介的观点包括:1683年,《希腊罗马名人传》的英译作者屈来顿首先使用英文的"传记"一词,传记和历史始有区分;传记是个人的历史,可以进而为社群历史的研究做准备。这些见解对传记文学创作的理论化总结产生了深远的影响,尽管欧美学界已经明确了传记和历史分科的观点,但对彼时的国人而言,传记和历史相辅相成的属性却更为突出。

新传记文学的文体自觉始于鲜明的学科意识。胡适《四十自述》的第一篇

---

① 胡适《读爱国二童子传》,《竞业旬报》1908年第28期。
② 胡适《传记文学》,《胡适传记作品全编》第4卷,第250页。
③ 刘咸炘《论文通指》,《历代文话》第10册,第9778页。

《我的母亲的订婚》，是他得到徐志摩的支持、在自传文学体例探索中想要尝试的"一条新路子"，即用"小说式的文字"来作传，不仅用一些假的人名地名来描写事件，而且也借助想象来填充细节。但他也声称自己"究竟是一个受史学训练深于文学训练的人"，所以后边五篇又回到"历史叙述的老路上去了"。在新传记文学的倡导者阵营中，近于历史年表的编年类叙事文和年谱等也逐渐获得了和传记文同等的地位："文章议论、叙事，体制各别。编年、列传，皆叙事也，体亦稍异。列传及杂叙记体，原为一人一事而发，宾主自分，首尾自须照应。编年则以人与事系之年月，有所特重，斯有宾主、有照应。或追叙前、逆叙后，或更连类及之，附以他事，此虽编年而近于列传者也。"①与其在杂叙等门类中寻找列传的身影，他们更倾向于将更具有历史考据性质的年谱视为传记文的对等之物。

1938年出版的国内首部传记学专著《传记学》提出要建立"科学的传记学"②，需要厘清传记学和其他多学科之间的关系，并且认为西方的传记文学已经达到了和小说戏剧一样的高度。尽管如此，传记和小说、戏剧之间的界划反而变得越加显著。朱东润认为传叙文学是介于文学和历史之间的产物，既要讲求撰述的技巧，也要注重内容的翔实。但是，由于文学作品的内容普遍重于形式，他宣称传叙文学对其历史内容的倚重更要置诸文学形式之上："传叙文学所重的是史实而不是文辞。"③同样坐实了传记文在历史学科的定位。

与之形成鲜明对比的是，传统传体文的文体界限较为宽泛，尤其是集部之传体文，其与小说、传奇之间的界划是非常薄弱的，甚至可以互通有无。许寿裳的未完稿《中国传记发展史》列出的写作提纲中，起首一节题作"传记在文学上之地位"，其中第三点为"论小说戏曲之技巧皆具备于传记文"，第四点为"论中国传记唐以前寓于史籍，与《人物志》前后之'观人术'相通，唐以后寓于古文，与传奇小说相通"。④点出传统传体文在写作技巧上和小说、戏曲、传奇等相当接近的特点，惜未展开成稿。再以林纾为例。出身行伍的闽人林述庆在辛亥革命中立下赫赫战功，为袁世凯所忌，被迫下野回乡闲居时曾在林纾门下受业古文。

---

① 张秉直《文谈》，《历代文话》第5册，第5089页。
② 王名元《传记学》，国立中山大学出版组国立中山大学文学院办事处出版，1948年，第84页。
③ 朱东润《传叙文学的前途》，《朱东润文存》，第522页。
④ 许寿裳《中国传记发展史》（未完稿），《许寿裳遗稿》（第二卷），第657页。

林述庆暴卒后，其遗孀"以将军军中日记四卷见授，言亡夫生平战迹，悉在其中"，林纾"读之，文字甚简朴"，即告之曰"此书恐不足以传后。老朽当即日记中所有者，编为小说，或足行诸海内。以老朽故以小说得名也"，后就此四卷《江左用兵记》撰成小说《金陵秋》。为了让林述庆的事迹得到更广泛的流布，林纾主动选择将战争实录的日记材料构造为具有虚构意味的小说文字。这在林纾的创作中并非只是孤例。他所撰带有自传性质的文章《冷红生传》，追忆了旧日和谢氏妓女之间发生的一段往事，也特意提到自己所译的《巴黎茶花女遗事》，指涉之意殊为明显。谢氏妓女的故事后来又被他写入题为《秋悟生》的小说[1]，而《巴黎茶花女遗事》的译者署名亦独作冷红生，不仅说明他对此段情事始终念念不忘，而且也表明在林纾看来，传体文和小说的界限相当模糊，个人的实际经历不妨通过加工创作为小说，而在翻译小说的过程中对引发共鸣的情节和桥段也可以尽情寄托别样怀抱。

日本近代思想家鹤见祐辅所作《俾斯麦传》曾经译介传入国内引起反响，而他对于传记文学的认识同样影响深远："有些传记有文学的趣味而无科学的真实，故可称之为历史小说而不能名之曰传记。"[2]可以说，新传记文学在起手之际的立足点就和传统传体文形成了极大的偏差，站在历史学本位的立场上强调呈现历史真实，一开始甚至相对忽略和漠视对文学技巧的讲求。而严肃的科学的个体历史记录和小说、戏剧自不可同日而语，直到新传记文学的创作蔚然成风以后，作家们才逐渐转向对文学性和文学技巧的重视。

结　语

近代新传记文学观念的出现明显受到19世纪末20世纪初西洋传记文学译介传入的影响，但在相关文体的创作方面称得上是概念先行，作品在后，并不得不借助于传统传体文的基底进行反向的遮止，以此来凸显新传记文学的特质，却在在折射出传统传体文写作范式催生出的种种影响焦虑。新传记文学的倡导者，基于搜集史料、夯实考证的前提，对传统传体文"尚简"的写作原则和审

---

[1] 夏晓虹《人生得意须尽欢》，陈平原、夏晓虹《同学非少年》，太白文艺出版社，2005年，第304页。
[2] [日]鹤见祐辅撰、岂哉译《传记的意义》，《宇宙风》1937年第51期。

美取向提出了挑战;新传记文学的作者指摘传统传体文的"用晦"倾向,在对古文"义法"的摒弃中构建起力求公允、毋有隐曲的白话文传记;在近代进化史观的前导之下,为生人作传的问题获得了新的理论观照,现代文坛也一度迎来了自传体创作的兴盛;和传统传体文倚重文学技巧大异其趣的是,新传记文学更强调历史的真实,与小说、戏剧等的界线更加分明,和历史学科在晚清民国的整体演进息息相关。直到 20 世纪 30—40 年代,伴随本土传记文学创作的繁荣,对传记文学理论的研究和总结也有了长足的发展:"中国传记固然在作法上多少继承了前代的遗产,但自新文学运动以来,受西洋影响特深,改换了新的面目。"① 传统传体文虽然逐渐淡出了创作者和研究者的视野,但受到西洋文学影响的新传记文学绝非无源之水、无本之木,而是在对传统传体文文章学传统进行梳理审察和取舍删汰的基础上产生的肌理多样、内蕴丰富的复合物。

---

① 张越瑞选辑《近人传记文选》导言,商务印书馆,1938 年,第 5 页。

语义研究的谱系
——从朱自清、傅斯年的学术交会谈起*

上海外国语大学文学研究院　史　伟

一、朱自清与傅斯年的学术交会

朱自清与傅斯年在总体上属于不同的研究领域和学术群体，学术交往不多，但见于《朱自清全集》，朱、傅分别注意到了对方最重要和最能体现其研究特点的著述，此种关注颇能反映两者学术旨趣尤其是研究方法的某种一致性。①

傅斯年很早注意到朱自清的学术研究，朱自清在1934年1月9日致傅斯年的一封信中说：

> 昨奉教，拙作承奖进，至深感愧！弟作此类研究，初未敢自信，得惠书，增加勇气不少，谢谢！蒙示"属辞比事"一语中"事"字义与六朝人用法相同，并感。曩读大著《论战国文体》，颇有所启发。年来正在收集材料，拟于"先秦散文之发展"作一较详细之探究。他日倘有论述，当尽先呈教也。今日下乡并当检寄拙作《〈文选序〉"事……义……"说》油印本一册。②

傅斯年的去信未见于《傅斯年文集》（中华书局，2017年）和《傅斯年遗札》（社会科学文献出版社，2015年），应已佚。但从朱自清的描述来看，应该是傅看到了朱自清《〈文选序〉："事出于沉思，义归于翰藻"》一文写信给予"奖进"并指示材料。

---

* 本文为国家社科基金后期资助项目"西学东渐中的观念、方法与近现代中国古典文学研究"（20FZWB207）阶段性成果。

① 本文主要讨论语义研究的谱系，但语义学与语言学关系密切，因此在论述中也多涉及语言学，这是需要特别说明的。

② 朱自清《致傅斯年》，朱乔森编《朱自清全集》第11卷，江苏教育出版社，1998年，第171页。

朱自清显然颇为看重此事,他在给季镇淮的信中也提到:"接傅孟真先生信,称赞我论《事与义》,这真使我高兴并使我有信心做研究工作。"①傅斯年年长朱自清两岁,比朱自清早一年从北大毕业。作为新文学作家,朱自清进入学术研究较傅为晚,而傅斯年在大学期间即负盛名,在学术上资历较朱为深。李济在《傅所长创办史语所与支持安阳考古工作的贡献》一文中记其初次与傅斯年见面,称"我认识傅先生时,傅先生已经是一个名人了""傅先生跟我同年,但在学术方面,我认为他是我的前辈"。②朱自清于傅可能也是同样的心理,所以接到傅的来信,有"坚决信心"之感,是很自然的。

　　《〈文选序〉:"事出于沉思,义归于翰藻"》是鉴于阮元《文选序》只关注"翰藻"而忽略"沉思""事义"而对"事义"所作的疏论。③ 不过朱自清所用的方法,还不完全是传统的训诂学方法,而是来自英国学者、诗人奥登(Kegan)、瑞恰慈(I. A. Richards)、燕卜荪(William Empson)的语义学研究,尤以瑞恰慈最为重要。朱自清在1934年8月13日致叶圣陶信中称:"弟现颇信瑞恰兹之说,冀从中国诗论中加以分析研究。又连带地对中国文法颇有兴味。暇当从事于此二端。"④朱自清致傅斯年信中所说的"此类研究"就是朱自清借鉴"瑞恰兹之说"所做的中国诗论概念的语义研究。此后朱自清先后完成《诗言志说》《赋比兴说》《〈文选序〉:"事出于沉思,义归于翰藻"说》;1947年8月《诗言志说》《赋比兴说》合为《诗言志辨》由上海开明书店出版。在此期间,朱自清开设"中国文学批评"和"文辞研究"课程,"课程说明"称:"本学程以讨论中国文学批评中之问题为主。"⑤所谓"问题",就是文学概念或观念(朱自清称之为"意念"⑥)的语义研究。可以说,朱自清的教学、研究几乎完全集中在文学批评概念或观念的语义研究上。由于朱自清文学批评"意念"研究如《论雅俗共赏》《论逼真与如画》

---

① 《朱自清全集》第11卷,第217页。《全集》将此信系为1943年1月7日,核以朱自清《致傅斯年》的日期,"1943"当为"1934"年之误。但收入《朱自清全集》第11卷的《〈文选序〉:"事出于沉思,义归于翰藻"》似并未吸纳傅斯年的意见,加入"属辞比事"的内容,是朱自清未及修改还是编订《全集》时录文的原因,待考。

② 原载台北《传记文学》第29卷第1期(1974年5月12日),今据《李济文集》,上海人民出版社,2006年,第234页。

③ 《朱自清全集》第8卷,江苏教育出版社,1993年,第278—279页。

④ 《致叶圣陶》,《朱自清全集》第11卷,第96页。

⑤ 姜建《朱自清年谱》,光明日报出版社,2010年,第143页。

⑥ 《中国文评流别述略》,《朱自清全集》第8卷,第147页。

等多以学术随笔出之,《〈文选序〉:"事出于沉思,义归于翰藻"》可说是朱自清第一篇中国古代文学批评概念语义研究的专门论文,也是《诗言志辨》之外最重要的一篇。而傅斯年则是最早注意到朱自清此项研究的学者之一。

相较而言,朱自清更多关注了傅斯年的研究。除前引《论战国文体》,另如朱自清1942年2月11日日记载:"抄录傅孟真先生引用刘大杰先生《中国文学发展史》中的话,但未能找到其出典。"①

《傅斯年文集》未收《论战国文体》,不过傅斯年《中国古代文学史讲义》"语言和文字——所谓文言"部分专论先秦至西汉末期文学发生研究,其中尤以战国最为重要。傅斯年文学史研究的核心在于以语言学为工具的文学发生学研究,所谓"把发生学引进文学史来!"②在《中国古代文学史讲义》中,傅斯年是将语言的流变与文学史的流变结合起来,将先秦尤其是战国的文学和文体演变过程描述为"标准语进而为文言,文言的流变枯竭了而成古文"③的语言流变过程。所以,在方法论层面,《论战国文体》所体现的正是语言学的观念和方法。

"先秦散文之发展"是朱自清持续关注的一个研究领域,他在1940年《致吴组缃》的一封信中谈到他"预定的工作","便是散文发展的第一个时期,从金文到群经诸子",他接着说:"我还有一方面的倾向,就是中国文学批评史中问题的研究,还有语文意义的研究,这些其实都是关联着的。"④所谓"从金文到群经诸子"研究,就是前面致傅斯年信所说的"先秦散文之发展",其在研究对象上与傅斯年《论战国文体》有很大的交叉,⑤在方法上则与"中国文学批评史中问题的研究"和"语文意义"研究一样,取语义学的方法。⑥ 这与傅斯年文学史研究的语言学取向,有内在的一致性。

---

① 《朱自清全集》第9卷,江苏教育出版社,1996年,第151页。其《胡适〈谈新诗〉(节录)指导大概》引傅斯年先生《前倨后恭》诗,称其"抽象的题目用抽象的写法",结果是"抽象的议论"(《朱自清全集》第2卷,江苏教育出版社,1988年,第175页)。

② 《傅斯年文集》第2卷,中华书局,2017年,第10—11页。

③ 《傅斯年文集》第2卷,第28页。

④ 《朱自清全集》第11卷,第181页。此信可能写于1940年春夏之间。

⑤ 据季镇淮《纪念佩弦师逝世三十周年》载,朱自清曾开设先秦古文辞的课程:"1942年暑假后,先生讲授《文辞研究》一门新课程。这是关于古代散文研究的一部分,主要是研究春秋时代的'行人'之辞和战国时代的游说家之辞。"(郭良夫编《完美的人格:朱自清的治学和为人》,生活·读书·新知三联书店,1987年,第253页)

⑥ 《朱自清全集》第11卷,第181页(此信可能写于1940年春夏之间)。

朱自清最重视的是傅斯年的《性命古训辨证》，如果说朱自清与《论战国文体》《短记》的一致性尚在总的语言学方面，那么与《性命古训辨证》就具体到语义学层面了。见于《朱自清日记》，朱自清连续3次提到《性命古训辨证》：

1942年6月10日：读《性命古训辨证》。

12日：读完《性命古训辨证》，信其主要论旨，但其中论述诸多新意见则令人怀疑。

13日：作《性命古训辨证》笔记。①

《性命古训辨证》是傅斯年"以语言学的观点解决思想史中之问题"最重要的著作，1938年油印出版，出版后引起相当反响。② 朱自清持论较平，一方面"信其主要论旨"，但另一方面也认为"其中论述诸多新意见则令人怀疑"。

《性命古训辨证》也源出阮元，系以阮元《性命古训》为基础，结合新出甲骨文、金文等对先秦"性""命"进行全面疏证。拘于时代，阮著不可避免地带有傅斯年所说的"所用材料之弊""时代偶像之弊"和"门户之弊"，但在研究方法上，傅斯年认为阮著"以训诂学的方法定其字义，而后就其字义疏为理论"的方法，"即以语言学的观点解决思想史中之问题是也"，"足为后人治思想史者所仪型"。因此，傅斯年不以"驳议"或"校证"，而以"辨证"名其书，就是为了表达这种方法上的承袭性——"诚不敢昧其方法之雷同耳"。傅著致力于两方面的研究，一是"用语学的观点所以识性命诸字之原"，二是"用历史的观点所以疏性论历来之变"，③实际上属于历史语义学范畴的研究。

故综合言之，朱自清、傅斯年学术研究问题的生成和研究方法有着深刻的传统学术基础，同时，两者也贯穿了西方语言学尤其是语义学的观念、方法（我国传统文字、训诂之学本来就是与西方语义学最为接近和在实践中最易接榫的两种知识门类）。而更为重要的是，虽然同样运用语言学、语义学方法，朱自清和傅斯年的西学背景、渊源却并不相同。盖西方语义研究分为三个时期：训诂学、传统语义学、现代语义学，傅斯年、朱自清的语义研究均属传统语义学。而

---

① 《朱自清全集》第9卷，第185页。

② 参傅正《乾嘉汉学与民国古史考据方法之异趋》，刘小枫主编《古典学研究》第五辑，华东师范大学出版社，2020年，第123—141页。

③ 《傅斯年文集》第2卷，第537—538、541页。

传统语义学又可分为两种,第一种是欧洲大陆以德国为中心的历史语文语义学。自从19世纪30年代历史比较语言学建立以来,语言学逐步脱离了传统语文学获得独立,并分化出不同的分支和领域,其中就包括语源学和语义问题,形成历史语义学(历史比较语义学)。① 另一种是20世纪二三十年代以英国为中心的语义研究,奥格登、理查兹《意义之意义》是这个时期语义学最有名的著作。② 总体来说,傅斯年的语义研究属于前者,朱自清属于后者。

应该说,历史比较语义学与瑞恰慈语义学,无论产生的渊源、背景还是所影响的领域、学科,均有差别。历史比较语言学、历史语义学的影响集中在三个方面:古史、民族史研究,思想史研究,文学(文学发生学和文体学)研究,③尤以前两者最为重要;瑞恰慈语义学则介入思想史④、文学研究,而以文学研究为主。两种语义研究传统输入中国后,当然依然保留了其学科分野,然而如果从18世纪30年代历史比较语言学建立算起,止于瑞恰慈,西方绵延两百多年的两种学术传统,几乎在晚清、民国50年左右的时间内集中发生影响。此种学术环境下,一方面同一学者往往在知识和观念层面同时具备两种语义学的知识素养,另一方面同一学者又多涉及不同领域,同时,包括朱自清在内的许多学者也确实在有意识寻求跨学科、跨领域的融通、合作。⑤ 几方面因素综合起来,在实际上促进了不同学术传统在中国学者间的相互理解和交流。从这个意义上讲,朱、傅的此种学术交会具有象征意义。

---

① 参岑麒祥《历史比较语言学讲话》,湖北人民出版社,1981年,第11页。
② 张志毅、张庆云《词汇语义学》(第三版),商务印书馆,2012年,第1—2页。
③ 参方维规《什么是概念史·导论》"历史语义学与概念史"一节,生活·读书·新知三联书店,2020年,第18—23页;史伟《西学东渐中的观念、方法与民国时期中国文学研究——以现代语言学的输入为中心》,《文学评论》2021年第2期。
④ 燕卜荪很早就提出过一个字可呈现"整个文明史"的观点(参李少雍《朱自清古典文学研究述略》,王瑶主编《中国文学现代化进程》,北京大学出版社,1998年,第351页)。
⑤ 如朱自清在《语言与文学》(清华大学中国文学会编,创刊于1937年6月,由中华书局出版)复刊时明确了这样的宗旨:"《语言与文学》这名字我们当年译成英文是'语史学和文学'。按创刊那一期的材料看,可以说是'语史学和文学史'。"(《〈语言与文学〉发刊的话》,原载于1946年10月21日《周刊》第1期,收入《朱自清全集》第4卷,江苏教育出版社,1996年)创刊的《语言与文学》即有单纯的文学史、古史、语言(方言)研究,也有朱自清《诗言志说》这样的文学语义学研究及陈寅恪"训诂治史"(详后)的《狐臭与胡臭》,确实显示了"语史学和文学史"的综合。朱自清所谓"语史学"即语文学(Philology),即在《历史语言研究所工作之旨趣》中提到的"欧洲近代的语言学"(《傅斯年文集》第3卷,中华书局,2017年,第3页)。

二、朱自清、傅斯年语义分析方法的 西学背景及其语义研究

傅斯年深深浸润于欧洲尤其是以德国为中心的历史比较语言学和历史语义学的研究传统。西方历史语义学在两个方面做出突出贡献，一是语义的动态性质的研究，一是语言与思维的关系，①他们总体持德国语言学家洪堡特"语言世界观"式的观念，②相信语言、思维的一致性。这就可以解释19世纪中后期到20世纪前期的语义研究普遍带有的心理学色彩。此种研究方式介入哲学或思想层面，必然会产生思想史或观念史、概念史研究。③英国学者梅尔茨著《十九世纪欧洲思想史》专门论及"词源对思想史的启示"，他相信"思想变化积淀在时代的改变了的语言和文体之中"，他列举最重要的例证是马克斯·缪勒，认为缪勒学术的贡献就在于"将哲学吸收进语言哲学"从而推动了思想史研究，④而缪勒恰是对中国近现代人文研究整体产生重要影响的西方学者之一。⑤事实上，德国作为历史比较语言学的发祥地，本来就是思想史、观念史和概念史研究的重镇，从弗里德里希·施莱尔马赫、奥古斯特·波奇克、威廉·狄尔泰到马丁·海德格尔、伽达默尔，德国分别在哲学和社会史领域发展出渊源深厚的概

---

① 王文斌、邬菊艳《词汇语义学》，外语教育与研究出版社，2020年，第26页。

② [德]威廉·冯·洪堡特《论语言的民族特性》，姚小平译《洪堡特语言哲学文集》，商务印书馆，2011年，第71页。

③ 观念史、概念史和思想史，虽有所区别，但大同小异，随语境而变(参方维规《什么是概念史》，生活·读书·新知三联书店，2020年，第12—18页)，故本文不作特别区分。

④ [英]梅尔茨著、周昌忠译《十九世纪欧洲思想史》(第一卷)，商务印书馆，1999年，第6、19—20、22页。

⑤ 至晚1881年，杨仁山已会日本学者南条文雄(南条文雄著、嘉木扬·凯朝译《怀旧录》中村熏"代序"，中国大百科全书出版社，2020年，第16页)，杨文会由南条处了解了马克斯·缪勒的佛学研究，及其历史比较语言学的方法。另外，陈三立在《祇垣精舍募捐启》中已经提到"牛津大学教师博士马克师摩勒(今译马克斯·缪勒)"，称其"翻译梵文经纶多种，传于彼国""欧美两洲学者亦皆设有东方学会，传习梵文"，所以他希望"吾国学者诚欲洪扬佛法，推行世界，亦必游学印度，肄习梵文"(《散原精舍诗文集》，上海古籍出版社，2014年，第1323页)。近代佛教是历史比较语言学传入的重要途径，也为我们了解陈氏家族治学旨趣提供了一个重要的视角。丁山的神话、民族研究，受比较神话学、宗教学家缪勒影响颇大，其言："用比较语言学剖析史前时代的神话，不自我始。马克斯·缪勒(Max Müller)所著《语言学讲义》曾以语言学为工具，发现雅利安民族所有的神名，常是指宇宙的现象。"(参见丁山《古代神话与民族》自序《从东西文化交流探索史前时代的帝王世系》，商务印书馆，2006年，第11页)

念史研究传统。① 这构成了德国阐释学的一个重要面向。

在出国留学以前,傅斯年已经具备了一定的现代语言学素养,留学德国后,他更系统研习了语言学尤其是历史比较语言学。同时,傅斯年也接受了实验心理学的语言观。② 这两方面都指向语言、思维一体的观念,也促使他从语言、思维关系的角度思考哲学。1926年,傅斯年在留德回国前写给胡适的一封信中称"中国严格说起,没有哲学","中国的一些方术论者(用这个名词,因为这个名词是当时有的,不是洋货),大多数是中国话的特质上来的(恰如希腊玄学是从希腊话的特质出来的一样)"。③

信中,傅斯年谈到先秦以迄西汉思想研究时,称其"百分之九十是言语学及文句批评",所以他自己研究就是要追随清儒顾炎武和阎若璩的"言语学"和"章句批评","加上近代科学所付我们的工具而已"。而这样的研究,"如有成就,看来决不使他像一部哲学史,而像一部文书考订的会集"。④ 可见傅斯年的研究方法正是传统文字训诂与近代西方语言学或语文学方法的结合。

这些文字非常重要,傅斯年此后的重要论著如《战国子家叙论》《中央研究院历史语言研究所的旨趣》等都可以看作是上述论述系统化和学理化的表述。《战国子家叙论》开宗明义即论"哲学乃语言之副产品",他认为古希腊或德国如康德哲学问题在根本上是语言和语法问题,他以康德《纯粹理性批判》(傅译为《纯理评论》)不能被译成外语为例证,其中提到的代表人物正是马克斯·缪勒(傅译为谬勒)。他称"汉语在逻辑的意义上,是世界上最进化的语言(参看叶斯波森著各书)",他也将汉语语法上之不繁难、词汇上之不流于抽象,作为解释中国之所以没有产生西方意义上的哲学的主要原因。⑤

《性命古训辨证·引语》则几乎全录了《战国诸子叙论》"哲学乃语言之副产品"的语段。他在陈述了其研究方法于阮元的承袭性后接着说:"'以语言学的

---

① [德]冯凯著、计秋枫译《概念史:德国的传统》,《亚洲概念史研究》第3卷,商务印书馆,2018年,第222页。
② 傅斯年留学英国时曾主修实验心理学(参《致蔡元培》,《傅斯年文集》第7卷,中华书局,2017年,第27—30页),后又受到华生行为主义心理学的影响(《中国古代文学史讲义》,《傅斯年文集》第2卷,中华书局,2017年,第13页)。
③ 《致胡适》,《傅斯年文集》第7卷,第43页。
④ 《致胡适》,《傅斯年文集》第7卷,第43页。
⑤ 《傅斯年文集》第2卷,第265—167页。

观点解释一个思想史的问题'之一法,在法德多见之。自十九世纪中叶以来,研治柏拉图、亚里斯多德著书者,其出发点与其结论每属于语学。"他提到两个"法德"学者,其中之一就是马克斯·缪勒,①他总结道:"思想不能离语言,故思想必为语言所支配,一思想之来源与演变,固受甚多人文事件之影响,亦甚受语法之影响。思想愈抽象者,此情形愈明显。"②这正是"以语言学的观点解决思想史中之问题"的最好注脚。而《辨证》一书的论证方式,如其所言,确实不像"一部哲学史,而像一部文书考订的会集"。

需要指出的是,早在1928年,傅斯年在《中国古代文学史讲义·诗部类说》有关《诗经·国风》的研究中其实已经开始了"以语言学的观点解决思想史中之问题"的工作,只不过其所做的是文学"思想史"或观念史的研究。傅斯年对《国风》之"风"作语源学的梳理,认为最初"风"(讽)首先是"诗歌之泛名"。战国时,风诗流为一种用以讽谏之诡辞。此种被称为"风"的诡辞所带有的讽谏意识和观念影响及于后世尤其是汉代,汉儒"以今度古,以为《诗经》之作本如诡诗",遂发展出孟子以及汉代三家诗(齐诗、鲁诗、毛诗)以《诗经》为讽谏之书的《诗》学。③ 所论可谓发前人未发之覆,应该引起《诗经》学研究的重视。就中傅斯年遍举《毛诗序》《经典释文》《春秋繁露》《论衡》《战国策》《庄子》等文献,辗转疏证,正是"以训诂学的方法定其字义,而后就其字义疏为理论"的语源和语义分析方式。因此,语义研究于傅斯年也有着一以贯之的意义。

瑞恰慈学术的核心是语义学。瑞氏学术研究实不止于文学一端,还包括思想史研究等,语义分析方法贯穿了瑞恰慈学术研究的所有方面,事实上,无论文学还是思想史研究,瑞恰慈最终本是为了建立一种研究"思想—字眼—事物"直接关系的"语义学",④即所谓"语义三角"的语义研究模式。⑤ 瑞氏在中国多历

---

① 另一个是麦克尔江(J. M. D. Meiklejohn),麦氏为苏格兰爱丁堡人,但终身研习德国语文学(German Philosophy)。
② 《傅斯年文集》,第539—540页。
③ 《傅斯年文集》,第72—76页。
④ 见瑞恰慈《〈意义的意义〉的意义》,该文称:"欲使思想深刻而清明,非常需要一门新的学问,一门符号学或意义学。"(李安宅《李安宅社会学遗著选:语言·意义·美学》,四川人民出版社,1991年,第136页)
⑤ 李安宅在《语言的魔力》一书中专门介绍过瑞恰慈"语义三角理论",见《李安宅社会学遗著选:语言·意义·美学》,第14—16页。

年所,因而不能不留意中国语言和语义研究问题。其语义学最重要著作《意义的意义》(1923),该书序言《〈意义的意义〉的意义》经由李安宅翻译,刊载于《清华学报》第六卷第一期《文哲专号》(译为吕嘉慈,1930年清华大学出版,作为附录收入李安宅《意义学》)。李安宅《意义学》出版时,瑞氏为其作序,《序言》主要复述《〈意义的意义〉的意义》的内容,但也有针对中国语义研究的论述:首先,瑞恰慈认为西方今日面临的许多问题,实际上只是字的用法的问题,即文法的问题;其次,所谓"科学"不是事物本身,而是对待事物的"思想方法",这就需要对作为表述事物的工具即语言文字进行研究,而中国思想缺乏语构和语用的研究。因此,研究思想、文字、事物三者之关系乃"科学的始基"。① 瑞恰慈其实已经意识到中国语言与西方语言及与之相关的逻辑的差异,但他认为如果中国想要"支配自己将来的命运,而不被科学更发达的国家所支配","能将事物与讨论事物所用的工具——即字眼加以思考"的研究就显得特别必要。② 其所探讨的是由文法而逻辑而科学的思想方法的进路,实质上是在探讨中国科学思维缺乏的原因及达成科学思维的文法特征。瑞恰慈的观点在今天看来当然有许多可探讨的余地,然而在当时确实推动了朱自清等中国学者对语义学理解、运用的深入及对中国语义学研究的思考。

瑞恰慈建立语义学,当然是作为文学、思想史研究的理论工具,同时还有着更大的文化比较的思考。也由于与中国的关系,其文化比较就更多地落实在中西文化比较上。时在清华大学西洋文学系任教的美国学者翟孟生(R. D. Jameson)在一篇长文中评瑞恰慈《孟子论心》,并借此评述瑞氏整个语义学。翟孟生称评价《孟子论心》的贡献不只在"分析了孟子自己的心理或者孟子所冥想的心理",更在于它"是在分析文化的技术上一种很独创很有意义的著作",③ "分析文化的技术"就是语义学分析。此种语义分析运用于中西文化比较,提供了一种"并列界说"(multiple definition)或曰"平行比较"的可能性,④它既不同于19世纪后半叶以类似"格义"的方法,"使中国字眼找到粗枝大叶的外国对译

---

① 《朱自清全集》第9卷,第270页。
② 《意义学》附录一,《李安宅社会学遗著选:语言·意义·美学》,第28页。
③ 翟孟生著、李安宅译《以中国为例评〈孟子论心〉》,《李安宅社会学遗著选:语言·意义·美学》附录二,第141—142页。
④ 《李安宅社会学遗著选:语言·意义·美学》,第148页。

字眼,混合地代表西洋的观念"的基督教传教士的翻译著作,①又不同于兴起于20世纪初、受过西方古典学严格训练但"不曾考究过汉学本身的大前提"的汉学家的汉学研究,②语义研究的特点在于充分考虑和尊重不同的历史文化"语境",以避免将任何我们"惯用"的"某一种的思想结构","勉强加在丝毫没有这种结构的思想上面,或者加在利用这种结构完全不能分析的思想上面",翟孟生援引瑞恰慈语称:"倘若我们这样勉强加上我们自己惯用的思想结构,则一切真正比较研究的可能便都取消了。"③翟孟生所论符合瑞恰慈的本旨。有论者称瑞恰慈"作为一位人文主义者和中西文化交流的使者,他从文学和教育入手,从文化差异中挖掘和谐与和平因素,并将其运用于文学研究和文化实践",④此论甚确。但瑞恰慈用以发掘文化差异中的"和谐与和平因素"的尚不止于"文学和教育",也包括具体的研究方法和路径,即语义学。就是说,语义学是瑞恰慈达成文化间和谐平等交流沟通的一种方式。

朱自清对于瑞恰慈语义研究的接受,学界论述已多,兹不赘。⑤ 这里仅强调三点。其一,朱自清之于西学不止于瑞恰慈、燕卜荪语义学一端。他在语言学方面有极广泛的涉猎。执教清华大学前,朱自清即"拟研究各种言语成分,觉得甚是有味",决定"此后当注意文字学,言语学"。⑥ 朱自清甚至一度有专事语言研究的想法,只是出于种种考虑"决定放弃这方面的研究计划",⑦然语言学在朱自清学术研究中一直有着工具性的意义,其研阅所及,既包括普通语言学著作,⑧也包括历史比较语言学。⑨ 语言学之外,朱自清涉猎遍及哲学、美学、逻

---

① 《李安宅社会学遗著选:语言·意义·美学》,第142—143页。
② 《李安宅社会学遗著选:语言·意义·美学》,第143页。
③ 《李安宅社会学遗著选:语言·意义·美学》,第148页。
④ 容新芳《L.A.瑞恰慈与中国文化:中西方文化的对话及其影响》前言,商务印书馆,2012年,第2页。
⑤ 刘佳慧《朱自清的诗歌批评对瑞恰慈语义学的接受和转化》,《中国现代文学研究丛刊》2018年第3期。
⑥ 像傅斯年一样,朱自清也注意到了许地山的文字学研究(《朱自清日记》1924年8月21日,《朱自清全集》第9卷,第9页)。
⑦ 《朱自清日记》1937年10月11日日记,《朱自清全集》第9卷,第495页。
⑧ 朱自清细致阅读了布龙菲尔德和叶斯泊森的作品,而他们也是当时西方最重要和对中国影响最大的语言学家(《朱自清日记》1937年10月26日,《朱自清全集》第9卷,第493页)。
⑨ 朱自清几次提到瑞典汉学家高本汉的著作(《朱自清日记》1931年11月3日,《朱自清全集》第9卷,第65页;《朱自清日记》1941年2月11日,《朱自清全集》第10卷,第134—135页)。

辑学、文学修辞学等诸多领域,其中尤以心理学①、逻辑学②、修辞学为多,而此三者正是与语义学关系最为密切的邻近学科。③ 从知识构成来讲,朱自清具备了充分理解语义学和进行文学语义学研究的条件。

其二,朱自清受影响于瑞恰慈者亦不止于文学一端。除《含义中的意义》《文学批评的原则》等文学理论著作外,朱自清也阅读了瑞氏《孟子论心》《东方与西方》。④ 他在1933年12月23日日记中谈到了前文提到的瑞恰慈为李安宅《意义学》一书所作的序(日记记为"《意义的逻辑·序》"),并摘录了前所引及的序文的要点。朱自清曾移译日本学者长濑诚作《中国文学与用语》,长濑主旨在于从新词汇、语法(主要是系词)的输入,来解释近代以来尤其是"五四"文学革命背后潜在的"科学化"的动因或诉求:"跟着新文化移植来的旧来的世界观之科学化;文学革命的白话运动结果,将旧来表象的表现形式改变了,使它适应这种科学化。这便是白话运动的基调,虽然是非意识的。"⑤就从语言变迁的角度进探逻辑或思维方式这点来讲,瑞恰慈和长濑诚作其实是一致的。朱自清虽是引述或翻译别人的观点,他也不会完全同意其观点,但语言与思维、思想的关系作为朱自清持续关注的一个问题,⑥不能不说折射了他自身的现实关切,而这样的视野已经超越了文学,进入语言哲学的范畴,非一般文学史家所易企及。同时,这也就可以解释

---

① 见《朱自清日记》1934年7月26日日记,《朱自清全集》第9卷,第309页,主要是詹姆森及格式塔心理学。

② 见《朱自清日记》1936年2月27日日记,《朱自清全集》第9卷,第405页。

③ 伍谦光编著《语义学导论》,湖南教育出版社,1988年,第12—22页。

④ 参《朱自清日记》1932年2月12日日记,《朱自清全集》第9卷,第307页;《朱自清日记》1932年8月8日日记,《朱自清全集》第9卷,第374—375页;《朱自清日记》1934年7月26日日记,《朱自清全集》第9卷,第309页。

⑤ 《朱自清全集》第3卷,第368—69页。

⑥ 朱自清多次提到语言与思维、思想关系的问题,朱自清1937年3月4日记其读菲利浦·博斯沃德·巴拉约的《思想与语言》(Philip Bosword Ballard, Though and Language),称:"是本好书,妙趣横生。"(《朱自清全集》第9卷,第456页)1937年3月8日日记载:"陆志韦先生演讲,题为《中国人的类比的思想方法及其对科学之阻碍作用》。他详细讲述中国人喜欢平行推理,中国儿童惯于对对联。这是理解诗歌之最好方法,但对科学则大为不利。中国诗中所谓的'兴',其内容比明喻加隐喻更多。隐喻与中国的'比'差不多。三段论永不会被翻译为演联珠。它既非演绎的亦非归纳的,而是类比的。为了取得科学精神,中国人必须摆脱这种思想方法。"(《朱自清全集》第9卷,第456—457页)其时关注语言与思维关系的不限于语言学学者,除傅斯年、朱自清外,如张东荪《思想语言与文化》(原载《社会学界》第10期,1938年6月,今据左玉河编《张东荪集》,中国人民大学出版社,2015年,第447—473页)也有很大影响,可谓一时风气。

何以他会对傅斯年"以语言学的观点解决思想史中之问题"抱有浓厚的兴趣。

其二,就文学而言,瑞恰慈"并列界说"的观念也反映到朱自清的文学批评史研究中。朱自清主要是一位中国古典文学研究者,但是近现代中国文学研究本身就有一个预设的参照,即西方文学。事实上,那时的许多中国文学研究者本质上几乎都可说是"比较文学"学者。这就涉及一个怎样对待中西方文学观念的问题。如朱自清《诗文评的发展》一文中所说,"'文学批评'是一个译名","原是外来的意念",我国传统诗文评虽与西方文学批评内容上有相合之处,但毕竟有其自身的发展特点和规律,中国文学批评史研究的难处就在于"将这两样比较得恰到好处"。① 朱自清提出三个"还给"概括罗根泽《中国文学批评史》,其实也是夫子自道。首先是"将文学批评还给文学批评",意即将西方"文学批评"作为一个参照,把内容过于宽泛庞杂的中国传统诗文评中"一部分与文学批评无干"的内容"清算出去",从而确定中国文学批评史的研究领域。接下来的工作就是"将中国还给中国,一时代还给一时代",在这方面,文学语义学方式可以发挥积极的作用,朱自清认为:"按这方向走,才能将我们的材料跟外来意念打成一片,才能处处抓住要领;抓住要领以后,才值得详细探索起来。"②如此也才能达成真正意义上的比较和融通。所以,朱自清特别强调从中国文学批评"意念"之语义分析入手建构中国文学批评史,一方面固然是由于语义学作为分析工具的相对精密性,另一方面,也是更为根本的,是希望从中国文学批评史的观念或概念出发,而不是从西方的观念出发,对中国文学批评进行全面的历史性的研究,从而避免西方文学观念和思想结构对中国文学传统的生硬对接、嵌套。③ 从中不难看到瑞恰慈"并列界说"所要避免的将任何固定思想结构"勉强加在丝毫没有这种结构的思想上面,或者加在利用这种结构完全不能分析的思想上面"的思想倾向。朱自清对套用西方理论、概念"勇于求新者"的警惕,④对面对西方学术思潮态度审慎者的推重,⑤以及朱自清不用"概念"而用"意

---

① 朱自清《诗文评的发展》,《朱自清全集》第3卷,江苏教育出版社,1996年,第25页。
② 《朱自清全集》第3卷,第25页。相关论述参见刘锋杰、赵学存《"把中国还给中国"——朱自清等人阐释"文以载道"的方法论意义》,《中国现代文学研究丛刊》2018年第3期。
③ 朱自清《诗文评的发展》,《朱自清全集》第3卷,第25页。
④ 参《朱自清全集》第9卷,第178—179页。
⑤ 见朱自清1942年2月12日日记评方孝岳《春秋三传学》语(《朱自清全集》第10卷,第151页)。

念",不用"文学批评"而用"文评",并沿用"兴趣""体性"等传统诗文评术语,①都是出于这种考虑(这与傅斯年用"方术"而不是"哲学"来表示先秦思想,也是一致的)。从这个角度讲,朱自清的文学语义学研究同时也是文化比较的研究,具有文化学的视野。而论证中,如其在《诗言志辨·序》中所自言的"一个字也不放松,像汉学家考辨经史子书"②的方式,与傅斯年所谓"文书考订的会集"一样,正是一种自觉的学术追求。

三、语义研究的谱系

欧洲尤其是德国的语源学和历史语义学传统与瑞恰慈语义学研究方法影响于中国学术,不限于傅斯年、朱自清,我们完全可以在一个更大的背景和更长的时段下看待这一问题。

我国早期历史比较语言学和历史语义学的输入,可以追溯到晚清留日的一批学者,代表人物为章太炎。由于胡适、傅斯年等的严厉批评,长期以来章太炎被认为睽隔于现代学术,甚至被归入"保守"一类。但事实上,早在求学于诂经精舍期间章太炎就已经"开始注意阅读此前江南制造局、同文馆和广学会所译述的一些西学书籍"。③1898年,由曾广铨译、章太炎笔述的《斯宾塞尔文集》载于《昌言报》第一册。④此后他又接触了诸如英国人类学家泰勒等的人类学、社会学著作。⑤可以推测,经由斯宾塞及人类学、宗教学的知识,迟至1900年章太炎已经初步受到了历史比较语言学及以语言比较为基础的相关研究的影响,1902年,章太炎《文学说例》在引述日本学者姉崎正治《宗教病理学》言论时明确提到了马克斯·缪勒,称:"马科期牟拉以神话为语言之疾病肿物。"⑥他在接

---

① 参《中国文评流别述略》,《朱自清全集》第8卷,第147页。
② 《朱自清全集》第6卷,江苏教育出版社,1996年,第129页。
③ 姜义华《章太炎思想研究》,中国人民大学出版社,2009年,第25页。
④ 《章太炎年谱长编》(上),第45页。关于章太炎译介斯宾塞的情况参看彭春凌《章太炎译〈斯宾塞尔文集〉原作底本问题研究》,《安徽大学学报》(哲学社会科学版)2017年第3期。
⑤ 姜义华《章太炎评传》,百花洲文艺出版社,2015年,第31—33页。
⑥ 简夷之、陈迩冬、周绍良、王晓传编选《中国历代文论选》(下),人民文学出版社,1962年,第404页。关于章太炎与姉崎正治宗教学理论的关系,参看[日]小林武著、白雨田译《章太炎与明治维新》,上海人民出版社,2018年,第53—71页。

受了岸本能武太的社会学后,曾在1902年8月18日给吴君遂的一份信中称赞"顷斯宾萨为社会学,往往探考异言,寻其语根,造端至小,而所证明者至大",称"中国寻审语根,诚不能繁博如欧洲,然即以禹域一隅言,所得故已多矣"。①"探考异言,寻其语根"的方式,确切地讲,就是历史比较语言学中的比较语源学研究,其核心是语义研究。

章太炎所说的"社会学"涵盖颇广,大致相当于社会史或社会文化史研究。这些研究多未展开。但散见于书信、论文者尚多。较早的如他在1900年10月1日给宋恕的一封信中所述:"前对君言:'识其大则考氏族,识其小则考冠服,皆为有用。'今特尽心于此,而暇时仍以古子史洒其襟抱。考证人表,亦氏族之附庸。"所谓"前对君言"的信件未见于《章太炎书信集》,应已佚。章太炎对其"氏族"研究颇为自负,称其所考"三事","自谓得未曾有,惜近世无与共学者"。"三事"中有二事涉及古史神话传说的材料,一是尧舜禅让传说,二是河伯冯夷。章太炎大量运用古字假借、古音通转,以建立神话传说和古史史实间的联系:他依据"许繇即是咎繇",证明《夏本纪》"尧让天下于许繇"的传说为"禹荐咎繇于天"之传伪所致;他依据"冯""郱"古通,证明"冯夷"本为"郱夷",冯夷以国名郱为氏,以夷为名,故冯夷(郱夷)"自是古诸侯,非鬼神也"。② 其实质是以神话传说进行类于民族志系谱的研究。背后的学理依据乃马克斯·缪勒"神话为语言之疾病肿物"的神话起源论,虽然章太炎所作的还不是神话研究,而是以语言学为工具发掘神话传说中的古史、民族史质素。

"氏族""人表"研究在章太炎社会史研究中占有重要位置。章太炎于1902年7月致梁启超的信中列出拟定的"国史"大纲,其中有"五表""十二志"之目,"十二志"下又有"民族志",此当为"氏族""人表"的内容。③ 章太炎拟写的"通史"未及完成,但《訄书》(重订本)就是它的雏形。致宋恕信中"许繇即是咎繇"的考证略加扩充即作为附录进入了《訄书》(重订本)"族制"一节。④《訄书》(重

---

① 《与吴君遂》,马勇编《章太炎书信集》,河北人民出版社,2003年,第64页。
② 《章太炎书信集》,第15页。
③ 《章太炎书信集》,第42—43页。
④ 《章太炎全集:〈訄书〉(初刻本)、〈訄书〉(重订本)、〈检论〉》,上海人民出版社,2014年,第197—198页。

订本)实为章氏社会学、社会史著作。①

语言学、历史语义学通向社会史,也通向思想史研究。章太炎所涉及的类似于思想史或观念史之研究,最重要者为"鬼"的观念的研究。章太炎论鬼,主要是为了反对康有为及康党"以长素为教皇,又目为南海圣人,谓不及十年,当有符命"的谵妄,故"不得不大声疾呼,直攻其妄"。②"直攻其妄"的根本方式就是证明儒家尤其是孔子本身并无鬼神思想。章太炎曾持续地对"鬼"的问题作过探讨。③他在《儒术真论》中明确表示真正的儒家是没有鬼神观念的,他认为:"仲尼所以凌驾千圣,迈尧舜、轹公旦者,独在以天为不明及无鬼神二事。"他多次提及《史记·留侯世家》所谓"学者多言无鬼神,然言有物"。④他认为"秦汉间儒者,犹知无鬼神义",而汉后儒学"所以无统纪",正因其溺于"神怪之教"。⑤《杂说三篇·说鬼》是章太炎以文字训诂之学系统考察"鬼"字语义演变的文章,他认为:第一,造字之初,"必不谓是死者之灵","鬼""夔"与"罔两"一样,指一种类猴之生物,与"夔"相似;第二,其后才因为"死者之灵不可言状","乃因怪物之名以命之"。章太炎并进一步引申,认为屈原《九歌》之山鬼就是夔,就是罔两,是一种怪物。⑥因此,章氏不会将凝聚国家寄托在宗教上,而是寄托在国粹上,其重风俗更重于宗教。

以"探考异言,寻其语根"的方式进行社会学、社会史或古史研究,章太炎在彼时并非孤例,具有同样学术理念的还包括与其一时瑜亮的刘师培。章太炎在1903年写给刘师培的信中说:"大著《小学发微》,以文字之繁简,见进化之次第,可谓妙达神旨,研精覃思之作矣。下走三四年来夙持此义,不谓今日复见君子,此亦郑、服传舍之遇也。"⑦《小学发微》已佚,但刘师培显然十分重

---

① 史伟《"社会学转向"与章太炎的"文学"界定》,《文学评论》2019年第4期。
② 《与谭献》,《章太炎书信集》,第2页。
③ 参《与梁启超》(《章太炎书信集》,第40页)、《訄书重订本·原教下》(《章太炎全集·〈訄书〉(初刻本)、〈訄书〉(重订本)、〈检论〉》,第289页)。
④ 如章氏在《与宋恕》(1899年2月19日)中引司马迁语云:"太史公云:'学者多言无鬼物,然言有物。'此为西汉古义,近观公孟、子舆、墨子相难,亦有是语,诚不自《无鬼论》始。"(《章太炎书信集》,第14页)
⑤ 据《清议报》第23—25册,1899年8月6日—1899年8月26日出版;《章太炎全集·太炎文录补编(上)》,上海人民出版社,2017年,第166、175页。
⑥ 《章太炎文录续编》,上海人民出版社,2014年,第86—87页。
⑦ 《章太炎书信集》,第73页。

视这部著作,他在《论中土文字有益于世界》一文中提到该书,谓:"(中土)文字浩繁,足窥治化之浅深,而中土之文以形为纲,察其偏旁而往古民族之状况昭然毕呈,故治小学者必与社会学相证明。"因此,刘师培用的也是"探考异言,寻其语根"的研究方式,他还总结出"治小学者必与社会学相证明"的三条义例:"察文学所从之形,一也;穷文字得训之始,二也;一字数义,求其引伸之故,三也。三例既明,而中土文字古谊毕呈,用以证明社会学,则言皆有用,迥异蹈虚,此则中土学术之有益于世界也。"①这是刘师培的研究方式,也是章太炎的研究方式。

章太炎在学术上引为同志的还包括政治立场与之迥异的罗振玉和王国维。他在前引致宋恕信中谈到罗振玉,称:"沪上有君与叔韫可谈此学,浙中治经者虽多,要皆为月课利禄,钩深致远未有其人也。平日论学最服元同、仲容两公,今元同先生已殁,仲容见识与我大异,欲与讲学,而中有此一关隔之。"②"元同"即黄省曾,"仲容"即孙诒让。这里揭示了近代学术史的一个重要事实,即晚清沪上学风与浙中学风的差异。沪上因通商口岸的关系,与西学接触较多,而浙中相对更趋于传统研究方式。

论及罗、王之学,一般亟称其"二重证据法",然在较狭的意义上,正如王瑶所指出,二重证据法更多的是研究材料的扩充,而不是方法论上的更新,③就狭义的方法论而言,则涉及我们议题中的历史比较语言学和历史语义学。不同于章、刘之通过斯宾塞、马克斯·缪勒,王国维是通过德国兰克史学了解了历史比较语言学。王国维《欧罗巴通史序》(1900年)篇首即云:"凡学问之事,其最可称科学以上者,必不可无系统。系统者何?立一系以分类是已。分类之法,以系统而异。有人种学上之分类,有地理学上之分类,有历史上之分类,三者划然不相谋也。"其论"人种上之分类"云:"比较语言,勾稽神话,考其同异之古文,辑其迁徙之实;或山河悠隔而初乃兄弟,或疆土相望而元为异族;是以合匈牙利于蒙古,入印度、波斯于额利亚。是人种学上之分类。"④《欧罗巴通史》即"日本理

---

① 刘师培《刘申叔遗书》下册,凤凰出版社,2009年,第1439页。在其他的著述中他也多次提到日本社会学家岸本能武太。
② 《与宋恕》,《章太炎书信集》,第15—16页。
③ 参王瑶《论考据学》,陈平原编选《王瑶文论选》,人民文学出版社,2009年,第75—87页。
④ 王国维《静庵文集》,辽宁教育出版社,1997年,第202页。

学士箕作元八(1862—1919)及岸峰米造两君所著《西洋史纲》,盖本德人兰克(Ranke)氏之作,以供中学教科之用者",由北京大学学生徐有成翻译,易名《欧罗巴通史》。箕作元八与日本坪井九马三(1858—1936)等是东京大学也是日本史学科建立初期"曾留学于德国,掌握了德意志史学的精髓""坚持了德意志正统学派史学的学风"的代表学者。①王国维是通过日本学者如藤田丰八还是其他渠道接触兰克史学,尚可作进一步的考索,但无论如何,在尚未转向古史研究之时,王氏已经了解兰克史学,熟悉以历史比较语言学、历史语义学进行历史和民族史研究的方法,是无疑问的。他在1922年12月12日《致马衡》中也说:"现在大学是否有满蒙藏语讲座?此在我国所不可不设者。其次则东方古国文字学并关紧要。研究生有愿研究者,能资遣法德各国学之甚善,惟须择史学有根底者可耳。此事兄何不建议,亦与古物学大有关系也。"②王国维《郭注方言后》等以方言比较而言地理,其《鬼方昆夷猃狁考》贯穿《易经》、《诗经》、《世本》、《庄子》、伪《竹书纪年》及汉魏注疏,考察"鬼"字在不同典籍中的写法,并由此确定"鬼方"民族、地域之变迁,王国维说:"此古经中一字之订正,虽为细事,然由此一字,可知鬼方与后世诸夷之关系。其有裨于史学者,较有裨于小学者为大也。"③这正是前引王氏所谓"比较语言,勾稽神话,考其同异之古文,辑其迁徙之实"的工作,与章太炎"其大则考氏族,识其小则考冠服"的古史研究思路乃同一揆旨。傅斯年1926年回国时,购买《观堂集林》,惊叹于"国内以族类及地理分别之历史的研究,已有如《鬼方猃狁考》等之丰长发展者"。有学者认为,傅氏《夷夏东西说》《大东小东说》受影响于王氏《殷周制度论》,④其实正可见出两者在方法上的一致性。

"五四"后,历史语义学的影响主要体现在两批学者身上,一是直接留学欧洲主要是德国的学者,如陈寅恪、傅斯年等;二是章门弟子。两者因广泛的交流互动,形成一个实际上的学术共同体。

---

① [日]坂本太郎著、沈仁安译《日本的修史与史学》,北京大学出版社,1991年,第176—177页。
② 吴泽主编,刘寅生、袁英光编《王国维全集·书信》,中华书局,1984年,第336页。
③ 王国维《观堂集林》上,中华书局,1959年,第590页。
④ 王汎森《一个新学术观点的形成——从王国维〈殷周制度论〉到傅斯年的〈夷夏东西说〉》,王汎森著、王晓冰译《傅斯年:中国近代历史与政治中的个体生命》,生活·读书·新知三联书店,2013年,第363—379页。

章太炎有关"鬼"的系列言论对章门弟子有着持续的影响,如周作人对宗教的重视、鲁迅《中国小说史略》中六朝"鬼"观念的见解等,①都可见乃师的痕迹。更系统的研究则见于沈兼士《"鬼"字原始意义之试探》(1935年)。该文分为三部分。一、人死为鬼。难为一般的传统解释,似非其原始意义。二、鬼之原始意义疑为古代一种类人之动物。其后鬼神妖怪之义,均由此概念引申发展。三、鬼字之字族分化系统。② 稍加比较即可发现,沈文前两部分所论与章太炎《杂说三篇·说鬼》几乎完全相同。沈兼士以"右文说"纠正了章太炎"对转旁转无所不转"的弊端,③但在学术旨趣上,并不悖于乃师。因此,沈文可以看作是对章太炎相关研究的继续和推进,所区别者则在于沈文淡退了章太炎浓重的民族革命色彩,而更趋近于纯学术的研讨。

沈文在当时反响很大,许多学者参与到讨论中来,其中最具代表性的是陈寅恪。沈文篇末附《陈寅恪先生来函》,称此种方法为"依照今日训诂学之标准,凡解释一字即是作一部文化史"。④ 这实际上也是陈寅恪自己的研究旨趣。陈寅恪的论著中多涉语词训释,均可以看作是"训诂学与文化史的统一",如他在《读莺莺传》中对"会真"的考释,对"真""仙""伎"的连环阐释,都属蔡鸿生所说的"陈寅恪先生在自己的学术实践中,已经多次进行过'训诂史学'的实验,并且取得引人瞩目的成果。……是对清儒学统的超越"。⑤ 陈寅恪尝评价沈兼士的"右文说",⑥一方面肯定"公之宗旨、方法,实足树立将来治中国语言文字学之新基础",另一方面则强调"然语根之学实一比较语言之学",作为寻找"语根"的右文说"必须再详考与中国语同系诸语言,如西藏、缅甸之类,则其推测之途径

---

① 鲁迅《中国小说史略》论述"六朝鬼神志怪书"之鬼神观云:"盖当时以为幽明虽殊途,而人鬼乃皆实有,故其记载人间常事,自视固无诚妄之别矣。"(上海古籍出版社,1998年,第24页)所谓"幽明虽殊途,而人鬼万皆实有",正是章太炎的鬼神观。
② 《沈兼士学术论文集》,中华书局,1988年,第186页。
③ 参《林语堂先生来信》,此为林氏就沈兼士《右文说在训诂学上之沿革及其推阐》的评价,《沈兼士学术论文集》,第176页。
④ 《国学季刊》1935年5卷3号,收入《沈兼士学术论文集》,第202页。沈兼士也受到刘师培的影响,《"卢"之字族与义类》引刘师培《论小学与社会学之关系》,原载1947年《人文周刊》第1期,今据《段砚斋杂文》,知识产权出版社,2014年,第111—112页。
⑤ 蔡鸿生、荣新江、孟宪实读解《陈寅恪卷》,中西书局,2014年,第17页。
⑥ "右文说"是沈兼士训诂学的基础,他认为汉字作为记录语言的工具,也具有表音的功能,他希望用归纳的方法对汉字形声字考察,总结出汉字的语根(赵振铎《中国语言学史》,商务印书馆,2017年,第620页)。《"鬼"字原始意义之试探》对"鬼字之字族分化系统"的研究,正是右文说的实际运用。

及证据,更为完备"。他认为欧洲汉学家如高本汉等对中国传统音韵训诂之学其实并无深切认识,其所以能有所成就者,只是因为"其人素治印欧比较语言学,故于推测语根分化之问题,较有经验故耳"。① 这一思路,充分显示了陈寅恪以历史比较语言学为基础的历史语义学的学术背景。求其较近者,与傅斯年完全一致;求其较远者,与章太炎"探考异言,寻其语根"的方式亦同其揆旨。至50年代,杨联陞有《中国文化中"报"、"保"、"包"之意义》一书,杨著问题意识来自法国社会学家、人类学家莫斯(Marcel Mauss)《论礼物》及其他社会学家"交换行为"(exchange behavior)的研究,但他用以实证的方法确实是对陈寅恪、傅斯年等的承续。杨联陞在该文"引言"中称引沈文、陈函及傅斯年《性命古训辩证》之论,将此种方法概括为"训诂治史"——"考据而兼义理的训诂创见"的方法。② 考虑到上述诸人的学术渊源,杨联陞提供的这个名单就具有了浓重的学术史意味。

瑞恰慈、燕卜荪的影响集中于两批学者,一是中国古典文学尤其是古代文学批评史学者,如朱自清③、郭绍虞、钱锺书。朱自清对郭绍虞《中国文学批评史》突出"纵"的史的脉络的叙述,而忽视批评观念、概念语义研究有所批评,但其实郭绍虞也了解语义学,与朱自清颇有交流"切磋"之乐。④ 他对于中国古代文论中"文学""神""气"等概念的梳理可看作文学语义学研究的典范。⑤ 20世纪50年代,郭绍虞几乎完全投入语法修辞研究,其宗旨就在于指出"汉语特点"和"汉语语法的特征",⑥其中不能不涉及相应的语义问题,因此不难理解他强调要重视语义学研究,认为语义学研究"是使中国语言文字之学走上科学化而又民族化的第一步","如果语义学问题获得解决,那么对于邻近学科如语法修

---

① 《沈兼士学术论文集》,第183页。
② [美]杨联陞《中国文化中"报"、"保"、"包"之意义》,贵州人民出版社,2009年,引言第2页。
③ 朱自清对浦江清、季镇淮、范宁等的影响参史伟《西学东渐中的观念、方法与民国时期中国文学研究——以现代语言学的输入为中心》,《文学评论》2021年第2期。
④ 郭绍虞《忆佩弦》,原载1948年《文讯》第9卷第3期,今据《照隅室杂著》,上海古籍出版社,2009年,第523页。
⑤ 朱自清在《诗文评的发展》一文中称道郭绍虞"写过许多单篇的文字,分析了中国文学批评里的一些重要的意念,启发我们很多"(原载1946年7月1日《文艺复兴》第1卷第6期,今据朱乔森编《朱自清全集》第3卷,第25页)。
⑥ 郭绍虞《汉语语法修辞新探》前言,商务印书馆,1979年,第4页。

辞之类,也可多解决一些问题"。① 80年代,郭绍虞重新开始古代文学批评史研究,并进而逐步走上从语法与修辞相结合的特点切入,解析整个中国文学史和中国文学批评史的学术进路,他晚年的重要论文如《提倡一些文体分类学》②和《骈文文法初探》③就体现了这种努力和尝试。因此,他虽然没有像朱自清那样直接地以语义学为研究工具,但语义学和语言学在郭绍虞学术研究中始终起着参照的作用,他的《语义学与文学》就完整回顾了这一学术历程。④ 至于钱锺书,除了具体的、细部的研究渗透了语言学的倾向,其一以贯之的"东海西海,心理攸同;南学北学,道术未裂"的学术理念,⑤也不能完全脱离瑞恰慈文化沟通、协调的文化观而加以阐释。

二是西方文学主要是英美文学研究者。在英美学界,瑞恰慈、燕卜荪的语义研究可以嵌入从艾略特到利维斯一直延续的一个传统。⑥ 这一传统辗转影响及于美国学界成为"新批评"的文学研究方式,于传统文学"外部研究"之外开出了文学"内部研究"径路。瑞恰慈、燕卜荪是这一研究传统最重要的起点。相较于朱自清一代学者及其从事中国古典文学的弟子主要以语义学为分析工具的接受方式而言,由于广泛接触了瑞、燕以下英美新批评理论,⑦20世纪40年代前后逐步成长起来的英美文学学者,无论在学术视野还是实际的学缘上,已经由瑞氏、燕氏而成为这个传统的组成部分。⑧

影响英美文学研究者的主要是燕卜荪,学界于此已有系统研究,从中可以

---

① 郭绍虞《语义学与文学》,原载《学术月刊》1981年第2期,今据郭绍虞《照隅室语言文字论集》,上海古籍出版社,2009年,第340页。
② 原载《复旦学报》1981年第1期,今据《照隅室古典文学论集》,上海古籍出版社,2009年,第547—530页。
③ 此文写于1982年6月,收入《照隅室语言文字论集》,第388—419页。
④ 《照隅室语言文字论集》,第340—352页。
⑤ 钱锺书《谈艺录》,生活·读书·新知三联书店,2007年,序第2页。
⑥ 参看韦勒克《近代文学批评史》中文修订版第五卷第六章"托马斯·艾略特"、第七章"艾·阿·理查兹"、第八章"弗·雷·利维斯(1895—1978)与细绎派",上海译文出版社,2009年。
⑦ 赵毅衡在《重访新批评导论:新批评与当代批评理论》曾描绘了瑞恰慈至新批评作为一股潜流对我国学界的影响,四川文艺出版社,2013年,第1—15页。
⑧ 李赋宁在美国学者M.H.艾布拉姆斯《镜与灯:浪漫主义文论及批评传统》中译本序中对此一学缘有亲切的回忆(《镜与灯:浪漫主义文论及批评传统》,北京大学出版社,2015年)。

拉出一个长长的名单：曹葆华、卞之琳、水天同、袁可嘉、李赋宁、吴富恒等。①这些学者的研究成果主要产生在1949年以后，尤其是20世纪80年代之后，但其基本学术观念、素养多形成于20世纪30年代末期或40年代早期。同时，我们还是可以再作重要的补充，如杨周翰和王佐良。这不只是人数上的增加，由于杨、王两位先生都曾长期、系统地从事西方文学史和比较文学研究，因此，通过他们的研究，可以透视出瑞恰慈及此后的细读、新批评在学理上对我国西方文学和比较文学研究的渗透和影响，及我国学者对新批评的反思。

王佐良在《怀燕卜荪先生》一文中回忆燕卜荪开设"英国现代诗"，用燕氏《七类晦涩》中"精细和深入的方法"分析叶芝（W. B. Yeasts）和艾略特（T. S. Eliot）等人的现代诗。他称燕氏"关于英国现代诗的讲授撒下了种子"，现代派诗代替英国浪漫主义诗歌成为"一种新的文学风尚"。②

王佐良后期对诗歌的看法其实有重要转变，即对浪漫主义诗歌有了重新认识，他说："现代主义仍然是宝贵的诗歌经验，……但是浪漫主义是一个更大的诗歌现象，……现代主义的若干根子，就在浪漫主义之中。"③因此，他在论述英国浪漫主义诗歌时，视线始终会落在现代派诗歌上，这是对浪漫主义诗歌，同时也是对现代派诗歌的更深的理解。更重要的是，无论浪漫主义还是现代派诗，他用以解析诗歌的方式也均为燕卜荪式的立足于文本的精细研读和比较，如他《英国浪漫主义诗歌史》一书中论及布莱克《伦敦》时称"这样的形象与形象的连接、迭嵌是二十世纪诗人艾略特（T. S. Eliot）所夸耀的'现代'手法，而布莱克在18世纪末已经常常运用了"，④就是典型的建立在文本细读上的连接。此种分析和理解诗歌的方式渗入其所有的文学史写作中。王佐良晚年总结其文学史写法时说："我的做法主要是把他们每个人的重要诗篇通过引文（译文）和阐释一一介绍给读者，说明每个人的发展变化，但是也着力于书的布局、层次；……在逐个介绍诗人时，我总是把他们的思想结合具体诗句来谈，同时也阐明他们的诗艺和诗

---

① 容新芳《L.A.瑞恰慈与中国文化：中西方文化的对话及其影响》，商务印书馆，2012年，第164—170、176—185页。
② 王佐良《心智文采：王佐良随笔》，北京大学出版社，2007年，第59、60页。
③ 《英国浪漫主义诗歌史·序》，《王佐良全集》第三卷，外语教学与研究出版社，2016年，第3页。
④ 《英国浪漫主义诗歌史》，《王佐良全集》第三卷，第29页。

歌观。"①他编著的几部文学史都体现了这种特色,如他在《英国散文的流变》就是"想把语言分析同文学阐释结合起来,而且尽量引用原作,让读者自己判断"。② 他在《英国二十世纪文学史·序》中提到了钱锺书,《英国诗史·序》则提到了燕卜荪,并以之"作为对先生的纪念",③由此可见一脉相承的关系。

杨周翰与王佐良教育经历和学术背景相近,他们都受过燕卜荪的直接影响,并对英美新批评的理论趋向有深入了解,杨周翰提及的西方文论家就包括瑞恰慈、燕卜荪、艾略特,也提到了新批评代表人物布鲁克斯(Cleanch Brooks)、瓦伦(Robert Penn Warren,今译沃伦)合著的其时影响最大的大学文学系课本《理解诗歌》。④ 所不同的是,作为"比较文学与世界文学研究领域的一代宗师",⑤杨周翰后期更多地介入比较文学尤其是中西文论比较的研究,故而适合对中国文学批评传统与西方文学批评传统方法和倾向作宏观的和结构性的比较,也就是他所说的"对涉及文学批评的那些大问题进行比较研究"⑥。杨周翰在《镜子和七巧板:当前中西文学批评观念的主要差异》一文中,将中国古代文学批评分为两类,一是儒家传统,一是道家—佛家传统。西方也有两种文学批评传统,一种是法国学者丹纳以来的社会历史批评,即韦勒克所说的"外部研究";一种是以新批评为代表的"形式主义"(杨周翰自注:用这个词最宽泛的意义来说)的研究,即"内部研究"。他把前者喻为"镜子",后者喻为"七巧板"。中国传统文学批评,如杨周翰所言,儒家传统一直有着占主导地位的影响,且在20世纪因与西方"写实主义"的融合而得到延续。因此,他认为借鉴新批评内部研究式的研究方式,"从心理学和语义学的角度入手","沿着道家—佛教传统发展下去",可以补益中国传统文学批评之不足。⑦ 他的《预言式的梦在〈埃涅阿斯纪〉与〈红楼梦〉中的作用》就是心理学和语义学研究的杰作。当然,这并不

---

① 《文学史写法再思》,《王佐良全集》第十卷,第518—519页。
② 《英国散文的流变·序》,《王佐良全集》第四卷,第3页。
③ 《英国诗史·序》,《王佐良全集》第二卷,第4页。
④ 参《新批评派的启示》(原载《国外文学》1981年第1期,今据《攻玉集、镜子和七巧板》,上海人民出版社,2016年,第139—151页)、《艾略特与文学批评》(原载《世界文学》1980年第1期,今据《攻玉集、镜子和七巧板》,第152—161页)。
⑤ 王宁《再论杨周翰的比较文学和世界文学研究》,《中国比较文学》2016年第2期。
⑥ 《镜子和七巧板:当前中西文学批评观念的主要差异》,原载 *Representation* Fall 4, University California Berkely,王宁译,今据《攻玉集、镜子和七巧板》,第203页。
⑦ 《攻玉集、镜子和七巧板》,第199页。

意味着杨周翰会止步于新批评,他看到了"镜子式的探讨或七巧板式的研究都不尽完备",所以提倡一种"综合研究",他说:"文学批评所需要的应当是一种综合研究,而非彼此排斥,应该择善而从,而不应偏向一面。"①事实上,融合古今中西,求得一种会通"综合"的研究方式,是杨周翰这一代学者共同的学术追求,王佐良在《怀钰良》中也提到了"综合",他评价周钰良建立"普遍诗学"的展望和努力,称"说明了钰良晚年在进行一种新的综合"。② 王佐良自身在研究方法的探索上,同样在进行一种"综合"以寻求"文学史的中国模式",③但语言学、语义学始终是他们研究的起点和重要工具。

综合以上论述,可以说从章太炎、王国维到傅斯年、朱自清以迄王佐良、杨周翰等,虽则取资于西方学术的时、地、渠道,所研究的领域、所依托的学术素养不尽相同,并服务于不同的社会、文化和学术目的,却在一个长时段中分别分享了以德国为中心的欧洲大陆历史语义学和瑞恰慈、燕卜荪英国语义学传统,彼此融通交汇,确已交织成绵延的学术谱系。李济曾论及现代学术中此种语言学、语义学倾向:"要了解自己的灵魂,应当教育自己认识自己的历史,懂得自己的语言。这些大道理,是五四运动后,一部分学术界所深知的。"④李济评价傅斯年学术称"讲历史,归根要讲到思想史",而"讲到思想史,原始的材料就是语言"。他说:"这一中心的观点不但解释了历史与语言的研究为什么分不开,由此也可以看出,蕴藏在他内心最深密处为他最关切的学术问题,实是中华民族文化的原始阶段及其形成的主动力量。"⑤朱自清也曾说:"一国的语言和文学反映着民族的过去和现在,……这又是我们自我的一部分,简单地说,这是'我们的'。"⑥这可以概括其时中国优秀学者语言学、语义学取向深层的学术动因,也可概括其深层的情感动因。

---

① 《镜子和七巧板:当前中西文学批评观念的主要差异》,《攻玉集·镜子和七巧板》,第203—204页。
② 《怀钰良》,参《王佐良文集》,外语教育与研究出版社,1997年,第713页;《〈周钰良文集〉序》,《王佐良文集》,第793—796页。
③ 《二十世纪英国文学史·序》,《王佐良全集》第二卷,第4页。
④ 《傅孟真先生领导的历史语言研究所——几个基本观念及几件重要工作的回顾》,《李济文集》卷5,上海人民出版社,2006年,第165页。
⑤ 《傅孟真先生领导的历史语言研究所——几个基本观念及几件重要工作的回顾》,《李济文集》卷5,第169页。
⑥ 《〈语言与文学〉发刊的话》,原载1946年10月《周刊》第1期,今据《朱自清全集》第4卷,第464页。

"第五届中国古代文章学研讨会"会议综述

赵惠俊　陈　特

2021年10月15—17日,由复旦大学中文系、复旦大学中国古代文学研究中心主办的"第五届中国古代文章学研讨会"在复旦大学召开,来自全国三十余所高等院校、科研单位及出版机构的六十余位学者参加了本次会议。

大会开幕式由复旦大学中文系主任朱刚教授主持,复旦大学中国古代文学研究中心主任陈尚君教授、复旦大学文科资深教授王水照先生分别致辞。王先生在致辞中向参会学者表示感谢,代表复旦大学中国古代文章学课题组汇报了近期两项阶段性成果《稀见清人文话二十种》与"复旦古代文章学研究书系",并将古代文章学研讨会比喻为测量学科热度的温度计与指示学科发展趋势的风向标,充分肯定了中国古代文章学研究的成绩,也对未来提出了进一步的要求。

会议共发表论文五十余篇,在两天的研讨中,与会学者主要围绕文章批评与观念研究,文话、选本与文章学研究,文章系年考辨与文史结合研究,文体研究等议题展开了全方位、多层次的考察。

一、文章批评与观念研究

文章批评与观念研究是文章学的基本研究范畴之一,学者充分运用多样的研究视角与文论概念深化研究。吴承学《谱录之学与文章批评》便在深入探究谱录之学的基础上,提出传统文章批评话语受到了谱录之学的重要影响。胡琦《"言语"与清中后期文章观念的演进》在汉宋之争的背景下考察清人如何看待"言语",并通过清人对"言语"不同看法探究蕴藏其间的文学观。陆胤《从"自讼"到"自适":曾国藩的读书功程与文章声调之学的内化》全面整理了曾国藩日记,并用翔实的表格统计了曾国藩记录的6 529次读书,由此指出:多层次的读法对应于不同类型的书籍,体现出曾国藩在经世视野下维持学问完整性和各门类平衡的努力。从历时变化看,以把握知识整体为目标的"自讼"功程逐渐让位于追求内在体验的"自适"调剂,诗文声调的意义于兹凸显。辛明应《阮元文章学的声音面向》亦从声音的角度重点讨论经学与古音学对阮元文章观念的影响,以三篇阮元的重要文献为节点,揭示了阮元如何在清代学术与文化的大背景下逐步形成、调整并完善了他的"文言说"。程苏东《"天籁"与"作者":两种文本生成观念的形成》聚焦于早期文本生成的两种观念,集中于"作者"展开论说,对早期中国"作者"观念的背景条件及"作者"应该具备的素质作了全面的阐说和新颖的建构。戴路《文章的合作性与宋四六创作论的生成》重点关注不同作者围绕文章撰写展开的互助协作,揭示出宋四六的合作写作特征,并由此促进了宋四六创作论的生成。陶熠《由文病到污名:宋元时代骈文"类俳"观念的嬗变》则关注宋人骈文批评话语,指出宋人将"类俳"视作四六写作的一种文病,具体表现在谐谑、谀颂、俚俗等语句施用于四六之中,就会产生类俳的负面效应。吕双伟《"知行不一":张之洞的骈文理论与骈文创作》则将视线转至骈文名家张之洞,同时考察了张之洞的骈文理论与实践,揭示张之洞存在骈文理论与骈文创作上的"知行不一",这与他的自我定位及对骈文、时代的认识息息相关。史伟《语义研究的谱系——从朱自清、傅斯年的学术交会谈起》聚焦于朱自清、傅斯年两位现代学术大师对于西方语言学的学习与运用,通过二人在语义学上的分合与对话,梳理出一个"语义研究的谱系"。

二、文话、选本与文章学研究

随着《历代文话》在学术研究中的普及以及续编《历代文话》工作的进展,文话专书研究与文章选本研究也日益精细化,许多重要的文话专书与文章选本陆续得到个案研究与宏观论述。洪本健《略谈〈崇古文诀〉在古文评点史上的地位》、巩本栋《〈古文真宝〉的编选及其文章学意义》、孟伟《〈国朝岭南文钞〉选评与清代岭南古文风尚文话、选本与文章学研究》、刘雨晴《〈韩柳欧苏诸大家文发明〉考论》、戴琳琳《〈圣宋名贤四六丛珠〉的编纂及其现存抄本考论》皆是围绕一个重要文章选本或文话,在文献考辨的基础上,深入挖掘其间的文章学价值,并由此勾连起同时代的文章批评思潮,描绘出较为广阔的文章学图景。侯体健

《〈稀见清人文话二十种〉的编纂及其学术价值论略》具体介绍了《稀见清人文话二十种》的编纂始末,逐一揭示这二十种文话的主要内容、文献价值与文章学思想,充分展现了文话与文章学研究的价值与空间。曹虹《"一代有一代之文"——清人编纂古文选本之时代意蕴》则从宏观角度打通清人编纂的大量古文选本,指出从文献性质上说,总集编纂与文体因革相成共济,故而清人在近三百年中从事的古文选本编纂活动,既是巨大的文献积淀,更挟贯着学坛与文坛之风,彰显一代古文的体制因革与演进脉络。随着文话与选本文献整理的丰富与研究的深入,对于文章学本体的探索也进入了新的层面。龚宗杰《汉语虚字与古代文章学》梳理了先秦至晚清汉语虚字研究与文章批评相结合的流变,揭示了古代文章学发展过程中语言和文辞的互动关系,由此彰显出中国文学基于汉语言、汉文字的本民族特性。谷曙光《援诗入文与诗文一理:杜诗与文章学》则通过诗文互通的方式探究了杜诗中呈现的文章学元素,提示出诗注、诗论是重要的文章学批评话语的借鉴及来源材料。李由《从黄庭坚到吕祖谦:宋代文章学的成立》论证勾勒了宋代文章学中"黄庭坚—吕本中—吕祖谦"的传承谱系,凸显了师承关系对宋代文章学发展的特殊意义,并对中国古代文章学成立于南宋这一观点作了再次论证。卞东波《在东亚发现中国文章——唐宋古文在韩国汉文学中的"生存"》则从域外文献的视野考察唐宋古文的流传与影响,发掘出中原传世文献所难以显示的文本背后的重要文化意蕴。

三、文章系年考辨与文史结合研究

作为文章学研究最为基础的工作,单篇文章的系年考辨与研究是文话、选本文献之外的另一重推动文章学研究不断发展的保障,故而尽管路径传统,但始终未见式微。查屏球《〈文苑英华〉误作元稹的二文作者应是谁》、刘成国《王安石文三篇辨伪》分别辨正了元稹与王安石的伪作,为准确理解这两位文坛大家提供了重要参证。戴燕《文话的整理与版本研究——以〈陆士龙文集·与平原书〉为例》展示了单篇论文文字的整理与考辨,显示着古代文学评论资料的整理和研究,依然离不开对版本的考察、校订等传统文献学功夫的掌握及内化。朱刚《东坡〈与钱济明〉尺牍考略》详细考察了苏轼《与钱济明》尺牍的写作本末与相关轶事,精确系出了这组尺牍的写作时间即在苏轼去世前数日,由此对苏轼临终时期的日常与心态作出了深刻而生动的阐释。彭国忠《曾国藩〈欧阳生文集序〉发覆》则围绕曾国藩《欧阳生文集序》这一篇文章，在详细的文本分析与外延材料的勾连下，对该文的写作背景、写作意图以及曾国藩的文章观念、晚清文章学思潮等诸多难题作了有效发覆。正是在单篇文章之系年考辨与研究的成果不断新出下，文史结合的文章学研究路径得以持续繁荣，为文章学研究带来学科互济之助。陈尚君《名相冯道的政事与文学》通过文本系年与细读，还原了历仕四朝十二帝的五代宰相冯道的鲜活人生。王启玮《庆历士人的集体悼念行动与"知人"主题书写：兼从交游看欧阳修尹志、范碑公案》还原了庆历士大夫的悼念、墓志文字的书写，从书写史的角度提供了理解庆历党争的新颖视阈，同时也对欧阳修尹志、范碑公案提供了与旧说不同的解释方式。林岩《北宋科举、党争与古文运动：张方平庆历六年科举奏章的再审视》重新定义了庆历六年（1046）张方平的科举奏章，将其作为考察"太学体"演变的一环，放归到当时的历史情境与政治情势中重新审视，发现这份科举奏章具备的强烈政治意图，代表了另一政治阵营要努力清除"庆历新政"的改革派官僚所遗留下来的文化影响。慈波《〈中州启劄〉与金元之际北方士人的文学世界》关注现存唯一一部元人书简总集《中州启劄》，在充分的文献考述基础上发现编者吴弘道本于北方下层文士立场，借《中州启劄》表达了他对于金元之际北方文化的体认，并由此而展开那一转型时代样态丰富、身份复杂的士人们的文学世界。张宜喆《"先帝本意"与苏轼元祐时期政治言说方式探析》挖掘了苏轼元祐时期奏章里的"先帝本意"内涵，讨论了苏轼于其间作出的弥合新旧党之裂痕的努力。

四、文体研究

文体个案研究与多种文体的交叉研究是文章学研究最为丰富的研究领域，本次会议也触及了多个被以往研究所忽视的文体。李栋《论唐代咏物律赋的结构》细密分析了唐人咏物律赋的篇章结构，指出受"切题"规则的限制，科举律赋在结构层面形成了严格的写作规范，使得律赋混合了骈赋、文赋的结构特点，但也同时缺失了骈赋与文赋的优长。诸雨辰《譬喻传统与中唐寓言性杂文的文章体性》以譬喻传统的视角对中唐寓言性杂文的文体特质作了分析，论证了寓言性杂文的文体独立性。孟国栋《复归于骈：音律的勃兴与晚唐墓志文体的新变》探究了墓志文体在晚唐的新变,发现散体成分减弱而骈体因素增强的现象:不仅志文中多用骈体,铭文也回到以四言韵文为主的状态,还产生了宝塔式、顶针式、七言诗式的铭文新体。张灵慧、李贵《论宋代书信体类的消长和创新》对纷繁复杂的宋人书信作了分类统计,指出宋代书信文体发生了"简"与"书"的分离、"尺牍"的独立、"劄子""叠幅小简""叠幅劄子"的兴起等新变,对后世有着典范意义。李晓红《诗文之分与宋代文章学——兼论赋体在宋代的由"诗"转"文"》探究了宋代文集编纂中赋体从编次之首转变为普通文类的现象,从中揭示出两宋之际发生了诗歌独立地位的确立以及文章观念的彻底形成,由此为中国古代文章学成立于宋代提供了新的论证。张弛《追复三代:学官进卷与北宋中后期士风》对学官进卷作了深入的文献考辨,分析了该文体的运用场合、文体特征与其间承载的士林风气及心态等信息。李法然《惊险的跳跃:从文集编纂看宋人对公文文体的认识与接受》则将状、启、劄、策等文体统摄在公文之名下,从文集编纂的角度梳理了一度游离于文章观念边缘的公文文体最终成为宋人文章观念重要组成部分的过程。赵惠俊《两宋"笔记之言"的观念变迁与笔记写作的"空言"心态》则在"笔记之言"的视角下探讨了宋人逐渐将笔记视作作者本人言论与文字的意识,并揭示了流行于南宋的"托诸空言"笔记写作心态。陈志伟《六朝至宋释氏请疏之流变》、王汝娟《从"宋朝文法"到"大元法度":"五山文学"史中的蒲室疏》皆关注释氏疏文,对该文体的形成流变与特定小类作了有效清理。常方舟《传体文的文章学传统与近代传记文学的分殊》从写作技巧、语言文字、写作旨趣三个方面深入探究了清末民初西洋传记文学的传入和译介对于传统传体文的影响,以及新传记文学确立学科归属与在文史之间的坐标系之过程。师雅惠《入彀之法:明清八股文写作的"揣摩家数"》、潘务正《清真雅正衡文标准与清代文风的官方建构》、陈曙雯《清代科举生态与五经文的文学化》、成玮《江南博学风尚:〈近科通雅集〉与八股文的"衰年变法"》、陈维昭《乾隆皇帝与八股文》则从不同角度关注与探讨了明清八股文的相关问题。

  会议闭幕式由陈尚君教授主持并致辞,各小组代表作总结发言。本次会议展示了中国古代文章学的较高水平与最新研究动态,彰显着文章学研究的广阔空间与重要意义。在此基础上把握新的时代机遇,积极进取,不断丰富文话与文章选本等基本文献整理,稳步推进文章学各领域的理论构建,文章学研究势必会开拓出更多的学术增长点,呈现出更为闳阔的学术格局。

编 后 记

第五届中国古代文章学研讨会是在疫情中(2021年)举办的,由于防疫政策的缘故,本次会议非常遗憾没有海外学者参与,只能国内同道相聚论学。即使是国内的受邀学者,也有个别朋友因为疫情而临时缺席,会议评议只能依靠现场录音传达。其他各种繁杂的防疫手续,为大会的筹办也增加了不少困难。好在我们的会议依然获得了学界同仁的鼎力支持,大家都提交了高质量的论文,并展开了有效而充分的讨论,保证了会议的圆满成功。借此机会,要再次向长期关心、支持我们的同仁们道一声感谢。

这本论文集收录了本次会议的大部分文章,我们明显地感觉到古代文章学的研究已经进入了稳定发展的时期。大家的分歧越来越少,共识越来越多,尤其是能沉静下来做许多具体的专题研究,这对于一个学科的发展极为重要,只有具体的研究多了,学科的基础才能得以夯实。无论是讨论汉语虚字与古代文章学,还是分析宋代文章学的成立,又无论是从历史事件中考述文体问题,还是就单部文章总集窥探文章学的时代特性,都给我们不少新的启发。古代文章学的研究如能继续这样稳步推进,我们所期待的构建中国古代文章学理论体系和文学版图的理想,必将早日实现。职是之故,我们将本集名作"中国古代文章学的观念与结构",期能借重各位同仁宏论,勾勒出古代文章学的各类重要理念和内在肌理。

我们的会议既是测量学科热度的一枚温度计,也是学科发展的风向标。从第四届(2018年)到第五届(2021年)的三年中,我们持续推动国家社科基金重大项目"中国古代文章学著述汇编、整理与研究"的相关工作,陆续出版了"复旦古代文章学研究书系"和《稀见清人文话二十种》,展示出复旦古代文章学研究团队的新成果。同时,我们培养的一批古代文章学研究的青年学人,业已奔赴全国各地的教学科研机构,充实壮大了文章学研究的队伍。三年来,在科学研究和人才培养两方面,我们的团队都取得了一定的成绩,期待与海内外同仁一起继续为古代文章学的研究事业添砖加瓦。

会议的举办和论文集的出版照例得到了复旦大学中文系、复旦大学中国古代文学研究中心的大力支持,特致谢意。

编者

2023 年元旦

图书在版编目(CIP)数据

中国古代文章学的观念与结构:中国古代文章学五集/王水照,侯体健主编.—上海:复旦大学出版社,2023.10
ISBN 978-7-309-16888-4

Ⅰ.①中… Ⅱ.①王…②侯… Ⅲ.①文章学-中国-古代-文集 Ⅳ.①H15-53

中国国家版本馆CIP数据核字(2023)第111840号

中国古代文章学的观念与结构:中国古代文章学五集
王水照　侯体健　主编
责任编辑/王汝娟

复旦大学出版社有限公司出版发行
上海市国权路579号　邮编:200433
网址:fupnet@fudanpress.com　http://www.fudanpress.com
门市零售:86-21-65102580　团体订购:86-21-65104505
出版部电话:86-21-65642845
苏州市古得堡数码印刷有限公司

开本787×960　1/16　印张37　字数586千
2023年10月第1版
2023年10月第1版第1次印刷

ISBN 978-7-309-16888-4/H·3263
定价:118.00元

如有印装质量问题,请向复旦大学出版社有限公司出版部调换。
版权所有　侵权必究